星光照进孤独 著

谁家漂泊知落花

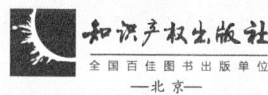

知识产权出版社
全国百佳图书出版单位
—北京—

图书在版编目（CIP）数据

谁家漂泊知落花 / 星光照进孤独著. —北京：知识产权出版社，2020.4
ISBN 978-7-5130-6763-8

Ⅰ.①谁… Ⅱ.①星… Ⅲ.①长篇小说–中国–当代 Ⅳ.①I247.5

中国版本图书馆 CIP 数据核字（2020）第 021815 号

内容简介

星嫣受伤昏迷，醒来后总觉得忘记了一个非常重要的人，身边的亲友讳莫如深。那个人对她出言不逊，那个人对她鄙夷失望，但也是那个人，为她踏雪千里，为她病床守候。星嫣不知道这是梦还是事实。随着她的记忆一点点恢复，一段回肠荡气的故事渐渐展开……

责任编辑：彭喜英　　　　　　　　责任印制：孙婷婷

谁家漂泊知落花
SHUIJIA PIAOBO ZHI LUOHUA

星光照进孤独　著

出版发行：	知识产权出版社有限责任公司	网　　址：	http://www.ipph.cn
电　　话：	010-82004826		http://www.laichushu.com
社　　址：	北京市海淀区气象路 50 号院	邮　　编：	100081
责编电话：	010-82000860 转 8539	责编邮箱：	pengxiying@cnipr.com
发行电话：	010-82000860 转 8101	发行传真：	010-82000893
印　　刷：	北京九州迅驰传媒文化有限公司	经　　销：	各大网上书店、新华书店及相关专业书店
开　　本：	720mm×1000mm　1/16	印　　张：	27.75
版　　次：	2020 年 4 月第 1 版	印　　次：	2020 年 4 月第 1 次印刷
字　　数：	498 千字	定　　价：	78.00 元

ISBN 978-7-5130-6763-8

出版权专有　侵权必究
如有印装质量问题，本社负责调换。

目录

序章

第一卷　纯真年代

一、记忆在云天之外	004
二、《守卫心灵》	011
三、用满天繁星守护	029
四、行若燕	032
五、何人入梦	037
六、似是故人来	042
七、踏雪千里为言别	048
八、暗里回眸深属意	053
九、深蓝的眼睛深蓝的心	061
十、静待岁月酝酿成歌	068
十一、万语千言皆入画	080
十二、漓江雪	087
十三、建立在空中楼阁上	091
十四、不许你独自面对	096
十五、深度灼伤	099

十六、犯我大忌	108
十七、最近的天边	111
十八、交不出去的爱与愁	117
十九、你知道我为谁漂泊	122
二十、思幽人而轸念	124
二十一、蓦然回首前尘杳	130
二十二、一生所依已远去	137

第二卷　孤帆远影

二十三、在眉间	144
二十四、寒水空流暮与朝	148
二十五、惹了新老板	154
二十六、思念比夜长	163
二十七、与天姿兰得为敌	169
二十八、守候在寂静的世界	179
二十九、冰雪消融时	186
三十、彼此的心灵守卫者	193
三十一、醇冽温柔自有情	198
三十二、比春光明媚	205
三十三、翠绿迷宫的骑士	208
三十四、伤痕是骑士的勋章	212
三十五、不教胡马度阴山	215
三十六、为谁流下潇湘去	226
三十七、圣诞老人的狂欢	229
三十八、地老天荒的赌约	233
三十九、潭深似君心	237
四十、听者有意	240

四十一、可以为难我	249
四十二、流年不肯去	253
四十三、不堕黑暗	266
四十四、嫣然惊华	273
四十五、寂绝今夜月	278
四十六、跑错比赛	281
四十七、言语败于沉默	283

第三卷　琴心剑魄

四十八、赖有幽芳深解意	290
四十九、天下有一人知己	295
五十、弦月曾见	301
五十一、别人的地老天荒	308
五十二、为一人弃天下	310
五十三、世外闻风讯	315
五十四、天目不识人	319
五十五、沉郁深悲不醉	323
五十六、闲愁言从何	328
五十七、君自翩然	330
五十八、危枝难栖倦鸟	336
五十九、画地为牢	339
六十、唯心可见	340
六十一、依眉的爱情观	343
六十二、肖赐的桃花运	345
六十三、特德的二重奏	348
六十四、赢，在失败以后	352
六十五、从未停止的守护	360

六十六、手中的心跳	364
六十七、胸有丘壑	373
六十八、一念生成诸事休	380
六十九、爱,见血封喉	385
七十、最是人间留不住	390
七十一、花开一瞬难再续	393
七十二、独坐亦含颦	402
七十三、深情何悠悠	406
七十四、命定之幸	414
七十五、请霸占我的心	417
七十六、侠骨柔情	420
七十七、深蓝	424
七十八、永夜	431
尾声	433
诗成人未老,书罢人影杳——《谁家漂泊知落花》后记	435

序章

倘若他问：天下弃我，你当如何？

我必浅浅一笑，答曰：天下与我何干？我心自有评判。

然而，最先弃他而去的，就是我。

我曾对着他的背影暗想：总有一天我会回到你身边的。

但是，我还回得去吗？

纵然还能回头，他身边早已无我立足之地。

我日夜遥望灯塔，迷茫的双眼却抓不住它的方位。

我迷航的那片海，原来是他深蓝的心。

世间万事，是非黑白，众人徜徉其中，各做选择。有的在沉沦中如鱼得水，有的在逆境中艰难求索。信念如一盏明灯，理想是前行的方向，直面艰险勇向前，总有花朵在荆棘中盛放，总有智慧守卫心灵的成长，总有光明在黑暗的前方。

第一卷

纯真年代

一、记忆在云天之外

午后的阳光暖暖的，照在白色的马蹄莲上，照在病床上，照在床边削苹果的人身上。长发遮住了她一半的脸。她的脸庞极美，黑色的眼眸晶润闪耀，如宝石一般灿烂。当我说想不起她是谁时，那美丽的眼中蓄满了泪。她守在我床边整整三天，直到我记住她的名字。她叫萧紫芳。

她说她是我最好的朋友，她说她认识我将近二十年，她说她知道我所有的喜好。

我头晕得厉害，缠着纱布的伤口嘶啦啦地疼。

她说我从她家楼梯上摔了下来，昏迷了一周，现在脑袋里还有淤血。

她把苹果递给我，说："吃吧。"

"谢谢。"我腼腆地接过来。我只是头晕，手脚还能动，让她伺候我，真有点儿难为情。

她叹息，说："你忽然对我客气，让人很不舒服。"

"我想起你是谁了。"

"只是名字而已，那还是我告诉你的。"

"我到底是怎么受伤的？"

她开始蹑摸橙子。每次我问这个问题，她就回避，轻描淡写地说："你一步踩空，从楼上滚下去了。谁知道你当时在看什么。今天你记起来谁了？"

我掏出手机，从通讯录的第一个人开始往下捋，百分之八十的人我都记得。剩下的百分之二十，我猜即使我没脑震荡也不记得他们是谁。每个人的通讯录中都有一些记过电话号码但再也没有联系过的人。

萧紫芳等我数完名字，很不甘心地拿过我的手机往回倒，像是在找什么。她忽然狠狠地瞪了我一眼，咄咄逼人地问："只有这些？"

我有点儿发毛，点点头。

她追问："没有别人了？"

"没了。还应该有谁？"

她审视我的眼睛，半响，抱着手臂坐下生气。

我忐忑地问："怎么了？"

她闷闷地说："没事。"

"别急，我能想起来。我是脑震荡，又不是失忆。"

她无奈地摇摇头，动手剥橙子。

"叮咚"，一条手机信息提示，来信人是褚元。这名字好熟。

"褚元是谁？"

她头也不抬地说："不重要。"

信息显示：我们已经十天没有联系了，我打电话你也不接。看来你真的想好了。

有问题！我问："褚元是谁？"

萧紫芳有点儿不耐烦，"一个男的。"我怯懦地不敢再问。

一阵敲门声，紧接着病房门被缓缓推开。我心里一惊。我现在很怕见人，怕亲友来探视，而我却不认得人家，那种尴尬和沮丧，我这几天经历的太多。最好没人探视，我悄悄痊愈，待重出江湖时，又是好人一个。

房门口出现一张与我一模一样的脸。我松口气。她是我的双胞胎姐姐星琴若。但她身后还有一个人，一个陌生的俊秀的男孩。我又紧张起来。

那人还与我打招呼："嫣若，好点儿了吗？"

我诺诺，小声说："不是嫣若，只是嫣。"

那人笑了，说："她没失忆，她还记得改了名字。"

我叫星嫣若。这名字是我那爱看言情小说的妈妈起的，是不是挺矫情？高三的时候，我坚持改名字，把若字删掉，爸妈为此批评我好几年。因为印象太深刻，所以始终记得。

萧紫芳见我一脸茫然，说："贺骁腾，你来看病人，就空着手来呀？嫣，他是咱们高中同学，你姐的男朋友。"

我想了想，说："通讯录里没有你。"

琴若笑着说："八成又被删掉了。"

我迷惑："又被删掉？"

又一条信息传来，还是褚元。

"褚元要找我谈谈。"

萧紫芳赶忙说："告诉他你没空。"

我试探着问："呃，你们有仇？"

她又生气又想笑，说："有什么仇？"

"为什么你提起他老是悻悻的，他是谁啊？"

贺骁腾惊讶地说："你男朋友呀！难道这几天你都没见过他，他没来看你？"

我同样惊讶，"啊，我有男朋友？"

"有过！"萧紫芳一字一顿。

我更惊讶,"分手了?"

"对。"

贺骁腾和琴若的表情堪称惊喜,同时问:"什么时候分手的?"

我越发糊涂。

萧紫芳说:"你出事那天,你来找我的时候告诉我的。"

我脑海中"轰"的一下。难道我是为情自杀?我是有多爱这个人,才会受不了失恋的打击要跳楼?!

萧紫芳看穿了我的想法,说:"你想什么呢?分手是你提出来的,当时你如释重负。"

我看他们三个才真是如释重负。

萧紫芳说:"我们当然替你高兴。"

如释重负?难道我得了绝症,怕拖累他才分手,分手后觉得生无可恋,决定自杀?那我也太伟大了。

萧紫芳拍了我一下,把橙子递给我,说:"你能不能别异想天开?你说你太累了,所以要分手。"

我佩服极了。她真的知道我在想什么!

到底为什么要分手?我的好奇心倍增,顾不得招呼他们,一心要想起褚元。太累了是什么意思?有什么事儿可累呢?胡思乱想中,贺骁腾已经把他的号码存在我的手机上,说:"这下没人删我的号了。"

翻看相册,有许多张我与别人的合影。我看到褚元的照片,记忆被瞬间打开,连他们离开都未在意,只隐约听见琴若说爸妈在家炖排骨,一会儿给我端来。

和褚元相遇是在北京站。我从内蒙古支教回来,正赶上北京下大雨。五月底的北京,晚上十一点,等出租车的人排起长队。我衣衫单薄,被湿凉的夜风吹得浑身颤抖,只好抱紧背包,护住胸口仅存的暖意。一个迟疑的声音说:"你好。"我转头,一个高高瘦瘦的男人站在我面前,西装笔挺,领带系得一丝不苟,手拿公文包,一看就是公司职员。他把外套递给我,歉然道:"冒昧了。"

这是什么世道?他主动把外套借给我,还要先向我道歉!我顿时感动到无以复加,脸通红,喃喃地说声谢谢,披上他的衣服。我们边排队边闲聊,上车前,我生平第一次主动要了一个人的电话号码。

事后,萧紫芳无数次慨叹:"对这样的人你天生就没有免疫力!"

我说:"这是缘分,你不觉得吗?"

那时的我不到二十三岁,褚元二十七岁。

我喜欢二十七岁，既年轻又成熟，人生最美好的时光。

他在广告公司上班，很忙，但总会千方百计抽出时间陪我，宠我像掌中珍宝。他对我的关怀细致入微。他喜欢仔仔细细地看我，我的每一个小变化他都能发现。我常说他看我就像在玩"大家来找茬"。因为年龄差距大，他总是照顾着我，而我习惯被他宠溺。他有时也会任性，幼稚地赌气，像个小孩子一样需要人哄。

算到今日，我们交往一年多了。

"想起褚元了？"萧紫芳生硬地打断我的思绪，"一看你的表情就知道。"

我摸摸脸。我是什么表情？

萧紫芳摇头，说："好了伤疤忘了疼。走了，晚上我要开工，有空再来看你。"

她是个小演员，接了一个广告的活儿，晚上开拍。这个职业名利双收，且不浪费她的美貌。

黄昏的阳光是有重量的，像一种柔软透明的纱，薄薄地笼罩着大地。我的目光随光线闪烁，地板变成亮晶晶的海面，金色的波涛翻涌进退。一个身影立在夕阳中，阳光为他秀颀的身姿镶了一道耀眼的金边。是褚元吗？我努力辨认他的脸，却怎么都看不清。他的眼睛深邃明亮，像凝聚了整个银河系的星光。他说："我真不明白，褚元到底喜欢你哪一点！"

我惊得坐起身来，头晕目眩，差点儿栽到地上。

他是谁？他的语气失望而无奈，深深刺痛我心。他是谁？

我问过褚元："你为什么要把外套给我？等车的女孩又不止我一个。"

"喜欢你。"褚元说，"第一眼看见你就喜欢你。"

我甜滋滋地问："喜欢我什么？"

"纯洁。我是个对感情有洁癖的人。"

这个回答倒真出人意料。"还有吗？难道不是因为我漂亮、优雅、有气质？"我逗他。

他慢吞吞地说："都冻成那样了，还有什么气质？"

我大笑。

后来，褚元说我温柔懂事，安静可爱。

可在那个人看来，我一无是处。

我忍着越来越厉害的头痛，翻看相册，哪一个都不像他。我几时去过海边？相册中没有海。

他是谁？

妈妈不知何时站在我身旁，伸头看，欣慰地说："看照片呢？这不是褚元吗?他没来看过你,你没告诉他你住院了?"

"我们……好像……分手了。"

爸妈惊讶地对视。爸爸说:"褚元不错,为人处事都没得挑儿。"妈妈补充道:"你们一直挺好的,拌嘴吵架都少,好好的怎么分手了?是不是你耍小脾气了?别鸡毛蒜皮的事小题大做啊。"

信息有点儿多,我得消化一会儿。

首先,褚元已见过我父母,老人家对他甚是满意,未明缘由先偏袒他。其次,我的朋友、姐姐都讨厌他,且不是一般的讨厌。再次,我与他的关系似乎很融洽,连"拌嘴吵架都少"。

我讨好地说:"妈,人的脑袋还真是奇怪哈。除了你们和琴若,别人我都忘了。"

妈妈被我成功转移话题,说:"嘿,你再连我们都忘了!"

"那可说不准,我受伤了,忘谁不忘谁,完全无法控制。不过就算忘了,一闻到您炖排骨的味儿,立马儿想起来。"

爸看出我的意图,说:"先吃饭吧。"

等他们走了,我得找找日记或博客。糟糕,我好像没有记日记的习惯。

我睡得很不安稳,隐约惦念着什么,却又抓不住一缕思绪。

半夜突然惊醒,我都二十三了,工作呢?

我学的是财会专业,毕业后在内蒙古支教一年,回北京后进了一家会计师事务所工作。啊,住院这么久,我请假了没,是不是已经被辞退了?

琴若大半夜被我吵醒,没好气地说:"上班的事你倒记得清楚。你正在休假,不用请假了。焦虑症!"

对对对,我正在休假。我本打算和褚元一起去云南,所以请了十天年休假。还没出发我们就分手了。

啊,我活过来了,这些我都记得!

我兴奋了半个小时,转而忐忑。自由行,和男朋友,只有两个人,房间怎么分配,难道我们已经……

等等等等,我是个保守的人啊,绝不可能!

次日醒来,第一件事就是继续请假。我翻出自己的名片,试着拨打办公电话,自报家门,希望有人认识我。"您好。我是星嫣。"

"你从云南回来了?"语气还挺熟络。

"你是……"

"我池红啊。"

通讯录中有她,她和我工位相邻。"池红,要是再请几天假,该跟谁说?"

"你还敢请假？上次你请假，武部拖了好久才同意，脸拉得老长。"

"武部？"

"对呀，武司德。"

武司德！他是我大学同届校友，我们在同一学院不同专业。他家在外地山村，非常贫穷，是特困生，听说他来北京上学的旅费是全村人凑的。他成绩优异，每年都拿一等奖学金，还申请了国家助学贷款，为人寡言少语。

之所以对他印象深刻，是因为他曾经要退学。

大二的第一学期，忽听室友说武司德因为家庭贫困，负担不起上学费用，要退学。这件事知道的人极少，我的室友因与他的室友谈恋爱，因而得知。同学们纳闷：他有奖学金，还有助学贷款，平时又总打工，还会上不起学？室友说，他父母都是农村的，收入微薄。他的奖学金和打工赚的钱，不仅要支付自己的开销，还要寄回家给父母，日子只能算是维持糊口。那年他父亲突发疾病，借了很多钱治病。作为家中独子，他必须帮家里分担重负，于是想退学去打工。

我听了备觉辛酸。我的家庭条件中等，生活俭朴，从未为钱着过急，也从未想过身边有人的生活会窘迫至此。大学的食堂总有一个大桶，里面是校方为贫困生提供的免费汤，普通学生也可以享用。我分不清哪些是贫困生，哪些不是，因此总觉得图小便宜的人多，真正穷的少，听了他的故事，惊觉真有特困生存在。

那时的我有一头人人夸赞的长发，几乎到膝，乌黑柔亮，细韧如丝，如黑缎般闪耀，平时掉了一根我都要心疼好久。勤工俭学时，总有洗发水宣传的工作找上我，或发放样品，或在商场站柜，一把长发为我赚尽回头率。我狠心将头发剪了，卖了两千元，加上打工攒的钱，一股脑匿名寄给了武司德，劝他继续读书。

从那以后，每隔一段时间，我就将攒下的钱寄给他，附带一些鼓励的话，不留地址，不写真名，只落款"行若燕"。

武司德果然坚持了下来。我却因剪发被周围人骂个半死，只有萧紫芳知道真相。她亦不以为然，觉得我行为诡异，说我是滥好人。可是我却开心得不得了，在校园中远远看见武司德，我就不由自主笑溢唇边。

我从内蒙古支教回来，到会计师事务所上班。巧得很，武司德毕业后也到了这家事务所。我上班时，他已在此工作一年，是我的前辈了。他业务精湛，颇得老板欢心，提拔为业务三部的部长，我和池红及其他几个人归他管辖，共为一个审计部的成员。

大学时代的他，鼻梁上架着一副巨大的黑框眼镜，朴实的衣着，规矩的发型,虽是青年却老气横秋。不知是因为自卑还是性格沉闷,他总是悄无声息的,让人感觉不到存在。重逢之时,他已是西装革履,意气风发,倒比大学时还显得年轻些,严肃,潇洒,时尚,完全是大都市白领的派头。真是人靠衣装啊!我暗叹。

他完全不知道我是谁。

我硬着头皮给武司德打电话请假。他冷冷地说:"后天上班,别忘了。"

"我病了,真的需要请假。"

他哼一声,说:"你男朋友又闹妖了?"

我一愣。这叫什么话?褚元与他也有嫌隙?

"感情不能当饭吃,他养你吗,你什么都听他的?后天上班!"

我咬咬嘴唇,说:"对不起。我……我在住院,有医院开的病假条。"

"把假条送来。"他挂断电话。语气之冷硬让我都不敢喘息。

护士温柔地提醒我:"换液。"

甘露醇有些凉,输液几分钟,我的手臂开始发冷。我小心翼翼地用薄被盖住胳膊。

我体质好,很少生病。上一次输液还是在内蒙古时。当地的小医院简陋干净。虽然有暖气,室内温度依然不高。我独自一人在医院里,发着高烧,昏昏沉沉躺在床上,厚厚的棉被上盖着加厚的羽绒服,头疼得要裂开似的。药液输入体内,像千万根小冰针扎入一样。身体滚烫,一条胳膊冷得发木。有一个人,啊,他是谁,何时进来的?他的脸被月色朦胧。他坐在我床边的椅子上,把下一瓶要输的液放在怀里焐着。那一定很凉很凉吧。他的双手握着我的手臂,用体温温暖着我。

这是真事还是幻觉,我分不出,心中暖烘烘的,头又疼起来。

迷迷糊糊地,听到有人轻语。贺骁腾说:"她没提起过他?"

过了一会儿,他又说:"嗯,看来是真忘了。你可千万别提醒。"

"多一事不如少一事,我怎么会提醒。"琴若说,"就算咱们不说,紫芳也会告诉她。"

贺骁腾说:"未必,你看着吧。紫芳有她自己的打算。唉,真没想到,有一天星嫣竟然连他都忘了。"

我翻个身又睡去。

他们说的是谁,难道是那个特别讨厌我的人?他是否总与我作对,处处刁难我?为何他没再出现?

不知为何,我很想想起他,很想见到他,问问他对我的印象。

我曾问过琴若,有没有人特别讨厌我。她想不出来。我又问紫芳,她也茫然。

可以肯定的是，那个人认识褚元。但我又不能去问褚元。

远远的蓝天外，流云洁白，被风吹动，变幻莫测。我丢失的记忆，或许就保存在云天之外，有一天它会不期而落，如云化雨。

二、《守卫心灵》

萧紫芳匆匆来，扔下一叠纸。我瞥了一眼，题目是《守卫心灵》。"这是什么？"

"没事你就看看，解闷儿。"她又匆匆离去。

我正无聊，开始阅读。

《守卫心灵》

第一章　彷徨

夕阳西下。只是那么短短的一刹那，阳光已由金黄变为火红。红得那样灿烂，把斜晖下的万物都映得红彤彤、亮堂堂的。

谭辛强正骑车走在回家路上。夕阳下，他拉长的影子显得有些孤独。刚才在学校里与好友余楠的争论令他颇不平静。余楠的话又在耳边响起："你要明白，这世上没有一个纯粹的好人。无论遇到什么事，任何人都会首先考虑自己的利益，然后才有可能去考虑别人的利益。"

谭辛强忍不住道："为什么说每个人都会先考虑自己？肯定会有人遇事先考虑别人的。我坚信，世上会有这样的人。"

余楠悲悯地看着他，"你太天真了。世上哪有不自私的人呐。"

"这世上的人或许都有自私的一面，然而这对他为别人着想又有什么必然的妨碍？他难道就不能压制住自己的自私之心去为别人着想吗？他难道就必须时时刻刻想着自己，而不能有一时的舍己为人吗？"

余楠摇摇头，说："你别妄想了，根本没有这种人。要不世界早成天堂了。"

"也许是这种人太少，力量太小了。"

余楠叹道："我发现你是个标准的完美主义者和理想主义者。"

"别乱扣帽子。你焉知自己不是个悲观主义者？再说，我坚信世间的美好又有什么不对了？这有什么可悲可叹的。"

"世界不会因你的'坚信'而万事俱备。有人信奉上帝，上帝就一定存在吗？"余楠老气横秋地说。

"你能肯定这世上没有美好吗？世间的事物会因你的不相信而消失吗？你肯定你是正确的？"

"好了好了，"余楠的语气缓和下来，"我们反正争不出结果，就像《荷蒉丈人》中孔子与丈人无法达成共识一样，干脆不要争了吧。"

争论便如此结束。然而谭辛强的心中依然不平静。他想：为什么大家都不相信呢？美好又不是什么要命的事。是不愿、不敢，还是别的什么原因？

几只小鸟飞过，悠然落在楼顶，沐浴在霞光中啾啾叫个不停。天空已然变成了粉蓝与灰紫的幕布，更衬出落日酡红的脸庞。在如此美景下叹息，真是煞风景。他微笑着摇摇头，抬眼望在眼前。

他是一名高二的学生，父母于几年前离异，母亲出国了，他跟父亲一起生活。想到父亲，他心中一阵温热。他与父亲的感情很深。他们不仅是父子，还是很好的朋友。尤其是母亲离开后，他们的关系比"同呼吸，共命运"还要深一层。他不止一次幸福地想，他们父子是一个牢不可破的组合。

父亲是一个普通工人，待人和善，但由于不擅待人接物，在工厂中常受人排挤，与厂领导的关系也不太好。最近半年，父亲很烦躁，先是因为职称没评上，又因与车间主任争吵而被扣发了年终奖金，他很长一段时间都在生闷气。可这些都比不上工厂改制他被辞退的影响大。他"下岗"了。他又惊又怒，整天反复念叨着"有人从中捣鬼"，绷着脸，话不多说，总是沉默地抽烟。

谭辛强尽可能地安慰父亲，帮他调节心态。为了生活，父亲到处找工作，洗车工、摆摊卖东西、到工地当临时搬运工，等等，做了许多尝试，始终没有固定工作，收入更是没有保障。这为本就不快乐的家又增一抹愁云。父亲的脾气变得越来越暴躁，行为也越发古怪。谭辛强看着父亲颓废的样子，想帮忙，却无从下手。

谭辛强回到家，发现父亲并不在家。父亲被工厂辞退后，生活很闭塞，除了工作，平时很少出门。今天却如此反常。谭辛强做好饭，没有吃，他想等父亲一起吃饭。他做完作业后，一边看书一边等待，不知不觉睡着了。他被很响的关门声惊醒。父亲踉跄着走进门，脸色白得吓人，眼睛通红，眉毛虬结在一起，五官扭曲着，浑身散发着酒气。

谭辛强吃惊地上前扶住他，问："爸，您怎么浑身发抖，出什么事了？"

父亲直勾勾地瞪着他，眼中流露出恐惧、惊骇与茫然无措。

他把父亲扶到椅子前，让他坐下，拿过一杯水。

父亲抓起杯子一口气喝完了，手颤抖得厉害，几乎拿不住杯子。

谭辛强问："爸，您怎么成这样儿了？到底出什么事了？"

"嘘！嘘！"父亲慌忙示意他别出声，眼神迷乱，惶惶地张开嘴，半晌才发出声音："我……我也不知道。肯定是鬼迷心窍了我！在车里，他……我只是要一点儿……一点儿钱。"他哆哆嗦嗦地翻口袋，掏出一些皱巴巴的钞票，可怜巴巴地抬头说，"你看，你看，我只要这么点儿，只要这点儿，要是他不叫……我不……如果他不出声……"

至少有半分钟，谭辛强的脑中一片空白。他清醒后的第一个反应是看日历。他要看看今天是不是愚人节。但他心里对于日期已无所谓了，就算真是愚人节，他也不认为这是开玩笑。他扫了日历一眼，什么都没看进去。他眼前一阵模糊，思路却清晰得出奇！

"您——去劫出租车了？"他听到自己在问，声音却不像他自己的。

父亲低头默认了。

他咬着牙，问："您把他怎么了？"

父亲脸色更加难看，艰涩道："我没想到他会反抗，还叫起来……我在座上摸到……"他继续掏兜儿，掏出一根充电数据线，"他的声儿太大了，我就勒住他脖子，他往车下跑，摔了出去，然后就……就倒那儿了，再也没起来……"

谭辛强眼前一阵阵发黑。"然后呢？"

"我跑了。"父亲求助地望着儿子，似乎他的生死操纵在儿子手里。

谭辛强努力维持着镇定，说："去自首。"说完，他心如刀割。他明白，这三个字意味着自己与父亲高墙隔绝。

父亲惊然一惊，不敢相信似的望着他，低声，可怜兮兮地说："你让我……自首？"

谭辛强坚定地说："对，自首。"

父亲垂下头。屋内是令人心悸的沉默。猛然间，父亲抬起头，阴沉的脸色，狂乱的眼神，那种可怕的神情谭辛强前所未见。父亲低吼着说："我不去，不自首！死也不去！你想要他们来抓我？你眼睁睁看你爸蹲监狱、挨枪子儿？"他起身在屋里踱来踱去，喘息着，像一头困兽。

谭辛强惊讶了。父亲犯了错，本是一时糊涂，现在却拒绝悔改，拒绝认错。这是什么情况？自首是唯一的出路，难道还有其他办法？他痛苦地说："这不是一般的案子，您一定得去自首，错过了时机，后果更严重。爸，世上没有不透风的墙，早晚有一天会水落石出，还不如现在……苟活于世，您的良心会好过吗？最可怕的不是死，而是担惊受怕地等着事情败露。爸，您愿意过偷偷摸摸的日子吗？整天提心吊胆，生怕警察找上门来？"

"别说了，你不许再说了！"父亲逼近他低声嘶吼，突然转为无声，说，"我、不、自、首！"他挑战一般看着谭辛强，又似威胁，然后又在屋里转圈，嘴里轻轻地反反复复说："不去，决不去，不去，不去……"

谭辛强知道父亲的矛盾和痛苦，他自己又何尝不是。他只觉得屋里郁热至极，室闷到极点，让人再也待不下去。他悲哀地望着父亲，沉重地说："您好好想想吧。"

他冲出屋子。夜深人静，四周一片漆黑，无月无星，唯有寒意深重。他衣衫单薄，却感觉不到冷，人已麻木了，心如同被围困在冰窖中的一团火，苦苦挣扎。他抱着头无助地蹲下，思绪纷乱。

此后的一个星期，他瘦了很多，仿佛大病一场，倦容淡淡。对别人，他只说是病了，心里却知道，这是心病。父亲坚持不去自首，任凭他费尽口舌，父亲根本不听。父亲每天如常，找工作，回家，吃饭，看电视，睡觉，但谭辛强能感到他内心的恐惧和彷徨。

一个星期过去了，没有警察找上门来。事情似乎就这样平息了。谭辛强反而更加难受。他的良心告诉他，坐视恶行是不对的。无须警方追查，父亲应该去自首，接受惩罚。他整日为受害的司机及他的家人难过。他宁愿自己流泪流血，也不愿伤及无辜。他也在为父亲担忧。不，或许那已不能称为担忧，而是一种深深的恐惧！就在昨天下午，他回到家，看到父亲正在发呆，手里握着那根杀过人的数据线，他的神情让谭辛强全身打了个冷战。那是一种渴望的、迷醉的、向往的神情。他呆坐着，好像在回忆一件美好的事物，想得那么出神，连谭辛强放学回来都没察觉到。谭辛强顿时有了某种模糊的预感。这预感让他惊叫出声："爸，您干什么呢？"声音尖锐刺耳，连他自己都认不出。父亲这才回过神儿，连忙收起数据线，故作镇静地说："回来啦。"谭辛强永远也忘不了这一幕。他周身冰冷，彻心彻骨的冷！

打那以后，他时刻观察着父亲的举动。他知道，有时极度的失落、空虚和消沉会让人萌发暴力行为。只是他以前没想过事情竟会发生在他的身边。"是我太多疑、太紧张，以致神经过敏，想象出来的！"他安慰自己，尽量避免往这方面想。可父亲的表现一次次打碎他的希望！

父亲开始整夜地抽烟，在屋内踱步，双目散发奇异的光，有时激动得挥手，自言自语说个不停。终于有一次，他看见父亲在日历的28日上画了个圈。父亲激动得鼻尖冒汗，满面红光。谭辛强再也忍不住，大喊："爸，您要干吗？您到底在想什么啊！"

父亲粗暴地说："滚开！我的事轮不到你管。"

谭辛强跪在父亲面前，颤声说："爸，我求您了，求您了，求您了！"

父亲烦躁地踢他,"你疯了你,滚开!"

"爸,我知道您想要去干什么,您又要去……去……爸!咱家不是那样的人啊!您一向对人很好。爸,您为我想想,为自己想想,为那些人想想。爸,我求您了,别去,千万别去!"他紧紧抓住父亲的衣服,摇着,哀求着,浑身发抖。

父亲推开他,掰开他攥着衣服的手指,冲出了家门。

谭辛强伏地吞声啜泣,狠狠地捶地。

第二天在学校,余楠见到他就叫:"你昨晚干吗去了,俩大黑眼圈!"

"是吗?"他心不在焉地回应。

余楠说:"你自己照照镜子去。你这阵子不大对劲,成天着魔了似的,恍恍惚惚,瘦得不像样儿。抽大烟了?"

"去你的。"谭辛强有气无力地说,"不是告诉你我病了吗,一直没好利落。"

余楠一脸怀疑,嘀咕:"说有病,你又说不出个病名。你还记得那天咱们聊的话题吗?后来回到家,我仔细想了想,我还是坚持我的观点。我觉得,世上的好人……"

谭辛强打断他:"我今天不想和你讨论,咱俩改日再继续这个话题行吗?"

"好吧,说正事。运动会4×100接力,你最后一棒,成吗?"

他刚想拒绝,余楠说:"成了,就这么办了。你不跑最后一棒,咱们班就没戏了。我给你记上了啊。"

"好吧。运动会哪天开?"

"下个月。对了,今天我生日,你一点儿表示都没有?"

"什么?"谭辛强大叫,把余楠吓了一大跳。

余楠不满地说:"一惊一乍干什么你?"

谭辛强急得舌头都打结:"今天,今天多少号?不会是23号吧?"

"当然是23号,我生日啊。怎么啦?"

谭辛强无暇回答。日历上被圈起来的28日如同重磅炸弹炸碎了他的意识,充斥在他的头脑中。

28!这个可怕的数字,这可怕的日子!这是个噩梦吧?他脸色惨白,吓坏了余楠:"你犯病了?你可别吓唬我呀!"

"我没事,胃病犯了,让我自个儿待会儿就好,真的,谢谢。"他无力地趴在课桌上,眼前金星乱蹦。只有五天了,一定要制止,一定要制止啊,一定!爸,您这么做不对,您有没有替受害的人想过,还有他的家人,他们该有多伤心、多难过啊。爸,您遇事不如意,屡屡碰钉子,您心里憋得慌,不痛快，我都知道！您还有我呢，我会孝敬您，陪着您，让您开心。您的做法是不对的，要被人唾弃的，要一辈子受良心谴责！我不能眼睁睁看您害人害己，看您在邪路上走下去。爸，赶紧醒醒吧，我要帮您摆脱罪恶的念头，回到正常的生活里来。这个世上还是有光明和美好的，您看看吧！

他的努力没有起到丝毫作用。父亲已着了魔。谭辛强只有一条路可以走，就是"揭发"。一想到此，他心里充满了惊悸与愧疚。除此之外，他还能用什么办法阻止父亲？他绞尽脑汁，却想不出其他办法。他想打消这个念头，一转念，脑海中出现了另一幅图画：那根细韧的黑线缠在一个人的脖子上，深陷进肌肤里。他惊得倒吸一口凉气，矛盾极了，揭发的念头又回到脑海，再也不离开。他混乱得厉害，感觉被逼到绝境的人不是父亲，而是他，濒死的人不是受害者，而是他！

26日，晚8点。父亲关上了房门，客厅里只剩下谭辛强。就在刚才，他为劝说父亲做了最后一次努力，换来的是一记狠狠的耳光。他的脸上赫然印着五个指印。随着这一记耳光，他的希望清脆地宣告破灭。他缓慢地回到自己的房间，呆呆地坐在书桌前。黑着灯，没有拉窗帘，月光似白练，穿透皮肤，照在他的良心上。他夹在亲情与正义间，备受煎熬。

选择，是一早就做好了的，走出这一步，却耗尽了他的感情和力气。

27日，他生平第一次逃学。一大早，父亲已准备好豆浆油条，坐在桌前等他。父亲的眼里全是血丝。他亦如是。

父亲把豆浆往他面前推了推，说："爸昨天不该打你。"

他低下头，"没事。"

"你脸色不好。"

"有点儿胃疼。"这倒不是假话。他们昨晚都没吃晚饭，一夜未眠，他的胃已造反。

父亲起身去找药。

谭辛强匆匆拿了根油条，说："您别找了，不太疼。我去上学啦。"他逃出家门，在门外站了好久，眼泪在眼眶里打转。他知道，今晚当他再回来时，父亲将不在门内。

他紧紧咬着牙，咬得牙床都肿了，双手按着自己的腿，以防忍不住冲回屋去。"爸，我永远爱您！但我要对别人的生命负责，对您负责！"心脏不堪重负地狂跳着，直坠向冰冷的深渊。

他躲在附近，等父亲离开，立刻跑回家，在父亲的房间里翻箱倒柜地找那根数据线，用报纸包好，放进书包。家与公安局的距离忽然变得很短，每走一步都靠近了许多。他艰难地挪着脚步，每一次抬脚迈步都无比沉重，所有的关节都酸痛，嚷着要罢工。亲情和侥幸拉扯着他，正义感垂死挣扎。多坎坷的一条路，可他仍在走着，往前蹭着，没有停。

离公安局的大门还剩几百米，门口站岗的警察清晰可见。他停住脚步。在这之前，他都义无反顾地走着。此刻，他胸膛中奔窜着强烈的酸楚、深重的苦涩。他哭不出来，也压不下去。于是，那酸楚苦涩就堵在胸口，撕裂着他的心。这种心痛让他在路上踱了整整一天，直到黄昏。暮色渐合，过了今晚，就是28日。他抓着已汗湿的书包带，毅然向门里走去。"我要报案。"说出口的一刹那，世界骤然失去颜色。

再回家时已是半夜。像做了一场噩梦，父亲却真实地不在了。他掏出钥匙，打开门，家里空荡荡的。关上门，挨个屋子打开灯，明知父亲已被逮捕，他不死心地看了又看，最后颓然坐在沙发上，眼光一瞥，赫然见茶几上放着一瓶胃药。他抱着头，痛哭失声。

父亲受审时很坦白，交代了犯罪的全部事实。他不知道的是，受害人并没有死，只是晕厥了。由于开的是套牌黑车，损失也不多，受害者没有报案。

事情传遍了整个学校。一夜之间，谭辛强成了议论的焦点。同学们明显开始疏远他，连余楠也躲他远远的。周围的同学渐渐分成两派，一派冷眼旁观，一派舆论攻击。有的讥笑，有的嘲讽，有的指着他的鼻子要与他理论一番。谭辛强情绪低落时保持沉默，任他人口沫横飞他一个字也不给；有时又狂躁高亢地与人发生激烈争吵，直吵得众人围观，班主任出面维持秩序。

他觉得自己像一座活火山，随时可能爆发。

那么多人中没有一个为他说一句话表示一丁点儿同情施舍一丝友爱，连平日最爱标新立异的人都遂了大家意愿与周围人团结起来同仇敌忾深感统一战线的必要性发誓血战到底！

最令他寒心的还是余楠。

余楠的冷落似无言的指责，让他委屈愤懑欲说还休。

他到底做错了什么？"我没错。这是唯一的解决办法。别人愿意说让他们说去吧，我依然还是我！如果因为我坚持真理就被人唾弃疏远，虽非我愿，却也无可奈何，不用曲意逢迎。"这声音顽强地回荡着，一如他坚信世上的真情与美好，他等待着……

父亲被宣判七年有期徒刑。他每次探监，父亲都不肯见他，但下一次，他还是跑来试试运气。这一次又白跑一趟。他怅然回家，无意中在网上看到一篇文章，他的血都凉了。那篇文章指责他揭发自己的父亲是忤逆不孝，忘恩负义。"一个人的心竟能这么狠绝。我服了。原来世上真有这种人！什么大义灭亲，纯粹一白眼狼。他爸妈早离婚了，是他爸爸一个人把他拉扯大，居然养活出这么一个六亲不认的东西。他爸肯定后悔死了,觉得冤死了!倒了八辈子霉,生出这么个儿子来,专门坑爹。听说他爸不肯见他,那肯定呀,他爸特恨他……"类似的话他最近听了很多很多,但这篇文章不一样。它来自没有死的那位受害者,因而格外刺耳戳心。

远离了亲情与友情的他,犹如汪洋中溺水的人,正直是他抓住的唯一一根稻草。如今,稻草被人夺走,他被他保护的、付出巨大牺牲保护的正义抛弃了、鄙夷了。他什么也没有了。或许那个人并不代表良善发声,并不代表真理说话,然而谭辛强已无力分辨。他已被宣判了死刑,被剥夺了思考能力,被逼疯了。

"我真的错了?"脑海中飞旋着这个问题。四月末的气温竟这么低,他冻得浑身直打战。世界忽然变得没有意义。"死"闪现在他心头。死亡不是解决问题的办法,他懂。"可当你生不如死的时候,就有意义了。"他自言自语。这滞闷的环境,他再也受不了了。他开始专心致志考虑自杀,最后决定用煤气。整个过程中他出奇的平静,甚至能够微笑了。

他想到了余楠。余楠虽然冷落了他,但毕竟是他多年好友。他决定在死前跟他说几句话,至于别人,他实在无话可说。连打了三个电话,余楠都没接。谭辛强发了一条信息给他:我还是相信世上有美好与正义。

他为自己一生中的最后一句话感到满意。

正是晚饭时分,一点儿煤气味儿不会招惹太多人注意。他打开煤气开关,平静地躺到床上,吃了一颗父亲临去时给他的胃药,想着父亲的模样,闭上了眼睛。

纸上的字迹摇摇晃晃,我的眼睛无法正常对焦,无奈放下纸。
琴若来给我送饭,问:"看什么呢?"
"紫芳给的。"
琴若扫一眼,脸微微变色。
我问:"你看过?"
"嗯。歇会儿,吃饭吧。"
我哀号:"看得我头疼死了,太折磨人了这破文章。"
"萧紫芳真是的,给你看点儿轻松快乐的多好。"琴若顺手把纸放在一边,把饭盒放在上面。
我忙说:"别拿它垫桌子啊,沾上菜汤儿就没法看了。"
琴若不以为然,说:"哎哟,你要想看小说我给你找,比这好看。"
"不行,我得看看后边的事。你别剧透啊,我要自己看。"

"你觉得写得好吗?"

我认真地说:"文笔一般,构思不坏,角度比较新颖,故事太沉重,遣词造句很刻板,看得人难受。"

琴若说:"那你还看?你一会儿可收好了。妈晚点儿过来看你,要知道你头疼还看书,准给你扔喽。"

我听完饭都吃不下去了。

爸妈见到我三句话离不开催我跟褚元和好,我一直拖着,至今没跟褚元联系。我自诩是重感情的人,且特别能忍,由我提出分手,必有充足的理由。在没厘清思路前,不宜轻举妄动。

琴若说:"想什么呢?饭都快吃鼻子里去了。"

"我是不是忘了一个很重要的人?"

琴若皱眉,问:"为什么这么问?"

"猜的。"

她想了想,说:"如果真的重要,你不会忘。"她说得对。

爸妈走后,我迫不及待拿出小说看。故事并不是特别好看,可是文章的质朴清新犹如晨风拂面,虽青涩,却真诚。文中的世界,简单,透明,天真得动人,让我想起年少的时光,正义与真理常挂在嘴边,口中说着永远,心里也那样相信着,年纪尚幼,却喜欢说生啊死啊的,框定了一生。

《守卫心灵》

第二章 隔阂

谭辛强并没有死。那晚年级主任去家访,及时发现并阻止了他。

消息辗转传到学校,引起了很大反响。

我与他同班,没有过多交谈。他的经历引发了我深深的思考,他的自杀让我极为震惊。也不知凭着怎样的一股冲动,放学后,我径直来到了他的家。

边走边打听,在路人好奇的目光中,我来到他家门前。他家门外加装了一扇绿色的纱门,夏天防蚊蝇又通风凉快,里面的门开着。我敲敲纱门的门框,无人应答。来来往往上下楼的人都在看我,却又在他家门外加快了脚步匆匆而过。我受不了他们刺探的目光,鼓足勇气,拉开纱门走进屋。

这是一间小小的两居室,格局很老,南北是卧室,中间夹着客厅。在白天,如果不开灯,客厅昏暗得什么都看不清。

屋子里没开灯。

乍从明亮的楼道走进屋内,只觉一片漆黑。阳光似乎从来没有照进这间屋子，否则怎会如此寒冷，如此黑暗。

过了一会儿，适应了光线，我才看到谭辛强。他坐在沙发上，黑沉沉的眼睛深不见底，目光穿过墙落在不知名的地方。见到我，他警觉地露出防备之色。他肯定受到过许多伤害，才会以为不请而入侵入他仅存的安全之地的我是来伤害他的。我因黑暗而升腾起的一丝怯懦瞬间消失，被一股巨大的力量鼓动着，说："对不起，打搅了。谭辛强，我想来告诉你，不用太在意别人的看法。你不是为别人而活，他们说什么与你有什么相干？旁人是否理解是否接受，要看个人的觉悟。有人说你疯了，有人说你傻，还有人骂你更难听的，越是在这种时候，你越要坚定信心。只要你相信自己，你的出发点是好的，你的做法是正确的，这就够了。无须随波逐流，无须迁就大众，无须讨好别人！我知道你是对的，也佩服你的勇气，如果是我，我也会这样做，只是说起来容易，真到了那个时刻，我未必有你的果敢。但我相信会有越来越多的人明白你，支持你。你以为你的死是一种反抗，是一种对正义的坚持，可别人会曲解为你的忏悔，反而说你懦弱。你要保护好自己，千万别放弃。做一些傻事，只会让亲者痛仇者快。你要活得好好的，让他们看看。只有活着，才有希望。"我一口气说完这些话，激动不已，热血沸腾。

他静静地听完，说："如果你要标新立异，找个别的题目吧，别来趟这浑水。"

一盆冷水浇得我透心凉。我原以为他就算不表示感谢，至少可以打起精神，没想到他这么想。面对淡漠的讥讽，我不知所措，过了好一会儿，才说："我不是来捉弄你，或者显摆自己与众不同，我说的是我的真实想法。我也不是来施舍同情或者安慰你的，只是觉得有好多好多话想要说出来。"我的声音比刚才低了八度。

"说完了？请你离开。"他又望向虚无。

我委屈得眼泪在眼眶里直打转，倔强地挺直脊背，走出他的家，一边埋怨着他不识好歹，一边气愤自己的傻气，走到路口，才想起来自行车还在他家楼下，只好折返。

晚霞满天，许多人家的厨房里飘出饭菜香、煎炒声。我想到那间冰冷的房间、了无生气的人。父亲不在了，他每天都吃什么？别的同学回到家，父母已做好饭菜等候，他放学回家，得自己做饭吧。看他刚才的模样，没有做饭的意思，没有过日子的心气儿，今晚他要饿一宿吗？他到底多久没吃过饭了？我忽然不忍，心烦意乱地翻着书包找零花钱，在附近的饭店买了一份盖饭。

再次敲绿纱门，还是没有回应。我轻轻拉开纱门，屋里比刚才更黑，这次真的什么都看不见了。我没有进去，只把那份盖饭放在门内，悄悄离开。

谭辛强自杀未遂后，学校里针对他的谴责和挑衅都从明面上消失了，变为背后的指指点点和窃窃私语，以及冷淡的对抗和无形的排挤。

我百思不得其解。为什么他会成为众矢之的？他很可怜，大家应该关怀他、帮助他，为何同学们却落井下石？

我问方思。方思说："对他们来说那不叫落井下石，而是伸张正义。"

我想了好久，想不出正义在哪儿。"你也这么想？"我问方思。

方思骑着车，一脸烦恼，没理我。

"想什么呢，这么出神？"

她懊恼地说："今天该换桌了。"

我们班的座位从前到后按身高排序，她在倒数第二排，我在她前面，每个月都向左挪一个座位。这次挪完后，方思将和谭辛强一桌。

我说："换呗。"

她白了我一眼，"你说得倒轻巧。大家躲他都来不及，别说坐同桌了。"

我唱起歌来："明天你是否会想起，昨天你写的日记，我也是偶然看相片，才想起同桌的你……"

她叹气："别闹了，人家正发愁呢。"

"愁什么呀，他又不吃人。"

"你忘了他爸的事儿了。"

我觉得腻烦，"一块儿上学而已，干吗扯上家里的事。"

"要是人人都像你这么简单就好了。这要是放在以前……"她缄口不言。这要是放在以前，谭辛强长得又高又帅气，成绩优秀，是老师的宠儿，又是体育健将，擅长短跑和游泳。据说有个他初中时的女同学，自从在运动会看见他跑步就开始喜欢他，追了他三年多。

她沉重的表情逗乐了我。"开心点儿，世界末日还没来。"我嘴上这么说，暗暗替谭辛强担忧。换桌对他而言又是新一轮的煎熬吧。

方思自我安慰，说："他今天未必来上学。"

一进教室，我们立刻发觉气氛不对。谭辛强来上学了！他形容憔悴，表情冷淡，静静地坐在座位上。无须做什么，他已成为焦点。

最后一节课上完，班主任宣布换桌。方思忽然举手，说："老师，我视力不好，最近总看不清黑板，我能往前坐吗？"

"来了。"我想。

教室内顿时安静。班主任逐个问前面的同学是否愿意同她交换。从第一桌开始，每一个都摇头，问到我，我起立，说："好。"搬起课桌，我和方思交换位置，互相都没看对方。同学们看看她，又看看我，顺便偷瞄谭辛强。

接下来，满屋都是桌椅声，换桌完毕。

"老师。"后排传来一个声音，是坐在谭辛强身后的姚小飞，"老师，我看黑板有点儿模糊，能和谭辛强换一下吗？"

谭辛强起身搬桌子，二人交换了位置。

姚小飞成了我的新同桌，他坐定，对我挤眉弄眼。我身后的章桦大声说："你们前面太高了，挡得我什么都看不见。"

我的心一下子提起来。

班主任无奈，说："章桦，你视力也有问题？"

全班哄笑。我不敢看谭辛强，暗自替他难过。大家都清楚，所有的特殊要求都与他有关。

章桦无辜地说："我眼神儿好着呢。他们太高了，我得歪出头去才能看到黑板。"

又是一阵刺耳的哄笑声。我跳起来，按捺着激动，说："我跟你换。"所有人的目光都移到我身上，姚小飞锐利地盯了我一眼，方思悄悄扯我，我置之不理。我刚要搬桌子，谭辛强站起来，声音不高却清晰："老师，我想和于猛换一下。"

全班一共三十七个人，六排六列，只有一列是七个人，于猛就是那最后的第七个。

班主任尚在沉吟，同学们尚处在我自告奋勇的惊愕中，谭辛强已搬着自己的课桌走到于猛面前。于猛看了看班主任，默默搬到了谭辛强的位置。

谭辛强坐下来。那是一个靠窗的位置。他注视窗外，仿佛这屋里的事与他再也没有关系。他的手紧握着书包带，只等宣布放学，拎包就走。

班主任点点头，所有人都如释重负，以后不再需要考虑谭辛强同桌的问题了，那个座位永远是单独的一桌，就像是多余的一个。

我为我的同学们感到羞愧。

放学时，方思想跟我说话，我径自走了。晚上，她打电话给我："别生气了。我也是突然想到的，没跟你商量，害你差点儿跟他同桌。其实你不用真的跟我换座，我只是向大家表明态度而已。再说，就算第一次换桌是因为我，第二次可是你自己要跟章桦换的。"

她不解释还好，我听了火冒三丈，问："你是真看不清，还是假看不清？"

"当然是假的啦。"

"我要的就是这句。"

她惊讶："你到底生什么气？你还真想跟他同桌啊？"

"你别混淆。我不赞同你们瞎换桌,和我是否想跟他同桌是两码事。你们欺人太甚。"

"没事儿吧你?什么意思啊?"

我简短地说:"人要有自己的判断。我要写作业了,再见。"

妈妈问我跟谁说话火气这么大。我把事情从头到尾讲了一遍。

爸爸在一旁说:"为了芝麻大点儿小事和同学闹别扭,不值得。"

我严肃地说:"爸,要是别的同学这样挤兑我,您也觉得是小事吗?"

"谁要敢挤兑你,我找他去。但是这只是你们同学之间换座位的事嘛,大度一点儿,别计较那么多。"

我义正辞严:"爸,您的话似是而非。大度是应该的,但得看用在哪儿。这可不仅仅是换座位,而是他们排挤谭辛强的一个表现形式。我受欺负有您给我出气,谭辛强父母不在身边就活该任人欺负?我可看不下去。"

妈妈说:"你别因为他跟同学起冲突啊,踏踏实实上课,准备今年的会考。"

"我也不想啊。他们老生事。"

妈妈问:"谭辛强他妈没回来?"

"不知道。没回来吧。"

妈妈摇头叹惋:"孩子就这么没人管啦?"

爸沉思着说:"没想到谭辛强的事在你们班引起这么大反响,还让你们学生之间产生了矛盾。要不,我去找他们班主任谈谈?"他征求妈妈的意见。

我吓了一跳,问:"谈什么?"

"你们这帮学生都不好好上课,成天琢磨别的,我得问问你们老师打算怎么办。"

我忙说:"不行,您别去。"

"都好几个月了,还没消停。今年你高二,明年高三,老踏实不下来怎么行?"

"您别去,您去反而加深影响。"

妈妈说:"他们班主任年轻轻儿的,镇不住调皮的孩子,还是找年级主任管用。"

我情急大喊:"你们俩要干吗呀?找老师有什么用,他能怎么办?要么训谭辛强,要么训和他做对的同学,都不是好办法。他训谭辛强没有任何道理,谭辛强做得对,他已经够惨的了,不能再逼他。要是训和他作对的,只能激化矛盾,他们以后更得挤兑谭辛强了。唉呀,你们别管了!"

妈妈说:"你听听,她老想护着那个谭辛强。"

爸爸沉下脸说:"你先别管人家,多放点儿心思在学习上。你的主业是学习,不是多管闲事。"

这算闲事吗,这是身边事,是正事。学知识考大学固然重要,但世界观和人生观的树立更重要。现在正是不同的思想相互碰撞,世界观和人生观形成的关键时刻。一不留神,一辈子都可能走错。差之毫厘,谬以千里啊。

但我只敢腹诽,不敢顶嘴,老老实实回屋学习去。

次日清晨,方思在上学路上等我,笑容满面。"侠女,还生我气吗?"

"倒不是生气,只是不确定该把你当朋友还是普通同学。"

她睁大眼睛,说:"没听懂。"

"我怕有一天我没做错,只因为别人唾弃我,你就跟着唾弃。那还叫朋友吗?"

她盯着我,"你是替谭辛强打抱不平,还是说真的?"

我疑惑,问:"有区别吗?"

"有。"

"好吧,都有一点。"

她很认真地问:"你觉得他没错?"

"你觉得呢?"

她犹豫不答。

我说:"你要真觉得他错了,你昨天的做法倒算得上发自内心。我虽然不赞同,但至少你言行一致。就怕你心口不一,想的是一回事,做的是另一回事。我又不是透视眼,看不懂,不敢跟你交心。"

她又糊涂了,说:"等等,让我捋捋。你赞成他,对吧。要是我觉得他错了,你愿意跟我做朋友,要是我觉得他对,你倒不敢跟我做朋友了,是吗?"

"对,主要看是否忠于自己,是否有主见、有原则。"

"啊,又扯上原则了!"她哀号。她已经明白了,"其实我也觉得过分,事后很不安,可我怕被孤立。"

我喜欢她的坦白。我说:"谁都怕。因为怕被孤立,就去孤立别人,这不好。"

远远的,我们看见余楠。疏远谭辛强后,他总是一个人上学。我和方思会心地对视。背离了朋友,其他人也不见得接纳他啊。

课间,方思疾步走到我面前,不知生什么气,语气恶狠狠的,说:"我告诉你件事。"她把我拉到教室外一个僻静地儿,说:"气死我了。"

"什么事啊,还挺神秘。"

她气呼呼地说:"不是神秘,是卑鄙!你知道运动会报名的事儿吧。谭辛强居然报了跑一万米。"

我惊讶了。"他一向是短跑冠军，应该报短跑或者接力啊。再说，他最近遇到这么多事，身体支撑得了吗？"

"说的是呀！我觉得，肯定有人从中捣鬼。这不是谭辛强自己报的。以他现在的状态，他可能什么都不想参加。"

我的脑子不够用了。"谁这么缺德啊？"稳稳神，我想通了，"姚小飞知道，他是体育委员。"姚小飞就算不是主谋，至少也是知情的。如果谭辛强没报一万米，而是别人替他报的，无论如何绕不过姚小飞，必须经过他统计后再往上报。一个擅长短跑的人忽然报了长跑项目，足够引起他的注意了，他却不言声。"我找他去！"

方思拉住我，说："我就是跟你念叨念叨，你还真去找他啊。"

我气愤极了。"姚小飞一直看不惯谭辛强，可我没想到他居然干出这种事。我不能坐视不理。"

方思拉着我不放，说："算了，运动会那天谭辛强放弃比赛就行。你管也管不了，多一事不如少一事。"

我急得跺脚。"那怎么行！方思，你心里跟明镜似的，却要袖手旁观？"

"你问他他不承认怎么办？"

"不管他怎么回答，我反正要问一问。"我挣脱她，跑到教室里。明辨是非不仅要心知肚明，还要付诸行动。

依着我的脾气，当时就要去质问他。恰在此时上课铃响起，我忍着气上完课，四十五分钟过后，已冷静许多。没有真凭实据，不能妄加指责。但眼看已经放学，我不能轻易放他走。我从一句平和的询问开始："姚小飞，咱班运动会的报名表能让我看一眼吗？"

他一边收拾书包一边说："名单已经报给学校了，你要改项目啊？"

我直截了当地说："不是。我想看看男子一万米咱班有人报名没。"

他顿时警觉，说："我忘了。"

我已了然，问："忘得了吗？"

"名单已经定了，改不了。这事跟你有关系吗，你盯着不放？"

我笑笑，说："我倒想问问你，这事跟你的关系有多大？是你一人干的，还是有其他人参与？"

"多管闲事。"他背起书包要走。

我说："你不觉得你做事太卑鄙吗？有本事明着来。"

姚小飞取笑说："你想维护别人，也得人家领情才行。"

"用不着你操心。"

姚小飞嗤之以鼻，说："这事与你无关，别瞎掺和。"

我说："我就是看不惯你欺负人！"

我们俩的声音原本不大，渐渐声高起来。班里的同学一大半都走了，即使没走的，因为我们没挑明，他们不知道我们在说什么。只有方思明白，她坐在自己的座位上听着，没有回头。

姚小飞说："我最烦你这种假装卫道士的人，没劲。"

"我最看不起别人暗箭伤人，恶心！有能耐你也报一万米，赛场上争个高低。"

他被我激得火起，说："我就不明白了，关你屁事啊？"

"我也不明白，他没招你没惹你，你干吗非要和他过不去。"

他扬起眉毛，说："他招我了，也惹我了！"

"有病！"我轻蔑地扫他一眼，背上书包走了。

我走到自行车棚，正巧谭辛强也在。他的自行车与我的车离得很近，他正弯着腰开锁。我思忖着要不要告诉他运动会的事，他已经推车走了。经过我身边的一瞬间，他说："离我远一点。"声音低得几乎听不清。我一愣神的功夫儿，他已走远。

方思向我跑过来，说："听你俩快吵起来了，把我紧张死了。哎，你发什么呆啊？"

"没了！没了！"我惨叫。

萧紫芳说："没了就没了呗。"

"你让我看的是什么小说？看得我头晕。笔法稚嫩，用语书面化，生活中谁这样说话？"

紫芳偷笑，"这是你高中写的随笔，那时你就是这么说话的。"

我连忙捧着当宝。"哦，哦！怪不得遣词造句像上个世纪，写得还挺不错的呢。没下文了？"

紫芳翻翻白眼，说："你写到这儿就不写了。"

"我不可能江郎才尽啊。"

"真受不了你的自恋。你说太惨了，写不下去。"

我好奇地问："你看过后面的故事？有多惨？"

萧紫芳难得露出凝重表情，说："班里以姚小飞为首的大部分同学都排挤他。"

"这我知道。"我忍不住打断她，"杀人的是他爸，又不是他！他试图阻止，是个正直的人啊。你看他的痛苦挣扎，我都要崇拜他了！"

"他们倒不是觉得杀人是对的，而是觉得谭辛强举报自己的爸爸难以原谅，出卖亲人不可饶恕。"

我气愤地说："难道任由他爸去杀人？"

"你的想法还和当年一样啊。"

"快讲讲后来的事。"

"他爸爸没过多久就死了，有人说他自杀了，用的是一把牙刷，还有人说他心肌梗。"

死了！

紫芳说："他爸死后，谭辛强再也没去学校。虽然他在北京还有一些亲戚，但听说都不愿和他家沾边。他妈妈后来把他接到加拿大去了。"

我心如刀割，义愤、悲哀、无奈、感慨。高二，十六岁，花儿般的年纪，那少年已经历人生巨变。父亲犯罪的耻辱，未能制止的懊悔，拒不见面的痛苦，众叛亲离的孤独，被人误解的委屈，踽踽前行的悲壮，远走他乡的飘零，一个少年该如何承受？

我自语："我怎么写了这么惨的故事？"

萧紫芳沉默。

我脑海中灵光一闪，惊呼："这是真事？！"

她点头。"你总是据理力争，与他们针锋相对。班里分成两派，争论特别激烈。你势单力孤，可从不退让。"

"谭辛强呢，也和他们争论？"

"换座位那天，是大家最后一次听他说话。打那以后，他没再说过一个字。他走的时候，我们都不知道。"

我激动得喘息，久久才问："他认错了吗？"

"什么？"

"他觉得他做错了吗？"

萧紫芳神情复杂，说："他只恨没能早一点阻止。"

我松一口气，又替他担忧。

许多事我们无法改变，只能用"尽力了"来安慰自己，无奈中透着解脱。但在他的故事中，这"尽力了"却无法改变结果的无奈，背后蕴含着多么大的痛苦啊。

"一万米他真的去跑了？"

"跑了，看他跑步简直是煎熬，都替他揪心。但是他坚持下来了。最后好像是得了全校第三吧，我记不清了。"

"扬眉吐气。"

萧紫芳说："太累了，看着都替他累。我都不知道最后那几圈他是怎么撑下来的。"

我好奇地问："我真的去他家了？"那时的勇气是怎么产生的？

"你是这样写的。"

"但愿我去了，让他知道有人支持他。以他的正直、坚强，长大后一定是个很出色的人！"我充满希望开心着。

萧紫芳反复盯着我看。"你还记得他长什么样儿吗？"

"七八年不见，谁想得起来？"

紫芳疑惑地说："星嫣，有时候你善良得真的很莫名其妙。一个你'忘记'的人'可能'过得好，值得你这么高兴？你都忘了人家了，他对你来说就是个陌生人。"

"陌生人怎么了？我喜欢看别人过得好。"

萧紫芳仰天长叹："跟你有什么关系？"

我忽然想到褚元。分手后，他过得好吗？爸妈很喜欢他，朋友却讨厌他，他到底做了什么？

"褚元是个好人，我为什么要分手？"

萧紫芳喃喃："原来这世上的事真的想忘就忘得掉。"

我望着窗口发呆。看到自己写的文章，想不起来还不算什么，居然会觉得其中的词句新鲜，比如正义、真理、永远，等等，可见我在现在的生活中，已经久久没有想到过或者用过这些词语了。我与当年相比，变了很多吧。"明辨是非不仅要心知肚明，还要付诸行动。"这是我七年前说过的话啊。

我想到了那个特别讨厌我的人，如果他见到高中时的我，就不会觉得我一点儿优点都没有了吧。

"紫芳，我跟你提过的那个特别讨厌我的人，不会是姚小飞吧？"

紫芳说："不是，姚小飞是贺骁腾。"

"方思是谁？"

紫芳说："我。"

我问："琴若在小说里面是谁？"

"她和咱们不是一个班的，不在小说里。"

我两眼放光，问："谭辛强呢？"

紫芳说："谭辛强就是谭辛强。"

"在现实生活中就叫谭辛强？"

"对。你写他的时候用的是真名。"

谭辛强，高高瘦瘦的，容貌已模糊。那时我是语文课代表，语文老师布置了每周都要交一篇随笔。他离开得很仓促,我发完了所有同学的随笔本,只有他的随笔本没有领走,留在我手里。自从他家出事,他上课总是断断续续的,随笔很久都没有交过。最后一篇随笔,他写了四十三页,详细记录了他父亲的事,我看了之后深受震撼,由此写了《守卫心灵》的第一章。往事历历在目,他的坚强沉默,紫芳的不敢支持,贺骁腾的挑衅姿态,如此清晰地回放。

我轻声说:"不知道他现在过得好不好。"

紫芳摇摇头,说:"不知道。"

三、用满天繁星守护

褚元第一次也是最后一次打电话给我时,琴若与妈妈正聊得开心。我喜欢身边热闹,自己却不多说话。她们的声音大到我根本听不见手机里的话,也可能褚元什么都没说。从那以后,他再也没联系过我。

我在公司附近租了一处房子。出院后,我打算继续住在出租屋里。爸妈起初坚决反对,后来考虑到我住在家里上下班路上要花三四个小时,终于恩准。

这间四十多平方米的一居室是我的避风港、安乐窝,我已住了一年多。环顾卧室,单人床、衣柜,靠窗放一张书桌,摆着台灯、笔筒、电话和一个透明的大玻璃瓶。瓶子里花花绿绿,满满的都是用彩纸叠的星星。书桌有三个抽屉,其中一个用密码锁锁住。我哀叹,真的想不起密码。

回到公司上班,幸好平日里工作做得细致扎实,所有的笔记、计划和记录都齐全,很快能投入工作。我向武司德报到。池红见了我,说:"好家伙,你这一猛子休了半个多月的假,居然没被辞!"我这才知道,武司德并没有告诉别人我后来请的是病假。这倒好,省得我解释从楼梯上摔下来的事,连我自己都没闹明白。

下班回到家,把疲惫的自己扔到床上,连爬起来喝水都犯懒,头嗡嗡直响,胃里有些翻腾。如果褚元在,他会飞奔而来,一杯热水送到唇边,责备说:"工作糊口而已,那么拼命!"

我歪头,瞥见彩色的星星,挣扎着爬起身把瓶子抱过来,将所有星星倒在床上,拈起一颗翻来覆去地看。

我喜欢记录生活,把印象深刻的事写在纸条上,叠成星星储存,为此买了两个浅蓝色冰裂纹的大玻璃瓶。有一天我老了,记性差了,打开星星,生命随即重演,满满的都是酸甜爱恨,回味悠长。

琴若说我过于念旧。我承认我是个拿得起放不下的人，紧紧抓住曾经的美好回忆不放手。

这颗有些松了，稍一动就散开，露出彩色纸条上的字。展开纸条，上面写着：今天风冷，褚元走在上风处，替我挡住寒冷。再打开一颗，上面写着：细雨纷纷，本以为褚元不会来，走到街角，他撑着伞在等我。

我把星星逐一打开，每一颗都记录着一条他对我的好。我又把星星逐一叠好，放入瓶中，就这样反复温习着他的体贴和温柔。

我记得他对我的好，每每重温，感动一如既往。有这样的男朋友多么幸福，我还有什么不满意？

可是，从最开始他借给我外套，我感念他的善良，到之后的每一份来自他的关怀，除了感动和感谢，我对他的爱慕哪儿去了？摔了一个跟头，就把爱慕摔丢了？

每一张彩色的纸条都是我亲自裁的，我悉心收集与他交往的点滴，不肯忘记，叠成星星，放在床头，预备一辈子纪念。我多么珍惜他啊。这份珍惜，直到现在有增无减，爱慕却丝毫不见。

有一只折纸小兔隐藏在星星之中，拆开看，是我写的短诗《蓦然回首》：

你为我流的泪
我用漫天繁星去守护
我细痕遍布的心
用什么弥补

你沉默的依恋
你怜惜的心酸
我记在心田
不会忘
不敢忘
直至永远

你凝视的目光
是炎炎夏日
最清爽的风
我用心珍藏你的微笑
等待适时释放
驱散黑暗

照亮前程

你真挚的情感
在你随风逝去后
依然为我的黎明
缤纷出一片瑰丽色彩
和我的祝福一起
幻为永不褪色
岁月的书签

往事如蝶
苍茫经年
半梦半醒间
听到自己的叹息
有一种人
终生厮守
还有一种
遥遥牵挂
然而我们却注定
相忘于天涯

诗的落款时间是我从楼梯摔下来的前一日，从中可以读到悲伤、无奈、感谢、拒绝。这首诗为谁而作，到底发生了什么，我绞尽脑汁，想不起来。

我问琴若我对褚元是不是不够好。琴若使劲摇头，说："正相反，你对他已经好得不得了了。我想不出你还有什么不能为他做的，还有什么没为他牺牲。"

那么，是他特别优秀，我配不上他？

琴若还是否认。

我又问萧紫芳，紫芳露出庆幸，说："真不容易，你总算开始考虑这个问题了。看来人需要从一个状态中跳出来，才能看清事实。你是该好好想想，你对他的付出，到底出于什么感情，为了什么目的。"

她俩让我糊涂了。

我必然有不好之处，否则，就不会有人为他鸣不平。

一切疑窦，或许都要那个人来解。

公司派我们为一家公司做审计，它的对手即将把它吞并。业务上的事儿我轻车熟路，如果不是有人干预，我们本可以顺利完成。出面干预的人叫施维维，是这家会计师事务所老板的女儿。她的干预其实没有恶意，她喜欢武司德，因此对我们部门格外关注，总是不请自来出谋划策。施维维并非财经专业毕业，而是学新闻的，对财务金融一窍不通。她爸爸的本意就是要她在公司里转转看看，熟悉一下公司环境，并不指望她真的干活。

武司德无奈，把她的意见照单全收，转交给我处理。我夹在中间十分为难，为了维护审计结果，每当施维维给出一些不专业的"指点"，我总忍不住顶回去。武司德知道我是对的，因此默许。施维维是个聪明人，她没有明着摆大小姐的架子压我，或者醋意大发跟武司德闹，而是选择冷静观察，等候时机惩治我。

部里其他的人都远远看着，我连吐苦水都不敢找他们，怕人心深沉自己落入圈套。

有时我不禁想，如果谭辛强面对这些问题会怎么做。

因为想不起他的模样，偏又好奇满满，我曾到处寻找他的照片。高中毕业照上没有，因为他高二就走了。日常的照片中没有，上学时我们几乎没有交集。我的同学录、通讯录都没有他。我真想记起他的容貌，虽然他现在肯定变了样。

四、行若燕

九月的北京，湛蓝的天空白云悠悠，阳光刺眼，有一点儿晒。紫芳拍戏间隙，约我喝茶。琴若是我姐姐，心事告诉她跟告诉爸妈没区别。她又在热恋中，时间和心思都在贺骁腾身上。和琴若比起来，我与紫芳更要好。

茶吧里弦乐悠扬，装修以绿色为主，一进屋便觉得恬静、清凉。墨绿色的纱幕从屋顶垂坠到地面，分隔出一间一间的茶座。紫芳穿着宽大的花衬衫，色彩斑斓如秋日的胡杨林，黑色的紧身长裤，戴一对精巧的银流苏耳坠，华丽优雅。我则是白上衣，米色麻纱长裙，足蹬白色休闲鞋，背着双肩包，像个学生。

和紫芳坐定畅谈，许多烦恼在聊天中消散。与朋友相处时，我总是比较安静的那个，于是说着说着，变成紫芳口若悬河，我聆听。紫芳是天生说书的料，总能把一件普通的小事讲得极富意趣。因为工作的缘故，她总是讲一些明星八卦，每每让我笑得肚子都疼。

"一次就好，我陪你去看天荒地老……"手机响了，她到外面去接听。

来电显示的名字是"他啊他"。每当这个人来电话，她一定要离座去接，我极其好奇，几度怀疑是她男朋友。

茶杯中红茶鲜亮，倒映着我的眼眸，摇晃的光影，追着我的思绪。高中时，暑假里的一天，天气如今天这般晴好。我、琴若和紫芳三个人一起聊天，聊到喜欢的男生。紫芳说："要疼我，珍惜我，看到并欣赏我所有的优点，容忍并爱着我所有的缺点，一辈子对我死心塌地，让我感觉到踏实，为我可以放弃一切，给我别人都给不了的幸福。"

我们都笑她贪婪。

我说："如果要到爱的程度，他应该善良热忱，坚韧果敢，机敏智慧，诚挚深情，深沉内敛，豁达却细腻，活泼而不轻浮，沉静而不呆板，热爱生命，像阳光一样耀眼，带给别人希望和温暖。"

我还要说下去，她们拦住我，都嚷这样的人根本不存在。即使存在，也不一定叫我遇上。即使相遇，也不一定会喜欢我。

"就算他不爱我，只要他存在，我愿意等。"我说。

轮到琴若，她只说三个字："贺骁腾。"

转眼时光飞逝。琴若终于追到了贺骁腾，圆了她的梦。我的男朋友褚元并不符合我的标准，决定和他交往时，我完全忘了拿所谓的标准去衡量挑选，也忘了去等我要等的人，我们的交往顺其自然地开始了。紫芳身在娱乐圈，俊男帅哥一抓一大把，却从无绯闻，亦无男友。

虽然没有再提，但我们都在按当初的标准挑选着。紫芳要找爱她并永远忠诚的人，她还没找到。我要找一个无比优秀的人奉上我的爱，我也没找到。我喜欢褚元，但他还没能让我爱他。只有琴若，目标明确，顺利实现。

曾几何时，我跟自己说，她们说得对，那个值得我爱的人，即使茫茫人海有幸相遇，他也未必爱我，更何况，他现在连个影儿都没有。缘分让我认识了褚元，焉知我将来不会爱他？或许他就是我等的人，只是现在尚有许多特质我没发现。所以我跟着褚元，毫无二心，本打算这样终老的。和一个关爱我、我喜欢并珍惜的人过一辈子，挺好的，不是吗？既然相遇，便忠于他。于是我将等待的人换成他，等待着有一天爱上他，生活却并未简单地就范。真可悲，回首往事，我已确定自己不可能爱上他。想至此，我觉得自己对褚元很是绝情。分手只是形式，我现在在感情上已否决他。

可是，依照我的性格，即使认清事实，我依然不舍得放弃这段感情。且不论失忆前的我怎样，单就如今的我，都不愿放弃一个我无法爱上的人，我愿意赔上剩余的生命，只为报答他对我的好。明知愚蠢，还是难下狠心分手。

那么，问题来了，究竟发生了什么事，让我最后提出分手？

我又开始头疼，太阳穴鼓胀，胃里反酸。

"又想褚元了？"紫芳回来了，警告我，"你，不许心软回去找他！上次要你想清楚的事，你想好了再做。"

我茫然。"什么事？"

紫芳脸色郑重，仿佛这是一件特别重要的事。"我上次跟你说过，你要想明白你为什么对他好，为什么迁就他，出于什么样的感情。"

我点头。

她忽然提高嗓门，问："你上大学的时候是不是用过行若燕这个名字？"

我示意她小点儿声。隔帘是几层纱，根本不隔音。

她自顾自大声说："我记得你以前写过好几封信，落款都是行若燕，对不对？"

我诧异："是呀。你这么大声干什么？"

隔壁似乎打翻了茶杯，一片忙乱之声。

她笑得诡谲，低头说："喝茶。"

我刚要说她发神经，纱帘一挑，一个人影出现在门边。正是武司德。他紧紧盯着我，我扫一眼紫芳，明白了她高声的目的，心突突的，一种秘密被发现的忐忑。

帘外传来高跟鞋的声音，一个女子问："你去别人的房间干什么？"是施维维。

武司德一语不发地走了。

我忙问紫芳："到底怎么回事？"

紫芳冷哼："你的上司正盘算着如何惩治你，说你不听话，与同事关系嫌隙较多，难以沟通，正巧被我听到。要是别人我就忍了，偏偏是他。我得让他知道知道，他能有今天是拜谁所赐。"

我感激涕零，多亏有这一帮朋友爱护。不过施恩不图报，今天被武司德发现了我对他的帮助，从此在单位见面难免尴尬了。我宁愿此事沉淀，永远没人知晓。

紫芳诧异："喂，你又没做错事，紧张什么？"

"怕给他压力。"

紫芳叹气："你的善良能不能收着点儿。"

次日一上班，武司德把我叫进他的办公室，面沉似水。我们相对沉默。半晌，他问："你就是行若燕？"

"对。"我垂首，仿佛做错事被抓了。

"你是因为我才来事务所工作的？"

我猛抬头，误会大了！"不，我应聘后才发现你在这里。"

他喝口茶，双手交叉，手指翻转着，盘算了一番，开口说："施维维是我女朋友。我……很感谢你对我的帮助，但不能接受你的感情，你能……理解吗？"

我顿时涨红了脸，说："你误会了。我帮你是因为觉得你放弃学业很可惜，没有其他意思。至于咱们同在一家公司，纯属偶然。"

他也红了脸，连声说："那就好，那就好。"

他紧张的样子让我忽然想笑。原来他担心的是这个呀。

他说："希望你不要让别人知道咱们的关系，我怕……影响不好。"

"正合我意。"从他办公室出来，我一身轻松。

对A公司的清算工作进入最后阶段，我的数据没被采纳，小组出具的审定金额比实际清算金额高出几百万元。在业务讨论会上，我拿出工作底稿，据理力争。"清算报告草稿的数据有问题。知道的人说是施小姐乱指挥，不知道的，还以为咱们私下与A公司有交易，做高清算价格，让B公司付高昂的兼并成本。"

武司德阴沉着脸，众人默不作声。

我心念电转。该不会事实就是如此吧？施维维只是障眼法，暗箱操作早已进行，只有我被蒙在鼓里？

散会后，趁四下无人，池红对我竖起大拇指，说："真有你的，说话越来越艺术。既要挑明，又不说破他们的勾当，假装提醒，高，实在是高。"

我苦笑。无心插柳罢了。

池红和我去街角的甜品店。

吃一口最爱的焦糖布丁，美味舒展到每个细胞，疲惫烦恼都抛到九霄云外。

邻桌有一对年轻情侣，男生对女生说："我真想把你的照片放到网上，让大家看看，长得像你这么漂亮的女孩太少。"

我和池红对视，忍着笑意。

女生羞涩低头。男生掏出手机拍下她的相片，女生和他争抢着要把照片删掉。

我瞬间被拉进记忆。相识不久，我和褚元约好一起吃饭。我从洗手间回来，褚元拿着我的手机扬一扬，说："紫芳问你周末去不去'根据地'。"

我们有一个小小的"根据地"，是于芒——即《守卫心灵》中的于猛——与贺骁腾和另一个高中同学乔其洛在大学毕业后合租的房子。他们仨相约一起创业，如今各自在不同的公司上班。我们把那儿当作聚会"根据地"，常自带酒水食物前去聚会，畅谈玩耍，晚了就席地而睡。

我一时不知该说什么。他怎么不经我同意擅自用我的手机。"你接了紫芳给我的电话？"

"她是发短信给你的。"

我心想：有什么区别？看我的短信，接我的电话，都没经过允许。我不好意思直接指出他的失礼，说："给我吧。"

他并不递给我，说："我问她都有谁参加，她还没回复呢。"

我心里很不舒服，伸手，说："回复也是回复给我的。你不该以我的名义给她发信息。"

"我是你男朋友，替你回短信怎么了？"他笑嘻嘻。

我懒得与他争辩，淡淡地说："谢谢你啊。"接过手机放在桌上。

滴答答，短信提示音响起。他飞快抢到手，胜利似的看着我。

我着实不悦，挤出一丝笑，示意他给我。

他索性伸长胳膊向后仰，等我起身去够，他看着屏幕念："还是那帮人。'那帮人'是谁？"

如果我当即沉下脸，他是否会尴尬难受？我不忍，抱着手臂静静看着他。

我的静默使他收敛顽态，换成狐疑，他问："你和紫芳到底去干什么？'根据地'是哪儿？"他边说边点亮我的手机屏幕，要给紫芳发消息。我一把抢过手机，放进包里。他抓住我的包还要翻找，我拽起包带，背上包就走。

后来，他向我道歉。道歉的方式很特别：一边道歉，一边埋怨我见外。道歉归道歉，下次他依然故我，视我的手机为他的物品。我设了密码，他总能破解。啊，如果没有分手，让他帮我打开那个上锁的抽屉倒是合适。

池红用勺子敲我的杯子，问："想什么呢？"

我掩饰地笑笑，说："池红，你知不知道有一个人总是看不上我，或许还总和我作对？"

她喝口咖啡，说："知道啊。"

她知道！我身子向前探，问："是谁？"

她坏笑着说："褚元啊。虽然我们只碰见过他几次，但感觉他对你管得太多太细。只要看到你无精打采，我们就知道肯定又是因为他。"

我怅然地说："他对我挺好的。"

池红望着天花板想了想，说："这倒是，看得出来，可是他这人挺事儿的，婆婆妈妈。你还记得吗，咱俩一起去做头发，他追到理发店，看着理发师给你剪，还老指挥人家，弄得理发师差点儿罢工。我随口一说啊，你别往心里去。他对你真的挺好。"

我的天！

从前的我，是个逆来顺受的人吗？

心头忽然滚过一句"我们再也回不到从前了"。曾几何时，有人说过这句话。为何我听到以后，整个人反而静下来，静得像一块石头？

晚上回家陪爸妈吃饭，离开之际，我翻箱倒柜地找。"妈，您看见我的钥匙了吗？"

"门口柜子上。"

不不不，不是那串，我印象中还有一把单独的钥匙，有黄毛球坠儿的。

后来，我模糊地想起，钥匙被我还了。难道那不是我的钥匙？啊，一片混乱。

五、何人入梦

我常常做一些稀奇古怪的梦，失忆前后皆是，有时醒来还能记得一些片段。

梦中我去一家豪华宾馆巡视。总经理趁我不注意跑到前面，提前检查各个部门的情况，在我到来之前整理完毕，然后又回到我身后陪同检查。在豪华套房中，董事长和助手正紧张地收拾房间，我们已经到了门口，他们来不及躲出去。董事长穿上漂亮的西服，戴上礼帽，手拄拐杖扶着一个一人高的水晶花瓶，摆了个姿势装作模特，一动不动，帽檐压得很低。助手弄坏了鹅毛枕头，然后把身上淋湿，沾满了鹅毛，装扮成一只鸟的摆件。落地窗开着，风很大，助手因为浑身都是鹅毛，很轻，被风刮了出去，身上的鹅毛也被吹掉了一些，飘得满屋都是。

还有一次，我梦见身在古代，是一个算命的，只算姻缘，准得不得了，声名鹊起。一日，正在街头摆摊算卦，王子带着军队凯旋，路过我身侧。他是如此英武俊美，远远一眼，我已心向往之。他听说我的能力，派人传我入宫。我欣喜之余，暗中推算，发觉他命定的恋人就是我。果然，他问我他将来会爱上哪个女子。我不好意思直接说出自己的名字，更怕说了他不信，于是含糊地说确实有个人，问他下一步如何打算。他的眼神冰冷，说要杀了她，以免被敌人掌握他的弱点。我顿时吓醒。

褚元曾说过，希望进到我梦里，经历光怪陆离。他还发誓要把我的梦都记录下来。

是夜，我又做梦了。

浓云遮蔽天空，连一点星光都没有。光线太暗，以致需要费力去看，依然很模糊。一栋荒芜的大屋坐落在宽阔的庭院中，窗内漆黑，寂静无声。我绕着大屋走了一圈，来到前门。大门紧闭，门廊下摆放的白色圈椅落满灰尘。

四周都是一人来高的荒草，夹杂着巨大的树木。院子很大，看不到院墙，看不到门，也没有道路。荒草微微摇曳着，不知是因为风，还是草间的什么东西。我不敢贸然走进草丛，怕其间有东西抓住我不放，徘徊在门廊下，希冀有同伴出现。木屋发出轻微的嘎吱声，我紧张地四下张望，提防着接近我的一切。单薄的衣裙抵挡不住寒夜，我抱着手臂，思索着出路。

一只手落在我的左肩。是谁无声无息靠近了我！我忍住喉咙内即将发出的尖叫，迅速转过身。黑暗中，一个高大的身影站在我面前。

就在这时，月光穿过云层照射进庭院，萧瑟荒草在银辉中露出原本的碧绿，一个个黑团原来是盛开的殷红的扶桑花。一阵风吹来，屋檐下缀着的串串六角水晶珠随风摆动，熠熠生辉，相互碰撞发出悦耳的叮叮声。他的眼眸闪亮，像六角水晶珠，即使屋檐遮挡了月光，他看起来依然是光明的。我不再寒冷，不再害怕。

他向我伸出了一只手。他……是在邀请我跳舞吗？

刚转动这个念头，音乐已轻柔响起。月光比刚才更加明亮。我把手放在他的手中，随着他的脚步慢慢起舞。虽然看不清他的脸，但他让我觉得温暖安全。踏碎清辉，袜浸露水，翩然飘袅，身轻如云。他背对月亮，身形镶了一圈银晕。我感觉到他的微笑，温暖直传到我心底。

醒来时，左肩上依然有清晰的触觉，仿佛那个人的手前一秒还搭在我肩上，而床的左侧明明是墙壁。

我和琴若说起梦境。她认为只是一个梦。

"不，"我思索着，"他特别真实，我一定认识他。"

她猜测："褚元？"

我摇头。褚元对我很好，对我的饮食起居照顾得无微不至，但有时遇到事他会退缩，或是因为觉得麻烦，或是当作对我的试探，总之他开始后退，等着看我的表现。我便挺身而出，将他挡在身后，独自冲锋陷阵，带着战果回来见他。保护与被保护的角色，在我们之间经常互换。好多认识我们的人都说，在我们的关系中，我像男生，他像女生。

但梦中人给我的感觉完全不同。他一出现，黑暗就主动退却，荒凉变成清净，蓬蒿不再狰狞，空气中飘荡的都是宁静踏实。在他面前，我甘愿是个追随者。追随着他，前方纵有危险，我无畏无惧。

我问萧紫芳："我是不是忘了一个很重要的人？"

她目光明亮，问："你想起什么了？"

我把梦告诉她。

她思索着，眼波流动。

我走神儿了，说："紫芳，仔细一看，你还真是个大美人。"

她得意，说："你才发现啊。"

我打趣："不过长得好看没用。琴若有贺骁腾，我交过男朋友，你呢？"

她白我一眼，气道："你别指望我告诉你那个人是谁。"

我连忙认错，哀求很久，她才说："他是你最重要的朋友。"

我诧异："最重要的朋友？我受伤住院，他怎么没来？"

萧紫芳神情复杂地看着我。

我蓦然心惊，"难道……他死了？"

"呸！你能不能盼点儿好儿？"

我松口气，"那你不直说。"

"太复杂。"

"往简单了说啊。"

"你想得起来自然就想起来了，想不起来就算了，忘了就忘了，无所谓。"她说得轻松。

我满腹狐疑，问："是不是他伤害了我，不敢现身？"

她嗤之以鼻："他伤害你？他要是肯伤害你就好了。我会觉得这世界公平了。"

"嘿嘿嘿，别趁我失忆打击报复啊。总不能是我伤害了他吧？"

萧紫芳说："你可问着我了。我不知道。这事还是等你自己慢慢想起来吧。"

我很用力地想。

紫芳说："现在的你不像你，如果你想起他，一部分你会回来，一部分你又会失去，你还是不像你。"

我怔怔问："紫芳，你背台词呢？说得跟绕口令似的。你说的该不会是我吧，我的生活这么复杂？"

她却再也不开口了。

我伤害了一个人，这么重要的事，我居然忘了！我数点所有的物品，希望找到线索。那个上锁的抽屉依然打不开。我伤害了一个人，怎么伤害的？骂他？我不是那种人。说别人一句重话，我自己先心惊肉跳好久。骂人，真不是谁都能做的。和他吵架？因为什么争吵呢？我这人，除非原则问题，否则都可妥协，尤其是对朋友。如果他坚持，我又没有特别不乐意，就随他便吧，没什么大不了的。

我到底有没有伤害他？

以前，每周我们都要去"根据地"聚个两三次。每次人都可能不齐，谁有空谁来。若是周末，就一起泡一整天。若是平时，整个晚上都用来吃一顿饭。谈谈工作，聊聊梦想，发发牢骚，互相调侃，欢声笑语中，时光飞逝。大部分时间我们自己做饭，我和琴若负责下厨，紫芳总说油烟有害皮肤，坚决不肯去厨房，除非去偷吃。

这个周末，同学们相约去"根据地"，这是我出院后第一次参加聚会。

我事前问紫芳："我是因为高中的争执，才删掉贺骁腾电话的吧？怎么会删了好几次呢，一次不就删完了吗？虽然以前闹得僵，我们现在的关系看起来还不错。"

紫芳说："是褚元删的。"

我睁大眼睛："褚元凭什么删我的通讯录？他俩关系很差？"

"谈不上。如果没有你，我们认得褚元是谁？他嫉妒心特别重，和你走得近的人的电话他都删过，包括我。除了电话，还有照片。"

我觉得不可思议。"我……允许？"

"你一开始还生气，后来就不跟他吵了。他删你增，比谁勤快呗。"

"这叫什么事儿，我图什么呀？"百思不得其解。转念一想，我笑说，"从另一个角度看，他很在乎我呀！"

萧紫芳柳眉倒竖，说："你想气死我吗？"

我忙赔笑："息怒，息怒。"我明白为何朋友们都讨厌褚元了。他想独占我，成为我的整个世界，让我远离所有人。情到深处固然眼中只有彼此，但若是众叛亲离，只剩下他，而他有一天不喜欢我了，我就彻底成孤家寡人了。就算他不离不弃，我的朋友又哪点儿惹他了，为什么非要断绝联系？

紫芳困惑地说："他是怎么想的，竟以为值得为一个人放弃全世界？"

我沉吟："倒不是不可以，要看对方是谁。"

紫芳难得赞同我。

"你可要加油了。你的男朋友在哪儿？还是贵圈规矩多，禁止年轻女孩谈恋爱？"

她自豪地说："我前世情债少，这辈子注定逍遥。"

我嬉笑："是逍遥还是没人要？"

她瞪起眼睛，道："都怪你。"

我一脸无辜。

她悻悻说："我总是和你在一起，你像门神一样，挡掉我所有机会。"

"嘿！"我不肯背这黑锅，"我谈恋爱时哪儿顾得上你，少赖我！"

"说得倒是，你这重色轻友的家伙。"

我缠着她问有没有喜欢的人。她说:"那可多了去了。"

我急道:"我问的不是普通的那种。"

她明知故问:"那是哪种?"

我冲口而出:"是暗里回眸深属意的喜欢,是执子之手、与子偕老的喜欢,是愿得一心人、白首不相离的喜欢。"说完不禁发怔。这番话并非我的原创,我竟记得如此清晰。

她脸红,说有。

我回过神儿,追问他的姓名年龄职业相貌。

她沮丧地说:"他不喜欢我。"

我叫:"不可能。你聪明漂亮,他眼瞎了?"

紫芳无奈地说:"星嫣,你是天真还是傻?爱情哪有规律可言?按标准对号入座的,是电影院。"

我不甘心。"他结婚了?"

"连女朋友都没有。"

"那你还等什么,去追他啊,学学琴若。"

她瞥我。"世上只有一个琴若。"

我起劲地说:"你试试。"

"你干吗,打鸡血了?"她叫,"没用的。我知道他喜欢什么样儿的,我变不成那样。"

"他喜欢什么类型?古灵精怪的?性感妖娆的?冰冷高贵的?小鸟依人的?"我每说一种,她摆一次手。

我说:"拜托,你是演员啊,演一个给他看啊。等等等等,先问一下你有多喜欢他,我看看值不值得为他装一辈子。"

她幽幽地说:"我愿化身石桥,受五百年风吹,五百年日晒,五百年雨淋,只为他从桥上走过。"

我的眼睛越瞪越大,露出"哇"的表情。她指着我笑弯了腰。

我拍打她。"好啊,人家替你着急,你倒戏弄我!他到底喜欢哪种女生啊?"

她想了想,说:"傻,很笨,不合群,有时高冷,有时奔放,有时耀眼,有时平凡得扎人堆儿里找不着。"

我听傻了,问:"你又耍我呢吧?这些个有时有时怎么演啊?"

她理直气壮地说:"早告诉你我演不了。"

"我有个主意,肯定有效。"我沉吟道,"你换个目标吧。"

她推我。"去你的。"

有时，我觉得应该和紫芳对调一下。她想要个全心全意爱她的，褚元就是。我想要个让我爱得死去活来的，她那个适合我。

六、似是故人来

因为加班，我最后一个赶到"根据地"。一进门，于芒说："稀客，稀客。"

"稀有动物亮相，欢迎大家围观。"我挨个与同学们打招呼，蓦然回首，夕阳透过西边落地窗照射进来，晃得人睁不开眼睛。窗侧摆放着一个方角几，晚霞映在光亮的漆面上，恍惚间似有个人靠坐在角几上，仔细一看又没人。

我心中一动。似曾相识的黄昏，我与琴若同时进门，于芒神秘地说："你们看看谁来了。"

顺着他的示意望向西窗，有个人半靠半坐在方角几上，伸长腿望着我们，闻言站起身。逆光中只见他的轮廓，他像是自带光芒，连眼眸中都浸染了阳光的灿烂，温和的目光带着一丝疏离。

我眯起眼睛看清他，心脏擂鼓般狂跳，在大脑反应过来以前，我已冲上前拥抱他，激动地叫、激动地叫……他的名字在嘴边打转，我当时冲口而出的是什么？

——"谭辛强，你回来啦！"

谭辛强！我一把抓住琴若，激动地说："我想起来了，谭辛强，他回来了！"

同学面面相觑。琴若说："嗯，是回来过，又走了。"于芒说："谭大侠回来？那是多早以前的事？两年了吧。"

我像被泼了一盆凉水。"他走了，去哪儿？"

"回加拿大了吧。"

我回到记忆中。我是个矜持的人，如此冲动的拥抱把当时在场的所有人，包括我自己都惊呆了。既然已经抱了，我索性大大方方用力抱一下，松手退后仰望他，喜悦之情溢于言表。

谭辛强微微一怔，随即嘴边泛起温暖的笑容，冲淡了那丝疏离，目光晶莹，说："谢谢你，星嫣若。"他不知道我改了名字，仍按习惯叫我星嫣若。

于芒抱头大叫："露馅了！我还想让你猜猜哪个是琴若哪个是嫣呢。星嫣同学，请你控制一下自己的情感，别过早暴露好不好？"

我吐吐舌头。

"星嫣！"琴若掐我胳膊，"别再想谭辛强了，快来厨房帮忙。你倒会赶时间,专在饭点儿过来。"

我惦念着那少年流离的人,缠着他们问他的情况,工作、身体、学习、生活,等等。他们说,他和两个加拿大的朋友开了一家服装公司,代理某品牌的服装进口及国内销售。我问于芒为何称呼谭辛强为谭大侠。他说因为谭辛强在加拿大上学时救过落水的人,为此自己还差点死了。我听了一点儿不惊讶,谭辛强就是这样的人。我把细节打听得清清楚楚,反复回味,每一次回味快乐都增加一分,无比欣慰地想:谭辛强还是那个谭辛强。

琴若把鸡腿塞进我嘴里,说:"于芒,别理她,她脑袋那个了,你知道。"

"脑袋哪个了我?!"我抗议。

"被门挤了。"

我傻掉。"我不是摔下楼,是头被门挤了?"

他们哄笑。我醒悟他们在逗我,羞涩地笑了。

于芒说:"我就喜欢星嫣的憨傻,怎么说都不急眼。"

"憨就够了,干吗还补个傻字?"我咕哝。

老乔说:"只要别碰星嫣的逆鳞,她是脾气最好的一个。要是碰了,啧啧……"

我连连点头,昂首挺胸,"没错。我发起火来,连自己都怕,你们小心点儿。"

紫芳问:"你老板没再找你麻烦吧?"我顿时变成霜打的茄子,摆摆手。武司德刻意避免与我单独相处,施维维对我的态度越来越冷。

饭菜照旧一扫而光。于芒和贺骁腾都有些醉了,围绕创业板的未来走势开始争执。乔其洛抱起吉他弹奏,争执的两人都安静下来,听他唱歌。琴若向紫芳打听娱乐圈的八卦。我身在热闹边缘,话不多,人群中显得寂寥,可又享受他们的热闹,快乐自在。

我称呼乔其洛为老乔,因为他年龄最大,叫贺骁腾"白眼儿王子",因为他对我说的话总翻白眼表示不满和不屑。有一次我笑着说:"你怎么老翻白眼儿?要不,我叫你'白眼儿王子'得了。"他气得又翻白眼儿,做完动作又后悔。这个外号就定了下来。于芒从小时候就马马虎虎,总犯糊涂,人称"于大迷糊"。紫芳在每个上过学的学校都是校花,连幼儿园都不例外,她是"美妞儿"。他们叫我星星,也称琴若星星,于是就有两个星星,容易叫混,又改回叫名字。

我们这几个人,乔其洛老成且刻板,贺骁腾激进而活泼,萧紫芳聪敏多疑,琴若精明内敛,于芒是个老好人,我幼稚但热心肠,性格各异,凑到一起恰到好处。

我发声:"哎,你们认不认识一个特别讨厌我的人?"

琴若无奈地说:"又来了。"

紫芳雀跃着举手,"我!我!我就是!"

我瞪她,说:"那位同学,踏实儿坐下,讨厌也得忍着!"

同学们都不知道,反问我那人讨厌我什么。

我说:"所有的吧,在他眼里我好像没有优点。"

他们也没有头绪。

我问紫芳最讨厌我哪一点。她说:"我最烦你伤春悲秋,妇人之仁。你是典型的拿得起,放不下。过去的就让它过去。旧的不去,新的不来。有舍才有得。你把花瓣、落叶都夹在书本里,舍不得扔。人可不像花,强留无益,留在相册里足够。"

贺骁腾挑事儿地说:"这是有所指啊。"

"哲学家。"我鼓掌。

她怒:"说正经的呢。"

"说正经的,"我沉思说,"忘记一个人哪有那么容易。不想强留,闭上眼却自然会想。自诩潇洒的人,要么忘得快,要么忍痛能力比别人强。有的人值得记一辈子,痛也值。"

她咬牙切齿,说:"为什么每次我想出一句很牛的话,你就有一句更精彩的把我比下去?"

我安慰地拍拍她,说:"下次风头让给你。"

他们开始玩桌游,我坐在角落里专心回忆谭辛强回国的事。

两年前的十一假期,同学们刚毕业不久,有的还在找工作,有的已经上班。假期将结束时,我们见到了谭辛强。那天的他始终礼貌而客气,回答每一个问题,感谢每一个关心,其余时间则安静地听大家聊天,旁观着,微笑着。

五年失去联系,生活在不同的环境,他与我们已经生疏。我们小心翼翼,避免触及往事,只问前程。他已毕业,回来做商务考察,暂未想好干哪一行。贺骁腾对他还有隐隐的芥蒂,但表面上一团和气。

不知道他在国外过得好不好,不知道他最终是留下还是离开。在那个遥远的国度,他的往事少有人知,生活是否比这里轻松?远离故土,在新的家庭中,是否有寄人篱下的悲凉?我挂念着这些问题,却没有问。

我对谭辛强有一种特别的亲近,仿佛我们并非高中时代只有过三言两语交谈的同学,而是肝胆相照、休戚与共的密友,可以无话不谈。当然,这只是我的一厢情愿。那天我们并没有多做交谈。我依旧坐在角落里,和贺骁腾有一搭无一搭地聊天。谭辛强与于芒、乔其洛等人围坐在茶几前，背对着我们，谈论毕业生就业的形势以及加拿大的商机。偶尔，他回过身，递给我们两杯水。

亲切和离索并存于他的身上。就像在冰湖舍己救人一样，可以看出，他的热情友善如阳光释放，那样不顾一切，无穷无尽。可同时他又把一部分自己阻隔了，只有他敞开的部分我们才触得到。

在场的每个人都是如此，我们彼此熟悉，相识多年，非常有默契，真诚相对之余又多多少少有不愿他人窥探的地方。谭辛强也一样。他的坦诚与他的保留界限清晰，自然流露，唯其真实，更显得可亲。

和他的重逢只有短短半天。第二天，十一假期结束，我返回内蒙古。

脑海中再也搜索不出与他有关的记忆，头剧烈地疼起来，我蜷缩在沙发上，闭目养神，忽然觉得有人为我披衣，睁眼一看，是乔其洛。我微笑致谢。

西单图书大厦。一个熟悉的身影进入眼帘，我欣喜地喊："阿布日达老师。"

高大的蒙古汉子阿布日达是我支教的内蒙古学校的老师。他豪爽地打招呼，声似洪钟："赛白努（你好），星老师。"他的购物车里满满的全是儿童读物，他说，"学校建了图书室，我是特意坐火车到北京来采购图书的。"

那所偏僻的小学校经费紧张，教师的工资拖欠一年半载是常事。校舍里桌椅都不是配套的，拼拼凑凑才够学生上课。我把支教的工资都捐给了学校，临走时把被褥留给了生活困难的学生。他们有钱建图书室？

阿布日达说："多亏你的朋友。去年他捐赠体育器材，今年又捐建图书室。如果你见到他，替我们好好谢谢他，请他有空来做客。"

"我的……朋友？"

"对呀。一个男的，挺高的，年轻的。"

"去年就捐过？"

他说："捐得可多呢。篮球、足球、羽毛球、哑铃，各种棋牌，都是暑假送到学校的，那时你已经回北京了。"

我心里暖烘烘的，又自豪又好奇，问："他叫什么名字？"

他说："他是用公司的名字捐的。他来学校看过你。"

我的记忆此刻全部罢工。他替我着急，说："来学校看你的只有那一个嘛。对了，他来学校找你时，你生病去输液，可能错过了。"

我猛然想起焐在怀里的注射液瓶，一双温暖的手握着我冰凉的胳膊。原来这都不是梦！那个人是谁？那时我还不认识褚元，乔其洛与我没那么亲近，于芒没那么细致，贺骁腾陪着琴若，武司德连我是谁都不知道。难道是"离我远一点"的谭辛强?

我的心怦怦地跳着,太阳穴也突突地跳。

阿布日达问:"星老师,你脸色不好,病了吗?"

"有点头疼。"我拜托他帮我查捐赠人的名字或者公司的名字。既然见了面,我一定要尽东道之谊,拉着阿布日达要请他吃饭。他一开始坚决不肯,终究拗不过我。我对他的亲热由内而外油然而生。因为共同在艰苦中生活过,有种同舟共济的相惜。我们聊了很多,草原,学校,孩子们,城市与农村的差异。席间他感慨:"你的朋友真仗义,你离开学校两年了,他每年都来捐款,真是好心人。"

如果是谭辛强的话,这不算什么。他像个阳光播种者,走到哪儿,就把爱心带到哪儿。只是,若即若离的他真的会千里迢迢到学校探望我?

阿布日达在北京逗留了三天,临走时,我去送行。把阿布日达送上火车,太阳才刚从地平线升起。

已是深秋,银杏叶飘落,在林荫路上铺成金黄色的地毯,辉煌着最后的秋日。

我戴着耳机听音乐,走在柔软的银杏叶上,享受清晨的阳光。仰望苍旻,高远辽阔,澄净的蓝。我漫无目的地行走,来到一条陌生安静的街道,两旁住宅楼整齐排列,路边有一间花店。信步走入,花香袭人。正对门口,一大蓬白色绣球盛开,娇嫩的花瓣幽幽绽放。我在花间穿梭,总觉得花丛中将出现熟悉的面孔。

花店的主人笑脸相迎,问:"想要什么花?"

我微笑摇头,说:"我只是进来……""躲雨"二字几乎要脱口而出。我倏然住口,艳阳高照,为什么要说躲雨?

花店主人了解地说:"请随意。"

时间安静地凝固。窗外没有细雨霏霏,没有滋润的诗意,身边玫瑰芬芳,提醒着我的惆然。

天气渐渐转凉,像施维维对我的脸。终于有一日,她把我叫进她的办公室,和颜悦色地说:"听说你不肯在清算报告上签字。"

我静静地说:"我对清算数据有异议。签字意味着法律责任,如果是我不认可的数据,我不能签字。我既然是公司的员工,就要对公司负责。"

她坐在深深的老板椅里,几乎躺下去,轻描淡写地说:"缺少你的签字,清算报告依然有效,有其他人的就够了。你明白吗?"

"明白。"

"所以我不担心你是否签字，随便你。我叫你来是想通知你，你被解雇了。"

我说："好的。"

施维维的目光多了一丝锐利，说："我希望你不要介意，解雇你的决定是从工作的角度出发的。你可以去找人事部了。"

"好。"我站起身，准备离开。

她按捺着好奇，故作无所谓地问："你就这样走了？"她期待着什么，纠缠，疑问，还是怨愤？我都没给。解雇的事由人事部通知我足够，她直接告诉我，是有好多话想说吧，可惜我不接茬。

我反问："还有别的事吗？"

她终于忍不住说："我希望你离开公司后，不要打扰我和武司德。"

我莞尔，说："你多虑了。在你眼里他是香饽饽，对我不是。"

她很理解、很容忍、很大度地说："他给我看了你写给他的那些信。我想，人总是要向前看的。你很优秀，祝你早日找到幸福。"

信！武司德到底告诉了她什么？他和我约好保密的呀。看施维维的意思，倒像是信中有什么暧昧似的。我想分辩，又考虑到与武司德的约定在先，沉默一会儿，说："同事一场，我建议你有空看看《公司法》，尤其是法律责任那部分。毕竟，将来你要接手公司。"

她客气地说："谢谢。司德明白就够了。"有些许幸福的炫耀。

我向她告辞，走到门口时忍不住停步，说："如果有机会，希望你还是学一些经济类的知识，艺多不压身，自己有比什么都可靠。"

收拾东西，结算工资，交接完业务，我大步走出公司。阳光暖暖地照耀着，街上很清静。因为从未在工作日的白天于街道上走路，竟有一种新鲜的重生之感。走到街角的邮局，将我的审计底稿封装好，邮寄给事务所老板，又发了一份邮件给武司德，勉励他继续奋斗，提醒他遵纪守法。食君之禄，尽忠到最后一天。

头一日痛似一日，太阳穴突突地跳，后脑勺好像有好几根筋被揪扯着，脑子里一片一片的抽搐地疼，到医院检查，医生说是因记忆受到压迫而头痛。

紫芳从国外参加电影节归来，给我带了礼物，约我到她家。她早已搬离父母家，独自住在郊外别墅里，曾经邀请我同住，被我婉拒。别墅的外墙爬满常春藤，衬着红顶白墙，像风景油画。

她边打电话边给我开门，身穿宽松的棉麻长裙，婉约美丽。随她来到二楼会客厅，她示意我打开她的包。

"合适吗？"我笑问着，手下没停，拉开包链，一个精美的天鹅绒首饰盒映入眼帘,"给我的?"习惯素面朝天的我极少戴首饰。

她点头,继续打电话。

我打开盒子,里面是一对小巧的粉钻耳钉,切割完美,火彩、净度都没得说。我惊叹:"发财了你!这么贵重,我都不敢碰了。"

她的包忽然倒了,一把钥匙从包里掉出来,钥匙坠是一只金黄色小狮子,鬃毛很长,猛一看是个毛球。我如遭雷击,呆站着,头疼得眼前一阵阵发黑,目光粘在钥匙上,再也无法移开。

紫芳讲完电话回转,说:"戴上试试看……"顺着我的目光,她看见了黄毛球,登时脸色大变,使劲摇晃我,叫:"妈!妈!"

膝盖莫名地发软,脑袋嗡嗡响,我瘫坐在地上,任她怎么拉拽都站不起来。

那把钥匙打开了锈迹斑斑的记忆之锁。我想起来了,全都想起来了,那遗忘的时光……

七、踏雪千里为言别

一场大雪过后,气温骤降至零下二十八摄氏度。我得了重感冒,起先靠吃药扛着,继续给孩子们上课。到了第三天,我已出现严重的脱水症状,高烧接近四十度,嗓子疼得刀割一般,肺管里都是火。校长命令我休息,阿布日达和乌兰图雅老师把我送到医院。医生给我开了消炎药,要求我输液。四大瓶药液,少说需要八九个小时。乌兰图雅要陪我,我最怕给别人添麻烦,坚决拒绝,用嘶哑的嗓子反复劝她回家。我微笑,说:"你不回家我就一直劝你,你忍心看我嗓子哑了?"她在医院输液室给我找了床位,又托付护士,千叮咛万嘱咐后才离开。

病床靠近窗户,窗下有暖气,饶是离暖气最近,盖着乌兰图雅抱来的被子和我的羽绒服,我依然发抖。身体如此沉重,躺在病床上,感觉深陷进床内,仿佛被千丝万缕向下拉扯着。鼻子完全堵塞,只好用嘴呼吸,从嘴到气管都灼烧得疼。

小医院里人很少,冷冷清清的。

第一大瓶液输完,用了将近三个小时,日已西沉。输液的那条胳膊被冰冷的药液冻得麻木,盖在被子里也没用。闭上酸胀的眼睛,一边感怀独在异乡生病的凄凉,一边烧得糊里糊涂,我昏沉着,想喝口水,实在懒得动。

有人靠近,一只手轻触我额头,试探温度。

我在迷蒙中睁开眼，看见谭辛强站在面前。

我揉揉眼睛，他还在，发梢有白霜，英挺的双眉微蹙，轻声问："好点儿了吗？"

真的是他！我支撑着要坐起来，他忙按住我，说："快躺下。"

我惊喜得呼吸急促，问："谭辛强，我没做梦吧，你怎么在这儿？"

听到我嘶哑的声音，他眉尖轻动，双眸流溢的是疼惜吗？

"我来鄂尔多斯参加服装商贸会，顺道来看看你。"

我轻轻摇头，感动莫名。鄂尔多斯离这里还有几百里路，大部分是县道或村路，正常情况都需要一天，何况大雪初晴。他一定用了很久很久才到达，一路坎坷。他是特意来看我的。

他找把椅子坐下。药都放在床头柜上，他摸了摸，解开羽绒服，把药瓶揣入怀中。我急忙拉住他，说："别，凉！"

他把药瓶在怀里放好，把我的手放进被子里盖住，用双手焐着我输液的手臂。他的温暖隔着毛衣传递给我，汩汩暖流激荡我心。不能让他着凉，不该麻烦他陪我，可我说不出拒绝的话，无法与他争辩。大概是因为我与他还生疏吧，我就是无法违拗他。

他说："别担心，我比你禁冻。"

在于芒家，我们只简单交谈，此时，我不知该如何对他。他之于我又远又近，若即若离。

他说："你不必管我，好好休息，眼睛累了就闭上，嗓子疼就别着急说话。"他知道我的想法，我忽然觉得轻松。

他是一针强心剂，让我无法平静。他在这里，在我面前，特意来探望我，我万分荣幸，舍不得把目光从他身上挪开。

"你怎么找到这儿的？"

"你在于芒家提过。"

"只说了学校名字你就能找到？还好重名的小学不多。来这儿没有直达车，需要倒好几次呢。"让他费心，我深觉不安。

他说："不是很麻烦。我到学校去，老师们说你病了。附近只有一家医院，很容易找。"

我越发歉疚，说："劳烦你。"

他说："你的客套话比外面的气温都低。我给你买了好吃的，听你这嗓子，暂时不能吃了。"

"什么好吃的？"我俩眼放光，开启馋猫模式。

他打开超大的旅行包，里面有瓜子、话梅、薯片、虾条、巧克力、鱿鱼丝、牛肉干等等，全是我爱吃的。我欢呼。他拿出薄荷糖问："要不要含一颗？"

"能不能别打开，我想明天拿到学校给孩子们吃，行吗？"我眼巴巴地望着他。

他温和地说："随你便，你高兴就好。"

"谢谢！谭辛强，别把我生病的事告诉琴若他们，我不想惊动任何人，你以后也别再来看我。我不是不欢迎你，你来了，我的病立马儿好了一大半。可这里路不好走，条件也差，离北京那么远，你以后千万别再来，要不，我心里过意不去。"

他静静地说："过段时间，我要回多伦多了。"

如此说来，他是来告别的。奔波几百里的相聚是为了更长久的别离。我隐藏着难舍，问："以后，还回来吗？"

"回来……不确定时间。我妈妈、我的朋友和事业，都在多伦多，在国内，我认识的人很少。"

我轻咬嘴唇，说："我明白。"

他的神情复杂，说："你不明白。"

我反过来安慰他："无论你在哪儿，有家人和朋友陪着你，只要你过得好，我们就放心啦。"

"你们？"他扬起眉，问，"除了你，还有谁？"

"紫芳啊，于芒啊，这一帮人。"我比画了一个大圈。

他为我掖好被角，说："你呀你，还是不明白，他们和你不一样。"

我眨眨眼睛，努力消化他的话，因他的另眼相看而窃喜。"好吧，只说我自己好了，你回来可以随时找我，我都在。如果不回来，也别忘了我。你的微博名字叫'风过无痕'，其实才不是呢。如果有一天我老了，高中的记忆只剩下一件，那一定是你。你是我认识的最特别的人，我永远都不会忘了你。"

他微笑问："特别到有收藏价值吗？"

"国宝级的。"我笃定。

我咳嗽起来，血往头上涌，脸通红。他扶起我，让我靠在他身上，递给我水杯，喝口水压一压。我从没和一个人这么亲近，无论男生女生，幸好发烧，掩盖了我羞红的脸。他问我要不要坐一会儿，我执意躺下。

他微微皱眉，说："隔着衣服都觉得你是烫的。"他摸摸我的额头，又摸摸自己的，叹息，"烧还没退。"

邻床一位四十多岁的阿姨也在独自输液。她费力地拿起杯子，撑起身子喝两口，躺下喘息一会儿，攒足力气又起身喝两口。

谭辛强过去帮忙，扶着阿姨喝完一杯水，又倒了一杯晾着，走出门，回来时手上多了两截输液管，一根给阿姨，一根插入我杯中，当作吸管。

他的善良让我与有荣焉，比他照顾我更让我开心。

他问我："美什么呢？"

我含笑不语。他继续焐我的手臂，叮嘱："明天我走后，你用吸管喝水，尽量别起身，当心跑液。"

"明天！"我的失望之色过于明显，以致他说："我可以多留两天。"

我已改变主意，说："内蒙古太冷，你快走吧。天气预报说过几天有西伯利亚寒流，到时候可能下暴雪。"

他的眼神有一瞬间无比温柔，说："自身难保，还有余暇顾惜别人。"

我问："像你吗？"

"嗯？"

"其实我来支教是因为你。我看到你冰湖救人的报道了。"

他表情淡淡的，说："那事儿啊。我在湖边散步，听到有人呼救，就过去看了看。"

"报道上比你说得详细多了。有一对恋人在湖心划船，喝醉了，男的失足落水，女孩去拉他，气力不够反被拖下船。湖水只有三四度，他们虽然会游泳，但因为喝了酒，又被冻得手足麻痹，爬不上船，也游不到岸。这时，你和女朋友……"

他打断我说："她不是我女朋友，是找我补习中文的一个女孩。"

"好吧好吧。总之，你们听到呼救，你跳下湖，把女孩救上岸。当你想再去救男孩时，他已经沉到水里看不见了。你女朋友，啊不，你的同伴和被救的女孩都阻拦你，怕你救不了他反赔上性命。你最后还是把男孩救了，自己却脱力，差点儿死了。这算不算自身难保，还有余暇去管别人？"

"说得跟你亲眼看见似的。"

"于芒的表妹和你同校，估计你不认识她。她把这事告诉于芒，我们就全知道了。同学们都深受鼓舞。据说当地都轰动了。我总想着要做点儿什么才能追上你，正好毕业时有支教的机会，就来了。我有没有一点儿像你？"我希冀地问。

他目光深沉，问："为什么要像我？像我有什么好？"

我睁大眼睛，认真地说："你是我的偶像啊，从高中时就是。遇到困难，拿不定主意，或者孤立无援时，我就想，如果是你，你会怎么办。你一定坚持原则，坚定信念，勇往直前。"

他说："我没你说的那么好。如果凑巧激励了你，其实是靠你自己强大的内心。就像你帮武司德，对，我知道你资助他上学，那是你本身的善良所致。"

听到他的夸奖我心花怒放。他的一句肯定比别人的一百句赞誉都重要。我知道他有多优秀，并用这优秀来衡量他给予我的友谊的分量，觉得很满足。

我讪讪地说："其实还是因为你。我想变得更好，等你回来，配得上你以友相待。"

他动容，凝视我。

"星空。"我心中一动，说。

"什么星空？"

谭辛强的眼睛，像草原的星空，深蓝色的……很深很深的，接近黑色。这些话我又怎好说出口。

可是，迷迷糊糊的，我竟对他说了！

他眼中带着笑意，说："那么神奇？等你好了，带我去看吧。"

我开始发汗，嘴唇干得起皮儿。他浸湿纸巾，敷在我嘴唇上。

我问他今晚住哪儿，他指指椅子，我急道："那怎么成。"连忙摸手机，要给他找住处。

他按住我，说："外面那么冷，我无处可去。在这儿我只认识你，别赶我走。明天我走后，不知何时再见面。"

我鼻子发酸，掩饰地咳嗽两声，说："下次见面，你还要认出我。"

他望着我，说："你和琴若差别很大，我绝不会认错。"

"别人都说我俩一样，连声音都是，写字的笔迹也相似。"

"我们认识一个人，不是靠容貌、声音、名字，甚至不是靠DNA，而是靠这儿。"他指指胸膛。

"人心隔肚皮，怎么看得清？"

"所以知己才更加可贵。"

我好奇地问："你找到知己了吗？"

他但笑不语，神情犹疑。他也不确定呢。

被他焐过的药液不再那么凉，输的时候舒服多了。我有些困了，眼前的景物晃动着，努力抵挡睡意。

他说："睡会儿，多休息病好得快。"

他要走了。他不是别人，而是谭辛强啊！他走了很远的路，顶风冒雪赶来，明日一别，天各一方。他把时间花在我身上，他珍贵的眼眸注视着我，我怎么舍得睡。可我不能开口留他，他还有事要去做，新一波寒流快要来了，他必须离开。

我假寐，一有动静马上睁眼，看看他还在不在。

他在我耳畔轻声说："你再睁眼，我就不走了。"

我不敢再动，渐渐睡着。

闹铃响时，天光微亮。最后一瓶药液只剩一个底儿，谭辛强已离开。临走前，他设好我的手机闹钟，提醒我拔液，又拜托护士勤加照看。晨曦中，外侧窗台上雪白耀眼。原来是一排拳头大的小雪人，眼睛嘴巴用小石子点缀而成，隔着结了窗花的玻璃大笑着。

他给我的留言上写着：我走了。让这些小雪人陪你养病，替我看顾你。

他的探望让我快乐了好几个月，老师们说我脸上总带着笑，走路都要飘起来。他来过的情景在我脑海中重演了成千上万遍，每句话每个动作每个细节都清晰无比。

他的微博名字改为"巴山夜雨"。我雀跃！坐在对面的乌兰图雅问："什么事把你高兴成这样？北京的工作有着落了？"

我拉着她在办公室转圈，喜不自胜，说："君问归期未有期，巴山夜雨涨秋池。何当共剪西窗烛，却话巴山夜雨时。"她被我弄得莫名其妙。

又过了几个月，谭辛强在微博上说和几个朋友创办了一家服装公司，名为TANSLAND。祝贺他的同时，我隐隐失落。既已创业，他还回来吗？

八、暗里回眸深属意

衣柜中有一件白衬衫，配淡灰色纱裙，一条银紫色缎带作为腰带。这身衣服来自TANSLAND，谭辛强的服装公司。

结束支教，找好工作，我尚有半个月的空闲，乐得休养生息。我的衣服多以休闲装为主，很舒适潇洒，却不够庄重，与会计师这职业相去甚远。琴若鼓动我去买衣服。

六月，北京的天气像孩儿脸，刚出门时蓝天白云，走到半路天就阴了。西南方大片黑云掩来，一场阵雨说话就到。我正路过写字楼群，忙寻了一栋大厦进去避雨。不知何故，大堂里聚集着许多年轻男女，个个衣着光鲜，精神抖擞。

晶莹的雨点噼里啪啦地打在门口的玻璃雨篷上。我站在檐下看雨。大厦前的空地上整齐地码放着几十个纸箱，任风雨吹打。

我正猜测箱中物品是否防水，一个西装笔挺的中年人匆匆走到门口看了一眼，对跟在身后的年轻人说："快，找人把箱子搬进来，里面是明天展厅要用的物品,淋坏了,明天的展会就泡汤了。"

年轻人为难地说:"今天有重要合同签订,人都扑在那边,公司里恐怕找不到人……"

中年人大喊:"展会同样重要,别啰唆,快去叫人。"

他们分开人群,脚步匆匆又走进大厦。

最上层的纸箱已快湿透。我跑过去搬起一个纸箱,发现很轻,于是两个两个地搬,把箱子码放在大堂的一个角落。门卫一开始只顾着给我开门,后来和我一起搬。纸箱上印着广告语,偶然一瞥,我看见角落里印了一个小小的商标:TANSLAND。天姿兰得!谭辛强的公司!我加快脚步,和大雨抢时间,多搬一箱,就能帮他们多减少一些损失。

"嫣若!"一个声音隔着雨帘呼唤,带着不置信。

我回眸。谭辛强站在檐下,似乎刚从外归来,身后还跟着几个工作人员。

我向他挥挥手,走向最后几个箱子。他向我跑来,身后的两个女子轻呼着想要拉住他,他径自跑向我,脱下西装,顶在我头上,簇拥着我往大厦走。

我叫:"箱子!"

他说:"别管它。"

我着急地说:"你明天展会要用的!"

他望着我,眼眸那么亮,如同凝聚了银河系所有的星光,璀璨得胜过十万颗钻石。他依旧说:"别管它。"说着,用力拉住我跑进大堂。

"谭总。"几个人围上来。

大堂里冷气十足,我打了个喷嚏,浑身都在滴水,衣服贴在身上。他把西装披在我身上,对一个女孩说:"艾拉,从昨天送来的样衣中挑选符合她的尺码的,拿到我办公室来。"说话的语气很公事化,不带丝毫感情。他的西装湿了一半,我心疼地说:"多么名贵的衣服。你不该管我。"

他以目光反对,带我到他的办公室,递毛巾给我。办公桌上摆着相框,照片中的他沉静如潭,目光深邃,近乎锐利。

艾拉拿来选好的衣服,谭辛强叫她领我去更衣室。

光摸料子就知道衣服上乘,风格偏向都市白领,华丽精致。我挑了许久,选中一件简洁的白衬衫,一条淡淡的灰紫色纱裙,裙子的腰带是一条银紫色缎带,与裙子同一色系,又比裙子鲜亮。我穿好,艾拉拍手道:"您真有眼光。"

我吹着头发,问艾拉:"您是谭辛强的秘书?"

"算是吧。其实我是玄璇小姐的秘书。谭总说公司规模小,他不需要专门的秘书,他们的办公室挨着,我兼任谭总的秘书。"

"他总是这样……严肃吗?"虽然只接触片刻,我发现他对同事不苟言笑。

艾拉说:"每个人的性格不同,谭总沉稳干练,对同事很好。"

哇,滴水不漏。

走进谭辛强的办公室,他已换了衣服,正跟一个女孩交谈。那女孩头发染成栗色,黑色紧身上衣,黑色哈伦长裤,巴掌宽的金色蛇纹腰带,戴着夸张的大耳环,黑色漆皮高跟鞋足有十公分,眉目秀丽,十分潇洒漂亮,初见面我已喜欢她。

谭辛强说:"介绍一下,玄璇,我们公司最年轻的副总。星嫣若,我的好朋友。"

好朋友!我欣悦。

我与玄璇握手。她问:"星嫣若?"她的"若"字发音不准,念成"洛"。

"叫我星嫣好了。"

中年人敲门进来,环顾众人,对我说:"祝贺你通过了本公司的面试,请到人力资源部登记。"

玄璇说:"申经理,星小姐是谭总的朋友,不是来应聘的。"

申经理恍然道:"抱歉,误会了。"

原来搬箱子是面试题啊。我讪讪地说:"我好像搅了您精心安排的面试了。"

申经理说:"哪里哪里。"

谭辛强问:"你一会儿打算去哪儿?"

我提着一袋子湿淋淋的衣服,说:"回家。"

他说:"我送你。"

玄璇问:"谭,你不去看看招聘情况吗?"

谭辛强说:"有你和老申,我放心。"

进入电梯,只剩我们两个,我们异口同声问:"你什么时候回来的?"

我回京几日,他回来得更早,有一个多月了。他的公司注册地在北京,主营国外服装品牌在华的销售代理。

我说:"你成立的公司就在北京啊,以后见面机会多了。这段日子,我们和你都断了联系啦。"

他说:"我想等安顿好再告诉大家。"

"有什么需要帮忙的就说,我随时有空。巴山夜雨,欢迎你回来。"我由衷地说。

他眼眸明亮,说:"有友盼归,定不负所望。"

"可是,"我望着湿淋淋的衣服,"为什么每次见面,我都一副狼狈相?"

他大笑。

我盯着他的笑容看。他问："怎么了？"

我赶紧收敛目光。曾经一度以为他不会大笑了，看到他充满活力和朝气，真令人欣慰。

他仿佛知道我的想法，不再问。

来到地下车库，我不安地问："我是不是打搅你工作了？"

"玄璇主管人力资源，又有老申在，足够。"

我嗫嚅："这身衣服，我该怎么还你？"

"谁要你还，上车。"他拉开车门。

我越发不安。"可是，这衣服应该很贵吧，就这样穿走……"

他看我一眼，道："你的义举为敝公司挽回了损失，算我答谢你好了。"

我赧然，小声抗议："还取笑我。"

我打量他的车。这是他自己的车，非常干净，除了亚麻坐垫别无他物。我希望能看到小摆设，如果有照片更好，可惜没有。

他问："你怎么会来这边？"

"逛街，逛着逛着赶上下雨，于是找个地方避雨。玄璇才二十出头吧？年纪轻轻已经是公司副总了，真厉害。"我赞叹。

他说："她比我还大一岁。你夸她年轻有为，我就当同时夸我了。"

我想了想，说："你不一样。你取得多大的成就我都不意外。"

"你是在夸我，还是告诉我这次夸奖没我的份儿？"

"玄璇的咬字有点儿别扭，她是外地人吗？"

他莞尔，说："对，很外地。她父母是香港人，她在加拿大出生，她的中文基本都是我教的。"

我咕哝："怪不得那么熟络。你……有女朋友吗？"

"没有。"

我吞吞吐吐地问："你喜欢玄璇？"

他扫我一眼，说："不是你说的那种喜欢。"

我脸红，问："我说的是哪种？"

"是暗里回眸深属意的喜欢，是执子之手、与子偕老的喜欢，是愿得一心人、白首不相离的喜欢。"

我被他的浪漫情怀感动，转念想，以玄璇的中文水平，连他说的话都未必听得懂，不由得松了半口气。

"你好像挺高兴？"

"嗯。"我坦白，"喜欢一个人，应该喜相伴，忧相陪，天涯相随，对吧？

如果你喜欢她,而她的家不在国内,我怕她有一天走了,你也跟着走。"

我们都沉默。

车在我家楼下停稳。雨停了,乌云依然低垂,天空中层层叠叠、深深浅浅的灰和白。

我越想越觉得不妥,说:"谭辛强,把我刚才的话忘了吧。"

他用眼神询问。

"喜欢谁是你的自由,要找到一个自己喜欢的人本来就不容易。我虽然希望你留下,但是我的想法太自私。把刚才那些话都忘了吧,当我没说过。"我十分羞愧。

"我想听你的真心话。"

"希望你留下,希望你找到所爱,都是我的真心话。"我轻咬嘴唇。

他望着前方,说:"看,彩虹。"

阳光撕扯开厚重的乌云,露出一角湛蓝的天。一道巨大的彩虹横跨天地,一端在城市中,另一端在遥远的天际,鲜活的色彩闪耀光芒,壮美绝伦。

琴若对我的新衣大加赞赏。妈妈说:"有辆车送你回来。"

"下雨了,我碰见谭辛强,他送我回来。"

妈妈想了半天,说:"那个抢劫犯的儿子。"

我叫:"妈!"

白天下过一场透雨,夜空碧澄清澈,深深的透明的蓝,近似黑,又比黑炫丽,像……谭辛强的眼睛。

我回想在车里说过的话,悔得肠子都青了。朋友们都数落我爱冲动,脑瓜儿一热什么都干得出,如今看来他们说得不错。我今天的表现说好听点儿叫心直口快,说难听点儿是口没遮拦。

玄璇聪明、漂亮又能干,即使谭辛强现在不喜欢她,说不定将来会喜欢。他们相识多年,又有共同的事业,多么般配。谭辛强与她交谈时态度亲切。他是受过伤的人,曾拒人于千里之外,封闭了自己。我还记得那句淡淡的"离我远一点",还有换桌时他选择坐在单独的座位上,远离人群。他在"根据地"出现时,态度若即若离。这样一个孤独的人,偏偏对玄璇亲近。

玄璇故乡在香港,久居加拿大,跋山涉水万里迢迢来到北京,或许她是为谭辛强而来,天涯相随嘛。

历经痛苦流离的谭辛强,应该拥有幸福快乐。命运给他的补偿,或许就是玄璇。

啊,越想越觉得缠绵悱恻。

至于我的小小心愿,完全可以忽略不计。就像收集花瓣和落叶一样,我只是伤离别。

星星像细碎的宝石缀在天幕上。我悄悄编织着谭辛强与玄璇的童话，隐有担忧。

玄璇是否善良纯真，有一颗金子般的心，配得上谭辛强？她是否了解他全部的优秀？他端庄的品行，揭发父亲的正直，直面刁难的勇敢，跑一万米的坚韧，爱他的人都知道吗？他是一座宝藏，挖得越深收获越多。倘若浅尝辄止，我便替他有明珠暗投、锦衣夜行的遗憾。

遐思之中，忽然蹦出一个问题：我从未告诉他我的住址，他竟能找到我家！

我在会计师事务所上班。好消息是上司武司德是我的校友，不过他并不知情。坏消息是工作太忙，上班的第一周我就加了四天班。中午吃饭的时候，几个女同事相约去逛街。我实在太困，打算趴在桌上睡一会儿，拜托她们带盒饭回来。迷迷糊糊中，听到叽叽喳喳的声音。

小利哭得梨花带雨。我诧异，逛个街能碰见什么伤心事，哭成这样？女同事们七嘴八舌地说着。

"行了，一套西装而已，你都哭一路了。"

小利呜呜地说："真的好看。"

"好看就买啊！"

"买了给谁穿，她又不能自己穿？"

"以后没法儿跟你逛街了。看上一套西装，爱得死去活来的，至于吗？"

小利呜呜地说："太好看了呀。"

"好看就好看吧，有什么可哭的呢？"

"我喜欢那套衣服。可是……可是，我永远也不可能找到适合穿那套衣服的人！"她伏案大哭。

"这可不一定。"

小利绝望地说："不可能找到。"

我都快好奇死了，问："什么西装啊，男装吗？"

"男装，刚上市的新牌子。那衣服做得，真是没谁了！"

"那价格也是没谁了！半年工资一套衣服！"

"就算买不起，看看也好呀！我以前觉得男装都一个样，但是那套衣服，绝了。"

"等我攒钱，给我男朋友买一套。"

"你送完这套衣服，他跑了怎么办？"几个女孩咕咕笑着。

小利还在抽泣："好喜欢那套衣服啊。"

"到底什么衣服啊？"我回头问池红。只有她表现得还算冷静。

池红说："一个新的牌子，叫天姿兰得。衣服做得十分有品位。"

天姿兰得！我俩眼放光。

"听说是加拿大的品牌。"

"新推出的这款叫'以孤独为依靠'！听听，光这名字就觉得特有范儿，特来劲，特男人，特酷！"

我蓦然一疼。

以孤独为依靠，是他的生活写照吗？

一个人得有多么孤单，孤单得多么久，对他人失望多少次，才会决定以孤独为依靠？

那么骄傲，那么……萧索！

武司德带我们开始了一项新的审计任务，被审计对象在天姿兰得附近。一早，我给谭辛强打电话，约他中午一起吃饭。

见面地点在街角的餐厅。他穿着一件浅蓝色长袖衬衫，黑色西裤。奇怪，很普通的搭配，穿在他身上，显得英姿挺拔，颜色也清新透亮，赏心悦目。

一见他，我忍不住微笑，不是出于礼貌或客套，是止不住的开心。

他问我："今天不上班吗？"

我指指隔壁的大楼，说："我要审的公司就在那儿。每天中午有一个小时的休息时间，一个人没意思，我能来找你吗？"

"好啊。欢迎欢迎。"

我特意穿着他送的那身衣服。他已洞察我心，说："这顿饭我请客。你不许拿衣服说事儿。"

我说："被你看穿了，可我想感谢你啊。"

"将来机会多着呢。你刚上班，工资都没拿到手。别和我争了，好吗？再说，吃的又不是大餐。"他把要求说得如此委婉，我不知该怎么拒绝。

"那，明天……"

他立刻说："明天也不行。"

我怏怏，说："老这样，以后谁好意思和你一起吃饭啊。"

餐厅里在播放王杰的《英雄泪》，每次听都热血沸腾。他唇角微扬。我问："怎么了？"

他说："听到'谁在乎英雄泪'这句，看你的表情，你心中一定在高喊：我在乎，我在乎！"

我赧然，说："挺傻的吧？"

他说："和我一样。"

能和他一样，哪怕只是对一首歌的态度，都让我欢喜。

他问："你们一般几点下班？"

"跟被审计单位一样，五点。干不完的活拿回家加班。"

他沉吟："我今天要和客户洽商，估计七点结束，要不能送你回家。"

我连连摆手。"不用，不用，坐地铁回家很方便。"

"跨了两个区，还说方便。"

"我是打工的，压力比不得你当老板的。只是上下班有点儿远，不算什么。你常加班吗？"

"这不算加班，七点下班对我来说算早的。我一般都要工作到十点。要说加班，得半夜回家的那种才算。"

"干吗那么拼，工作是干不完的，要注意身体，留得青山在，不怕没柴烧。"

他耐心地说："天姿兰得是新成立的小公司，在国内服装界默默无闻，工资不比别人高，发展前景没有大公司那样看好，跟着我的人多多少少都有创业梦，想干出点儿名堂来。他们把事业与公司的成长视为一体，我有责任为实现他们的梦想努力。再说，年轻时不拼一下，等老了没力气了再后悔，就来不及了。"

我肃然起敬。如果不是早早地找好工作，我真想加入他的团队。有个锐意进取又负责任的人带领，再苦都觉得动力强劲。

"想什么呢？"

我说："想帮你，又没本事。想追随你，又嫌迟。只能给你呐喊助威。"

他扬起双臂，"嗯，收到！我现在精神百倍。"

他其实是很活泼的呢。

次日，同样的餐厅，同样的位置，他已坐在那里等我，连饭都点好了，不用说，早已结账完毕。

不愧是做服装的，他的衣着永远潇洒漂亮。一件白底竖纹衬衫，深色西裤，简洁明快，大方得体。

我说："总让你破费，钱多钱少暂且不提，让人觉得不平等。"

他风趣地说："吃个饭而已，我又没送花，你紧张什么？"

一句话化解我的局促。

"知道我紧张，还不让着我？"

他说："你这人，从不在意钱的，这个时候又狷介如此。"

狷介，啊，说得没错。小心狷介，不敢行也，说的正是我啊。

他说："既然不肯无功受禄，帮我参谋一下这款设计，怎么样？"

他掏出笔，在餐巾纸上画了一件女装。哇，多么华美的礼服，后领高耸，衬托玉颈修长，鸡心领精致而雍容，腰部收紧，托出胸部美好的曲线，下摆分为六片，交叠如花瓣，长裙流水般泻地，后裾长，形成一个不甚明显的小拖尾。

他画得竟这样好。寥寥几笔，神韵皆出。

我顿生爱慕，说："真美！"除了这两个字，想不出别的形容词。

他迟疑了一下，在腰部画了一个很大的蝴蝶结。蝴蝶结一加上，顿时打破了从上到下的连贯感。

"不用加蝴蝶结。"我说。

"你也觉得不好？"

"嗯。"我沉思着说，"我不太懂。我觉得这条裙子的线条行云流水，如果中间横了一个蝴蝶结，就像划江而治似的，割裂了整体。"

"这是我给一位顾客量身定做的礼服。她要求在腰部加一个缎带蝴蝶结。"

"如果不加，她就不要了吗？"

"是的。"

拒绝顾客的要求可能会失去客源，被迫改变设计又会降低设计美感，该怎么选择？

我犹豫了。他却淡定。

我问："你早就想好了吧？"

"我会委婉地拒绝她的要求，并提出适合她的建议。"

但愿她听得进去。

"衣服是什么颜色的？"我好奇。

"海藻绿，混着一点儿灰蓝，借绸缎的光泽提升亮度，说起来你可能觉得黯淡，实际上非常瑰丽华贵，就像……"他思索着形容词。

我心一动，说："海妖的眼睛。"

他目光闪动，说："没错，光彩暗生，像海妖的眼睛。"

九、深蓝的眼睛深蓝的心

马上要到谭辛强的生日了。我很早以前就想送他一份礼物，不，是很多很多件礼物。我常常在不经意间发现很多东西，都很适合他，但又没有送礼的名目，送得突兀，对方恐怕难以接受。好不容易忍到现在，总算能名正言顺地送了。

我恳请谭辛强帮忙。他二话不说答应了，问我："什么事？"

我带他到最近的男装店，指着柜台里的真丝暗纹领带说："我要送人礼物，看好了一款，但颜色较多，挑花了眼。你帮我选选，我相信专家的眼光。"

他看我一眼，问："送给谁？"

我谨慎措辞："和你年纪相仿，气质相似，工作环境也差不多。"

他说："深蓝色。"

这款领带我两个月前就相中了，真丝自然的光泽使深色系的领带有低调的奢华。深蓝色像他的眼睛，酒红色温暖沉静，我一直在深蓝色与酒红色之间犹豫不决，更偏好后者。

"酒红色很好看呀。"我说。

导购小姐说："两位真有眼光，深蓝色精致尊贵，酒红色高雅大气，这两款是我们主推的款式。"

谭辛强说："如果是我，我喜欢深蓝色。"

我忽然调皮，说："如果是我，就留着深蓝色，把酒红色送你。深蓝色有点儿冷，我要送给男朋友，如果我有男朋友的话。酒红色较暖，像你。"

他静静说："你可以都送给他，希望他既高贵雅致又沉稳大气。"

这种回答……我含糊地说："好吧。"

我只把送礼物的事告诉了紫芳。她数落我："星嫣，你是不是傻？他是卖服装的，能缺领带吗？"我挠挠头，她说的对，但是我觉得那款真的好看。

紫芳说她介绍了个女明星去天姿兰得定制礼服，设计师设计了一款名叫"美人鱼"的晚装，但是不肯给她加蝴蝶结。我想到了和谭辛强聊到的那件。紫芳大怒："谁见过海妖？海妖的眼睛是什么东西？"

"是很好看的颜色啊，特别有灵气。"

"说具体是什么色就行了，海妖的眼睛，谁知道是什么！"

可是我一说谭辛强就懂了呀。

紫芳又说："还有，美人鱼！人家叫美人鱼！"

我又挠头。美人鱼不就是一种海妖吗？

"你的朋友最终要那款衣服了吗？"这是重点。

她黑着脸说："没有，还在交涉。"

我想了想，说："你能不能跟她说，如果加个蝴蝶结，就像是被海草缠住了一样，感觉会被勒死，还是别加了。"

紫芳瞪圆了眼睛，说："信不信我咬死你！"

终于有一天中午，我抢在谭辛强之前先到饭店。

我掏出一个毛茸茸的小狮子头给他。他问："这是什么？"

"钥匙坠儿啊。"我喜悦地说。往大街上一走,看到的每样东西都适合他。比如一个摇头娃娃,放在他车里正合适。一个平安扣,挂在后视镜上挺好。一个木质相框,摆在他书桌上,安静又温馨。一个大狮子靠垫,放在他车里,累了可以倚靠。昨天回家路上我看到这个钥匙坠儿,爱不释手,想象着他收到礼物的样子,我心里都乐开了花,等不及要送给他。

"你是狮子座的,用这个钥匙坠儿多合适。你看,鬃毛里藏着拉锁,把它拉开,狮子其实是个超级小的包儿,刚好能放下一盒清凉油。你工作累了就歇一会儿,用它提提神儿。"

我期待他唇角的弧度发展成一个微笑。他的笑实在难得,尽管从不板着脸,可他也很少露出笑容。

他说:"谢谢。"

他的眼睛弯弯,笑意凝聚在眼中。这就足够了。

精致的车钥匙和憨态可掬的小狮子头配在一起十分有趣。我忽然意识到:"是不是有点儿幼稚?"

"挺好。"他说。

他穿了一件鲜艳的衬衫,橙色中揉合粉红,我指着说:"颜色暧昧,像熟透的哈密瓜瓤儿。穿成这样在公司安全吗?不会被一群女孩围着流口水吗?"

"哈密瓜瓤儿?"他笑弯了腰。

"你在这里。"身后传来一个声音。我回头,见是玄璇。

她穿着珠光白的套裙,钻石项链闪闪发光。打过招呼,她嗔怪地说:"怪不得不肯陪我吃饭,原来约了美女。"

我不安。莫非我搅了他们的午餐?

谭辛强神情自若,说:"查理想见的是你,又不是真想请我吃饭。"

玄璇从鼻子里哼了一声,转而对我说:"谭总居然笑了,星,一定是你的功劳。"

"他平时不笑吗?"

玄璇表情揶揄,说:"至少今天不是。那件晚装还要改,她和你磨了三天了吧?"

谭辛强说:"下午继续迎战。"

玄璇叹气,说:"要不,就依她吧。"

谭辛强说:"不能让外行指挥内行。"

玄璇说:"客户的需求咱们总要考虑啊。"

"我已经很认真地考虑过了。你放心,这件事交给我。"他温和地说,沉稳的态度令人踏实。

玄璇思索着说:"其实我不担心礼服的事。你今天在会上的提议是当真的吗?"她的表情凝重。

谭辛强点点头。

玄璇转头对我说,似在寻求支持:"在今天的会上,他提议要设计一个新的系列,名叫'捻碎的回忆'。"

"这么……悲伤。"我微微惊讶。

玄璇说:"当时就有人提出,这样的名字不讨好。我们的衣服是为了让顾客穿着舒适、美丽,难道要让人难受?我们从来没做过。还有的人讽刺说,当他穿上让他显得很丑的衣服就会难过,还用刻意设计?看那些丑到哭的买家秀就知道了。我随时都能设计出一万件让人难过的衣服。"

谭辛强受到很多质疑啊。我问:"后来呢?"

玄璇耸肩,说:"大家都在笑。"

谭辛强说:"我不是要用服装让人难受,而是用服装表达悲伤。就像我在会议上说的,一直以来,我们都以让顾客快乐为出发点设计服装,这本没错。可你们有没有想过,有的顾客除了有美观、得体、舒适等要求,还想通过衣服传达思想、表达情绪,文化衫就是最好的例子。比如说,今天我很快乐,现在的我有点儿烦,我是个有主见的人,我是个柔弱的女生等等。"

玄璇说:"让人自信、高贵、潇洒等,都有市场,可悲伤的衣服,真有人买吗?"

谭辛强说:"相信我。设计悲伤系列,穿着它的女生无声地告诉别人她心情不好,情绪低落,只想安安静静地独处,反而显得气质脱俗,遗世独立,让人更怜惜。我对它的市场前景很有把握。"

玄璇无奈地说:"好吧。虽然我不理解,可我支持你。但是,今天在会上你看到了,只有我一个人赞成,远远不够啊。"

"交给我吧。"他说。

他们捡到宝了,自己还没发现。谭辛强总能独辟蹊径,找到新的市场需求,发现商机。

玄璇呻吟:"拜托,除了悲伤系列,能不能做点儿别的?"

看来她对他还不能完全信任啊。

如果像谭辛强这样的人对我说"相信我""交给我吧",我一定死心塌地地相信他,毫不犹豫,绝无二心。

或许,我太盲从了,玄璇审慎的态度比我好。

"当然。"谭辛强拿出手机给我们看,"这是我已经设计好的几张图,'指尖滑过思念''直至海枯石烂''却有风霜苛刻'……"

我的注意力转移了，嗫嚅着问："你刚才说，你设计的？"

"是呀，我设计的。"他说的平静，好像这是再正常不过的事。

我张大嘴巴，问："天姿兰得不是引进的品牌吗，怎么还自己设计服装呢？"

玄璇说："品牌是引进的没错，谭不仅是公司的销售经理，还是加拿大总公司的设计师。"

我慨叹：人家的时间是怎么利用的，学的专业是计算机编程，干的是商贸，还懂设计。

另有一个小小心结："以孤独为依靠"是他设计的吗？

但愿不是。

谭辛强生日那一天，我从早上开始就加快办公速度，到点按时下班，急急忙忙跑到天姿兰得，我已跟他约好晚上一起吃饭。买好的领带就放在包里。自从买了礼物，我一直怀揣喜悦，走路都要飞起来。从没想过送礼物的人比收礼的更幸福。

选择的，当然是他喜爱的深蓝色。

迎接我的是艾拉。她有些诧异，说："星小姐，你回来了。谭总的会议还没结束。"

回来？我明明刚到。

我要在接待室等，她已打开谭辛强办公室的门，说："您可以在他的办公室等。"

我犹豫。方便进吗？

艾拉说："谭总说请您在此稍等。今天的会议比预想的时间要长。"

我点头致谢，抓紧暗藏的喜悦，设想该如何开口，他的快乐会如何展开。他办公桌上，一个长方形礼盒赫然躺着。透明的印有粉红色小小的心型的包装纸里，正是一条领带。包装盒上有镂空窗口，可见里面的酒红色。

紫色缎带打成蝴蝶结的手法，包装纸上贴着的醒目的银色星星，没有人比我更熟悉，即使没有只字片语，我也知道这礼物来自星琴若。贴上银色星星是她的标志。

谁说我们不像双胞胎？我们不约而同选择了同样的礼物，只是颜色略有差别。那也曾经是令我举棋不定的颜色。

原以为只有我记得谭辛强的生日，只有我为他祝福，眼前这几乎一模一样的礼物，教我怎么办？

很早很早以前，琴若说，如果她喜欢一个男生，就送给他领带。

那些话，她随口说的吧，早就忘了吧。

艾拉说我"回来了",想必琴若来过。听她的意思,琴若来的时候谭辛强正在开会,他们没有见面。

谭辛强推门进来,看上去心情很好,说:"嫣若,久等了。"

"我……下班早。"我脑海一片空白,只记得一件事:礼物,绝对不能拿出来!

他看见了桌上的礼物,拿起来,轻快地说:"酒红色,你喜欢的颜色。"

"那个啊……我……"我轻轻摇头。皮包仿佛有千钧重。不送礼物,我今天是来干什么的?

琴若这家伙,到底在想什么?她说那句话的时候是高中还是大学,好几年前的事了,她还记得吗?世界上怎么有这么巧的事。她怎么发现那家店的,怎么就买了同一款呢?

谭辛强轻轻问:"在想什么?"

我赶紧集中精神。"没有啊,没什么。"

"你几乎没怎么吃。"

满桌美食。他过生日,点的都是我爱吃的菜。

我说:"天气闷,没食欲。"

他永远懂得适可而止,眼眸深幽幽的,看不出他的想法。

"你许愿了吗?在今天许愿,成功率很高哦。"说完我就后悔了。他最大的愿望,是和他爸爸平淡地过完一生吧。我今天的脑子是怎么了,问什么问!

"提到愿望,你那懊丧的表情是怎么回事?"他失笑,又侧头望着我,说,"你该不会是猜到了我的愿望,认定无法实现吧?"

我慌忙摆手。"没有,没有。"

看惯他端正的样子,偶尔侧头,出乎意料的可爱。说起来,他只是个二十出头的大男生,经历比别人多一点,辛苦一点,其实还是个男孩。我之前为什么觉得他像屹立万年的礁石呢,沧桑,坚定,古老。

如果双胞胎心有灵犀,琴若是否有相同的感受?

没有送出的生日礼物,没有给他祝福,该如何解释?似乎怎么说都不对。琴若是琴若,我是我,为什么就是送不出去?

车停在我租的房子楼下。我从纷乱的思绪中拔出来,又一次惊讶:"你怎么知道我住这儿?"我搬家的事没跟大家宣布。

"琴若说的。"他停好车,转过来,对我说:"嫣若,有一件事拜托你。"

他的神情认真专注,我挺直腰,准备赴汤蹈火为朋友拼了,说:"尽管说。"

他抿紧嘴唇,似乎在斟酌言辞,沉吟:"如果,你觉得我很无聊,不必勉强陪我。我不想看见你为难，更不需要你同情我、迎合我、讨好我等等。希望你在我面前随心所欲，做真实的你。"

我的心不在焉和神思恍惚啊，太没礼貌了，难怪谭辛强误解。"完全不是你想的那样儿。我……对不起，我今天有点儿乱了方寸。我想陪你，没有任何勉强。因为想早点儿见你，我从早晨就开始加快速度，只为能按时下班去找你。除了和你一起，我想不出我还能在哪儿。但我晚上的表现确实差劲，真失礼。我原打算好好为你庆生。见到你我就紧张，可在心底，总觉得和你最亲近，最不见外，跟别人都不一样。你是我心灵的守卫者，不必特意做什么，自有遮风挡雨的效果。领带的事，唉，该怎么说呢？哎呀，我真是，把事情都搞砸了。要是换成紫芳就好了，她总是知道在什么时候说什么话。"我急得微微冒汗。

"胡说。"他轻轻说，"傻孩子。"

孩子？我和他同岁好吗！

可是，我心甘情愿认了这句话，从心理上总觉得他理所当然比我大。

"礼物的事何必介意。你的话就是给我最好的礼物。"

啊，刚才的话有什么特别的吗？他唇角带着微笑，我心中一动，说："你如果能总像现在就好啦，你有时太严肃。其实，你并不像大家想的那样难以接近。"话刚出口立刻后悔，我把其他人出卖了。

"像你吗？"这句话似曾相识。

我疑惑地看着他。

他说："待人满腔热情，甚至可以倾尽所有，像炙热的夏天；同时又矜持自重，不愿给对方任何压力，不奢求对方同等对待，小心翼翼不碰触别人的隐私，甚至有疏远他人的嫌疑，让人误会你是冷淡的，像冬天。"

我微惊。他看透了我。

我转移话题，问："做服装，归根结底是服务，逃不过被人评论，高端定制更要看人脸色，为什么选这个行业？"

"起因很简单，有个女同学参加舞会，不小心撕破裙子，我尝试帮她修剪一下应急，效果还不错。后来觉得这行很有意思。服装不仅能保暖，一件适合的衣服，能帮人增强自信，突出一个人的优点，勾勒性格，展现风采，仿佛有魔力。每当看到一个人从平凡无奇变得光彩夺目，我都有化腐朽为神奇的自豪，同时觉得欣慰，觉得终于能够做一点有意义的事了。"他神采飞扬，眼睛闪亮如星辰。

他想带给别人快乐。这才是他的最终理想。

我低声说："早晚有一天，大家会懂你。"

他沉思着说:"别人不明白没关系,我也不需要他们明白,只要有一个人知道我就行了。"

夜空的颜色浸染他的双眸。他沉默了,心扉却似悄然敞开。不发一言,我却明显感觉到他的思绪。

唯有经历喧嚣,才懂平淡的珍贵。前尘,但愿能了断。

他人对他充满好奇,他却只想要平静,不想被关注,别人便觉得他冷峻神秘,拒人于千里之外。

无论世人眼光如何,他遵循内心,踽踽前行,把控未来的方向,乘风扬帆,人生之舟能达到多远,他或许不敢断言,但绝不陷入流言的漩涡,为不相干的人浪费心力和时间。

"有一个人知道我",是他的期盼。谁不渴望温暖?他并非与世隔绝,那个热血少年,胸中揣着一团火。他的要求不多,满腹知心话,只与一人听。前路,能得一知己最好,不得,他亦坚定不移,纵寂寞,亦孤高。

他转头问我:"发什么呆呢?"

我连忙挪开目光。

待到老去那一日,我依然记得,此刻得以窥见,你深蓝的眼睛,深蓝的心。

十、静待岁月酝酿成歌

紫芳出演了一部惊悚电影,我们打算瞒着她去看。琴若负责买票,问她买几张,她说五张。

我问:"你、我、贺骁腾、老乔、于芒?"

她点头。

我说:"多买一张吧,加上谭辛强。"

琴若说:"你干什么事老想着他!"

"他一个人在北京孤孤单单的,咱们有好玩的事就叫上他。"

琴若说:"人家现在是公司副总,前呼后拥的,哪儿孤单了?他可能有好多朋友,你不知道而已。"

"其他的朋友跟咱们不是一拨儿啊,咱们是他的高中同学。别说那么多,把他算上。"

我负责邀请谭辛强。他迟疑一下,问:"电影几点开始?"

"惊悚片一般都是临近半夜。琴若去买票了,她会把电子票发到你手机上。"

他说:"我现在在兰州出差,尽量赶回去。"

啊,这个情况出乎预料。我为我的一厢情愿难为情,说:"你不用刻意赶回来,我们是临时决定的,想得不周到,没提前征求你的意见。"

他简洁地说:"我能赶上,记得给我留座儿。"

深夜的电影院,五个人聚齐,只差他。我看着身边的空座位,有点儿不安。希望我的邀请没让他为难,没给他添麻烦。

紫芳在剧中扮演一个暗恋男主角、害死女主角的第三者,戏份不多。一开场,她就穿着性感的衣服把男主角灌醉,尽力勾引。看着从小到大熟得不能再熟的女孩对着陌生男人投怀送抱,即使明知是假的,我也觉得特别不舒服。情节过半,银幕上再次出现紫芳与男主角亲热的镜头,我再也忍不住,悄悄起身,一个人走出影厅,坐在休息椅上。身后响起温柔的嗓音,问:"怎么了?"

是谭辛强。我惊讶:"你回来了。什么时候来的?"

"来了一会儿,电影已经开始了,我看过道边有空座位,就坐在那儿。你怎么了?"

一句话勾起伤心,我委屈地说:"紫芳连男朋友都没有,可是电影里,穿得那么少,和那个男的贴那么紧,那个男的还摸她……她的腿……"我的眼圈红了。

他理解地说:"虽然是假的,但依然难以接受,对吗?如果能用什么遮住屏幕就好了,真希望没人看到她这种样子。"

"对呀对呀!可是已经拍出来,公映了,好多好多人都看见了。"

他安慰说:"我知道你的想法,你希望她平平稳稳,无忧无虑到老,没有困扰,没有尴尬,顺利实现目标。但平淡不是她要的。这条路是她的选择。剧本她看过,角色她认可,她自愿的,其中的苦辣酸甜,她已有所准备。"

我还是有点儿接受不了。

他说:"如果成功唾手可得,梦想瞬息实现,固然是好,谁不想绕开所有障碍直达终点,但所得也就显得不那么珍贵了。"

我想了想,说:"那,我希望能够替她遮挡风雨,分担困苦。"

"有些苦没人能够替代。我们能做的就是支持她。"

我感慨:"换个职业不好吗。"

"换个职业,你又该觉得浪费她的容貌了。"

还真是。又想让世人见识她的美,又希望她保持优雅高贵,我的要求太多了吧。

我忧心忡忡地说:"这样以后还好找男朋友吗?"

他失笑,说:"喜欢她的人多着呢。真正爱她的人不会在乎这些,什么都拦不住。"

我不想再继续看。谭辛强陪我在外面散步等散场。一张电影票可以换一小时免费停车券。我们排队去换券。负责换券的花白头发的大叔,年纪看上去和我爸差不多。这时已经是夜里十一点半了。大叔一个人站在办公桌后,认真地查看票据,在停车券上一一盖章发放。这个时间,我爸应该已经睡觉,即使没睡,也肯定舒服地坐在沙发上看球赛。

我忽然心酸。

换完停车券默默往回走。谭辛强说:"他不会从早上八点一直上班到现在。而且在商场上班,夏天有空调,冬天有暖气,工作环境还是挺好的。"

我感激地看他一眼,心里舒服了一点儿。他也和我一样觉得大叔可怜吗,否则他怎么会想到我的沉默和大叔有关,而不是紫芳?

我问:"谭辛强,你有没有这样的时候,就是突然觉得一个人特别可怜,看不下去?"

他说:"开车的时候,看到五六十岁的叔叔阿姨骑着自行车,顶着风,很费力地骑,还要小心避让汽车,而我舒服地坐在车里,那时候我就突然不忍心,觉得开车好像是种罪过,太奢侈了,完全没必要,坐公共汽车或骑车就能到达,何必开车。"

我听得感动,心里有些酸,更多的是暖。我双手合拢,犹如捧着一个东西一样,比画给他看。

他问:"什么意思?"

我说:"谭辛强有一颗柔软的心。"

他的眼睛亮晶晶的,没说话。

我们继续往回走,我的手还保持合拢的姿势。

他说:"被你这样捧着,它就安全了。你可别把它摔了。"

我脸红,仿佛真的捧了什么,不敢松手,想了想,干脆往他胸膛一送,说:"太珍贵了,我怕保管不好,还是物归原主吧。"

他眉宇间有点儿无奈,说:"好吧。记得有空来看看它。"

我忽然觉得他很可怜。这点儿细微的情绪波动都没逃过他的眼睛。他说:"我真怕你的善良泛滥,有一天伤了自己。"

我大大咧咧地说:"有你在,怕什么。"生活中肯定有坎坷,有一帮朋友在,有他在,我什么都不怕。

"那件晚装的事解决了吗?"

"圆满解决。"

"漂亮。怎么做到的?"

"我对她说,我比谁都希望你漂亮,让衣服衬托你的气质,把你的优点发挥到极致。又向她详细介绍了设计灵感,构思的意图,最后得到她的理解。她说,希望做一条盛装的美人鱼,而不是被一些可疑的带子勒死。"

我扑哧笑了出来。萧紫芳还真是原话转达啊。

此厢工作结束,我没有告诉他,依然每天中午与他一起午餐,穿越半个城市来找他。这一天,中午只有半个小时的空闲,实在来不及,我打电话向他致歉。

他说:"别对我道歉。多谢你特意抽时间陪我。"

原来他知道。不管他身边有多少人簇拥,不管他有多么忙碌,我都觉得,或者说是我怕他孤单。

他说:"和你聊天给我许多灵感。"

我惨叫:"不会是'以孤独为依靠'的灵感吧?"

"你不喜欢那件呀?"

"那倒不是。如果我陪着你,你还觉得孤单,我多失败啊。"

他说:"下一个款式的名字叫'星光照进孤独'。"

我的心怦怦跳。"星光照进孤独",回味无穷。

他说:"星光照进孤独,静待岁月酝酿成歌。"

再念一次,满口余香。我由衷道:"谭辛强,你应该当个诗人。"

"我只是个商人。诗意的是你,是你给了我启发。"

我暗暗喜悦。"谢谢你对我的肯定,让我觉得所做都是值得的。"

他说:"你呀,心软,太容易感动,看似柔弱,实则坚强,有时又坚强得过头,喜欢揽事上身,不懂得拒绝,宁愿勉强自己,也不让别人为难。别人一示好,你就全力以赴,刀山火海都不管。这些要是被人发现并利用,你就惨了。"

我欢喜地说:"你是在夸我吗?"

"你想多了。这是你的软肋,我提醒一下而已。"

很久以后我才发现,他真的了解我,说得一点儿都没错。可惜那时我还天真,不懂得他的提醒有多重要。

他提出送我回家。我支吾:"我事先没跟家里说,得回家吃饭。"

"我知道。我只是送你回家。"

眼看躲不过,我只好实话实说,告诉他我的工作地点变了。

他说:"告诉我你新的地址。"

"离你……很远。"

"有车。"

我恳求："别接我，我过意不去。"

他低喟："叫我说你什么好。以后不许再来找我吃午饭。"

"哦。"我怏怏道。

不许我找他，他却跑来找我。大中午的，顶着烈日，他就这样突然出现。我惊讶："这么热你怎么来了？我刚吃过饭……"

他说："给你。"一大杯凉丝丝的杨枝甘露递到我手中。他看一眼手表，说："下午要见客户，我走了。"

三伏天儿，穿过大半个北京城，只为了送一碗解暑的甜点。我怔怔地看着他的背影，说不出话。

谭辛强偶尔应邀来参加"根据地"的聚会。若是他参加，聚会结束，总是由他送我和琴若回家。朋友们都悄悄议论谭辛强变了，与刚回国时不一样了，变得像刚上高中时的他，开朗了许多。

谭辛强邀请大家假日到郊外去玩。这是一个占地几百亩的度假村，以欧式园林为主要风格，最近刚开张。我们的住处是园中的独栋别墅。我、紫芳和琴若最先抵达，接着是于芒和老乔。放下物品，我们在园中闲逛。天空澄净，碧水红花，金黄的叶子点缀着翠绿的树林。度假村是新建的，游人较少，坐在白色的木椅上歇息，鸟鸣深林，清风舒爽，幽静而闲适。

谭辛强和一个年轻的外国人低声交谈着，沿雨花石路走来。谭辛强已经很高了，那外国人比他还高一头，棕色的卷发，眼睛湛蓝，嘴角一直微扬。他看见紫芳，眼眸一亮。

谭辛强介绍说："这是我的朋友格林，度假村的主人。"

格林的中文说得生硬，性格开朗活泼，很快和我们打成一片。乔其洛问起他为何在这里投资。格林指着谭辛强说："受他的影响。我们在多伦多时是合伙人，去年他忽然提出要退出，要把全部资金投到北京。我留不住他，只劝说他保留了一间店铺，其余的都转给了我。我想知道原因，就随他来了，他反而蛊惑我在此投资。于是有了你们眼前的度假村。今天见到你们，我终于知道谭为什么执意要回来。谭，你不厚道，有如此漂亮的女同学却不早说。"大家都笑了。

谭辛强说："她们都已名花有主，你别惦记了。"

格林表情灿烂，说："你说晚了，我早已打听清楚。除了一位星小姐，剩下的女孩还是单身。"

谭辛强道："你还真下功夫啊你。"

于芒问:"你们在多伦多一起开服装公司吗?"

谭辛强说:"不是服装,是快餐。只有几家连锁店,不成规模。"

紫芳喃喃道:"从餐饮到服装,跨度有点儿大啊。"

贺骁腾此时才到,找不到我们所在的别墅,谭辛强出去接他。

琴若问格林:"你们两个大男人,怎么想到做餐饮?家里以前有这方面的企业吗?"

格林说:"其实这是谭一个人的事业,后来才有我加入。他上大学时很努力,有的人浑浑噩噩过日子,他决不,非常刻苦,常常学到深夜,饿了又吃不惯汉堡三明治,就自己动手做饭。"

琴若颇感兴趣地问:"做得怎么样?"

"非常棒。周围的人闻香而来,他请他们品尝。他做冬笋肉丝,而且只做这一道菜。"

于芒笑了:"他是不是只会那一个菜?"

格林耸肩,"不管怎样,这一道菜已大受欢迎。他蒸了米饭,把菜连同汤汁都淋在上面,那香气,哇,想想就让人吞口水。"

"盖浇饭。"乔其洛指明。他永远是下结论的那个。

格林说:"他还说什么乐乐不如乐乐,我听不懂,总之就是说好东西应与他人分享,让大家都能尝到美味。他开始接受预订,依旧是这一道菜加米饭。他注册了自己的品牌,既是厨师,又是快递员、收银员。营业时间从下课一直到凌晨三点,风雨无阻。我都不知道他究竟是否睡过觉。他的客户越来越多,从学院的学生扩展到全校,又扩展到周边社区。我认识他时,他已请了员工,开了第一家分店。"

紫芳问:"你们不是同学吗?"

格林向她转过头,殷勤地回答:"他是我的恩人。我喝醉酒掉进湖里,是他救了我。"

我和琴若异口同声:"啊,原来是你!"

他手捂胸口向我们行了一礼,"他为了救我差点丧命,手臂被划了一道很长的伤口,到现在还留着疤,他却什么报偿都不要。我的同伴是银行董事的女儿,提出要给他一笔免息贷款,也被他拒绝了。我不喜欢欠别人的,于是提出注资他的店,与他合伙做生意。谭是很有商业头脑的人,和他合作我不吃亏。他明白这一点,接受了我的提议。"

谭辛强与贺骁腾走了进来。大家都看着他,谭辛强问:"他说我什么了?"

格林说:"说你干什么都很拼命,总像没有明天,只剩今日了一般。下着大雪送外卖,被重型卡车追尾,差点儿死掉。每天休息的时间不到四个小时。

这样拼，也不知为什么。"

"谁的青春没苦过？不及别人优秀，再没有别人努力，就没救了。"谭辛强说。

他说得轻描淡写，我们听得热血涌动。

"拼出七家连锁店，又全部放弃，转行从头再来，这样鲁莽，孤注一掷，一点儿都不精明，不符合逻辑，不符合经济学。"格林说，"可是，我佩服你的勇气。"

晚饭后，大家三三两两各自去玩。乔其洛和于芒去泡露天温泉。琴若与贺骁腾在打羽毛球。我回房间拿泳衣，打算去游泳。曲径通幽，香气氤氲，却不见花，前方一蓬竹子拦住去路。

竹丛的另一端传来谭辛强的声音："想问什么？"

紫芳问："你从没提过你受的伤，吃的苦。"

"人们往往只重成败，至于细节，谁在乎呢？"他平静地说。

紫芳冲口而出："我在乎！"

静了片刻，谭辛强说："结局好就够了。结局是好的，过程越艰辛越添光彩，说出来反成了炫耀。"

"言之何易，只有你自己知道吃过多少苦、受过多少累，日子一天一天是怎么挺过来的。让我看看你的伤疤。"她的恳求温柔似水。

"有什么好看的。"

"让我看看嘛。"紫芳又说。

谭辛强摇摇头，说："我带你去看看格林的玫瑰园。"

紫芳说："像大将军寇流兰。"

"什么？"

"骄傲得不肯轻易示人以伤口。"紫芳适可而止，说，"走吧。"

众人玩牌唱歌到深夜。次日清晨，我先在园中跑了一圈，回到客厅，本以为只有我起床了，没想到还有两个人。听到对话声，我本该离开，偷听别人谈话是很不礼貌的。但"萧紫芳"三个字吸引了我的注意。

谭辛强说："警告你啊，别打萧紫芳的主意。"

"大度一点嘛。你的朋友这么漂亮，想让人不动心都难。你知道，我对女生一向很体贴的，决不伤害她们。"格林说。

谭辛强说："萧紫芳是我的人！"

格林说："你喜欢她？"

"她是我的初恋，我从上高中就喜欢她。"

格林端起拳头做拳击动作，跳跃着，半开玩笑地说："喂，咱们公平竞争，看她喜欢谁。"

"少来，老兄，"谭辛强温和地拍拍格林的肩膀，说，"你是大情圣，还愁没有漂亮女孩？别动她。"

格林沮丧地说："好吧。看在你是我朋友分上。唉，好不容易遇到喜欢的女生。"

谭辛强笑，说："对我装可怜没用，我可不同情你。你是有名的花花公子，让你心动的女生多如天上星辰。"

格林比画着说："咱俩，半斤八两。半数多伦多的华裔女孩都和你要好。说到星星，星小姐也很漂亮，选她你不介意吧。"他摩拳擦掌，跃跃欲试。

谭辛强说："你的失落就不能再多维持一分钟？真拿你没办法。"

我回房间冲凉换衣服。紫芳睡眼惺忪，问："你不困啊，老早八早的。"翻个身又睡了。她的脸庞宁静恬美，精致美丽如玉石雕塑，难怪那老外心痒。

我独自在园中踱步，深呼吸，渐渐走到度假山庄边缘，前方是一道危崖，谭辛强站在崖边，俯瞰山色，轻轻吟诵："来自远方，来自黄昏和清晨，来自十二重高天的好风轻扬，飘来生命气息的吹拂，吹在我身上。"

我忍不住接口："快，趁生命气息逗留，盘桓未去，拉住我的手，告诉我你的心声。"

他回眸，毫不意外我的出现，说："你也喜欢这首《什罗浦郡的浪荡儿》！"

"嗯，每次念，眼前仿佛出现一幅画面，流浪的人从晦暗角落走入宽阔街道，蓦然抬头，黎明已经到来，清新舒爽的风迎面而至，生命的美好感动了他，让他忘了生之悲苦，勇气再次充满他的心。阳光和空气对每个人来说都是平等的，无论贫穷还是富有，无论快乐还是悲伤，只要抬起头，就能感受阳光的抚慰，即使闭上眼睛，也能感觉到生命的气息吹拂。"

他沉吟："生命的气息吗……"

"不知道作者原意是不是这样，反正我一想起这首诗就有这种感觉。"

他眺望远方，"所以我要珍惜每一天。毕竟，有的人想看却再也看不到明天。"

我弯曲食指，轻快地说："来，为生之美好，干杯！"

他看着我的手，略迟疑，同样弯曲食指，和我"碰杯"。

我悄声说："谢谢你。"

他疑惑。

我吐吐舌头，说："抱歉，我无意中听到你和格林的对话。"

他目光摇曳，说："那是……"

我赶紧点头。"我知道，我知道，你是保护紫芳，所以要谢谢你。她在娱乐圈，有点儿风吹草动就关乎名誉，和一个老外闹绯闻，倘若修成正果还好，否则真划不来。"

"你明白就好。格林可能改成追求你。"

我笑吟吟："他追我没用，我不喜欢他那个类型的。"转而又觉得可惜，说，"你保护紫芳，她也关心你，要是你们真的成为一对多好。"

谭辛强摆了摆手，袖口挽得靠上，露出一点点伤疤，延伸到袖子里，不知道究竟有多长。怪不得连盛夏他都穿着长袖衣服。

我目不转睛。他注意到我的视线，把袖口放下。

我说："以后，如果有人关心你，别再躲避了。"

他注视我，说："当初我叫你离我远一点，不是嫌你烦。我怕你被他们孤立，有一天我走了，你怎么办？"

我昂扬道："我不怕。"

他轻轻说："我怕。"他的目光落在盛开的蔷薇上，嘴里说着害怕，表情却是坚毅的。

这些年我时常回想他说"离我远一点"时的神情和语气，虽然已猜到他的用意，还是感觉生硬得教人有些难受。如今，他轻轻的一句"我怕"，教我之后每每回想，都深感被保护被关爱，尤其是他孤立无援时，还能顾惜到他人。这份善良，让我有了奋起直追之意，不肯在做人上被他落得太远。

格林果然遵守约定，不再关注紫芳，转而和我套近乎，一上午都在我身边打转。他总有聊不完的新鲜话题，倒不让人讨厌。中午时分，他有贵客前来，总算离开了我。

午后，我们聚集在树荫下。于芒播放着音乐，提议大家跳舞。碧草青青，柔软如地毯。阳光穿过树叶散碎地洒落，连光线都变得青翠晶莹，映衬着年轻的脸庞。紫芳的身姿仪态都是经过专业训练的，舞姿优美妩媚。贺骁腾从草地上跳起来，对琴若说："我得去讨好萧紫芳，将来她大红大紫，想邀请她跳舞就难了。"

琴若板起脸拍打他，又绷不住地笑。紫芳做个鬼脸，和贺骁腾跳起舞来。

谭辛强走上前，对琴若说："难得的好机会，你终于落单了。"

琴若欣然接受，说："我也庆幸呢，身边终于可以换个人。"

贺骁腾叫："暂时的啊，暂时的！"

我和乔其洛共舞，故意挡在他们两对中间，让他们看不见彼此。

一舞结束，不等贺骁腾走过来，乔其洛已牵起琴若的手。谭辛强被紫芳拉走。我笑盈盈地对贺骁腾说："赏光吗？"

贺骁腾瞥一眼那一对，说："当然。"

他还真高。我仰着头，促狭说："琴若跑不了，你放心。"

他哼："我知道。"

"那你还紧张。"

他慢吞吞地说："你容易受谭辛强影响，琴若和你是双胞胎，我怕相处久了，她也受他影响。"

我当然知道他指的是什么。他的说法有误。我并不是受谭辛强影响。某件事情发生了，人们会依据性格喜好等因素对其进行评价，我也是如此。我一向对事不对人，并没有偏听偏信。

我打趣道："双胞胎并非事事一样。比如琴若觉得你是世间最好的，我可不这么认为。"他气得翻白眼。

我好奇心突起，问："如果我的发型和衣服都和她一样，你能分出我们吗？"

"那有何难？琴若对我多温柔，你，凶巴巴的。哎哟！"

"抱歉抱歉，走错步了。"我一脸真挚的歉意，说，"假如我们都不说话，你就分不出来了呗？这点儿谭辛强就行，他肯定能把我俩分出来。"

"吹呢吧他？他好几年没见你们，我才不信他分得出来。我天天看着你们都分不出。"他啧啧连声，"看看你，老向着他。"

我认真地说："我不是向着他。就像当年，我不是因为同情他才和他站在一边，而是我早已经想好了我的立场，而他刚好也在那一边。"

"不说那些，我问你，日后我俩发生冲突，你是和我一致对外，还是向着他？"

"向着理。"

他开心，"向着我啊，好嘞，不愧是老同学。"

我无情地浇灭他的欢喜，"理！道理的理！不是'你'！"

他失望，问："都有理呢？"

"他！"我不假思索地说。

他叫："我就知道你老护着他！"

我理直气壮地说："你有琴若呢，他只有一个人，我当然站在他那边。这样才公平。"

又一曲终了。于芒已守在琴若身边，乔其洛走到紫芳面前，我站在原地，看着贺骁腾，侧着头乖巧地问："只剩我了，要不要？"

贺骁腾笑："说得这么可怜，要！"

于芒与琴若低低聊天，越舞越远。贺骁腾的目光却不再追随他们。我问："你俩谁追的谁？"

"呃，都算不上。互相注意，然后就在一起了。"

我纳闷："怎么注意到的呢，她在别的班啊？难道是一见钟情？"

他翻白眼，说："你俩长得一样，你天天在我眼前晃，一点儿都不新鲜，我怎么一见钟情啊？"

"长得一样能怪我嘛。"我还委屈呢，"物以稀为贵，有个和自己一模一样的，一下子跌价一半儿！"

他笑："还真是。"

我懊恼地说："这个时候不用表示同意。"

"不过我注意到她还真是因为你。上高中时，为了他，"贺骁腾向谭辛强的方向努努嘴，说，"你总是和我针锋相对。有一次我嘲笑你，你该不会是看上他了吧，你脸都憋红了，半天才说，反正没看上你！哇，我的小心脏啊，我的自尊心啊，瞬间受伤。我忽然特想让你看上我，出于报复心也好，赌气也好，反正就是想让你喜欢我。可是根本不可能，因为和他作对，你早就把我当坏人了。我后来注意到了琴若，长得和你一样，又不像你老怼我，补偿了我从你那儿受到的伤害。"

原来此中还有这样一段曲折。我羞红了脸，又大大方方地说："这么说，你该谢谢我和谭辛强。要是没有我们，你和琴若可能还走不到一起呢。"

他撇嘴，说："我才不谢你。"

我警告他："你可想好了，站在你面前的是你未来的小姨子，你不赶紧讨好一下，还等什么？"

他张大嘴巴，仿佛从来没想过这个问题，又翻白眼，说："等你真成了我小姨子再说。"

交换几次舞伴，我觉得谭辛强和萧紫芳的搭配最养眼，一个英俊潇洒，自带高贵气质，一个清新娇艳，端庄柔美，绝配啊绝配。贺骁腾果然还是和琴若在一起最顺眼。琴若巧笑倩兮，贺骁腾活泼灵动，两个人默契感十足，且容貌俱佳，实实在在是一对璧人。

我悄悄和于芒念叨着，谭辛强已走过来邀请我。

我紧张，留意姿态和脚步，努力制造着默契，跟随他的节奏，希望他觉得我是个好舞伴。

我在乎他的看法，甚于我自己。我自认为是个独立自信的人，但，他和别人不一样，在我心里的分量不一样，他的意见很重要很重要。

这并不表示贺骁腾说得对。我不是容易受谭辛强的影响，我是过于重视他。

沉默得太久，不期然抬头，他正研究地望着我，黑眸看到我心里去。我有点儿慌。他嘴角微扬，说："你出神儿的时候跳得比较好，省得我左躲右闪怕你踩我。"

我忍不住笑出来，自如了许多，分辩说："我很用心地在跳呢。"

他点点头，说："看出来了。"

"真的。跟你跳，我最卖力了。"

"如果你不是那么刻意配合我，可能更好。你刚才在想什么？"

"贺骁腾的话。他说我老偏向你，还说我容易受你的影响。"我说，毫无隐瞒。对他，什么都可以说。"其实我没有，对吧？我信任你，你说的我都信。我重视你的意见，你的建议我认真考虑，但不是言听计从。这不叫容易受影响。"

他没有说话，只是看着我，好像发现了什么很有趣的东西。

"你笑什么？"

他诧异："我笑了吗？"

"笑了。你的眼睛在笑。我说了什么可笑的话了？"

他说："看你俩斗嘴很好玩。贺骁腾不怕别人，就怕你。你什么时候见他对别人哑口无言？只有你让他束手无策。"

"他说他见到我就头疼，但我真的没欺负他。"

"还说没欺负他，我听见你叫他白眼儿王子。"

呀，乱给别人起外号的确不好。谭辛强会不会觉得我这人很差劲啊？"以后我不叫了。"

"我不是责备你。"他说，"我很严厉吗？你好像挺怕我。"

说不上怕。

我只是……怎么说呢……拘谨。"小贺很烦人，他老和我作对。"

他眉眼弯弯，问："比被格林缠着还烦？"

"啊！你还说！"我轻叫，又赶紧压低声音，"他一早晨都围着我转，你也不来救我。"

"我该怎么救你？"他似乎在忍着笑。

怎么救？这个我还没想过。他已经说了紫芳是他的初恋，还能以什么理由来救我呢？但，总之，反正，他该来救我的。

他又说："你说过，你不喜欢他那个类型的。所以我不担心。"

我悻悻地说："别刺激我，一会儿我就去找他。高富帅谁不喜欢，还是个外国帅哥。"

他完全无视我的威胁，说："没用，你不会。"

这家伙原来也很可恶呢。"别错看我！"

谭辛强淡定地说:"看不错。你喜欢君子,他不是。"

我真的惊讶了!他的用词精当,比我用一大套说辞想要表达的还要准确。褚元之所以让我印象深刻,正是因为他的君子风度、善意的帮助。

说到褚元,自车站一别,我们曾经联系过,他还主动约了我一次,但因为临时加班,约会取消了。我清晰地记得他的模样,尽管只见了一面。

谭辛强目光闪动,问:"你……有喜欢的人了?"

他竟然连我一丝丝的心念转动都捕捉得到。

我轻咬嘴唇,红了脸,说:"君子两个字,有点儿沉重。因为君子不好找。就算遇见了,要怎样开始呢?所以,还是换个别的词吧,显得好找点儿。"

他轻声说:"傻丫头。"

还真是傻呢。换个词,要找的还是个君子啊,实质又没换。

十一、万语千言皆入画

从度假村回来,大家都盼着吃谭辛强做的冬笋肉丝,他应允了。格林说的没错,他的手艺果然高超,大家赞不绝口。同样的材料,他做出来便奇香扑鼻。笋炒成玉色,肉丝鲜嫩,芡汁香浓,令人垂涎欲滴。琴若向他取经,紫芳嚷着下次还要再吃。

"味道怎么样?"谭辛强独问我。

"好吃到哭!"我说。

吃饱饭回到客厅,于芒和贺骁腾商量着放什么电影看。谭辛强抱着老乔的吉他弹着,紫芳和着琴音轻轻哼唱。我和老乔聊着小说。过了一会儿,电影开始放映。琴若靠着贺骁腾的肩膀,并排坐在沙发上吃薯片。于芒抗议他们秀恩爱,抗议他们占了最大的沙发,他的抗议照例被无视,便以一个蛤蟆蹲的姿势坐在地毯上,双肘支在茶几上托腮生闷气,一分钟之后就忘了抗议的事儿。紫芳倚着贵妃榻。老乔盘腿坐在于芒身边嗑瓜子。客厅最边缘的角落有我的固定位置,我捧着茶杯缩在超大的单人沙发里。这样的状态就是我们"安静"时的样子,每个人都按照最自由、最舒适的方式待着。谭辛强加入后,他在另一个容易被忽视的角落找了张沙发坐着。

乔其洛和于芒时不时讨论一下女主角的容貌,换来紫芳不屑的眼神。琴若吃光一袋薯片,又抓起一盒果冻,贺骁腾苦着脸说她越来越重,换来一记粉拳。

萧紫芳爬起来找水喝,走到谭辛强身边停下脚步,惊喜地问:"是我吗?"

她拿起谭辛强手中的白纸，递给离得最近的我。

那是谭辛强随手画的铅笔画。他笔下的紫芳头戴花环，星眸闪耀，希腊式长裙典雅温婉，贵妃榻变作雅典卫城的残垣断壁，紫芳斜倚危墙，目注远方，端庄圣洁似女神。

画传到几位男士手里，没人再看电影。

谭辛强又拿出几张纸。短短的时间，他已经画了每个人。于芒一身侠客装，横刀醉卧松荫下。乔其洛手执拂尘盘膝入定，道袍加身。琴若与贺骁腾的最夸张，居然是婚礼现场，琴若身披白纱，与贺骁腾甜蜜对视。我们热烈地讨论着，笑得东倒西歪。

不经意间，他又成为焦点。此后，画画成了聚会的热门内容，大家都开始画，无论好坏，然后交流画作，乐不可支。

画上这长发飘逸、眼波楚楚的女孩是我？微微侧着头，眼中闪耀着阳光，眉间写满期盼，背靠着大树望向远方。我欣喜地看向谭辛强，他的眼神似在询问是否喜欢，我用力点头，决定好好珍藏这张画，连折叠都舍不得。我找了一本很大的书，把画夹在里面准备带回家。

乔其洛问谭辛强业余喜欢干什么。他回答旅游、画画、看书、跑步。大家谈起他在校运动会上短跑得第一的事，还有最后那次跑一万米的情景。他说跑步是他放松大脑的方式，转学之后依然勤加练习。

紫芳说："女生肯定跑不过你，你追女孩还不一追一个准儿。"

他说："追到手的女生还需要好好对待，要不该跑了，需要长久的耐力，所以我一直刻苦训练长跑。"众人都笑。

琴若忽然问："你跑步时穿短袖还是长袖？"

谭辛强明白琴若所指，说："长袖。"

乔其洛也反应过来，说："其实有道伤疤没什么大不了的，一点儿都不难看。"

于芒说："没错。要是有人问起，这还是光荣的事儿呢。"

谭辛强说："倒不是因为难看，我觉得解释起来麻烦。"

紫芳说："有伤疤的才是真男人。"

于芒抬起胳膊，说："看，我小时候种痘留下的花儿，算不算？"

"去你的！"大家哄笑。

琴若说："有伤疤追女生更吃香，多好的机会呀。"紫芳大声附和。

"我不需要引起女生注意。"谭辛强淡淡地说。

"爷们儿！"贺骁腾竖起大拇指，"大丈夫何患无妻！"

于芒说："你不患，我们患。"

我说:"我渴了,要吃西瓜!谁吃?"

好几只手举起来。

萧紫芳趁人不注意,凑过去问谭辛强:"我能看看吗?"

谭辛强歉然摇头。

紫芳嘟起嘴,问:"所有人都不让看,还是只是不让我们看?"

"除了我妈和医生,没人见过,格林也只看到一点儿,没看全。"

紫芳心里平衡了。

夜深人散。谭辛强先送琴若,最后送我。我在车上还在翻来覆去看画像,爱不释手,高兴地叹气。

"喜欢吗?"

"特别特别喜欢。就是有点儿不像我。"

"不像吗?别人看了都说是你,不会看成星琴若。"

"神态抓得好,可是比本人好看。"

他向我伸手,说:"给我吧,我重画。"

我抱得紧紧的,说:"不行!我要重画的,这张也要。"

他笑了。我掏出手机想偷拍他,手机没有任何反应,又关机了,而且无法再开机。

我懊恼:"手机好像又坏了。最近老闹毛病,明明充满了电,半天时间就没电,一个不注意,它不知道什么时候就关机了。"

他说:"回去我帮你看看。"

我惊喜:"你会修?"

"试试看吧。"

他跟我上楼。"欢迎光临寒舍。"我导览四十平方米的小屋,"这是会客室兼客厅,这是阳台兼花园,这是主卧兼书房,这是厨房兼餐厅。"这么简单的布局,不知为何他竟饶有兴趣,找承重墙,在楼道寻安全通道和消防栓,试窗户的密闭性。我汗颜,租房的时候都没他这么仔细。

他帮我鼓捣手机,我到厨房沏茶。他问:"手机数据线在哪儿?"

我说:"书桌第一个抽屉。"

我端着茶走进卧室时,他看着打开的抽屉发呆。数据线放在左边第一个抽屉里,他打开的是右边第一个。那条深蓝色的领带就放在其中,包装盒上放着我亲笔写的卡片:最心爱的深蓝送给全世界最好的你。希望直到生命尽头,依然与你同行,常见你,常见这深蓝。——嫣。

他抬头看了我一眼,神情是如此复杂,难以用词语描述,能肯定的是,那绝不是愉快的。只一瞬间,他又恢复自如。他将领带放回去,拿出数据线,连接手机和电脑。

我把茶放在他手边，不知说什么才好。他不是小心眼儿的人，倘若没有准备礼物，也就罢了。礼物买了却没送，该怎么解释？我的心思连自己都不懂，又怎么能跟他说通。

他说："可能是手机中病毒了，总是自动启动一个很耗电的程序，前台看不到，只在后台运行，需要卸载一个插件，杀完毒就好了。"他在电脑上噼里啪啦敲击指令，几分钟后完成了，说："你试试。"

我茫然地开机，脑海空白，说："谢谢，好像好了。"

他告辞，我送他到门边。看着他走下楼梯，即将在转角消失的一瞬，我叫："谭辛强。"

他回过头，挥挥手，给了我一个很安定的眼神。

我舒了口气，依然隐隐不安。

听说谭辛强不参加聚会，我心一沉。人不齐是常事，谭辛强参加的次数是最少的，不来很正常，但我心里有鬼，所以格外在意。

我给他打电话。他的声音平静如水。

"谭辛强，最近在忙什么？"

"公司要扩大，正在筹备招人。找我有事？"

"没事。"谈话僵住了。

他说："如果没有别的事的话……"

我生怕他结束对话，急切地说："你周末有空吗，我能去看你吗？"怕他拒绝，我又补了一句，"你回来这么久，我都没去过你家。早该去拜访你了。"

电话那头沉寂。我的心提得老高。

他说："好，我去接你。"

我忙不迭地说："不用不用，我去找你。告诉我你家的地址。"

放下电话，我才敢透口气。

酷暑炎夏，我却如履薄冰，在他门外徘徊一会儿才敢敲门。

谭辛强很快开门，像已算准我到达的时间。

一进门是光洁明亮的客厅，首先映入眼帘的是行李箱。

我目瞪口呆，"你要走？"

"出差，去上海。"

当然，出差。我在紧张什么？我落座，他递上茶。

进门前打的腹稿忘得精光，我没话找话。"房子好大，你什么时候买的？"

"去年。"

"要是早点儿知道就好了，给你发家。"

他说:"谢谢,不用。这里只能算临时住处。"

"你的悲伤系列开始卖了吗?"

他淡淡地说:"被总公司否了。"

谈话该如何继续?我已经没词了。空调大开,瑟瑟冷风吹得人发凉,他起身关上空调。我嗫嚅:"我不冷。"

屋子里忽然传来呼唤:"谭辛强。"

屋里还有其他人?

"我把它忘了。"他走进里屋,拿出一只鸟笼,里面有一只很大的非洲灰鹦鹉。鹦鹉还在叫:"谭辛强。"

我好奇地睁大眼睛,问:"你养鸟?"

"玄璇养的。"他给鹦鹉喂食。

玄璇养的鸟为什么在他家?他没说,我也不方便打听。

他问:"你有话跟我说?"静悄悄的黑睫毛扬起,看我一眼。

我无法再若无其事东拉西扯,深吸口气,打开从进门开始就抓紧的包,拿出那条深蓝色的领带。礼盒已重新包装过,还打了精致的蝴蝶结。

他的眼神一颤,仿佛被它烫了一下,语气却依然是平静的,问:"拿它干什么?"

我期期艾艾说:"对不起,礼物的事是我没处理好,我知道你不是小气的人……一直不知道该怎么跟你解释。原谅我行吗?"

"原谅的前提是我怪过你。我说过没关系,你别多想。"

我得寸进尺,问:"那你能收下吗?"

他回身望着我,我抓紧时机期盼地递过去,他没有接。我开始害怕。他脸上闪过一丝不忍,伸手拿过礼物,笑了笑,似是安慰我,又似是解释最初的拒绝,说:"我想,我比深蓝色更冷,更适合黑色。"

他接受得如此勉强,领带拿在手上,踌躇着该放下还是拆开。

说要给他过生日,却没送礼物,利用他的善良,强迫他接受道歉,这样的我,连自己都嫌弃。我说声"谢谢",假装小心愿已满足而兴高采烈,准备告辞离开,实则是羞愧得不敢再逗留。

"嫣若。"他叫住我。

门铃恰在此时响起。他去开门,萧紫芳边走进来边说:"你家附近都没有公共停车位。咦,嫣,你也在?"紫芳眼尖,看见了领带,说,"这不是你送给谭辛强的领带吗,今天翻出来啦。包装都没拆啊。还没戴过?我就说嘛,他是做这行的,不缺领带。"

谭辛强的目光迅速落在我身上。

我讪讪地说："是啊。"

紫芳说："鹦鹉呢，我看看。嚯，好大一只。"她凑近笼子上下打量，说，"你朋友确定不要了，要送人？"

"她没常性，早就养烦了。你给它找个好人家吧。"

紫芳爽快地说："包在我身上。朋友开车在下面等着，我得走了，再见。"她回头问我，"嫣，走吗？"

我还没开口，谭辛强说："她不走。"

紫芳提着灰鹦鹉走了。

谭辛强望着我。我被他看得心虚，低下头。

"领带是你早就选好的？"

我点头，嗫嚅："我知道挺傻的，紫芳说过好几次了。"

"那，红色的是怎么回事？"

"啊？"我迷茫抬头，说，"我也不知道啊。我和琴若没约好，谁知道她怎么选了条同样款式的。"

他扬眉，"那条红色的是星琴若送的？"

"嗯。看到她送的，我都懵了，一犹豫，就没把蓝色的拿出来，后来你的生日过去了，我更没机会拿出来了。为这事我都苦恼好久了……你找什么？"

他把包装拆开，仔细翻找，"贺卡呀。那张贺卡呢？"

"重新包装的时候没放。你的生日都过了，还要贺卡干吗？"

"你欠我一张贺卡！"他郑重地说，年轻的脸庞飞扬着光彩。

我怔怔地点头，说："我去附近买一张补上。"

"不，我就要那一张。"他固执地说。

放在哪儿了呢？在脑海中搜索无果，我怯生生地说："要是我扔了呢？"

"哪天扔的？垃圾车可能还没运走。"

我傻了。他的神情不像开玩笑。翻垃圾？情节怎么向犯罪现场调查发展了？

"一张卡片而已……"

"就要那一张，那么重要的东西……"他侧着头，深深望着我，研究着，思索着，仿佛有什么琢磨不透似的，问："嫣若，你为什么写了那样一句话？"

我不好意思地说："太酸了，是吧？你是我最重要的朋友，就算是紫芳，或者以后我有了男朋友……不对，男朋友是另一种，总之，他们都不能与你相比。我希望永远有你当我的朋友，和你的关系一直维系到老，一辈子不变。谭辛强，如果你生我的气，可以训我骂我，千万千万别疏远我。我受不了。"

对他提要求真让人忐忑，尽力说得婉转却依然怕措辞强硬冒犯了他。我说完，盯紧他，怕他不悦。

他静静地说："我从来都没有疏远你。"

我轻叫："可是你的态度变了，我能感觉出来！虽然只有一点点，可在我看来明显得不得了。"我搜寻他的脸，一丝细微的表情都不肯错过。"你以为我忘了你的喜好，只顾着自己喜欢酒红色，忽略你的想法？你以为我买了两条，一条送你，一条送给别人？谭辛强，别说我不会这么做，就算有一天我真的做了，你别走，你直接骂我，我哪儿不好你就指出来，给我机会改，别不理我。"

"傻孩子，你想多了。"

"那是为什么？你怪我瞒着你，让你帮忙挑选礼物的时候没明说？"

他叹息："当然不是。我只是……不知道谁能这样幸运，让你惦念到老，同时怪我自己做错事。"

"做错事？"

他有些懊恼地说："七年前我就不该走。"

我有点儿糊涂。这叫错吗？这事跟礼物有什么关系？

他轻轻拍我的头，"总之，是我不对。我该明确告诉你不能参加聚会是因为我要出差。我不该态度冷淡，让你误会难受。"

他有一颗多么晶莹剔透的心。被他窥破心思，我又羞又窘，同时对他的话耿耿于怀，说："别说自己不对，是我不好，我一开始就该把话说清楚，你没错，不许说你不好。"

"你呀。"他低柔地说，一脸无奈。

我胸口一热，把心底的话一股脑全倒出来。"别远离我，一丁点儿远都不要，好吗？所有人中，唯一让我踏实的就是你。你像块稳稳的大石头，什么时候想起来都安心。要是连大石头都松动了，还有什么是可靠的？要是我们之间永远永远都不变就好了。我胆儿小，又懒，总希望世界上有一样、哪怕只有一样东西是永恒的，让我无后顾之忧的，不必设防，不必提心吊胆，不必处心积虑钻营，永远安心，永远在。我自知没有优秀到可以对你提这样的要求，也不知配不配做你的朋友，可我真的希望！"

他的眼波闪烁，深不可测，接着，他露出矛盾的神情，双手抓抓头发又揉了揉，好像很烦恼又很高兴，很为难又很快活，头发都乱了。我想帮他理一理，又不好意思碰他。在他面前，我总是拘谨的，无论多推心置腹，拘谨还是在。

良久，他仰首叹息，说："该拿你怎么办？"

我俩眼放光，问："你答应了？"

他歉然摇头。

我的心沉到底。他不认为我这个人值得交一辈子！我颓坐在沙发扶手上。反思自己，觉得可笑。我凭什么对他提这么奢侈的要求啊！

正在发愣，他把小狮子头伸到我面前。我大恸，说："别还给我。"

"谁舍得还你。"他拉开小狮子的拉链，里面是一张磁片门卡，"这是我家钥匙，我常常出差，家里的花花草草就交给你了。"

我恍然，却更糊涂。这是对我认可还是不认可呢？我迟疑着，不敢接。他握着我的手，把小狮子头放在我掌心。

他的信任都凝聚在小小的卡片上。我紧紧攥着，激动得心跳都不正常，认真地说："保证完成任务，等你回来，完璧归赵。"

"这钥匙就是给你的。家中的一切拜托你多照顾。"

我郑重点头。

十二、漓江雪

谭辛强出差的时候，我隔三岔五去给花浇水，为能帮他的忙而喜悦，遗失的贺卡也找到了放在他家。兴奋了半个月，我才纳过闷儿来，光顾着拿到钥匙美了，忘了他觉得我不够格当一辈子朋友的事儿了。

妈妈问我："听说你和高中时的一个同学最近老在一块儿。"

我明知故问："谁？"准是琴若告诉她的。

"辍学那个。"

"妈，那不叫辍学。他被他妈接到国外去了。"

"甭管叫什么。他没有爸爸，家里又出过那种事，家里不正常肯定影响孩子心理，你以后少跟他来往。"

我刚要抗议，爸爸说："你妈说得没错。"

我直觉跟他们说不通，干脆闭嘴。

谭辛强养的花都是观叶绿植，巴西木、黄金葛、散尾葵什么的，一盆开花的都没有，全部放在客厅，青青翠翠倒是好看，就是有点儿素。若有花瓣，能为房间增添不少亮色。

一旦发现他的物品有欠缺，我就兴奋，跃跃欲试想送给他东西。周末在花卉市场转悠半天，看中两盆娇艳的花，又担心鲜艳得突兀，他不喜欢，斟酌许久，决定循序渐进，先从素花开始。

走到兰花厅，我看见一盆建兰便走不动道儿了。花瓣白得几近透明，玲珑高洁，冰肌玉骨，别有一种妖娆，清丽脱俗，像他，绝世独立，不似人间之品，即使在千人万人中，还是一眼能认出来。

我捧着花摆到他的书桌上，翻来覆去地看，越看越喜欢。等他走进书房，准保眼前豁然一亮，惊艳的同时因素净的美丽而心怀舒畅。怀揣着这样的期许，我像偷吃了鸡腿的小狐狸，高兴得简直想跳起来。

"现在不用开得这么努力，关键是他回来时，你一定得精神着，千万别谢了，要把最美好的样子给他看。养一屋子绿植，他是不是不喜欢开花的呢？希望他能喜欢你，别嫌我多事。他这个人特别好，所以，就算他不是很喜欢你，他也一定会好好对你，决不把你随意扔掉，你用不着担心。以后他出差不在家，我还过来看你。他这一趟多累啊，先去上海，然后深圳，最后广东。等他累了，回家了，见到你，肯定很高兴。明月夜，兰花侧，一身白衣胜烟雪，独坐品香茗，多美啊。"我悠然神往。

"我妈老担心我和他靠近，纯属瞎操心。我对他的感情，就像……像你，干净纯粹，跟别的都不同。谭辛强这种人不是用来过日子的，是用来崇拜和景仰的。和他在一起，让人不由自主想变得更好，收敛狂妄轻浮，努力变得优秀。有时，我甚至觉得他变成了虚拟的存在，像精神的雕塑，可远观而不可亵玩。亲近他不但没有坏处，还有很大的促进作用，所以我对老妈的话左耳朵进，右耳朵出。"

我趴在书桌上，望向窗外，长发披泻，像黑色的瀑布。"你说，在国外这些年，他经历了什么？有没有特别要好的朋友，他想不想回去？有时我怕他走，总觉得他的离开有孤单漂泊的意思，特别让人心疼。有时我又不怕，他又坚强又勇敢，遇到什么困难都能克服。可是我不想让他走。虽然他是我的偶像，海角天边，无论他人在哪儿，只要知道世界上有这个人，我就觉得踏实。可我还是希望他在周围，这样我能在他需要帮助时及时出现。唉，他什么时候能需要帮助啊？估计就算他遇到困难，也不是我能帮得了的。喂，你怎么打蔫了？被我说困了？我给你念首诗吧，我写的，还没写完。"

我清清嗓子，开始深情朗诵：

教我怎么追逐

你飘忽的身影

我脆弱的翅膀

不怕折断

只怕力不从心

教我怎么忘记
你炙热的灵魂
我迷失的心情
不怕受伤
只怕不合你意

没有你的明天
该用多大的勇气
才敢达到
面对一如的黑暗
胜于看你的背影带给我的
煎熬

不用问
我情之深沉
亦不要怀疑
明日的真心
你之美好
让我永远不失
爱你的理由

多想紧紧抓住你
只为
多看你一眼
多听你的声音
守在你目光的边缘
绝不给你任何打扰
只要默默看你就好

多想以我的青春向魔鬼承诺
只为
与你相守一秒
然而我又深知
我做不到

因我对你的贪心
永不言老
一瞬的狂喜
足以让我出卖一切
换取下一个一秒
……

　　我念到兴起，倏然转个圈儿，猛然发现谭辛强在门边看着我。他穿着一件白色无袖背心，浅灰色睡裤，静静的，不知站了多久。

　　我满面通红，结结巴巴地说："你，你回来了，什么时候回来的？我……刚进门。那个，我还有事，得走了。"刚才絮絮叨叨的那些话，有多少被他听见了？我真想找个地缝钻进去。

　　但是来不及了。他已经走过来，和书柜、桌子一起封住了我的去路。

　　我窘得不知如何是好。

　　还好他的目光落在花上，说："建兰，漓江雪。"

　　"你认得！"我惊喜抬眸，正对上他明亮的眼睛，慌忙挪开视线，说，"我不是嫌弃你养的花，只是觉得它像你……"

　　"谢谢。花很好。"

　　"你喜欢就好。那个，我还有事……"我想赶紧逃离他，找个偏僻地方处理慌乱，目光左躲右闪，无意间瞥见他的手臂，不禁一震。我的出现对他来说也是个意外，他没有穿长袖衣服的时间。

　　他察觉，略犹豫，却没有藏起手臂。我像窥探了别人的隐私，紧张且惭愧，因为知道他不想让别人看，所以即使他不遮掩，我也自觉地扭开头，尽管心里好奇得要命。

　　我发誓我不是故意想碰，但风吹动我的长发——窗户什么时候打开的？真该死，我早该发现有人在家——发丝拂过他的手臂，我急着把头发追回来，眼睛便不由自主看过去。

　　浅浅一道印，从手腕延伸到肘部，很长。那长度震惊了我，视线再也无法移动。

　　他说："三年了，伤疤已经浅了。"

　　三年之后依然清晰可见，当年得有多深多疼啊。

　　难怪他总用长袖遮住，这惊人的伤疤，让人想视而不见都不行。他不希望引起任何关注，就算是崇拜他也不稀罕。他只想像所有的普通人一样平平淡淡过日子，最好连同少年时的家变都一并抹去，波澜不惊度过此生。

我假装不在意，轻快地说："一点儿都不明显，明年就全好了。"

他面容柔和，我知道他又看穿了我的心思。

十三、建立在空中楼阁上

约会的时候，该穿什么好呢？穿裙子，还是休闲装？倘若是普通约会，似乎穿裙子显得重视。但，清晨五点起床去爬八大处！我只能穿运动衫了。

这是我从小到大正正经经的第一次约会，前一晚紧张得睡不着。数着时间到了，赶紧起床梳洗，出门便见褚元在等我。虽然是盛夏，清晨五点还是有点儿冷的。他递过来一杯热豆浆，说："没吃饭吧？趁热喝。我买了两个糖火烧，吃完才有劲儿爬山。"

"谢谢。"

一杯豆浆下肚，全身都温暖。

八大处并不高，因为没睡好觉，快到山顶时我的速度慢下来。他放慢脚步陪我一点一点往上挪。我窃喜：捡到宝了。听说有些男生，第一次约会就自来熟，牵手、拥抱甚至亲吻。不不不，我不喜欢。我是慢热型的人，喜欢和别人保持一米以上的距离。没事儿别碰我，女生也不行。

虽然爬得很热，山风却很阴凉。他从背包里掏出一件干净的衣服递给我，说："披上点儿吧，别着凉。"又掏出一个超大水瓶，倒出一杯水给我。

他的体贴真令人喜欢。

"谢谢。"

他脸红了。这年头会脸红的男生简直凤毛麟角。

一朵小紫花在岩石边摇曳，楚楚动人。他注意到我的目光，想去把它摘下来。我忙阻止。"别摘，让它好好长着吧。"

他说："你真是个善良的女生。"

只是简单的一句话，换来这样隆重的赞美，让人受宠若惊。

他说："你是个特别纤细敏感的女生。我总觉得再过一会儿，你的眼泪就要掉下来了。"

我错愕。纤细敏感算是褒奖吗？像林黛玉一样我见犹怜，我也想往那方面靠，可惜我真不是。他是从哪儿得出的结论啊？不过，这种被人珍惜呵护的感觉真好。唉，我终究是个爱虚荣的人。

我把约会的经过告诉琴若和紫芳，她们都觉得挺靠谱。

其实对他的许多话我都有异议，比如他对我的过分夸奖，我实在不敢当，又被他当作羞涩谦虚，反而夸奖更甚。他的误解，通过时间可以慢慢消除。可为什么我心生抗拒，如此在意？

独自一人的时候，静静反思。我是接受不了他的话，还是接受不了他这个人？矛盾的我啊，既然约会，就是考虑到以后可以和他一起走下去，干吗还要抗拒呢？是因为一个人潇洒久了，忽然遇到对自己很好、认可自己的人，预测很有可能从此相伴，颠覆了以往的生活方式，因而恐惧吧？

或许，我还是执着地想去等，等待那个理想的人出现？

短短几天，我和褚元迅速熟络起来，面对面聊三个多小时，话题都不会重复，彼此都觉得不可思议。褚元说要感谢那场大雨使我们相识，他说："没想到北京还有这么明朗的一片天空。"他的赞美我实在承受不起。滚烫的关怀更令人感动非常。

他常说他老，我不爱听。二十七岁，多美好的年龄啊，只比我大四岁而已。

"而已？"他垂头丧气地说，"如果时光倒流，回到四年前，我一定做得比现在好。"

我拆台的功夫很好。"如果你不带着现在的回忆回去，结果很可能还是一样。"

他说："至少，我有可能早四年遇见你，有你的日子能多一点。"

一向拙于言辞的我真不知该如何接下去。

他说："我喜欢你长发的样子。如果你有一天想剪发，一定要提前告诉我一声，让我有点儿心理准备。"

"短发或长发有多大区别，喜欢一个人，不是应该喜欢他的全部吗？"

"我还是喜欢长发的你。这是我的一个小要求，希望你应允。我想，如果对一个人没有任何要求，意味着没有任何期待，那么这个人其实不重要，你没打算让他在你生命里担任重要角色，才会由他去。"

琴若对我的惶惶不以为然，说："有人把你当回事还不好吗？"

可我不知道他究竟看上我什么，很可能是他想象出来的优点。建立在空中楼阁上的感情，有一天真相大白，必然崩塌啊。

琴若说："你们俩的对话，像标准的言情小说。你爱浪漫，他很对你的胃口。"

我俩的书柜上摆满了亦舒、琼瑶、严沁、岑凯伦、梁凤仪……的小说。

"咱俩是同一个书柜，我看的书你都看过。据你预测，这部小说的结局如何？"

"甜甜蜜蜜，波澜不惊，皆大欢喜。"

琴若说，这种浓情蜜意的男生，最容易追到女生。她侃侃而谈，有的男生外冷内热，写入小说很惊艳；有的男生外热内冷，适合当男二号；有的男生内外一致，或平和，或热烈，或阴沉；有的男生忽冷忽热，让人琢磨不透，引人入胜，但看明白后往往平凡得让人失望。谭辛强哪种都不是。他是又冷又热型，外表温和，如果靠近一点，便觉得骄阳似火，再深入，发现他其实冷峻沉郁，连外表也冷起来，让人望而却步。

贺骁腾和紫芳赞同她，独我反对。

谭辛强始终如一，从未改变，冷峻只是拒绝人靠近的方式，靠近之后会发现，他还是他。

紫芳抱怨："给你打电话老打不通。"

"和褚元聊天呢。有事儿发短信。"

她不满。"发短信？你整个人都人间蒸发了，发短信你能回复？见色忘友。"

我唯唯诺诺。

和褚元交往后，我极少参加朋友聚会。大家见到我都吓一大跳。我脸色发灰，精神不振，他们都以为我大病初愈。其实只是我和褚元聊天时间过长，动辄四五个小时。我们的工作性质都是常加班的，下班本来就晚，打电话常常聊到后半夜。一个星期下来，严重的睡眠不足导致如此。仗着年轻，工作照旧，脸色却出卖了身体状况。还好为了上班方便，我已经过斗争争取到在外租房的权利，否则琴若一定被我吵死。

紫芳问："你觉得他怎么样？"

我双手紧握放在胸前，感动地说："对我特别特别好，好到我无以为报。这辈子恐怕还不清，如果真有来生，来生再还。"

她皱眉，研究着我的话。"他如果真的对你好，为什么没注意到你睡眠不足，还继续侵占你的休息时间？"

我想了想，说："我们聊天有瘾，和他聊天话题从不重复。不能怪他，这是双方面原因。"

她大惊小怪地说："这刚认识多长时间，你就护着他！"

"跟时间长短没关系。有的人，认识了一辈子，跟陌生人一样。我跟他有一种知遇感。他知道我想说什么，我也知道他，总是不经意地互相抢话。我说了上句，他就接出下句，正是我想表达的意思。我们之间不用多说，彼此了解。可是又有说不完的话。"

她点点头，叹口气。

"你不为我高兴吗？"

"高兴。"

左看右看,她都忧心忡忡,哪里像高兴?

"有时想他想得心里难受,见面了又怕他说出赞美或者感人的话。"我慢吞吞地说,"他总是令人感动,被他关注,就像炉火一直加温,没有冷却的时候。从认识到现在,我都感动千百回了,可是,在更深的感情层面,却始终没有触动。唉,好为难!"

她很公道地说:"换了其他女生,他做的已足让人托付后半生了。"

我知道。因为始终没能全情付出,我很内疚。

褚元对我的关怀无微不至。我的一点点表情变化都逃不过他的眼睛。他总能发现我的优点并进行赞美,让我有时刻被人关注的欣喜。

我的眉间一蹙,他便心惊,忧虑地盯着我,仿佛我的难过或烦恼已十倍百倍地加诸他。我若高兴,他也无端欢畅,像突获惊喜,能快乐很久。

这样的男生,比女生还要敏感多情。

有一天,褚元的情绪低落。我询问缘由,问了许多遍,他才说:"我昨天看见你姐姐和她男朋友了。"

"他们说什么了,让你不高兴?"

"他们没看见我,我在街的另一边。"

我疑惑:"你们根本没说话?"

"我想……"褚元欲言又止。任我再三追问,他都阴沉着不开口。一件事悬在半空,吊人胃口,让人着急。

第二天,褚元依然消沉。我发急:"有什么事别闷着,说出来,一块儿想解决办法啊。"

他幽幽地说:"看见他们亲亲热热在一起,真让人不舒服。长得和你几乎一模一样,却和别的男生牵手,受不了!"

我忍俊不禁,说:"毕竟不是我,你也清楚的,不用管它。"

他低着头许久不说话。

我半蹲着,从下往上看他的脸,轻快地说:"好了,别在意了。我不是在这儿吗?"

他别转脸,受伤地说:"不是你在不在的问题。你,唉,你不像我在乎你一样在乎我。咱们俩付出的感情不对等。可能是我想多了,自私了。"

理智说:第一,感情不好衡量,很难说谁付出的比谁多。第二,在任何关系中,感情都不对等。第三,话题转移了,他在指责我。尽管他说自己自私,但实际上他指责的是我付出不够多。

感情说:他是因为在乎我才会有此烦恼。

我心软了，放弃申辩，说："好好好，是我不对，没有给予足够的重视。没办法，我已经不可能是独一无二的了。您将就些个，如何？"

他费力地露出笑容，说："我不该怪你。是我投入太快，没有给你足够的时间。"

他还在纠结于谁付出的多啊。

我沉默。欲驳不忍，欲答不甘。

他的情绪回升，谈起了上映的电影。我们顺着这个话题聊下去，假装忘记刚才的对话。

我和褚元约会以逛街为主，不购物，只散步。我还没有去过他的住处，也不邀请他来我的临时住所，总觉得还没到登堂入室那一步。商场里高档男装区顾客稀少，冷暖适宜，最适合无所事事闲逛的人。

迎面一张巨大的TANSLAND男装海报，俊朗的男模身穿藏青色西装，风度潇洒，执着的眼神似在诉说。海报上写着"喜欢你沉思的方式"。

我莞尔，不知为什么，就是快乐，从心底透出来。

TANSLAND的时装的确匠心独具，让人一见倾心，难怪当初小利一眼就爱上那套男装。她若是看见这套男装，会不会又爱得死去活来呢？

褚元见我目不转睛盯着海报，介绍说："加拿大引进的服装品牌，最近开始推出自主设计的款式，市场反响很好。我们公司曾想承接他们的广告业务，可惜苦无门路。不接也罢，你看这名字，独特是独特，广告创意却难了，连广告语都不好定。"

何须广告语，这名字就是广告语啊。名字是不是谭辛强起的呢？哪一个人的沉思映入他的眼帘，令他有这样的感慨？

褚元叙述广告业的艰难。我说："有个朋友在TANSLAND，如果你想接他们的广告，我可以联系他，需要吗？"

褚元睥睨，皱起眉头很快地说："不用了。"

糟糕，我是不是伤害了他的自尊？

我连忙说："对啊，我是个外行，什么都不懂。以你的能力，如果想干，早晚能成功。"

他沉默，走过三个展区。

我小心翼翼地说："我只想帮忙，不是小看你。"

他说："就算能接，我也不想跟他们有业务往来。"

"为什么？你看起来挺想跟他们合作的。"

"你说你的朋友在那儿，我就不想跟TANSLAND有什么关系了，好像跟别人共享你似的。与你经历的事，不需要其他人参与，只有我们两个。"

我愣了半天，他的意思我听懂了，不知道该如何表态，同意还是反对。反对的话，反对什么呢，反对"与你经历的事，不需要其他人参与"？如果同意，也觉得不对劲！

我开玩笑地说："如果咱俩是同学，在上学时候谈恋爱，班上好几十人，你怎么办？退学？"

他扫我一眼，那表情立刻让我明白这话一点儿不幽默。

必须换话题了。我问："在你眼里，我有缺点吗？"

"有，你还不够喜欢我。"他的脸色缓和了。

褚元带我见他的朋友。他们都夸赞他温柔体贴，又夸他有眼光，选中了我。我羞涩地笑笑。他们聊着工作、跳槽、足球、啤酒等等，热闹非凡，像极了我们的"根据地"。褚元和朋友们在一起很开朗，展现了除细腻以外的大方随和。不论聊得多热闹，他都惦记着我，一边聊，一边照顾我。

送我回家时，他问："对我的朋友印象如何？"

"都是很好的人，特别实在。"

"张林和你差不多，他在税务事务所上班。"

"张林，戴眼镜、脸圆圆的那个？"

他嗔怪："不是，是坐你对面，头发特短那个。戴眼镜、脸圆圆的是杨烁。你呀，对我的朋友这么不上心。你的朋友只介绍一次我就全记住了。"

"我记人的本领原本就不怎么样。"

他说："你的话太少，他们会误解你不喜欢他们，不喜欢我们的聚会。"

"我很喜欢呀。第一次见面，还能聊到什么程度？我不是自来熟的人，你们聊的我不太懂，插不上话。"

他意味深长地说："他们是我最好的朋友。希望你能融入他们。接受他们，就是接受了我。"

我说："好呀，我能接受，但要想熟络还需要时间，慢慢来吧。"

十四、不许你独自面对

池红生病，卧床不起，托我将她办公桌上的文件送到她家去。

从她家出来，我看到路边停着的车很眼熟，像是谭辛强的车。回顾小区，恍然发觉这里竟然是谭辛强以前的家！几年不见，小区外的道路拓宽了，原本路旁私建的一排小商店都已被迁走，原地建成了绿化带，种着月季和萱草。小区的大门是新建的，增加了车辆进出登记，只有走进去才能发现还是原来的小区。

我循着记忆来到他家楼旁，远远看见谭辛强驻足楼门外，犹豫片刻，仿佛下了很大决心一般，大步走进去。

难道，回国这么久，他从未来过，今天是第一次？

重启往事，伤痕犹在，他该如何面对空荡荡的房间和一屋子的回忆？想必他积攒了很久的勇气，做了充分的心理准备才在今天来到这里。

我决定在楼下观望。或许，他稍后会需要一个朋友。

本与褚元约好一起逛街，看样子要改期了，日后再向他解释吧，他一定能谅解我。打电话向褚元致歉，他果然没生气，只是失望，并有些着急，以为我出了什么事。

时间一点点逝去。一个小时，两个小时，三个小时。我想上去看看，又忍住了。伤得那么深，哪儿是一时半会儿就能缓解的。我继续等，站累了就靠着墙，靠累了就坐在花坛边。四个小时，五个小时，六个小时。太阳从东到南，又从南到西。我越来越担心，终于忍不住上楼去找他。

走到他家楼梯下，听到楼上传来锁门的声音。我拾级而上，见他站在锁好的门前。他呆立着，面容疲倦，眉宇间有着淡淡的凝重。站了好一会儿，他转过身要下楼，发现了我。隔着长长的一段楼梯，他在上面，我在下面。他的脚步停了，我仰望着他，等待着。

他的眼睛由黯淡变得清亮，由清亮转为深沉。他走下楼梯，一步一步，走到我面前，紧紧地抱住我。

我顿时涨红了脸，连耳朵都在发烧，随即意识到现在不是害羞的时候。此时此刻，他把我当浮木，我是他的支撑。

他强有力的心跳震耳欲聋。我的一条胳膊被他抱得动弹不得，幸好另一条能动。我轻拍他的腰——我只能够到腰——以示安慰。

良久，他松开手臂，直视我，说："上天毕竟待我不薄，我还有你！"

我的心热得发烫。

没有一句谢谢，却比一万句感谢都真挚热烈，令人受用。他的感激、信赖和珍视，通过这句话表露无遗，让听到的人无比感动，收获巨大的成就感。

他为我拉开车门，我的腿酸得抬起来都费劲。

"你怎么知道我在那儿？"

"我去同事家送东西，碰巧看见你。"

"幸好是你。"

我也有同感。幸好是我。他的失意和落寞，见过的人越少越好。但我还是说："就算不是我，是于芒或者紫芳，他们也会像我一样支持你。"

"不。"他看我一眼，笃定地说，"不会有人像你一样，等我七个小时。"

我心里暖烘烘的。付出后有人知道，比什么都欣慰。简单的等待，却得到他的另眼相看，我的付出和回报完全不成正比。他给予我的，比我应得的多得多。

车行驶的方向离我家越来越远，我嗫嚅："这条路不到我家。"

"带你去吃饭。"

他一说，我才觉得饿，而且渴。

车驶向郊外，在一片花海中停下。花海中央是一间玻璃房子，布置得简洁雅致。实木的桌椅反射着敦厚的深棕色光泽，没有任何雕花或装饰，朴拙可爱。的确，抬头便是花海，室内还需要花吗？白色的台布上摆着白瓷餐具和乌木筷子，一切都清新宜人。

我坐在木椅上就不起来了，脚酸胀。

"累坏了吧？"他给我倒茶。

我豪迈地说："吃顿肉就好。"

"下次，如果有下次，你不必管我。这么多年，很多事都已经过去了。"他倒茶的手的确稳定。

"我知道你应付得了。只是……只是，有备无患嘛。"我尽量说得委婉，掩饰担忧，保护他的自尊。

"要是我一直不出来，你怎么办？"他摇摇头，说，"我一个人习惯了，没事的。"

"一个人有一个人的好处，朋友有朋友的好处，对吗？在不打扰你的情况下。"我想了想，终究没忍住，说，"你推出的'以孤独为依靠'系列男装卖得特别好。可说实话，听见这句话，总教人唏嘘。孤独可以养性，但以孤独为依靠，听着就有点儿凄凉了。"

他笑了，自嘲的笑，说："凄凉吗？我倒不觉得。"

他表现得淡漠，一副无足轻重的样子。他真的是习惯一个人了，没有觉得丝毫不妥，没有想要改变的意愿，仿佛生活本该如此。

"都言寻常事，却自把眉凝。"鬼使神差地，我说了这样一句话。

他深深看我，带着疑惑，喃喃地说："这么多年过去，你一点儿没变。像时光机，轻而易举就把我拉回纯真年代。"

我惴惴地问："是好还是不好啊？"回到过去，岂不是连他爸爸的事都一起重现？

"好。"他说，"有你在，我永远不会迷失曾经的自己。"

我释然，继而斗志昂扬。"好，那我就作为保鲜剂存在。如果有一天我变了,记得把我找回来。"

他轻轻地说:"如果你变了,我就真的没有必要回来了。"

我忽然走神儿了——深蓝色,此刻的他是深蓝色的,那条领带真应该早点儿送。

我霸道地说:"我给你留足了孤独的时间,走出那道门,你就进了我的势力范围,"我用手臂比画一个超级大的圆圈,"我可不许你独自一人面对。当然,前提是不打扰你。要是哪天我碍了你的事,你告诉我。"

深蓝色微微荡漾,逐渐变得温暖。

他说:"好。这顿饭就当交保护费。"

饭后,我们在檐下喝茶。我非常喜欢这栋玻璃房子,说:"下雨天在屋里看雨,听雨打在玻璃上的声音。出彩虹的话,经过玻璃折射,会有好多好多道彩虹吧。晴天的时候,在屋里抬头就能看见蓝天白云。还有还有,晚上躺着就能看星星了!如果有雾,花海朦朦胧胧,光想一想就觉得美得不得了。就算是初春,还没开花,放眼望去青翠碧绿,多惬意,多美啊。房子旁边要种一棵大树,夏天用来遮阳。到了秋天,金黄色的树叶盖满了屋顶。哇,那景色,无敌了。"

他安静聆听,唇角荡漾涟漪,扩大到眼底眉梢,整个脸部的线条都柔和起来,凝重的表情渐渐消失,代之以平和。

他的气质和这里很配。

十五、深度灼伤

紫芳把灰鹦鹉送给了一个爱鸟的同行,还照了照片给我们看。这只鹦鹉居然要参加电影演出。我调侃:"它比你的镜头都多。"紫芳瞪我。她的事业已风生水起,参演的电视剧占领了晚间黄金档,接拍的广告也多起来,拥有数十万粉丝。已近暮秋,她陆续收到粉丝的礼物,手套、围巾几乎成灾。

褚元知道我没有手套,送给我一副,针织手套的手背上有一只立体小猫。

"谢谢。"我别提多喜欢了。走了一段路,发现他神情低落。

"你怎么了?"

褚元怏怏地说:"没事。"

"怎么了嘛?"

"没事,走吧。"但那表情分明是有事。

我摇着他的手臂,娇声问:"怎么了嘛?说啊。"

无论我怎么问,他都不开口。我伸出手逗他:"看我的小猫耳朵。"

他露出笑容。"你就是只小猫儿。"

"什么猫?"

他拍拍我的头,宠溺地说:"小馋猫,小懒猫,小野猫,是我家的猫。"

我羞红了脸,甜甜的。

看电影的时候,我很怀疑他到底有没有看银幕。他一直在摸我手套上的小猫耳朵,他说猫耳朵痒,需要挠挠。

晚上,我躺在床上,一边玩手套,一边跟他打电话。时钟指向十二点,我打了个哈欠。他问:"累了?"

"有点儿。"

"那你早点儿休息。"

我坐起身,准备去洗漱。"你也早点儿睡吧。"

"是不是和我聊天让你觉得累了?"

"不是啊。昨天睡得晚,有点儿困了。"

他说:"我熬夜还行,上学的时候,经常去通宵自习室,第二天照常上课。"

我重新躺下,看来要结束通话还早呢。"那是三四年前了,那时候我也能熬。现在不行,不能连续熬夜,偶尔一两天还可以。"我又打了一个哈欠,眼睛酸累。我关了灯,闭上眼睛又和他聊了半个小时。

"这个话题有点儿无聊了吧?"

我忍住另一个哈欠,说:"没有。"

"还说没有。你看你这哈欠打得,一个接一个。你为什么要谢我?"

"啊?"

"你的一句谢谢把我推得很远,还是说我们的关系本来就很远?"

我懵了。"什么……很远?"

"我是你男朋友,给你买一副手套,你还要正儿八经地谢我,显得那么生疏。你对你以前的男朋友也这样吗?"

"我以前没有男朋友。"

"在我之前没有吗?"

"没有。我告诉过你。"

"我是第一个?"

"对呀。"

"真的是第一个?"

"真的!"我居然遭遇了信任危机,急得坐了起来。

他委屈地说:"你跟别的朋友都没说过谢谢。我是你男朋友,咱们俩的关系你还要谢我?"

我脑子有点儿转不过来。"我没对别人说过吗?不可能啊,肯定说过啊。"

他说:"怎么不可能?你对萧紫芳说过吗?"

"当然。虽然跟她很熟很熟,该说还得说。"

"那个谭、谭辛强,你跟谭辛强说过吗?"

他跟谭辛强只见过一面,难为他记住了他的名字。我回忆着见面时的场景。他说:"你看,答不上来了吧?你对他没说过。你跟他都不见外,跟我倒见外。"

我记得那天他们只是交谈了寥寥数语。"只是那天没说而已,因为也没有事情在那天需要感谢。以前我对他说过啊,你没见着罢了。"

他拉长声音:"是吗——"

我如数家珍:"他帮我修手机,我谢过他。他送我回家,我也谢过他。"

"哼,没想到,他对你还挺好。"

我终于听出他语调中浓浓的醋意,还有一丝不以为然。这丝不以为然让我不知死活,天真地分辩:"谭辛强这人特别好,古道热肠,又正直,又诚恳。他对谁都很好。你以后跟他接触多了就知道了。"

"路遥知马力,日久见人心。有的人不经历事儿你看不出好坏。"

"谭辛强绝对是一个良师益友。"我望着天花板,激动地抚着胸口。

褚元重重地出了一口气,喷在话筒上,听得人耳朵发麻。他说:"我看还是算了吧。"

我傻傻地问:"什么算了吧?"连问四遍,他都没回答。

我已全无睡意,决定追问到底。他说:"我隔着话筒都能看到你一脸崇拜的样子。"

"我是很崇拜他啊。"

他闷声说:"已经一点了,你睡觉吧。明天还上班呢。"

相处久了,我知道他这人的倔脾气。这时候越是追问,他越不肯说。我说:"好吧。晚安。"

果然,他问:"你现在睡得着吗?"

我忍不住笑,问:"你说呢?"

"你怎么和他走得这么近?"

我暗想,我认识你才多久,我的生活方式在认识你之前就已形成了。"我和很多人都走得很近。"

"他是个男的!"他叫。

我失笑。"都二十一世纪了，你还搞封建那一套啊。再说，我和他的关系很正常，像我和紫芳一样，你别想歪了。"

"他是个男的！"他哀号。

我笑得肚子疼。

他叹息："你现在不把我的意见当回事儿了。或许过一段时间，你连听我说话都不耐烦了。"

我倏然敛笑。有这么严重吗？

他说："感情具有排他性，别说男的，如果你的知心话都说给萧紫芳而不告诉我，我会难过。你的事，我应该第一个知道，才能随时保护你、照顾你。你受了委屈，我替你抱不平，你生气，我哄你开心，你生病，我伺候你，你的一切都与我有关。我是为了宠你而存在的。"

我快晕了，由衷地说："遇见你真好。谢谢你。"

他沉声说："谁要你谢！以后不许对我说谢谢，那是说给外人听的。"

我很感动，可又觉得有什么地方怪怪的。

褚元的敏感无时无刻不在。

我和武司德去审核一个项目，在写字楼中正好碰上褚元。我才知道，褚元的公司也在那儿。他看见我拿着所有的材料而武司德两手空空，神情中闪动愠怒，幸好当着武司德的面儿没发作。事实上，那个时候我们正要离开，武司德去了趟洗手间，我便替他拿东西。武司德察觉到褚元不甚友好的态度，冷淡地打过招呼，就带着我离开了。事后，褚元装作漫不经心地询问我和武司德的关系，我向他解释当时的情况。他听后沉默一会儿，开始讲男士为女士拿物品，绝没有女士为男士拿的，讲了快一个小时。我哭笑不得，怕他更烦恼，只能乖乖听着。

还有一次，我认为一家被审计单位设两套账，武司德不信，我们打赌，事实证明我是对的。武司德被罚为我和池红拿包，池红把此景照下来，还发到了我们的手机上。褚元翻看我的手机——对此我十分反感，多次抗议未果——发现照片，为此吃醋，大谈国际礼仪男士不为女士拿坤包云云。我解释这是打赌。他认为这个赌无聊至极，做这种无聊的事，要么是人无聊，要么是情侣间打情骂俏。

从此我格外留意，避免在他面前说公事，更别说提武司德的名字。

因为褚元对此事的重视，我特意询问了于芒、老乔等几位男士，问他们我的行为是否易造成别人误解。他们都认为完全没必要多做解释，帮同事拿东西很平常。只有贺骁腾故意作对，说我和别人搞暧昧，让男友难堪。结果自然是他被琴若教育一番。我说："谭辛强呢？我要听听他的意见。"他们都说最近没见到他。

再次参加褚元和朋友的聚会，比上次自如多了。因为和张林是同行，我和他聊得最多。褚元暗中点头，似在赞许我。

褚元强烈建议我把头发染成棕褐色，说头发太黑显得楞。我表示会考虑，经不住他再三催促，终于有一天染了头发。

褚元总提大四岁的事，认为我年少幼稚，建议我穿着沉稳。他只对我的白衬衫和灰紫长裙有好感。看了牌子后，他皱眉，说："这牌子不便宜。你好像说过有个朋友在天姿兰得。"

"是呀，这是他送的。"

他锐利地盯着我问："为什么他送你衣服？"

我把事情经过告诉他。他脸色不好看，给我提了很多衣着的建议。我知道他又在吃醋。为了让他高兴，我买了好几件新衣服。回家时妈妈惊讶于我的衣着偏向成熟，说挺好看的，总算像上班的人了，以前像学生。琴若说我老气。

于芒与好友成立了一家公司，规模很小，请不起财务人员，请我帮忙代为记账。于芒说："因为刚创业，资金有点儿周转不开，按照代理记账的标准给你付费行吗？"

我瞪着眼睛说："不行！要么月薪一万，要么请我吃饭。"

于芒讪笑。

我豪爽地拍拍他的肩，说："老于，你最好请我吃顿好的，别再提钱的事。"

"怪过意不去的。"他一紧张就搓手。

我惊诧："老于你居然和我见外！我在你家吃那么多顿饭都没不好意思。你这样叫我以后怎么去！说定了啊，不让我当会计都不行。你们公司刚成立，财务能有多少事？每个月两天足矣。话说回来，如果我要吃波士顿大龙虾、澳洲鲍鱼，喝八二年拉菲，你会揍我吗？"

褚元知道后心疼不已，说我本来在会计师事务所上班就很累，还要免费给别人当会计，休息时间都被占用了。我觉得无所谓，对我来说每个月真的只需要两天就搞定，却能为朋友解决大问题，何乐而不为。他为此郁闷好久。我干脆偷偷地干，不告诉他。

朋友们抱怨好久没见过我。我想参加聚会，又不想褚元一个人冷清，于是带着他参加。

从"根据地"回来后，他闷闷不乐。询问原因，他说："你觉得我们的关系正常吗？你和他们更亲近，比我近。"

"我认识他们至少八年了，有的快二十年，熟得不能再熟，说我们亲近没错。但你和他们不一样啊，没有可比性。"

"我倒不是要和谁比。于芒就是开公司请不起会计让你帮忙的那个吧？"

"刚创业，多多少少都遇到过困难。每个人帮一把就过去了。"

他大感不解。"你和琴若长得一样，为什么贺骁腾喜欢她不喜欢你呢？他分得清吗？"

我轻叫："我和琴若不一样！"

"我还没说什么，你已经想维护他们了。"

"你说过，接受你的朋友就接受了你。对我来说也一样。他们和你都是我生活的一部分。"

他对此并不满意，慢吞吞地说："假如让你选，我和他们你只能选一样，你选谁？"

我失笑。"一定要对立吗？你们是竞争对手，还是不共戴天的仇人？就算是竞争对手，也不必仇视。不共戴天的仇人是小说情节，现在哪儿还有？"

他嘟囔："一点儿都不严肃，不跟你说了。"说得轻描淡写，他却为此快快不快好几天。我吸取了武司德事件的教训，以后很少在他面前提到我的朋友。时间长了，他反过来问我他们的情况。我回答不知道。这是实话，大部分时间我都和褚元在一起。他劝我别重色轻友忽略了朋友。我笑着捧他的脸，说："色呢？让我欣赏欣赏。"

他问我跟谁最要好，我答萧紫芳。他问有多好。我说可以把遗嘱交给她执行。

我在高中时因谭辛强的事心痛失眠，怕有一天睡梦中心疼死了，于是突发奇想要留遗嘱，并嘱咐紫芳帮忙执行。

之所以不交给琴若，是怕她告诉爸妈把我骂一顿。

褚元因此吃紫芳的醋。他总是偷偷破解我的手机密码，查看通讯情况。其实没什么可看的，百分之九十的联系记录都是跟他。但他偷偷删我的通讯录，就让人忍无可忍了。

发现这件事是在一个冬日。我正上班，收到陌生号码发来的短信，说在楼下等我给我两张票，要我马上下楼。我问对方是谁，电话打了过来，还是那个号码，原来是萧紫芳。我这才发现手机中存的她的号码被删了，因此来电显示一串号码而不是名字，我没细看还以为是陌生人。

一开始，我以为是自己误操作删除了她。没多久，琴若手机没电，用贺骁腾的手机给我打电话，依然不显示姓名。我仔细查找，发现于芒、老乔、谭辛强、武司德、池红等人的号码都被删掉了，或许还有一些我没想起来的也被删了。

除了褚元，没人碰我的手机，更别说知道密码了。

我为此质问他。他一开始回避话题，后来承认删号码的事。

"为什么？"我又气愤又疑惑。

他回答得干脆："妒忌。和你最近的人应该是我，而且只有我。"

"他们不影响你啊。"

他摇摇头，一副对牛弹琴牛不懂的无奈。"我在感情上有洁癖。你是我一个人的。异性朋友，还有同性朋友，过多地出现在你身边，我就觉得他们要抢走你。"他眼中有深深的恐惧。

我心软了，说："他们撼动不了你的地位。"

他抹了把脸，很疲倦地说："杨烁的女朋友和别人跑了，给我打电话哭诉一晚上。他们从初中就在一起，本以为这辈子就是她了，没想到那女的和刚认识没多久的人走了，还特别坚决，没有留恋。"

我柔声说："你知道我不是那种人。再说，你看看我这帮同学，哪个像有这么大魅力的？"

他表情阴翳，说："好几个呢。"

"我替他们谢谢你。"我调整情绪，希望带动他的好心情，轻快地说，"你别妄自菲薄。"

"那你以后能少见他们吗？我也想好好地约会，快快乐乐的，可一想到这些，我就高兴不起来了。"他握着我的手，像抓住救命稻草似的，让我满腔怒火都化作怜悯。我迟疑着说："我……我们最近倒是不怎么聚会了。只要你不是一次都不让我见他们，我想……"话没说完，他已经紧紧抱住我，好像刚刚失而复得。

冬天来临的时候，我的生活也如履薄冰。

褚元对我若即若离，患得患失。他一会儿火热，对我万般满意，把我夸得天上有地上无，似乎已认可我是生命中的唯一，让我心虚得不知所措；一会儿又消极，怀疑自己投入过多，失去控制，却又说不给我任何压力，以退为进试探我的坚定。

他口里说着要我别抛弃朋友，可我和朋友聚会他又不高兴。如果我去"根据地"，他就不停地给我打电话，见面之后又打听细节，听我提到男生的名字便情绪低落。后来我发现不只是男生，我提到任何"根据地"的事他都不悦。因为他觉得"没能参与你生命中的每时每刻"。可我邀请他他又坚决不去。

不知不觉地，我们的谈话十有八九都是这些内容。他悲伤幽怨自卑自嘲，最后化作打退堂鼓，要我珍重保重，叙说相遇不易，句句都暗示分手，同时又温情脉脉依依不舍，在第二天依旧若无其事和我联系，仿佛完全忘了前一天的不愉快。

事务所接了一个大活儿，为此我们全体都要狠狠地加班了。我提前和褚元打好招呼，以免他误会我冷落他。他买了一大箱速食送到我的公司，预备我饿了的时候吃，还分给同事很多。隔了几天，他又送来暖手宝、热水袋、靠枕什么的，嘱咐我注意坐姿，注意休息，注意自我调节。每次褚元来都瞄一眼武司德，我偷笑，被他发现后嗔怪地瞪我一眼。

他依然爱抱怨，抱怨我瘦了，抱怨事务所太累，抱怨他孤单冷清，有时抱怨得很含糊，不知是因为心疼我的身体，还是担心我加班的时候武司德都在。武司德是我的审计组长，他必须在啊。

褚元依然介意武司德。武司德也反感他。

时至年底，于芒公司的业务量增多，我们相约到他的办公地点做账。一连好几天，我每晚下班都去找他。

褚元问我在忙什么，我实话实说，隔着电话都能感觉到他不高兴。

"你还在帮他做账。"

"举手之劳嘛。"帮朋友天经地义，没什么好隐瞒的。

"为什么没告诉我？"

为什么事无巨细都要汇报啊？我开玩笑地说："这么点儿小事儿，就不劳烦您老人家审批了。"

褚元异常严肃地说："小事儿？你天天跟别的男人出去，还是晚上，被我的朋友知道，他们怎么看？"

于芒站在我身边。我低声说："等我回去再说吧，现在有点儿忙。"

"不必了！"褚元挂断电话。

于芒已经听到了只字片语，说："确实有点儿晚了，我送你回去吧。"

我展开笑容，"没事，快做完了。"

褚元两天没和我联系。他最新一条微博写着：要完了。朋友说过，我不该找一个小四岁的当女友，应该当我妹妹。

我坐不住了，约他见面。

他脸色很不好，说："我在重新考虑我们的事。"

我心惊，声音发虚，问："你是说分手吗？"

他沉默一会儿，说："我想过。你呢？"

我反问："为什么要分手？"

他的声音听起来好遥远。"你真的在乎我吗？"

"当然！我想把这世界上所有的好都给你,希望你每一分每一秒都快乐幸福!"说这些话的时候,我激动得心怦怦跳,话语和心共振着。

他用力地握一下我的手,又放开。"我对你的感情,我想和你在一起的心情,假如你在乎,为什么总让我难过?明知道我不愿见你和别的男生走得近,却依然如故?我承认我小心眼儿,只想守着你,也希望你只守着我一个人。要是世界上没有别人就好了。要是我们能到一个荒无人烟的地方去就好了。"他又像个小孩子似的做梦了。

他说:"我不能强求你想的跟我一样,毕竟你比我小四岁。"

相识以来,他总提岁数。而我总是致力于纠正他的想法,费尽周折让他相信我能理解他。

他的心结还是在于我和朋友走得太近。

我平复情绪,耐心地说:"你是我男朋友,如果我做了有害我们感情的事的话,你有权提要求让我改。但是这件事我已经跟你解释很多次了。我和所有男生的关系都单纯清白。我是个干净利落的人,懒得与人玩暧昧,更没能力脚踩两只船。他们每个人我都给你讲过,这些人中没有我的暗恋对象或前男友。我不知道你到底在担心什么。今天这个话题到此为止吧。你不信任我,再说一万遍也没用。"

"我不是不信任你,你反应干吗这么大,倒叫人起疑。"

"同一个问题解释了几十次,要是你你不烦?"我叹口气,预计这次谈话又奔着五个小时去了,心里十分发怵。

他痛苦地说:"你累了?不耐烦听我说话了吧?你已经听够了。"

我真的怕了他了,说:"好吧,我以后注意点儿。"

他忧愁地说:"我爱你,不想失去你,不愿有人从中阻隔。"

"谢谢。"糟糕,一不留神,我又犯了大忌,心惊胆战怕他责备。他说声晚安,我如释重负。

琴若说我的恋爱像韩剧,又臭又长。

两个人的世界平静美好,一旦扯上别人,立刻阴云密布。我认识到这一点,尽量只和他聊无关紧要的,书、花、音乐,等等。但我们终究要和别人交往,他自动自觉地把别人扯进来,视作假想敌加以防范。马拉松似的辩解已常态化,几乎每半个月就要发生一次。只要一想到他有可能不高兴,又需要大量解释,我就心生恐惧。渐渐地,我的生活接近真空状态,避免和别人接触,免得殃及池鱼。

于芒告诉我公司聘请了会计,以后不用我兼职了。我自然明白,满怀歉然。

十六、犯我大忌

这天，褚元的注意力放在小狮子头上，觉得很好玩，不停地捏。我暗暗紧张，怕他问起其中奥秘。整件事情中最无奈的就是我不说谎，不会说也不屑说。谈到我不愿意说的话题，我顶多不回答，但决不骗他。

果然，他发现了鬃毛里的拉链，找到门卡，问我是什么。

"门卡。"

他说："我看出来了。哪儿的门卡？"

如果回答朋友的，他接着问谁的，还是躲不过。如果拒绝回答，今天就没别的事儿干了，全得围绕这张门卡来。我犹豫着说："谭辛强的。"

褚元的嘴角先垂下来，然后是眼角，然后眉毛竖起来，原本好看的五官就此扭曲。——我又走神了。

他说了一句令我震惊的话："你住过他家？"

我赶紧摇头，说："他经常出差，托我给他浇花。不过最近我都没见过他，也没帮忙。"

褚元的语气平静，表情却不是。"我的女朋友，拿着别人的房门钥匙，你知道我怎么想吗？"

"我只是帮忙。每一次我去，都因为他不在家。"

"无论他在不在家，他给了你一把他的钥匙。什么样的关系，能让一个人把家门钥匙给别人？"

我笑笑，不知道自己这个时候怎么还笑得出。"要不是紫芳有父母，她不在的时候肯定把钥匙给我。我家里如果有需要照看的，没有琴若的话，我肯定把钥匙给紫芳。只是一个帮忙的事，很简单。"

褚元一个字一个字地说："很不简单。"

我有些后悔如此坦白了。他特别介意谭辛强。我要是避而不答会不会好一些？

他说："谭辛强看起来挺普通的，通过这几次接触，没发现他有什么过人之处。你们对他的态度都很特别。"

不是我们要对他特别，而是他本身就与众不同。你不也对他特别关注吗？这些话在我心中转了一圈，怕激怒他，没说出口。

"你说他是你偶像，除了长得还行，有哪儿值得你崇拜？倒是他对你格外信任。那么多男同学他不托付，偏给你！好几个女同学他也不给，只给你！除了同学，他没有别的朋友？"褚元醋溜溜地说，"他是不是引你为红颜知己，说他在世上最信任你？"

我索性坦诚到底，说："我不知道是否配当他的红颜知己。他确实信任我。"

褚元因为吃惊而有些结巴，说："配、配不配？他在你心里就那么……那么高高在上吗？"

我镇定下来，说："他是我偶像！"

褚元眯起眼睛注视我，脸色阴沉。我直视他。

"偶像！"他极其鄙夷地吐出这两个字。

我怒不可遏，起身便走。

他说别人我尚且能忍，说谭辛强就不行！谭辛强是我的偶像，我的灯塔，我心灵的守卫者。我对他的感情超越性别、超越时间、超越距离，不是友情，更非爱情，而是像信仰一样存在着。因为太过于纯粹，容不得一点点质疑。任何对于我们关系的猜忌，都像是扒开我的心往里面倒垃圾一样，我根本无法容忍。

褚元不停地给我打电话，我关机。他给我微博留言，我根本不看。他打座机，我直接拔了电话线。他守在我房子外面敲门，整夜敲，左邻右舍虽然没有投诉，但我非常不安，干脆搬回家住。

一大早妈妈来敲我的房门。我惨叫："妈，新年第一天，让我再睡会儿。"

"褚元来了。"

我腾地坐起来，又立刻躺下去，蒙头说："不见。"

无论妈妈叫我多少次，我都不起来。过了很久，妈妈再次进来，说："起来吧，褚元走了。起来，我有话跟你说。"

我不情愿地爬起来。

客厅里，爸妈都在。

爸爸说："刚才褚元来，说你们闹别扭，把事情都跟我们说了。"

妈妈说："你一个女孩子家，拿着别的男的家门钥匙，褚元能不生气吗？连我们听了都觉得不可思议，你怎么干出这种事。"

"我干什么了我？"我跳起来，"谭辛强一出差就是十天半个月，家里的花快干死了，我过去浇浇水，有什么呀？！我认识谭辛强比他早八年，跟他说没事他就是不信。我不图他钱，不图他权，犯得着骗他抓着他不放吗？"

爸爸说："你说这些都没用。第一，我和你妈本来就不赞成你和谭辛强多接触，单亲家庭而且他爸爸还是罪犯，这种孩子长大了心理容易出问题。你赶紧把钥匙还了，别和他扯太多。第二，褚元是个好孩子，对你挺上心的，特地找上门来，你见都不见，太没礼貌了。你一会儿给他打个电话，别让人家白跑一趟。"

妈妈说："褚元比你成熟多了，你就知道撒娇不起床，他也不生气。我看着这孩子很好。错过了到哪儿去找？"

我噘着嘴，依然生气。

爸爸说："你得想好了，是暂时不想见他，还是以后再也不见。你要是不想分手，总得给人家说话的机会，道歉也得你能听见呀。要是决定分手，也得跟人家说清楚。"

分手？我暗惊。

褚元要求谈一谈，我思绪纷乱。他说已到公司楼下，如果我拒绝，他就上楼来找我。谈过这次，以后他再也不打扰我。

我怕了他，于是向武司德请假。武司德意味深长地应允了。

回到我的住处，我们都沉默。

其实我想过要和褚元好好聊聊，但从没想要占用工作时间，更没想让同事知道。

"对不起。"这是褚元说的第一句话，"我错了还不成吗？"他难为情地说。从来都是我哄他，让骄傲的褚元开口道歉，实属难得。

我倒了两杯水，算尽了地主之谊，坐在离他最远的沙发上。他坐近，说："是我说错了话，没有考虑你的感受，惹你生气。你的脾气也真够大的，说不见面就不见，让人想道歉都没处说去。"典型的褚式道歉，自责必掺杂责备。

我板着脸。

他黯然，说："还是不能原谅我？看来没希望了。我还以为……算了，提这些干什么。你既然做出决定，我就尊重。不管多舍不得，都是我一个人的事。我跟不上时代了。你们的友谊超出我的理解。我不是非要把谭辛强当眼中钉，我是真接受不了你拿着别的男人家的钥匙进出自如，好像你们是一家人，把我排除在外。你已经不想和我多费唇舌，我懂，我知道什么时候该走。我给你订了一箱零食，明天送到你公司，希望你别拒绝。这是我能做的最后一点儿事。"

我又气又难过，忽然看见他的眼泪。他无声地哭，显得那么无助。我的心像被狠狠捏着，疼，委屈，一同出现，眼泪也掉下来。他用大大的手掌给我擦泪，柔声说："别哭，天冷，当心冻伤脸。"

这个二十七岁的男人，将我的一切记挂于怀，为我牵挂守候，专心专意只想把我占为己有。偶尔要小性儿，都是撒娇地要爱。为什么要让他如此伤心？为什么爱我让他这么没有安全感？为什么我们明明想走下去，却总波折不断？

愤怒一旦被泪水浇灭，哀伤席卷而来。面对他的伤心，我的痛苦退居次位，怜悯占据上风。我替他拭泪，他用胳膊圈住我，二人相拥而泣。

他抽泣："我不想失去你。"

我心酸软。该如何报答他的深情？倘若粉身碎骨能报，就让我此刻粉身碎骨好了，省得愧疚惦念。

他说："把门卡还了吧。我相信你，但我真的受不了。"

我点点头，刹那间两股滚烫的泪水奔涌而下。对不起，褚元，对不起，谭辛强，对不起！

十七、最近的天边

紫芳约我周末去"根据地"。我问都有谁，她说大家都有空。

我迟疑，还是问："谭辛强也去？"

"当然了。你不是说一起玩别把他落下吗？"

"我……周末约了褚元。"我期期艾艾地说。

紫芳叹口气："你怎么回事，一听有谭辛强你就不来，上次就是。"

"没有啊，我真的约了褚元。"

她抱怨好几句，拿我没辙。

高中同学发来喜帖，要结婚了。他把所有能联系上的高中同学都请了。褚元问："都谁参加？"

"不知道。"我知道他在意的是谁。那个名字是我们谈话的禁忌。

他自语："你们那个小圈子的人都去吧？"

"大概是吧。"

褚元陪我参加。婚宴上，高中同学坐满三桌。每来一个人，我都紧张，待看清后才放下心。明明是中午，我却觉得冷。

谭辛强没来。

同学见面分外亲热，从婚宴到咖啡厅，直聊到日落时分才散。

回到家，我洗床单、被罩，收拾屋子，擦拭着放电话的茶几，又开始擦电话，手却鬼使神差地拨出了号码。

"喂。"那边接听了。

我傻了，手忙脚乱把听筒往耳边送，定了定神，才说："你今天怎么没来？"

"临时有个应酬，我要和客户谈笔生意。"

我莫名其妙地松了口气。为了什么？为他的缺席有个正当理由，而不是因为要避开我？为了他的语气态度声音一如既往？我不知道。"真可惜。本以为今天能见到你呢。"

他沉默一会儿，说："是啊，真可惜。听说去了好多同学。"

我的身体里有什么被扯动着，隐隐约约地疼。

褚元很可能会给我打电话，他总说手机有辐射，习惯打座机。如果电话占线，他又要刨根问底。我想象着各种可能发生的状况，可是我真的不想挂断电话。

我一直避免与谭辛强碰面，一时不知道该从何开始说起。"今天跟同学会似的，很热闹。我见到徐娇娇了，自从毕业后我俩再也没见过面。她已经结婚，生了三胞胎。芃芃，当年总和我争语文分第一的那个，你知道吗，她就在我隔壁的大厦里上班，可我一次都没碰到过她。今天老乔把赵抒带来了，他俩居然订婚了。当年上学的时候他们坐一桌，总是吵架，现在他们在一起啦。原来你的同桌，大程子，他一个男生，却非要整容，一开始我都没认出他。听李睿蕊说他光脸部就做了十多次手术了。你说他一个地铁司机整容干什么，给谁看呢？倒是整得挺精神的，挺帅。"我说得兴起，"李露露你还记得吗？有一次我上火，舌头长个大包，发语文卷子——我是语文课代表嘛，念她名字怎么听怎么像李驴驴，全班这个笑啊。呀，对了，李露露是高三从别的学校转来的，那时候你已经去国外了。我说这些你不烦吧？"

"不烦，请你……继续讲。"

我站在窗前，手指在起雾的玻璃上画星星，把聚会上的趣闻一一讲给他听，包括他认识的、不认识的，他听过的、没听过的。一件不起眼的小事，当我与他分享时也变得很有趣味。大部分时间他都安静地听，偶尔笑着问一两句。长久以来积压在胸口的沉重随着话语一丝丝散去。我已经很久没有这么痛快地说过话了。一种熟悉的无话不谈的感觉回来了。

我正口若悬河，手机忽然响起。我心头突突地跳，扫一眼时钟，我们聊了一个多小时。打手机的一定是褚元。但愿他没给我打座机。但是我正和谭辛强通话，怎么能接他的电话？如果不接，或者晚接，褚元又要东问西问，到时候更麻烦。

手机响铃越来越大，我额头直冒汗。谭辛强听到了，说："去接电话吧，别让褚元等急了。"

"好，我以后再给你打。再见。"我匆忙地说，对于何时再与他通话着实没底。

我扑到客厅的沙发上抓起手机。褚元已经不耐烦了,说:"这么久才接啊。"

"手机离得远。"

"刚才给你打座机一直没打通。"

"是吗?"我含糊应着,不想撒谎,于是问,"你到家了。路上顺利吗?"

"还行。就是小区里停车位不好找。"他语气忽然变得狐疑,问,"你在家吗?"

"当然在。"

"你用座机给我打吧,手机有辐射。"

我用座机拨过去。"电话没问题啊,之前你没挂好吧?"他的语气变得温柔,问,"累不累啊?"

"见老同学太兴奋,不觉得累。"我继续在玻璃上画星星。雾气化成水流下来,玻璃已经渐渐透明。窗外路灯下依稀有个熟悉的身影。我手一震,话筒磕在窗户上。我把脸凑近玻璃,朦朦胧胧看不清。

褚元问:"怎么了?"

"稍等。"我抄起钥匙往门外跑,三步两步冲下楼梯。风瞬间吹透衣裳。路灯下一个人也没有,树影摇曳。我四处张望,夜色中只有一个阿姨在远处遛狗,并没有其他人影。我心里像揣了一团火,也不觉得冷,怅怅地往回走,临进门又不死心地回头张望。

褚元在那边一直说着什么。我说:"刚才话筒磕在窗户上了。现在没事了。"

褚元紧张地问:"磕着你了吗?你怎么有点儿喘?"

"我没事,只是话筒。"我盯着窗外空空的小路、昏黄的路灯和黑夜中的树影。

他那边传来衣服窸窸窣窣的声音,"我过去看看你。"

我吓一跳,赶忙说:"不用,不用。我很好。"

褚元疼惜地说:"我不放心你。你一个人住,离父母和朋友都远,万一有点儿事怎么办?"

"我又不去危险场所。毕业后我就自己住,习惯了,应付得了。"谢谢两个字在嘴里转了一圈又咽下,怕他说我见外。我缓缓拉上窗帘,忽然觉得好累好累。

"嫣,嫣,快开门!"琴若哐哐敲我房门,进门第一句是"老乔出车祸了"!

我打个激灵，抓起外套跟她奔赴医院。赵抒坐在急诊室外的长椅上，焦急地绞着双手。乔其洛的父母站在手术室门边，还算镇定。谭辛强和贺骁腾已经到了，正在同老乔的父母说话安慰他们。身后传来急促的脚步声，于芒气喘吁吁地赶过来。

　　赵抒说，老乔和她去挑选婚礼用品，过马路的时候，因为路面有冰，一辆小车没刹住，撞上了老乔。老乔腿骨和肩膀都有骨折，全身多处挫伤。

　　乔叔叔反而安慰我们，又是感谢，又是劝我们回去休息。

　　于芒说："叔叔看您说的，我们都是老同学，跟我们不用客气。"

　　谭辛强说："是啊，这几天住院伺候的事儿就交给我们吧。您和阿姨在家休息，我们全包了。"同学们都附和。我热血翻涌，忽然想到褚元，不由得把自告奋勇的话强咽下去，灰溜溜地不作声。

　　两个小时后，乔其洛的手术做完了，除了两处骨折和一些擦伤，没有其他损伤。众人都放下心。他转入病房，赵抒留下照顾，我们也要留下，乔叔叔和阿姨坚决辞谢。一出病房，同学们自动排班，一周七天轮番陪护。女同学不方便也没力气，被排除在外。

　　回去时，五个人挤在谭辛强的车上。他先把贺骁腾和于芒送回去。车上只剩我、琴若和他。

　　"先送我行吗？"我说。

　　琴若抗议："干吗先送你，你怕最后剩你俩褚元说闲话？"

　　我不吭声。

　　琴若数落我："真怂，就你没张罗照顾老乔。"

　　"女的陪护不方便。"我有气无力地顶嘴。

　　"先别说方便不方便，你连句话都不敢应。谁还真让你去陪啊。"

　　我沉默。她未必不知道我的理由，而是故意激我。她不止一次说我让褚元给管得缩头缩脚。

　　到达住处，下了车，我从琴若谴责的目光下逃脱，心中沉甸甸的，深觉自己不够仗义。

　　初春，天气乍暖还寒。乔其洛出院。我和于芒去帮忙。把他送回父母家后，于芒和我走在大街上。我聊起他的公司，他说开公司的事多亏朋友们帮了很多忙。他问起我的近况，我的工作和生活乏善可陈。他说近几次聚会我都没参加，我笑笑，任何理由都牵强，索性不说。

　　到了分岔路口，他要送我回家，被我婉言谢绝。他理解地不再坚持。

　　一个人走在寂静的街上，黄绿色的柳芽点缀着柔软的柳条，春风依然有凛冽之意。遥远的天空中，性急的踏春人已经放飞了风筝。没有褚元陪伴在侧，还真有点儿空落落的，不习惯。虽然他在身侧时，我依然孤独。

手拂柳枝，沿街信步。灰紫色的天空飘来点点小雨。雨很稀疏，然而羊绒大衣湿了难伺候，我瞥见路边有一间花店，便踱步进去。

玫瑰馥郁的芬芳，茉莉清新的香气，水仙甜馨的气息，都令人心怡。店主迎上来，问："您好。想要什么花？"

"抱歉，我只是进来躲雨。"

"没关系，请随意。"

褚元打来电话问我在哪儿，要接我。我告诉他地址，继续在花间流连。一盆蓝色勿忘我盈盈鲜丽，我不禁驻足观赏，感觉到对面有目光投来，抬眼望去，竟然是谭辛强！

我什么时候走到了他家附近？！惊愕间只想躲避。但又能往哪儿躲？

我只好羞涩地对他点头。他报以安静的微笑，用目光搜索路线，显然想绕过花架走过来。我暮然心悸，祈祷他千万别走近。他似乎察觉，停住脚步。隔着花架，我们相对沉默。我恍然发觉已许久没见过他。看过他的微博，听过他的新闻，路过他的公司，就是没见过面。

他的脸色微微苍白，是否没有休息好？春节他在多伦多度过，还是在北京？刚开春，他已换上驼色翻毛领薄皮衣，不冷吗？他来买花吗，要送人还是要买回家？那盆漓江雪长得好吗？

我揣测着，发现他的近况我都不清楚。

他的眼睛亮若星辰，眼神有些冷。最近他加班多吗？交女朋友了吗？还孤单吗？

一想到孤单这个词，我微凛。我曾经说过不再让他孤单，可我已经有好几个月没有主动联系他了，见面都是偶遇，打电话纯属拨错号码，在我俩的友谊上，我让他落单了。

我几乎要向他走去，油然而生的歉疚和迸发的热情被突然而至的电话扣住。褚元开车已到了路边。"我看见花店了，下雨了，你没带伞吧，我过去接你。"

"不不，我马上出来，几步路而已。"不能让褚元看见谭辛强，他会胡思乱想。

我仓皇地为难地求饶似地看向谭辛强，怕他走向玻璃橱窗被窗外的褚元看见，怕他跟着我走出花店。

他会意，给了我一个安心的笑容。

我舒口气，匆忙跑出花店，以防褚元走来接我。上了车，褚元埋怨："衣服湿了吧？我带着伞呢，接你很方便啊。"

"只有几滴雨。这里不是停车位，不能长时间停车，走吧。"我掏出纸巾擦羊绒大衣上的雨珠，敞开的包中露出小狮子头。

褚元盯紧它，说："你还没还？"

我神经紧绷，低头不语。该怎么还，我实在开不了这个口！

他沉痛地说："嫣，你一向是干脆的人，不该这么拖泥带水的。你知道这对我有多重要！哪天还？"

"下周抽空……"

"明天！明天放假，你把它还了。"

我咬紧嘴唇，感觉到脸颊失却血液的刺痛。

"明天我送你去还！"褚元斩钉截铁地说。

大雾迷离，地面湿滑。褚元送我到谭辛强家，我独自上楼。

没必要保留钥匙，谭辛强需要时可以再给我。我反复说服自己。

明知他常出差，我却事先没打招呼。潜意识里，我希望他不在家，不用面对他。

手插在衣兜里，握着小狮子头，指尖冰凉，小狮子头比我的手都暖。

在门外踯躅良久，轻轻敲门。两三声，四五声。无人应门。我刚松口气，门开了。

谭辛强穿着白色毛衣和牛仔裤，目光闪动真挚的喜悦。他是那么温暖，我像迷路的孩子骤然见到亲人一样，满腹委屈都被勾起，真想抓着他好好说说，好的事、坏的事都告诉他，期盼他开导抚慰，期盼他鼓励叮咛。

"天气不好，你怎么来了？快进来。"他热情地招呼我。

我强压下倾诉的念头，脚步重千钧，一步步蹭进屋，在玄关处停住。

他问："怎么了？"

我极力表现得平淡如常，说："来看看你。"眼睛却躲避他的探究。

他何其聪明，已从我假装的轻松中发现凝重，轻声问："出什么事了？"

我连连摇头，手攥得更紧。最怕人轻声细语，透露内心紧张不安，伤害这样的人，更显得残忍。

"进来坐下说。"

我没动，全身力气都凝聚在手上。

"遇到什么为难事了，告诉我。别怕，有我呢。"

他柔和坚定的语气，如果放在其他事上，有这一句话足够，我再也不担忧，可是现在……

我幽幽然抬眸，抑制不住哀伤四溢。他眉间一蹙，似被我的神情刺痛，目光忽然变得从未有过的凌厉，问："谁伤了你，告诉我，是谁？！"

他越是关怀，我越羞愧。我咬着牙，故作镇静，手缓缓掏出来。他瞥了一眼，颜色大变，迅速握住我即将展开的手掌，我的手被迫合拢。他飞快地扭过头去，不让我看见他的脸。他的动作之快、力道之大令我吃惊。我的手指冰凉，他的手也由暖转冷。

我想说安慰的话，喉咙却哽住，心颤抖得像狂风中的落叶。

良久，他回转头，脸色惨白如漓江雪，眼神却清亮异常。

我的胸口被他的苍白狠狠撞击，我哆嗦着嘴唇，说："这几个月，你也没用我照顾那些花。我先把钥匙还你，其他的，都没变啊。"

他笑了一下，苦涩的、宽厚的笑，说："别还给我。如果你不想留着，就扔了吧。"他的镇定只维持到说完这几个字，剧痛刻在他眼中，烙在他的嘴角。极度的自尊使他克制着，表情转为冷漠，用力的手却将情绪全部泄露。他松开手，转身不再看我。

我多傻啊。一厢情愿地认为钥匙只是钥匙，还了就还了，事实真的如此简单吗？

钥匙是他的信任，如今我要归还，告诉他别再信任我。

钥匙是他的托付，如今我要归还，告诉他别指望我。

钥匙是他的求助，如今我要归还，告诉他我不打算再帮他。

此物一还，何其决绝！我居然骗自己这不会伤害他！

多傻啊，我到现在才想明白！

他关心我受的伤，殊不知我是来伤他的。

他的痛苦撕裂我的心，疼得我直吸凉气，一秒钟都无法再待下去。我把狮子头放在玄关桌上，扔下一句对不起落荒而逃。

他没有追出来，让我感到说不出的轻松。出门被风吹才发觉满脸冰凉，不知何时已泪流满面。

不愿让人撞见我的泪颜。我从十二楼踉跄着走楼梯，痛痛快快哭一场，一边哭一边走一边骂自己：你还有脸哭！

直到情绪平复，我才从楼道走出来。褚元见到我就明白了结果。他替我整理围巾，动作轻柔。我能感觉到他暗松一口气。

十八、交不出去的爱与愁

和褚元交往后，我参加小圈子活动的次数少了，随褚元参加他的朋友聚会的次数多起来。我留意着褚元的神色，随时调整言语和情绪。

杨烁端杯起身，舌头都直了，说："你们小两口别老眉目传情，让我们这些单身的看着眼热。来，我敬你俩。"

我端起汽水站起来。杨烁躲开不肯碰杯，问："你的酒呢？"

我说："抱歉，我不喝酒。"

"喝饮料有什么意思！"杨烁找到杯子，倒上酒递给我。

我望着褚元，他说："给你你就拿着。"我红着脸低声说："你替我喝。"

杨烁伸长胳膊，主动与我们碰杯，一口气干了。褚元也干了，却没有替我喝的意思。我小声说："我从不喝酒，帮我。"他凑到我耳边，说："我兄弟敬的酒，给我个面子，喝了吧。"

我为难地看着杯子。张林说："杨烁，别闹。人家不喝酒。哪有逼着女孩喝的。"

杨烁瞪着眼睛嚷："谁说她不喝。他们商量着喝交杯酒呢！交杯酒走一个！"

我又羞又急，连脖子都红了，怕他再闹，一狠心把酒喝了。热流顺喉而下，酒味儿从鼻腔喷出来，往上冲到眼睛，呛得流泪。

杨烁使劲鼓掌。

酒精迅速反应，头开始晕，眼珠转得都慢了，脖子好酸，似乎撑不住脑袋，总要歪倒。

杨烁还要给我倒酒，我连忙挪开杯子，说："我真的不能喝，你们喝吧。"

杨烁说："那你多寂寞啊。"

"我很好，不用管我，你们喝你们的。"

褚元接过我的杯子，说："老杨，她真是头一次喝，再多可不成了。咱们还有下次聚会呢，你把她吓着，下次她就不来了。"杨烁这才罢手。

头越来越晕，我需要用凉水洗把脸，清醒清醒。我走出包间，寻找洗手间。在水池边照镜子，镜中女孩媚眼如丝，眼波含烟，双颊绯红如桃花，映白皙肌肤，娇媚明丽。天，这是我！我的眼神怎么了？难怪在走廊里有个路过的男人对我吹口哨。才喝一杯就醉成这样，接下来怎么办？

我惴惴不安地向包间走。萧紫芳和谭辛强迎面走来。紫芳向我挥挥手。

躲肯定来不及了。我勉强站稳，说："真巧，我和褚元的朋友们在这儿吃饭。"

紫芳惊讶地盯着我，叫："你喝酒了！"

"就一点儿。你们刚吃完饭？"我转移话题，目光不受控制地向谭辛强飘过去。真是可笑，他是我的同学，我的朋友，我干吗要偷眼看他，为什么不能光明正大地看？可我就是不敢光明正大地看。还钥匙的情景历历在目，我像犯了过失的小狗，战战兢兢地等待着随时可能降临的惩罚。

谭辛强面无表情。我醉眼蒙眬，看不清他的目光焦点。他可能根本就没看我。

紫芳扶住我，不管我需不需要。她纳闷地问："你什么时候开始喝酒了？"

"今天，只喝了一点儿。我没事儿，不用你扶。只有一杯，真的，一小杯。"我反复解释。

紫芳责备地说："第一次喝酒，你知道自己酒量是多少吗就敢端杯？"

我老老实实地说："不知道。"

"星妈。"褚元走过来，与紫芳和谭辛强互相致意，对我说，"你没事吧？我过来看看。"

紫芳说："褚元，她喝不了酒，胆儿还大，你得管管她，别让她再喝。你看她醉得，最好现在就送她回家。"

我摇头否认醉酒，头一摆动更加晕。紫芳使劲搀着我，好像我将随时倒地。

褚元说："她应该没事吧。我还真不知道她酒量如何，今天是第一回见她喝。"

紫芳说："今天也是我们第一次见她喝！她从来不沾酒，又一个人住，喝多了有危险，送她回去吧。"

她握着我手臂的力度表明她在生气，但表面上完全看不出。她的语气温柔，虽然是要求，也委婉得像是商量。我有些担心，我可不希望好朋友和男朋友有矛盾。

褚元回望了一眼包间。紫芳说："你要是不方便，我们送她。"

褚元连忙说："不用，我来送。"他从紫芳手里接过我。为了证明我还能自控，我挣扎着，只让他托着我的胳膊。他说："我跟朋友们说一声。"

褚元向朋友交代了一句，带着我出门，打车把我送回家。我靠在出租车的椅背上，只觉天旋地转。

褚元把外套披在我身上，怕我着凉，说："萧紫芳还挺厉害，嫌我没把你照顾好。"

"她没怪你，是让你管我。"

"还没怪哪，看看她的脸色。"

送我到家，他非要留下照顾我。"不行，"我还是清醒的，"我没事，你回去吧。"

"你晚上不舒服怎么办？"

我笑得傻傻的，控制不住面部表情，说："怕我不舒服，以后帮我挡酒。"

"你夜里要喝水什么的呢？"

"不喝。我现在只想睡觉，你在这里我还得分神惦记你。"

"我不用你惦记。"

我推他走。"那也不成。好人，你要想让我好过，现在就让我踏踏实实睡一觉。"

他固执地说："我不放心。"

我叹气："那我只好回我妈那儿了。"

他惊讶："大晚上的你折腾什么呀！别耍小孩子脾气，动不动就找爸妈。"

"难得你还记得我是个大人了。我能照顾自己。"我哈欠连连。

他温柔地说："看你困得，快去睡觉。我睡沙发。"

我颓然，说："别闹了，我真累了。我绝不可能让你在这里留宿。你回家吧。"

他叫："原来你介意的是这个。"非常委屈。

我哭笑不得："你不介意我随便留宿男生？"

他不满，"我跟别人怎么能一概而论！"

我困得不想再在这件事上纠缠，郑重地说："不论谁，在这个问题上都一样。"

他看了我一会儿，一声不吭地走了。

又惹他生气了，我叹息。此刻真顾不及他的感受了。一夜挺尸，到清晨都没换过姿势。紫芳给我发了很多短信，早上我才看到，回复她我很好。她说："以前觉得他对你好得不像话，昨天才发现他自以为是。"

我说："他没想到我酒量那么差。"

褚元一天都没跟我联系，直到晚上才给我打电话。

褚元说："我一直在想咱们的关系。其实我不是非留下不可，是想借此验证你我的感情到底有多深，你对我到底是什么态度。"

"昨天情况特殊，不具有代表性。"

他提起有大学女生来京，和他们聚会到深夜，借宿在他租的房子里。我觉得很正常。我也曾经因为玩得忘了时间，住在"根据地"。

褚元大感不解，认为我评判事情的标准有问题，厚此薄彼。"普通朋友借宿你觉得正常，我是你男朋友你反而说不行。你住在男生家没事，我住在你家就不行。你的做法不公平。"

"你的同学因为没地方住才借宿。你昨晚没地方住？如果因为聚会晚，不方便回家，我也可以接受，就像你的同学或者我睡在于芒家。可是昨天晚吗？"

他说我强词夺理。我觉得他理解有误。

我说:"一件事,总得双方都同意才行。在你说的事情里,你和你同学双方都认可。而昨晚的事,我知道你是好意,我能照顾自己,不想给你增加麻烦。为了避嫌,我不同意你留下。"

他拍手说:"关键在这儿,你不同意!我不会伤害你,你用不着防备我。"

"我相信你不会伤害我,但事关名誉,没得商量。"

他脸沉下来,说:"照你这么说,我的清白早毁了。"

我分辩:"那不一样。还是要看当时的情况是否需要留宿。"

我们彼此无法说服对方,谈话陷入僵局。

褚元叹息说:"你总是拒我于千里之外。"

"你见过我父母和所有的朋友,我每件事都告诉你,让你参与到我的生活里,怎么能说不让你靠近呢?"

他不甘心地说:"还是有所保留。"

保留的是他不愿接受的那部分,交给他,他不理解,他会扔掉。我何尝不想把爱与愁都放心地交给一个人,可交不出去啊。

我沉默。

他语气柔和了,说:"好了,你休息吧。以后要好好照顾自己。"

以后?我心酸,说:"你还生气吗?"

"不是生气,是无能为力。"

我咬着嘴唇,半晌,问:"你觉得咱们的关系到了可以结婚的程度了吗?"

他一愣,皱眉说:"结婚?有好多事要考虑,许多东西要准备。"

"没那么复杂,结婚可以很隆重,也可以很简单。重要的是心里认可了这个人,觉得到了结婚那步。"

他想了想,说:"我敢。"

我失笑。这不是敢不敢的事。"咱们还没到那步,你得承认。除非第二天就去领证,否则我不会和你住在同一间房里,清清白白的也不成。除此以外,非原则性的事,我哪件没依着你?就连没碰过的酒,我都看你的面子喝了。这些都不算吗?"

他沉声说:"现在你又因为酒的事怪我。"

"我不是这个意思,只是说事实。"聊了三个小时,什么都没解决,又回到原点。

"难道我说的不是事实?算了,我不想再说了,你休息吧。我看我们就这样吧。"

谈话到此结束。什么叫"就这样吧"?明天将怎样,是分手,还是继续,或是暂时搁置？我不敢问，眼泪偷偷地跑出来。

第二天，他发来短信，约晚上吃饭。

我忐忑赴约，用粉底遮住黑眼圈，却掩不住眼部的浮肿。

褚元明知故问："没睡好？"

"我还以为要分手了。"

他温情地说："舍不得你。"

我的眼眶湿了。

十九、你知道我为谁漂泊

褚元的广告公司在三亚举办活动，他邀我同行，说只占用周末，食宿和机票都不用管。我推辞。他说："我说一个人你肯定就愿意了。萧紫芳是这支广告的女主角，她也去。"

我说："你知道我不能……"

他打断我说："不能和我一起住，对吧？你单独住一间。"

我犹豫，"这样不好吧，我以什么身份去呢？"

"你作为萧紫芳的随行人员，咱们乘同一班飞机。"

他已安排好，我没什么好拒绝的。在贵宾候机室，我见到萧紫芳。以前我们总黏在一起，最近见面骤减，最后一次见，还是我醉酒那天。

她审视我，说我瘦了。褚元接口说没照顾好我。紫芳半开玩笑半认真地说："确实怪你。她现在只剩你了。"

褚元听出弦外之音，对我说："嫣，你的黑头发又长出来了，半截黑色，半截栗色，不好看，还得染。"

"好，回去就染。"

褚元语调温柔地说："你什么都好，就是有点儿不修边幅。今天又没化妆吧？"

我伸个懒腰，说："不是度假吗？"

"你看萧紫芳，总是妆容适宜，一刻不放松，无论什么时候都漂亮。"

"好吧，回去就化，这次出来没带。"

他嗔怪："送你的化妆品你总不带。"

紫芳说："光送化妆品哪儿够，还得送个专属化妆师。没有化妆师，我也懒得化。"

褚元说："说的是。以后我效仿古人，给你画眉。"

紫芳惨叫："天啊，你们动不动就秀恩爱，让单身的怎么活！"

褚元转头看我的行李，惊讶于我只带了一个旅行包。

"一个周末，一身便装，一身泳装，足够。"

他皱眉。"有酒会，穿便装不合适。"

"我只是大明星的随行人员，谁看我？"本是蹭来的出游，我巴不得没人注意我，越低调越好。

褚元说："你看我的同事，哪个不是大包小包，化妆品就占半箱子，衣服也是精挑细选。难得的亮相机会，要想给别人留下深刻印象，非得精心准备不可。你太随意了。"

他的同事要给公司高层留下深刻印象，关我什么事？

紫芳解围："用我的好了，化妆品我有的是。礼服三四套，随便挑。"

紫芳伸出援手，我不能再装哑巴，说："带那么多干吗？"

"万一吐了呢。吐脏一套，还有一套。"她笑嘻嘻。

她的笑好熟悉。像我。

她继续说："礼服你肯定喜欢，谭辛强设计的。"

我和褚元都不动声色，心中却都一惊。我们刻意避免提起这个名字，好久没听到这三个字被念出来。

"有套紫红色的，叫'你的温暖融化冰川'。还有一套柠檬绿的，叫'春零露'。最美那件，叫'思幽人而辄念'。你要哪件？"

我恐惧地听着，瞄一眼褚元，说："衣服都是量身定做的，我穿怕不合适。"

"咱俩身材差不多，试试看。"紫芳绝对是故意的。

褚元去洗手间。

紫芳伺机问："你和谭辛强怎么回事？"

我心一跳，说："没事呀。"

"一个陌生人喝多了，他都要上前关心一下。那天他一个字都没说，一点儿都不像他。"

一言戳中痛处。我若无其事地说："他没说话吗？我不记得了。那天你说了什么？我喝晕了。"

她还要追问，褚元回来了。同行的人招呼我们登机。紫芳坐头等舱，其余人员坐经济舱。褚元面色稍霁，闭目休息。我翻阅飞机上提供的杂志打发时间。

"好帅啊。"

"没想到真人这么帅，这么年轻！"

身后座位传来春心萌动的少女声。

"原来我偶像的衣服是他设计的呀！"

"他除了当老板，还是设计师吗？"

"看这段儿看这段儿。记者问，你下一步打算以什么为主题？他说，'你知道我为谁漂泊'。"

我心一动。他爱上了一个人！

"哇，太浪漫啦。"

"我的心都化了。"

"被他爱上的女孩得有多幸福啊。"

我正好翻阅到她们讨论的那页。那是一篇对谭辛强的专访。迎面一张他身穿西装的照片。炯炯有神的眼睛似乎能一直看到人心底去，让人无法直视，他的感情蕴含其中，虽然毫无隐藏却让人看不懂。我坐立不安，用手遮住他的眼睛，才能安心看文章。

记：很多男星都找你设计服装，你却很少答应。为什么呢？

谭：我并非专业学设计的，不懂得依据别人的气质做设计，总是随心所欲，想到哪儿就画到哪儿，反倒需要对方配合我，所以不敢随便应允别人。

记："你说的深蓝色"西装获得业内好评，你的设计灵感是什么？

谭：内蒙古的星空。

我掌心隐隐地疼。他还记得。他去看了。是一个人去的吗？

记：听说你跑步很厉害，一直在练习。

谭：是的。我想跑得快一点儿，追得上幸福。

记：为什么要把快餐店的所有权都转让出去？可以交给别人打理，你依然当老板。

谭：人生很短，生命有限，只够专心致志做一件事，全心全意爱一个人。

后座仍处在激动中。"谭、辛、强，为什么用辛苦的辛呢，很少有人用这个字当名字。"

"说不定他妈妈姓辛。"

褚元动了动，我忙合拢杂志假寐。谭辛强的才华已得到充分肯定，我为他欣慰。

二十、思幽人而钤念

一行人于中午到达。活动将在傍晚举行。下午，紫芳拉着我试衣服。三件衣服中只有一件是斜肩长裙，其他的都是抹胸，我怕撑不起来，选了斜肩的。

思幽人而辗念，对吗？

深深的蓝，接近黑色，无袖，腰间微束，点缀同色珠片，长裙曳地，下摆中分，随走动露出双腿，风姿婉约。

紫芳满意地说："妈，你穿这件真合适，显得人白腿长，特别有气质，还特有女人味儿。"

我瞪她。"原来没有吗？"

她撇嘴，拿出一串翡翠手链给我。

"真翡翠还是仿的？别给我真的，怕丢。"

"小家子气劲儿！"她奚落我，"丢了算我送你了。"

"好，"我拍手，"从现在开始你就当它丢了。"

她说："这些话才够星妈。"

我笑吟吟。"不顶你两句，你浑身不爽？"

"你唯唯诺诺的样子我真是看够了。"

她的化妆师帮我做头发，我催促："赶紧弄，我得快点儿去找褚元，去晚了又要挨数落。"话音未落，褚元打来电话，问我是否已打扮好，再次怪我没提前准备。我忙道歉。

紫芳不悦："他总这样吗？"

"偶尔。"

她打鼻子里哼出来，显然不信。

"这次怪我。我已经有三个小时没联系他了。"

"刚才不是还打过一次电话吗？"

"那是他打的，不是我主动打的。唉，下次应该设个闹钟。"

我紧张的样子为她所不齿。她终于忍不住，问："你和褚元在一起快乐吗？"

"他的爱护让我如沐春风。"

"春天也下冰雹。"

"我很好。你只看见我的付出，其实他付出的更多。"

"没觉得。得不到快乐的付出，还有意义吗？"

"有付出就有回报。我不能让他的感情付诸东流。"

她喟然："谭辛强说的没错。"

"说什么？"

"我问他看见你喝酒为什么不说话。他说，她任由自己暴露在危险中，我能说什么？该保护她的人就在她身边，我能做什么？"

我说："该走了，别让其他人等咱们。"

紫芳被主办方请走，我独自来到大堂。褚元要我到此等他。大堂内有小溪、假山，溪边的三角梅鲜艳怒放，落花随波飘零，临水观花，花影随流水摇曳。

离酒会开始还有段时间，宾客陆陆续续到来。一个人影撞入眼帘，我手微颤，拈起的花瓣落在脚边。那个人太像谭辛强。明知不是，我的目光追随着他。

他目光逡巡，落到我身上，大步走来。我慌乱四顾，寻找褚元的位置。因为我已认出那个人就是谭辛强。他怎么出现在这儿？广告公司不可能邀请他吧？不能让他靠近，褚元见到又要误会。该往哪儿躲，双脚已生了根。

他走到我面前，双眸都在燃烧。

"谭辛强。"这个名字已经一个世纪没叫过了。我的声音是震惊的，忧惧的，烦恼的，矛盾的。

他抓住我的手腕向外走。我又喜又怕。喜的是他还愿意理我，怕的是这又将成为新一轮争执的导火索。

我心里抗拒着，身体却不由自主地跟着他走。

酒店外停着一辆车，他打开副驾驶的门，我乖乖上车，尽管嘴里还在挣扎："我不能走。"

他嗓音低沉。"我有话跟你说。"

他开得很快，酒店被迅速甩在身后。他在生气吗？嘴角紧抿，眉微拧，谁惹他了？

我的心狂跳，紧张极了，却有一种淋漓痛快的自由感。我警觉，连忙收敛心神，防范自由感泛滥。

酒店已完全看不见。我慌了，说："酒会快要开始了。"手机响起，不用问便知是谁。

"不许接。"他沉声说。

"如果响三声不接，他……他……"

"不许接！"

"可是……"

他拿过手机，摆在前面，离我虽近，没有他的同意我不敢拿。我就是无法违拗他，只能祈求："说不定有急事。我走的时候没人知道，他现在一定着急到处找我。"铃声一直响，不接褚元的电话是多么严重的事！我急得像热锅上的蚂蚁。

谭辛强横我一眼。除非我瞎了，才看不出他极力克制的激动和愤怒。

我大气也不敢出。

每当铃声停止，我就释然，但铃声随即再响。忧急恐慌不足以形容我此刻的感受。

车终于停住。空无人迹的沙滩只有椰树婆娑。海天相连处，夕阳西沉。我抓起手机随他下车，铃声还在响，震动我的手。

我小心翼翼地问："能接电话了吗？"

"不能！"

我哀求："只接一个。"

"你要想清楚，你急着接电话，是因为渴望听他的声音，还是为了避免争端。你的忍让，是因为爱他，还是仅仅因为怕麻烦而息事宁人？"他的眼神和言语同样犀利。这样的谭辛强是我前所未见的。

"我、我当然……"

他断然道："没有什么当然。我要你现在想清楚！"

我胆怯地咽下唾沫，说："从我第一次见他，我就知道他是好人。我们之前确实有很多摩擦，但是现在融洽多了。"

谭辛强冷哼："你说比从前相处融洽，融洽是怎么得来的？你说现在很快乐，我怎么不觉得？你看看你，惊恐慌张，心神不宁，哪儿还是勇敢自信的星嫣若？"

"我累了，所以精神不好。"

他咄咄逼人："你心有不甘。若是心甘情愿，怎么会累？"

我羸弱地分辩："我是心甘情愿的。"

"问问你的心，嫣若，问问你的心！是你'想'心甘情愿，还是'是'心甘情愿？你爱他，还是爱上爱情本身？"

我挣扎着，"他对我的好足以让我……"

谭辛强打断我，说："你不欠他的。爱一个人，自愿付出，渴望回应，但不能强求。在爱情中，你们地位平等。没有人可以把自己的生活凌驾于别人之上。"

"他没有……"

"你任由他挑剔你，改变你！"

"都是些小事，既然他在意，就让着他好了。"我尽量说得轻描淡写。

"所有的都是小事？"他紧紧盯着我。

我情知说错，欲盖弥彰，只好继续说："感情不就是你情我愿，一个愿打一个愿挨。"

他笑了，笑得讽刺，笑得惨然。"好一个'一个愿打一个愿挨'。没有意志，没有灵魂，不离不弃，不屈不挠，牺牲自己去巩固别人的幸福，你真够伟大的。我真不明白，褚元到底喜欢你哪点！"

我愕然，不知所措。我……没有任何优点值得别人喜欢吗？

"这么多电话不接，褚元该着急了。我早该打电话了。"我挣扎着说。

谭辛强逼近我，眼中蕴藏的火山随时可能爆发。"如果爱一个人需要下定决心，如果想一个人需要制定目标，那是真心真想念吗？你真的没想过吗？"

谈话滑向危险的边缘。

我不由自主退后。"那些只是表面，其实……我真的该接电话了。"现在顾不了那么多，接电话是当务之急！

他极不屑，冷冰冰地嫌弃地说："从前的你到哪儿去了，你怎么变成现在这个样子！"

我瞠目结舌。手机还在响，我捏紧它，当它是最后的盾牌。"我、我愿意，我愿意为他付出一切！我想把这世界上所有的好都给他！"我激动地喊。

谭辛强深深凝视我，坚定的眼神第一次出现动摇。他退后，挥挥手，意思是"你自便"。

我如蒙大赦，踱到一旁接听。

"你跑到哪儿去了？"褚元着急又生气。

我变成了什么样子？我还是我啊。他为什么那么失望痛心？

"遇到一个朋友，聊一会儿，很快回去。"

他讨厌现在的我，他的鄙夷和嫌弃表露无遗。

"你没事吧，声音不太对。"

你怎么变成现在这个样子？

这个样子，我的这个样子，他讨厌的样子！

"没事呀，挺好的。"语气不能太快乐，褚元会吃醋，不能悲伤，褚元会担忧。天啊，我还能装多久！

感情慢慢复苏，慢慢体味谭辛强的话。从没想过有一天，他会憎恶我。眼泪在眼眶里打转，我维持着气息稳定。

"没事就好，快点儿回来。"褚元缓和了许多。

"好的，很快，一会儿见。"挂电话是个技巧。不能快，褚元会怀疑，不能慢，否则下一句话紧接着就来了，对话还得继续。

成功结束对话，我悄悄松口气。谭辛强是否在看我？抬手擦眼泪是否很明显？我深深低头，让长发披垂，遮住流泪的脸，回到他面前，说："谢谢。"

没回应。

我偷眼看他。他背对斜阳，身后是金色的海面，逆光使我无法看清他的脸。

他伸手拂开我遮挡的长发，糟糕，我忙躲开，怕暴露了泪颜，祈求地说："我们回去吧。"

他缓缓收回手，向车走去。

我如释重负，走在后面赶紧擦眼泪。

他静静地坐了好一会儿才发动车。

回程，车速平稳，两个人都沉默。我揣测谭辛强对我的厌恶有多深，该如何挽回。我不敢和讨厌我的人说话，因为说什么都不招人喜欢，简直如坐针毡。

抬头已看到酒店。我请求："停这儿行吗？我自己走过去。"车停得越远，被发现的概率越小。

车停了。我东张西望，确定没有熟人看见。他沉默望着前方。

我惴惴地问："谭辛强，我们还能和从前一样吗？不好的地方，我改。"

他终于转头看我，像看一个陌生人，除了忧伤和冰冷，还有我看不懂的更深沉复杂的感情。"我们再也回不到从前了。"

我的心颤抖着，霎时间五味杂陈，想说什么，却又觉得什么都不必说了。

静默了多久，我已不记得。直到褚元黑着脸站在酒店门前。我该慌张的，对吧，可我一点儿都不。在车上的这段时间，我想清楚了很多事。

我下车。谭辛强也下车。我走到褚元身边，他揽住我的腰。此时推拒是不明智的。两个男人对视片刻。谭辛强说："希望你不要再折磨她，否则，我就把她带走。"

"你以为你对她还有影响力。"褚元嗤之以鼻。

"你要试试吗？"谭辛强沉下脸，目光凌厉如鹰隼。

褚元眯起眼睛。他紧张了，身体绷直。

气氛剑拔弩张。我不敢劝谭辛强，只得暗暗扯褚元的衣角，他厌烦地拍开我的手，喝道："干吗？"我一怔。谭辛强勃然变色。

我祈求地望着谭辛强，他双眸几乎喷火，然后一言不发，面无表情地上车走了。

直到他驾车走远，褚元的身体才放松，大怒道："为什么到处都有他？离开北京，还是能碰上他！"

暮色四合，大堂灯火通明，映照着他愤怒得扭曲的脸。

"是你叫他来的？"他问。

"我的电话、短信、邮件，哪个你不实时掌握？"声音有些遥远，是我发出的？

他被我的不卑不亢震慑，惊异地眨动眼睛。

"走吧，你的同事在等你。"我沉着得出奇，像抽离出身体远观的第三人。

整个晚上，褚元都在观察我，想寻找破绽，偏偏我如深潭岩石。直到互道晚安，直到关灯休息，直到大睁着眼睛捱遍更漏看到黎明，我依然沉寂。

褚元理当怀疑。没人通风报信，谭辛强不可能知道我的行踪。我知道报信的是谁，在酒会上对视的瞬间已然明了。我知道她的理由。这一天她看见的已太多。我知道他们是为我好。

我将礼服还她，平静地说："别再惊动他。我还在努力平衡爱情和友情，给我一点时间。"

萧紫芳嘲弄："你管这叫平衡？你把宽容忍让都给了一个人！"

我依然淡淡的。"别再惊动他。"

她冷哼："你怕他？"

我摇头。我从前不怕他，只是拘谨。现在依然不怕，只是怕见他。我曾伤害他，因此不敢面对。他讨厌现在的我，我受不了他那嫌弃的表情。

紫芳说："我没叫他来，只是告诉他你在这里，还有我看见的事。连他都唤不醒你，我何必不自量力？"她审视我，疑惑地说，"你变了，嫣，还是我以前没看清？昨天的事对你一点影响都没有？你怎么能这么冷静，冷静得都不像你。谭辛强说，你是我们之中最软弱同时也是最坚强的，最心软同时也是最决绝的。嫣，你是吗？"

头疼的时候，为什么连眉毛和眼眶都跟着疼？

我闭上眼睛揉揉眉毛，缓解疼痛的同时，把潮涌的波动按压下去，恢复胸口的茫茫然。"给我一点时间。"

她迷茫无助。

我泰然自若。

我们好像互换了角色。我轻轻拍她以示安慰。

二十一、蓦然回首前尘杳

褚元观察我好几天，毫不松懈。他说我变得深沉。

我一点儿都不深，而是破釜沉舟。我希望天平平衡，如若不然，则先保一边，以后再补偿另一边。下定决心后，反而镇定了，不再彷徨。

褚元不明白我的想法，也不相信我的解释，他为我的百依百顺担忧，更加频繁地刺探我。

他想要什么样的我？以前那个左右为难、水深火热中的我？那时的我为讨好他过分用力，适得其反。

我沉稳了，他倒慌了，猜忌更多，不安更多。他总能找到我的不足，没注意他的情绪变化啊，没看出来他换了新皮鞋啊，没听出他的一语双关啊，没及时报告行踪啊，诸如此类，数不胜数。他不知道的是，每一次他发起证明爱的争执，在我费尽唇舌表明心迹的同时，都将我推得更远。我清晰地看见了结局走向，想阻止，却如螳臂当车。

我曾私下问过张林关于褚元的前任女友，怕他曾受伤害种下心魔。张林说两个人和平分手，女孩依旧单身。

我自省，检查是否有不检点的行为。我不和任何朋友联系，省得他们背黑锅。我不聊天，不上网，除了上班和回父母处，我基本上不出门，闷了就看小说。我推荐他看二月河的《康熙大帝》，说他就像胤礽，战战兢兢，如临深渊，殊不知如果他不折腾，康熙绝不废他。但褚元是从不看"闲书"的。

他再一次删掉我通讯录里的部分联系人，被我发现，他反问我为何多了个人。他终于找到"疑点"了，可以吵架了，我怎么那么想笑。我说明那是新同事，和我同在一个审计小组，他质问我为何不告诉他。莫名其妙，这有什么可说的。他认为我隐瞒太多，我觉得他不可理喻。生平第一次，有人对着我大吼，摔东西，自打耳光。

"你身边总是有很多男的，叫别人怎么看我？"他歇斯底里。

"爱怎么看怎么看！站着看，躺着看，趴着看！"我火冒三丈。

"你怎么这么说话？！从三亚开始你就不对劲，一副高深莫测的样子，教人看不懂。"

"是你心病作祟。"

我们大吵一架，他坚决地要分手。

我害怕。我发现我已懒得解释，我的分辩更多的是因为不愿意背黑锅，而不是为了挽回他。我甚至想干脆分开得了，一了百了，再不受这腌臜气。我再也不怕他说分手了。他尚无知觉，一味说狠话、绝情话，不计后果，气急了就闹，第二天又联系，全然不顾什么叫"一言既出，驷马难追"。如果我指出他言而无信，他反过来说我绝情，早就盼着由他提出分手。我悲悯地看他反复无常，怕的是有一天事情再也无法挽回，他会多么震惊和伤心！

我无力地说："咱们都是成年人了，说话要负责。有问题就好好解决，别再赌气。"

我忽然软下来的态度反而鼓舞了他。他坚决地说："赌气是小孩子的做法，或许你是这样的，我不是。看来咱们的想法还是有差距，我所说的、所做的都是经过思考的。我们这代人，对事的态度一向认真。"

又来了。我咽下反驳的话，不吭声。

"分手吧。"他说。

"你想好了？"

"想好了。"他比以往每次都要坚决。这次，是真的。

他问："你恨我吗？"

"不恨。"

他走了。

心疼，疼得睡不着觉。

捱到夜里三点，还是睡不着，爬起来写邮件。

褚元：

有好多好多话想说。一时却又不知该从何说起。想到哪儿说到哪儿吧。

曾经想离你很近很近，你无形中伤害我的言语像刺一样，我怕因此被你推远了，于是反驳抗议，希望你收回你的刺，不再伤害我，让咱们能够相处得更近。可这终究是一厢情愿。

当你表述你的想法，你反复几次说咱们选择的生活不同，不合适。每一次我都没说话。我早已接受了你的生活方式，只需要一点信心，让我知道有人陪着我一起迎接未来。你的动摇让我害怕，我找不到我在你心里的位置。

你说你为了我改变了自己，问我为什么不肯改变。为了让你安心，我做了什么，你看得到，不用我说。我所做的就是我想做的，今后还打算继续下去。每得到一点感情的回应，我的付出就会升级。如果这些还不足以给你信心，让你放心地对待我，那么我就不知道该怎么去做了。

你不知道我牺牲了什么。我已经做了巨大的改变，你却不再需要。我蓄势待发的付出就这样泡汤了。

你想知道我是否肯为了你付出一切，只是要听这一句话。睁开你的眼睛，看看事实吧，它胜过千言万语。

你委屈是因为觉得受到了污辱，对一个男人的污辱，是任何人都接受不了的，我知道。可我没有污辱过你！误会我不要紧，别留着误会刺痛你的自尊心。

看看去年的你，再看看现在的你，感觉不是同一个人。那个时候你对我总是欣赏和赞扬的，想想后来，每次吵架的时候，我都觉得我在你眼中全是缺点。从来没有人嫌我有这么多缺点，简直一无是处。你说了那么多次分手，现在一想，你有你的道理，如果你觉得这个人有很多缺点，的确是没什么可留恋的，所以要离开。

一周吵一次架，这种频率也真让人无奈。

今晚，不对，应该说是昨晚，你伤心的时候大吼，摔东西，流眼泪，那时我就知道，我该走了。你说过感觉已经不如从前了，和我在一起累，不像原来那么喜欢我了，和我在一起发怵。就算你不开口，带给你这些，我也该走，何况你已开口。

你问我恨你吗。怎么会恨呢？你对我很好。离开我是遵循了你的心的意见，你也无能为力啊。以前的时光，除了吵架的时候，其余都很快乐。现在看到当时的聊天记录，还觉得温暖。即使不看记录，闭上眼睛就会想起那些日子。非常感谢你。你的细心和敏感，给了我许多感动，让我感觉遇到知音，虽然不怎么看书，虽然好多电影你没看过，虽然我关注的许多事你都不知道，但是从认识我的那一刻开始，你在感受我的言行，并及时做出反应，让我觉得每说一个字，做一个表情、一个眼神、一个动作都值得，都有人看见，有人珍惜。这也是知音。在实际生活中，这种知音更重要。与志同道合的那种不同，这种知道感恩并呵护对方的付出，让人心中总是温暖的。后来，你常常怪我不主动和你联系，我知道你在乎我，所以才看重我给你发短信或者打电话。我了解，我明白，只是那不符合我的性格。

以前常常拌嘴，你觉得伤感情，我窃喜，每一次都能感受到你在乎我。但后来吵架变了味道，你质疑我，不信任我，最伤人的就是那句"叫我怎么相信你"。这样的吵架，我不喜欢。如果彼此不信任，吵架不能解决问题，只会创造出更多问题。你说我伤害了你，真的对不起。请你相信，我不是故意的，我无论如何都不想伤害你。但愿以后都看不到你哭，真的让人很疼很疼，看不下去，受不了。

就说到这里吧。祝你以后平安幸福！

嫣
4月5日

没想到的是，只过了五分钟，他就以短信回复了。"担心我？看来都是假的。要是那样的话，这信为什么不在上午给我发，为什么要晚上给我发？存心让我难受，不给你回都不行，唉，真是，谁让我太傻呢。口口声声说我好，要跟我在一起。谬论，扯淡，谎言。"

我觉得自己实在太傻，关灯上床睡觉。

过了一周。褚元发来短信："我特别想你。如果我坚持要跟你在一起，你是不是会给我机会？"

此时的回答影响深远。快乐的日子在脑海回放，他试探的语气让人心酸，我想了很久，咬咬牙，刚要给他肯定的答复，他说："算了，咱俩的事就让它沉淀下去吧！"咦，他又撤了。

一周后。

"对不起，真的想忘记你，但是不行，现在睡不着，满脑子全是你。你在我心目中的印象特别好，但是一到咱俩在一起谈论的时候，我的所有观点和心理都被你给抹杀了。"

我不知该如何回答。

他问："我心里难受，你不管吗？"

我静静地说："分手造成的难受，你在说的时候就应该预计到，我才是这句话的承受者。如果你受不了那种伤心，那你应该知道我也受不了，你为什么要说？你扎了自己一刀，又扎我一刀，然后你问我为什么不管你？是你说不让我跟你联系的，记得吗？"

"你说的没错。对不起。再见。"

放下电话，我怅然叹息，呼不尽胸中郁气。万没想到他来敲门，一张哭泣的脸悲伤莫名。"我们和好吧。"他说，"无论你做什么我都能接受，我不能失去你。"

无数次设想他提出复合我该怎么回应，光想一想就摇摆不定。我的果决和坚持都到哪儿去了？对于他，我总是狠不下心。

褚元对我比从前还好。他说我们都太紧张，太累了，需要放松，提议我们去度假。此时出游并非最佳时机，但我不忍泼他冷水，还是同意了，冒着被武司德训斥的危险，艰难地请了年假。武司德批准了，条件是我要把所有分内工作都干完，包括休假期间的，都要提前做完。加班不可避免，我终于赶在出游的前一晚做完了全部工作。

抬头看钟，已经接近零点。同事要送我回家。他就是褚元耿耿于怀的通讯录上多的那个人。我闪过拒绝的念头，但毕竟时间太晚了。事后每每想起，我都觉得这不是"一念之差"，是偶然，也是必然。我们到家时，褚元在楼下等我。

告别同事，迎着褚元阴沉的脸，我说："我需要把手头的活儿处理完，才能放心休假。"

"放心？你放得下心吗？"

我怕左邻右舍听到争吵。"别在这里说，我们找个地方说吧。"我没有带他回家，而是找了个通宵营业的咖啡厅。我想，在公众场合，就算吵架也会有所收敛。

"你先别急着难受。我们一起加班，太晚了，他顺便送我回家。"

"在这样的状态下，是，我很难受！稍微听见或者看见，我就难受！我之所以跟你分开，是不想改变你。我跟你说我都有一种阴影了！你可能能意识到。"

谁没阴影呢？我深感疲倦，说："咱们能不能别总为了别人争吵？"

他认真地说："我这次没跟你吵。"

"不是只有情绪激动声嘶力竭才叫吵架。我们浪费了许多时间在鸡毛蒜皮的小事上。你先等我说完，再掰扯什么叫鸡毛蒜皮。有些问题已经讨论过很多很多次了，话都说开了，彼此的意见表达得很清楚，没必要重复再提。"

他快然。"你觉得和我说话是浪费时间吗？"

"我不是这个意思。有很多话题可以聊，为什么一定要聊这些？"

他说："你所谓的鸡毛蒜皮的事是我在意的事。"

我玩着钥匙链不说话。

他说："你总想让我视而不见，我也不想纠缠，知道你不喜欢，但我心里就是过不去。"

我数着钥匙链的圆环，一个一个，一遍一遍。

褚元叙述着他的苦闷、犹疑和委屈。末了，他问："你不想解释吗？"

"该说的都说过了，说了很多次，你应该都记得。"

他不满，"出了问题，咱们应该一起想办法解决啊。"

"一个人的时间花在哪儿是看得见的。除了上班和睡觉，我几乎所有的时间都给了你，你还不满足，还在怀疑。你对我百般试探，始终不放心。既不放弃主动权，又想当个被追求者。你想把我牢牢抓在手心，却又不停向外推，要看我奋不顾身地靠近。如果你想听我说喜欢你，你就直说，犯不着用这种方式，试探我的感情、我的勇气、我的真心，让大家都身心俱疲。"

他说："我早就看出来你累了。既然这段感情让你不快乐，我不强求你。"

"我们本来可以避免争执，好好相处的。"

"忽略所有的问题，假装很愉快？"他语调中带着不悦。

我沉默。

他幽幽地说："真正的爱，应该让人变得无畏，能够排除万难，走得很远很远。"

我蓦然火起。我想说我可以排除万难，但你得明白这些难都是你给的！我还想就他质疑我的坚定进行反驳，如果说我不够坚定的话，他则要加一个"更"字。多少次，他消极撤退，都是我拉着他不放！

每次分手都责怪我没做好，我自然得分辩，驳斥他的观点后，分手不了了之。然后周而复始,重新再来。像是阵痛,每隔一段时间重复一次。我不是受不起,我是真的累了。这样的日子,哪天是个头儿啊?

我抱着最后的希望,说:"我们不能好好的吗?像别人一样,聊聊天,吃吃饭,看看电影,简单轻松地过日子。"

他笑了,说:"你说的是谈恋爱。往更远一点儿看,谈恋爱是不是为了结婚?结婚是大事,事前不把所有矛盾解决,谁能放心走进民政局?如果不以结婚为目的,咱们的交往就真的是不负责任了。"

我心隐痛。我们都认真,正因如此,才如此难舍啊。可他纠缠的问题,让我无奈到极点。

沉默了一会儿。他开口打破僵局,说:"你不想解释,我无法释怀,我们的未来不能建立在这样脆弱的基础上。"

"解释许多次了,有用吗?"

"你可以再尝试。"

我凄然微笑,"如果你要怀疑我,我尝试一万遍都没用。"

"这么说,你放弃了?"

我放弃?我心里的火一拱一拱的,倔强地望着他,说:"我不放弃,但也不打算再解释。"别想把分手的理由定成是我放弃。我不是推卸责任,只是不想再为这种问题多费力气。下一步怎么办,我交给他。

但他不接,问:"那你的意思是?"

我清清楚楚地说:"我的意思是,我不放弃,但也不打算再解释。接受与否,在你。"

或许,他从来没有见过这么坚决的我。愣了许久,他说:"以后我们谈话,都是这种态度吗?"

"如果我对面是空气,我不会是这种态度。"语境是两个人交谈的结果,不是我一个人的责任,我无法单方面保证以后是或不是这种态度。

他很明白,说:"好吧。我想,我们就谈到这儿吧。"

我把那含糊的"谈"字提拎出来,问:"是指谈话还是谈恋爱?"

他悲伤地说:"都是。"

胃拧紧了,手心都疼。我因疼痛而语声轻微,问:"这次,是最后的,不改了?"

他叹气,说:"不改了。"

我站起来,说:"你多保重。"

他说:"我送你。"

"不必。谢谢。"我飞快地说。我得赶紧走,泪意翻滚在胸膛中,即将漫上眼睛。我抓起包，几乎是冲出了门。

抱着被子，翻来覆去地，忽然觉得天地好大。以前有他，觉得周围空间满满的，后来甚至有压抑感。现在一下子空旷了，离什么都远，关床头灯都要伸长了胳膊才能碰到。睡不着觉，心声化为一首《蓦然回首》，为这段感情画上句点。

哭了一整夜，嗓子沙哑，枕头湿了半边。因为严重缺水，喝了好多好多水，喝完又化作泪流出来，眼睛肿得像核桃，不能见人。鼻音浓重，说得了感冒没人不信。

褚元给我打电话，问："几点去机场？"

他怎么能又像没发生任何事似的给我打电话？！

"我们分手了。"我挂断电话。任他责备我没有礼貌，任他埋怨我狠心绝情，到此结束了！

二十二、一生所依已远去

退了机票，关上手机，把行李复归原位。在家里闷了一整天，眼睛的肿退了，我去找萧紫芳。

天真晴朗，多久没有抬头看过天，亲切而熟悉。心随云高远，竟有种再世为人的感觉。哭得太多，眼前白蒙蒙的，特别怕光，我戴上大墨镜。

"稀客啊。"

我假装没听出她的奚落。该怎么说，总不能说我是为了躲褚元而来的吧？"我休年假，无处可去，想起你的大别墅，就来了。"

"吵架了？"萧紫芳一针见血。

我叹气，自顾自爬上三楼。"彻底分手。困死了，借你的床睡会儿。"

她追在我后面上来，我还没看清，她已把包抄起来，动作如此之快，简直像练过武功。因为动作太猛，一个东西从包里甩出来。黄澄澄的，正是小狮子头钥匙坠。

紫芳不想让我看见的就是这个。

羡慕、嫉妒、悔恨、羞愧和失落，一起涌上来。我以为我是谭辛强唯一能给予如此信任的人，除了我，他不会把钥匙交给任何人。原来，我并没有想象的那么特别，那么不可取代。

我还在发愣，紫芳说："他走的时候托付给我的，你……不方便嘛。"

说话呀，别愣着不说话。我调动着仅有的注意力，故作不在意地说："他又出差了？"

紫芳不知怎么的露出一种为难的表情，说："他走了。"

走了？

她又说一句："他走了，回加拿大了。"

我呆住了。不可能的！谭辛强要走，不可能不跟我告别，连说都不说一声！只有短暂离别才会不打招呼，比如出差、旅游什么的。离开北京，去加拿大，把家都托付给别人，他不可能不告而别！

"去多久？"

"他没说，看样子……"紫芳停住，明显咽下了不祥的猜测。

我一阵头晕，心里"忽悠"一下，额头冒出冷汗。或许是怕我搞不清状况，紫芳说："他走了五个多月了，从三亚回来就走了。"

五个月这个词是如此有力，像一把利刃直插心窝。五个月，这么久了？！足足五个月，我居然都没发现他走了！在这期间，没跟他有任何联络，连想都没想过要联系，没有短信，没有电话，没有一句问候。这个人在我的生活中完全消失了，被忽略了。我有什么资格埋怨他不告而别，他凭什么要搭理我？我劝他留在北京，却任他孤孤单单的。我说最信赖的是他，却拒绝听他的任何话。

心啊，从来没有这样疼过，似热油滚过，开水烫过，嘶嘶地冒着响，一寸寸、一丝丝都在疼。我像泄气的皮球，抽去脊梁骨的皮囊，只剩瘫软。骨子里，却有一股倔强支撑着。

"嫣！"紫芳惊天动地地喊。

我迷蒙地回首看她，不知何时已走到楼梯边，顺着脚步的惯性一步踏空，滚了下去，在残留的意识中，我的嘴里好像在翻来覆去地叨咕着"我去找他"。

这就是我摔下楼梯的真相。难怪每次问起，紫芳都避免回答。难怪同学们在我面前避免谈及谭辛强，即使我问，他们也是草草敷衍两句。

此时此刻，再次握紧小狮子头，回想从前种种，疼痛丝毫未减，反而比从前更深更切。

我把他忘了。我的内疚，我的悔恨，连同他一起忘了。

曾经发誓永远牢记，竟然忘得一干二净。

曾经感怀魂牵梦萦，转眼翩跹难寻踪迹。

曾经以为铭心刻骨，回首烟云消散风里。

居然有这么一天，星嫣会忘记谭辛强。即便此刻，已忆起往事，他的形象依然模模糊糊。

疼痛扎根于心，蔓延着，疯长着，四肢百骸，无一处不疼。我蜷得紧紧的，身体僵硬如石块，缩在角落，背死死地抵着墙，浑身上下都在较劲，分散着身体的痛。

他走的时候是什么心情？被背弃，被孤立，被忽略，被冷漠对待——源自于我。

"上天毕竟待我不薄，我还有你！"

没有了，那个我，走了！头也不回地，狠绝异常地走了！

我是怎么了，着了什么魔？

无论何时何地何人来问，我都会说，我永远永远不会伤害他。问一万遍，回答都一样。

但我却真的做了。

像个平素表现良好的人忽然杀了人，周围人难以置信。

我是死也不会伤害谭辛强的呀，不是吗？

忽然失去所有力气，眼前只剩黑白两色，心聋目盲，脑中空无一物，前所未有地无依无靠，彷徨无助。

原来我一生都在依赖这个人。

虽然没有实际上要他做什么，但只要感觉他在，就觉得安全踏实。在逝去的青葱岁月，在可预见的未来，我都需要他。

无论他身在何处，我们之间的联系都存在，即使几年没有交流，想起他依然觉得熟悉。可现在，他离开了，从精神到身体，都远离我。

"该！活该！"紫芳流着泪，恶狠狠地说，十分解恨似的。

没错，活该。我用冷漠赶走了他！不告而别，他对我是多么失望，多么无奈，连多一个字都懒得说。而我比他更绝，他走了五个月我都没发现。我们其实早已断了联系，不是吗？三亚之前，我们又见过几次呢？

我不能再待下去，我要把失去的记忆都找回来。

挣扎着起身，我请求紫芳把钥匙给我，由我来照顾那些花。让我为谭辛强做一点儿事吧，赎我的罪，尽管杯水车薪，至少比无所事事抓狂强。

紫芳坚持要送我回家。我飘忽地笑。她怕我冲动做傻事。

无需担心。现在最不需要担心的就是我。

我要把自己保护得好好的，绝不能出事，绝不让人有借口以我的痛苦责怪谭辛强。

我要把自己照顾得好好的，以承受接下来的内疚和痛悔，逃不开，躲不掉，自己种下的苦果，要细细品味，不准喊疼，这是我应受的罪。

我要好好的，调整作息时间，早睡早起，加强锻炼，努力工作，积极面对生活，等待他回来，不给他任何担忧和同情的机会。

谭辛强，你可得回来啊！

来到熟悉的门前，轻轻敲门，渴盼他出现，告诉我之前的都是一场噩梦。

空寂是回答。

开门进去，满屋的家具都罩上防尘布——他做好了长期外出的准备。

不知道多久没有浇过水，花都蔫了。窗帘紧闭，屋子暗沉沉的。紫芳忙得连自己都照顾不过来，何况别人。

我撤掉防尘布和窗帘进行清洗，扫地吸尘擦桌子擦地，给所有的花浇水。

书房里没有漓江雪。

兰花是娇弱的，花已经死了吧？

第一次进他的卧室，我心一颤。漓江雪被孤寂地摆在五斗柜上，干枯的叶子低垂。

漂泊在外的人，焉知家中花开花落。

花盆边有一幅铅笔画，高高的塔楼，窗户紧闭，窗内隐约有婀娜身影，另一个孤单的身影在楼下仰望。画的背面有一些字，挺拔秀丽的笔迹是他的。

——你的世界对我关闭了所有的门，任我呼喊扣敲，你都置若罔闻。我在你的世界外徘徊守望，只听高窗内欢声笑语，你的声音若即若离。倘若你幸福快乐，我将默然远去。可为何你落落寡欢，沉默不语？

我泪崩，咬着手臂强忍着不哭出声。

即使被冷落，被遗忘，他依然关怀我。

在他眼里，我是被幽禁的公主。不，其实我是个巫婆，蛊惑人心后将其诱入荆棘丛，不留一条活路。

我将他家彻底收拾一遍，把所有力气都用尽，回家躺在床上，辗转反侧，不仅是因为睡不着，还因为身体与床的摩擦能分散心头的痛。彻夜难眠，回忆翻涌。鬼使神差地想起丢失的密码，不就是他名字的笔画？

打开上锁的抽屉，里面全是五颜六色的小星星。哦，这是褚元故意打破的另一个玻璃瓶里的，我把它们藏在抽屉里。

一颗星星代表一段回忆。我不敢拆开，回忆却滚滚而来。

海滩边，谭辛强不说话，望着我，轻蔑、鄙夷、愤慨、痛心。他的态度如此严肃，语气前所未有的严厉，为何当时我无动于衷？飞越千里，他提醒我的处境，指出我的变化，质疑我的盲目，劝我看清楚。我做了什么？从头到尾，我都在请求他允许我接电话。没问他几点到达、旅途劳顿、食宿安排，我心里想的、嘴里说的没一件跟他有关，巴不得他赶紧离开。直到最后，他痛心地问"你怎么变成现在这个样子"，我才略有醒悟，但很快又忽略不管。

此时回想他的神态，疼痛像尖刀一般扎入我心。我曾经那么在乎他的评价，想赢得他的赞赏，却在那天麻木不仁地上演自私和偏执，任他对我的印象跌至深渊。

沉静温和的他，就算对不喜欢的人，顶多露出冷傲，拒绝别人靠近，可那天，他的憎恶和嫌弃表露无遗。他是有多么讨厌我啊！他的轻蔑刺伤了我，比轻蔑更甚的，是失望。

他曾经对我抱有希望，他从前对我还有一些好印象，可惜全让我毁了。我让他狠狠地失望了一回。

追悔不及的后悔啊。

我失去了世界上最宝贵的东西，直到现在才发觉。

尽管曾在信中对褚元说"你不知道我牺牲了什么"，那时我以为我知道，现在才发现，我低估了事情的严重性。

我真的把谭辛强当作没有生命的雕像，不知道疼，不知道冷，不会动，一直在原地，我随时可以去看，他都在。

多么讽刺！我曾哭着喊着求他别疏远我，一丁点儿都不行，却毫不珍惜，亲手推开他，甚至躲着他，怕他靠近。

我在床上躺了好几天，没病，只是没力气，所有力气都用来抵挡痛苦。到了第六天，琴若来敲门，我摇摇晃晃起来开门。看到我的第一眼，她哭了，说我瘦得像个鬼。

"我没亏待自己。"我指给她看，"看，面包、蛋糕、火腿、牛奶、方便面、卤蛋……"

"你就吃这些？"她眼泪汪汪。

吃？啊，我忘了！我看着那堆食物，傻笑起来。

"紫芳在外地拍戏，听她说我才知道。"她撸起袖子去做面条汤。

我了无生气地坐在沙发上，想礼貌地招呼他们，力气在使出来之前就用尽了，连抱歉都在浮现到面部以前消散。

贺骁腾蹦到我面前，打量一番，说："想开点儿，不过就是一个高中同学出国了。那么多同学都出国了，要是都伤心，伤心得过来吗？……"他滔滔不绝地劝说着，我闭上眼睛。

不一样，谭辛强是特别的。

琴若说："只有你认为他是被你气走的。我们所有人都觉得他是为了你好才走。褚元拿他当眼中钉，还为此跟你找碴儿吵架，他为了不让你为难才离开。"

若果真如此，我更加汗颜。

琴若逼我喝了一碗汤，要我搬回家。我这样子回家，爸妈不得急疯了？他们会更反感谭辛强。她又提出让我去"根据地"散散心，而我只想安安静静地独处。无论他们说什么，我都不吭声，不同意。最后，我攒齐力气，说："我不会自暴自弃，你们放心。过几天，过几天我就好了。如果你们想帮我，就答应我一件事，别告诉谭辛强，别告诉别人——我的任何消息，尤其是爸妈。"

贺骁腾拧紧眉毛。

我望着琴若。琴若盯了我半晌说："你，记得吃饭！要不，我就向谭辛强告状！走吧。我了解她。"她拉着贺骁腾走了。

萧紫芳打电话问："你怪我吗？谭辛强把钥匙给了我。"

我由衷地说："正相反，整件事情中，我最庆幸的就是他把钥匙给了你。至少，他还有你这个朋友，让他不至于孤孤单单的。"

"可惜我没时间管。"她吞吞吐吐地说，"如果……如果谭辛强真的一去不回，你别害怕。"

不怕才怪。光是听到这种可能性就已经天昏地暗。

我问："他走的时候说什么了？"

"没有，他什么都没说。"

换作是我也无话可说。

一周之后，我自动出现在"根据地"。没有人特别关注我，仿佛这场聚会和以前的一样。我坐在固定的角落，比平时更沉默。没人提起谭辛强，更没人提褚元，仿佛这两个人从未出现过。

"嘿，白眼儿王子来了。公主，赏个脸，尝尝我买的巧克力！"

我拿起一颗放在嘴里。甜，微苦。"谢谢。"

"你是我未来的小姨子，我得好好巴结。"

于芒问我："看你闲得没事，要不要到我公司来，高薪聘请。"

"不了，我已经递交简历，正在找工作。"

琴若说："着什么急？趁现在没工作，正好出去玩玩。要不，我休假陪你，咱们出国。"

贺骁腾举手，"带上我。"

"不带。这是女生之旅。"

"我给你们搬行李。"

琴若嫌弃地说："用不着，有酒店服务生。"

贺骁腾怏怏。

我说："下周面试，我哪儿都不去。"我走了，那些花怎么办？

面试并非虚言。我要赶快振作起来，用工作充实自己。

第二卷

孤帆远影

二十三、在眉间

我应聘到一家公司做财务工作。因为实践经验丰富，工作很轻松。财务部经理张雪，三十出头，非常精明干练，同时十分刻薄，言谈犀利，一点儿不给人留情面。她对年纪比她大的老会计出言不逊，窘得老会计红了脸，只因为她粘贴原始凭证时用的胶水多了一点，纸张微微发皱。

午间餐厅，隔壁桌的几个同事正在发愁。听他们的意思，新款春装即将开展服装秀，设计图临时增加三张，款式的名称尚未确定。他们的方案改了十几遍，都被老板否决。最终方案次日必须确定，否则将影响产品发售。

我低声问身旁的同事："每一款服装都要有自己的名字吗？不是一个系列一个名字吗？"

"我们是高级服装品牌，面对的客户要么走私人定制，要么是对细节十分挑剔的时尚达人。他们喜欢独一无二的物品。就算做不到独一份，也要尽量小众。我们公司的每一款衣服，都有自己的名字。即使是同系列的，十件衣服有十个不同的名字。"

"设计部没有想好名字吗？"

"听说新增加的图样不是出自设计部，而是董事长亲自发来的，搞不好是她亲自设计的呢。发过来的图稿没有名字，让公司去想主题，这可能是董事长故意安排的考验。"

下午，公司召开紧急会议。市场部、设计部的主要负责人参加。会议开到一半，办公室通知财务部和人力资源部参加。张雪带我走进会议室。室内气氛十分凝重，市场部和设计部的人都垂头丧气的，连续熬夜导致他们脸色灰暗。主持会议的是公司副总经理徐天骄。

人员全部落座。徐天骄说："财务部的人，请估算本次新系列服装不能如期上市造成的损失，做一份详细报告给我，分别估算推迟一个月、两个月和三个月的损失。市场部、生产部和库房负责给财务提供数据。人力资源部拟发通知，市场部需增设人员，职位两名。"

虽然没有辞退任何员工，但新招人员摆明了是对现有人员的不满。市场部主管吴皑皑脸都青了。唇亡齿寒，设计部的脸色也好不到哪儿去。

张雪口齿伶俐地说："新装确定不能如期上市吗？各大商场专柜及专卖店都已预购了货物，并预留了春装货架。不能如期上架，经济损失倒在其次，市场影响难以估量。"

徐天骄赞许地说:"张雪说的没错。市场影响非常重要。正因如此,我们更不能掉以轻心,失掉品质这个口碑。这三款新装是阮总提议增加的,并特别叮嘱要隆重推出。如果不能一鸣惊人,宁可不推。即使有损失,在可控范围内,我们都能承受。这个结论是董事会商量的结果。"

明知有损失,却还要坚持。对一件服装的名字都精益求精不肯马虎,我对公司的执着肃然起敬,对新装骤然好奇。

幻灯片正播放到本系列的一件女装。这是一条白色露肩纱裙,配纯白色珠光腰带,正中胸口偏下的位置,有三片嫣红花瓣组成的图案,除此以外再无装饰。长裙飘逸清纯,美得不食人间烟火。

图片右侧写着许多名字:仙之凡、地中海的白云、清水芙蓉、冰肌樱唇。

最后一个名字逗乐了我。

我属于列席参加,坐在椭圆型办公桌的角落。此时的轻笑,在寂静的会议室格外惹眼,所有人的目光都集中在我身上。

我敛容,说:"抱歉。"

吴皑皑老大不满,问:"你觉得很可笑?"

我道:"只是觉得最后一个名字有点儿怪。红唇应该是两瓣,而且大多是水平的,图样上却是竖着的三瓣,不相符。"

吴皑皑扫一眼投影屏幕,语气缓和了些,问:"依你之见呢?"

众人都望着我,心思各异。我从容说:"在眉间。"

吴皑皑呵呵笑了,看看众人,说:"梅花是五瓣,更对不上了。"

其他人闻言也笑,设计部和市场部的人都偷偷地如释重负。

我说:"不是梅花的梅,是眉毛的眉。"我走到投影屏幕旁,指点着说,"这三片红色,既紧凑又分离,颜色鲜艳,而且是胭脂红。它不是某一种花,是古代女子对镜贴花黄,贴在眉间额头的花瓣。因为不可能是莲花,所以'清水芙蓉'就不合适了。'仙之凡'很直接。'地中海的白云'也不妥。这条长裙没有明显的中国元素,但肯定是中国风,与地中海相去甚远。以上两个名字只注意到白色,忽略了图案。花黄才是设计的点睛之笔,必须加以强调和利用。"

会议室寂静了。我走回座位,刚要坐下,徐天骄说:"下一幅。"又对我说,"请。"

我略迟疑,走回屏幕旁。这是一袭V领无袖真丝连衣裙,裙幅很大,随意飘展,剪裁简洁大气。象牙白为底色,淡淡的灰蓝与浅绿如云烟缭绕。左肩上错落缀饰十颗水晶珠。

我说:"这款设计灵动非凡。宁静中带有些微忧郁,是男生最爱的女生情态。'圣雷米的流云',起名的人想到了凡·高的《星月夜》吧?图案翻腾卷涌,确实类似油画的技法。但我觉得,设计师不想要油彩的浓烈,而想要超脱地表达情感。请看这里,浓淡、虚实,变换灵活,一笔而成,更像是国画的用墨。'凌烟'二字很好,如果图案只在腰以下,用凌烟再好不过。但图案遍布衣裙,人在烟中而不在烟之上。我有个小小的想法,在云烟缭绕中,如果把绿色蜿蜒看作流水,灰蓝色的色团较大,把它想象成山峦,王观有一首《卜算子》,'水是眼波横,山是眉峰聚。若问行人去哪边,眉眼盈盈处'。就叫'盈盈处',突出水晶珠,怎么样?"

徐天骄说:"记下来。下一幅。"

图片出来,我心头一紧。这是一条半身百褶长裙,直至脚踝,用料是棉麻丝,看上去柔软舒适。鹅黄、豆青、桃红、嫩绿等鲜艳的颜色交替,描绘出一派绚丽斑斓。白色不规则的小点儿星布其间。图片旁写着"悦灵""春之初""微雨微醺"等名字。

本该是轻快的色调,那间歇出现的深蓝是怎么回事?为什么它让人感到悲伤?

发呆得有点儿久,有人轻轻咳嗽,我抬头,所有人都目不转睛地望着我。徐天骄期待地问:"有思路吗?"

"冒昧问一句,这款裙子还有其他颜色吗?"

市场部和设计部的方向响起嗡嗡的低语。徐天骄以目光制止他们,转头有些惊讶地盯紧我,说:"有。"

幻灯放至下一张。依然是这款裙子,颜色换成深深浅浅的绿,为免沉重,深色旁必有浅色缓冲。我黯然说:"这款建议叫'湘妃',刚才那件,叫'不是杨花'。谢谢。"

徐天骄皱紧眉头,说:"杨花?容易让人想到水性杨花,很不好。湘妃又是什么意思?"

吴皑皑叫:"眼泪!那些白点儿不是雨,是眼泪!"

旁边一人说:"哦,不是杨花,点点是离人泪。苏东坡的词。"

一人说:"那湘妃指的就是湘妃竹了?这些绿色,是竹绿?"

徐天骄就算不熟悉典故,此时也明白了。他沉思说:"杨花这句,还是不妥。你……对了,请问你的名字?"

"星嫣。"

徐天骄的目光闪动,仔细打量我,问:"星嫣,你是财务部的?你还有什么建议?"

"抱歉，只想到这个。"

他说："你说得很好。你准备一下，下周调到市场部，任副主管。"

"我的专业是财会。"

他说："天赋没有专业可循，你适合市场部。如果不是因为你没做过设计，我就让你到设计部了。张雪，夺了你的爱将，你与人力资源部再找个财会人员吧。'不是杨花'再考虑一下，其他的写进方案报给阮董。"

事情就这样决定了。

散会后，张雪说："祝贺你，进了全公司升职最快的部门。有利必有弊，升得快，死得也快。今天你出尽风头，把市场部得罪得不轻。"

无视她的幸灾乐祸，我说："谢谢。如果没有别的事，请告诉我该把工作交接给谁。"

离开刻薄的上司，是件值得庆贺的事。至于市场部，慢慢来吧。

我起的名字全部通过，包括"不是杨花"在内。有人向我道贺，有人恨得牙痒痒。

下班后我到书店买市场营销学的书。爱岗敬业，从学习业务知识开始。

谭辛强的书柜里有很多服装设计的书和时尚杂志。我仔细阅读，认真做笔记。即使不为工作，倘若他日重逢，无话可说时，和他聊聊服装也好。

搬入市场部那天，吴皑皑带头鼓掌欢迎。稀稀拉拉的掌声，说讽刺更贴切。我毫不在意，与众人一一打招呼。

让人家颜面扫地，还不许人家带点儿情绪吗？

放置了物品，吴皑皑把我叫进他的办公室，说："你别生气，他们最近太累，情绪不好。"

"我明白。新装发售，市场部很辛苦。希望以后能与大家团结协作，共同为公司服务。"我微笑。我表达得很清楚，因为本次发售引发的不快，仅限本次。以后，我们是一个团队，大家都是给老板打工的，隔夜仇这种东西，没必要也没精力搞。

吴皑皑对我的回答还算满意。他不满意，我也没辙。

有人曾劝我到市场部进门先道歉。开什么玩笑，我有什么可道歉的？为公司发展出谋划策，还要看人脸色？真不好意思，事出紧急，顾不了许多。说我多管闲事也好，故意出风头也好，我只是做了我想做的事。不服，就同样出次风头给我看啊！

为一份工作，步步为营，如履薄冰，甚而曲意逢迎，想一想都累，为我所不取。

我不怕辛苦，不怕累，只要干净畅快，有努力，有回报，简简单单，如此而已。

不是不能受委屈，要看为谁，要我心甘情愿。

琴若说我终于开窍了。贺骁腾说我"舍得一身剐，敢把皇帝拉下马"。紫芳说我破罐子破摔。

他们都说我变了。自经历褚元后，我确实变了。变了好几次。

曾经天真地以为，以放弃一样东西为代价，向别人展示诚意，对方就会把我想要的给我。结局往往不是如此，而是肉包子打狗，一去不回。

有舍才有得，不是有舍"必"有得。就算有得，所得未必如愿。

二十四、寒水空流暮与朝

大家当我只懂财务，凭运气来到市场部。我这人有一股韧劲，一旦确定目标，就全力以赴。我可以不眠不休、不吃不睡，直到成功。三天内我翻阅了十二本专业书籍，写满一本读书笔记。又用了三天，我查阅公司从成立至今的市场部档案。光掌握理论和历史数据还不够，接下来，我开始分析市场形势，大量阅读时装杂志，研究各大时装发布会及行业发展趋势。几次例会后，我凭借恶补的市场营销和服装设计知识，以及对时尚潮流的研判，令众人对我刮目相看。市场部的人渐渐放下敌意，开始与我交流闲谈。有人甚至开始与我说笑，告诉我他们对起名一事其实心悦诚服。

物体质量越大，引力越大。何须费力讨好？你若优秀，自然有人亲近。

这个时候最应该戒骄戒躁，平和如初。

一个月后，我在市场部站稳脚跟。

世界真小。新来的财务是池红。她觉得事务所早晚得被施维维和武司德整垮，见势不妙，先行一步。

和她重逢，颇有点儿遇到亲人的感觉。

中午，我们一起到外面用餐。她真诚地说："你能振作精神我就放心了。"

"只是被辞退，没什么大不了。"

"不为这个。"池红郑重地说，"失去一个人……那么多年的感情……他对你不闻不问，我真怕你受不了。"

连她都听说了吗？

见我沉默，她转移话题，说："新工作挺适合你啊，这才多长时间，你都当上部门副主管了。真是扬眉吐气。让他看看，你有多优秀！"

"他，"我咬着嘴唇，说，"他不是对我不闻不问。他不知道我被辞退。"

池红叫："笑话！天天见面的同事被辞退，他能不知道！"

我有点儿糊涂，随即恍然。"你说的是武司德？！"

她睁大眼睛，问："你以为我说的是谁？"

我失笑，笑得肚子疼。

池红一副受挫折的样子，不服气地说："是施维维说的。她说武司德把你上学时追求他的事都坦白了，还发誓严词拒绝过你。施维维怕你贼心不死，干脆把你辞了。"

这个版本我还真没想过。武司德故意歪曲我们的关系，促使施维维赶我走！明明是助学，硬说成是我追求他。那些写给他的鼓励的信，被断章取义加以利用，佐证我的痴缠。

我的笑渐渐停了。简单的手腕，深沉的心机。他想干什么？我有这么碍事吗？下一步，他要施展什么计划，容不得我的破坏？

世道险恶，人情复杂，远超我的理解。

旅居国外的董事长要回来了，公司上下为之沸腾。董事长居然是个女的，叫阮茹。经理层全体到外面迎接。她身着米色套装，头发利落地高高盘起，看上去不到五十岁，面容姣好，气质优雅，年轻时一定是个大美人。董事长到各部门视察，徐总陪同一一介绍。介绍到我时，阮茹的目光剖肝沥胆，像是要看到我骨子里去，一瞬之后，又换了柔和的表情。

我搜遍记忆，确定不认识她或者徐天骄。

吴皑皑给我普及知识：阮茹与丈夫创立了这家公司，持股56%。她的丈夫本是公司的总经理，由于身患肝病，今年由阮茹陪同他到德国就医，长时间不在国内。总经理患病休养期间，由徐总代行总经理职务。

她丈夫我更不认识，何以如此看我？

我专心做事，不作他想。

公司为推广高端定制业务，决定举办一次时装表演。在挑选舞台设计时，竞争的几家公司中赫然有于芒的公司。由于他们的公司经验较少、规模小、设计方案保守，我没有给他们及格分。下班时和池红一起走，她埋怨我不给朋友机会。我诧异她怎么知道于芒是我的同学，她说有一次我和褚元讲电话声音太大她听到了，因此对于芒的名字印象深刻。

我说："交情归交情，公事是公事。在竞争的几家公司中，他们几乎没有任何优势，没有胜出的可能。暂时的失败不算什么。他们资历尚浅，将来有的是机会。这次失败，可以为下次成功积累经验，有益于促进他们完善自我。如果通过作弊让他们拿到这个活儿，成功的概率不大，一旦失败，他们的商誉就成负的了。人要有自知之明，做力所能及的事，所谓的奋斗，其实是挑战能力的极限，说到底还是在能力范围内。"

池红问："你不怕朋友怪罪？"

我给于芒打电话，没等我开口，他先说："你别往心里去，我都没在意。"接着向我询问他们的不足，与其他公司的差距，设计方案的缺憾，等等。得友如此，我满怀感激。

萧紫芳已经大红大紫，想见她预约都约不上，倒是通过工作能见到她。时装秀拟邀请她做嘉宾。公关部的人反映打她经纪人电话总是占线，市场部参与帮忙，我私下给她打手机："得瑟的你，经纪人的电话都占线。"

"经纪人比我忙。我的手机随时恭候。"

"人在哪儿？"

"巧了，首都机场，刚落地。"

"见个面儿，别说没空儿。"

"真没空儿，都半年没回家了，跟大禹治水似的，三过家门而不入。"

"赚钱没够，什么时候花呢？"我打趣，"说正事，我们公司要办时装秀，请你当嘉宾，跟你经纪人说说，安排个空当儿，不占你私人时间，算是工作。"

过了半日，紫芳说晚上在某酒店有个聚会，她只能在聚会上见我，明日又要飞走。

不知不觉，她已成为一线明星。

糟糕，我有时间参加聚会，但没晚礼服。她派助理给我送来，依然是那件"思幽人而轸念"。我舍不得穿，妥善收好，另租了一件礼服。

满场衣香鬓影，西装革履，各怀心事，周旋不已。

萧紫芳见到我，喝彩："珍珠项链配得好。"

"老妈的。她以为我要约会，这通儿审我。"我把服装展示的时间、地点、内容等基本信息告知紫芳和经纪人，经过协商，她确实没有时间参加，对此非常抱歉。

"都快忙死了。我爸住院我人在英国，我妈过生日我在云南，连春节都没闲着，到处参加晚会。"紫芳对经纪人说，"能不能放我一周假，一周就好，我哪儿也不去，就在家老老实实待着。"

经纪人拿起手机翻看，把滑落的眼镜往上推，说："从现在开始到明年九月份，你的工作都排满了，要放假得明年九月份以后再说。"

紫芳深深叹息。

我说："饱汉子不知饿汉子饥。"

"说得对。"她打起精神，"还有好多同行闲着没事干呢。没赚着你的钱，唉。"

"是我老板的钱。咱俩下回见面能不能选个正常点儿的地方。"

"这里多正常,你看看,多少人在这聚会上把事情谈成了,多少人在这里认识新朋友,找到新机遇,别人想来都不一定能得到邀请呢。"

"谢了您哪。这里不适合我。"

"不管适不适合,既然来了,就多逛逛。有你在我身边,还能起到保护作用。"

"我没看见某种动物抢食的场面啊。"

她怒目而视,"呸,你才是狗粮呢!嘴巴怎么变得这么坏了你!"

余光扫到远处有个男子直奔我们走来,我说:"我帮你挡追求者了啊,你可别后悔。"

今天的紫芳,身着一件银色鱼鳞晚礼服,银色高跟鞋,没戴任何首饰,身段窈窕,纯洁高贵。头发挑染几抹墨绿色,同色眼影,神秘而美丽。

那人来到我们面前,礼貌地致意,说:"欢迎两位美丽的女士光临我的聚会。自我介绍一下,我是特德。"

他就是聚会的举办者,一张东方人的脸,却有着西方人的高大身材和莹白肤色,黑色的头发自然卷曲,深灰色的眼眸清澈。他是个混血儿。外国人的年龄我很少能看出来,有的看着年轻,其实已经四十开外。有的看着很老,可能只有十六七。眼前的特德看着像二十上下。

我和紫芳对视一眼,都是第一次见他,向他问好。他显然是奔着紫芳来的,目光锁定她,然后漫不经心地扫过我,倏然,他的眼睛一亮,似在辨认、判断,继而视线饶有兴趣地在我脸上生了根。似乎意识到自己的无礼,他说:"美丽的萧小姐,你的电影我十分欣赏,这位漂亮的女士是……"

"星嫣。"我静静地说。

"星小姐是演员还是模特?恕我孤陋寡闻。"

"抱歉,都不是。我本没有接到您的邀请,唐突打扰,是为了与紫芳谈些事。"

特德说:"以星小姐的素质,不进军演艺圈可惜了。既来了,都是我的贵客。希望你们喜欢这个聚会。"他欠身致意,随即离开去招呼其他客人。

紫芳"咦"了一声,说:"这家伙,居然不看我,什么眼光啊。"

"说不定是欲擒故纵呢。无论如何,这人不多做纠缠,还有些品格。咦,那是模特齐依眉,我正好有事找她。"

背后的紫芳跺脚:"还想跟你多说几句呢,急惊风似的跑了。"

模特的事全部办完。我去查看服装秀的现场布置。池红打电话给我:"星嫣,一周没见你,在忙服装秀的事?"

"是呀。我跟吴经理说过的。……那盏射灯的位置不正，调一下。"

"公司来了新的总经理，你都没见到。"

"来了多久了？算了，早晚能看见。鼓风机的风量调大点儿，那边的红毯卷边了……鼓风机有点儿吵，听不清你说话，如果没有急事，我稍后联系你。哎呀，对不起。"退步时踩了某个人的脚，我忙道歉，转头却见是特德。

我认出他，"特德先生，对不起。"

他爽朗地说："没关系。"

台上只有两三个人，我后退他应该是看得见的，难道他是故意让我踩？我正狐疑，跟上来的吴皑皑说："特德先生，这位是星嫣，她是市场部副经理。"

"新来的总经理原来是你。"我说，不怎么意外。

他哈哈笑，露出孩子气。

我向二人汇报工作，"舞台还有一个小时就全部搭好，灯光设计需要微调。"

吴皑皑夸我："星嫣是员干将。"我可不会当他是百分之百真心，虽然我值得这个评语——他是看我与特德已经认识，特德又主动搭讪，所以送我个顺水人情。

但我依然感谢，自嘲："谢谢抬爱，我是干黄酱。"

特德听不懂，吴皑皑向他解释，他大笑："嫣，我喜欢你的幽默。"

叫得太亲切，让人浑身不自在。"特德先生，请叫我的全名星嫣。我还要筹备明天的彩排走位和正式展演，失陪了。"

展演当日，特德、吴皑皑以及设计部的人员一齐到来。彩排进行到一半，一名工作人员神色慌张地找到公关部经理，两人耳语片刻，匆匆赶往后台。

吴皑皑望我一眼，我会意地跟随去后台。刚到幕后，只见两个艳妆女子怒目相视，公关部的人赔着笑脸劝解。虽然入行时间不长，我也知道她们的名头。两个知名模特唇枪舌剑，音量不高，却没有停下之意。三言两语间，我完全摸不着头脑，倒是身后几个模特在嘀咕中透露了玄机。原来她们为了一个男人争风吃醋，势同水火，今日见面，两人暗中较劲。她们压轴上场，为最后的排序心有不满。一个有意，一个存心，几句挑衅，几回接招，就这样吵了起来。

这样低级的错误，公关部本不该犯的。难道公关部有意做此安排，以图增加噱头和看点，为宣传造势？我暗中摇头。有本事，在服装展示上争个高低，搞这些乌七八糟的，白白拉低了身份。

公关部经理齐焱满头大汗，设计师在旁一筹莫展。人是公关部请来的，我没有置喙的资格。齐焱说得入情入理，结果无济于事。一个模特站起来就要走,齐焱吓得连忙拦阻。"还有四个人就轮到您了,这个时候您千万不能走,好歹把今天这场表演完成,有什么事都等完事再说,好不好?"

"等完事还有什么可说的!齐焱,今天我也不难为你,有她没我,有我没她,留谁您瞧着办。"

另一个说:"齐经理,我就等你一句话了。"

齐焱告饶:"两位美女,两位姑奶奶,给我点儿面子。今天是我们安排不当,改天我给二位上门赔罪。"

"你的面子?齐经理,不是我驳你,也不是我跟你作对,但今天我非走不可。"那女子抄起手包就走。

齐焱有些恼了,"米娜小姐,别忘了你是专业的模特,该有最起码的职业道德。"

我抱着手臂冷眼旁观,身后是化妆间,米娜正向我的方向走来,显然要脱衣服走人。我迎上去,说:"您好,我是楚水三千公司市场部的星嫣。"

米娜眼中闪过一丝愠怒,很快便克制住了,黑着脸说:"别拦我。"绕过我往外走。她穿着十厘米的高跟鞋,我轻轻松松地跟上了她,不疾不徐地说:"齐经理都留不住您,我更没有这个能力。我是您的粉丝,好不容易见到您,只想说一句,我特别佩服您。中国年轻漂亮、身材好、肯吃苦的人多了,但偏偏您成功了。这是本事,也是机缘。"

她的脚步慢下来。

"我们知道,您的家庭里没有人从事相关行业,因此就显得更加不容易。还有几位模特我也很喜欢,可惜他们都有点儿老了,现在说起他们,好多小孩都不知道。模特这个行业的黄金时期挺奇怪的,要么特别年轻,要么特别老,似乎没有中间区域的,这是为什么呢?"

米娜瞪着我。我真诚地说:"我入行浅,有些事想不明白,您别见怪。也不知是我现在变傻了,还是环境变复杂了,我老觉得很多事情看不清楚。拿炒股来说,要是能看清楚哪只稳赚就好了,拿不准的时候,就把投资都放在最靠谱的上面,谁忽悠都别信。虽说高风险高回报,但不必赌上辛苦赚来的一切,要不真输了,拿什么翻身?说来说去,本钱在自己身上最可靠,寄托在他人身上,得来的往往是失望。"

她听着。

"我人微言轻,我们总经理在座,您不给齐经理面子,多多少少给我们总经理一点儿面子,好吗?这套礼服十分华美,没有高贵气质的人难以驾驭,您走了,我们到哪儿再去找这么合适的人呢?"

米娜嘴角扯了扯,说:"我可不是耍大牌,是你们的安排有问题。"语气缓和了许多。

"我们会自省。"

"好在你够诚恳，"她对助理说，"回去。"

余下的事情都很顺利。

齐焱尽足礼数，对米娜的脸色却一直不好看。我悄悄扯扯他，说："你还真生气啊，不值当的。"

"她们太嚣张，目中无人。"

"这个米娜还是挺克制的呢，人也聪明。别生气啦。"

他换口气，说："多谢你。"

"分内之事，这场秀是公司的大事，你别嫌我多事就好。"

二十五、惹了新老板

忙完服装秀，回到公司，我接到通知，公司撤了我市场部副主管的职务，职位待定。

池红找到我，说："老板刚来，你就得罪他，真是闪电的速度啊。"

我不吭声，猜测可能是因为郑重地要求他叫我全名而招致惩罚。

池红问："你怎么一点儿不着急啊？不去问问原因吗？"

我说："问自然是要问，现在处理结果尚不明朗，还不到问的时候。"

到了下午，又接到一条通知，我被任命为总经理特别行政助理！我在形形色色的眼光中敲开特德办公室的门，他好像正等着我，却说："我好像还没通知你来报到。"

我平静地说："那就好，我没打算以特别行政助理的身份来报到。请问总经理，为什么撤掉我在市场部的职务？"

"你不是学市场营销专业的。"

"如果您看重的是学历，请将我调往财务部。"

"你在财务部会被埋没，再说，张雪容不下你。"他知道得还挺详细。

"请问，我在市场部的工作是否失职？"

"正相反，你做得很好。"

"那么请让我继续留在市场部。"

他慢悠悠地说："经理层会议已做出决议，不能更改。"

"我有选择职位的权利，请公司考虑。"

他扬起眉毛，"星嫣，你要拒绝执行公司的决定？"

"我不理解公司的决定,又没有得到合理的解释。"

"你不执行公司的决定,能否给我合理的解释?"

"我喜欢市场部的工作。而且,我刚进入公司不到两个月,进入财务部是专业使然,调任市场部是机遇使然,做您的助理又是因为什么?"

"做我的助理能更好地发挥你的能力。这是升职,不是降职,你为什么这么抵触?"

"端茶倒水、行程提醒,这些不是我的强项,我拒绝这次职位调整。"

他问:"是所有的中国员工都像你这样不服管束吗?"

"希望只有我一个。所以,您可选择的范围还是很大的。"

"好得很。我想选个有主见的助理。既然你不知道还有谁是,那就是你好了。"

我问:"特德先生,让我做助理您没有任何私心吗?"

他惊讶了,目光研究着我,说:"星嫣,这样质问你的总经理,不好吧?"

"特德先生,我对您说话很礼貌,谈不上质问。我只是坦诚表达自己的想法。如果我的直率让您不舒服,您更应该重新考虑助理一事。以上是我个人的意见,请经理层考虑。告辞。"

他置若罔闻,指着办公室外面的一个工位,说:"明天你来报到,坐在那里。"

我看了看,说:"很便利的位置,一眼就能看见。谢谢,我不能接受您的提拔。或许您认为我既不适合市场部,也不适合财务部,但这个位置,我自认为更不适合我。再见。"

他不慌不忙地点点头,仿佛我刚才没有拒绝而是答应了他。

回到座位,几个同事围过来问:"星嫣,要收拾什么东西,我们帮你。"

"谢谢,不用,我不搬。"

他们颇感奇怪地看着我。我关闭了调职通知的页面,继续工作。

下班等电梯时,池红拉着我,我知道她有一肚子话要说。出了公司,左右看看没有同事,她说:"恭喜啊,原来你高升了。"

"如果我高升,一定先告诉你。"

她愣了,"可是那个通知……"

"明天见。"我挥手,走进地铁站。

次日,要帮我收拾物品的人换成吴皑皑。

"我已经向总经理说明要留在市场部。"

吴皑皑的笑容僵住,尴尬地说:"帮你搬东西是今天早上总经理亲自下达的命令,我不敢不从。我先帮你收拾着,有意见你可以直接找他,反正你们认识嘛。"

最怕这种扯不清的误会。

我立刻去找徐副总,他主管人事部门,不知为什么我隐隐觉得他会帮我。我向徐天骄表达了留在市场部的意愿,他让我回去等消息。虽然没明说,我感觉到他不赞同我调职的事。

我心里踏实下来,埋头干活。

紫芳发来短信:你让我查的特德有消息了。他出生在国外,这是第一次来中国。为人还算正派,有几个亲密女友,没有特别坏的风评。他要你当助理,或许真是看重你的能力。

我直觉特德的目的没这么单纯。

周围的目光变得奇怪起来。特德和秘书许小姐走了进来。

我和同事们都起身,说:"总经理好。"

许秘书说:"星助理,你怎么还坐在这里?"

"我的能力不能胜任助理一职,我想留在市场部。"认怂也是一种办法,既尊重对方,给了他足够的面子,又能委婉地表达意愿。

数十双眼睛望着这方。特德开口了:"星小姐过谦了。"

"我有自知之明。"当众清楚地表明态度,特德也不好执意而行,对我点个头,回身交代秘书召集会议,匆匆忙忙地走了。调职通知当天撤销。有些人在背后议论我不识抬举,还有的坐等好戏上场。

同事们三三两两在聊天,话题无非某商场打折、圣诞节的安排、希望年底有大红包,等等。这种话题我从不参与。

池红悄悄问我:"你和总经理怎么回事?"

"消息还挺灵通。"

"是你太迟钝,从昨天开始,公司里全是你和总经理的传言。"

"我上周偶然见了他第一面,交谈不到一分钟,第二次见面是在彩排时,你说我跟他能有什么事?"

她疑惑地望着我,想从我的表情中挖掘更多线索。我坦坦荡荡,由着她看。她看不出端倪,颇为失望。"嫣,你和以前不一样了。要是以前,你早就脸红了,担心别人说三道四,现在脸色一点儿没变,有点儿……有点儿……"

我接口:"死猪不怕开水烫的劲儿。"

她捧腹,"你冷着脸说笑话能笑死人。"

我要把礼服还给紫芳,她说:"那件啊,你留着吧。你穿比我穿更合适。"

偶然遇见张林。

张林问:"你和褚元分手了?"

"是的，已经半年了。"

他叹息："你是个好女孩，他……唉，他有时候爱钻牛角尖儿。"

"谢谢。"分手后还能得到他朋友的认可，着实令人欣慰。

"我们都替他可惜，他错过了你。"

看着他难过的样子，我想说没什么好可惜的，又觉得不妥，似乎应该表示一下惋惜，可我真的没有惋惜的感觉。

张林说："褚元……有新的女朋友了。"

还挺快！

他忐忑地望着我。我不悲不喜不惊不怒，心头没有一丝微澜。

他松了口气。连我都惊讶于自己的淡定。

我平静地说："都过去了。从相识、相知到分开，对他，我没有遗憾。分手前后，我曾反复地想，如果采取不同的方式，或者我换一种态度，是否就能避免争执，避免走到分手这一步。想来想去，我都觉得已经尽了全力，没有什么还能做的。他也尽了全力。我们可能真的不适合。"

"你不好奇他新的女朋友是谁？"

这让我真的有点儿惊讶了，难道我认识？

"是他的前女友，在你之前的那个女朋友。"

"哦。"其实我还一直担心，以褚元猜忌的性格，再找一个女朋友恐怕也难以长久。与前女友复合反倒好。或许只有分开后依然单身，才能让他相信对方真的没有三心二意。

他看我再没有其他反应，便换了话题。

吴皑皑带着我到其他公司谈业务扩展。对方的一个副经理长得眉清目秀，态度十分和善。因为与我座位紧邻，古龙水味道幽幽飘来，很好闻。他在开会过程中垂下手，碰到我的腿，我向旁边挪了挪，他歉然地笑笑。我点下头，并未在意。过了一会儿，他低声向我询问产品问题，身体向我这侧倾斜，我顿时警觉，面容郑重，依然保有礼貌地回答他的问题，同时又向后挪了挪。他第三次向我靠拢，手搭在我的腿上，我啪的一下把笔拍在桌上，怒视他。与会的人全都一惊，那人却装作若无其事。

我强压着怒气，拿起东西直接走出会议室。早听闻办公室性骚扰很严重，没想到今朝碰上。在楼下吹着风，想到他身边的女职员，不禁心生同情。忽闻身后有人轻笑，回眸看见特德好整以暇地靠在门边。看来他已知道发生的情况。

"你的员工被人骚扰，你还笑。"

他邪邪地笑："这说明我们公司的员工有魅力。"

"我丝毫不感到荣幸。"

"或许你应该改一改脾气。"

"我已经改了。要是不忍着,我早就一耳刮子扇过去了。"

"动粗可不是淑女该有的风范。"

"忍气吞声也不是。"

他斜睨我。

"今天的谈判估计被我搅黄了。"

"说的也是。怎么事情一碰到你就出现意外的情况?你们中国人管这个叫什么——扫把星。"

"你要辞退我吗?"

他说:"我得想想。走吧。"他一挥手,仿佛我就该跟着过去。

我说:"吴经理还在上面。"

"他不是有车吗?他自己会回去。你坐我的车。"

"您回公司?"

"不回。"

"那我们去哪儿?"

"跟我走就行了。"

我站着不动。

吴皑皑走出大楼,气急败坏奔向我,刚要发火,看见了特德,顿时收敛怒火。

"谈崩了?"我问。

他黑着脸点头。

我看向特德。特德故意皱着眉头,说:"损失很大一笔市场份额啊。星嫣,以你的脾气不适合在市场部。"

"更不适合当人助理。"

特德哈哈笑。吴皑皑看看我们。既然老板都不着急,他也不再追究。

同事说:"你搞砸的那笔合同,吴经理都奔波半年了,被你一摔笔,弄得没有半点儿回旋余地。老板却一点儿都没有责怪你。这要是搁别人身上,早炒了。"

特德的反应确实奇怪。越是这样,我越觉得蹊跷,越加戒备,同时暗中弥补过错,寻找挽回的办法。发现无法挽回后,为了把失去的市场份额拿回来,我连续加班数日,制订了多项业务拓展计划,呈报给吴皑皑,得到他的同意后,上报经理会讨论。我不想欠人人情。

我和事务所的人还保持着联系,偶尔出来聚聚。池红觉得张雪刻薄,问:

"我要是能调到别的部门就好了。哎,你会帮我去跟特德求情吗?"

"不可能。"

她推我一把,说:"铁石心肠。敢情你在这里有人关照,如鱼得水,不管别人死活。"

小利告诉我,施维维的爸爸要施维维与武司德分手,武司德另起炉灶,自己开了一家会计师事务所。我隐隐猜到原因,估计施维维和武司德都很恨我。我十分无奈,其实我是为他好。

临近周末,吴皑皑拍拍手,宣布:"总经理邀请大家周六到他家聚会。"办公室一阵欢呼,随即是热闹的讨论。

特德上周刚参加过酒店聚会呀,这人是个聚会动物啊。

我走上前,刚要请假,吴皑皑已了解地说:"我知道,你去不了,你每个周末都有事嘛。"同事邀约的酒吧、歌厅、饭局我一般都不参加,尤其周末,我有特别的安排,时间久了,大家都了解我。吴皑皑说:"但是我不好替你请假。这是私人邀请,建议你亲自跟他说。"

电话刚接通,特德便说:"你是否改变主意?我的助理位置还空着。"

他还惦记这事啊,像个小孩。

我语气和缓地说:"不是,让您失望了。我周末有事,不能去参加聚会,感谢您的邀请。"

他说:"星嫣,你是故意和我作对吗?"

"我真的有事。"

"好吧。"他挂断电话。

公司里的人都在聊特德的大别墅、私人泳池、豪华轿车。

快下班时,特德来到市场部,边走边接手机:"阮总……今晚没空,我有约了。"他走到我办公桌前说:"晚上跟我出去。"所有人齐刷刷地看着我。

特德是潇洒不羁还是故意引人误会,我无从得知,但事到如今,就算要当众冒犯他总经理的威严,我也必须表明态度了。

我不卑不亢地问:"公事还是私事?如果是公事,我需要请示吴经理。如果是私事,不好意思,我没时间。"

他扔下那句话就想走,被我的话硬生生叫停了,看着吴皑皑。吴皑皑早已从办公室走出来,见状连忙打圆场,说:"星嫣一向公私分明。"又对我说,"是公事。"

我领情,但是又明知他说谎,故作认真地问:"对方是谁,需要什么资料,涉及什么业务,告诉我,我现在就做准备。"

吴皑皑语塞。

特德耸耸肩，自行化解了尴尬，说："你上周报送的业务拓展计划我已经批准了。你不是打算约见杂志社做专门报道吗，晚上要见杂志社的人。"

吴皑皑露出一丝狐疑，继而用力点头，说："这是我们市场部的事，我和星嫣一同去。"

我无语。

走出写字楼，车已在路边等。吴皑皑示意我上车，我坐上去，他却走向另一辆车。我以为坐错了车，正要开门下去，司机已按下中控锁。我冷着脸抱着手臂坐下，盯着驾驶位。司机转过头来，正是特德。"我不是杀人狂魔，你可以放心。"

"但也绝对不是君子。"

"什么是君子？我的中文不好。"

我淡淡地说："你不会懂的。"

他笑嘻嘻："星嫣，你这人实在不可爱。"

"有人早就说过了。"

"讨好老板对你来说很难吗？"

"那要看付出什么。除工作以外，我不打算另作付出。"

"助理也是工作啊。"

我疑惑："周围比我漂亮、比我能干的有的是，为什么非要选我？"

"好奇。你和我印象中不一样。"

我有些惊讶："你见过我，在那次酒店聚会之前？"

"是。"

"在哪儿？如果见过，我应该记得，至少应该眼熟，可我对你一点儿印象都没有。"

"欧洲。"

我无声地哼一声，早料到他是胡诌的。我从未出国。这种搭讪女孩儿的本领太老套了。

池红发来短信：听说你又惹老板了？

我回复：他惹我了！

池红：你们俩怎么跟小两口闹别扭似的。

我：什么嘴里吐不出什么！

车停在一家饭店门口。下车前，我戴上一副很大的黑框平光眼镜，遮住一半的脸，又把头发盘得老气横秋，从镜子里打量自己，满意了才下车。特德好奇地看着我倒腾。饭桌上，我只喝饮料，坚决不饮酒。因为容貌平凡无奇，对方也不强求。这是一次不涉及业务、为了拉近关系的感情交流，特德与对方谈得十分热络，吴皑皑都很少能插上话，其实完全用不着我。直到说到即将上架的春装时，特德介绍说："这是市场部的经理吴皑皑，副经理星媽。星小姐参与了新款春装的设计工作，其中几款衣服的创意名字都出自她的建议。"

我摆手，说："总经理过奖了。我只是给起了个名儿，跟设计不沾边儿。"

对方认真地说："别小看起名，好的名字对销量能起到很大的促进作用呢。"

饭后，众人约定去KTV唱歌。我盘算着要请假先走，却见已有几个人坐在歌房内，其中有萧紫芳。特德嘴角勾起一抹戏谑的笑容，说："萧，你的朋友不仅没你漂亮，胆子似乎也很小，连唱歌也不敢。"我低头，随他怎么说。

紫芳说："媽既然有事就让她去忙吧。"

特德说："看来今晚你喝醉又得是我送你回家了。"

紫芳一笑，说："未必轮到你。"

我问："不是来这儿唱歌吗，怎么还能喝醉？"

他们都笑了。紫芳挽着我的胳膊，说："一起来吧。"

我深深看她，"我只当你的跟班，别把我算作其中的人。"

她说："好啦好啦。"把我推进门。

特德订的是最豪华的包间，客人有米娜等几个模特，还有知名歌手。好在人多喧闹，我与众人适度寒暄后就溜边儿待着，完全不惹眼。他们喝酒，我喝饮料。

即使在众多美貌女子中，紫芳依然是耀眼的。她端着酒杯靠近我，悄悄说："和时尚编辑多聊聊，搞好关系，对你在市场部的发展有好处。"我知道她是为我好，硬着头皮上前去套近乎。

米娜对特德说："你的眼光不错，星小姐是个非常有能力的人。"

特德说："我想聘请她做特别助理，可惜她不肯。"

紫芳搭腔："特别助理是什么职务，比市场部副主管好？你要真是珍惜人才，就给她个副总经理，别总拿一些小职位吊人胃口。"

特德大手一挥，说："好呀。"他拿起红酒瓶，倒了杯红酒递向我，说，"喝了这杯酒，你就是副总经理。"米娜起哄地鼓掌。紫芳笑容可掬，说："特德，君子一言，驷马难追，你说话可要兑现啊。"

"当然！"三双眼睛都盯着我，一双挑衅，一双鼓励，一双兴奋。

"谢谢总经理器重，我不喝酒。"

特德摊开双手看看两位美女。

米娜说："多好的机会呀，星媽，要及时把握。"

紫芳用胳膊肘捅我。

"别的或许可以，喝酒真的不行。我喝不了酒。"

特德靠在沙发上，耸耸肩说："她总是不合作，专和我作对。"

紫芳拽我的衣角。我缓缓摇头。

紫芳把我拉到一边，低声说："喝半杯酒就能从部门副经理跃到副总经理，你傻啊，多划算啊。"

"我不喝酒。再说，这不是凭真本事。"

"特德都当众夸了你的能力了，这就是真本事。你呀，别跟自己较劲。"

"还是不行。"

紫芳着急："你怎么变成榆木脑袋了！抛开升职不说，你的上司要你喝酒，你不喝肯定得罪他。米娜在场，特德是个男人，脸上怎么挂得住？你以后在公司别想有好日子了。"

"如果我喝醉了，遇见他，该怎么办？"

紫芳一怔，当然明白我说的是谁，怔怔地说："你明知道不可能……"

我固执地说："可能的。"

她望着我不言语。

我哀求："你也别多喝，我怕认不出他，你帮我看着点儿。"

她含糊地点头，忽然转过脸，眼圈有点儿红。

"你怎么了？"我忽然害怕，难道他出事了？

她咯咯地笑，笑得停不下来，笑得弯了腰。"星嫣，你真傻，太傻了！哎呀，笑死我了，我眼泪都出来了。"她抹干眼泪，回到桌旁，说："她喝不了酒，她的酒我替她喝！"一仰脖，喝光一杯酒，喝得又急又猛。

我心疼地走过去，扶着她。她笑嘻嘻，甩开我说："没事，我酒量好着呢。"

特德冷眼看着我俩，说："替喝的不算。"

连旁观的米娜的表情都僵硬了。紫芳的笑容却更盛，机敏地又倒一杯酒，说："替喝一杯当然不算。替喝三杯如何？"

我紧紧握着她的胳膊阻止她，语气尽量轻描淡写，说："紫芳，别闹。特德先生是开玩笑呢，公司不可能提拔我这样一个新人做副总经理，你喝多少都没用。特德先生知道我不喝酒，之前公司应酬的时候他见过。"

米娜刚要帮我打圆场，特德说："替喝三杯可以。"一副悠闲地看戏的表情。

紫芳骑虎难下，不喝都不行了。我暗怒，抢过紫芳的杯子，说："紫芳，我看出来了，你比我更适合当副总经理。我不能让你抢了我的风头。虽然你是我的朋友，但你和我老板这样亲近，我可不放心啊。去去去，你离我老板远点儿。"紫芳假意不干，我硬拉着她到房间的另一头。

她低声说:"特德够阴的。"

我同样低声:"他耍咱们呢,甭夸他。"

"他对你相当容忍。"

这正是症结所在。我不懂为什么。

公司各部门全面停休。我们陷入疯狂加班中,每天都有忙不完的事。明年的春装款式明明已经确定,现在却要挑选设计图,选择备用方案。不仅如此,连广告策划、原料采购都已做了计划,却又不真正实施。对此,公司没有给出任何解释。同事们私下议论,认为这是特德对我的惩罚,全公司的职员都受到连累。我观望着,为了和一个小职员较劲,给那么多人付加班费,可能吗?

加班有加班费,所以众人没有怨言,但依然有冷嘲热讽投射到我身上。一日,我与设计部的人讨论用流水线条解决胸腰结构,同事说:"算了,讨论个什么劲儿啊,都听你的不就完了。"

我温和地说:"我只是提个建议,最终还要听设计师的。你看,胸省这样做……"

他打断我:"不用再说了,设计师听总经理的,总经理听你的,一样。"

我沉下脸。设计总监拉了他一把,对我说:"你的建议我们考虑考虑。"

每天都披星戴月,琴若提醒我注意安全。说实话,我想象过可能出现的各种危险,一点儿都不怕。神思总像游离在身体之外。身魂离别之人,何惧之有?

忙得手脚朝天,还有人跑到徐天骄处告我的状,说我勾引总经理,作风上有问题,私生活神秘诡异。徐天骄把我叫去,把那封匿名电子邮件打出来给我看,我瞥一眼,放下了,没做亏心事,泰然自若。徐天骄说:"你知道就行了,回去工作吧。"

离去前,我说:"有些工作需要钩心斗角,有些则不然。我只想好好上班,乱七八糟的事,我应付不来。"

他说:"我明白。"

在公司楼道碰到特德。他问我:"没事吧?"

我说:"没事。"

二十六、思念比夜长

万万没想到,因为工作关系再次与褚元相见。他所在的公司承接了我们公司的广告制作。我负责给他们介绍产品特性和设计理念。

公事谈完，吴皑皑与我将对方送至电梯间。我和褚元走在最后。他说："你换了工作，还以为你念旧，非到万不得已不改变生活。在事务所干得不顺心吗？"

我平和地说："人总会变。"

我的确是不得已才换工作。不过不必向他解释，更不用申辩我依然是念旧的人，以免引起不必要的麻烦。

就让他这样以为吧，绝了多余的念想。我很愿意和他做个普通至极的朋友。

他眼中的探究被我一语击毙。少了探究，他变得淡漠。

原来他也只想和我保持普通得不能再普通的关系。

这样多好。

靠时间累积起来的感情，用时间能冲淡。

靠心动引起的爱恋，司空见惯心就不再轻易悸动。

像琴若对贺骁腾那种爱，用生命认可对方，一颗心从十几岁就联结于他，非生命终结不能解。

又如我和紫芳，几乎一辈子都在一起，渐渐生成一条根，怎么分？

不能想谭辛强！不能想，不能想，不能想！

不能想。

他，无解。

再过几天就是圣诞节。加班终于停止了。为了犒劳大家前一段时间的辛勤努力，公司组织全体员工去温泉酒店。

将离去时，在酒店大厅意外地碰到艾拉。

我假装不经意地问："你还在天姿兰得？"

"是的。我现在是人力资源部的经理。"

"恭喜你。谭辛强回来了吗？"

艾拉有些惊奇地看着我，说："谭总走了。"

"是，他三月份走的。"我连忙说，想证明我知道他的情况，还是他的朋友。

"谭总把名下股份都转给玄璇小姐，他不回来了。"

脸因为失去血液而微微刺痛，此刻我的脸色一定苍白如纸。

她觑着我的表情，轻轻地说："他和公司已经没有任何关系。"

这么干净利落，这么绝！

同伴们在招呼我，我向艾拉告别，登上离去的大巴车。

车载音响在播放歌曲。一句歌词突然撞进我耳朵。

——你的眼怎会看见我心碎……

我握紧双手，指甲掐进肉里，心痛得直冒冷汗，扭头望向车窗外。夜色沉沉。

我的眼睛早长到天上去了。除了爱情，什么都看不见，除了自私，什么都不剩，只顾自己幸福甜蜜，哪管他人喜悲！

——全世界，谁会在乎我心碎，难道你没有一丝感觉？

我的眼泪纷坠，情绪已崩溃。池红推我，小声问："怎么了？"我摇摇头，用手挡住脸，拼命忍住，不发出一点声音，眼泪却难以抑制，肆意横流。很多同事都在看这边，我已管不了许多。

没人知道我的痛苦，我也没脸说。

谭辛强的感受，我真的不知道吗？我只是不去想，不想就可以假装不知道，不知道就可以不理会。我自欺欺人地以为做得没错，一切尽在掌握中，爱情、友情很平衡。在我匆匆挂断他的电话时，在我头也不回离去时，在我刻意疏远时，他是什么感觉？定是悲哀、愤怒、无奈的吧。

背叛原来是我的专长，冷酷是如此得心应手，一边说着你是我最重要的朋友，一边将绝情使将出来，出其不意，他毫无招架之力，亦无辩驳的可能。

举目无亲的他，孤单无依的他，伤了心，能向谁说？以我为友的他，善良宽容的他，纵有其他朋友，也绝不会对人说我的不是。把所有苦痛都闷在心里，一个人默默承受，一如当年那场巨变，他再未提起。

思念比夜长。

熬过夜，熬过黎明和黄昏，熬过暮色又是夜，你在哪里？

同事传言之前的加班是因为几份春装设计图的著作权出了问题。似乎有个公司认为我们的设计侵权，要求赔偿并停止侵权行为。这些事都是法律顾问和设计部在处理，其他部门静等消息。过了两天，侵权的传闻坐实了，这一天，对方公司的代表到我们公司来交涉。远远地看见他们，我睁大眼睛，那走在最前面的不是玄璇吗？！

会议只有部分高层能够参加。其余同事们或悄悄议论，或密切关注，各怀心思。相信没有一个人的感受与我此时相同。

我徘徊在停车场，等着玄璇带领一行人走出来。确定周围没有我们公司的人，我上去与她打招呼。她见到我很惊讶，以为是偶遇。我表明身份，目前在楚水三千任职。她很复杂地看我一眼。我提议一起坐坐，她欣然同意。

"没想到我们成了同行。"玄璇用小勺搅动咖啡。

"你比以前显得更干练，更像上班族了。"

"你也是。你……好像和以前不一样了。"

我说："责任在肩，必须成长。"

玄璇望着我，说："你找我，不会是为了要我放弃起诉吧？"

"我只是一个小职员，公司的事情还轮不到我管。"

她讶异："你是这几套服装的设计师啊。抱歉，我是刚刚在会议上听了你们公司的人介绍才知道的。我没想到这件事会牵扯到你。"

我比她还惊讶，"我？我根本不懂设计！一定是哪儿搞错了。"

"或许吧。"她说，"如果不是为了春装，你特意等我，有事吗？"

"说起来，还是为了春装的事。我身在市场部，很容易就找到了你所谓的被侵权的设计。那时我还不知道它是你们公司的产品，很显然，你们并没有上架计划，也没有投产。我对比了一下两份图样，相似度确实很高，但还是有差别的。如果量化成相似度的话，大概百分之六十。"

她说："你的资料搜集得还不错。"

我继续说："服装有其流行元素。按照当季的流行元素制作服装，款式相似是很常见的。一款设计大受好评，紧接着就有跟风的产品。如果据此认为对方侵权，证据是否不足呢？这只是我个人的一点儿想法，班门弄斧，说错了你别笑我。"

"你说的情况确实存在。如果是便宜的流行货，我懒得计较。但是高仿出现在高端定制上，我就不能不问。"

"我们这款并不是……你们做的是高端定制？"

玄璇说："不错。正因如此，我们没有上架计划，也没有量产。高端定制，顾客要的就是独一无二的品质和设计。模仿者的出现使高端定制失去了原有意义，变成了庸俗的产品。对我公司来说，这是不能容忍的。"

我沉思着说："你是否考虑过这样的可能……两个设计师的想法不谋而合？"

"若果真如此，设计师的能力将受到质疑，他不再具有独到的灵感，他的价值也就相对降低了。"

我叹息："我特别不想看到我们公司和你们打官司。"

她说："事情已无可避免。"

"但愿早日化解误会。"

"误会？"玄璇讥诮地笑笑，不再延续这个话题。

我之所以要与玄璇聊，是想从侧面打听起诉的事谭辛强知道吗，他是否参与，公司的事务他是否还管，他究竟有没有可能回来。我想知道他的消息，哪怕只有一点点。但我们都在避免谈及他。

琴若和贺骁腾拉着我逛街，我不想当电灯泡，于是又叫了紫芳。逛得累了，紫芳和琴若去上洗手间。贺骁腾扯扯我，顺着他的目光，我看见褚元挽着新女友。贺骁腾看我一眼，比我还紧张。我淡然。褚元迟疑一下，大方地与我们打招呼。他叫我星琴若。是呀，贺骁腾身边应该是琴若。我们不拆穿。

褚元说："前几天我碰见星嫣，她变化挺大。年轻的女孩果然善变。"

我微笑着说："她对善变的人善变。"

褚元一怔，说："她应该学学你的伶牙俐齿，工作中用得着。"

点头致意，我们各走各路。

等他走远，贺骁腾说："你气质上真像是琴若。"

我说："那还不好。"

"我不喜欢，还是你原来的样子好。"

"你不是喜欢琴若吗，我变成她怎么不好？"

"有一个琴若就够了，星嫣还是星嫣的好。"

乔其洛宣布明年六月份要结婚。我们都为他庆贺。热热闹闹聚餐之后，男同学们就着小菜喝着啤酒聊着天，女生则聚在阳台上。我和紫芳躺在羊毛地垫上，暖暖和和的，琴若捧着热茶盘腿坐着。我们三个很久没有这样亲密谈天了。

聊到偶遇褚元，琴若佩服我心静如水。其实我只是忘了，忘了对褚元的感情是什么滋味。或者说，我记得事情，却丢了感受。忆起往事，我所有的反应都来自理性，感动于褚元的深情，气愤于他的猜忌，这些都由理智思考得出，感性的认知我已淡忘，需要重逢时才能激活。而重逢时我们已分手，感性就固定在普通的交往。对谭辛强也是如此。我的崇拜、感激和愧疚，都是从往事的思考中得来的。因为缺少与他本人的接触，所谓的亲近、熟稔就变成了记忆中的景色，没有感性的共鸣。

"你把我们也忘了吗？"

"嗯。不过住院的时候你们总来，所以很快又找到原来的感觉。"

说到新年愿望，琴若许愿要在新的一年事业更上一层楼。

"有强烈事业心的该是紫芳吧，你倒抢先了。"我说。

紫芳羡慕地说："只有感情生活稳定的人才能一门心思忙事业。像我，新年愿望是我喜欢的人也喜欢我。嫣，你呢？"

"我的愿望是紫芳喜欢的人也喜欢她，两个人快乐幸福。"

她们都惊讶："还以为你的愿望肯定离不开谭辛强呢。"

我说："确实没离开他呀。"

紫芳脸红了，骂我没正形。琴若笑着推我说："原来你不傻啊。"

我捶她，"咱俩是双胞胎好吗？说我傻不就是说你自己傻。"

紫芳说："说说你对自己的愿望。"

我说："愿早日遇见让我痴狂的那个人，和他不受打扰地幸福终老。"

"不受打扰？"

"嗯。希望我们的爱情没有波折，顺顺利利。没有人爱他，除了我；没有人爱我，除了他。如果有一个深爱我而我不爱的人为我牺牲许多，不能报以深情，我将一生愧疚。就算我能和所爱之人在一起，还是觉得对不起那个人，幸福也显得不圆满。"

琴若说："优柔寡断！"

紫芳惊诧于我一直没再联系谭辛强。

我不敢。我纵然天不怕地不怕了，还是有一样怕的——如果他还责怪我怎么办？我根本没做什么值得他原谅的事。

我只敢以游客身份看他的微博。

他最新的微博是：千江有水千江月。

他在漂泊吗？纵览山水的感觉。

池红说我变了，从里到外都透着硬。

"变坚强了吧？"

"是冷硬。你发现了吗，你很少笑，说话办事都很坚决，我都有点儿怕你。"

或许吧。保护我的人走了，我只能变强。

乔其洛与赵抒布置新房，搬家那天，大家都去帮忙。我又是最后一个到达"根据地"的，歉然说："俗务缠身，抱歉得很。"于芒说："有我们呢，你站旁边看着就行，待会儿一起吃饭啊。"我在旁边擦家具扫地，贺骁腾不让我干，说："好不容易长回来点儿肉，要是再累瘦了，琴若得跟我玩儿命。"

搬家公司的人一趟一趟忙碌着。我依依不舍，说："你是我们的核心，是大哥。你走了，主心骨儿就没了。"

乔其洛说："不，你才是这个圈子的核心。没有你，大家聚不起来。你不在，琴若和小贺可以到外面约会，小贺的话不会像现在这么多，紫芳根本就不登门，我和于芒两个大老爷们儿，只剩下侃大山和看球了。"

"我吗？"

乔其洛说："对。所以，你以后要常来，我们也常回来，还像以前一样。"

我用力点头，脑海中却回响着谭辛强的话"我们再也回不到从前"。

乔其洛看透我，说："他肯定回来。"

我苦笑。

他说:"风筝飞得再高,线在这儿,早晚得回来。"
我苦涩地说:"线早被我剪断了。"
乔其洛慢条斯理地说:"风筝线是他给的,你怎么可能剪得断呢?"

二十七、与天姿兰得为敌

春装上架的策划是我做的。吴皑皑要求修正其中一些细节,主体内容不变。侵权问题似乎丝毫没有产生影响。

同事私下议论:"特德真厉害,公司都快被告了还敢继续推行原计划。"

"不然呢?成衣已经备好,该产生的成本都产生了,广告做了,宣传费花了,现在就等着销售收入入账,这个时候叫停,亏到姥姥家了。"

"那个玄璇也真狠,咱们的广告早就打出去了,他们公司肯定早就知道。她一直等,按兵不动,直等到咱们把所有该投入的都投入完,损失到最大的时候才提出侵权问题。"

"特德可不是省油的灯。他已经找了法律顾问,反过来告对方剽窃设计。"

"各说各的理,互不相让,这场官司有的打了。"

我心情沉重,不愿见楚水三千与和谭辛强有关的任何事或人对立,就算天姿兰得与谭辛强没有一点儿关系了,我也不愿意。

特德叫我去见他,轻快地问:"你认识玄璇?"

"认识。"

"有人说你串通她来告公司。"

我望着他,"你信吗?"

他将一个纸团随手抛出,纸团在空中划过弧线,准确地落在垃圾桶里。"剽窃不是什么好词。我想,你不至于串通别人告自己剽窃他人设计吧。"

"我没有设计那些衣服,也不知道设计师是谁。我希望公司方面替我澄清。"

他懒洋洋地说:"要是放在以前,公司可以替你澄清。但既然有了流言说你背叛公司,我觉得,这种时刻还是不要多事的好,否则,你更加解释不清。"

"我不怕流言。清者自清。"

他没听懂成语,但明白我的意思。

"看我心情吧。"他说,仰靠在椅子上玩钢笔。

我低头。实在看不惯他这吊儿郎当的样儿。

"既然你认识玄璇,以后对付他们公司,你参加。"

"我拒绝。"

"拒绝无效。"

"我不是学法律的。"

"跟学什么无关。"

我冷哼:"那对方必胜。"

特德不怒反笑,说:"褚元是因为受不了你的臭脾气才分手吧?"

我波澜不惊,说:"原来外国人也八卦。"

"星嫣,你是否非要顶撞我才开心?"他怒了。

"有个词叫'贱招',老板你听过吗?遇到这种人,我实在忍不住。您为什么还不辞退我?"

他气得拍桌子叫:"真不明白,他到底喜欢你哪一点?"

我心骤沉,说:"这句话早有人问过。吴经理要我十点钟随他去开会。告辞。"

刚走出特德的办公室,接到玄璇电话:"特德是个无赖!"她说,"双方还处在交涉阶段,只要他停止侵权,我们可以不追究其他责任。但他竟然抢先提起诉讼,还利用多家时尚杂志造势!我们已经计划就其他款式服装设计图起诉你们公司。你是设计师之一,到时候免不了要卷在内,我先通知你一声。"

我叹息:"谢谢。该起诉就起诉吧,我不是设计师,这一点我会找机会说明,不用顾忌我。但是,如果有可能的话,我还是希望能够解除误会。"

"误会?"玄璇怪叫起来,"你是迟钝还是故意歪曲事实?你真的没看出来吗,这是谭一直想做的悲伤系列啊!"

"你们的衣服是他设计的?"我失惊。见到"湘妃"的第一眼,我就联想到谭辛强和玄璇关于悲伤系列的对话,只是从来没想过这些设计真的与他有关。"他不是已经离开天姿兰得了吗?"

"他离开天姿兰得,但依然是加拿大那边总公司的设计师。说到这里,我就不客气了。据我们调查,他跟你们公司的人全都不认识,除了你。星嫣,你跟设计图泄露有没有关系?"玄璇严厉地问。

我急得直出汗。"我怎么可能把他的设计图给楚水三千?再说,我从没见过他的设计图呀。你确定是剽窃设计吗?难道不可能是设计撞车?"

"听说你和特德的关系不寻常。他为什么对待你和别人不一样?谭的家门钥匙在你手上,对吗?你敢说从未进过他的书房,从未看过他的书和画?为什么特德说你是设计师之一?"玄璇的问题跟连珠炮似的。

我倒吸一口凉气,说:"你的问题我暂时无法答复。但我发誓没有剽窃或协助剽窃过谭辛强的设计图!"

玄璇顿了顿,说:"假如错怪了你,我道歉。起诉的事已知会你,再见。"

公司疑我是奸细，特德态度很诡异，玄璇怀疑是我盗图，谭辛强呢，他也这么想吗？我绝不会做这种缺德事，无论对象是谁，即使在思维混乱的时候，即使在曾丢失的几个月记忆里，我都不会犯这种错误。他会相信我吗？

我研究相关法律条文，翻阅时装评论，又悄悄托池红找来财务数据，私下计算公司败诉的损失，估算天姿兰得的损失。

不搜不知道，原来服装界有那么多抄袭的事件，还有诸如"借鉴""致敬"这种模棱两可的界定。诉讼成功的不多，举证和法律依据都是难题。估算损失暂时可以搁置了。

让我眉头紧皱的是服装质量。和天姿兰得的高级定制相比，我们的服装简直让人看不下去。虽说相似度很高，但仅仅是廓形、图案和颜色搭配高度相似，无论创意、面料还是做工，都比人家低了很大一截，差距足以决定成败。

同事们陆续打招呼离去，我还在与心中的忧虑奋战。

"你再不回家，地铁就没了。"一个声音幽幽地说。

我吓了一跳。特德还没走？"又来找气受了？你今晚不用参加聚会吗？"

特德耸肩，说："聚会刚结束。我来取东西，看看你打算加班到几点。"

我抬起手腕看表，十一点。"不算晚。"

他纳闷："天天加班，你上班有瘾啊？没有人等你吗？"

我只知道我在等人。有没有人等我，我不知道，也顾不上。

他望着电脑屏幕上的文件，念："没有参与设计的……声明？"

"我没参与新款春装的设计，如果公司不出面澄清，我就自己发布声明。"

"玄璇会相信你？"特德讥诮地说。

他清楚我的目的！我瞪眼。"你是故意的！"

"那又怎样？我想让你在年底多拿一点奖金，有错吗？"

"画蛇添足，不是我的我不要。"我收拾东西，准备回家。

他拦住我问："星嫣你是怎么回事？明明二十岁的人，却有四十岁的沉重。"

"你看错了，我其实是四十岁。"我既不想碰到他的身体，又绕不过去，只好坐下。

他的脸上浮现坏笑，说："别紧张嘛，听过办公室鬼故事吗？我给你讲一个，就当是放松精神。"他讲了起来，"在一栋漆黑的写字楼里，有个公司总是加班。这天晚上，办公室里只剩下一个女孩……"

这个坏蛋。

我跑到洗手间，听到特德在身后笑。我脱下外套反穿，露出里面的纯白色内衬，把长发都披到面前，遮住脸，悄悄走出去。他正在看桌上的报表。我无声无息走到他身后，五指叉开，发出瘆人的尖叫。他转头，只见一个黑发披面的怪物迎面扑来，当时被吓得大叫一声跌倒在椅子里，张大嘴巴发愣。我冷哼一声，拢好头发，背上包径自离去。他怒喝："星嫣，你给我回来！"我装听不见。走了很远，还听见他在背后喊："你这个冷酷、粗鲁、邪恶、古板、没有感情……"电梯门把他的声音关在外面。

公司召开年会，总结一年的业绩。我们的年会就是开会、发奖金和抽奖，但还是有很多人把它当作亮相的机会。在服装企业上班，不缺礼服。同事们都穿得光鲜靓丽，男同事精神抖擞，女同事妩媚动人。我依旧如故，穿着得体的黑色套裙，池红笑话我寒酸。特德见到我，紧皱眉头，说我简直侮辱了服装业，让人找来长裙，逼我换。

"冷！"我不肯。

特德喝道："一会儿你要代表市场部接受公司奖励，别丢了他们的脸。"望着吴皑皑一身银灰色珠光西服，市场部女同事的手工珠绣新中式旗袍，我叹口气，只能就范。

大家都已打扮完毕，更衣室里很冷清，角落里却有一个人在抹眼泪，是高级秘书许小姐。我上前安慰，只见她的礼服下摆撕裂成了布条，顿时明白了。

我问："没带可换的衣服？"

"只有这一件。平时穿不着，所以没有备用的。"她悲哀地说，"不知道是谁趁我不在撕了礼服，要是让我查出来，饶不了他！唉，说这些都没用。总经理十分重视年会，对身边工作人员的仪表要求特别严格，今天我这个样子，工作怕是保不住了。大不了被炒掉。"她咬咬牙。

"没那么严重，我帮你再找一件。你看，我今天也没穿礼服，被总经理骂了，临时找了一件。"

"哪儿那么容易找。年会要开始了，来不及了。"

"我这里有一件。你穿上。"

她连忙摆手，说："那怎么行，这是你的。"

"谁穿不一样啊。一个年会，搞这么复杂，没事儿穿什么礼服啊，数九寒天，怪冷的，我正不愿意穿呢。"

"那你穿什么？"

"套裙挺好的呀。快试试，看你穿着合身不。"

她犹豫。我说："你是总经理秘书，是焦点人物，关注你的人比较多，你要是缺席，肯定特别显眼。你还得伺候总经理呢，没时间了，快换上。尺码要是不合适，还得再找。"

她个头不高，长裙有些拖地，总体还好。她再三谢过我，赶紧出门张罗去了。

我出现在会场时，许秘书正陪着特德先生与另外几位副总说话。特德盯了我一眼，转头继续交谈。

年会之后是自助餐。许秘书悄悄说："星嫣，谢谢你。很多人都夸裙子漂亮。"

"别客气，是你人长得漂亮。"

徐副总对我说："星嫣，你上台领奖时的发言简洁有度，非常好。"

"谢谢。"

"你今天的服装选得很好，干练潇洒，不愧是市场部的精英。"

"您过奖了。和其他人比起来，我有点儿不符合年会气氛。"

"唉，工作时间穿工装，很好嘛。"徐天骄是传统的人，可惜在我挨骂的时候他不能在场替我说话。

特德经过我身边。我笑眯眯，"谢谢您送的裙子。"

他瞪我。

帮助他的秘书，保全他的面子，他瞪我干什么？"许小姐的裙子有点儿问题，我就把裙子借给她了……"

他打断我："行啊，星嫣，你还挺有心，小许是出了名的难接近，你用一条裙子就成功收买了她，中文里叫什么，顺水推舟，借花献佛。"

受到侮辱，我一愣。"没您想得那么高深，只是赶巧了，她裙子破了，我把那条借给她。"

特德不耐烦地说："星嫣，你是精明还是傻？如果不是你设计好的，你单纯是出于好心，你怎么不想想，为什么有人要撕她的裙子。年会是出风头的绝佳机会，你看看周围这些人，哪个不想给高层留下深刻印象。你倒好，穿的让人都不想多看一眼。我给你个机会，你还送人。活该你干活多。除了傻干你还会什么？"

这是一个当老板的说的话吗？我干活还有错啦？

"也不算傻干啊，我的成绩大家都看见了，要不怎么让我代表市场部发言呢。"我很满足、很自豪地说。

特德一脸鄙夷，视我为弱智。

我不像萧紫芳有个明星梦且正在实现，也不像于芒有魄力自己开公司，我的事业心并不要成就什么辉煌，而是兢兢业业做好每一天的工作，有人能肯定我的付出。在工作上，我该展示的都展示了，也得到了认可，不需要额外的什么。

公司安排我到外地参与专卖店开幕仪式，出差回来，办公室里的气氛明显不对劲儿。总有人在我背后指指点点，直面时又躲避眼神。吴皑皑对我说话客气了不少，张雪却愈加尖刻。

池红唉声叹气地说："我真怕你死的时候不知道怎么死的。"

我疑惑："又怎么了？"

池红说："别说你不知道。天姿兰得提出，如果公司将你辞退，他们不追究侵权责任。这是张雪参加经理层会议回来说的。会上所有人都赞同将你辞退，当然要找别的理由，否则岂不是变相承认侵权，所以公司还要发表正式声明什么的。"

居然有这种事！这明摆着是针对我！玄璇对我还有责备，抑或，这是别人的授意？整件事谭辛强知道吗？他会任由别人来伤害我吗？难道这是他的提议？如果他参与了意见，我被辞退，是否能令他解恨消气呢？

池红误解了我的沉默，宽慰说："你不用发愁。虽然所有人都同意，但是有一个人反对，总经理。有他护着，你怕什么？"

不不不，我一点儿都不安心。我没有天真到以为特德对我一见钟情，或日久生情，或被我吸引，等等。我不是那种容貌绝丽到让人过目不忘的女孩，与特德的对话中也从没有给过他幻想的空间。比起波涛暗涌钩心斗角，特德的另眼相看更让我不安。

零损失就能解决问题，这样的大便宜，公司为何不捡？

在走廊遇见张雪，我跟她打招呼："张经理早。"

她轻蔑地问："又去总经理办公室？"

其实我只是要去茶水室，我平静地说："我去的次数没有你多。"

她傲然说："我是财务经理，找总经理汇报工作理所应当。提醒你一句，找总经理汇报工作的应该是经理级别的，在市场部，吴皑皑才是，你越级了。"

"分管你的是李副总。直接找总经理汇报工作，你越级了。"

她涨红了脸，说："别仗着总经理宠你，你就无法无天。有本事你现在去找他，他女朋友在呢。"

"侦查得挺清楚呀，所以你不敢进去？"我回击。

冷不丁旁边一个女同事说："星嫣，你把公司祸害得可以了，该收手了。公司为你都快损失上千万了。"

那位大姐是财务部的人，我曾经替她加过班，只为了她能早退去接孩子放学。诚然，当初帮助她并不是一种投资，不要求她对等报答。但是她的倒戈依旧令人心寒。或许，她真把我当成祸害了。我点头致意，说："我倒不知自己有这么大能力。人事部自有考虑。"

老大姐苦口婆心地劝我："星嫣，出来做事，先要学做人，别只图一时痛快，把周围人都伤了。你得知道自己几斤几两，特德能宠你到什么时候？"

张雪见有人帮腔，长了威风，笑眯眯地说："你看，不是我针对你，而是大家都看不下去。你该好好反思反思。"

"谢谢提醒。我会把你们的忠告记下来，转交人事部。"

她们瞪我一眼，先后离去。

寻常的冷嘲热讽我都不予理睬，今天这找上门来的只好迎战。

给玄璇打电话，她不接。辗转找到艾拉的电话，她证实了辞退我的提议出自玄璇。尽管早知道玄璇算不上我的朋友，只能算旧识，对于她的行为，我还是觉得突兀。

"其实很好理解。玄璇小姐喜欢谭先生，她是追着他来到中国的，据说为此还和家里闹翻了。结果谭先生因为你的关系走了，走之前把股份转给玄璇，导致玄璇被拴在公司无法离开，她当然怨你。"艾拉提到谭辛强总是非常尊敬，从前叫他谭总，现在他走了，依然客气地称呼谭先生。而我，听到"谭先生"三个字都心跳加速，贪婪地盼望她反复提起。

"因为……我的关系？"我的见色忘友已经尽人皆知？

"抱歉，这是我的猜测。能让谭先生突然做出这么重大决定的，除了你不可能有别人。从下雨那天第一次见面我就知道，你对他很重要。谭先生的冷静是出了名的，能让他吃惊并冲到雨里去的人不多。"她叹口气，说，"能让他情绪大变，整日愁眉不展的人也不多。"

我的心被愉悦和痛苦同时蹂躏着，对着我胸口痛快地扎一刀算了。

我缓缓地问："公司的事他还参与吗？"

"他走之前对玄璇小姐说过，如果公司有事，他一定帮忙。正因如此，玄璇才没有放弃，坚持到现在。"

那么他知道玄璇提出的条件？辞退我，可以偿还欠他的吗？我忽然渴望被辞退。

艾拉继续说："玄璇小姐遇到难题都去请教谭先生。我在人力资源部任职就与他有关。"

"以前人力资源部是申经理负责吧？"

"没错。谭先生走之前，公司业务发展很好，吞并了一家小公司。双方资源整合，调整了很多人事岗位，大家都在不断磨合。有一天，我送文件给申经理，屋里只有我们两个人，他忽然握住我的手，跟我说公司进了好多外人，他觉得很孤单。我都快吓死了，赶紧跑掉。"

我惊讶："申经理看起来挺老实的呀。"

"大家对他的印象都很好，我们认识两年了，他一直规规矩矩的。后来我不敢再去他的办公室。可有一天下班晚，公司里人很少，路过他的屋子，他直接把我拉了进去，手乱摸，说好久没见我，十分想我。我急得只知道哭，他才放了手。那时，玄璇小姐刚接手公司，忙得脚丫子朝天，动不动就不想干了，我不敢告诉她，她已经很难了。可我实在受不了，打算辞职。其实以前一直有其他的公司联系我要挖我过去，猎头公司也总给我打电话。我想这也是条出路，可又觉得对不起玄璇。

"谭先生说过，不要随便与人发生争执，但如果受到侵犯，要勇敢面对，让对方知道自己不可轻侮。"艾拉的崇拜之情，隔着话筒都能清晰地感受到。"我不知道具体怎么做，思来想去，只有给谭先生打电话。谭先生平时看起来严厉，可是他人很正派，也不知道当时是怎么想的，我就是觉得他能帮我，即使他人在国外。"

假如职场是原始丛林，我只是蝼蚁，处于食物链的最底层，对于灾害或天敌完全无对抗之力。每当迷茫时，最想念的人就是谭辛强，不是要寻求什么帮助，只要想到他，便豁然开朗，思维跳出凝重的泥淖，一切困难苦恼都不算什么了。他是黑暗中的引路灯，带来光明和希望。原来遇到困难就想到他的不止我一个。

艾拉说："他听完后第一句话就是申经理不是这样的人。我哭了，怕他不相信我。可是紧接着他说，这件事不简单，公司遇到麻烦了。我不明白，那时公司规模变大了，人才更多了，市场正是好时候，能有什么麻烦呢？他问了很多问题，财务数据、人事变动、岗位分配，等等，幸好我是玄璇的助理，这些信息都方便找。最后，他要我把事情告诉玄璇小姐，并且要玄璇给他打电话。玄璇小姐听完我的遭遇脸都绿了。看得出来她也不知道该怎么办。第二天，玄璇要我去送文件，用隐形摄像机拍下申经理骚扰我的视频，但是又不让我和他翻脸，说是有大用。紧接着，公司出现了集体辞职潮。我慌了，玄璇小姐倒好像不那么着急。星嫣，说到这里，你明白了吗？"

"完全不懂。"

"我当时也是一头雾水。在经理会上，玄璇当众播放视频，辞退申经理，调我去人事资源部任职，并且做了一番讲话。直到那时我才发现，兼并的公司里有位经理觉得公司合并后利益受损，起了二心，串联部分职员，打算以集体辞职为要挟，向公司要权力、要利益。他们有两套方案，要么玄璇让步，他们得逞，要么公司破釜沉舟，允许他们辞职。而他们这时已经私下成立了一家服装公司，人员安置不愁，并且已将部分客户资源暗中转移到了新公司。新公司就是一直想挖我过去的那家。申经理早就被收买了，对方许诺给他一个副总裁职位，他负责出谋划策，专盯业务骨干，用尽各种方法要把人拉到新公司，即使不去，也要让他们在天姿兰得待不下去。把我弄走是架空玄璇的最后一步。申经理知道我不会轻易离开，于是想用办公室骚扰的方法逼我自己走。多亏谭先生察觉他的反常，挫败他们的计划。眼看领头的几个人都出了事，事情败露了，剩下的人纷纷收回辞呈，公司度过了危机。要是没有谭先生，现在公司不知道还在不在。"

我听得出神。其实无论她说什么，只要和谭辛强有关，我都有十二万分的兴趣聆听，更何况是这样快意的故事。

通过许秘书的时间安排，特德拨冗接见了我。忽略他衬衫领口明显的口红印，我开门见山："特德先生，听说侵权案有最新进展，而且与我有关。"

他烦闷地看着我，说："不关你的事。"

我诚恳地说："如果辞退我能给公司避免损失，您尽管做，没关系。"

"这是公事，不是私人恩怨。要承担责任，也不该是你一个女孩承担。"

"这件事已经掺杂私人感情，对方的误解很深，不容易解开。中国象棋中有一招叫丢卒保车，弃掉一个不起眼的小棋子，保住更重要的利益，是个可行的方法。事情因我而起，应该由我来解决。"

特德打断我说："事情是因我而起的。"

"啊？"

"我就是那几套服装的设计师。"

他竟有这样的才华！

他教育我："女孩子不要太强势，要学会示弱和撒娇，懂得寻求保护。以你的聪明美丽，自有一大票男士排队争着保护你。凡事不要强出头，是你的错尚且要躲，何况这不是你的错。这种官司没有证据很难打赢，拖下去对他们没好处，我们倒是可以从舆论中获利。"

他每说一句，我便腹诽一句。人身安全和财产安全有警察叔叔保护，理想和信仰有谭辛强守护，我不需要别人的保护。我从小接受的教育是知错就改，而不是依靠别人逃避责任。

特德说："你的工作很出色。进入市场部两个多月，在外省市推广开设七家专卖店，提供了很多有价值的想法，使市场部超额完成了全年工作计划，你对公司的贡献我们都知道。"

我感谢他对我的肯定，决定告辞。价值观不同，争论无益。

他不明白我的处境，我也不打算多言。他有一句说得对，麻烦的根源不在我。

池红悄悄问我："你是不是要走？"

"还没想好。"

我在楚水三千很尴尬。

我自问勤奋踏实，与人为善，不趋炎附势，不投机取巧，只想安静地工作，做个平凡的小职员，结交善良的同事做朋友。奈何外力作祟，偏见和不公正的待遇纷至沓来，且这偏见与能力无关，而是对人品质疑，这样的委屈着实让人难受。

工作中的辛劳尚在其次，人情世故的艰难让人负担沉重。

我自省到底犯了什么错误导致落得如此境地，反复思量不得其解。

我曾想日久见人心，不能稍遇挫折就认输。但是特德的态度依然误导着其他人的判断，要证明清白委实困难。虽然轻蔑和误解尚可承受，但何必承受？虽然通过努力迟早能够扭转旁人的看法，但是否值得花费精力和时间去证明本来就存在的事实？

退一步海阔天空。

我真的想抽身离去，顺便帮公司解决麻烦。但特德的挽留和公司高层的赏识让我犹豫不决，暂且扛着走一步算一步。

池红说："如果你要走，提前告诉我，咱俩一起走。"

"你干得挺好的呀。"

她摇头，忧虑地说："公司的账有问题，你别对别人说啊，我不想蹚这混水。"

我顿起警觉。这可不是小事。"保护好自己。如果我走，一定告诉你。"

留下来并不易。几十双眼睛盯着，猜测着、期盼着我走。我心如止水，静观其变。

春节将至，外地的同事纷纷请假离京。市场部好几个人提前半个月回家，吴皑皑犯难，离公司统一放假还早着呢。我说："有我呢，北京的应该留守到最后。让他们走吧，我替他们干。"工厂已停工放假，公司的活儿已经不多了，无非做好筹备工作，预备节后开展新一年的市场拓展。留守的人每天到公司晃一圈，其实工作已经处于停滞状态。老板们知道大家过节心切，也都不计较。何况他们自己都不到公司来。

特德见我还按时上下班十分不解，问："现在有什么可干的？"

"过了春节，要实施新一年的工作计划，有许多准备工作要做。反正我闲着没事，就提前做了。政府官网上有一个中小企业补贴政策，补贴范围包括产业科研，正在征集今年的项目，时间截止到二月底。年终总结会上听生产部的报告说，公司今年要进行染色研究，正好可以申请财政补助。这类补助可以达到三四百万，是不小的一笔钱呢。年后，我打算把这个文件发给生产部，请他们考虑一下组织材料申报。"

他总结:"你的人生太无趣。"

"你天天参加聚会,很有趣吗?"

"香车美女,人生快乐尽在其中。"

我摇摇头,"大周五的,不耽误你享乐了,快走吧。"

"换身衣服,我带你一起去。"

"没衣服。"

他挥动双手,说:"这是什么地方?服装公司!随便找一件样衣。"

"我有事。"

他轻蔑:"不就是加班嘛。"

"今天不加班,真的有事。"

他盯着我,说:"明天你怎么过?"

"明天是周六,放假啊。"

"我当然知道放假。你怎么过?"

我叹气:"总经理,你好奇心太重。"

"关心员工嘛。"

我背上包,说:"下班了,再见。"

他在我背后说:"无趣。"

周末当然要回爸妈家吃饭,陪他们聊天。然后,要给谭辛强照看房子。

二十八、守候在寂静的世界

同事们总是好奇我不参加派对,没有男朋友,时光如何度过。孝敬父母、工作、和朋友相聚、守着谭辛强的家,就是我的日子。

走进他的家,万丈红尘都关在门外,喧嚣归于宁静。收拾屋了,浇浇花,擦拭绿植的叶子,坐在窗前,喝杯茶,这里是心灵的避风港。

像进入另一个世界,与世隔绝。

坐在飘窗上,额角抵住冰凉的玻璃窗,呼出雾气,在上面写他的名字。灰色的街道,稀疏的行人,白色的日光,时光流转,我可以在这里静静坐上一整天而不觉烦闷。

一早就开始阴天。天色昏暗,暮色冥冥,飘起鹅毛大雪。须臾,天地皆白茫茫。远处偶尔传来隐约的音乐。路灯亮了,暖洋洋的昏黄。雪落得更急,洋洋洒洒,铺天盖地,恣意地飘摇着,迷蒙了视线,静谧了思绪。整个世界闪烁着晶莹的微光。

我打开窗户，伸出手，洁白的雪落在掌心，凉丝丝的，迅速融化成透明的水滴。我微笑，不由自主地，发自内心地。关上窗子，凭窗听雪。

又是一年雪纷飞，旧时月色，照几多思念。

"丁零零"。电话响了，他家的电话。我诧异地盯着陌生的来电号码。铃声固执地响着。我拿起话筒，迟疑地说："你好。"

沉默几秒，一个年轻而温和的声音说："别人都去过节了，你在那儿做什么？"

我的心扑通扑通跳动着，陌生的声音，熟稔的语气，难道他是……"谭辛强？"

"是的。"

我几乎停止呼吸，"你在哪儿？"

"回家的路上。我打不到车，正在走，快到家了，过会儿见。"他挂断了电话。

我扑到窗前，明知看不见，却拼命伸长脉子张望，像热锅上的蚂蚁。他回来了！十一个月后，奇迹出现，他回来了！

秒针滴答滴答，声声催，声声焦灼。我怀疑自己在做梦。电话刚才真的响过？

我再也等不下去，匆匆向外走。

别急，莫慌，拿好钥匙，以免回来进不了门，穿好鞋，别让他笑我毛躁。星嫣，你要冷静，要沉着，在他面前做最好的自己。

我深吸口气，迫不及待地走出门。

天已黑透，漫天大雪，风呼啸着，雪花成团扑面而来。不知道他在哪里，该向左还是向右，胸口的灼热却让我无法停下脚步。

我奔跑着，不辨方向，仿佛被什么指引着，执着向前。

飞舞的雪中，渐渐出现一个身影。他穿着黑色羊毛大衣，拉着行李箱，身材高挑，身姿孤傲，方向清晰，步伐坚定，在空荡荡的街头独自行走，仿佛天地间只有他一人。

我向他飞奔，尽管已忘了他的模样。

是他！虽然雪欲迷眼，但我知道是他！他脚步停住，也看见了我。

我扑上去抱住他，很怕双臂合拢的刹那，他化为雪花飞散，沉了沉，将喉咙处滚烫的激动压下去，才发出声音，回响在他的胸膛："谭辛强，你回来了！"

他轻轻推开我。

我傻了。

他嗔怪地望着我，飞快地解开大衣扣子，说："你呀你，大冷天只穿毛衣就敢出门，感冒了怎么办？"我低头看看，这才发觉忘了穿外套。

我窘然，说："不冷。"

"还逞强。"他轻斥。

久违了，这以关怀为目的的责备。

我阻拦他脱大衣，他便敞开衣襟，用大衣裹住我，把风雪挡在外面。我悄悄抓紧他的衣角，像迷路的孩子终于找到家长，不敢松手。他的怀抱真暖，暖透我的心，宽阔得足够我蜷缩在内。事情本该如此。他是我的灯塔，我的启明星，我的精神领袖。像一把巨大的伞，只要想到他，就有遮风挡雨的功效。

他下巴抵着我的头顶，低喟："星嫣若，你总能给我意想不到的惊喜和感动，让我从不后悔回来！"

原来他的声音是这样的，年轻、低沉、悦耳。

我抬起头，望着他的眼睛，只知道傻笑。他的眼睛深邃如夜，闪耀如星。

"为什么不在家等我？"

我老老实实地说："等不及。"

他拉起行李箱，说："回家？"

我使劲点头。

进门后，我的目光追随着他，看着他放好行李，看着他脱下大衣，眼睛眨也不眨，生怕闭眼的一瞬他就会消失。秀气的双眉，幽深的眼眸，英俊的面容一一唤醒并印证我深藏的记忆。重逢的喜悦冲昏了我的头脑，我始终处在梦游状态，直到他巡视屋子。他顿住脚步，打量屋子。家具上依然蒙着防尘布，显示主人外出已久，只有飘窗上的靠垫显出一丝生气，那是我休息及眺望的地方。

我说："屋子我今天刚打扫过，防尘布上周都洗过。"

他走到窗前，问："你就坐这儿？"

"嗯，窗边视野好。"

玻璃映出他的模样。他的眼眸竟璀璨至此，连玻璃中的反射都熠熠生辉。

我突然想到，他原本把家托付给了紫芳，不是我！想到其中缘故，如三伏天被兜头浇了一桶冰水。"我……其实不经常来。钥匙是我从紫芳那儿强要过来的，你别怪她，她本来不愿意给我，因为没经过你的允许……"

他拍了拍靠垫，走到花前，说："君子兰开花啦。巴西木叶子好亮！多亏你和紫芳，这屋子才像个家。"他回头，"谢谢你，也谢谢紫芳。我很高兴，她把钥匙给了你。"

真的吗？

他开始掀防尘布，我帮他一起收拾。他很随意地说："今天是情人节，你还有空来。没约褚元吗？"情人节！我一点儿也没意识到。想必我的脸色已变，他问："你怎么了，脸色苍白？"

我故作镇定，"我刚好有空，就过来收拾了一下。你回来太好了。你说的对，我、我该走了。"

他似在研判我的思想。我低下头，躲避他的观察。他缓缓说："褚元来接你吗？今天不好打车。"

他还不知道我与褚元已经分手，而我不想让他知道。褚元不高兴别人送我，所以谭辛强也不提，以免我为难。

我的恋情改变了周围人对待我的方式。

我嗫嚅："以前慢待你，对不起……"

他洒脱地说："怎么扯到这儿了？我又不怪你。心之所向，无可厚非，何必道歉？"

我像被狠狠抽了一鞭子！他无意地、一针见血地指出了我不愿面对的事实：就算褚元小心眼，也是我纵容默许的。所有的选择都是我亲自做的，没有人拿刀逼我。别说什么为难和痛苦，那改变不了最终结局。褚元有时确实任性，甚至可以说是狭隘，是我要顺从、要妥协的。我可以有选择，我可以说不，但我没有。"心之所向"，我的心偏离了我自己，偏向褚元，改变自己迎合他，只求一个感情安稳。

我准备告辞。

谭辛强已觉察到异样，拦着我，问："出什么事了？"

"没事。"我故作轻松。

他目光敏锐："他不来接你了？你们吵架了？"

"没有。"我就是不想在这个时候告诉他我们分手了，怕他以为我是分手后才想起他这个朋友。尽管这是事实。

他说："如果是我说错话，导致你要走，我向你道歉。我不是有意的。"

我锥心地痛，偷偷吸一口凉气缓解，不敢说话，怕一开口会哭出来，只得咬紧牙关一言不发，摇头否认。

他等待着，我保持沉默，心中已激浪滔天。愧疚像座大山，压得我喘不过气。

他无奈地让开路，说："你曾经对我无话不说，现在，是无话可说了吗？"

我再也忍不住，声音颤抖："谭辛强，如果和你能像从前一样，即使要我下跪乞求，我也愿意！"

他一把捂住我的嘴，惊痛地说："你胡说什么呀！"

泪滴在他的手上，我仓皇地替他擦，一边告诫自己，不能哭，千万不能哭，没人喜欢哭哭啼啼的女子。

他按我坐在沙发上，语气是霸道的："不许走，我们好好谈谈。"

"我不敢。我怕惹你生气。"

他笑笑："我们已经疏远到这种地步了？"

"不是，不是。"我拼命摇头，抖得像风中落叶，手链叮叮作响。

他怕我难堪，起身去倒热水，见我手抖得厉害，便把水放在茶几上。有这几分钟，我已收拾起狼狈。他温和地抚慰："说吧。就当我明天即将离开，今天是最后一次长谈，不必顾忌以后怎么面对。"

"别走！"我情急地抓住他的手，才发现他的手也在微微颤抖。

我愣了，痛彻心扉。我，竟伤他如此之深！

今天必须把话说清楚，是死是活都好，不能再让他陪着受煎熬。勇气油然而生，加上他宽容鼓励的眼神，我慢慢镇定。"别走，我好不容易才盼到你回来。我有好多话想说，尤其是对不起，我想说一万句对不起，想问你是否还生我的气。可我不敢，怕你不原谅我，又怕你原谅我。"

他点点头。

他明白！

"对不起，我伤害了你，伤了许多许多次，多到我不敢细数。我真怕你再也不回来，即使回来也不理我。你是我最重要的朋友。我现在说这句话是不是特别无耻？别，你别阻拦，让我说完。我原以为自己是个很仗义很善良的人，够资格当你的朋友。但是我的残忍和绝情让自己都震惊。我每天都祈祷奇迹出现，时光倒流，回到我伤害你以前，处理好友情和爱情的关系。无数次想给你打电话，连做梦都在打，拨通后就吓醒了。如果你还怪我，我该怎么办？所有道歉都苍白无力。如果你直接挂断，我该怎么办？天都要塌了。我更怕你满不在乎地接受我的道歉，如同对待路人。谁会和路人计较太多？想到这些我就胆怯。还是那句话，如果能回到从前，下跪乞求我也愿意。谭辛强，你骂我吧，惩罚我吧，越狠越好，这样我心里还好受点儿。"

他的眼眸幽暗，像深蓝的星空。"惩罚你，在你深受折磨之后？"他慢慢摇头，用不容分辩的口吻说，"对不起，我回来迟了，累你受苦。"

他倒向我道歉！一股尖锐的痛楚直达心底。我的眼泪瞬间决堤，伏在沙发上，用全身力量强忍着不发出声音，身体因此而僵直。

他抚着我的头发，轻声叹息，温柔的抚触似乎在说他都了解，他都懂。我索性号啕大哭，哭得嗓子沙哑，哭得上气不接下气。遭受的委屈，忍让换得的失望，伤害他的愧疚，失去他的痛苦，都在哭泣中宣泄。这是我这么久以来第一次放肆地痛快淋漓地哭。

桌上的纸团由少变多，我终于止住抽噎，能顺利说话了。"别对我道歉，除非这是你对我的惩罚。我真的承担不起。"

"好，我不说。"他好脾气地说。

我眼泪汪汪，希冀地问："那，你要怎么惩罚我？"是推出午门问斩，还是在菜市口行刑，只要他一句话。

"等我想想。"

我叮咛："别忘了。"

他拍拍我的头，说："一定会有惩罚的，但不是现在。"

我大大地松了一口气。虽然惩罚还没有来，但有了这句话，长久以来的愧疚终于有机会卸下了，顿时觉得轻松不少。

"谢谢你，救了我，放了我。"我如释重负。

他眉间微动。

我像活过来了似的，停止颤抖，鼻音浓重地说："你怎么会给自己家打电话？"

"要找你，你关机了。回家路上，我心血来潮，想到房子寂寞久了，可能冬眠了，先用铃声叫醒一下。"

我露出笑容。他一回来就给我打手机呀。

"又哭又笑，小猫上吊。"他说。

我赧然用靠垫挡住脸。特德说我强势，其实我会示弱，也会撒娇，只对比我强的人，只对我想依靠的人。

我们收拾其他屋子。走进卧室，不见漓江雪，谭辛强一怔。

"兰花不爱活，杜鹃比较好养，你看，开得多好。"我轻描淡写地说。五斗柜上，白色和粉色的杜鹃花娇艳盛开。

他沉寂片刻，说："我把它独自留下了。"

"它活该被孤零零丢下。"

"对不起，我只顾自己难过，忘了曾答应过保护你，我失职了。"

我茫然。"我没要你保护我啊，这不是你的责任。"

"你没有开口要求，是我自己要把它当成责任，我答应了我自己。"

我胸口滚烫。

谭辛强说："巧得很，我送你的礼物也是杜鹃。"

他从怀中掏出一个小盒子，对我说："迟到的新年礼物，打开看看。"

这是一个杏核大小的吊坠，核心悬着一颗橄榄石，被镂空的杜鹃花和蜿蜒的枝蔓包裹，铂金勾勒出花瓣的层叠和轮廓，里面的宝石玲珑剔透，青翠莹莹。

"我设计的，喜欢吗？"

我惊喜，爱不释手。"你设计的？喜欢，特别喜欢。"

我们各自欣赏着礼物。他问："为什么选杜鹃？"

我说："望帝春心托杜鹃。虽然一个是鸟，一个是花。寄恨，但仍然心存希望。其实我已做好你不再回来的准备，但我会一直等你回来。"

"傻孩子。"他说，"你可以给我打电话啊。"

"打电话，说什么？难道直接说'谭辛强你回来吧'？"

他忽然激动了，说："为什么不能？只要你一个电话，我马上飞回来。"

我动容。他的目光灼热，坚定得让人不敢直视。我说："不能每次都靠你来救，利用你的怜悯，把我的过错一带而过。"

他无奈。

我不好意思地说："我很麻烦，是吧？好多人都说我变了，是不是变得更让人头疼？"

他审视我，上下左右，说："哪儿变了？受伤后反应过激而已。"

一语中的，再精准不过。

曾经那种死心塌地追随的感觉再次浮现。

他问："你和褚元分手了？"我承认。他脸沉下来，问："他又对你哪儿不满意？"

"忘了。我这个人缺点很多，你也说过，不知道他看上我哪点。"

他摇头，说："我不是那个意思。我是说，他对你处处挑剔，到底你还有什么能让他满意。"

我渴望地问："那我还是有点儿优点的，是吗？"

他说："看你没事儿人似的，我就不计较他没眼光了。唉，他不知道他错过了什么。"

"我也只有在你们眼里跟香饽饽似的，别人都觉得我不可爱。"我懊恼。

谭辛强一笑，春风拂面般暖人。

我问："你明天真的走吗？"

"计划是只待一天，明晚离开。"

我轻咬嘴唇，低语："可惜紫芳见不到你。"

"我和她一直有联系。偶尔会聊两句。她……没告诉我你的事。"

"是我要她别告诉你的，怕你可怜我，或者，更生气。"我把受伤失忆的事告诉他，忐忑地说，"在出事之前，我也没想和你联系……"

话未说完,他已经问:"磕哪儿了,留下伤疤没有?指给我看。"

再次没出息地泪盈于睫,我说:"没事,全好了,真的。"

他一再摇头。

时间过得好快。夜深了,我依恋着不舍得走,但终归要告别。他要送我,我坚持不用。长途旅行让他疲惫,绝不能再劳烦他。他送我到楼下,又送到小区门口,还要送我到公交车站。我不肯。走了很远,回头还见他伫立在路灯下望着我。

回到家,门把上放着一只纸鹤,是用飞机上的餐巾纸叠的。我如获至宝,捧着它进屋。不是梦,他真的回来了!

抱着手机过了一整天,想联系他,又深知只停留一天,他要办的事一定很多。

二十九、冰雪消融时

周一上班,在茶水室沏茶,同事夸赞:"星嫣,毛衣链真漂亮。"

"谢谢。"我微笑。

她愣了。

旁边的同事也过来看,说:"这个设计好呀,形状像个草莓,还是颗青草莓。"

女同事说:"拜托你浪漫点儿好不好,正常人应该说像颗心吧。草莓?!男生和女生思维真是不一样。"

"哪儿买的?"

我答:"朋友送的。"

"情人节礼物啊。"他们像发现新大陆。

"不是,是新年礼物。"

"春节都过了,还新年礼物。"

"礼物早就备下,他刚从国外回来。"

"这是,"她凑近看,"不是玫瑰啊。"

"杜鹃。"

"哦,报春花。"

是的,杜鹃盛开,春回大地。

门口走过趾高气扬的张雪,我心情太好,含笑说:"张经理早。"

意外的是她停下脚步,惊诧地说:"星嫣,原来你会笑啊。"

以前我给大家的印象是不苟言笑吗？或许和冬天有关，现在冬天结束了。

"星娅，九点钟第一会议室。"吴皑皑隔着整个楼道喊我。

"来啦！"我应着。

语气中的轻快引得吴皑皑多看我一眼，"心情不错啊你。"他说。

我兴奋地告诉琴若和紫芳谭辛强回来过。紫芳说："没听他说要回来啊。前几天还和他通话，他在澳大利亚。"琴若问我："你不是做梦呢吧？你老做梦。"说得我心里怪没底的。要不是有毛衣链和纸鹤作证，我都怀疑是幻觉了。

兴奋过后，不安渐生。他真的愿意再联系我吗？是否因为我刚好在他家，他不可避免地只能与我说话？他是那么善良，不会因为不想见我就把我赶出去。他总不能因为我替他照料房子就原谅我吧？

反过来我又想，他回来之后给我打过手机，送给我礼物，他还拿我当朋友。那天我们聊得挺愉快的。

两种想法拉扯着我。

晚高峰的地铁里，人多得像沙丁鱼罐头。身边一位大哥带着很大的编织袋，看样子是要去火车站的。临下车，他提着沉重的袋子往下挤。正好下车的人多，出现空地。他把编织袋用力一甩，要搭在肩上扛下去。我在他的正后方，躲没处躲藏没处藏，眼见巨大的袋子迎面撞过来，一只手突然从身后伸出来，挡在我面前。编织袋撞在那只手上。大哥觉察了，歉然笑笑。我也对他笑笑。他下了车，我忙转身道谢，与视线平行的是对方的肩，再往上看，我惊喜："你没走？"

"走了，又回来了。"

"真巧，在地铁里遇见你。"

谭辛强静静地说："不是偶遇，我来接你下班，不确定能否赶上，所以没提前告诉你。"

"要是没碰上，你就白跑一趟了。"

"尽了兴，就算遇不到，也不算白跑。"

呵，颇有古人深山访友，及至柴扉兴致已尽，未谋面原路返回的意境。我感染了他的怡然，唇带笑意。

"去年走时把车卖了，没法开车接你了。"

我由衷地说："这样很好呀。"平凡更显得真实亲切。

我小心地与他保持距离，拥挤的人群和摇晃的列车却使我一次又一次碰到他。我被挤在人群中间，摸不到拉手，够不着栏杆，目光搜寻着可以扶的地方。谭辛强说："抓着我。"我不好意思。

"怎么想到要接我？"

他说:"为了让你安心。"

我心一颤,又好奇他如何知道我的不安。

仿佛看出我的疑惑,他说:"你只问惩罚,绝口不提原谅,我就知道你还在和自己过不去。"

他始终在守卫着我的心灵。

感谢他给我机会,感谢他还愿意和我做朋友,感谢他照顾着我的感受。太多的道谢显得又啰唆又见外,且将感谢深铭于心。

但愿我永远都不会再失去。

出了地铁,我们缓缓走着。以前我总是急匆匆的,从公司到家,两点一线,眼中只有目的地,从没看过周围的环境。如今卸了负,节奏恢复正常,路边的枯树、店铺都显得新鲜,再没有什么值得着急的,悠悠然踱步,沉浸在见到他的兴奋中。

"这次回来,打算待多久?"

谭辛强说:"没想好。"

"见过其他的老同学了吗?"

"今天刚到,没来得及。"

"他们一定很想你。"

"偶尔想起,但不是想念。我对他们也同样,常想起,但并不想念。"他坦率得不掺一丝杂质,不客套,不虚伪。

我一怔,说:"我还以为……大家都是朋友。"

他肯定地说:"是朋友!是那种只要彼此安好就够,不用每天粘在一起的。如果对方需要,万里之外也要尽力相帮。"

我放了心。"不知道其他人怎么想,我希望你每天都在,十年、二十年后,我们还好得跟当初一样。"

谭辛强看我一眼,不言语。

我说:"紫芳他们挺惦记你的。昨天我跟她说你回来了,她特别高兴。"

他只嗯了一声。糟糕,他俩好像没戏。他没有迫切想见她的愿望。

他沉思地问:"萧紫芳还没有男朋友吗?"

他对她的事好奇啊!我来了兴致,说:"没有啊。她……"本想说她喜欢你,又觉得他肯定早就知道,改口说,"她没遇到合适的人。"

又是一声"嗯",没了下文。该怎么引他往那方面去想呢?

他问:"小脑袋瓜儿又想什么呢?"

"要是有个人能拴住你,让你不离开就好了。"

他微微笑,说:"这样的人不好找。"

我深有同感地点头。

"你呢,和褚元分手后,没有男生追你吗?"

"有倒是有。我一心盼着你回来,其他的事都往后放。再说,他们见到的我,连我自己都有点儿不认识,我老怕他们看走眼。公司的一个副总隔三岔五给我介绍男朋友,也不知为什么。我自己不着急,可我妈老催我。大除夕夜还跟我谈话,说你也不小了,去年是你本命年,我们不催你。过了春节你虚岁就二十五了,该找了。唉!"

前面就是我住的小区。他说:"你现在上班的地方离住处挺远的,反正是租房,为什么不租得离公司近一点?"

我笑而不语。

守在与你熟识的地方,不肯离去。找不到你,唯愿你想找我时,能找到我。

他不再问,眼眸明亮。或许他已猜到原因。

换上颜色明快的衣裳,踏着轻盈的脚步,脸上始终洋溢着微笑,这就是现在的我。

同事们都嚷着不习惯,池红说我解冻了,特德冷眼旁观,吴皑皑说我比以前顺眼了。

公司里对我的猜忌和敌对都减少了。

以前下了班我无处可去,常常在公司多待一会儿,现在到点儿就走。起先大家都觉得新奇,同乘电梯时总用余光扫视我,过了两天就习以为常。

我们到"根据地"聚会,老乔带着未婚妻赵抒前来。男生们熟稔地拍拍谭辛强的肩,女生则惊呼谭大侠驾到。

老乔说:"你可算回来了。你再不回来,有人就要疯了。"

琴若说:"她原本就疯。"

我假装没听见。

贺骁腾说:"其实我挺不喜欢你的,不过星嫣解放了,紫芳也高兴,欢迎你回来。"萧紫芳直踹他。

于芒推谭辛强进厨房做冬笋肉丝。我抗议:"刚回来就给人家派活儿,不好吧。"

于芒说:"检验一下他手艺退步没。"

"嘿,你还真好意思说。"

大家围坐一起,其乐融融。

同学们围着他问这问那。问他离开后干了什么。他说在旅行。问他回来待多久。他说待定。问他打算做什么,是否还做服装贸易。他说或许吧。我们都知道他已经失去天姿兰得的股份。

我悄悄问:"你该不会是为了和我赌气才把股份转让,连车都卖了吧?"

"我没那么大气性。格林的度假村经营遇到问题,资金周转不开,正巧我想出去散散心,就凑了些钱帮他。毕竟,他是被我忽悠来中国投资的。"

我半信半疑。对朋友慷慨解囊、倾尽所有,这点我绝对相信他,但真的和我无关?

晚上,他送我回家。"上楼坐坐吗?"我再次邀请,他每次送我回家后都直接离开,这次他没推辞。

"嫣若,我有话问你。"他落座,静静地说。

我拉紧毛衣的领子。

"你一直都心事重重,连笑的时候都是拘束的。我以为你对我有些生疏,可今天在于芒家你还是这样。"

"我挺好的呀。"我不安地看着足尖,借茶杯氤氲水汽遮挡容颜。

他说:"我有点儿想念那个爱冲动的星嫣若了。第一次回国,见到同学们。他们对我好奇,又怕触碰我的禁忌。我不熟悉他们的生活,想展现友好,却不知从何聊起。双方都尴尬。就在这时,你来了。我特别紧张,怕你同样陌生,更怕你变得世故沧桑,不如当年的爽直,让我连记忆中的一个朋友都失掉。你见到我,真心的喜悦,看穿我的惶恐,给了我那么热烈的拥抱。一向腼腆矜持的你啊,那一刻,"他摇摇头,说,"要我为你死我也甘愿!"

我红了脸,嗫嚅:"哪儿那么夸张啊!别提那事了,我都不知道当时怎么想的,把自己也吓一跳。"

"那个天真无畏,甚至有点儿没心没肺的星嫣若跑哪儿去了?"

"你回来后,我已经好多了。"

"但还是忧心忡忡。"

我判处自己无期徒刑,只等他回来赦免,否则永远不许快乐。这些怎么能告诉他呢?

他的手温柔地落在我的头顶,大拇指揉着我微蹙的眉间,直到它舒展,和悦地说:"我说过会惩罚你,你别再给自己心理压力了。"

他又猜到了。

我鼓足勇气,说:"我们公司和天姿兰得正在打官司,关于,关于服装设计图……"

他爽朗地说:"我知道,和你无关。"

一语定性,我被无罪释放。"两个公司打官司,总感觉像是我和你作对,特别不舒服。而且,天姿兰得一方的设计师是你,我们这边,莫名其妙地加上了我。"

"那些图是离开北京后画的，和你一点儿关系都没有。"

这点倒是新发现，从时间上排除了我的嫌疑。我说："玄璇以为我偷了你的图，所以特别针对我，她还加了条件，说只要公司炒了我，她就不追究责任。要是我真的和特德勾结，偷了你的图，她再怎么做都不过分。可是根本不存在什么抄袭。服装是特德设计的。意外吧？我一开始也觉得惊讶，他还是有点儿才的。你不认识特德，对吧？所以偷图根本不可能啊。设计相近纯属巧合。我现在真盼着能早点儿审清楚，等案件审理清楚，她就明白了。"

"特德是设计师，为什么要把设计师写成你？"

我气鼓鼓的。"都怪他画蛇添足，害得玄璇对我误会很深。他想让我多拿一份设计费，年底多得奖金，才出了这个馊主意。当然了，对他的一厢情愿我肯定拒绝，但跟玄璇就无法解释啦。"

谭辛强沉思道："玄璇后加的条件一开始我并不知道，知道之后，我倒是赞成。"

我愕然。"你也希望我离开公司？"

"确切地说是离开特德。"

"你认识他？"

"听说过。"

我想了想，斟酌着说："特德表面上衣冠楚楚的，其实一身坏习气，可他不是坏人，就是个纨绔子弟，假模假式想干点儿事业，不想落个游手好闲的名声而已。"

"你喜欢特德？"

我呛得咳嗽两声，涨红了脸，叫："怎么可能？你说过，我喜欢君子。"

"你发现没有，其他事情都可以设定标准，标准达到你就满意。只有感情例外。你预设了一些条件，符合条件的人却未必让你心动，尽管你挑不出他的毛病。真正吸引你的人或许是你预想不到的。"

谭辛强一向比我更了解我。这次他看得准吗？我说："不讨论这个了。玄璇说，如果真的是设计巧合，设计师的独到性会受到质疑，那加拿大的公司会对你怎样？"

他微笑，"我已经离开那家公司。"

这……倒是暂时无碍了。

他有点儿无奈地说："嫣若，你还没抓住重点。抄袭事件现在出面的是公司，是因为设计图已经被公司使用，涉及公司利益。说到底，这是双方设计师的事，关乎个人名誉。"

"我知道呀。反正设计师不是我,我已经写了声明,让公司帮忙澄清。打官司的时候,把特德推出去完事!"

"你相信特德能帮你挡住?"

"不是帮我,是帮他自己。"

他淡淡地说:"如果事情能这么简单就好了。"

"别担心。服装其实还是有差别的,连我这个外行都看得出来。"我安慰他。

谭辛强没说话。

我心里盘算着另一件事——既然谭辛强希望我离开公司,我就走。起初还有些拿不定主意,听他说完,突然觉得确实该离开。

他凝望我,说:"小眼珠儿骨碌碌的,又想什么呢?"

我欲言又止,怕触怒他。

"嗯?"

我小心翼翼地问:"你是不是喜欢上了一个人?"

他乌黑的眼睛波光流转,问:"怎么说?"

"做杂志专访时你说下一个主题是'你知道我为谁漂泊',只有喜欢一个人又得不到,才有那种灵魂孤独、洋洋无依的感觉。"

"既然你知道,就别再做媒撮合我和萧紫芳。"

这算承认了?"她是谁?"我几乎跳起来。

"不能告诉你。"

我鼓起嘴巴。"我不信她比紫芳好看。"

"容貌重要吗?"

"重要,否则怎么配得上你。当然,心灵美更重要,可是,最好内外都美。"只有完美的人才配完美的他,寻常人绝对不行。"很久不见她,你会慢慢忘了她吗?都说时间能抹平一切,过很久很久,你是不是就没那么喜欢她了?我以前相信有永远,可现在有点儿怀疑了。要永远喜欢一个人,或者让一个人永远对自己不变,似乎特别特别难。"

"一点儿都不难。这个世界上真的有永恒的心,有那么一个人,他让你心无旁骛只爱他一个,再也容不下别人。"

"爱?!到这种程度了?!好想知道她是谁啊!能让你神魂颠倒,为她流浪天涯的人,得什么样啊?"我开始发挥无限想象。

谭辛强失笑:"说了你就信啊?"

我惊讶:"你、你、你骗我?不会吧,你不可能骗我。"

"为什么不可能?"

"因为你是谭辛强啊。"我眼里闪耀崇拜。

他温和地说:"嫣若,单纯是你最大的弱点,也是最有力的武器。我要走了。"

"什么意思?真的有这个人吗?那你是不是很快又要走了?到底有没有这个人?"我忙不迭地追问。

他含笑拿起外套离开,留我一脸懵懂。

心慢慢飞扬起来。所有害怕和恐惧的,现在都消除了,轻盈得似乎都要飘上天。我抱着大玻璃瓶,里面新增加了很多星星。

绿色的星星——"谭辛强回来了,他原谅我了,答应惩罚我。"粉色的星星——"茫茫人海中,他在我身边。"红色的星星——"他送给我新年礼物,还有一只纸鹤。"蓝色的星星——"他说,世界上真的有永恒的心。"

对了,为什么这么久没听到诉讼的消息?

三十、彼此的心灵守卫者

第二天一早,我去找负责法律事务的同事。他说:"对手撤诉了,周一得到的正式消息。听说还不是天姿兰得提出的,是它的母公司提出的。你不知道吗,那你这周高兴什么呢?"

另一人说:"我倒希望他们继续告咱们,无形中帮公司做宣传。顾客一看,用普通的价钱能买到别人家同款的高定,简直是捡了大便宜,咱们的销路肯定好。这种案子,很难取证,最后都不了了之。"

那个说:"没关系,他撤他的。咱们公司不是反过来告他抄袭了吗?"

天姿兰得撤销指控!难怪公司里的人对我改变态度,经理们脸上有了笑模样。谭辛强之前突然回来,和这事有关吗?诚然,谭辛强绝不可能与我敌对。但起诉是总公司的决定,他能左右总公司?

告别人抄袭,却又撤诉,这意味着理亏,他很清楚。这种黑锅怎么能背!

敲开他的家门,除了他,还有一张冷冷的脸。玄璇。

玄璇看着我冷笑。

谭辛强让我进门,顺势挡在我身前,说:"玄璇,你先回去吧,稍后再聊。"

"难得人凑齐了,我不走。我不光要找你,还要找她!"她伸出涂着血红指甲的手指指着我。"他为了躲开你,卖了车、卖了公司股份,跑得那么远。你知道他不原谅你,你就抄袭他的设计,逼他出来。星嫣,你真阴险。他为你撤销了指控，自己反倒落了抄袭的名声。你知不知道这对一个设计师有多严重？！"

谭辛强说："玄璇，你不知道情况，别乱说。"

"我清楚得很。要不是因为她，你会走吗？你把我扔在北京，有没有想过我怎么办？"

"果然，你回来是为了撤诉。"我心情复杂地说。

玄璇冷哼了一声，说："别说你没想到，他绝不可能指控你！你们公司已经开始庆祝了吧？可这给他带来了什么，你想过吗？他被总公司辞退了，他送去参加比赛的设计图都被退了回来，现在他在加拿大设计界就是一个笑话，人人都认为他才是抄袭者！"

谭辛强说："我的事与她无关。"

"你总护着她！星嫣，你把他毁得还不够？你如果还当他是朋友，就不该留在楚水三千。特德就是个混蛋，你留在他身边是什么意思？你偷图，他赚钱，你们倒是最佳拍档。"

"玄璇！我送你下楼。嫣若，等我一下。"他拉住她出门。

玄璇口中不停："别以为这样就完了。上次的官司只提了一件服装，你偷的不止一件，这次撤销了，还有下次。星嫣，我一定要你被辞退，让你在设计圈混不下去！你不是勾结特德吗？我要楚水三千跟你一块儿受罪！"

我呆呆地看着电梯门关闭。

过了一会儿，谭辛强走进门。

他说："干吗垂头丧气，看，晚霞多漂亮。"

西窗外，霞光万道，瑰丽多彩。暮云横碧天，斜阳半沉。

"玄璇说的是真的吗？"

"至少关于你的部分都是错的。"他避重就轻。

我追问："其他的呢？"

"我周六回来的确是为诉讼的事。因为设计图是我离开北京后画的，你根本没见过，以你的人品也不会觊觎别人的东西，但设计师写的名字是你，官司必然找上你。"

"设计师是特德，你不必为保护我撤诉。你们的设计相似，总有一天能调查清楚，法院也不能强加罪名啊。"

谭辛强摇摇头，说："不是什么误会。虽然我不认识他，不知道他是怎么拿到那些图的，但我自己的设计还是认得出的。"

"没可能啊，你们完全无交集。"

"我与他的事不重要，重要的是楚水三千直到现在依然把你列为服装设计师，这个罪名由你来背是板上钉钉的事。你的声明并没有被发表。"

我站起来。"那我现在发声明。如果公司不管，我就自己发。"

他拉我坐下，说："晚了，现在发表声明，反而像是做错事还被吓得推得干干净净，你的名誉和前途都将受损。声明一旦发表，特德可以换一个名字，再找一个替罪羊，或者干脆虚构一个人，诉讼程序又得重走一遍，在没有凭据的情况下，案件很难收尾，反倒替他做了广告，而你的名誉就白白葬送了。"

"设计师确实是他啊。"我脑子好乱。

谭辛强望我一眼。

我快速地思索，说："我明白你的意思。不能胜诉的诉讼，变相成了炒作宣传。楚水三千获益是肯定的了，官司打下去，无论什么结果，我都是炮灰。你不愿和他多做纠缠，所以速战速决。可是，可是，现在在事件中唯一受损的变成了你，你的名誉和前途全牺牲了！"

"我有东山再起的资本。"他说得淡然，自信且骄傲。

对此我毫不怀疑。可是如果没有我裹挟其中，官司肯定不会这么收尾。

我追问，他躲不过，点点头，说："虽然起诉仓促，但天姿兰得会坚持立场。"

那么，撤诉完全是他一力促成的。他说服公司撤诉的代价，就是被辞退！撤诉不仅令他蒙羞，更让公司利益受损、客户流失。他为此付出的代价太大了。如果不是为了保全我那微不足道的名誉，他根本无需这样做。如果不是玄璇说破，他也不打算告诉我，不想增加我的压力，他不想让我觉得欠他的。

眼眸如深蓝的星空，心意亦如黑夜般难窥其真，英俊的面庞写着泰然，随意得云淡风轻。走得那么远，远到红尘之外，听到我有难，义无反顾地回来解救，还不想让人知道。

懊恼蚕食我心，与他走后的惶恐疼痛、伤他的锥心内疚都不同，这种懊丧让人坐立不安，让人不甘不忿，让人难以平静。

他倒似什么都没发生，反而安慰我："你别这样。不告诉你，就是不想看你这样。"

我没胆子责备他，但是真的认为他的选择有误。我默默无闻，本就与服装界无关，和他的名誉相比，我的算得了什么，大不了不干这行。思前想后，从他的角度看，确实又没有更好的解决方法。

"如果我真的忘了你，再也想不起来，怎么办？"

他说："再认识一次。"

"可是以前的记忆都没了。"

"那就过好每一天,创造更美好的未来。"他的表情温柔坚定。

"假如我忘了你,你为我做了很多,甚至伤害自己,我却不知道,你不觉得很冤吗?"

"我知道就够了,再说,这件事和你无关。"

怎么会无关啊?我摇头,再摇头。"不值啊,为这么点小事儿损失了你,真的不值得。拿西瓜换了芝麻。"

"这可不是小事。我不能让你被弄脏了。你是最单纯、最干净的。我们都已被世界污染,只剩下最后一片洁净之地,就是你。"

我受宠若惊。

他说:"你把我当作心灵守卫者,其实你也是我的,见到你,就能找到曾经的坚守,温暖的光明的我。"

他语气平静、自然,仿佛只是叙述事实。

我常常觉得奇怪,他总能用寻常的话语,轻松地撩拨起我的骄傲与豪迈,让青春的热血沸腾,壮怀激烈,给我无与伦比的珍视和感动。我在他的凝望中低眸,觉得自己被赋予了光荣的使命,从此要为他更珍爱自己,变得更优秀。

我讷讷地说:"好吧,我又欠了你一次。"

"这次不算,我是为自己。"

"算。我不想看见你吃亏。哪怕你躲不过,至少别是我伤的。结果这两样一个也没跑掉。以前的还没还完,越欠越多,什么时候才能还完呐?"我哀号。

他望着我,说:"谁要你还!再说,你就这么想早点儿还完?还完了,以后不再联系?"

"不是,不是。"我急忙摆手。还完了,我就可以不再战战兢兢,而是以平等的姿态与他相处。

谭辛强选择隐瞒就是不想让我有负担,那我就表现得大方点儿,打起精神,不让他担忧,虽然心还像火烤似的难受。

谭辛强留我吃晚饭。"不看着你,放你一个人,只怕你心重,饭都吃不下。"

他实在很了解我。我请缨:"我给你打下手。"

他婉拒:"看你魂不守舍的样子,为免厨房遭受血光之灾,这顿饭我来做。我不会侍弄花,你帮我浇花。"

我深知他说得对,我的心情还在澎湃中。

浇花我轻车熟路。走进书房,桌上有一张纸,他的字体挺拔,我看了脸都发烧。那是我买来漓江雪的那天吟诵的诗句,他一字不差地都记得。如今读起来,结合刚才他对我的期望,胸中崇拜和热爱翻涌,脑袋一蒙,提笔在后面续写。

可又是怎么回事啊
当我带着迷茫和绝望
苦寻不见
蓦然转眸
你奇迹般出现在我面前
带着
飘忽的身影
炙热的灵魂
诚挚的目光
不变的温暖

你是这样到来
脚步轻盈
踏碎一天虹霓
坠落成雨
而你
而风中的你
纵然身后映漫天的彩虹雨
也掩不住翩翩风采和美丽

我的欢欣
随落花飞舞在你的足尖
你的声音
穿过茫茫天地直拨我心弦

这是你
再望你
你那珍贵的眼睛
竟将凝视赐我
告诉我你从不曾远离
告诉我你一直关注着我

告诉我再不要分离的明天到来
告诉我真的有永恒的心

只有一件事
你忘了告诉我
这是梦吗
……

一鼓作气写了几十行，忽然清醒，糟糕糟糕，我在干什么？！这些悄悄话怎能说给他听？我赶紧停笔，撕不敢撕，藏没处藏，这可如何是好！

"饭好了。"他进来唤我。

我连忙拿起诗藏在背后，说："谭辛强，能把书桌上的诗送给我吗？"

他脸上浮现一抹绯红，是因为被我发现他记录我的话吗？该脸红的是我呀。他注意到我的慌乱，说："让我看看。"

我紧张地退后，搪塞说："就是那张，不、不用看。"

他走得更近，温柔地说："给我。"

说不给有用吗？他站在我面前，伸开双臂绕过我拿住了那张纸，姿势如同将我抱在怀里，实际上身体并没有接触。我不放手，他也不强抢，等着我自己放手。我咬着嘴唇，求饶地望着他，他近得令人不安，眼睛明亮得炫目，只望了一眼，我匆忙低头，默默松了手。

他接过去，没有看，依旧望着我，问："你该不会在上面画了个小王八吧？"

我原本脸红耳热，听了这话不由得扑哧一声笑出来。他说："不逗你了。给，等你想让我看的时候，我再看。"

我如蒙大赦，赶紧叠好收起来。

他撸起袖子做饭，伤疤露出来。我的脸又红了，不知怎么地冒出一句话："琴若她们说的没错，追女孩时把伤疤亮出来很有用。女孩子都崇拜英雄。"

"我不需要她们崇拜，我说过，有一个人知道足矣。"

"可惜，只有我看见了。"

他轻轻笑。

三十一、醇冽温柔自有情

老乔想请谭辛强帮忙设计婚纱和礼服，谭辛强满口答应。贺骁腾曾跟我爸妈说想明年和琴若结婚，此时眼珠转转，说："谭大侠，我觉得你今天特别的英俊潇洒，玉树临风，以前就已经很帅了，今天一看，简直帅到逆天，世上少有。"

谭辛强瞟他一眼，说："今天擦眼镜了？"

"不擦眼镜也看出你风度翩翩，无人能及。"

"哼哼，别以为我不知道你的心思。"

小贺摩拳擦掌，窃喜地试探着问："那么……"

谭辛强说："我不近男色。你看上我没用。"

小贺跳起来，叫："我也不近男色。"

谭辛强拍拍胸口，死里逃生般庆幸。贺骁腾一脸黑线。

谭辛强一笑，说："我知道你什么意思。"

小贺眼放光，"啊，那你答应了？"

"嗯。"

小贺嘿嘿笑，说："拜托了，真不好意思。"

"别不好意思。"

小贺讪讪地说："不不，真的不好意思。"

"那有什么不好意思的，您给钱就行了。"

小贺眼都直了，目瞪口呆。众人偷笑。琴若给他使眼色，指指我。小贺对着我双手合十。我看谭辛强一眼，还没开口，谭辛强就说："好，我答应。"

小贺大叫："要不要偏心得这么明目张胆啊！"

琴若拍他，"得了便宜还矫情。"

谭辛强包揽了所有菜，除了冬笋肉丝，他还做了红烧牛尾、清蒸赛里木湖高白鲑、油焖大虾、烧二冬、竹荪煲鹅，吃得我们个个撑得肚圆。

于芒说："要是你每周都来做一次这样的饭，我就跟我女朋友分手，她做的饭难吃死了。"

谭辛强说："要是我每周都来做一次这样的饭，你女朋友就得跟你分手，跟我走。"

大家爆笑。

赵抒说乔其洛长肉了，让他减肥。老乔愁眉苦脸地说："媳妇儿，咱能别在吃饭时说这个吗？"

小贺冒坏嘀咕："老乔是有境界的人：一览众衫小。"

琴若瞪眼，"还说人家，你也该减了啊。要不不嫁给你。"

于芒憋着笑。他是在座人里最胖的，笑的时候腰上的"救生圈"都颤。

谭辛强对我说："咱们先撤吧，省得溅一身血。"

老乔豪迈地说:"没事,不用走,可以围观,可以帮忙。"
谭辛强说:"我怕越帮忙你们越……我只懂吃和时装。"
紫芳鼓掌说:"这刀补得好。"
谭辛强对小贺说:"服装免费做,但改可得花钱。不多,一次一万。"
于芒掰着手指算,慨叹:"一千个鸡腿啊。"
谭辛强慨叹:"在于芒的世界里,计量单位是肉。"
小贺、于芒和老乔同时抱头惨叫:"让他闭嘴。"
众人大笑。
老乔总结:"谭辛强的冷傲形象一去不复返。"
在公司,我加紧整理物品,悄悄筹备离职交接。

做个独立设计人挺好的。以谭辛强的才华,很快便能脱颖而出,等新作出来,证明他的实力,关于他的质疑将不攻自破。我辞职后去给他帮忙,打个下手,尽全力支持他。想到这儿动力十足,郁闷的心情也舒缓不少。追随他是我梦寐以求的。就算没有那些往事,他也是个很好的领导者,绝对的商场精英。只是还是替他委屈。在最得意的领域被误解,被诋毁,名誉扫地,一想到这儿我就觉得胸口堵得慌。还是那句话,不值。

天蒙蒙亮时,我接到紫芳的电话。她用的是谭辛强的手机,要我戴着口罩墨镜,从后门进入她的别墅。她声音低低的,充满神秘和紧张,反复叮嘱别让人看见。

我匆匆请假,打车赶往她的住处,打开手机,不由得一惊。娱乐新闻充斥着陌生男子抱萧紫芳回家的报道,引发大量跟帖和评论。有人甚至说他们同居了。报道配有图片,还好没有正脸。只看侧脸我就认出了谭辛强。他用风衣把紫芳裹住,谨慎地遮挡她的脸,紫芳半挂在他肩上。

我先假装路人从前门经过。紫芳和谭辛强站在窗边,拉着纱帘,朦胧可见。别墅外蹲守着记者。

真聪明,他们在前门吸引注意,后面无人看守。我从后门溜进去,做贼似的低喊:"我到了。"

我们上二楼,拉上所有窗帘,商量对策。

经纪人和助理也在。他们不堪骚扰都已关机。影视公司要求紫芳慎重处理此事。经纪人异常严肃,助理表情死板。当事人却镇定得很。谭辛强经过风浪,些许小事根本不能困扰他。紫芳的冷静从何而来?要不是了解她,我几乎要以为她预谋靠绯闻出名了。

事实是,前一晚,紫芳参加商务活动喝醉,巧遇谭辛强,谭辛强送她回家。

实话实说？人们只相信愿意相信的。

否认？照片为证，两个人进入别墅，怎么否认？

似乎只剩偷梁换柱。经纪人一提议，众人看向我。在座人中我与她的身高和体型最相似。

紫芳幽幽地说："要不别费事了。实话实说，爱信不信。"

经纪人说："我无所谓。不过公司给你设定的形象是清纯天真，你得保持形象。以你的实力，用不着花边新闻。"

紫芳怀疑："硬说那是星媽，他们能信？"

"一半一半吧。反正他们也找不到证据反驳。用不着所有人都相信，只要我们坚持说法，让喜欢你和愿意支持你的人相信就够了。"

助理说："做好最坏的打算——你承认与他是情侣，杜绝媒体的猜想。他们失去猜测空间就老实了。"

紫芳叹气："可我们不是。"

助理说："管他呢。过段时间就没人关注了。以后再有人问，你就说和平分手。"

"不行！"我和经纪人异口同声。

经纪人说："不符合公司给你的设定。"

我说："找几件你的衣服来，我扮成你，迷惑对方，让他们以为看错了。"

紫芳歉然地说："抱歉把你卷进来。"

我仗义地拍拍她，"说成是我男朋友总比说成是你的强。先搪塞过去再说。"

一直沉默的谭辛强突然发声："就这么办吧。"

事情就这样定下来。大家讨论了细节：我来找紫芳玩，途中不巧扭伤脚，需人搀扶行走。至于衣服，我们是好朋友，经常换穿。

助理指着谭辛强，问："你跟他的关系？"

"同学啊，这是事实。"

"同学之间这么亲密也不应该啊。"

"特殊情况，扭伤脚了嘛。"

我换上紫芳的衣服，墨镜遮住大半张脸，妆容和她的一样，为避免画蛇添足，没戴口罩，戏过了反而显假。我和谭辛强坐在后座，经纪人开车。车从地下车库驶出，自然地路过前门。待眼尖的记者发现我俩，我们便故作遮掩面目。

车在西单停下，引得大批记者跟随。临下车，我深吸了口气。

谭辛强问："害怕吗？"

他泰然自若。有他在，怕什么！"挺刺激的。"我犹疑，"咱俩在屋里戴墨镜，会被当成神经病吧？"

他笑："一句话讽刺了多少人。我们先在外面逛逛街，天气多好。"

我们下车，买饮料，逛街。他耳语："离我近点儿。就算他们不相信，看见咱俩这么熟，又同时从萧紫芳家出来，也能帮她减轻嫌疑。"他的气息吹得我耳朵痒痒的，半边身子发麻。

在别人眼中，我们的样子很亲昵。我不习惯和别人这么近，说："我有点儿后悔了。"

他说："来不及了。你不是一直想撮合我和她吗，为什么不同意公布我是她男朋友？万一假戏真做，不就遂你愿了？"

"紫芳现在太红，靠近她的所有异性包括她爸爸都能引起别人极大兴趣。不能让他们影响你的正常生活。"媒体很厉害，他们能把陈芝麻、烂谷子的事都翻腾出来，得赶紧让谭辛强从大众视线中消失。

影院前排起长队，我们果断放弃。"什么日子啊，这么多人？"我问旁边的工作人员。

"白色情人节。"

自从与褚元分手，这种节日就与我无关。我哼唱："没有情人的情人节，多少会有落寞的感觉。为那爱过的人不了解，想念还留在心里面……"

记者们终于发现不对劲，有人上前采访我们。一个来了，另一些观望的都围上来。我一阵心慌。谭辛强握紧我的手，温暖地传递着镇定。"请问你认识萧紫芳吗？""昨晚你是否和她在一起？""你是她的男朋友吗？"问题汹涌而来，我有点儿懵了。谭辛强接住所有的猜测和疑问，按照事前商量好的回答，其余一概不回应，最后以一句"你们感兴趣的是萧紫芳，去采访她吧，不要来打扰我们"结束。我本来担心记者们对他兴趣浓厚，挖出他父亲的事，想替他抵挡一番，结果却是他将我护在身后。

记者渐渐散去。娱乐新闻出现新的报道，有发图澄清的，有做其他猜测的，也有识破计谋的。紫芳和经纪人依然没出声，他们在等火候。

无论如何，我们的任务已完成。

谭辛强低声说："走。"

"去哪儿？"

"另一个繁华之地。"

为防止还有不罢休的记者，我们从西单转战东单。王府井步行街上多的是一对对的情侣，卖花和白色巧克力的专柜非常火爆。我哀叹："你说论模样、学历、脾气，我不比别人差多少啊，怎么就没男朋友呢？"

谭辛强已摘掉墨镜，指着自己的鼻子说："喂，你绯闻男友在此，别当我不存在。"

"绯闻的不算。我想要个真的，哪怕一天也好。"

他故作沉思状，说："大过节的，我来满足你的愿望吧。"

我愕然："啊？"

他指着大钟，说："从现在开始，二十四小时内，我当你男朋友。"

"啊？"刚才都没紧张，现在我紧张得直冒汗。

"啊什么啊。做戏要做足，虽然换了地方，但估计还有不死心的跟着我们呢。说好了哦，不许耍赖。"他的言语绵密得别人都插不进去话。

说好了？什么时候说好的？到底是谁耍赖啊？错愕中，他握住我的手插进他大衣口袋。"小手儿真凉。萧紫芳的衣服样式好看，却不保暖。"

我赧然，又不好抽出手，结结巴巴地说："我不冷。"

"啊，那只手也冷？肯定是刚才拿杯子闹得，给我。"他拉着我另一只手放入另一侧口袋。我们面对面站着，他眼底都是笑意。我想嗔怪他打岔，只对视一眼，就心慌得不得了，仓皇低头，嗫嚅："这样怎么走路啊？"

"不走了，这样看着你就很好。"

我羞得手足无措，明知是假，依然动容。

他轻笑："看把你紧张的，刚才谁嚷着要男朋友来着？原来是叶公好龙啊。你穿的外套是化纤的，一点儿羊毛都不含，衣兜肯定都是凉的。等你的手暖和了咱们再走。"

我的忐忑源于自知不配。他纤长的手指温柔握住我的手，我的第一个念头是我没洗手，别弄脏了他。相对而立时，我担忧的是我熬夜的黑眼圈有碍观瞻。完美的他应该有完美的女孩相配，即使是假装。

他那么轻松自然，倒显得我忸怩。我得大方点儿，腿半蹲，俏皮地行了个蹲儿安，说："那小女子就愧领了。"

"有效期二十四小时，过了这村儿可就没这店儿了，好好利用时间。你有什么愿望，或者，想要什么礼物？"

他说得我好有紧迫感，不干点儿什么都亏得慌。我还没适应新角色，一时想不出，说："容我想想。你呢？"

"我当然是希望能在白色情人节得到回礼。"

晴天霹雳啊。"回礼？"

他肯定地说："对呀。情人节你收到礼物了吧？"

"收到的是新年礼物啊。"

"情人节那天收到的。"

他说的似乎有点儿道理。我壮着胆子抗议:"一天而已,要不要装得这么彻底?"

"认真点儿好不好?这可是为了你的愿望。"

为了我的愿望吗?怎么有种上当的感觉,还找不到理由反驳。我认了,说:"送你巧克力。"

"俗。"

"我亲手做的巧克力。"

"没创意。"

我搜肠刮肚,列举了许多礼物的选项,他都否决。好在身处王府井,我边走边向着琳琅满目的商品一通乱指。

他说:"乖乖把手放兜里,冷。要不,还放我兜儿里?"

我赶紧双手插兜,问:"你想要什么?"

"女朋友。"还真不客气。

我挺胸,说:"本姑娘在此。"

"长期的。"

哟嗬,嫌弃我。我说:"这个真办不到。通融一下,换个愿望行吗?"

"告诉我你写的那首诗的下文。"

这下算点了我的死穴,我半天都说不出话,看着深蓝色的星光闪耀,方知自己一步步落入圈套。

我嗫嚅:"那个,那个,还没写完。"

"有多少算多少。"

"这个……需要一定的氛围。"

"什么氛围?"

"……内蒙古草原的星空。"

谭辛强大感意外,问:"为什么?"

"因为,因为……"因为每当心烦意乱的时候,就想去内蒙古看星空,寂静的黑夜,星光闪烁,像你的眼睛,深邃,平静,让人安心。而且,这个要求眼下办不到,可以帮我躲过一劫。我心里默想着。

他沉吟:"这好办。飞到赤峰或者锡林郭勒大概需要一个半小时,加上去机场的时间,三个小时足够,还能在那边吃晚饭。"

我暗自叫苦。我错误地估计了他的能力,他是谭辛强。"墨镜可以摘了吗?压得鼻梁好疼。"我试图转移话题。

他为我摘掉眼镜,指尖轻揉我的鼻梁,说:"可不是吗,都硌出印儿了。"

失策啊失策,少了墨镜,我的情绪怎么掩饰?隔着墨镜都不敢与他对视,何况摘了。我垂死挣扎:"草原的草还没绿,先不去好不好?"

"好。你要现在念给我听吗?"

长得英俊也不能咄咄逼人啊,虽然语气和善,虽然眼神期待,虽然态度真诚,虽然……

我脑筋急转:他说我写的诗,可没说哪一首。想到这儿不免得意,吟道:"碧草春风迤逦,死在爱人之怀。我当含笑瞑目,青春之颜永驻。"

他倏然变色。

我怯怯地说:"你又没指明是哪首……"

他眸似深渊,在我的脸上逡巡,表情严峻得令人噤声。"不许说什么死啊活啊的,你会一生幸福康健,无灾无难!"

心莫名悸动,试图反抗,说:"你看你,还在国外受过教育,这么迷信。我只是随口说说。"

"随口说说也不行!"他用眼神逼我与他目光纠缠,"答应我,绝不再说这种话,今天是最后一次。"

被他这样看着,我居然有些内疚,怔怔地点头。他面部的棱角柔和了,似烈日驱散寒冷,低声说:"我态度不好,抱歉。"

我脱口而出道:"时而春水时而冰,醇冽温柔自有情。"天啊,我这话比脑子快的毛病什么时候能改啊,我耳朵都红了,只好用咳嗽掩饰尴尬。

他目光炯炯,热烈而深沉,逼退料峭春寒。他望着我的吊坠,说:"漂泊等闲事,心事杜鹃知。"

经历冷落,他依然引我为知己。漂泊的他,心事我知。

我实惭愧。

三十二、比春光明媚

他继续向前走。我对着他的背影发呆。这样深沉细腻、纤尘不染的人将来会被谁得了去?他驻足,我醒悟,趋步赶上。

"跟紧我,别走丢了。"

我说:"哪儿能走丢了啊。"

他认真地说:"世界那么大,弄丢一个人很容易。"

他是否曾弄丢过一个人呢?

谭辛强忽然回首,眼中光彩流动,辉映春日暖阳,比春光还要明媚。

"怎么了?"我问。

他摇头，抿了一下嘴唇，似乎想压抑笑容，终是开心得没忍住，笑了两声，快乐似从心底发出来。他的脚步轻盈，心情好得不得了。

后来我对琴若说："他笑的时候特别动人，像黑夜里忽然出现阳光。"

那一刻，看着他那种发自内心的喜悦，我莫名感动。是什么能让一个人如此快乐？他一定非常在意那件事。能让人如此快乐的事，简直可敬！

我好奇极了，问他，他但笑不语。

"告诉我吧。以后万一你遇见发愁的事，我就知道怎么逗你开心了。"

"说出来就不灵了。"

"啊，什么东西这么怪？"我愈发好奇。

谭辛强问："你的情人节愿望想好了吗？"

"愿得一心人，白首不相离。"我等着他说俗。

他却说："这有何难？"找到所爱，倾注毕生感情，对他来说至为简单容易。他就是个"一心人"。放眼红尘，有几人能毫不犹豫地说"这有何难"。

他说："重点是一心人是不是你想要的。"

说得对。褚元就曾是一心人，是我不爱他。"我还没遇到那个让我痴狂的人。有时想想，觉得对不起他。我曾想过要等他，守着孤独不怕寂寞，直到他出现，才奉献最真纯的感情。但现实中我却忘了坚守，不能把完完整整的感情给他了。"我惶然，"他会不会已经有了女朋友，甚至结婚生子？我们还没相遇就已错过？"

他说："所以白头偕老是需要运气的。"

"我需要的是安慰，这……好像不是安慰吧？"我咕哝。

他开怀大笑。周围人都看过来。

我们散步，聊天。我的脸有些麻。我一直在笑吗，自己都没觉察，其实没讲什么趣事，就是觉得快乐，笑容不由自主地涌出来。大概是受他影响。

"我觉得我的诗做得很好啊。我做过一个梦，梦里有个骑白马的少年要我等他。他浪迹天涯归来，正值春天，我在青青草原迎接。他告诉我，阅尽天下后，还是觉得与我相守在小村落最好。我却罹患重病，时日无多。有了他的话，此生无憾，我将永远留在他的回忆里，以青春的容貌……"我絮絮叨叨，谭辛强静静听着，也不知他烦不烦。

我苦恼地说："我的失忆症还没好，完全想不起来去年情人节是怎么过的。可能是因为每天和褚元在一起，节不节的没有特别的记忆。"

他带着警告的意味说："虽然我有足够的自信，但你总念着前男友，我可不依。"

"我错了。"我已认可角色。正巧服务员端上甜点，我垂首，双手恭敬地把焦糖布丁推到他面前以示赔罪。他不客气地收下，拿起小勺舀满一勺。我托着腮眼巴巴地看着，他把小勺送到嘴边，忽而一转，递到我面前。我一口吃掉，甜蜜在味蕾间荡漾。

"好吃吗？"

我含着小勺点头，特别满足。

他把布丁端到我面前，我说："有两把勺呢，你也吃啊。"

他摇头，眼神似乎有一抹宠溺闪过，说："都归你。"

我不依，舀好了递到他手中，说："有福同享，有难同当。"

他说："谁稀罕和你有难同当。"

落地窗外霓虹闪烁，对着似锦繁华喝茶，玻璃上倒映他的容颜，轮廓清晰，神采柔和。习惯仰望他，靠得太近便觉冒犯他，看倒影比直接看他轻松。灯光朦胧，细语低回，未饮已醺然。冷不防与他在影中对视，我忙转移视线。

与他谈理想，谈梦，谈诗，有说不完的话，既拘谨又松弛，既紧张又踏实。

手机铃声响起。紫芳告知我她与公司刚刚做了澄清声明。啊，我已忘了她，忘了时间，忘了此番目的。谭辛强竟让我忘了这一切。

他送我到家门口。我说："谢谢你今天当我男朋友，让我不至于独自过节。"

"还没结束。想想明天怎么过。"

"明天？"

他眨眨眼，"别忘了，我是二十四小时男友。"

我挠头，"明天要回家看我妈，已经说好了。"

他故作惊讶："这么快就见家长，我紧张。"

我扑哧笑出来。他这么顽皮呢。

他说："好吧，记住，你欠我十六个小时，以后我再来讨还。"他忽然凑近，我不禁后退，问："怎……怎么了？"

他莞尔："我要以情侣的方式与你告别。"

以情侣的方式？我慌乱，又不敢躲。他温热的气息吹到我的头发上，我紧张地闭上眼睛，听天由命。额头被轻轻一触，若有若无的一个吻。"好好休息，晚安。"他嗓音低沉。

我悠悠睁眼，不敢置信地望着他，被这纯净美好的晚安吻感动。

他又恢复成沉静内敛的谭辛强，转身离开。我鬼迷心窍地拉着他的衣角，说："谭辛强，路上小心。"他含笑挥手。我靠在门上，软绵绵，晕陶陶。我想大概是今天走累了。

他走后许久我才醒悟：我欠他十六小时？这不是为了实现我的愿望吗？我说结束就该结束了啊。虽然，我没有说结束。

回家就感觉气氛不对。爸妈审问我："你什么时候交男朋友了，都不跟我们说！"

"没有啊，要是有我早说了，我不说琴若也会告诉你们。"

琴若啃着苹果冲我挤眼。

"还说没有，照片都出来了。"老妈打开网页给我看。不愧是亲妈，我裹得里三层外三层的她都能认出来。

"根据地"的同学知道真相，把我们仨好一番调侃。

消息传到公司，顿时炸了窝。"星星，你男朋友真帅！""星星，你认识萧紫芳，能不能要几张她的签名照？""星星，你男朋友叫什么名字？有没有哥哥或弟弟？""我是萧紫芳的粉丝，你一定要告诉她啊！"……我按照统一说辞回复，但他们都不相信他不是我男朋友，我也不好多做解释，唯愿别给公司惹麻烦。

三十三、翠绿迷宫的骑士

我在家附近发现可疑的人，怀疑是记者。紫芳听说后，建议我离开北京，短暂地度个假。我是为她挡箭，自然讹上她。她叫助理送来机票，安排我去云南度周末。

我独自出发，抵达瑞丽，又转乘出租车，到达目的地，竟是一座位于森林中的欧式城堡酒店，匀整的园林，壮观的喷泉广场，巍峨的城堡，如童话一般。服务员的举止穿戴都是仿照十九世纪欧洲宫廷侍从，上前行一礼，打开车门，说："公主殿下，请随我来。"他提起我的行李，我要自己拿，他极恭敬地说："请允许我为您效劳。"

按照预约到前台办理入住，接待员给了我一张金黄色的小鸟形的房卡，有专人领我去往西塔楼的房间。蜿蜒幽暗的走廊悬挂着精致的挂毯和油画，服务员为我介绍："西塔楼住的是各位公主，东塔楼是王子。"

"有女巫和魔法师吗？"

他说："城堡后面有森林小屋，女巫、魔法师、小矮人和精灵们住在那儿。"

紫芳真有本事，竟能发现这么好玩的地方。

客房布置得如同公主寝宫，还挂着一个木制鸟笼。这让我想起《金鸟》那篇童话。服务员告知我用餐、茶点、舞会等事项。他走后不久,一个女仆打扮的女孩敲门,说她是我的贴身侍女。她捧着一个大盒子,里面是一套华丽非凡的晚礼服和配套饰品。这下我是真的惊呆了!在服装企业干了一段时间,我看得出来,那套衣服的做工和用料都是高端定制才有的。这原本是紫芳订的吧。有钱人真会玩儿。

女孩要帮我做头发,换服装。我问:"必须要换吗?"

她说:"公主殿下,为了让客人在我们的城堡感受童话成真,装扮能够帮您快速体验并融入梦境。稍后您将看到所有的客人都换装了。"

我觉得很有趣,任她摆布。她一边梳头发一边赞叹:"您的头发真好,不用假发就能把发型完成。"她为我介绍城堡布局,提醒我不要轻易走入翠绿迷宫。那是城堡花园旁由柏树组成的树迷宫,很大,路径复杂。透过窗户,远远能望见那儿,树木经过修剪,形成一道道墙壁,高度在两米左右,枝叶茂密得几乎无法透过树墙看到另一侧。

换装完毕,我看着镜中的自己,与周边的环境还挺搭配。女孩拍手说:"真好看。今晚的舞会上,您一定迷倒许多王子。"

舞会?刚才服务员说的时候,我还以为只是那么一说。"每天都有舞会吗?"

"不是的。我们城堡的主人,'什么都不怕的王子',他的朋友今天要来,他特意举办了这次舞会。舞会在一楼西侧大厅举行。到时候大家可以选择戴面具参加。您的面具在这里。"

我拉拉裙摆,问:"所有的客人都有这样的礼服?"

"我们有服装大厅,客人们可以凭房卡免费选择服装和配饰。不过,您的服装是预订部专门交代准备的。"

尺寸还真合适。

我不习惯被人侍候,让她去休息,自己去探寻城堡。

晚上,身着盛装的人们早已兴致勃勃地聚集在大厅,大部分都戴着面具。现场居然还有乐队演奏,装扮成《不莱梅的乐师》中的动物。城堡的主人,"什么都不怕的王子"高坐在王座上,戴着面具。宫廷大臣代为致辞,欢迎各位远道而来的贵客。

巨大的座钟敲响八下,王子向总管示意,舞会正式开始。一位身姿挺拔、穿着深蓝色服装的蒙面骑士走向空旷的大厅中央,隔空向大门入口伸出手。众人随之望向门口。不知何时,那里静静地站着一位公主。她没有戴面具。人群发出轻呼:萧紫芳。她的礼服是同样的深蓝色,腕上戴着白色鳞纹银镯。我猜,她是童话《白蛇肉》中的公主。

她款款走向骑士，提起裙摆，向他行礼。骑士同样报以十九世纪宫廷礼。音乐响起，两个人翩翩起舞，跳的居然是宫廷舞。我有片刻恍惚，好像真的置身于童话世界。

英俊的骑士，高贵的公主，梦幻般的宫殿，所有人都静心欣赏着浪漫优雅的舞蹈。这一幕无比赏心悦目，人们都陶醉了。

我比其他人更激动，因为从骑士一出现我就认出了他。在我心中，他的确是一位骑士。世上再没有比他们更般配、更和美的搭档。但愿时光停留在此刻，这一刻，岁月静好，生命绽放，华贵荣宠繁华无限。

一曲终了，人们热烈鼓掌。曲风转为轻松的现代舞曲，大臣们邀请人们走到厅中起舞。

骑士和紫芳走向"什么都不怕的王子"，与他交谈。接着，王子邀请紫芳共舞。骑士的目光在人群中逡巡。我走到露台，凭借馥郁的玫瑰香气寻找花之所在。朗月疏星，夜空晴朗得能看到流云半透明。舞会上，骑士在人群中穿行。我加紧脚步，走过玫瑰花园，走过芳草地，在一棵高大的松树旁稍歇。灯火通明的城堡门口出现一个身影，似乎在寻找什么。宽大的裙摆无法在松树后隐藏，我四顾，发现自己到了翠绿迷宫的入口，匆匆看了一眼迷宫的示意图，我走了进去。

月色很美，迷宫的路平整宽阔，道路一半在月光中，一半在阴影里。迷宫中依然能听到音乐声和人们的欢笑声。每到转弯处有一根灯柱，灯光昏暗，树林幽深，更显静谧。有什么勾住裙角，我停下，借月光辨认。骑士随后出现，他俯下身，单膝跪地，灵巧地将湖绿色的纱裙和绿色的枝叶分离。

我声音很低："谢谢。"希望面具足够大，遮住五官，教他辨认不出。

"你已认出我，不打算打个招呼吗？"

"我……不确定你是谁。"

他摘下面具，眼眸如星。这下，我再也无法说不确定。

"就算没认出我，你应该看见萧紫芳了。"

"你们很忙，我不想打搅。"

谭辛强忽然探身凝视我的眼睛，说："你在吃醋。"

我忙不迭摇头，说："你说什么呀？"他身上有淡淡的酒味。"你喝酒了。"

"我很清醒。"他带着笑意，向我伸出手，说，"美丽的公主，我是否有幸邀请您跳舞？"

我大窘。"我可不是什么公主，你认错了人。"

"你，我是绝对不会认错的。"他的手依然伸着。这一幕如此熟悉，我忆起曾经做过的一个梦，不由自主地把手递给他。踏着节拍，他带我轻盈起舞。

随着旋转，他的脸忽明忽暗。他放在我腰间的那只手明明很轻，我却觉得好重，脸开始发烧，还好夜色朦胧，且戴着面具。

"为什么躲着我？"

"我才没有。你喝醉了，净说胡话，应该去休息。"

他低笑："要灌醉我可不容易。能让我醉的肯定不是酒。"

我浑身不自在，心跳越来越快，说："我想回去。你不用去陪着紫芳吗？她露出真面目，需要护花使者，免得登徒子打她主意。"

"你还在介意啊。我保证，以后没有你的允许，我不跟别的女孩跳舞。"

我失神踩了他，停下舞步。"你，你又说胡话。我要走了，等你清醒后再谈。"我倏然转身，刹那间觉得面具碰到了什么，同时听他吸了一口气。

"怎么了？"我连忙摘下面具查看。我的面具是一只飞翔的鸟，翅膀上翘，边缘尖利。我意识到划伤了他，说："让我看看。"

他一味躲着，站在树影里。"我没事。"

我急了，推他到月光下，拉下他捂着脸的手。月光明亮，他的下巴上有一条很细的痕迹。

"呀，出血了。"我想碰，又怕他疼，踮起脚尖，轻轻对着伤口吹气。"疼吗？"

他呼吸一凝，低沉地说："你知不知道靠近我的后果？"我还来不及反应，他的手臂已经搂着我的腰，另一只手托着我的头，手指淹没在我的长发里。他眼中的光彩比月色还闪耀，脸庞离我越来越近。我一定是被他施了魔法，身体动弹不得，所有被他触碰的地方都发麻，只感觉到急促的呼吸和心跳。

谭辛强的气息已吹拂到我的唇边，忽听旁边咔嚓一声，我如梦初醒，赶忙后退，谭辛强同时放开我。一个人低声埋怨："你怎么不关快门声。"接着，两个人哈哈笑着，从树墙的拐角走出来，为首的正是此间主人——"什么都不怕的王子"。他已摘掉面具，很面熟，他说："打扰了，我们刚才在拍月亮。"跟在其后的紫芳说："对呀对呀，我在拍月亮。"

我气短地说："他有个伤口，我只是看一下。"

那个人连连点头说："没错，是得看看。"

他们越是配合，场面越显得尴尬。

谭辛强说："格林，别闹了。"

啊，是格林。格林行礼，说："欢迎光临寒舍。"

格林建了一座以格林童话为背景的城堡！这主意令人拍手叫绝。格林领我们参观，精巧的设计、贴切的主题一再让我们叹服。格林说城堡落成一半归功于谭辛强，谭辛强包揽了服装设计，建设中支了很多招儿，在他资金周转困难时鼎力支持，卖掉了公司。

谭辛强说："我觉得你的想法很好，你也算帮我实现了愿望。至于卖掉公司嘛，我和玄璇始终保持着联系，将来有机会可以再合作。"

至此我松口气。谭辛强说转让股份不是为了和我生气，在此得以验证。

三十四、伤痕是骑士的勋章

他们向大厅走去。我拖在最后。有夜色遮掩，我还能假装从容，要是走到灯火辉煌的大厅，我要如何掩饰？

将至大厅门口，我踌躇着说："听说有森林小屋，我想去看看。你们去跳舞吧。"紫芳挽着我，说："还想去看月亮啊？"我想掐她。

谭辛强说："骑士负责护送公主。"

紫芳和格林走进人群。

去森林小屋本就是借口，此时真不知如何转圜。倒是谭辛强替我说："夜深不得眼，明天再去看吧？"

我点点头，问他："还疼吗？"

他飒然一笑，说："伤痕是骑士最好的勋章。"

我心中一动。只有拥有强大的内心，才能这么豁达开朗、自信从容，这么孤高、庄重、傲骨天成。虽百折而不挠，坚韧似剑。

舞会依然热闹。我们同时看一眼人群，萌生退意。

他说："还我一个小时如何？"

"啊？"

"你欠我十六个小时呀。"

我低头，说："你还当真啊？"

"对你，我总是当真的。"

我的心漏跳一拍。今天的他言谈举止不同寻常，让人心神不宁。

沿着花香芬芳的小路散步，两个人都不言语。礼服的裙摆很大，隔远了我们。我小心地不敢看他，羞怯的心激动慌乱。

月亮在云中穿行，洒下一片银辉，小路上的石子亮晶晶。驻足湖边，波光微微荡漾。草丛中，几只天鹅将头藏在翅膀下睡觉。他扬手，从我的头发上捡下一片花瓣，要扔，被我拦住。我接过花瓣，捧在掌心。

"嫣若，你在害怕什么？"

我摇头，想说我不怕，迟疑片刻，说："所爱的一切渐渐远去，任我如何努力都无法挽回。"

"所以你把记忆片段都写下来，叠成星星。你收集落叶、卡片、一些零碎的小东西，就连这一片曾经落在你头上的花瓣都舍不得丢掉。你的恋旧，你的收集嗜好，都是因为害怕失去。你害怕改变，明明已经很不舒服，还忍耐着，就是因为怕改变后会失去。嫣若，你要学着取舍，很多时候，要试着放手，适应改变后的生活。"

我想到褚元。感情已如鸡肋，我不放弃，更多的是因为不想改变，不想失去，没有去考虑是否真的需要。只顾奋勇向前，忘了出发的目的。

"想起褚元了？"

我疑道："你怎么知道？"

"一想到他，你就一副情义两难、义不容辞的样子。"

我神魂微颤。谭辛强慧眼烛照。我对褚元有情却非爱情，悦己之感怀更甚。

"褚元对我真的很好。"

"我相信。"

"我太粗心大意，而他很细腻，因此老是不对路。"

"不是的。归根结底，你很独立，不够依赖他。他需要一个全心全意依赖他、没有他寸步难行的人。你的忍气吞声不是依赖，所以尽管你很努力，他还是不满。"

这种观点是我从未想过的。

"那他多累啊。"

谭辛强说："他乐此不疲。他需要在付出中体现价值。他是另一种没有安全感的人。"

当真是旁观者清。我一直以为我和褚元不适合，原因是性格，经谭辛强一分析，症结在于需求。

回想初相识，我狼狈淋雨，褚元上前披衣，他是施予者。男生大多是有英雄情结的。在整个交往过程中，我不撒娇，不索求，因为那不是我的性格，我不喜欢给人添麻烦，这样一来，却让他没有被需要的感觉，茫然无措。

以前我总觉得辜负了褚元，尽管对于分手我十分坚决，但其实很愧疚。现在看来，分手是正确的。

谭辛强微笑着看着我释然。

我忽然调皮起来，说："褚元敌视你是有充足理由的。"

谭辛强扬眉。

"如果说有依赖的话，精神上我依赖的是你。或许他早已发现这点，所以不喜欢你。"

他笑了，说："或许，但愿。"

"但愿什么？"

"但愿你永远依赖我。"

我无言以对，只好看湖水。扭扭捏捏不是我的性格，真是的，今天这是怎么了。

他送我到西塔楼，我说："到了，谢谢。"

他看见房卡上的金鸟，柔和地说："金宫公主。如果童话是真的该有多好，在公主走入浴室前，王子走上去吻了她，公主愿意跟他走。"

我轻轻说："但他们没能离开，金宫中所有的人都醒了。"

他莞尔。

我自嘲地说："紫芳安排错了房间。我不是公主，我是一个误打误撞走进森林小屋的穷女孩。"

"如果这个女孩善良勇敢，有一颗比水晶更清澈、比宝石更美丽的心，她就已经是一位公主了。"

我的呼吸有些困难，说："你醉了，早些休息吧。"

他深深望着我，向我行礼告辞。

是夜梦境连连。翠绿迷宫与绿色纱裙，皎洁的月光与他眼眸的星光，在我脑海交替出现。他的气息仿佛就在身侧，在耳旁，在枕边。我的双手发麻，像又被他温暖地握着插入他的口袋。

鸟鸣唤醒清晨。贴身侍女等候在门口，告诉我主人邀请我共进早餐。走到中庭，正遇见谭辛强。他换了一身服装，英武潇洒，尊贵而庄重。王子也不过如此吧。

我说："你昨天喝醉了，说了很多奇怪的话。"

他扬眉，心情不错的样子。"我不记得喝醉了。我说了什么？"

"你说……反正，你醉了。"

"真的？"

我用力点头。他一笑。

偌大的餐厅，只有我们四人，分坐宴会桌的两端。紫芳坐在我身边，悄悄问："昨晚没睡好？"我的黑眼圈那么明显？我反问她和格林怎么回事。她说酒店刚开张，格林请她为酒店做宣传。谭辛强回来后，格林想为他接风，感谢他之前的帮助，两件事合而为一。

我问："就这样？"

"还能怎样？"她耸肩，说话的时候看着谭辛强。

我低声说："昨天他喝了酒。"

"和那没关系。"

餐桌的那端，格林遗憾昨天我们提前离开，叙说舞会有多么热闹，多么华丽，多么成功，大家都非常尽兴。接着，他低声说了什么，他们两人大笑起来。

我说："希望我们保持现状，永远都不变，地老天荒，海枯石烂。"说完想起谭辛强的劝诫。

紫芳轻蔑地说："又做梦。"

我叹息。自老乔搬走，"根据地"人丁稀落，聚会之约渐渐困难，每当思之，我便惶然。紫芳见了，安慰我："好吧好吧，保持现状，永远不变。"

我数落紫芳奢侈，随随便便就花几十万做高级定制衣服，这种款式以后很少有场合适合穿。她骇异："跟我无关。连我穿的衣服都是格林指定的，不是我花钱做的，你的我就更顾不上了。问谭大侠，这里所有人的服装都是他包办的。"

我顿时噤声。

上午在庭院散步，格林领我们去看森林小屋、糖果房子、小矮人的金矿……当晚我踏上归程，离开童话世界。

三十五、不教胡马度阴山

坐在办公室里，回想昨天的事，恍如一梦。

吴皑皑通知我："董事长找你。"

董事长直接召见，能有什么事？

阮茹依旧优雅端庄，眼神依旧锐利，客气地请我入座。我因为已有了离职打算，对公司的人莫名地有一种歉然，总觉得抛弃了他们。

她面前的桌上放着一个很厚的信封，推了过来。"听人事部说，你不肯领。"

我说："您知道，那几套服装不是我设计的，我只管取名，设计费不属于我。"

阮茹感到意外，说："这不是设计费，公司对设计师可不会这么抠门。是你年底额外的奖金，奖励你急中生智，为设计起名，使发售顺利进行。"

换我意外了。钱是特德代领的，他告诉我是设计费，反复劝我收下，被我严词拒绝。这小子诓我？

阮茹说："你不领，是不想让别人发现你和特德的关系吧？"或许是最近屡受震动，今天的谈话我怎么都听不懂。见我不吱声，她一副明了的样子，说："你不用瞒我，第一眼见到你我就明白。特德不喜欢服装设计，我们逼着他学，他不好好念书，画出来的图糟透了。他能拿出那几张素描，我非常惊讶。"

他上学她也管，难道，她是他的……

她拿出一个速写本，翻开，说："我该感谢你，你让他有了灵感。"

我惊得站起来。画中人是我！背景各式各样，每幅画中的着装都不同，涉嫌抄袭那几幅正在其中，且不是设计草图，真的是素描。让我目眩的是素描右下角的签名，大大的一个 T 字。其实根本无需看签名，类似的笔法我见过！这是谭辛强的手笔！

热血往上涌，脑袋嗡嗡响。

阮茹觑着我的表情，说："这次他突然说要来公司，我们都觉得奇怪，他向来厌恶经营，没想到居然肯当总经理，虽然总是翘班去玩，但还是做了好几个月……"

我没注意她说些什么，愤怒和懊恼几乎撕碎了我。

怪不得特德说见过我，原来是见过画上的。素描有的用欧洲建筑做背景，他以为我去过，所以撒谎说在那里见过我。

特德骗我。他偷了谭辛强的图，而我还相信这是他的原创！谭辛强凭想象素描，特德把它转化成设计草稿，自然会和谭辛强的设计稿有差别，但八九不离十，而我还拿这些差别当作巧合的证据。

既然这是抄袭，那么谭辛强所受的伤害是特德早就预料到的，是他一手促成并乐于见到的结果！卑鄙，阴险，损人利己！

"星嫣，星嫣！"阮茹喊我，"你脸色不好，你好像很惊讶。"

"是震惊。我——真的没想到。"

阮茹说："的确出人意料。星嫣，你非常优秀，工作能力强，认真负责。特德欣赏你，很维护你，相信你看得出来。他受你的影响很大，这是我不愿看见的。我曾经很想抓住你的错，但你除了为人冷淡，没有任何过错。有你在市场部，公司的业绩提高了是不争的事实。公司的人，包括我在内，都已经接受了你。但是，就在今天，天姿兰得再次提出起诉，这次是针对另一件服装设计，附加条件还是一样，要求你离开公司。当然，这不是我们想见到的，公司高层也没有决议。有人认为官司打下去对我们有好处，但我不这么想……"

楚水三千立马在我眼前倒闭了才好！这种发不义之财的小公司，像个蚂蟥一样腐蚀正常的企业，寄居在别人的智慧上，靠窃取为生。该死的特德，把我卖了还骗我替他数钱！

不，要冷静，别乱。我稳住心神，直勾勾盯着速写本，说："董事长，能把速写本给我吗？"谭辛强的东西，怎能落入他人之手？他们碰它一下我都嫌脏。

我不打算对阮茹说破。我告知真相，她也不会信，她甚至可能马上销毁这个本，以绝后患。

阮茹露出为难之色。"这是特德的东西，我不能替他做主。"

"我会主动辞职，不拖累公司。我只要那个本子。如果您不能给我，我只好向特德先生要，只怕那时我就走不了了。"

阮茹比我还着急让我走，作势犹豫一下，便给了我。

我紧搂在怀，说："我和您的想法一样，打官司会分散公司精力。请您主持撤销公司对天姿兰得的诉讼。只要公司撤诉，您放心，我立即辞职。我先告辞了。"至于奖金，既然是我应得的，直接拿走。

我以最快的速度打好辞职信，保存待发，开始加紧收拾东西。挨到下班，与同事告别，飞一般离去。

在这里，我连呼吸都嫌弃，听到特德的名字都想吐。

唯一不离手的，是那本素描。

心里还是乱的，手气得直颤。我需要好好捋一捋思路。

星嫣，考验你的时刻到了，沉着点儿，别贸然做决定，一切从长计议。

不管特德从何得来速写本，他很清楚素描的价值，并充分加以利用。在酒会上第一次见到我，他就认出了我。被画画的人反复描摹，我在作者心里的分量不言而喻。将我留在身边，设计师写我的名字，都是特德布下的局。假如有一天作者找上门来，投鼠忌器，特德预备拿我当挡箭牌。如果他败诉，他要拉我陪葬。

谭辛强洞悉他的意图，所以选择撤诉，保全我。

只有我蒙在鼓里。

就算谭辛强向我晓明利害，在没有证据的情况下，我们也无奈其何，何况那时我相信特德。

通过前一段时间的研究，我知道我国的《著作权法》没有明确对服装设计的定性，也没有明确平面到立体的复制是否属于侵权，因此难以作为维权的武器。服装设计也不适用《专利法》。基本上，服装设计被抄袭很难维权。

特德利用法律的漏洞，偷袭成功。

我真傻，被耍得团团转还夸人家有才！

最珍爱的、最呵护的，却被他肆意践踏。想到他得意的嘴脸，我不禁怒火中烧！仅伤害谭辛强这一件事，就足以判死刑，何况还利用我，利用谭辛强对我的关怀，伤害人的尊严。

特德，是你自寻死路！你惹了不该惹的人，伤了不该伤的人，我绝不放过你！

生平第一次恨一个人，恨得牙都痒痒。

该怎么办呢？紫芳说我傻呵呵的，我的确是。谋略与我无缘，我连下棋都下不明白，现在要排兵布阵，简直逼疯我。我整夜睡不着，想出三条对策。

对策一，简单粗暴。我以设计师的名义自居，然后承认盗图，恢复谭辛强的名誉。后果是牺牲我，并让楚水三千撤销产品，赔礼道歉，对天姿兰得进行赔偿。这是最简单，也是最惨烈的方式，两败俱伤，伤敌八百，自损一千。楚水三千早已赚得盆满钵满，官司败诉它也不怕，这点儿小钱与它的得利相比不算什么，所以，损失最惨重的是我。这个方法谭辛强绝不会同意。如果一意孤行，不仅辜负他的爱护，他还会设法阻挠。况且以特德的阴险，到时候找人证明我不是设计师，反咬我是商业间谍设圈套抹黑公司，反倒麻烦。

对策二，忍辱负重。潜伏在特德身边，伺机套话，录音为证，但特德岂会轻易上当。

对策三，不择手段。恢复谭辛强的名誉不再是唯一目的，我满腔的怒火将化作报仇的力量，让特德吃尽苦头。他带给我们的痛苦，将得到十倍的"报答"。

前两条被划掉，唯有第三条可行。要实现它，必须留在特德身边，伺机而动。我不是演员，面对憎恶的人，该怎样不露声色，寻找机会？再见面我都不能保证不上去揍他！

一定要忍。与特德翻脸，除了能痛快痛快嘴，起不到任何实质效果。我要替谭辛强讨回公道。

感谢我的自制力，没有流露出对公司的厌憎。要留在特德身边，第一步就是苦肉计。不到半个小时，全公司的人都知道我要辞职。他们问我原因，只得到无奈的一笑。于是所有人都认定我为了公司利益而选择自动辞职。人们流露赞叹与惋惜，纷纷挽留。我固执地摇头，默默地收拾东西，却迟迟不报正式的辞职信，直到确认公司已撤销对天姿兰得的起诉。

特德这周出差，正好，省得我见到他抑制不住怒气。早已有人通知了他，他给我打电话："星嫣，谁允许你辞职？拿上信回去工作！"还好他在乎，我只怕他无所谓。

"总经理，您多保重。"天知道，这是真话，只是一语双关罢了。

等特德回来，苦肉计的效果发酵到正好。

爱使人变笨，就像谭辛强为我的牺牲。爱也让人变得聪明，比如我这被逼出来的城府。

我向同事们表示感谢并道别，在目送中抱着物品离开。走出公司大门的时候，暗想：路还长，走着瞧。

戏演得投入，以至于忘了谭辛强要来接我，径自回家。谭辛强问起我是否下班，我才想起来，连连道歉。才两日，我的世界已翻天覆地，我又有了那种心的外壳被石化、七情六欲难入其中的感觉，脑子里只剩下一件事。

谭辛强持一枝黄色的郁金香前来，说："路过花店，看这一枝清丽，觉得你可能喜欢。"

看着他清澈的眼睛，满腔污浊都被涤荡，我舒口气，接过那一枝花。他在视线内，焦躁就平息，一旦错开眼，烦恼立生。

他问："出了什么事？"

我表现得多正常，他怎么发现不对劲的？实话实说吧。"以后不用再接我下班，我辞职了。"

谭辛强审视我。我去找花瓶，躲开他的视线。

不能让任何人知道我接下来的行动，尤其是谭辛强，他不会让我为他去报复别人。

他跟我走进卧室。花插入瓶中，摆在书桌上。"漂亮。"我说。

他说："别在意我的话。你的路自己走，不用管别人说什么。"

"我早就想离开公司。"我轻快地说，"终于可以睡懒觉了，可以在午后逛街喝茶，而不是闷在办公室里，多好呀。是不是？"

"笑得那么勉强，还说好。"

"辞职让我解脱，真的。"

"可你还在烦恼，为我的事。"

我不置可否。"你陪我，好不好？其他人都在上班，我一个人无所事事，没意思。干点儿什么好呢？一下子自由了，我都不适应。"

他的眼睛看到我心底。我笑笑，却不受控制地有了彷徨的意味。他的目光很快地闪动一下。"身份证给我。"他说。我顺从地交给他。"收拾两件衣服，跟我走。"我照做。

简单地收拾完行李，楼下已有车在等待，直奔机场。临走时觉得郁金香会寂寞，于是把它别在鬓边。我们在机场候机，我什么都不问。在别人看来，我们是怡然出游的人，只有我知道自己焚心如火。陷在复仇的情绪中，一时又不得解，如果没人陪伴，我只能烦躁懊恨地虚度时光。现在行程被人安排，倒踏实了。

登机前，我说："把我卖到一个有肉吃的地儿。"

川流不息的人群，飞机起起落落，人生就是永远在路上，所幸这段路有谭辛强陪伴。

走出双流机场已是半夜，风很凉，谭辛强帮我系好围巾。这样能依靠他的日子不多了，趁现在多留在他身边，多看看他，多听听他的声音，积攒温暖的能量，抵挡今后的寒冷，希望可以支撑久一点。

倒在酒店大床上，窗外是绚丽的霓虹灯。离开北京，仿佛跳出了一个圈，绷紧的弦正要放松。夜已深，谭辛强在隔壁就寝。一旦看不到他，焦虑又袭心头。

有人轻轻敲门。一开门，扑鼻的香气。他说："刚才在机场你吃饱了吗，要不要夜宵？"

大半夜他从哪儿弄来的食物？我还以为自己会胃口全无，谁知道已经垂涎三尺。我没工夫为自己的没心没肺惭愧，欢迎他进门。麻辣兔头这种人间美味简直是烦恼的克星。三个兔头下肚，我满足地大叹生活真美好。他笑着道晚安。闻着屋子里的兔肉香气，我握着郁金香安然睡去。

第二天，他租了车，带我去市区外。我盘算着如何实施计划，想得沉郁无比。车停了，我定睛一看，乐得直蹦——熊猫基地！

胖嘟嘟，圆滚滚，笨拙与灵巧并存，可爱与憨直的化身，黑白两道通吃，天然的治愈能手，不必圈粉自有无数粉丝，这种神奇的动物，让我所有的抵抗力都消失，兴奋得手舞足蹈。

"那只大熊猫在爬树。看这只，它吃竹子还会剥皮？！掉下来了，那边的，从跷跷板上掉下来了。呀，过来了一只，在爬在爬，哇，还能站起来！我要大熊猫！"我眼巴巴望着谭辛强，当他无所不能，什么都能办到。

他揉揉我的头，说："养你就够了，还大熊猫。"

"我要大熊猫！"

"一会儿买一只给你。"

"要活的。"我不上当。

"好。一会儿我问问人家还招不招饲养员。"

我笑得嗓子都疼，乐不可支，到闭园都舍不得走。回去的路上，我抱着一堆大熊猫的玩偶，嘴里还念念不忘："我要大熊猫。"

"明天还来。"

我顿时来了精神。"可以吗？"

"当然。"

"每天都来,可以吗?"

"可以。"

"住在成都,不回北京了,天天看熊猫,可以吗?"

"可以。我把房卖了,在成都买房。"

我欢呼。

每天都有朋友和前同事发来消息,有的问候,有的感叹。

池红怪我辞职没提前告诉她。我说:"大姐,你以为我想啊。我实属无奈。"她要与我共进退,被我喝止。她干得挺好的,没必要连累她。

琴若问我:"一星期不见人,你跑哪儿去了?"

"在成都旅游。"

我们去西岭观雪,在杜甫草堂的竹林合影,在宽窄巷里喝茶,在春熙路散步。当然,又去了熊猫基地。用小熊猫的大毛尾巴擦脸,肯定特别舒服,冷的时候还可以抱着它取暖。我一直在琢磨这些问题。

北京、楚水三千、抄袭案,统统离得远了,却又留下一条弦,牵着不断。

我只有大致的方向,没有具体的想法,走一步算一步。反间计我曾想过,留在公司引发特德与阮茹等人的矛盾,把他们搅个鸡飞狗跳。但他已经利用完我,下一步是否还会护着我很难说。敌对的人一大堆,被他们盯着,计划不好开展。这条被我放弃了。既不能回公司,又要与特德保持联系,真的很难。如何让一个人对我产生兴趣,这个我真不会。

忐忑之中,等到了特德的电话,要和我谈谈。我松了口气,他理我就好,否则无从下手。

每一个认真的身影都是动人的,都让人由衷尊敬且欢喜。此刻,谭辛强坐在路边的石阶上,用彩色铅笔描绘青城山的清晨。阳光透过树林,碎金一样散落在他的身上。他专心作画的模样特别好看。山林烟雾含翠,钟灵秀气。他与幽静的山融为一体。

此情此景,与报复相去甚远。

要是能抛开一切留在此刻该有多好。

我甩甩头,甩掉这个想法。我的行动正是要保护这样的美好。该来的躲不掉,是时候去完成任务了。

"接个电话神思恍惚。"谭辛强头都没抬,说,"如果离职让你不开心,就回去吧。"

我不开心,是因为别人伤害了你,而且接下来我必须疏远你。

"谭辛强,如果,如果将来我伤害了你,请你相信,那虽然是出于真心,却不是我的本意。"

他的目光一凛，合上本子，说："我……不懂。"

"我们回北京吧。我想我爸妈了。"

他的眼光在我脸上巡游，搜索情绪的蛛丝马迹，欲言又止。

回到北京，带着牛肉干和豆腐干参加聚会。贺骁腾说："好家伙，真是说走就走的旅行啊。"

"潇洒吧？"

他翻白眼。"工作又丢了？别问我怎么这么聪明，一走就是一周，除了辞职，哪儿能这么自由。你说说你的工作，没有一个超过一年的。"

"树挪死，人挪活。"

他八卦地问："听紫芳说你老板对你有意思，他是不是骚扰你了？告诉我，哥们儿替你出气！"

"谢啦，不用。"

"要是他追求你，你就答应。老这么闲晃也不是个事儿。我和琴若一去你家，你妈就催我们给你介绍男朋友。庸庸碌碌的你看不上，机灵懂事的你觉得鸡贼，太挑了你。"

老乔为我解围："缘分没到，着急没用。"

我说："听听，智者的声音。"

我到角落里找到萧紫芳，悄悄问她怎么才能接近一个异性。她上下打量我，说："开窍了你。"

"别闹。见多识广的萧大小姐，赶紧给我支个招儿。"

她好奇得要死："是谁，我认识吗？"

"问那么多干吗？快说。"

她坚持要我告诉她名字，否则不肯教。我只得放弃求助。

我竟如此用心，真惭愧，要是把这劲头儿用在正道儿上多好。

饭桌上，于芒对着谭辛强做的黄豆焖猪蹄摇头，说："我不吃猪蹄，只有这个我不吃。"

琴若已经夹起第三块猪蹄，说："超级棒。谭大侠的手艺炉火纯青，你尝尝。"

于芒盯着猪蹄，有一丝隐藏不住的嫌弃，不好直接拒绝，说："我比较喜欢吃猪头脸儿。"

谭辛强说："你以为它不洗脚，会洗脸？"

贺骁腾满嘴的饭都喷出来，笑得直咳嗽。

于芒聊起最近公司出现的棘手事，他应对不当，没解决问题，反而搞得更糟。他灰心丧气地说："我只长岁数，不长智慧，怎么办？"

"你说的不对。"谭辛强说。

于芒眼睛亮了,希冀地望着他。

谭辛强说:"你还长了肉啊。"

于芒哀号:"让我死了算了!"作势要撞墙。谭辛强连忙拉住他。于芒说:"良心发现了你?"

"等我们跑出去你再撞。我怕房子塌了。这面墙是承重墙。"

"啊!"于芒大叫。"谁帮我把他嘴堵上?"

所有人都盯着菜,吃得不亦乐乎,瞧都没瞧他。

"谭大侠,拔丝你会做吗?"

"没练过。改天试试。"

"好嘞。等你哟。"

"谭辛强,你上次做的羊杂汤真好喝,有秘方吧。"

"一会儿我把菜谱给你。"

"小贺,把饮料递过来……"

"琴若,让我再吃一块猪蹄,行不行?"

于芒恨恨地说:"一帮重吃轻友的家伙!"

他们无忧无虑的笑容,让人觉得享受。谭辛强掀起欢乐的高潮后便含笑旁观,凝视在欢乐的边缘,既不远离,又不过分沉浸。他那根深蒂固的孤独啊,成就了他,同时教人牵挂,无法忽视。我想守护他的孤独,守护他的恬静。他看似无意地扫我一眼,将我的沉思收入眼底。

再见特德,他自信满满的样子让人看着就来气。

小不忍则乱大谋,要出这口恶气必须得忍!像我这样心直口快的人,要隐藏心迹,对讨厌的人露出笑脸,绝对是世纪难题。人生啊,就是个磨炼的过程。

他开门见山,问:"董事长跟你说了什么?"

提那天的事,我的表情就不自然。

他盯紧我,问:"她把我的速写本给你了?"

原来他担心事情败露啊。那本速写的确是定时炸弹。

借着那不自然的表情,我说:"你画的不是我,是我姐姐。我们是双胞胎,长得一样。"这个合理的理由他想不出来,我干脆送给他。

"怪不得我说的时候你不相信。"他说,"把本还给我。"

"不行。画的是我姐,我们有肖像权。我姐快结婚了,一个姑娘家被你这么惦记,传出去多难听。你别想了,不会还你。"我非常坚决。

"你辞职我不批准,你放假也该放够了,回来上班吧。"

"我离开对所有人都好。"

"早说过轮不到你负责,逞什么强啊。难道你早有跳槽的打算,已经找好工作了?"他的话绵里藏针,又挽留,又带着猜忌。我只是个普通员工,他这么费力挽留,看来还有进一步的举动,还需要我做挡箭牌。难道,他抄袭的不只那几幅画,而是画册里所有画他都想用?

我气得肋骨疼,脸色也沉了,说:"玄璇是我朋友。两个公司打官司,我特别难受,干脆躲得远一点。"演技差,补救的方法是选择性地说真话,真情实感在适当的时候更能达到效果,还不会被怀疑。

"玄璇好像并没有把你当朋友。"

"他们公司我认识的不只是她。曾经的设计总监是我同学。"与谭辛强的关系由我自己说出来,坦荡得叫他意外。

"是他们高级定制的设计师吗,这次牵扯到案子里的?他叫什么?"

你不配知道他的名字!我差点儿喊出来。"特德先生,你在逗我吗?案子这么久,你能不知道他的名字?"我不客气地说。

他喝口咖啡。"火气挺大。"

冷静一点,辞职是以退为进,我还得想办法接近他,不能被情绪操控。既然发了脾气,我因利乘便,说:"就因为认识他,有机会得到他的画,玄璇以为我是内奸,偷了设计交给公司。衣服是你设计的,你最清楚我被冤枉了,你还不肯出面澄清。"委屈感刚刚好。"特德先生,感谢您的挽留。您不用再劝我,我肯定不回去。我还没找工作,辞职的事儿是临时决定的,现在工作也不容易找。再说,像我这样总是给公司惹麻烦的人,别人知道了肯定也不敢用。"

"你有才华,失去你是公司的损失。"特德的话淡而无味。经我再三拒绝,他已感受到我离去的决心,不再浪费时间,明显不耐烦。

我察觉到话不投机。明明要接近他,欲擒故纵,结果弄巧成拙,变成真的了。我沮丧地叹气。我装不了虚伪,玩不了心计,报复的想法纯属不自量力。靠我这样的给谭辛强平反,猴年马月啊!

"你舍不得离开公司,还是舍不得离开我?"

舍不得?我的沮丧被误解了。

"都不是。我觉得挺挫败。工作没保住,公司和朋友都责怪我……"

"你的同学也怪你吗?"

我落寞地说:"他倒没有。两个公司闹这么僵,我都不好意思见他。"

"这段时间,你们一起去玩了吧?"他消息灵通得让我不禁紧张起来。"你没想到我会知道?"他捉弄地说。

顺着窘态,我分辩:"我们是好朋友,不是你想的那种关系。"

他观察着我，说："他对你挺好的呀。知道你是我公司的，还和你一起出去玩。"

"他是个特别好的人，总是把别人放在前面，即使对陌生人也非常友善。他知道我最近不高兴，特意带我去散心。其实他的烦恼更大，可他从来不说，总是一个人扛。"提到谭辛强，我不由自主开启崇拜表情。"对别人好，还不想让别人知道，仿佛那都是应该的，都是他自己的事，与其他人无关……"

特德打断我："改天约出来见见。"

"干什么？"

他烦躁地敲着桌子。"没什么。你辞职，他没给你介绍工作？"

"他没说。我倒是想过，他是设计师，我可以跟着他干。"

特德站了起来。"你的工作我给你找！"

"不用。"

他粗声说："不用不行。你不是干这行的料，做不了助理。我给你找个别的工作。"

"我累了，想趁此机会休息一段时间……"

"工作很清闲。"

"财务我干烦了。"

"等电话吧。"他不容多说，站起来就走。

他走了我还在纳闷，我干了什么，他忽然着了急。唯一确定的是，我通过了他又一轮的试探。

几天后，特德开着跑车带我去郊外，在京南的一家贸易公司停住。我的新工作是这家公司的行政秘书。我喃喃："秘书的工作是逃不掉了。"

"财务经理你不干，采购部你不去，贸易部你没兴趣，办公室主任你不当，只能当秘书了，难道叫你看大门？"

有权力担责任的我都不干，以免再被利用。"给谁当秘书？"

他抽口雪茄，气味呛人。"我。"

"这是你的公司？"我早料到了，故作惊讶。看到公司名称时我就窃喜，我在楚水三千做财务时做过与这家公司业务往来的凭证。两家公司同一个总经理，有猫腻的可能性非常大。我的计划终于有了点希望。

这是不是新的试探？

"我只想当个打字员什么的，做一些基础性工作，不用看人脸色，不和很多人打交道。"

他置若罔闻。"明天上班。"

"老板，你不怕我顶撞你？"

他瞄我一眼，无视挑衅，开车扬长而去。

全公司加上看门大爷才二十多个人，有两个副经理。特德基本不来，办公室总是空着。公司从不开会，从不用写报告。文件由各部门写好交给我，都是格式化的东西，需要再加工整理的不多。需要签字的时候，特德偶尔出现，更多的是让我把文件送到他家。

他好几次重提要我给他速写本，我坚决拒绝。

这些素描无法作为有力证据，却是我的珍宝。为防止速写本被发现，我把它放在纸箱子里，上面压着相册、相框、旧时玩具、明星海报，放在父母家我的卧室床下，确保它不引人注目，且不会被当作废物扔掉。

时不时扮演受害者，以此为所有不自然的举止开脱。

"我到现在也不明白到底败在哪里。我工作勤奋，经常加班，对同事友善，还总仗义执言，帮其他人出主意想办法。为什么我会碰上这样的事，平白无故有人和我作对，还被卷入官司，逼着我走？这已经是我第二次被动跳槽。上一个公司也是这样。为什么我老是碰到这种事？我的那些认真、努力，到底有没有用？那些没有我努力的人，反倒安安稳稳。以后我还该不该好好工作？"我真的彷徨。

因我说得真诚，特德被激起怜惜之意，说："在这里你不用管别人。"

我撇嘴。"我不想跟你扯上关系。本来公司里的人就说我跟你不清不楚的，我躲都来不及，这下更说不清了。"

他哈哈笑，说："我还以为你胆子很大。"

"和胆子没关系，士可杀不可辱，尊严是第一位的。"

他促狭地说："你是怕喜欢上我，停不下来吧？"

天地良心，不是我勾引他，自负蒙蔽了他的眼睛。

不过，玩暧昧从来都不在我接近特德的方案里，连备用方案里都没有。他要是言语轻薄，我立刻沉下脸，摆明拒绝之意。

三十六、为谁流下潇湘去

我买了一辆二手车，名正言顺拒绝谭辛强接送。他希望我离开特德，虽然后来又鼓励我回去，那只是为了让我不再烦恼，因此关于新工作我没与他多说。

我平日清闲，业余忙碌。特德总以各种工作占用我的业余时间。这倒可以理解。他的主要精力在吃喝玩乐上，剩余的拿一部分用于工作，优先处理楚水三千的事，余下才轮到贸易公司，这时往往已经下班了。

琴若不满。"你上的什么班？五加二，白加黑，成天见不到人影儿。我还以为你又和谭辛强私奔了呢！"

我呸她。"你就不能好好说话！贞节牌坊都能被你说塌了。"

我充分利用工作时间的清闲，很快与同事混熟。他们都是我的信息来源。我的职位不高，但所有人都知道我是靠总经理的关系进来的，因此对我都不错。

谭辛强约我周末去玉渊潭看樱花。我以加班为由拒绝了他。从四川回来后，我再也没见过他。我在刻意疏远他。其一，怕他与特德撞上起冲突。其二，我全力寻找特德的破绽，委实没有余暇顾及其他。其三，适当与他保持距离，以免特德警觉。此外，谭辛强聪明睿智，我怕被他看穿。

疏远他的原因还有一个，玄璇。她不知从何知晓我们同去成都，打来电话，冷冷地警告我："你根本不喜欢谭，别再戏弄他。"

"我不是戏弄他。"

她说："抱歉，我的话不好听，我不是故意找茬儿。谭有自己的生活，你占据他的时间，他还怎么过自己的日子？我知道你们的事。你帮过他，他对此感激不尽。为了你高兴，他宁可勉强自己。他的利益总是为了你让步。星嫣，不管你承不承认，你利用了他的感激，尽管你可能不是故意的，或者是他自愿的。他特别想为你做点儿事，报答你。你在心理上对他很依赖，这让他非常累。"

"我们在一起有说有笑，很开心。"

她冷哼了一声，说："恐怕认识他的人都会对'有说有笑'这个词表示惊讶。我们认识的他不是这样的。他为了迎合你，不得不改变。你自己想想，他和你一起做的事，是他喜欢做的吗？他只是愿意为了你做。"玄璇好言相劝，"放过他，他有权过自己的生活，而不是活在你的阴影下。他的事业和钱都已失去，已经不剩什么了。"她心平气和，听起来让人尤为惊心。

我竟无话可说。

玄璇说得有几分道理。如果没有特德和设计图的事，我真的会天天黏着他。像一棵大树和树下的小草，我在他浓荫的庇护下安然自得。可小草挤占了树的生长空间，树荫遮蔽了小草的视线。

我对谭辛强说："你和朋友去吧，我下次再参加。"

"嫣若，你在忙什么？"

"咳，瞎忙，总是加班，实在抽不出空。"

他说："我知道你忙。在'根据地'，我们常聊起你。"

如果他问琴若，马上就能知道我并没有那么忙。我总是和琴若念叨闲得难受。

"你是我的绯闻女友，这么快就生疏，媒体问起来，你想好怎样回答了吗？"他的语气轻快。

我心情沉重，鼓起勇气，把排练许久的话一吐为快。"谭辛强，我浪费了你很多时间。你陪我过节，陪我逛街，我无聊的时候，不管你是否有空就去找你。朋友说，我在心理上太依赖你，我的空闲绑架了你的空闲，弄得两个人都累，都失去了自己的生活。"

话锋被我瞬间扭转，他的俏皮都被扼杀，说："见面多吗？我没觉得。从成都回来，我只见过你一次，还是在'根据地'那天。"

"谢谢你在我不开心的时候陪我。"

"你怎么忽然这么客气？出了什么事，还是有人对你说了什么？"

他冰雪聪明。

"我想，我想，你的时间很宝贵，我已经占用了太多，你还有很多事要做，该多认识一些新朋友，我也该尝试……新事物。所以，所以，我们减少一些联系，好吗？"我一边在屋里转圈一边语无伦次地说着，已经词穷。

"郴江幸自绕郴山，为谁流下潇湘去？"

我没听清。"什么？"

"没什么，我懂了。"

我松口气，却有另一种沉郁压在胸口。"我说的可不是绝交，绝对不是，只是，只是减少一些联系。对不起，我反复无常，犹豫不决，自己的生活一塌糊涂，还要连累你。"

他轻声说："你没有连累我。"

为什么他的轻声细语听得我如此心酸？我是如此不忍，如此不愿，好不容易下定的决心已开始动摇。我吸口气，压下哽咽的感觉，说："我很清楚，是我的问题。你是我的偶像，我确实很依赖你。我害怕改变和你的关系，哪怕一丝一毫，都让我觉得世界在崩塌。紫芳总说我有强迫症，发现有一点儿改变，就会抓狂。朋友们说得对，我打扰你太多了。我一直想跟你说，可又不知如何开口。我想了好久好久，怕措辞不当伤害你，怕拖延时间耽误你，怕离得太远失去你，怕走得太近打扰你。"

"你不必为难，我明白你的意思。只要你高兴，我怎样都无所谓。"

我高兴吗？我苦笑，还好他看不到。

我是多么依赖他，想念他啊。多奇怪，我渴望与他靠近，却一次次与他分离。第一次，他随母旅居国外。第二次，我为盲目的爱情推开他。这是第三次，我要假装疏远，保护我的秘密行动，同时也为了不让他担心。他是个干净的人，不能让报复这种事污了他的耳朵。

是命吗？想靠近，却渐行渐远。

"谭辛强，你信命吗？"

"不管信不信，反正我不服。就算命中早已注定，我还是要奋力拼搏，用尽全部智慧和力气才甘心。"

这就是他，充满生命力，坚定，无畏。

他根本不需要我的保护，是我坚持要为他做点什么，否则不安心。

三十七、圣诞老人的狂欢

我按时到达特德的别墅，他有客人在场。出于礼貌，我微笑致意，拿出笔和本等着记录。

"这是肖总。我的秘书，星嫣。"

肖总年纪四十多，一双眼睛从头到脚打量我，像看待沽商品，令人极不舒服。他说："特德，把她带上。"

特德犹豫。

"呵，你还想吃独食啊。"

我收敛笑容。这人说话怎么这么难听！

特德交代一些公务，想了想，抄起外套，说："你跟我走。"

肖总表情奇特。我已发现不对劲，说："我先处理这些工作吧。"

"不急。"

"是公事吗？"

特德斜眼看着我，说："不是。萧紫芳也在。"

我心一沉，默默跟随。

特德亲自开车，肖总坐在右后座。特德命我坐在左后座。

"美女，认识一下，我叫肖赐。"他伸出手。我很不情愿地与他握手，他的手又湿又凉。蛇！他刚才的眼神也像蛇！

"星小姐没参加过聚会吧？"

"什么聚会？"

他哈哈笑，说："我叫它圣诞老人的聚会。去那儿的人都将得到想要的东西，只要许个愿。"

车停在一个俱乐部，里面装潢豪华。我们走向最深处的套间，房间很大，居然还有一个吧台，吧台后站着调酒师。宽大的茶几上摆满酒杯，杯子上贴着酒的名称。

一番寒暄介绍。两个男人分别是阿卡和西奥。紫芳醉倒在沙发上。

阿卡胖胖的，身材像茶壶，说："你们来得正好。今天我想出一个新节目，要品酒。可惜萧紫芳先醉了，正愁没意思，你就带了新朋友来。"

我说："我是特德先生的秘书，不敢高攀各位。我不喝酒。"

特德说："她确实不喝。"

"不喝酒我们也欢迎。一块儿玩玩嘛。"肖赐说，一屁股坐在紫芳身边。我不放心地坐在紫芳另一侧。紫芳感觉到有人靠近，咕哝了两句，没有睁眼。

特德熟稔地问："今天怎么个玩法？"

阿卡兴奋地说："有个高人教了我一手，喝酒得喝出文化来。看见桌上的杯子了吗？九横九竖，一共八十一种。喝完算赢。"

特德用下巴指了指萧紫芳，问："她喝了多少？"

"二十多杯吧。"

特德坏笑："你又设套算计良家妇女。八十一杯，根本不可能喝完。"

"你什么时候学会怜香惜玉了？告诉你，一点儿都不多，都是杯底儿一点儿酒。"

"你当我瞎啊，那杯香槟快倒满了。"

阿卡瞥一眼，说："香槟例外。"

紫芳的脸红得像胭脂。我问："她醉了，我能送她回家吗？"

阿卡说："醉了算输。你不能带她走。"

"输赢有什么后果？"

他们笑了。阿卡说："赢了，我们满足她一个愿望。输了，她就满足我们一个愿望。是不是很公平？"我心里打个激灵。

他们一个个都很清醒。我说："可是你们没喝呀。"

西奥头发很长，扎了根小辫子，说："参加游戏的是她，不是我们。我们的酒，留着最后喝。"

"星小姐有没有兴趣加入游戏？"肖赐眼睛乜斜。

阿卡问："你认识萧紫芳？"

特德在一旁说："她们是朋友。"

我怀着一丝侥幸，说："紫芳她可能不清楚游戏的后果。各位能不能高抬贵手，不跟她计较？"

阿卡笑了笑，眼神冰冷，说："特德，你的新朋友一来就要破坏咱们的规矩。"

特德满不在意地说："她随口说说。"

肖赐说："别浪费时间，都取自己的杯子，看看最后她归谁。特德，你加入还是看着？"

特德慢悠悠地说："这次不跟你们抢，你们随意。"

肖赐看看我，说："也是，今天你有人陪。"

西奥抱怨："下次能不能别用酒比，每次我都输给你们。"

阿卡安慰他："这回有戏。眼前这些酒度数都不一样，掺着喝，酒量好的不一定坚持到最终，看各人运气吧。"西奥来了精神，摩拳擦掌，准备挑选酒杯。

他们几个有说有笑，特德一副看好戏的样子。我紧张地思考着。房间的门一扇通过卫生间，一扇通往露台，另一扇通往走廊。在这个房间喊破喉咙外面也听不见。冲到露台去？露台那边似乎还是俱乐部的地盘。武力抗争注定失败，办法似乎只剩了一个。

我暗中咬牙。等姑奶奶出去了，一定报警告你们！我大声说："先别忙，我也玩！"

四个人都停止动作。特德眯起眼睛。

我说："我赢了，就带她走。"

阿卡干笑两声，说："有胆量。你可想好了，要是输了，你也得留下。"

"只要把酒都喝下去就算赢？"

西奥饶有兴趣地说："对。中途吐了得重来。"

"只要都喝下，就算醉倒了，你们也不会动我们，是不是？"这点我必须问清楚。

"那当然。"他们看我说得认真，也认真起来。"你要能喝下去，醉倒了我们送你们回家。"

我站起身，扫视众人，与每一双眼睛对视，沉着地说："我相信各位都是有身份的人，绝对不会趁机欺负女人。大家都是场面上混的，将来肯定再见面，也不会自讨没趣，让彼此都下不了台。"

西奥说："哎哟，原来你深藏不露啊！特德，你这女秘书千杯不醉吧？"

特德摇摇头。他确实不知道。

我笑笑，"说实话，这是我第二次喝酒。"杯子上的标签琳琅满目，帕图斯、活灵魂、酒鬼、茅台、女儿红、状元酒、五粮液、人头马天醇、英国皇家礼炮、啸鹰、龙舌兰……第一杯下肚，食管发烫，后面几杯直烫到胃里，再后来就没有感觉，只剩下晕，热气极快地从毛孔散发出去。酒劲儿上来了。

西奥说："喝快酒容易晕。"

我的目标是喝下去。以我的酒量很快会晕倒，必须赶在晕倒之前把它们都倒进嘴里。举八十一次杯太浪费清醒的时间，真想找个大桶，把所有的酒倒进去，一口气喝掉。

喝得过急，第五杯没控制好，酒气突然上涌，我捂着嘴往洗手间跑。阿卡在后面喊："出酒得重喝。"

我吐得直冒汗，好在挽回一些清醒。回到桌前，阿卡对我说："算了吧，你酒量是真不成。"

我没理他，端起杯，这次放慢些速度喝，几次压制翻涌的酒气。喝得慢了，头晕得倒快了。

西奥说："酒量真差，认输得了。"

我摆摆手，指着特德说："你，过来。"

"我可不帮你。"

我冷笑："我知道。好歹认识一场，过一会儿我要是喝不下去，你掰开我的嘴也要把酒灌下去，然后带着紫芳走。"

特德阴阳怪气地说："喝不了就别喝，容易酒精中毒。"

"我能喝。既然做了决定，后果我自己承担。就这一件事，你帮不帮？"

阿卡说："输就输呗，干吗这么拼命？"

"不行，对女孩子来说，贞洁比性命更重要。我必须带她全须全尾儿地离开。"

众人哄笑。

"她把咱们当成坏人了。"

"咱们不是吗？"

"小姑娘，你多大了，二十还是十二？守旧得像个老太婆。"

"这都什么时代了，还这么死脑筋。你情我愿的事，让你说得好像我们欺负人。"

我的舌头不听使唤，口齿不清地说："到了什么时代，名誉都至关重要。任何有损名誉的事，都值得用生命去抗争。"我控诉地盯着特德，他扭头装看不见。

西奥劝道："星小姐，你拼命喝酒，萧紫芳领情吗？我们可都是好人。即使她输了，陪我们一宿，她想要的我们照样给。无论输赢，只要有幸被选中加入聚会，目的都能达到。你要是真把她带走，才是害她呢。"

"不管其他参加聚会的人是什么目的，紫芳绝对不会。她一定是不清楚状况，以为是个普通应酬才来的。"

"你对她很了解吗？"

"二十年的交情。"

"人会变的。"

我执拗地说:"就算人会变,就算她有所图,可她已经有喜欢的人了,不可能和其他人发生关系。"

又是一阵哄笑。"守身如玉!你们听见了吗?"

不能再跟他们说了,头晕得厉害,得抓紧时间喝酒。我撑起身子,伸着胳膊去够酒杯,胃里一阵翻腾。特德看我要倒,想要搀扶,我连忙躲避,起身往洗手间跑,脚步趔趄,跑的路线都是弯曲的。

我几乎把胃都吐出去,吐得稀里哗啦,食道、咽喉和鼻子都火辣辣的。因为没吃食物,吐的全是酒。吐完头脑顿觉清明。我靠在墙上喘息片刻,脚底下跟踩棉花似的,头很重,脖子酸麻。

在洗手池洗手,借清水冰凉额头。略弯腰,差点儿站不稳栽倒。镜中的我,清亮的眼眸已沾染迷离,脸色苍白,双颊泛起病态的嫣红,嘴唇鲜艳如花瓣,有一种弱不禁风的柔媚。

糟糕,糟糕透了,外面坐着一群狼啊。

生平第一次,我抱怨自己的相貌,唯愿长得丑些。

三十八、地老天荒的赌约

外面似乎又来人了。

"不请自来,主人勿怪。"清清淡淡的一把声音。我的脚步瞬间冻结,悄无声息地露出半个身子往外看,确认耳朵没有骗我。

阿卡热情地说:"这是说哪里话,平时请你都请不来,快坐。我来介绍一下,这是我留学时的同学,泰蒙。"

谭辛强的英文名叫泰蒙啊,是 Tymon 吗?他为什么出现在这儿?

肖赐抽着雪茄,呵呵笑:"阿卡又开始炫耀海归身份。你再炫耀有人家特德有资本吗?人家是混血。"

阿卡说:"什么炫耀呀,我是实事求是。这位是特德,服装公司总经理。西奥,袜业大王。肖赐,房地产公司董事长。你来得正巧,看看她是谁。我记得你提过喜欢她的戏,正好用她给你接风。"

"接风?你这是慷他人之慨吧?你把她当作礼物,她本人同意吗?我是萧小姐的影迷,对她,可远观,不可亵玩。我更喜欢那种。"冷不防他的手指向我。所有人的目光齐刷刷射过来。

他早已发现我。

我窘得不得了，恨不得变成隐形人。

又一次在醉不可支时遇见他。

肖赐说："巧得很，我对她也有兴趣。"

西奥说："你们说话都注意点儿，她是特德带来的。"

阿卡笑嘻嘻："特德没有要管的意思。"

特德说："泰蒙先生在哪儿高就？"

"无业游民。"

"之前做什么行业？"

"尝试过不少，都不值一提。"

阿卡抢着说："还是我来介绍吧。泰蒙在加拿大快餐业可是个人物，上大学时就开了几十家分店了。"

谭辛强说："阿卡又夸张，哪儿有几十家。"

"十几家总有吧？那……七八家总有吧？后来转行做服装，做得正好时又把公司转让……"

谭辛强不动声色地问："萧小姐怎么了？"

"醉了。"阿卡说，"你说不能光喝酒，得学会品。这不，我附庸风雅，搞了个品酒会。你看看还成吗？"

"这么多？"

"你不是说酒有成千上万种，选择一部分，细细品。你上次说可以选九九八十一种，我就按照你说的找了八十一种。"

"太多了，都算上有好几斤，到最后又变成拼酒量，伤身体不算，还浪费酒。酗酒、斗酒、牛饮，都失去了真正的乐趣。古人喝酒讲究酒品酒德，更注重度，适可而止，微醺最佳。"

阿卡遭了批评还很高兴，对其他人说："他上次就是这么说我的。你上次还说了好多，我学不上来。你看我选的酒可还行？"

"应该将酒分类，满九为一序，一共九序，八十一种。比如屠苏酒、雄黄酒、菊花酒都排在节令序。古代中国划分九州，选取有地域代表的酒，成为九州序。有酒必有诗。例如'葡萄美酒夜光杯''兰陵美酒郁金香''更待黄菊家酝熟，共君一醉一陶然''何以解忧，唯有杜康'，等等，作为诗酒序。酒香如美人，可列美人序。诸如此类。"

阿卡边听边说："你们听听，是不是挺高的？听完人家的，我以前喝酒纯属瞎喝。"几人纷纷点头。

趁他们说话，我悄悄坐在紫芳身侧，防止肖赐对她揩油。

"每次品酒一序足够，用不着几十种都摆在这。我看你们几位很清醒，倒是两位女士醉了。"

"她们加入了品酒游戏，要么认输，要么玩到最后。"

谭辛强修长的眉毛微挑。"游戏？"

"这叫闻香品酒会。品的叫九九归真酒。玩的人要把八十一种酒挨个品尝，都喝完，我们就满足她一个愿望，要是喝不完，"阿卡嘿嘿一笑，"她就得为我们做一件事。"

谭辛强肃然道："你又糟蹋中国传统文化。我告诉你酒令，是让你攒局寻花的吗？"

"喝酒是为了取乐嘛，怎么取不行啊。"阿卡不服地说，被谭辛强目光一扫，收敛了顽态。"好吧，主意是你的，你说不对就不对。"

谭辛强温和地说："酒摆得毫无章法。我告诉你三分，你只记住半分，还没用在正地儿。今天这局不地道，建议散了吧，改日我请大家。萧小姐醉得厉害，我要带她离开。各位？"他询问地看着大家。

"当然，当然。"阿卡应声。

"至于你，"谭辛强走到我面前，"你的愿望是什么？"

他以为我是那种女人？我不敢看他，可又无法不抬头，与他闪耀的眼睛对视，心狂跳，说："带紫芳走。"

他眼波温暖，说："我要带她走，你跟我走吗？"

见到他的那一刻我就知道紫芳安全了。他发了话，我正好离开这是非之地，只是，要醉醺醺地跟着他，我残留的自尊在挣扎。

他的眼神没有给我第二选择。一个好字已到我唇边，特德忽然说："星嫣是我的秘书，泰蒙看上她，得问问我的意见。"

"哦？"谭辛强扫我一眼，我不易察觉地瑟缩一下。"看来，特德先生不肯割爱。"

"游戏有游戏的规则，一旦开始，就必须有个结果。"

谭辛强扫视桌上成堆的杯子，说："依我看，星小姐肯定完不成游戏，特德先生觉得呢？"

"她输定了。至于谁能带她走，需要比试。泰蒙，你要加入吗？"

谭辛强轻蔑地看着桌子，问："用这残局吗？"

肖赐插话说："阿卡，西奥，依我看，咱们三个退出，让他们两个比一场，怎么样？"阿卡和西奥附和。

特德挑战地望着谭辛强。

谭辛强道："可以。我不是酒徒，更不是酒鬼。我们选择一序，喝完九杯的人算赢，如何？"

西奥说："九杯决胜负，未免太小看特德的酒量了。九杯我们也行啊。"

肖赐问："是比速度吗？"

阿卡打个响指，说："你们喝那一序吧，叫什么来着，倾心啊，沉迷啊什么的，叫什么来着？我对那个好奇死了。"

谭辛强微怔。

特德逮着机会，问："怕了？"

"那倒不是。阿卡说的那一序叫地老天荒，两个男人喝，未免奇怪。"

特德决然道："就来这一序。"

"既然这样，我把酒谱给调酒师，这序都是鸡尾酒。"

很快，鸡尾酒调好了。两个人面前各放了九杯。我不懂鸡尾酒，只觉得花花绿绿，煞是好看。

调酒师说："地老天荒序。第一杯，倾心。"

特德一口喝下，脸色微变，说："好烈！"

谭辛强沉静地说："特德先生，虽然是比赛，还是要以品为主，不要求快，须知欲速则不达。"他缓缓喝完，对调酒师说，"不愧是阿卡挑选的一流调酒师，第一次做，已经找到精髓。香气浓烈而直接，馥郁醇厚，与倾心的感觉相符。"

其他人按捺不住，要求调制一杯，每个人喝完都面露惊讶。西奥赞道："果然痛快！"

阿卡说："你们知道为什么一序就能决胜负了吧。"

调酒师说："第二杯，神夺。"

特德慢慢喝完。阿卡说："我要飘起来了。"

"第三杯，动魄。"

西奥的脖子都红了，说："心脏病要犯。"

"第四杯，惊艳。"

特德的额头出汗。西奥靠在沙发上，说："惊艳，绝对惊艳！我就到此为止。你们继续。"

"第五杯，沉醉。"其余人都不再喝，只剩下谭辛强和特德。

"第六杯，忘情。"谭辛强的眼睛越来越亮，特德脸上已无表情。

"第七杯，孤独。"

阿卡问："为什么叫孤独，前面不是挺高兴的嘛？这会儿应该结婚入洞房了，哈哈哈。"

谭辛强说："情到深处，人自孤独。"

我既不安,又为这一序酒名蕴含的浪漫感动。谭辛强不愧是谭辛强,骨子里的才情随便找个机会就冒出来。我充满酒精的脑袋乱糟糟,想:他曾经以孤独为依靠,是失去亲人的孤独,还是爱上一个人的孤独?

特德的头渐渐歪了,酒杯跌落,人已醉倒。

我猛地意识到这是千载难逢的好机会,送特德回家,我能借机找证据。

三十九、潭深似君心

胜负已分。阿卡说:"泰蒙,她们归你了。"

我清清嗓子,说:"等一下。特德只是我老板,我没卖给他,他做不了我的主儿。我要继续玩游戏,以游戏定输赢。"

所有人都惊讶。谭辛强注视我。

阿卡怪叫:"啊哈,还要再喝一遍地老天荒?酒这么烈,要死人的。"

我脸红了,说:"我没有那么好的酒量。我来挑选酒,咱们比试。"

大家望着我,都不说话。有的是因为醉,有的是因为惊愕。

我挑选了竹叶青,蓝色薄荷酒,以及一些我根本不认识的酒,只看颜色,挑好交给调酒师,要他摇匀即可。调酒师狐疑地望着我。肖赐眼睛发直,问:"这能掺一块儿喝吗?"

酒倒入透明子弹杯中,加入冰块,若蓝若绿,如秋天的湖水。

"瞅着跟毒药似的。"西奥叹息。

阿卡说:"说得跟你见过毒药似的。"

我端起杯,说:"这种酒,叫潭。"

谭辛强眉梢微动。

我说:"潭深似君心,潭冽如君眸,潭幽如君性,潭静如君思。"

阿卡使劲鼓掌,叫好,说:"虽然没听懂,但还是好!"西奥笑得几乎仰翻。

我举杯要饮,谭辛强压住我的手腕,深深看我一眼,拿起他的杯子一饮而尽,说:"你赢了。"

他抱起紫芳。"阿卡,你的见面礼我收下了。以后,她是我的。"

阿卡在他身后叫:"我让司机送你。"

紫芳的包落在座位上,我拿起来追上去。谭辛强走到车旁,把紫芳小心翼翼地抱上车,在她头下垫软枕。

"包,紫芳的。"

他接过去，平静若水地说："你说辞职了，找到新工作，原来是当特德的秘书。你说加班，原来是来这里。"

我满腹言语说不出，只是楚楚望着他。

他突然伸出手，殷切地说："跟我走。"

我攥着拳，克制着不把手放在他温暖的掌中。我多想跟他走，但真的不能，拒绝的话又说不出，为难地呆立。

他收回手，面无表情地说："特德还需要你照顾。"说完坐上车。

车开走了。

房间里，特德已经烂醉。阿卡研究着我的酒，看看颜色，又闻了闻。

肖赐摇晃着酒杯，问："这人什么来头？"

"我大学同学。在加拿大开连锁快餐店，后来卖过服装，又当老板又做设计，最近好像闲着。"

"家里有背景？"

"普通人家。"

肖赐说："无权无势，你怕他干什么？"

阿卡说："倒不是怕，就是看见他有点儿怵，他这个人很正，当着他面我不敢乱来。被他损两句，也生不起来气，还愿意听他说话。"

"他说话挺有意思。这个人不简单。"西奥端起一杯酒。

"他点子多，有创意，头脑灵活。我没跟他深交，老觉得他很厉害。"

"文弱书生。"肖赐说。

阿卡说："他可是个狠角色。大学里，有个外国同学强追一个华裔女孩，泰蒙去阻拦，和那大块头打了一架。那人比他高两头都不止。俩人一对一地打，泰蒙被打得特别惨。但第二天，他又护着那女孩，带着一身伤又和大块头打一架，又输了。第三天还是。被打倒在地，浑身是血，神气却一点儿不服输。到第四天，大块头看见他调头就走。我从没见过有人输了还理直气壮，最后跟赢了似的。他好像什么都豁得出去，好像什么都不在乎，又什么都在乎。"

西奥问："那女生跟他在一起了？"

阿卡说："没有。他们不认识。"

"他不喜欢那女生啊。"西奥失望。

"我有时觉得他挺可怕，琢磨不透他在想什么。"

肖赐说："他有一股傲气，我看不惯。"

不，不是高傲，是高贵。谭辛强有一种隐隐的却又不可忽略的高贵。他有礼貌，对人也不冷淡，是他的高贵让其他人有无形的压力，自动退避三舍，倒被当成是他傲慢。

我请求："阿卡先生，能找人帮我送特德回家吗？我一个人弄不动他。"

"特德这小子有点儿艳福。"阿卡安排人。

我手脚都软了，全靠那人把特德背进屋。安置好特德，我道谢送人。

别墅共三层，他会把重要的东西放在哪儿？

一阵头晕袭来，我已不支，决定休息会儿再找，谁知往椅子上一靠便昏睡过去，醒来时已是傍晚，一时不知身在何处，想了半晌，才明白在特德家。特德早已醒了，机会就这么没了！我懊恼得咬紧嘴唇，都说贪杯误事，这次真是应了这句话。

特德走过来，问："你怎么没跟他走？"

"我渴了。"我揉着太阳穴。

"他是谁？你认识他？"

"渴死了，水。"

他出去拿水。我咕咚咕咚喝个不停，抹抹嘴。他紧盯不放，问："泰蒙是谁？"

我不由自主微笑。"他的中文名字叫谭辛强。"

特德脸都黑了。

第一次正面交锋，谭辛强赢。我忍不住地开心。

"提到他你这么高兴？"特德咬牙切齿。

"难道还哭不成？"

特德冷冷地说："你为什么没走？"

"哦，抱歉，我马上走。"我忙起身。

他拉住我，我挣脱。"我问的是你为什么没跟他走！"

我反问："我为什么跟他走？紫芳能离开那儿就够了。"

特德放手，问："他现在在哪家公司？"

"他不上班。"

"哦？你问问他愿不愿意来楚水三千工作，公司缺设计师。"特德补充一句，"难得有人和我想法一样，连设计都相似。"

他想干吗？假装坦荡，炫耀胜利，还是纯属没心没肺？

"他偶尔设计服装，不是专职设计师。我们聊过，他还没想好干什么。"

特德说："他要是干设计，我们公司卖面料，可以卖给他。你跟他宣传宣传。"

我不温不火地说："我只是个秘书，不管营销。"

"给你提成。"

"不干，累。"

他拿我没辙。"以后别逞强。酒量差还喝，救不了萧紫芳再把自己搭上。"

"顾不上那么多。"

他轻蔑地说："喝了吐，吐了喝，最后还不是输。"

"拼尽全力，死也死个痛快。"

"除了拼命你还会什么？"他鄙夷，"萧紫芳要的可能就是这种结果，你插手给搅了。"

我坚持说："紫芳不是那种人。"

特德忍无可忍。"你怎么这么傻啊？"

"傻"这个评价是我现在最需要的。

特德之前一定觉得我很傻、很好骗。就让我利用他的印象，继续"傻"下去吧。假痴不癫适合我这种人。

他貌似漫不经心地说："看来你为朋友可以做任何事。"说的是萧紫芳，他想的却是谭辛强。我终究还是让他警觉了。

我稳稳当当地回答："多谢夸奖。为朋友两肋插刀是中华传统美德。"他冷哼。

身上又脏又臭，酒味和雪茄味都渗到内衣里。我回家沐浴更衣，打电话训斥紫芳交坏朋友。她叫屈："公司一个经理说，有几个投资商要投一部电影，介绍我认识。关系处好了，让我当女主角。谁知到了那儿是这么个情况。不喝算认输。我想不能不战而败，只好喝。又知道肯定喝不完，就偷偷发消息向谭辛强求助。"

我说："既然能拿到手机，直接报警啊。"

紫芳苦笑："报警说什么呀？当时还什么都没发生，警察来了也没用。再说，我还要在这行混呢。"

"你公司的人呢？"

"不知道什么时候走了。"她悻悻地说，"还好你来了。酒劲比我想象中大。要不是你帮忙顶了一会儿，我恐怕等不到谭辛强来。"

我教育她什么叫无欲则刚，其实我比她还不如。

四十、听者有意

我和事务所的很多人还保持着联系。我和池红一起约他们吃饭。饭桌上，池红抱怨："现在回想事务所的工作真单纯，虽然累，但是只是身体累，脑子累，心不累。本来还想着有个人同甘共苦，没事儿聊聊天，结果星嫣还跑了。我也想辞职。"

我说："你在财务部很受器重，还不知足，要上天啊。"

小利说："就是，在事务所不一定好。你和星嫣关系好，施维维能给你好脸儿？"

我惊讶："什么情况？"

"她爸逼着她跟武司德分手，说武司德心术不正，不可交。施维维都快和她爸闹掰了。他爸把武司德炒了。"

"上回你们说过。"

"所以啊，施维维恨死你了。一人获罪，株连九族啊。"

池红嚷："你听见没有，以后对我好点儿，我是被你连累的。你现在的公司怎么样？要是好，把我介绍过去。"

"我自己在那儿都是混日子，你去干吗？"

池红深深叹息。看起来她是真的不想干了。饭后，我们结伴回家，我问她工作上遇到了什么烦恼。她气恼地说："还不是因为你给公司立了大功。本来就一堆烂账，现在又多了一笔。"

"大功？你说我主动辞职的事？"

她打个酒嗝，说："不是那个。你建议去申请的中小企业发展补助批下来了。好几百万呢，建染色科研室的补助。"

"这是好事啊，但我只是提议，具体是生产部做的。"

"唉，就是这钱惹事啊。没钱发愁，有了钱更愁。"

我直觉这里有问题。她哼哼唧唧，无论我怎么追问，都不说了。问烦了，她恨恨地说："反正没我什么事。我是谁？我是事务所出来的，审了多少人，能把自己套进去？"听她这么说，我放下点儿心。她是我的朋友，虽然不属于知心的那种，我还是希望她平平安安别出事。

池红嘴很严，喝醉了我都问不出，清醒时更不用提了。虽然好奇，但我已不可能去查看楚水三千的账，感觉机会擦身而过。

行业协会与服装学院共同举办讲座，邀请企业参加，讲座的题目是"供给侧改革对服装产业的影响"。我随特德同去。对于他能出席这样正经的活动，我有些意外，后来才知道，他是为了去见阿卡的父亲，中国纺织业领军人物赵修。

找到座位，我去给特德拿饮品，在安静的报告厅角落遇到褚元。褚元为了结识服装企业，特意来参加讲座。

左右无人，褚元说："你和谭辛强的事我听说了，你们到底还是在一起了。"看他酸溜溜的样子,我可不会自作多情地以为他对我旧情难忘,他总怀疑我与其他男生有染,如今终于"证实",他又欣慰又悲哀,情绪复杂而已。

我懒得解释,余光却扫见特德向这边走来,意识到机会来了,说:"事情不像大家看到的那样。我和谭辛强是好朋友,那天去紫芳家我喝多了,他扶着我,仅此而已。记者们把我当成萧紫芳,拍了那些照片。"

"你们可不是一般的好朋友。"

"你还不知道嘛,谭辛强是我的偶像,是特别好的人。说实话,我挺怵见他,一见到他就紧张,老怕说错话、办错事惹他讨厌。有一天喝酒看见他走进来,我手脚都僵住。他跟我说的话,要我做的事,我从来都想不起来反驳,总是言听计从,回过头想想挺累的,但是到了下一次,我还是会照做,不由自主地。"

褚元高兴了点儿,说:"你用不着为别人勉强自己。"

"谈不上勉强。他对朋友总有一种奋不顾身的劲儿。我有幸成为他的朋友,但我十二分不称职,总觉得亏欠他,受之有愧,所以对他也总是义无反顾。"

他说:"这样不正常。"

"你说得对,朋友之间没有这么相处的,我也正在试着转变。"

特德叫:"星嫣,来一下。"

我向褚元抱歉地一笑,掩饰住计谋得逞的喜悦,回头却一怔。除了特德,更远处,站着谭辛强和玄璇。他们显然都听到了刚才的对话,玄璇嘴角挂着讥讽,谭辛强毫无表情,特德幸灾乐祸。

天啊,这不是我想要的。疏远谭辛强是为了不把他卷进来,不让特德起疑,但我没想伤害他。

我刚刚说的这番话,是灵机一动临时编出来的,结合实际,既贴切又合理,即使是谭辛强听了也会相信。我上一秒还在得意,现在悔得肠子都青了。

特德装作刚发现谭辛强,说:"泰蒙在那边,咱们去打个招呼。"

万幸就在此时主持人宣布讲座开始,请众人入座。我收拾杂绪,认真听讲,一丝不苟地记录讲座内容,特德探头来看,说:"记得还挺工整。"

讲座结束,我埋头收拾物品,故意慢吞吞,怕一抬头,情不自禁地搜寻谭辛强的身影,怕动作迅速,与他相遇在散场的路上。特德催促:"快,快点儿。"说完直奔前排走去。在那里,赵修身侧围了许多人。阿卡向父亲引荐特德,他们寒暄几句,赵修眼睛一亮,向远处招手说:"谭辛强,你也在这儿?来,到这边来。"

谭辛强走到近前,向赵修问好。

赵修说："听阿卡说你离开服装公司，我都替你可惜，担心埋没你的才华。现在看来，你还在这行，好啊。"他向众人说，"我来给你们介绍，这是谭辛强，阿卡的同学，非常有天分的设计师。"

阿卡对特德说："你们前几天见过，泰蒙就是谭辛强。"

特德对谭辛强礼貌地伸出手，说："久闻大名，在上次见面以前。我的公司和天姿兰得公司有些误会，玄璇小姐认为我公司抄袭了谭先生的设计图，我却以为谭先生误用了我们的创意，还好，最后谭先生主动撤诉，让我们今天的会面能愉快地开始。"

特德彬彬有礼，其他人却听出端倪。玄璇忙看向谭辛强，后者依旧泰然，且没有任何要解释的意思，目光似无意地射向我这边。我心一跳，此时顾不得避开，密切地关注着，琢磨是否该用曾放弃的第一方案。

就在这时，赵修说话了："这肯定是误会。谭辛强骄傲得很，看不上抄袭这种手段，这方面他有洁癖。"

谭辛强说："洁癖倒算不上。"

"我们聊过业内抄袭泛滥的事儿。抄袭为的是牟利，他又不缺钱。你们不知道他，"赵修指着他，赞赏地说，"他是我认识的最具有独立个性的青年设计师，没经过任何正规学习，仅凭兴趣，无师自通就做起设计。他的作品又新颖又别致，想法天马行空，我和老伴儿的很多衣服都出自他手。阿卡的哥哥结婚，新婚礼服都是他设计的，见了的人都说好。"

一人附和说："真是了不起。"

另一人说："那件礼服我见过，婚纱也特别美，原来是你设计的呀。"

赵修说："他拿过很多奖。谭辛强，你最近有什么设计，我帮你办服装秀……"

见赵修如此器重，其他人都识相地捧着说。以赵修的地位和威望，谭辛强受的委屈可以一扫而光了。众人七嘴八舌，谭辛强谦虚应答，气氛很快缓和下来。特德的抹黑无功而返，迅速换了亲热的态度，说："谭先生的才华实在难得，要是能来我公司就好了。我们这种小企业您看不上吧？"话语淹没在声浪里。

第二次正面交锋，谭辛强无需出手，自有人替他挡箭，特德攻击不成，反给了赵修机会替谭辛强作保宣传，还是在业界同行面前。特德输得不甘不服又无奈，寥寥两句便道别。

走到车边，特德没好气地说："你不跟着他风光，跟着我干什么？"我不语，静静回望他。他气馁地说："上车。"

在车里，特德发泄似地布置工作，我记录着，一不小心，笔掉了，捡起来继续写。写着写着，笔又掉了，我又捡起来。笔第三次掉落，落在他脚边。

他看我一眼，捡起来递给我，说："我还以为你真的无所谓呢。"我只写字，不回答。

特德不满地说："你们既然早就认识，干吗在俱乐部不说？"

"用不着昭告天下吧？我只是个小角色，认识谁不认识谁没人关心。"

"小角色？你小看自己了。那天你们分明是男女主角。"特德盯着我。抱歉，没露出慌乱的模样，让他失望了。

难得有机会通过侧面言论消除特德对我和谭辛强关系的警惕，却又被谭辛强听见。虽然我早有误伤他的心理准备，但这样直接且无情，远超当初的预判。我该如何抚慰，今后又如何面对？还有，上次喝得醉醺醺的，又拒绝他的好意，我拿什么补救？

初春的街头，风冷冷地吹着枝条的嫩芽。我在谭辛强家的路边徘徊，盯着他家窗户，匆忙地打着腹稿，心中一阵懊悔：我怎么又把自己逼到两难的境地。说也不是，不说也不是，说清楚了不行，不说清楚了也不行。

紫芳打来电话，气势汹汹问："星嫣你有没有搞错？活了二十多年，什么话该说，什么话不该说还用人教吗？你那么说谭辛强太伤人了，连我都听不下去，你赶紧去道歉！"

"谁告诉你的？"

"我自有耳报神。你怎么想的，啊？跟谭辛强相处很难为你是吗？就算是，你可以跟我说，跟琴若说，跟老乔说，你没事儿找褚元诉什么苦，跟他说得着吗？家里盛不下你了，你跑去跟前男友诉苦！"

我早已决定孤军奋战，不牵连任何人，面对指责只能沉默。她听不到回答，更加生气，说："除了谭辛强，我们也让你为难吗？你还看我们哪个不顺眼，和谁交流有障碍，你说吧，大家都轻松！拜托你行行好，既然讨厌他，就别再打扰他，拉着他不放。"她语速快得像机关枪，说完挂断电话。

局外人尚且如此愤懑，当事人又当如何？除非将计划和盘托出，否则什么解释都显得苍白。等成功了，将辉煌战果给他看，比什么解释都有效。

我打消了见谭辛强的念头。身后忽然有汽车在按喇叭。是特德！我暗暗惊心，庆幸没进小区。他示意我上车，问："为什么不进去？"

我闷声道："除了道歉，没什么可说的。"

"可以试着解释。"

"没什么好解释的，我说得很清楚，不想骗他。只可惜时机不对，有些伤人。你怎么在这儿？"

"阿卡请客，点名要你去。"想起品酒会我心有余悸，不愿去。特德神神秘秘地说："有你想见的人，不去肯定后悔。"

"谁？"谭辛强在那儿？

"去了就知道。"

特德见到谭辛强，肯定又要生事。真奇怪，特德到底和他有什么仇，老针对他？

我默许了。车向天津驶去。

阿卡热情地迎接我们。他的客人不多，总共十几位。我的目光不由自主地四下搜寻。特德说："你看那是谁？"

武司德和施维维携手出现。原来特德说的是他们。我说不出是失望还是释然，表情只流露出震惊。特德对我的反应很满意，凑近低声说："听说你是他们的第三者，我都替你抱屈，你先认识他的嘛。"我瞪他，这人都从哪儿打听来的小道消息，杂七杂八，完全不靠谱。

出于礼貌，我们打了招呼，那种别扭就别提了。施维维看我的眼神像是想咬我一口，嘴上却说着幸会。

阿卡说："这次我和特德都申请了政府补助，本来今天还想请经信委管项目的人来，结果人家不给面子，咱们自己庆祝。听说项目的审计他们已经委托你们事务所，今后还请多帮忙。"

施维维说："赵先生不用客气。我们是中标的事务所之一。如果有幸和您二位的公司合作那再好不过，但也有可能是别的事务所去您那里。"

阿卡说："无论如何，咱们这个朋友是交下了。"

特德恭维："施小姐这么年轻，就掌管一个事务所了，真是令人佩服。"

特德的话提醒了我。审计机构私下不该与审计对象接触。施经理深明此理，不可能接受邀请。施维维年少无知，背着她爸来。看来施大小姐依然和从前一样任性而为，这就好办了。

特德说："难得施小姐这么能干，还这么漂亮，武先生好福气。星嫣，是不是？"

我点点头，说："我一向都很佩服有能力、有学识的人。上大学时我学的是财务，学得不好，干财务没多久就不干了，以后还请施小姐多指教。"

施维维知道我是在影射她不懂业务，忍着怒气说："不敢当。"

我亲切地跟武司德说："我们一起共过事，您还记得我吗？咱们还是同一所大学的校友呢。"

我故意提起当年事，两个人都显得不自然，武司德诺诺，觑着施维维的脸色。特德提议到客厅去喝茶。我和施维维不约而同地走在最后。

"施小姐真是重情重义的人，不顾家庭阻挠追求真爱。"

没了周围人，施维维已翻脸。"星嫣，你少说风凉话。我和阿德这样是被谁害的？你还说你不会破坏，那份报告是怎么回事？"

"我是为了你好。"我由衷地说。

她怒道："你别想拆散我们。告诉你，他是我的，你放明白点儿。"

我似笑非笑地说："他嘛，暂时寄存在你那里，等我想要的时候，我会自己拿回来。我还是想给你一个忠告，学点儿财务知识吧，你就明白你爸爸的良苦用心了。"

"用不着你管。你别太狂妄。"

我笑笑，说："好心被当成驴肝肺。以你现在的水平，看得懂审计报告吗？明白地告诉你，我在楚水三千当过财务，我记的账你根本看不明白。想和我争，哼。"

施维维气得脸都红了。

客厅里，阿卡和特德正在谈论赵修以及服装产业。他们偶尔还是有点儿正经话题的。特德感慨现在没有好的设计师。阿卡说："怎么没有，咱们身边就有一个，谭辛强。我爸特喜欢他。"

武司德没听说过谭辛强，向阿卡打听。

阿卡介绍一番，说："他挺棒的，是不是？我爸把他夸得跟花儿似的，一开始我不信，后来我看见他设计的衣服，尤其是给我哥和嫂子结婚做的衣服，哇，绝了。他要不干这行绝对是浪费。"

特德不吭声。阿卡说："你怎么不说话？哦，对了，你们打过官司对吧？喏，他来了。"

"事情已经过去了。我和特德先生要是早点儿认识，就不会有这种事发生。"一个人朗声说。

我感觉到有个拥有巨大能量的人由远而近，撼动我心。

特德称是，显得无比真诚，向谭辛强介绍国内生产和商业前景，欢迎谭辛强在国内发展，说得好像他是商务部长，代表中国服装界向谭辛强抛出橄榄枝。

我说："其实我觉得在加拿大待着挺好的，没必要回来。"

大家都看向我。

"我是说，我在这行干过，知道国内竞争激烈，觉得国外会好一点，在加拿大发展也挺好的。服装设计是一种创意，可以跨越国界，思路在自己脑海里，无论身在何处，就算住在加拿大，设计图通过一封邮件就到中国了，不用人飞过来嘛。"我解释着，越描越黑。

阿卡偷笑："看来特德对你很好。为了不让别人和他竞争，干脆把人家支到国外去了。"

我讪讪地。

特德说："竞争可以变成合作。我的公司大门随时向谭先生敞开。"

阿卡附和："有了泰蒙你可是如虎添翼，你们是强强联合。"

我对特德说："你自己就是设计师，何必假借他人？再说，玄璇要是知道你挖她墙角会不高兴的。她的脾气我领教过，不好惹。"

我的阻拦过于明显。阿卡问谭辛强："你怎么得罪星小姐了？"

谭辛强说："我可不敢。"风轻云淡的语气让我心里咯噔一下。

阿卡猛一击掌，大声说："我想起来了，你和星媽早就认识。前一阵你俩的照片铺天盖地的。"

我忙说："您又取笑我，我们是老同学。"

"不对，你们俩……"阿卡看看我们，挑事儿地说，"我还记得谭辛强说过，他喜欢你这种类型。"

我说："那只是玩笑。"

谭辛强接口说："阿卡还是没长进，总是轻信别人的话。当时一共两个女孩，一个醉了，一个醒着，要是你你恭维谁？"

特德哈哈笑："阿卡单纯嘛。"

阿卡来回看看，不再言语。

施维维平复了情绪，回到我们中间，见到谭辛强，明显多看了几眼。没办法，谭辛强举手投足确实潇洒俊逸。

我退出谈话圈，暗自懊恼言多必失。

面向海河，露台展示缤纷世界。窗边高达三米的落地书柜上摆满了装饰用书，书虽好，但崭新无比，无人翻阅。我随手拿起一本《沉思录》，一个高大的身影不期然遮住了光线。

他的星眸蕴含雷霆万钧，压低嗓音吼道："想赶我走就直说！"

赶他走？我茫然摇头。我只是急于全面封锁战场，阻止他进入，防止误伤他。

闪电消失了，星光璀璨得刺目。"你不希望我走？"

该怎么回答？不能说是，但也无法否认。面对他的殷殷期待，我怜悯、为难、有口难言，只能求饶地望着他。

期待的火焰渐渐熄灭，他疑惑、愤懑，缓缓摇头。特德走过来，察觉气氛尴尬，客气地问："泰蒙，星媽得罪你了？"

谭辛强淡漠地说："岂敢。"

他走开后，特德说："我还以为你们是朋友。"

我肯定地说："我们是。"

特德歪头侧目，看着谭辛强的背影，说："是吗？"他也走开了。

转眸发现远处施维维正注视这边。我忙收拾表情，走向她，说："不用看了。谭辛强是我朋友，我了解他，你不是他喜欢的类型。"

"你……"她气得无话可说。

"你是不是奇怪，为什么看得上眼的都跟我有关系？这是命，强求不得。"我高傲地转身。且夕不到，已成功埋下地雷，我实在佩服自己。引火烧身和借刀杀人的组合技将带来奇效，只需坐收渔利。

可怜的施维维被我气得够呛。我将创造机会助她一战成名，提高事务所的声誉，作为对她的补偿。

距离拉远的那一刻，谭辛强掩饰的受伤我尽收眼底。每一分离别都要物有所值，回归的迫切促使计划加快实施。回到北京，通过侧面打听，我已了解大致情况。政府补贴已经到位，染色科研室已进行一半，还有两个月完成。完成后，将由审计机构对专项资金的使用管理进行审查，经信委实地验收项目，一切都没问题，项目补助才算完成。

根据池红的反应，这件事一定有问题。但以张雪的精明，财务人员的谨慎以及专项资金必查的前提，他们不会傻到把专项资金的账目记错，等着别人查出来，那么问题一定出在其他财务账上。这种以验收为主的审计通常只审查与专项资金有关的凭证和账，一般不看其他的账，必须想办法扩大他们的检查范围，让问题进入他们的视线。

我把池红约到我家，把两个人的手机都放到客厅，进入卧室，关上门。

她惊疑地说："干吗呀，神神秘秘的，手机都不让拿，怕我录音？"

我开门见山，说："池红，有件事请你帮忙。我能完全信任你吗？"

她好奇地问："什么事啊？瞧把你紧张的。"

我郑重其事地说："这件事对我特别重要，特别特别重要。你能帮我，但你也可以选择不帮忙。无论你帮不帮，都请你保守秘密，保证只有我们两个人知道。你能答应我吗？"

她更加好奇，兴奋地问："到底什么事？你可别害我啊。"

"我绝对不会让你受伤害。你发誓保守秘密，我才说。"

"好吧，我发誓，就算我不帮你，我也绝不说出去。"她已被我激起十二分的兴趣。

"我要你在这个月做日常办公经费支出时使用政府拨的产业科研补助资金，做一笔凭证就可以，做在不明显的事上，具体的你懂，然后把凭证审核记账，要保证顺顺利利进行月底结账，不被别人发现。"

她吓得赶忙说："专项资金必须专款专用，这是典型的挪用资金。你这不是害我吗？你一向正直，怎么也搞起这个来了？而且，这是为什么呀？"

我示意她小点儿声。"我说过绝不害你。你听我说完。到了下个月，你做一笔调帐，把这笔记错的调成正确的，把政府补助退回来。就好像是下个月发现了这个错误，及时做了更正。当然，还是不能被别人发现，并且月底要顺利结账。改正了错误凭证，你作为财务就没有责任了，顶多算是工作过失，而且这个过失已经弥补，没有造成任何坏影响。"

她糊涂了，问："先做一笔错的分录，再更正。自己折腾自己。"

"事关重大，只有你能帮我，帮不帮在你一句话，我不强求。但我真的很需要这么做。"

她连连拒绝，我不言语，双手合十一脸恳求。

她沉默了，紧张地思考权衡，思索许久，盯紧我，说："不干行不行？"

我苦笑："当然行。"

她无奈地说："好不容易你求我一次，可我真的不想干。"

我有些失望，更多的是松弛。心底深处，我不想以这种方式对待特德。倘若能光明正大地对战就好了。"没关系。你一定要给我保密，你答应过的，否则，你就是往死里逼我。"

她吓一跳。"这么严重！"她再次向我发誓。

我想制造"挪用资金"的假象，给审计的人扩大审计范围的理由，要是施维维来审，她肯定抓住这个机会把公司所有的账查个底儿掉，掘地三尺找问题。可惜池红不帮忙。

处心积虑要害一个人，千方百计找机会，我这是怎么了？望着镜中的自己，觉得好陌生。

四十一、可以为难我

于芒的公司为一个服装秀搭建舞台，时间紧、任务急、人手少，请我帮忙。我向特德请假，赶到时已是中午，舞台连雏形都没出，背景一点儿没建，晚上七点半就要用。听说今晚的时装秀是慈善活动，为聋哑人筹款，参与展出的服装都是第一次亮相，模特也是友情出场，表演结束即开始拍卖，所得善款全部用于捐献。我怀着敬意，尽心尽力。

忙碌一下午，傍晚时分，舞台终于搭建完毕。我累得瘫倒在椅子上。一只白色贵妇犬叫了两声，飞快地蹿到伸展台下，四五个人紧随其后，簇拥着一个高挑的女郎走来。

竟有这样标致的女子，目含秋波，媚入肌骨，举手投足都是风情。男士们的眼睛都在她身上打转。她的容貌与萧紫芳不相上下，年龄比紫芳小，神韵却更成熟柔美。相比之下，紫芳显得清纯。

女郎俯身连连呼唤，小狗在伸展台下跑来跑去，就是不出来。舞台编导和其他人都设法把狗逗出来。小狗在里面玩得正欢，众人束手无策。

在场人中我最苗条，且穿着运动服，不怕脏。我自告奋勇爬进去，废了九牛二虎之力才捉住小狗。从台下钻出来，面前黑压压都是腿，弄得我有点儿蒙。

除了工作人员，特德和阿卡被美女簇拥着也在围观之列。而那几位美女全是熟人，有米娜、齐依眉和楚水三千的模特。宾客已经开始入场。

"小乖乖，你弄得多脏。"女郎嫌弃地说，放弃抱它，接过狗绳，示意我把狗放在地上。

我掸掸身上的土，与认识的人打招呼，自己都觉得样子狼狈，忍不住笑。

特德沉下脸，问："你怎么在这儿？"

"给朋友帮忙，你准假了的。"

阿卡说："泰蒙怎么能让女孩子爬高爬低的，这可不应该啊。这是挟私报复吗？"

我飞快看向于芒。于大迷糊尚不知所云。

"我怎敢夺人所爱。早知道特德的爱将在此，我肯定奉为上宾。"谭辛强分开人群走近。

女郎迎上去，语气温软，说："泰蒙，乖宝脏了。"

"告诉过你别带它来。珊妮，我给你介绍。阿卡、特德，这位是特德的秘书，米娜小姐，依眉小姐……"

哈，我已失去名字，改称特德的秘书。阿卡与特德的目光都闪动一下。

谭辛强邀请众人入座，工作人员为他们引路。

珊妮问："乖宝怎么办？"

"找间屋子先关着，防止它乱跑。"

珊妮娇声说："不行，它胆子小。"

"你陪着它？"谭辛强面容严肃。

珊妮不满地噘嘴。工作人员牵着狗绳，小狗赖着不走，在地上拖行。珊妮不干了，责备工作人员，却又嫌脏不肯自己动手。我看不下去，说："我来吧。"那狗看着温顺，忽然翻脸，对着我手腕就是一口，我忙撒手，工作人员迅速把狗扯远。

谭辛强和于芒已走远，听到这边的动静，于芒跑过来紧张地问："咬破了吗？"

"咬在衣服上，手没事。"但着实吓了我一跳。

那边厢珊妮大声责备工作人员绳子拉得过紧，快要勒死狗。谭辛强冷冷地说："把狗弄走，你自己抱着！"

珊妮看他脸色不对，顿时老实了，乖乖听命。

我和于芒回到后台。

"多亏有你在，要不这会儿我还在着急呢。你的手真没事儿？"

"一只小狗，牙能有多厉害。放心。真咬伤我，我就赖上你了。"我洗手，拍掉衣服上的尘土，说，"没什么事我先走了。"

于芒说："你别走。谭辛强说在前排给你留了座位。"

"我得回家换衣服。"

"他已经让人去给你找了。"于芒歉然道，"服装秀……是谭辛强的。紫芳说你俩闹别扭，我不敢直接告诉你。早晚得说，还没找到合适时机。"

我早该想到。"你不再听我的沉默"，除了他，还有谁用这种名字做主题。

于芒疑惑："你俩吵架了？你差点儿被狗咬着，他都没问一句，不像他啊。"多谢他口下留情，事实上谭辛强都没正眼看我。

"没什么。"

"你甭和他较劲。他一个人在北京，拢共就咱们几个朋友，得对他好点儿。"

"嘿，"我手是湿的，拿水弹他，"你认定了是我的错对吧？见利忘义的家伙，替人家打工就替人家说话。"

"反正绝不可能是他对你不好。"

"所以出了错都是我的？瞧我这人缘混的。别忘了是谁中午饭都没吃给你免费干活，现在该吃晚饭了，我都饿一天了。"

于芒连声道谢。

有人送来衣服。我接了，压根儿没打算穿。今天来的人要么是明星，要么是媒体，要么有钱有闲，非我同类。演出开始，于芒去忙活，我悄悄溜出来。门口的巨幅海报在我来的时候还没摆，要不我早就能发现是他的服装展了。

"你不再听我的沉默"，用于给聋哑人筹款倒也说得过去，楚楚可怜。只是怎么看怎么像在拷问我的心。不要再来拷问我，我已负疚深重，一宿一宿难以入眠。

我的车旁站着一个人，我脚下微顿，继续走过去。

他平和地问："要走了吗？"

我的举动早在他预料之中。倘若他不这么聪颖敏感就好了。

我说："这里不需要我了。"

"是吗?"像自语,又像询问。

"表演顺利开始,舞台很棒,于芒完全能胜任。"

"有个空位在等你。你不在,它就一直空着。"

手心疼,是钥匙握太紧了吧。"我既不是嘉宾,又不是业内人,出现在这里纯粹是意外。那个座位还是给其他人吧。"

谭辛强目光低垂,说:"让我看看你的手。"

我笑笑:"没咬着。衣服太脏,尤其是袖子,就不给你看了。恭喜你,没想到这么快你的事业就有了新发展,成功对于你来说好像很容易。"

他不语。

舞台中光鲜靓丽的是模特,真正的主角是他。他的辉煌他的成功都在里面。他应该去享受这些,却在停车场等我。

"回去吧,你是主角,不在怎么成。"

"我做错了什么?"他低声问。

我的心骤然一紧,几乎疼得落泪,我故作轻快地说:"没有呀,你很好,是……最好的。"

谭辛强凝视我,眼睛深远得像几十万光年外的黑夜。深沉的黑,却让人觉得刺目,我躲避视线。他说:"你可以为难我,但请不要为难自己。"

我大震。他又看穿了我?

他说:"路上注意安全。"

我在后视镜上看到谭辛强双手插进口袋在门口目送。

谭辛强,等着我,我会尽快回到你身边。

我还能回来吗?

成长在安宁之中,沐浴在阳光下,前方有他光明的身影引导,从不曾迷失方向。突然有一天,愤怒驱使我走进复仇的黑森林,我从邻家女孩摇身变成巫婆,在幽暗的森林小屋炼制毒药。当复仇结束时,我已毒沁入骨,面目全非。

一个阴险、卑鄙、满腹心机的人,如何站在他身侧?

作为男人,不能说事业对他不重要,只能说事业的起落他看得很淡,低谷固然非他所愿,但他能快速回升,只要他想。他对我说过,他有东山再起的能力,他的自信使他对成败看得不重,因为可以掌控。

我做的一切都是他不需要的,在这过程中还给他造成伤害。要不要放弃?要不要放弃?要不要放弃?

天知道我多想回到正常的生活,和朋友们愉快相处,有谭辛强的笑容做伴。如果放弃报复,让它过去,从此开辟新天地,不失为另一个选择。但我咽不下这口窝囊气。

　　午夜梦回，我常悚然，怕阴谋败露，又觉自己存害人之意，面目可憎。每当此时，我就格外想念谭辛强。于芒家的重逢，夕阳中带着金边的他。大雪飘飞，病床前嘘寒问暖的他。输液的手臂被他焐热的温度。夏雨倾盆，他隔着雨幕叫我的名字。玻璃房前，辉映星空的他深蓝的眼睛。吟诗时蓦然转眸，他在门口安静地看着我……把所有场景过一遍，直到惊悸的心平静下来。往事历历，有他，眼前一片光明，再对比我的黑暗，自惭形秽，更不敢往他跟前凑。

四十二、流年不肯去

　　正思绪纷乱，手机震天动地地响起来。于芒叫："出事了！"
　　我一惊。"舞台？"
　　"不是舞台，是谭辛强……"
　　我差点儿撞车，赶紧在应急车道停下。
　　于芒说，拍卖顺利结束，接受采访时有个记者突然发难，恭喜谭辛强的同时提到了他的父亲，还追问了一些事。谭辛强很平静地承认了，现场一下子炸了窝。
　　我脑袋嗡的一声，汗都冒出来。"谭辛强呢？"
　　"他还算平稳，有个叫什么璇的现在陪着他。"
　　我打算回去看看。
　　于芒说："你不用来。我们好不容易把媒体都哄走，谭辛强这会儿大概也走了。不过外面好多记者的车还在，也可能他没走掉。反正这会儿找不着他，手机也打不通。"
　　万幸有人陪着谭辛强。
　　网络视频已能搜到。画面中，谭辛强明显一愣，有些措手不及，继而承认，从容应答。记者咄咄逼人，问题很是刁钻。谭辛强没被话题牵着走，只简单回答了关于事实的问题，对节外生枝的推测和评论不做回应。工作人员很快隔开了媒体。
　　我看得无比煎熬，心炸裂了一般。作为外人，我至今不敢再看《守卫心灵》，觉得无法承受，何况是他！
　　是谁这么狠毒，这是要把他逼上绝路啊！
　　回到家，某杂志的网络版面已登出相关报道，把当年的案件叙述得很完整，情节详尽。我顿时起疑，这是早就写好的稿子，否则不会这么快，看得出来写稿的人很下功夫，挖得很深。这是有预谋的！

通过朋友，我找到杂志社，询问是谁提供信息，又试图联系发问的记者，探寻他的意图，结果一无所获。无论怎么套交情，攀关系，软硬兼施，对方就是不露口风。相关报道一篇接一篇，像连载小说，没完没了。时隔多年，谭辛强的故事再次引发大讨论，随着资讯的发达，事件的影响力远超当年。

事情的发酵速度离奇地快。同事说是因为他又帅又红，要是长得难看的你试试，一天帖子就沉了，都没人看。

真残酷，连悲伤都要有美丽支撑。

同事惊叫："那不是你男朋友吗？"

我正色道："他不是我男朋友。"

她使劲点头："唔，他六亲不认，还是别当男朋友。"

"不是因为这个。"和她说不清楚。

"我觉得他的做法太极端，一定还有别的办法。"

"别忘了，那时他只是个十六岁的少年。再说，你有什么办法？过了这么多年，我都没想出来。"

另一个同事趁火打劫说："你要是不要，把他让给我吧。这么帅，为他挨骂也值。"

特德踱步进来，像发现新大陆似的说："谭辛强有个抢劫犯的爸爸！"

"是的。"

我的淡然令他失望，他又用惊奇的语气说："是他害了他爸。"

我停止整理资料，说："不能只截取故事的一段看，应该纵观前因后果，才能得出正确结论。"

特德真的惊讶了，看了我半天，问："你知道？你赞同他？"

"对，我还因此崇拜他。"

特德嘲弄地说："原来你的狂妄是因为有这样的朋友背后支持。"

他又说错了。谭辛强不在我背后，而是在前方，为我指明方向。

"他在你眼里从没有错？"

"可能有，但这件不是。即使谭辛强错了，这是我的地盘，我不允许任何人伤害他。"

特德呆了，接着狂笑。"你的地盘，哈哈哈，你以为你是谁？你连自己都保护不了，还敢扬言护着别人。我倒要看看，你能做什么？"

我看着他，静等他笑完。我的平静是一面镜子，清晰地映衬出他的轻蔑和压抑的恼怒。他问："你能干什么，比如这次，你做了什么？"

我嘴角一勾，没说话。这次，我不在他身边。

见我不语，特德神情中飞快地闪过得意。有他，这件事有他的份！他的得意出卖了他！我刚为预谋算计他而愧疚，他就用行动消除了我的愧疚。

特德讽刺我："你把他当朋友，他可未必这么想。我看你们的关系很差啊。你是'特德先生的秘书'。"

愤怒在血液中奔流，我冷冷地说："下班啦，总经理，你再不走，约会要迟到了。"

萧紫芳发微博声明谭辛强是她的同学，还说她的礼服大部分都是由谭辛强设计的，他是她最信任的设计师。紫芳很聪明，想分散媒体注意力，借势为谭辛强做宣传，可惜这次帮了倒忙，雪上加霜。果不其然，谭辛强的职业受到了关注。媒体出现两个声音，褒的自不必说。贬的一方翻出设计图抄袭案，开始就撕诉说事。一时间，舆论将谭辛强推到风口浪尖。看了评论我才知道谭辛强的名声受到了多么大的损害。那些报道看得我银牙几乎咬碎。他曾经如日中天，如今被踩入泥土。无凭无据，他们真敢瞎说，各种泼脏水、各种诋毁。我气得七窍生烟。这么信口雌黄，还有没有人管啦？！

特德问："泰蒙和你说过设计图的事吗？"他对谭辛强兴趣浓厚，无论怎么假装漫不经心，话题都会绕回来。

"聊过几句。打官司是公司之间的事，他已经不在天姿兰得了，后来也不做服装设计，所以我们聊得不多。"

"有空多和他接触。他在服装界应该认识不少人，或许对公司有益。"

我说："我们联系不勤。"

他落井下石。"哈，对，我忘了，你这个朋友现在和他关系微妙。"

当大家讨论时，故事的主角消失了。手机关机，短信不回，家里没人，媒体找不到，朋友失去联系，谭辛强销声匿迹。

工作中遇见米娜，她提起见过我与谭辛强在白色情人节的照片。我解释我们只是同学。米娜说："我也是。初中我们在同一所学校，不同班。他体育特好，每次运动会都拿奖。我暗恋他三年呢。"

这传闻我有印象。我替她抱不平："你这样的大美人他都没看上？他眼光有问题！"

米娜说："初中时他是学校的风云人物，追他的漂亮女生多的是。我那时满脸雀斑，从来没跟他说过话，他根本不知道有我。"

有了共同认识的人，我觉得米娜亲切许多。怪不得好几次看见米娜凝视他，她已认出他，谭辛强还不知道。我想起初识米娜，她彩排时与另一个模特的争执，问："你现在有喜欢的人了吗？"

"你别紧张,我可不是来争他的。"米娜笑了,"前几天参加服装秀,你们看起来怪怪的,是不是分手了?"

我忙摆手,重申他只是我的同学。米娜很怀疑,问起他的近况,想找他设计服装。我遗憾地说:"我不知道他在哪儿。"

谭辛强家中,杜鹃花已凋谢,只剩绿叶。家里的迹象显示他没回来。

我曾问玄璇,她反诘:"你号称是他最好的朋友,我还想问你他在哪儿。"

她丝毫不急,我倒安心。但只过几日,玄璇慌张求救:"谭不见了。"原来这段时间谭辛强一直住在玄璇郊外的房子里。我问:"是不是查出了眉目,他去找那个人了?"

"不像。他走得匆忙,衣物都留下,只有人不见。"

"还有谁知道他在那儿?"

她摇头,急得额头全是汗。

我问遍同学,甚至让紫芳联系格林,到处都没有他的消息。

玄璇害怕地问:"他会不会做傻事?"

怎么可能,他可是谭辛强啊。

束手无策时,我想到"圣诞老人的聚会",又赶紧把这念头抛掉。

米娜发来消息:谭辛强在老房子。

对呀,我找过学校,找过花店,找过他家,走遍西单东单,唯独没想过老房子,所有痛苦的起点。谭辛强竟有勇气去那里!

来不及问米娜如何得知,我谢过她,急忙赶过去。抵达时已是晚上十一点,高跟鞋踩在寂静的石板路上格外清脆。我尽量放轻脚步,避免惊扰邻居的美梦。他家的绿纱门已经拆掉,我一时认不出,走过了,一直走到顶楼才发觉,又折返,在他家门外徘徊。楼道的灯是声控的,隔一会儿就灭,我轻跺脚,灯亮了,很快又复黑暗。我不敢再出声,踌躇着是否该敲门。我凭着一股冲动跑到这里来,并没有想好具体要做什么。

喧闹从楼下传来,渐渐清晰,几个喝醉的男人正在上楼,整栋楼的楼道灯都亮了。我正犹豫如何躲避,门开了,一只强壮的手臂把我扯进屋。门迅速关闭,将光线关在外面。

黑暗中有个人离我很近,能听到他沉重的呼吸声。为什么要说"有个人"?在屋里的还能有谁,总不能是他爸。我暗笑自己,驱散了突然而来的恐惧,却依然紧张。

谭辛强说:"告诉你离我远一点,听不懂吗?"严厉的语气呛得人无法回答。

"你来干什么,看落水狗,表示同情?我从来都不需要同情!"他高傲地说,"如果你是来替特德道歉的,我劝你省了吧!"

他知道特德参与其中!

"你在害怕。怕什么?我吗?现在才知道害怕,是不是有点儿晚了?"他逼近我。"你为什么要来这儿?这里是我最后的避难所,不是谁都能来的,请你离开!"

眼睛适应了黑暗,依稀见他退后,让出路。

我咬着嘴唇,停顿片刻,往外走去。他忽然一拳捶在墙上,用手臂拦住去路,低吼:"你就这么走了?你知不知道单身女孩深夜在外游荡有多危险?!"

我停住,背贴着墙。沉默,令人尴尬的沉默,唯有他困兽一样的呼吸。

他轻轻碰我的长发,声音变得轻微,苦恼地说:"嫣若,嫣若,嫣若,和我说句话。是你,对不对?不是我的幻觉?和我说句话吧。"

"是我。"

他的手指滑到我的鬓角,指背轻抚脸庞,拭去我眼角的泪,额头碰着我的额头,声音是痛苦而压抑的,"对不起,让你受委屈,对不起。你走吧,别和我这疯子待在一起,快走吧。"他稍退后,嘴里说着快走,手却难舍地在我脸侧停留,矛盾而焦灼。

"我没觉得委屈。我流泪是因为心疼你。这儿不是你的避难所,而是你的受刑地。"

他的手一颤,整个人退到更深的黑暗中,我看不到的地方。

我伸手向前,慢慢地走,摸到他起伏的胸膛。他在无声哭泣,强忍着,肌肉绷着劲,硬得像石头。摸索到他的手,我们的手紧握。

他哽咽:"嫣若,我心里特别难受。"

"一切都会好起来的。"我亦潸然。

时间从来不肯轻易饶过一个人,总在苦难的日子停滞不前。此时此地,他还是那个十六岁受伤的少年,我还是空有一腔热情不知如何表达的女生。

他的手如此有力,捏得我手指生疼,好一会儿他才放松,呼吸渐渐平稳。我知道他最心痛的时候过去了。

我问:"出什么事了?设计图的事不足以扰乱你,你爸的事……你应对得很好。又出了什么事?"

"你是最不懂我的人,也是最懂我的。"他叹息,"米娜。"

心莫名地强烈刺痛,像突然被尖刺扎了一下。

他敏感地察觉了,问:"怎么了?"

"屋里黑……为什么不开灯?"

"不想看见这令人厌烦的世界。我闭着眼睛都知道东西在哪儿。"他把手蒙在我眼睛上，说，"要开灯了，刺眼，先别睁开。"

"不想开就别开了。"

他说："我想看见你。"

灯亮了，过了一会儿，他把手移开，我睁开眼睛。他憔悴了许多，眼圈发黑，不复慈善夜的从容，眼眸忧郁而深邃。

这是我第二次来。房屋是老式格局，客厅没有窗户，所以不开灯的时候特别黑，连月光都被卧室的墙壁阻隔。

家具很干净，显然被收拾过。我坐在沙发上，说："你藏得好深，消失得无影无踪。"

"其实我一直在，只不过是以另一个身份发声。当评论跑偏，我就出来拉正。"

我模糊地有个印象，每当有人歪曲事实或者偷换概念、恶意推测，就有个人出现叙述事实还击。我欣慰。谭辛强是不会轻易被打垮的。"米娜她怎么了？"

"发布会上，记者问到我爸的事，虽然让我措手不及，但更令人惊讶的是之后一篇杂志的文章。知道这些的人不多。有的细节即使是你们也不知道，更不可能告诉记者。后来，我终于打听出爆料给记者的人。"

"你怎么打听的，我问了好久他们都不说。"

"找了几个朋友帮忙。"

"爆料的人是米娜？"

"对。我觉得奇怪，文章提到的一些案情细节，外人根本无从得知，米娜是怎么知道的？就在我要查她的底时，她主动联系了我。"他悲哀地望着我，"嫣若，嫣若，世界多么小，她是受害人的女儿，而且她爸爸死了！他被抢劫后得了严重的心脏病和神经衰弱，在两年后一次开车时心脏病突发，出了车祸，他和他妻子都死了！"

这才是谭辛强方寸大乱的原因。噩梦没有结束，它延续至今，残忍地蹂躏每一个相关的人。谭辛强的善良无法堪负巨大的悲剧，他将意外归咎于抢劫事件，因此背负着沉重的包袱。难怪他说"这令人厌烦的世界"，难怪他宁愿身处黑暗，对于他来说，世界的确是晦暗而悲惨的。

心机深沉的米娜！我还以为她对谭辛强春心未改，原来是伺机报复。她找不到他，只好自曝身份，正面出击。她引我来是想干什么？

"我以为已经最大限度地防止了伤害蔓延，可它还在继续，完全超出我的预料，无法避免，不受控制。如果没有受到惊吓，她爸不会得心脏病，也就不会在开车时犯病。"

"那是个意外！谭辛强，你爸已经受到了法律制裁，而且他自己用更严厉的方式惩罚了自己。你受的伤不比米娜轻。米娜家的事确实让人难过，但那不是你的错。"

"她恨我。"

看着他一副放弃抵抗的样子，我担忧地摇他，说："米娜的报复，可以理解，但完全没道理。她知道你在这里，还告诉了我。她没有罢休，还将有下一步行动。谭辛强，别任由她伤害你，你得提防她，保护好自己。"

他苦涩地说："或许你说得对，我根本不该回来。米娜的生活本来已经步入正轨，可是我回来了，她认出我，又勾起心里的恨。我搅乱了她的生活。"

"你不回来，我怎么办？"我脱口而出，红了脸，说，"离开这里，回到新房子去住吧。在这儿你老想过去的事。历史不可逆，我们至少可以追求未来。"

"她的未来在哪儿？"

"那是她的事。你说过，就算命中注定，你还是要搏一搏。生活对于每个人来说都不容易，困难始终在，怎么面对它是个人选择。米娜卡在过去的事里，咱们可以帮助她，但不能让她拉着你一起关在里面。"

他沉思地说："嫣若，很晚了，我送你回去。"

"和我一起走。"

"我想多待一天。这间房子太寂寞了，我很久没陪过它。"

我咬着嘴唇，说："我和你一起。你说过，深夜在外游荡很危险，能否收留我一晚？"

他问："嫣若，你为什么要来？"

"因为你在这儿。"

"像当年一样，毫不熟悉，却慷慨地伸出手，拯救深陷泥潭的灵魂。你总能在我最需要帮助时出现。要是没有你……"他长长叹了一口气，仰靠在沙发上，平静地望着天花板。

"没有我你也能好起来。我从不担心你被黑暗吞噬，你内心无比光明，又坚强又勇敢，不会轻易倒下。我老听于芒他们打游戏，说起英雄角色的天性有好多种，机敏啊，天生神力啊，魔力高啊什么的。如果你在其中，最大的特性肯定是'不堕'，不堕黑暗。"

我有个小小的私心。他是一个值得人关心的人。对他的一点点善意的表达，都能换来他千百倍的感激珍重，让我受宠若惊，心甘情愿，甚至迫不及待地想要付出更多，以获得他更大的认可。他给予我的，比我想要的多得多。他令人觉得，帮助别人是一件极其幸福的事。

谭辛强闭上眼睛，"你总这么夸我，我会以为你喜欢我。"

我心一跳。

他的面容寂寥而安宁。

我脑海中蹦出一句话——"以孤独为依靠"。

我顿时不忍,轻快地说:"我当然喜欢你,你是我的朋友啊。不喜欢的人我早就离得远远儿的了。"

他睁开眼睛,嘴角露出今晚的第一丝微笑,说:"我说的……"

我替他说下去:"……不是那种喜欢。好吧,我知道。"

他分配房间:"你睡我的房间,我睡我爸屋。"

走进他的卧室,仿佛回到了学生时代。墙上贴着足球明星的画报,书架上放着高中的课本和练习册,居然还有体育理论的书。奖杯和证书放在最上面一排。屋角有瘪了的篮球和足球,还有一对哑铃。写字台上摆着他的相框,青春飞扬的他活力四射,如阳光般灿烂,暖透人心。他是体育老师的宠儿,全校女生的爱慕对象。我偷偷用手机拍下这张照片。

他递给我一床干净的被子,说:"早点儿休息。"

关了灯,黑暗降临。老的楼房总是冷不丁发出一些吱吱嘎嘎的响声。只一声就停止,下一个响动发生在另一个地方,夜越安静声音越显得清晰。

我蜷缩在被子里,明明不冷,却总感觉阵阵寒气。怕什么?我嘲笑自己。谭辛强就在另一边,如果有危险,呼救就行了。转念又想,两个卧室中间隔着狭长漆黑的客厅,平时看起来很近,如今想起来非常远。好吧,我承认,尽管我是个无神论者,但我其实害怕的是他爸。一想到这儿,我激灵打个寒战,脑子便停不下来,总围绕着他爸在想。

半个小时后,我愈发精神,眼观六路,尽管看不见;耳听八方,搜寻一切可疑的声音。要是谭辛强在旁边就好了。我想让他离近点儿,可又羞于启齿。窗帘附近忽然发出声音,像是一只脚踩在地板上。我腿都吓软了,屏住呼吸,竖起耳朵,又什么都听不到。我忍不住给他打电话——因为实在不敢动。屏幕亮时心都惊悸。"谭辛强,你……你睡得着吗?要不要聊聊天?"

"害怕了?"

"啊,呃,嗯。你能不能,能不能……"我自己都觉得难以启齿,"能不能在这屋睡?其实床挺大的。那个……中间可以放枕头。"

"不行。"他斩钉截铁地说。

我早猜到他的回答,只好说:"知道了。"

片刻,客厅传来窸窸窣窣的声音,很大,反而不吓人。他敲门而进。黑灯瞎火的,只听见细碎的声音。

"你在干什么?"

"铺毯子，我睡地上。"

"地上硬。"

"没事。"

"这么黑，你看得见？"

"不用看。"

我听到他躺下，安心了，嗫嚅："给你添麻烦了。"

"你没来之前，我都没睡过觉，睡不着。今晚，我大概能睡个好觉了。"

今晚，我大概也能睡着了。

屋里好安静，我擂鼓般的心跳他真的听不见吗？或许聊聊天可以缓解尴尬。

"刚才你怎么知道我在门外？"

他说："直觉。"

心绪烦乱中还能有这种直觉。我不信。可他说的我都相信。

我说："那天，在阿卡他们的俱乐部，我到那儿时先跟其他人说好，我不参加游戏。后来为了紫芳我才喝酒。"

"我知道。我只是……后怕。"他静静地说。

我心口一暖。"我也后怕。当时被一股英勇就义的劲儿顶着，倒没觉着。"

他温柔地说："你啊你，看似历练得精明冷静，一不留神就暴露本性，叫人大意不得。"

精明冷静的反义词是冲动和傻。我乐呵呵，喜欢他对我的评价。"当时你为什么认输呢？"

"因为你想赢。"理由单纯至极，说话的人认为这已足够。

"阿卡好像挺怕你。"

"因为我和你一样，关键时刻豁得出去，大不了鱼死网破。他们不理解，所以忌惮。"

"君子有所为，有所不为。了解你的为人就不会怕了。你在俱乐部的表现真是惊艳，帅呆了，把他们都震了！"我倍感骄傲。

"不好意思，我赢了特德。"

我欢欣地说："这有什么不好意思的。其实不用比，你在我心里永远是第一。"

他沉吟："嗯——这像是我绯闻女友说的话。"

我还在双手合十大发感慨："地老天荒，啊，多浪漫，亏你能想得出来。但为什么第一种就是倾心？一见倾心，已经到了极致，没有递进的可能呀。"

"说到点儿上了。第一次见面已经到极致，到了抛物线的顶点，按常理接下来感情必然减弱，但事实永远超乎想象，最炽烈的感情一次次以不同的方式被重新激发，心已失控，持之以恒，直至地老天荒。"

我激动得手心出汗。这是他的亲身经历，肯定是！我不说破，倾慕地问："最后两种酒叫什么名字？"

"保密，以后告诉你。"

我鼓腮。本想通过最后两种酒猜测他感情的结局。

"手还疼吗？那么使劲捶墙，吓了我一大跳。"

"我不会打你。"

"我当然知道你不打我，可是突然那么一下，玄关又黑，还是很吓人的。"

"我其实是个很可怕的人，疯起来什么都干得出来，你不怕吗？"

我认真考虑，说："实在是怕不起来。你长得那么帅，人又有风度，设计的服装超级好看，做饭也特别好吃，跟可怕半点儿都联系不到一块儿。"我顿了顿，说，"真正可怕的人不是这样的。"

真正可怕的是面目全非的人。像我，潜伏在特德身边，深藏心机，阴暗得连自己都快认不出。

"心里还难受吗？"

他答："像胸口破了个洞，凉飕飕的老有风往里灌。"

"把手给我。"

我往床边挪了挪，挥舞胳膊探索他的手，差点儿从床上栽下来，他离我还挺远。黑暗中，我们的手在空中相遇。我用力握一下他的手，说："加油！"

他没说话。

过了很久很久，很久很久，我以为他已经睡熟了，他极轻地问："过了今天，再见面时，你打算怎么对我？视而不见，还是转身走掉？"

能视而不见就好了。无论有多少人，我总能在人群中第一眼发现他，无论怎么回避，他的身影和言语都会被感知到。

我假装睡着了，不回答，也无法回答。

我差点儿忘了疏远他的事。他有种奇怪的力量。在他身边，总有脱离红尘之感。我设计的疏远，预谋的冷淡，在他身边待一会儿就全都不见。我们依然回到无话不谈的年月，相处和睦。对此我百思不得其解。明天，啊，明天，走出这间屋子，又要回到孤军奋战的状态。

他坐了起来，望着我，良久，把被子轻轻为我盖好。

一夜乱梦。梦见我想看他的伤疤，在黑暗中摸他的胳膊，探着身子，结果从床上掉下来，正砸到他身上。他接住我，想去开灯。我哪敢让他见到我的窘态，连忙制止。想爬起来，手都不知道往哪儿放，碰到的不是他坚实的胸膛就是裸露的胳膊，连滚带爬上了床，羞得大气都不敢出。

其实就是因为有掉下床的可能，日有所思，做了这个梦。

醒来是被闹钟吵的，睁开眼睛，有点儿发懵，不知身在何处，待清醒一点儿，发现自己又在床的边缘。我爬起来，地上早没了谭辛强的影子，卧室门关得好好的。我穿戴整齐，走出房门，他已经坐在餐桌边，递给我还带着新包装的牙刷牙膏和毛巾，说："早饭我买了牛肉包子和豆浆。"

"我爱吃。"

洗漱完毕，围坐餐桌，一起吃着早餐，我觉得温馨，谭辛强的表情宁静，完全没了昨晚的暴躁。

如果能有人陪伴他就好了，他就不会孤独，遇到事也有人分担。

正想着，肉包子的馅儿掉在地上，还滚了滚，我哀恸："我的大肉丸儿！"

谭辛强叹气，说："吃肉包子都不专心，便宜小区的流浪狗了。"又递给我一个包子，拿走我手上的包子皮，三口两口吃掉。

我由衷地说："谭辛强，将来谁嫁给你，肯定特别幸福。"

"要是都像你这么好养活就好了，有个肉包子就乐开花儿。"

我喜滋滋地吃肉馅满满的包子。

吃完收拾桌子，我忍不住张望。他问我看什么。我说："忽然想在冰箱上贴便签，写上晚上想吃的菜。"

他眼神柔和，问："想写什么？"

我掰着手指数："蒸羊羔、蒸熊掌、蒸鹿尾、烧花鸭烧雏鸡烧子鹅，一碗米饭我够了。"

他大笑，继而环顾房间。我知道他在想什么——没想到还能在这间屋里听见笑声。

他提出送我下楼。我迟疑。他说："之前躲起来，因为敌暗我明，不易防备。干扰太多，我没法静心分析。要找出幕后的人，只有隐身暗处，让对方失去目标。等那个人为了找我四面出击，留下线索，揪出他。现在米娜已现身，我没有躲藏的必要。别担心，我不怕他们。"

走出楼门，米娜等候在外，讥诮地说："呦呵，双宿双栖了。"

我冷笑："你别血口喷人。"

"星妈，我没工夫和你打嘴仗。你们应该感谢我，昨晚让你们见了最后一面。谭辛强，你的好日子到昨晚结束了。从今天开始，我要让你眼睁睁看着你的生活一点点被毁掉。"她说得悠闲，嘴角狰狞地扯动一下。

我喝道："你想干什么？"

谭辛强拦住我，说："米娜，我要和你谈谈。"

米娜说:"上车。"

我对谭辛强猛摇头。他报以安慰的笑容,上了米娜的车。我担忧得不知该怎么办才好,一个劲儿转圈蹀步。

"星嫣,"池红从后面走来,"你怎么在这儿?天啊,你脸色好差。"

我惶然无语,全部精神都集中在离开的那辆车上。她皱眉,露出不忍之色,忽然凑近,低声说:"你要我做的账我做完了。"她拍拍我,爽朗地说,"难得你开口求我,我知道这对你肯定非常重要。姐豁出去了。怎么样,好点儿没?"

我点点头。其实现在最大的敌人已不是特德。

"那走吧,上班去。"她招呼我。

我机械地跟着她向外走。

心事重重,以致走路不看人,在公司走廊撞到同事。他抱的文件散落一地。我道歉,赶紧捡起来,眼尖地看见仓库进水、布料损失三十七万元的报告。类似的报告以前出现过,依稀记得是第一季度经营分析报告中,同样是仓库进水,库存材料损失四十几万元。

突然的发现分散了我的忧虑。我借口收拾办公室,翻阅堆在角落的废旧文件,里面的记录是以前年度的。经过几日的收集,我拼凑出了一件事:公司的仓库每个季度都至少进一次水,商品浸水损坏,仓库保管员却从未因此受罚。商品受损后,供货受到影响,无法按时交付,按照合同约定,偿付对方违约赔偿。而那采购方,每一次都是楚水三千。我悄悄打听仓库的位置,竟无人知晓。

这是重大发现,如果资料足够的话,够特德受的。可惜这些资料中没有今年的。目标快要达成了,我忽然有些害怕,我甚至盼望不要有确凿的证据出现。无论特德多可恶,我过不了自己这关。

于芒说周末有时尚嘉年华,他的公司负责做舞台,问我要不要去,帮忙是借口,作为工作人员可以自由出入,免票游玩。我知道他的用意,虽无心玩,帮忙是义不容辞的。上百家媒体、时尚界、演艺界的明星大腕齐聚一堂,红毯上星光熠熠,争奇斗艳。有人美得不费吹灰之力,有人怎么倒饬都没用。

我把它当赶集看。

红毯走完,记者们正要撤掉长枪短炮,门口突然出现骚动。一半的人都涌过去,闪光灯噼里啪啦闪个不停。站得远的人都翘首张望,嘀咕:红毯嘉宾都走完了,还有谁能引起如此轰动?

人们簇拥着两个人走来,一个是赵修,另一个是谭辛强!赵修亲切风趣,谭辛强儒雅温和,两个人熟悉地交谈,一副忘年交的样子。这两个人都是时下媒体的宠儿，一个是纺织业领军人物，任何决定都对业界产生巨大影响；一个才华横溢，风光无限时被曝家事，又惹设计抄袭案，瞬间销声匿迹。二人同时现身，难怪媒体疯狂。

如此高调地亮相，谭辛强已经准备好了吗？看他泰然自若，米娜带来的危机解除了吗？

看见他，我多日的担忧本可以放下，却又因他的万众瞩目忐忑。

离得太远，听不到他们说些什么。我灵机一动，上网搜嘉年华的信息。果然，短短几分钟，已经有关于他们的短讯。

记者问谭辛强近况。他说签约米娜工作室，并成为米娜个人的特约设计师，为她设计服装。

我一惊。谭辛强被绑架了。他的才华，他的意志，都被负疚绑架。他高调地亮相，是为了米娜。他要借自己的知名度来提升她的。这是他对她的补偿，虽然我觉得没必要。但，他是谭辛强，看不得别人受困的谭辛强。他已决定倾其所有让她高兴。

于芒走到我身边，问："米娜是谁？"

我无语，前所未有地担忧。

米娜跨界进入演艺圈。很快，她的写真集出版，名"一夜倾城"，据说美轮美奂，当天就卖断货，再三加印。贺骁腾买了一本，琴若翻阅后，扔给我。我随手翻翻，搁置一旁。里面有几套服装曾出现在谭辛强的速写本上，穿的人已改。

谭辛强与米娜出双入对，参加各种活动。他们的工作室风生水起，许多明星都去定制服装。外人不知米娜身份，我们几个知情的同学心照不宣地忧虑。

褚元请我帮忙约徐天骄，不过是牵个线、搭个桥，我爽快答应。他非要请我吃饭。用餐完毕，服务员端上来一客焦糖布丁。褚元说："还记得吗？这家的焦糖布丁最有名，你每次必点。"我这才发现这是我们以前常来的餐厅。我的没心没肺连自己都佩服。

刚要下勺，服务员匆匆赶来，说："打扰两位。那边有位先生问能不能把甜品转让给他。"

谭辛强扬手打个招呼，走了过来。褚元说："真巧。"

谭辛强说："是呀，真巧，碰到你们。这是今天最后一份焦糖布丁，我的女伴想要，能否请你们割爱？"

我们看过去，远处的座位上米娜端坐不动。

褚元不悦地说："夺人所好，你觉得合适吗？"

谭辛强说："这个要求确实有些过分，不过她坚持要，我只好厚着脸皮请你们帮忙。"

褚元皱紧眉头,"如果我不同意呢?"

"空手而归,我的女伴会很失望。"

"把它让给你,我的朋友也不高兴。"

谭辛强的目光转向我,"嫣若当知我的难处。"

褚元气愤地叫:"你难道看不出她很难过?"

我站起身,说:"只是一份布丁。"

褚元说:"我不给!"

"走吧。"我把布丁推向谭辛强,扯扯褚元的袖子,率先走出来,对着太阳深呼一口气。褚元去开车,我发现走得匆忙,把丝巾落在餐桌上,返回去取。隔着门,听见里面的对话。

"要来却又扔掉,你只是为抢东西而抢吗?"

"不行吗?"米娜慢条斯理。

"抢夺别人的所有,真的能让你高兴?"

米娜冷淡地说:"你既然反对,刚才为什么要听我的?"

"只有达到目的,你才能知道那是不是你想要的。"

她娇叱:"谭辛强,别对我说教!你最好给我想清楚,我从来没逼你干什么,是你自己要帮我。"

谭辛强淡然道:"我也奉劝你提要求要分对象,她是我惹不起的人。再有下一次,我帮不了你。"

我转身离开。

四十三、不堕黑暗

当晚,谭辛强打来电话。"嫣若,你在家吗?"

"在,我已经睡下。"

他静默一会儿,说:"对不起。"

"只是一个布丁。"我淡淡地说。

"嫣若,如果在路边看见受伤的人,你能无视而过吗?你不能,我也不能。"

"东郭先生与狼。"

他说:"她其实很可怜,失去亲人,独自奋斗,活得不轻松。"

"她想让你身败名裂,你一点儿都不在意?"

"你以前对她印象怎么样?"

我不情愿地说:"还行。"

"是啊,她不是坏人,只是满怀恨意。害我,她或许更难受。没有哪个善良的人能心安理得害别人,即使恨那个人。"他无意地说中我心事。

他说:"复仇不会给人带来快乐和平静,一时的痛快之后,只会更难受,还多了罪恶感。罪恶感的起源是因为动用私刑,为一己而报复,总觉得不那么光明正大。不忍,又欲罢不能,即使最终达到目的,却落得心难安。"

我不甘心地问:"那,那,换做你,就这么算了?"

他平静地说:"来日方长,想比,随时都有机会见高下。"

我睁大眼睛。寥寥几句,他已解开我心中困扰。我要的,就是向大家证明特德不如他。特德在乎利益,就在商业上赢过他。特德博虚名,就在名声上胜过他。竞争与报复,立意不同,结局可能一样,心境却因立意而大相径庭。我之前怎么没想到?

我偷偷舒口气,卸下千斤重担,为回归指日可待暗暗兴奋,感念:"可惜这道理米娜不懂。"

"她将自我捆绑,她的心结只有我能解。"

"忍受她的蛮横,任由她无理取闹,为她得罪许多人,都是帮她?"

"那只是表面,我要帮她找到内心的平静。"

我还是担心。"谭辛强,你要明白,这世上真心换不来真心。"

他安静许久,说:"嫣若,我最不希望这种话从你嘴里说出来。"

我面红耳赤,羞愧无地。

清晨一开门,十个焦糖布丁在地上排队。昨晚他在我家门外!我心头一热,立刻打给他:"谭辛强,晚上见个面吧。"

他欣然道:"好啊。我请大家吃火锅,好不好?"

许久没有热闹一番了。我要回归他身边了。想起这些,简直迫不及待。

阳光真好,亮堂堂的。

面对特德,我已释然。既然不再想报复,只把他当老板看,我是他的员工。我问:"总经理,国外的法律对于经济案件的处罚严厉吗?"

他警觉地问:"问这干吗?"

"学习一下嘛。我是学会计的,对这方面的事比较敏感。我觉得,无论在哪个国家,本分经营、踏实做人都是不变的道理。如果不小心做错了什么,及时发现,及时整改,那不是很好吗?"

他不置可否,莫名地开心起来,说:"准备一下,周四跟我去扬州出差。"

我问要准备什么资料,他说资料的事交给办公室。我问是什么活动,他说是应邀参加某服装品牌二十周年庆典。我提醒:"您是不是应该以楚水三千总经理的身份带许秘书去,我任职于贸易公司,去的话不合适吧?"

"做衣服需要面料。作为供货商,有必要了解时尚风向。"

说得有道理。"楚水三千不去吗?"

"董事长去。"

阮茹是否知道贸易公司的事,尤其是仓库和赔偿款?我再次提醒:"总经理,如果能找到国外经济案例,麻烦您告诉我。"

他愉快答应。

我的脚步轻快,心情舒畅得像四月天。我终于可以放下恨意,不再假装,重归美好时光。

傍晚下起大雨。我赶到火锅店,收了伞,一推包间的门,嚷道:"我来迟了。"迎面除了同学们,还有悠闲而坐的米娜。看着她身边的谭辛强,我顿时了然,迅速说:"我赶过来是跟你们说一声我要加班,你们吃吧。"不等大家反应,我已退出。

我站在门廊等出租车。

"嫣若。"谭辛强在身后叫。

我攒出笑脸,说:"抱歉,要随总经理出差,我得赶紧回去准备。"

他明察秋毫。"米娜没有什么朋友,我想让她感受朋友的温暖,'根据地'是我能想到最温暖的地方。"

我的伪装都被剥掉,忍无可忍。"她没有朋友是她做人的问题,凭什么要我接受?'根据地'的人是我的家人。你把她带来,让她登堂入室进入我家,逼得我流离失所!"

他没想到我反应如此激烈,讶然道:"你不用走啊,只是多一个人。"

我使劲摇头,因惶恐而愤怒,说:"不行,不行!不是谁都能加入。我,紫芳,于芒,等等等等,所有人都不许变。老乔已经走了,'根据地'已经变了味儿,现在你要把米娜塞进来,我不同意,我不要这样的家。家里有我不喜欢的人,谁想回这样的家?所有的都不能变,一旦有了开始,就会停不下来,到最后全毁了!"说到最后,我已绝望。

谭辛强说:"她只是一个孤独的女孩,几乎什么都没有。分一点你的友谊给她好吗?你不会缺少什么。"

我反问:"她要的是我的友谊?得到了就满足?"

"你的善良能够治愈人。时间长了,她会转变。"

"头疼医脚。"

他无奈地说:"其实她很像你,单纯、倔强,看似柔弱,实际上很强大,想好了就一意孤行，让人不省心……"

我霍然打断他："我和她不像！人家是明星，我可不是！"

我与琴若相像到别人只能通过发型来辨认，谭辛强却能轻易分辨出来。现在，他说另一个人很像我。

他疑惑："你为什么这么讨厌她？这样排斥一个人，容不下她，简直不像你。"

我心一疼，阴阳怪气地说："或许你从来没看清我，以致把我和别人混为一谈。"

他望了我一会儿，说："好，我带她走。"

"那你呢？"

"她是跟我一起来的。"

我神经质地笑起来："所以说，这是个捆绑销售，要么接受两个，要么一个都没有？你不用走，我走好了，走一个，来两个，赚啦。"

我冲到倾盆大雨里，他抓住我的手腕，我借雨水的湿滑挣脱，拦了一辆出租车，飞驰而去。坐在车上，浑身发抖，又激动、又气愤、又害怕，我竟主动与谭辛强吵架！我多么傻，还想辞职去给他帮忙，可他加入了米娜的工作室。米娜侵入我的领地，即将把我挤走。

赌气回公司加班。空荡荡的办公楼除了保安就是我。别人上班我清闲，别人下班我加班，保安对此习以为常。我把出差要带的文件放入文件袋，文件总有几页多出来一角，好像底下戳着某物。把文件袋倒过来，里面掉出来一张存储卡。将卡插入笔记本电脑的插槽打开，有图片、文件、视频资料，全都与一个人有关——谭辛强。

我警觉地关上办公室的门，拉上全部窗帘。在这个公司中，热衷于收集谭辛强的信息，我能想到的只有一个人。不知道这张卡怎么会出现在文件袋中。特德是不可能做文件整理这种具体事的。或许是文件送给他批阅后，存储卡恰好夹在其中，在无人察觉的情况下，随文件转移到文件袋中。否则，就是特德故意试探我放进去的。

既然到我手中，不看岂不辜负天意。

新闻、快讯、报道、专访，这些我都见过。倒是那段视频，引起我极大的兴趣。

画面剧烈摇晃，显然是偷拍，躲藏着，焦距忽远忽近。

地点是一间空旷的库房，只有两张旧乒乓球案子拼成的桌子，四周一圈塑料座椅。两个人压低声音激烈讨论。其余十几人围在周围，手里拿着木棍、木棒、钩子等物，像是无所事事的不良少年要去约架，只是他们的年龄早已过了而立。

镜头突然转向库房门口，一个保安跑进来，叫："姓谭的来啦！"

激烈争论的两人暂停。"慌什么？"其中一个年轻的染着棕红色头发的说，"能找到这儿来，算他有本事。爸，我对付他，您靠好儿吧。"

"你还想惹事。"年长者喝道，问保安，"来了几个人？"

"一个。"

"一个人？"众人面面相觑，都有些惊讶。

红头发说："让他进来。"他指挥拿棍棒的人分列两旁。

镜头被装入衣兜，只听红头发要求众人一定得有气势，要给谭的一个下马威。众人嬉笑着应允。"保管他进门就吓尿。""没有你发话，他甭想出这个门。""你说吧，想让他横着出去还是竖着？"

画面再次出现，两侧的人一言不发，绷着脸，有的把木棍扛在肩上，有的无声地把棍棒在双手上倒来倒去，有的把棒子在掌中敲打。

重新关上的库房门被打开了，镜头照到一个人的双腿走进来，在进门的一刻有些微停顿，接着步履泰然。年长者和红头发端坐在长桌的尽头。来客走到桌前，全身出现在镜头里，是谭辛强。谭辛强淡淡道："这么高规格的欢迎仪式，是特意为我准备的？黎先生真客气。"

红头发抢着说："你胆子够大，自己送上门来。正好我这帮兄弟想见见你。"

镜头随着主人手中木棍的敲打晃起来。

谭辛强拉开椅子坐下。黎先生咳嗽一声说："谭先生，请坐。圈子里最近都在谈论你。我找你是为了谈谈合作的事。你是设计师，我们是制衣工厂，咱们合作，双赢！"

谭辛强严肃地说："合作的前提是互相尊重。你们打伤我的助理，已破坏了尊重的前提。"

黎先生哈哈一笑，说："我的人脾气暴，跟人沟通老是出问题，误伤你的助理，我已经教训过他们。"

"贵公司内部的管理与我无关，你教训他们是应该的，我的助理至今没有得到任何道歉。"

红头发说："姓谭的，这件事说起来怪你。你真难请啊。三次约你，你都没空。要不打伤他，你还不露面呢。"

他爸拉住他，对后面人使个眼色，不一会儿，几摞钱摆在桌上。黎先生说："不多，二十万，表示我们合作的诚意。我们聘你做公司的设计总监，薪水单谈。"

钱被推到谭辛强面前。他拿了一部分，把剩下的推回去，说："这五万是我助理的医药费和误工费。我替他接受你们的歉意。"

红头发说："堂堂一个设计师，连这么点医药费都出不起，还是抠门儿舍不得？"众人哄笑。

谭辛强说："谁闯的祸谁买单。"

黎先生让人把剩下的钱再推过去。谭辛强不碰，"我没兴趣合作。"

红头发跳起来叫："姓谭的，你丫别给脸不要！找你谈是看得起你。告诉你，今天你答应也得答应，不答应也得答应，否则……"

谭辛强冷冷接口："否则怎样？否则像我助理那样，被打得手骨骨折？"他倏然拍案而起，大怒，"凭你也配要我的图？！你懂什么叫设计，懂什么叫作品？"

所有人都被他的暴喝弄得一愣。红头发醒悟过来，几步来到谭辛强面前，手指几乎戳到谭辛强脸上，说："姓谭的，你丫还敢拍桌子？！别忘了这是在我的地盘！你放聪明点！"

其他人蜂拥而上，拍摄推近，近得看得到谭辛强眼眸的怒火和嘴角的轻蔑。

"你不说我倒忘了，这是你的地盘，你倒严阵以待，如临大敌，你怕我？"谭辛强昂扬道，"你们以为设计图在助理身上，合作不成，直接开抢了？图在这里，"他指着自己的头，道，"要找我就直接冲我来！"

"你以为我不敢？"

"你当然敢。你已经打伤一个人，再多一个算什么。我的助理，清华大学美术系毕业，设计大赛获过奖的，你居然打伤了他的手。还好伤得不算重，要不我绝不会轻易放过你！"

红头发气得直笑，怪声叫："放过我？你们听见了吗，他说放过我。姓谭的，睁开你的狗眼看看你在哪儿。过会儿你得爬着出去你知道吗？还他妈放过我！爸，让我打服了他！"

谭辛强睥睨众人，毫无惧色。"人多有用吗？又不是拔河比赛。人多你胆子大一点，对吧？你敢打人，可我做的事，你敢吗？"

"他妈的我还不信了。你说！"

红头发要揪谭辛强的衣领，还没碰到谭辛强，已被他抓住手，两个人的力量在手上角逐，红头发的手渐渐被反拧。

"当一个人指着广告上的一件衣服说很漂亮，我可以骄傲地告诉他，是我设计的，你敢吗？当有个人穿着我设计的服装，别人追着他打听从哪儿买的，什么牌子，他可以大声说出品牌，我的品牌，你能吗？我为什么不想和你们合作，除了你们行事张狂，我不待见，还有就是，咱们不是一路人。你们靠什么发家自己心里清楚，假冒伪劣，做出的衣服一下水就烂，和我的理念半点都对不上。"谭辛强放开红头发。

红头发抖抖手，把手背后。"看不起我们？没有我们这些代工厂，谁给你们做衣服？"

"制衣工厂当然得有。可你是单纯的代工厂吗？你们成立服饰公司，推出自己的品牌，所有的衣服没有一件是自己原创的，全都是别人的创意，你们拿过来直接贴上自己的商标。"

"我们这叫拿来主义，取其精华，弃其糟粕。"

"别糟践拿来主义，拿来主义的最终目的是继承发展，不是亦步亦趋，永远跟在别人身后！"

红头发嘶吼："大家都仿，都抄。不生产，公司怎么运转，厂子怎么支持，我要带着这帮人活下去！"

谭辛强提高声音道："没人拦着你活！但抄袭是唯一的道儿？不抄你活不下去？你怎么不直接去抢？抢创意和抢钱都是抢，你觉得后者是犯罪，前者就对？那些设计从我心中流淌出来，画的时候，我的生命都注入其中。画完的那一刻，在我这里，它已经死了。但它又活着，活在欣赏它的人眼里心里，活在穿着它的人身上，我的一部分命就附着在设计中，有一天我死了，它还可以活着。这些，你懂吗？你偷的，是设计师的心血，是设计师的命！你好好看过一件衣服吗？独一无二的是作品。大量生产的是产品。你偷来的、抄来的、模仿的、假冒的是低值易耗品。你想做的，是产品还是作品？或许你从来没想过，就像你说的，你只想活，带着一帮人一起活。你要的，跟我要的不一样。我做设计，有人欣赏的设计，注入我灵魂的、表达感情的。而你要的是订单，无论衣服好坏，你要销量。"

红头发瞪圆眼睛，问："说了这么半天，还是不给图呗？"

谭辛强反问："你的理想贱卖吗？"

红头发咧开嘴，说："嫌少啊？要多少，你开个价听听。"

谭辛强摇摇头，似在自嘲居然对牛弹琴这么久。

摄影的主人把木棍狠狠向乒乓球案上一砸，桌上的钱往上跳了跳。

谭辛强瞥他一眼，说："我从小就皮，一个人在外面闯的时候，没少打架。看你手拿棍子的位置就不对。过会儿我教你。"

红头发的头发几乎立起来。"衣服早晚得上架，上架我就能弄到图样。要不是现在维权的这么多，老被告，我找你？姓谭的，我最后问你一句，你干不干，给句痛快话。"

谭辛强坐下，坚定的眼神已是回答。

众人吆喝着，挥舞着武器和拳头。镜头晃得厉害，似乎在撸袖子。拍摄在此刻中断。

视频创建时间是半个月之前。

四十四、嫣然惊华

到扬州出差之前，特德临时带我去上海参加某国领事馆举办的珠宝展示会。这种场合需要穿晚礼服，我事先没准备，正打算租，特德派人送来。是那款"盈盈处"。

"太贵重，我去租一套好了。"

特德不耐烦地说："你租的配得上领事馆展示会吗？"

我默默接受。他诧异："你不反驳我？"

我白他一眼，说："怎么，难受了？"

他哈哈笑。最近他心情好得出奇。

展览典雅庄重，来者非富即贵，大家都静悄悄的，轻声低语，连拍照的快门声都显得轻微。快门声忽而密集，特德眼睛一亮，说："来了。"

米娜在谭辛强的陪伴下款款亮相。她的服装与我的惊人地相似，那是谭辛强在速写中描绘的原版。我的是V字领，她的是斜肩；我的肩部有十颗泪滴形水晶珠，她的肩部只有四颗，形同勾玉；我的有小拖尾，她的是直坠至地。

其他人也注意到了我们的衣服，窃窃私语。米娜的目光闪动，特德不易察觉地对她点了点头。"来了。"我想。

特德迎上前，道："米娜小姐今天尤其美丽。不过，怎么把我们公司的衣服改了样式？"

米娜故作惊讶，说："这是谭辛强特意为我设计的。我正想问，星嫣小姐的衣服好眼熟。"

特德说："这是我公司在去年年底推出的高定服装，名为'盈盈处'。我想起来了，因为这套服装，我们公司和谭先生还有些小小的不愉快，好像是什么设计抄袭案吧，哈哈，纯属误会。"

他俩一唱一和，周围的人都被吸引过来。

假作真时真亦假。事情最怕猜忌，猜的多了，矛头就从事转向人，真相不再重要。

谭辛强自若道："抄袭之说真是可笑。我的服装都是原创设计，如有雷同，纯属巧合。这事可以问您的秘书。"

箭头指向我，不仅我蒙了，特德也糊涂了。莫非我的用意已被谭辛强发现，今天就要被说破？我心跳加速。

众人都疑惑。谭辛强对特德说："您的汉语说得很好，不知道对汉字是否同样熟悉。"

特德说："只会说不会写。"

谭辛强说："我设计的这款服装，名叫'嫣然惊华'。"我脑子轰的一下，他说，"看来星小姐已经明白了。"

我干巴巴地说："肩上的勾玉型宝石，是汉字笔画中的四点水。衣裙上的山水，都是写意后的汉字笔画。这件衣服的构思，是一个倒着写的焉字。由女孩子来穿，仿佛给焉字加了女字部首，构成嫣然的嫣。嫣然惊华，颠倒众生。"

众人拍手称绝。谭辛强微躬向我致谢，胜而不骄，非常有分寸。特德灰溜溜走到旁边。

第三次正面交锋，谭辛强见招拆招，分分钟化解危机，看似信手拈来，全不费力气，而我却甚觉惊险。

我本已平息的恨意再次被点燃。对方不罢手，教我怎么原谅？他们热衷兴风作浪，一波未平一波又起，树欲静而风不止，我已注定无法抽身。

一人说："现在抄袭成风。很多国际大牌都抄袭同行的作品，稍加改变就当作自己的推出。"

谭辛强说："大家都做的，不一定对。选择在个人。我们可以选择不跟风。妥协放弃，是最容易的。若这世界令人不满，我不接受，我要奋力改变。"

"世界不会为任何人改变。想要改变世界更是难上加难。"

"哪怕千辛万苦换来的只是一点点变化，只要是向好的一面，就值。"

能让谭辛强倾谈的人，我不禁多看两眼。身材秀颀，眉宇恬淡，五官英俊得让人惊讶。这位青年才俊是商界的？文雅似学者，清新不染尘。见到他就不由得想到"君子温润如玉"。

那人说："与世俗为敌，注定道路艰辛，四处碰壁。"

"大浪来时，有一种叫随波逐流，有一种叫中流砥柱。"说这句话时，谭辛强的神态是倨傲的。

"挽狂澜于将倒。好啊。"

"不敢当。这是我的目标。我年少轻狂，让莫先生见笑了。"

"年轻人狂一点儿不是坏事，有闯劲，敢破旧立新，时代才有希望。"莫先生拍拍谭辛强的肩膀，说，"我年轻时，心有余，闯劲不足。"

"您说的好像自己不再年轻似的，三十多岁，正是干事业的黄金时代。"

"三十五岁，半生已过。和你们这代人都有代沟了。你们的朝气让人羡慕啊。"

"其实我挺矛盾的。我向往的是普通的生活，像千千万万人一样，过着平淡无奇的日子。但，被别人弄混？"谭辛强摇头，"不行！所以每当有灵感，就忍不住要表达出来。"

莫先生说："人，生来平凡，可以甘于平凡，但如果有机会崭露才华，为什么要默默无闻？"

"是。"

"你的才华不容置疑，但事业还没有稳定。遇到困难了？"

谭辛强说："不谋万世者，不足谋一时；不谋全局者，不足谋一域。业界乱象太多，我还在观望、选择。"

莫先生点头。"谨慎一些不为过。失败并不可耻，所以根本不用怕，决定了就勇敢去做。"

"您年轻时接管家族企业，在广东商界举足轻重，一直是我的榜样。您经过许多风浪，有什么心得和秘诀？"

"防守固若金汤、出手迅捷犀利。提前谋划，随机应变，知己知彼，当断则断，立于不败之地并不难。可是谁能二十四小时睁着眼睛防患于未然？坚持到今天，一半是努力，一半是侥幸。"

啊，这样谦逊、智慧，且知无不言、倾囊相授，良师益友非此人莫属。在他面前，谭辛强像学生一样恭顺。

特德插不上话，走到一旁。我跟紧他。特德吃了瘪，把气往我身上撒，"你哪儿那么多话，不说明白了你不痛快？他的设计让他自己说啊。你那么想说，为什么不把我们的衣服好好夸夸，倒去给别人做宣传？"

我忍耐着说："做事讲究时机。适当的时候，我会讲。"

他更怒："我还不知道做事讲时机，最好的机会你留给别人了！"

"以后还有机会。"

"以后，哪个以后，等公司倒闭以后？你还穿着这件衣服干什么，还不赶紧换掉！现在就换掉。"

我愣住，"现在？"

他愤愤道："你还想穿到什么时候，舍不得脱吗？"

身后传来谭辛强低沉的声音："特德，技不如人不算什么，迁怒一个女孩子就不好了。"

特德一怔，换了笑脸，说："让你看笑话了。这是我们公司内部的事，我对下属管教不严，她多嘴误事。再不管教，明天要是在庆典上说错话，影响就大了。"

谭辛强的眼眸如寒星落入凛冽深潭，清亮冰凉，说："明天她要回北京。"

眼看特德脸色阴沉，我说："我们要去扬州……"

谭辛强一个字一个字地说："明天你回北京。"

"为什么？"

"同学会。"他说得轻巧。

这理由堪称荒谬。特德抑制不住愠怒，说："谭辛强，你在开玩笑吗？"

我说："我不想参加。"

谭辛强说："你没得选。"

我不卑不亢地说："我受聘于特德先生，不必听你的安排。"

"付你薪水就能让你乖乖听令，忍气吞声？金钱真是好东西。特德先生，我有点儿同情你。你发号施令的权利来得容易，去得也容易。"

谭辛强的嘲弄使得我一愣。特德旁观不语，指望他帮腔是没戏了，我说："敝公司的内务无需谭先生劳心。"

米娜一直留意这边，这时走过来，浅浅一笑，说："谭辛强，你替人打抱不平，却不知道人家是打情骂俏。"

谭辛强斜睨道："是吗？恕我眼拙。"

米娜说："大使在那边，我们去合影吧。"

"你先去，我随后到。"谭辛强对她如此温和，态度转折与前一秒判若两人，特德不禁多看他几眼。

我瞥一眼嫣然惊华的背影，无需提醒，谭辛强已洞悉他俩串通，但他不介意。

特德说："泰蒙时间宝贵，我们不耽搁他了。"

谭辛强无视特德存在，说："你听好，从今以后，你要随叫随到，不管你愿不愿意。"

特德按捺不住，问："你凭什么命令她？"

"凭什么？"谭辛强的嘴角微扬，说，"凭她欠我的！"

我一惊。

特德讶异地看看我。我的沉默已给出答案。特德眼睛血红，问："她欠你多少，我替她还。"

"你还不起。"谭辛强的淡然中带着高傲。

特德被激怒了："你说什么？"

我及时上前一步，挡住他，说："经理，我们回去吧。"我示意他在此不可鲁莽,他狠狠地瞪谭辛强一眼,甩袖离开。

特德一走,谭辛强立刻说:"离开他。"

我淡漠地说:"这种对话没有意义。"

"明晚,'根据地',你必须在!"

"我不想参加。"

"这不是你想不想的事。"

"明天是工作日,我应该上班。"

"没人要你旷工,我说的是明晚去同学会。"

"你明知道从这里到北京需要多久,除非不上班,否则肯定赶不及。"

他说:"那是你的事。"

我忍不住抗议:"你……你不讲道理。"

"需要讲吗?"他扬眉,说,"特德对你的批评有道理吗?"

我反唇相讥:"米娜欺负你有道理吗?"

"她是例外。"

一声冷笑从胸臆间升腾而出,我说:"自然,她是例外,别人比不了。我愿意听特德训斥,你也可以说我不讲道理。"

他嘲弄地说:"好得很,大家全都不讲理。"

谈话陷入僵局。过一会儿,我低声说:"每个都不让人省心,你还是顾最急的那个吧。"

"你想多了。你和她的情况不一样。这是我对你的——惩罚。"

我一震,望着他,半晌,讷讷道:"我分身乏术。"

"是否要失信,你做决定。你可以不还,一直欠着。"他说,"换个角度想,我的条件越苛刻,你还得就越快越多。要是你离开特德,我算你一次性都还完了。"他挑衅地望着我。

我咬咬牙,说:"我会遵守约定,直到还完,还请你……不要为难我。"

"与其让别人为难你,不如由我亲自动手。"他轻轻说,转身离开,眼波飘忽,那飞逝而过的是不忍吗,还是疼?

他没有走入人群,而是独自走向露台,背影莫名地苍凉。我脑海中滚动着洛夫的诗句:鹰,乃一孤独的王者。

回转酒店,特德雷霆大怒,问我到底欠谭辛强什么。说实话,我也说不清,反正是欠了很多很多,连后来假装疏远的伤害都算上,也不知这辈子能否还完。

特德吼:"别想请假,我不批准。"

我说:"我没想请假。请允许我不参加明天的活动。我不想看见他们。我在火车站等您。"

特德的火气稍微消散,牢骚满腹。"泰蒙有什么好,你崇拜他?他凭的根本不是真本事。"

他幽怨的样子引得我偷笑。我说:"喝酒把你喝趴下,人家面不改色,不知道算不算真本事。他仅凭爱好,能让赵修那样的人把儿子婚礼的礼服交给他做,不知道算不算真本事。类似的设计,人家的文化底蕴深厚,将汉字之妙融入创意,不知道算不算真本事。"

特德恼羞成怒,唾弃道:"他全靠其他人替他出头,要么是赵修护着他,要么让你替他说话,他只会缩在后面。"

我瞥他一眼。难道谭辛强单刀赴会的视频特德没看过?我说:"孙子曰:不战而屈人之兵,善之善者也。"

特德问我什么意思。我让他自己去查。

四十五、寂绝今夜月

我跟同学们依次联系,告诉他们我出差在外,希望聚会改期。稍后,谭辛强打来电话:"星嫣若也学着耍滑头了,这招釜底抽薪用得好。"他好像并不生气。

"实属被逼无奈。"

谭辛强说:"事情倒简单了。"

我不明白他的意思。

特德在参加庆典时给我打了五个电话,确认我是否还在扬州,又问我是否被谭辛强纠缠,直到碰面,他才踏实。

我问特德和谭辛强畅谈的人是谁,他说那个人叫莫清朗。我对商界实在不熟,并不知道莫清朗是如何大名鼎鼎、叱咤风云的人物,但他给我留下了极深的好印象。

特德的牢骚喷薄而出,"谭辛强和莫清朗说的都是什么话题呀,也不管其他人。"

"理想和未来呀。其他人都围着大使和珠宝哪。"

"理想?那是十几岁小孩儿玩的。拜托,现实一点,理想要是能卖,倒值得讨论。"

我翻白眼儿。"什么你都想卖。"

他起劲地问:"理想值多少钱?"

"说便宜就便宜，说贵就贵。它免费归你所有，一分钱都不用花。你想保留，它一辈子不走。当有人想收买它，把它从你那儿带走，它突然身价倍增，珍贵无比，万金不换，无可替代。"真诡异，居然和外国老板谈这种话题。

他想了想，问："价格无法确定，贱卖又怎么解释？"

果不其然，他看过那段视频。

"货卖识家。不识货的，出多少钱都嫌少，可不就是贱卖吗？"我曼声说，"有的人连贱卖理想的资格都没有。这么宝贵的东西，他们不等别人来买或者来抢，自己早就扔了。"

"你这人嘴太坏。牙尖嘴利。"

过了两日，琴若告诉我："刚才在紫芳家谭辛强好像把我当成你了，让你晚上去他家一趟。"我俩不约而同都扎起马尾辫，像得不能再像。但是，我们对谭辛强的态度不同，他不可能认错。这就是他说的事情倒简单了，不再假托其他事务，直奔我一人而来，叫我推辞不得。

来到谭辛强家，开门的正是他。他有些惊讶，问："你来干什么？"

我说："不是你让琴若告诉我来的吗？"

"我说的是老房子。"他说，"既然你来了，帮我浇浇花，不知怎么的，它们都快死了。"

我找到水壶，给花浇水，摘掉枯枝败叶，适当松土。书房中，他埋头写字。我浇完杜鹃，他说："卧室里还有花。轻一点，别吵醒我的客人。"

我推开卧室门，台灯已调到最暗，米娜正在熟睡。五斗柜上，一盆建兰幽幽吐芳。我轻手轻脚干完，悄悄退出来。

谭辛强站在书房门前望着我。我等他吩咐。

"老房子换了密码锁，密码是我生日。"

我立刻驱车去他的旧房。站在门前，我还有些害怕。深吸口气，鼓足勇气，输入密码进屋，迅速开灯。冰箱上贴着便利贴，写着蔬菜和肉的购买日期，是昨天。另一张便利贴上写着"帮我整理书架"。

书架在谭辛强的房间，我的恐惧稍微减弱。把所有的书拿出来吸尘，按类别、国家、作者分别排列。

如果工作只有这么点儿，那我已完成，可以离开了。在这里，我始终提心吊胆，寂静无声我害怕，发出声响我更怕。我试图开门，它却纹丝不动，把手能转动，但一点儿都使不上劲儿，门打不开了。我顿觉脊背发凉。它刚才还是好的！我在门内，就算外面有人恶作剧上锁，我在里面应该能打开啊。我反复按把手，它顺畅地转着，就是打不开。我四顾，把每个角落看清楚，生怕在看不见的角落藏着什么，越这样想越害怕，步步退回他的房间。

时针已指向十点。我蜷缩在椅子上，关上卧室门，又担心不能及时发现外面的动静，把门又打开，视角能看见空荡荡的客厅，看不清他父亲的卧室，我犹豫着，再度把门关上。我不敢闭眼，把房间里的物品看了一遍又一遍，比较着它们是否在每一次观察时都在原地。书桌上还摆着他少年时的照片，给我惊惧的神经一丝安慰。明明是五月，我的手指却冰冷。

　　我不敢频繁看手机，因为没带充电线。难熬的夜一点点挨。不知道到了几点，只觉得过了很久很久，所有的喧嚣都沉寂，夜已深沉，外面传来声音。我绷紧神经，耳朵都竖起来，分辨着远近声响。大概持续了几分钟，忽然响起轻微的脚步声，一步一步，向我这边走来。我捂着嘴，退到窗边，又不敢太靠近窗户，那飘荡的窗帘后有些什么吧。门一点点开了，我睁大眼睛，呼吸都停止。

　　门全开了。谭辛强出现在那里。我僵硬的身体这才活过来。

　　他问："门打不开？"

　　我点头。

　　他说："怪不得密码不管用，我用机械钥匙打开的。可能是电池没电了，也可能里面卡住了。"

　　我悄悄呼吸，平复心情。

　　"为什么不给我打电话？"

　　没有理由，就是不想让他知道。我的事，都不想让他知道。

　　"为什么不找人开锁？"

　　专业开锁匠二十四小时都能找到。但是，深更半夜的，周围的邻居们该怎么看这个多事的家庭？

　　"你打算坐到天亮？"

　　我想等到天亮再找开锁的人。

　　"我送你回家。"

　　我摇头，拿起包要走。

　　他说："以后每周来一次，时间你自己定。我会把锁修好。"

　　我沉默地经过他身旁。

　　这是我们之间少有的奇怪的对话。他的声音没有温度，而我更绝，一个字不说。

　　我回去就查锁的信息，以防下次它再坏，发现那是一款智能锁，每当门锁被打开一次，就有一条短信发送到主人的手机上。所以昨晚我没离开，谭辛强是知道的。

　　再次去那里，我带了一个细颈花瓶，插一支蓝花楹，准备摆在玄关桌上，用来壮胆，同时增添几分生气。一进门，屋子已经变了样，玄关摆着干净的拖鞋，沙发和茶几是新的，灯泡换了，柔和明亮，布置依旧简洁。我的恐惧和紧张消除不少。冰箱的便签上写着"帮我收拾客厅"。客厅已经十分干净，我打扫一遍，算算时间还早，又去整理厨房。厨房同样干净，碗碟光可鉴人，像常被使用。我打个寒战，快速离开。

四十六、跑错比赛

随着老乔和赵抒的好事临近，"根据地"的聚会频繁起来。老乔给大家布置任务，大家都抢活儿干。唯有我，一再推脱有事，领任务，却从不参加聚会。别人不知内情，以为我真的很忙。我不愿见米娜，不敢见谭辛强。

这天，如约赶到"根据地"，得知今晚谭辛强不参加。他不来，米娜自然也不来。我松了口气。在谭辛强强求我参加聚会时，他自己反而不来，那些我不参加的，他倒会出现。

老乔和赵抒正热烈讨论谭辛强给他们设计的婚纱和礼服。

琴若和贺骁腾聊的是米娜，说她最近事业发展如日中天，得益于谭辛强的努力。

萧紫芳的指甲劈了，一边剪一边说："谭辛强最近在哪儿，你们知道吗？"

又是谭辛强，大家的话题全是谭辛强。

老乔说："他现在是工作狂，每次来满嘴都是工作。"

于芒说："他特忙，我好几次大半夜接到他的电话，那会儿我都睡醒一觉了。"

紫芳说："昨天我带着大灰路过他家，想看看他，他不在家。那会儿都快十点了。"

贺骁腾说："大晚上的你去他家干什么？"

于芒问："大灰是谁？你男朋友？"

紫芳说："对，我男朋友。非洲来的，会飞。"

贺骁腾说："最近谭大侠有点儿不对劲儿，虽然还是有说有笑，但总好像冷冰冰的，话比从前少，还有些心不在焉。"

紫芳说："上次聚会散了时，我要他顺路送我回家，他说他不回家，那时候已经很晚了。"

我顿时心头雪亮：谭辛强不在家的时候，住在旧房里！那里有他痛苦的回忆，他不会主动回去，是米娜要求他回去的！

我怒极。杀人不过头点地！米娜肆意折磨他，简直堪称虐杀！

紫芳看着我，问："你怎么了？要吃人似的。"

眨眼工夫，我已泄了气。怒有什么用，谭辛强愿意。

特德带我去谈生意。像约好似的，我认识的人全在那里。阮茹、徐天骄、阿卡、褚元、西奥、玄璇……还有谭辛强和米娜。这是什么情况，商业嘉年华吗，所有人都一起出现？我暗自叫苦，有意游走人群边缘，不为别的，只为今天穿的是天姿兰得的白衬衫灰紫裙。

特德别有用意，岂能任我自由来去。他与阮茹交谈，把我叫过去。我礼数周全，向前老板一行致意。阮茹非常客气，多看我几眼，说："星小姐，多得你照顾特德。"

"阮董说笑了。蒙经理器重，收留我。"想必阮茹恨我恨得牙痒痒，觉得我是甩不掉的牛皮糖。

阮茹说："听说你最近在研究国外经济案例。"

"研究谈不上，学习一下，自我警示而已。世道险恶，一步行差踏错，恐怕以后都难翻身。"

阮茹回顾徐天骄，"如果我们的员工都像星小姐这样警惕多好。"

徐天骄说："星嫣一向优秀，放走这样的人才，是我们的损失。"

阮茹用下巴示意远处，说："说到人才，谭辛强可谓后起之秀。"

赵修与阿卡走来，众人都上前打招呼。寒暄后，人们又去与他人攀谈。我是小人物，走在最后。

听说阿卡的哥哥致力于科学研究，是某物理实验室的学术带头人，对家族生意没兴趣。

阿卡一有机会就躲他爸远远的，与几个年轻人热闹地聊着。阿卡说："泰蒙有才华，特德有头脑，都比我强。我除了英俊，一无所有。"

西奥说："你长得不如我。我排第一，你顶多第二。"

谭辛强摇头，说："令人费解的自信。"

众人大笑。

赵修望着他们，目光隐隐担忧。同样的忧色在讲座那天也曾出现。我看得不忍，说："您别担心，阿卡不是像表面那样只知道玩。"

他哼道："对，他还知道花钱，知道钱是好东西。"

我说："有的时候钱没有用，他懂。"

赵修转头不看阿卡。

"您创造的帝国，真正的财富在于品牌价值，品牌价值来自口碑，口碑得自品质，品质倒了，钱救不起来。守住这份产业，就得守住产品质量。这些他都知道。您看他结交的人，卖原料的，做染色的，还有下线的服装生产企业。他交的都是他觉得日后在事业上能用到的人。玩闹是他接近他们的方式。"

赵修又哼一声，说："他要是有这份认识就好。要是他能像谭……"他察觉失言。

我轻轻说："谭辛强的成功一半靠天赋，一半来自少年颠沛流离的磨炼。他不知道多羡慕阿卡。"

"你叫什么名字？"

"星嫣。我是特德的秘书。"

"星嫣，谢谢你安慰老头儿。"

我嫣然："我虽然没有为人父母，但至少做过我爸妈的孩子。"

赵修说："啊，李寻欢的话。现在的女孩还有看武侠的，看的还是古龙。"

我同样有些意外："您也看武侠？"

"何止看，迷得不得了，最喜欢的就是古龙。我们那个年代，是武侠的黄金时期，三大家的作品我都读过，其他作家的书也没少看。"他忽然压低声音，说，"对男人不能一味容忍。男人都是贱骨头，你强硬一回，他反而更珍惜。"

我忙说："特德只是我老板。"

他对我眨眨眼睛，说："我说的不是特德。"

我心一紧。我们的嫌隙居然那么明显，一句话没说，连眼神都没有接触，已被人看破。

他转为疑惑，说："咦，脸怎么发白了，难道我老头儿猜错了？"

这可爱的老爷子。

他咕哝："眼睛追着人家跑，还装作无所谓。你们这些孩子，可千万别聪明反被聪明误啊。"

我说："谢谢您。"

赵修说晚了。疏远谭辛强原本是装出来给特德看的，莫名其妙地弄假成真，我想放下恨意，不再假装远离，却怎么都回不到从前。

这真是聪明反被聪明误。

像一个人好不容易快要跑到终点，却被告知跑错了比赛。

到底错在哪儿了？

四十七、言语败于沉默

这日下班，米娜在我家楼下等待。她讥诮："让谭辛强住在老房子，倒给了他金屋藏娇的方便。"

她想激怒我，我偏偏不，说："吐不出来象牙就别费劲了，你没这功能。"

"哼，够伶牙俐齿，可惜到了他面前就蔫了。"她示意我上车。"我好像抢了你的嫣然惊华。"

"嫣然惊华不是我的。"

她扯动嘴角，说："不管是不是，将来，你会发现失去更多。"

"找我什么事，直说吧。"

她语气忽然缓和，推心置腹的样子。"星嫣，我对付谭辛强的原因你知道。我并不想牵扯别人。你这个人不错，我没想跟你作对。直到现在，我还是觉得咱们能和平相处。"

敌人当然是越少越好，尤其是自己能决定树敌的。

我说："和平相处要看双方，而且是有一定条件的。"

她说："听说谭辛强要你每周来这里一次。你为什么要听他的？他对你吆五喝六，要你每周来一个死了人的房子里收拾屋子。他没有考虑过你的感受，也不管你愿不愿意，就蛮横地让你按他的意思办，把你当奴隶一样。这样对吗？我还以为他这人不错，要不是看到这事，说不定我对他印象还是初中时那样。可看了他对待你，这也就是个渣男。我不明白，你为什么要忍？看看你这副逆来顺受的模样，我差点认不出你。"

"这是我们的事。你不用向我示好，算计我朋友的人，我都反感。"我把路堵死。

她脸色微变，继而咯咯地笑起来，说："你对他真是忠心啊。他值得吗？你知不知道我昨晚在哪儿过夜？"

这种话简直污人耳朵。我皱皱眉，说："谭辛强不是那样的人。如果事情像你说的那样，那你真是太可悲了。复仇不见成效，先把自己搭了进去。"

她说："你尽管冷嘲热讽，他对谁怎么样，大家都清楚。他把设计图给了我的工作室，做我的专属设计师，搭上自己的钱为我造声势，用尽资源为我争取角色，帮我开创事业。我只要说一句话，他立刻照办。任何东西，只要我说要，他都想办法弄来。那个时候你在哪儿呢？你在闹鬼的房子里给他扫地擦桌子！"

"我的确是给他扫地擦桌子，在'那栋'房子里，那是一座你进不去的堡垒。你无论多恨，无论多想，都进不去。那是对你的禁区。他别的事可以听你的，但这件事，你无能为力。"

她被我说中心事，接不上话茬。

我说："如果他真的对你言听计从，你何必来离间，直接让他不见我就得了。"

她还击："我是觉得你可怜才来提醒你。你自己觉得有意思吗？围着他打转，能跟他见几次面，说得上话吗？你看看你，没有星琴若懂事，没有萧紫芳漂亮，没有赵抒温柔，我只见过她们几次，就觉得她们比你强。他们还说什么谭辛强对你另眼相看，你自己信吗？你凭什么呀？哪个男的瞎了眼能看上你？你喜欢他吧，敢跟他说吗？说也没用。他眼里看的是我，他每天陪在我身边，殷勤得不得了。"

我忍俊不禁，说："你的耀武扬威实际上外强中干，说的话更是可笑，像是怕被人抢走男朋友，找我来吵架。你想让我吃醋，然后离开他。可惜你不知道，我喜欢他，是作为偶像的那种仰慕。我从小就崇拜他，爱人固然难找，偶像更难得。这两种不同，但你，未必懂。你想让我对他失望。恰恰相反，那只会让我对他更尊敬，因为我知道他的用心。"

她冷哼："早料到你不听劝，没想到你假惺惺的，让人恶心。他为你做过什么？张开你的眼睛看看，站在他身边的是我！不管你喜欢他还是不喜欢，想帮他还是看热闹，都滚远点儿。他对我，你觉得仅仅是对不起那么简单吗？"她说的时候得意得脸放光芒。

我平静地说："你想错了，他不喜欢你。你以为超越愧疚的部分是喜欢，你以为一个人只有喜欢你，才会为你打算，为你担心，为你奋不顾身，对你百依百顺。你，不，应该说所有人都低估了他的高尚。他给你的善意和忍让，都来自他的悲悯。他只是在尽其所能帮你。那些你在意的、你忽视的，他都替你想着。他想把你拉到正常的生活轨道上，而不是在仇恨中无法自拔。他本不需要这么做。他始终相信你是善良的，可救赎的。如果他不愿意，你伤不了他。无论正面还是偷袭，你都赢不了。你太冰冷，他一直试图温暖你，而你却无动于衷。当你以为他喜欢你时，你双眼放光，因为你发现这是个伤害他的好机会。我真替你发愁，有一天他的忍耐和宽容都用尽了，你怎么办？"

她又气又惊。

"你发现了吗，你已经开始期待和依赖他。你要当心，千万别爱上他，因为他不可能喜欢你。只有身心纯洁的人才配得上他的爱。"

她倏然停车，暴喝道："滚下去，滚！"

我打车往回走。走到一半，特德要我去他家加班。我看看表，已经晚上八点。到了他家，他口述一份合同草案，改了若干次，等最后定稿，已是半夜。他说："我送你回家。"

"不用。"

他锐利地问:"你不回家?"

"再见。"

他追问:"你去哪儿?"

"再见。"

他大声说:"马上回去把合同打印出来,明天要用。"

"明天早晨它一定出现在您办公桌上。"我告辞离去。其实不是非去谭辛强家不可,但接连的阻挠令人生疑,我倒要去看看怎么回事。

到达他家,我打开玄关灯,刚要打开客厅灯,赫然见谭辛强睡在沙发上。我蹑手蹑脚走过去。他睡熟了。此刻已是凌晨。他的手中拿着一个药瓶。安眠药?!我蓦然一惊,轻轻抽出药瓶。他忽然反手抓住我的手腕,迷蒙地睁开眼睛,盯着我。我吓一跳,试着把手抽出来,他却握得更紧,眼神依然是朦胧的。我不敢动静太大,以免彻底惊醒他。他似乎看清是我,重新闭上眼睛。我的手依然被他掌控,几次暗暗使劲往外抽,都得到他呼吸急促的回应,只好不再动,站也不是,坐也不是。沙发旁边是地毯,我便靠着沙发,侧身坐在地毯上。

药瓶是胃药的,已经空了,标签都老化,有效期是七年前。啊,这是当年的药瓶。我忽然意识到今天是他父亲的忌日。他睡在客厅,因为这是他最后见到父亲的地方。这个药瓶,是父亲对他的牵挂。

我一阵心疼。

这样特别伤痛的日子,他选择一个人度过。他有权要我随时随地出现,他可以利用惩罚让我来陪,但,他没有。所谓的惩罚到底是怎样运用的,或许只有我们明白。

要把惩罚搬出来才能见到一个人,要用惩罚才能保护一个人,是何等的无奈。

在这样安静的深夜,没有他洞悉人心的凝视,没有需要假装的情绪负累,没有需要躲避的窥探的眼睛,我可以尽情地、贪婪地、无所顾忌地端详他。有多久没有好好看他了,总是匆匆一瞥就转开视线,余光瞄到他,都要赶紧躲藏。与他吵架,令我惴惴至今。他与米娜的形影不离,简直刺痛人的眼睛。

浓黑的双眉英姿依旧,平静闭上的眼睛还是那么漂亮,长长的睫毛透露温柔,嘴角带着一丝孩子气。这些日子,他没日没夜地工作,憔悴了许多,梦中还微微蹙眉,带着忧郁。往事想必沉重,令他神情疲惫。

我心里在说:为什么任她予取予求?你的温柔是可以随意给人的吗?你以德报怨,她当成是你欠她的。你忍让,她以为你怕她。你守卫着她的心灵,她却践踏你的伤心。她不停地给你设圈套,你明明发现了,却什么都不说,还拼了老命帮她。她对你的构陷，就算我不是你的朋友都看不过去。说是救人，这代价也太大了吧？

我希望她变好，不再折磨你。我又怕她变好，怕你喜欢她。不是因为我讨厌她，而是她不懂欣赏你。不懂你的可贵，怎能如我们期望的那样爱你？最好的你，值得享有世间最热烈深挚的爱。但不管怎样，她已在你心里占了分量，无法抹去了。

手被他握着，如酥如麻，渐渐蔓延到整条胳膊。

醒来时半边身子压得发麻，抬头便遇上谭辛强清澈的眼眸。他还躺着，眼神平和温柔，带着一抹深沉的思索。我竟枕着他的手睡着了。我忙爬起来。我压着他的胳膊，他的胳膊压着我的长发，倒腾了一番，我们都站起来。我脚下发软，血脉刚流通，像千万只小蚂蚁在跑。

他说："谢谢。"

我摇摇头。

"能陪我坐一会儿吗？"

我心里发酸，为他这一问。他竟以为我有可能拒绝。

他说："不管时光如何流转，不管年龄如何增加，走进这间屋子，它和我就融为一体，回到旧时光里，独立于世，不被人所知。我们一起被时间遗忘。看到你，我还以为在做梦，直到确定你是真的。总是你，也只有你，能给这房子带来生机。"

这个评价太高，我承受不起。

"有时真的觉得累。但既然选择这条路，就要走完。在路的尽头，不知会发生什么。"

我幽幽然抬眼，我会在路的尽头等他！但，他需要吗？

只一瞥，已有泄露内心秘密的危险。我赶紧垂下眼帘。

"看起来那么柔弱，却蕴含无限能量，是我力量的源泉。"

他说的是我吗？

"还记得十六岁那年，那个黄昏，你站在那儿，璀璨闪耀，披着霞光，撼感我的心。我本来呆坐着，脑袋空空，戾气鼓荡着，随时都可能爆发。我不知道下一秒会做什么，或许狂喊，或许砸烂一切，或许冲出门，朝某个方向一直走，走到失去力气。就在那时，你来了，仿佛吸收了所有的阳光，进门来缓缓释放，那么明媚、耀眼，照得我心里雪亮。你毫无心机，凭着一腔热情和善良而来。出国的每一天，一想起你，我就觉得无限温暖。如果不是因为你，我不会再回这个城市。即使回国，我会去其他地方，这里是我的伤心地，我害怕靠近。可是你在这里，我的阳光就在这里。"他面容静静，我心潮澎湃。

"人生匆匆，时间有限。我一直在做的，就是努力让自己变得优秀，配得上你的崇拜。这点始终没变。因为有这样的你，才有这样的我。"

我的心微微发抖。

他轻轻说："如果没有我的要求，就不会再有我们的见面吧。我常在想，什么样的相遇，经历什么样的离别，又是怎样的各自安适，能让两个人相忘于江湖？真的能忘吗？"

我无法回答。

"保护好你自己。你总是喜欢只身犯险，身边……又没有替你扛事的人。"

我看着他。他觉察了什么？

"你故意激怒施维维，不是为了好玩儿吧？"

他太聪明，真的太聪明！

他叹息："言语总是败给沉默，是不是？你走吧。"

第三卷

琴心剑魄

四十八、赖有幽芳深解意

琴若称病，没和我一起回家吃饭。我到她租住的地方探望，一见面，忍不住笑出声来。她满脸都是小红痘。

"北斗七星，啊，猎户座。"

她作势掐我脖子。

我们姐妹俩对腰果、花生和鲑鱼严重过敏。她肯定又贪嘴了。可她矢口否认："谁会蠢到自己破相？"

这倒是。

"从下午就开始不对劲，脸上痒，到晚上更厉害。还好那时下班了。"琴若发愁地说，"明天怎么办？总经理据说明天要来呢。他不常来。"

琴若是某酒店客房部的经理，是个需要抛头露面的工作。即使没有总经理驾临一事，破相的她也不宜上班。我略一沉吟，爽朗道："这好办，我替你去，没人认得出。"

"算了，"她深深叹息，"还是请假吧。"

我按住她的电话，说："请什么假啊，我能搞定。"

"你不上班？"

"前一段加班太多，我攒了很多倒休的假。嘿嘿，我向往去酒店很久了。赶紧把你们酒店的秘密告诉我，快，什么金库位置啊，秘密通道啊，总统套房的密码啦……"

她拍我。"没正形。一点儿都不可靠。"

她为我恶补酒店的知识，对着合影指点我认识她的同事。为避免穿帮，也为了方便联系，我们互换手机。

我的头发比她长很多，她工作时按照要求把头发盘在脑后，这样倒好，头发长短不再是问题。

我总是素颜示人，她的工作需要化淡妆。于是，我拿走她所有的化妆品和套装。她一边感慨损失大了，一边收拾东西给我，警告我不许败坏她的名声。

一大早，我拿着琴若的工作证刷卡进门，走进办公室，和同事们打招呼。有个男的见到我，愣了几秒。他是客房部的副经理。

琴若比我严肃，确实有部门经理的范儿，同事们基本上不和她聊家长里短的事，减少了我的负担。

我悄悄打电话问琴若:"客房部的副经理,那个叫什么峰的,是不是暗恋你?"

"没有啊,我可是清白的。他做什么啦?"

"他看了我好几眼。"

琴若紧张:"认出来了?"

"绝不可能!你昨天是不是跟他一起吃饭了?"

琴若怪叫:"你怎么知道?"

"哼,还想瞒过我?当心我向贺骁腾告密。"

"喂喂喂,我们是正常的同事关系,一起吃工作餐。你这家伙,到那儿刨我的底去了?我还是请假吧。"

同事敲门,告诉我总经理马上就到,全体经理接驾。我赶紧挂断电话,留下琴若在那头提心吊胆。

回到办公室时,办公桌上多了一杯咖啡。我四顾,问:"谁送的?"

同事笑着说:"吕经理刚才喝咖啡,顺便给你拿了一杯。"

"谢谢啦。"有点儿意思。我暗想,悄悄把咖啡倒掉。

与同事相处久了恐怕露馅,我借巡视客房在走廊徘徊逗留。

一间房间打开门,有人倒吸一口凉气。我抬头,面前的是特德和张雪。他们目瞪口呆地望着我。我给他们一个职业化的微笑,说:"您好。"

张雪先醒悟,用胳膊肘捅捅特德,示意他看我胸前的名牌。特德说:"哦,星经理,你是……酒店的经理?"

"是的,您有什么需要吗?"

他们摆手。我微笑致意,从容离去,转过楼梯角,加快步伐跑到前台查询入住信息。天啊,不止他们两个,整个楚水三千的人都住在客房楼。他们在这里举办庆功会。

我哭笑不得,天要亡我啊。不消十分钟,所有楚水三千的人都将知道"我"在这里。

事到如今,只能尽量躲避前同事,看见他们我就赶紧闪人。但他们好像追着我似的,我穿楼梯过走廊,绕了许久才甩掉窥探的目光,靠在三楼栏杆旁喘气。

此处视野最佳,可眼观六路。酒店大堂有位先生,独自坐在窗边的位置,向外凝望。不知为什么,他的背影让我想起多年前的那个下午,谭辛强和于芒换桌后向外眺望的眼神,隔绝全世界,过去未来,都只剩一个人的感觉。

即使只有几分相似,这画面也让人宁心静气。

前台通过对讲联系,说有位客人要带宠物住宿。我赶到前台。客人是一个男人带着儿子,还有一条金毛狗。小男孩大概七岁,抱着金毛狗的脖子不撒手。吕峰满面笑容地对客人解释酒店禁止宠物入内的规定,除非是导盲犬,客人非常坚持。

我客气地打断两人,把吕峰请到一边,说:"你发现了吗,那个小男孩不对劲。"

"哪儿不对劲?"

"眼神儿。如果我的判断没错,他有自闭症。那条狗是他的重要伙伴。"

旁边一阵骚动,狗跑了,跑到花园里。一帮人都去抓狗。小男孩孤零零地站在原地等待。冷不丁那狗从后面蹿出来,忽然老老实实坐在我脚边,尾巴摇动,拍打我的腿。自从差点儿被珊妮的狗咬伤,我还真有点儿怕狗。此时顾不得怕,眼看小男孩的脸色益发阴沉,我抓住狗绳,牵着它向男孩走去。万幸,那条狗配合地走着。我蹲下身,对小男孩说:"你的好朋友回来了。"他一把抱住狗脖子。

吕峰气喘吁吁地跑来,见此情景,无奈地说:"为他们办入住吧。"

小男孩抬起头,更紧地抱着狗。

听到好消息,这孩子的第一反应是再次向后退缩。我顿生怜悯,私下嘱咐服务员对男孩多加关注,但不要引起他的注意。

别人都在开庆功会,张雪提前回到客房楼。我知道,她为我而来。果然,各种要求接踵而至。茶杯不光亮,需要再擦,浴室有异味,需要再次清洁,床单铺得不够平整,必须再铺……她指定要我亲自服务,不能由别人代劳。我庆幸今日代替琴若,否则,琴若就要代我受过。张雪的苛求我一一应承,不流露丝毫不满,让她的刁难如铁砂掌打在棉花肚上。她愈发恼怒。

我路过花园,惊见特德与谭辛强正在交谈。特德望到我,向我招手,我只好走过去,泰然跟谭辛强打招呼。

世事难料。我和谭辛强恢复对话,竟是借用琴若的身份。

我问他为何来此。他说来酒店找人,已经找到。

特德作自我介绍,说:"星经理,我正代嫣向泰蒙道歉。"嫣?叫得这么亲切!

我问:"嫣又做什么了?"

"嫣曾经想过要辞职,但最后还是决定留在我身边。"特德继续说,"泰蒙,抱歉,为了我,嫣背叛你。"

我喃喃:"背叛?"

"啊,星经理不知道,为了我,嫣和泰蒙差点儿吵起来。嫣太维护我。"

"您和我妹妹……"

"我正追求她。她对我很好。星经理,你有什么教我?"

我清清嗓子,说:"特德先生,你是否搞错了?嫣对一个人好,很多时候,无关爱情。"

"无关爱情?"特德问。谭辛强抬眸。

我学琴若耸肩。

"我不知道怎么对你们说,"特德自信满满,"有些事无法用言语表达。"

"特德先生,我不知道妹妹的心意,但我由衷地同情你。我妹妹不好相处,她呀,优柔寡断,过于恋旧,做事拖泥带水,狠不下心又不甘心,非常矛盾,因此喜怒无常,让周围的人都无所适从。比如她的前男友,她明明已经不喜欢人家了,还拉着不放,弄得两个人都难受……"

谭辛强忽然开口:"才不是那样。她所有的不干脆,都是善良所致。如果她不是那么在乎褚元的感受,她早就决断了。"

特德说:"星小姐有一点说得没错,星嫣不会无缘无故对一个人坏。泰蒙,你们的关系好差。你们不是朋友吗?"

这家伙,仿佛进过移花宫,一招"移花接木"借力打力,我欲阻拦已晚。

谭辛强毫不犹豫地说:"是我的错。我让她失望。"

咦,这一位,是禅宗高手,"泥牛入海"使得很溜嘛。

我说:"不用管她。嫣这个人,边自责,边作恶,十足伪善。"

特德沉吟:"说实话,她一点儿也不可爱。"

谭辛强说:"确实有点儿小脾气。"

"总爱拆我的台。"

"像她的作风。"

"性格很古怪。"

"与其他女生不同。"

"还总曲解我的意思。"

"她有点儿迟钝。"

这两个人,一唱一和,搞什么?

"不过我还是喜欢她。"特德对谭辛强说,"我会劝嫣与你和好。她多多少少还听我的话。她担心在商场上你和我竞争,所以对你存有戒备。我常为此怪她不相信我的实力,她却说哪怕有一点损害我的可能都不允许。她固执起来真要命。"

我插口:"真的?回头我问问她。"

"你问她,她一定不承认。她怕你骂她。"

该怎么击碎特德的谎言?我暗急。

谭辛强说："追求她，我给你一点儿忠告。首先得明白她的为人。若不了解她，就无法驾驭她，那永不坠落的心魂。还有，没有她的允许，不要与别人跳舞。最后，别让她失望。一旦她对你失望，她的崇拜和热爱全变成厌恶，待你连个路人都不如。"

我心底一惊。

第四次正面交锋，特德以我为利器发动攻击，谭辛强悄无声息地化解，我既是旁观者又是当事人，场面奇妙至极。

张雪寻到花园。"星经理，我到处找你。你给我换的棉被是不是旧的那条，闻着有霉味儿。"

特德低头。

张雪见特德默许她寻衅，声音大了三倍。"星经理，茶杯你刚刚换过吧，怎么还不如原先的干净？上面还有水碱，虽然看不太出来，应该是有，要不怎么颜色发污。门口的地毯有点儿卷边儿，绊倒人怎么办？这些你赶紧处理呀。四星级酒店，还不如民舍客栈干净。"

我应着。

谭辛强悠悠道："倘若贵公司的员工对待工作也能像这样精益求精、吹毛求疵，跻身世界五百强指日可待。"

特德脸部抽搐，把张雪拉走。

谭辛强望着他们的背影说："难怪。"

我明白他的未尽之语：难怪嫣若要辞职，难怪张雪跋扈，难怪她刁难我。

我说："要成为别人的眼中钉，必须有些本事。嫣斗不过，于是逃跑。"

"她做得对。不必为这些人浪费时间。"

我斟酌道："嫣和你之间有些误会，相信过不了多久，她会找你说清楚的。"

"不用。"

"怎么不用？看着你们从曾经的好朋友变得跟陌生人似的，大家都觉得不好受。"

"不用。"他再次说。

我心里泛酸。"你烦她啦？她闹起脾气来，连我都讨厌她。她就是一时想不通。特德的话不能全信，我看这个人滑头得很……"

谭辛强打断我："嫣若的为人我很清楚。有些话，就算是她亲自来对我说，我都不相信。我们认识一个人，不是凭她一时说了什么、做了什么，而是靠这儿。"他指向胸口。"我相信她的为人。既然相信她，既然有些话就算她亲自跟我说我都不信，何必一定要她解释？我只要知道她值得信任就足够了。"

我胸口温热。无需多言,他心了然。

反省自身,我一直等待他为米娜的事做出合理解释。但,他做什么,何必向我解释?我信任他,何必非要他的解释?这么简单的道理,我以前怎么想不通呢!

我暗暗嘲笑自己狷介,忽而警惕:在谭辛强眼中,令他失望的星嫣根本不存在。如果有一天,他睁开眼,看见那个星嫣,对他的打击将是致命的。

有一句话如鲠在喉,不吐不快。我问:"嫣和特德交往,你不在乎吗?"

谭辛强望着我。

我说:"为什么要教特德追星嫣?特德,不靠谱吧?"

"我不是教他,而是提醒他他追不上。"

我莫名地松口气。"没有必要。特德不可能喜欢嫣,完全不用担心。就算特德有可能喜欢她,嫣也不会喜欢他的。你说过,她喜欢君子。"

谭辛强叹息:"那个傻瓜总是搞不清自己的心意,有可能出于感动就认为有责任回报别人的感情,把自己便宜送人。"顿了顿,他说,"他好像很喜欢你。"

我一怔,不知该说什么。顺着他的目光,我看到脚边不知何时多出一条金毛狗。他说的"他"是"它"。

贪玩的小狗。它的主人又要着急了。我说:"我人缘好啊,不像某些人,人嫌狗不待见。它是一位客人带来的,我得把它送回去。"

我们就此告别。转过屋角,我才发觉手握得太紧,指甲在掌心留下深深的痕迹。

回到办公室,听到同事的议论。"星经理有点儿怪。"

"没有吧,和平时一样。"

"比平时温和,可能因为她的朋友在这儿,他们谈话时她满面春风。"

"她的朋友和她同样严肃,听说是著名的服装设计师。"

"我觉得很酷啊。有这样出色的人在身边,她怎么选了别人当男朋友?"

我咳嗽一声,说:"我和小贺是天生一对,你们别乱点鸳鸯啊。"他们立刻转移话题。

透过百叶窗,只见谭辛强还站在花园里,在树荫下,挺拔如同园中的松树。紫藤落花点点,飘洒在他肩上。

四十九、天下有一人知己

下班后,我到琴若处交换身份,把一天的事件都告诉她,叮嘱她一定要查看前一天的酒店监控。我怀疑是吕峰害她过敏。

琴若讶然:"你到底去那儿干什么的?"

代替琴若上班,我另有所图。发生那么严重的过敏,琴若一定吃了导致过敏的食物,而她不会主动去碰那些,一定有人偷偷调换了她的饭菜。腰果和花生的味道一下子就能辨认出来,因此最可能调换的是鱼肉。

过敏的事琴若不会满世界去讲,知道的人多半是她身边的同事,尤其是同一个办公室的。我得保护琴若。她傻不啦叽,被算计了还蒙在鼓里。所以我要代替她上班,探个究竟。

"吕峰见到我很惊讶。上班时见到你,本就正常。除非他早就料定你无法上班,才会有那种反应。巧的是,你昨天和他一起吃午饭。"

琴若用双手捂着脖子,恐惧地问:"动机呢?"

"还不知道。"我曾问自己同样的问题,思考良久,不得答案。我忽然有些怀念上个世纪初,推理小说的黄金时代。没有DNA技术,没有人脸识别,没有监控,侦探仅靠推理就能锁定嫌疑人。我的智商差得远。"单相思?工作竞争?找到视频证据,你去问他。"

我又告诉她谭辛强出现在酒店。整天我都在脑海里翻来覆去重放与谭辛强交谈的每一句话和每一个字,审视自己是否露出马脚。

"谭辛强现在焦头烂额,没空搭理你。"琴若说,"他妈妈逼他去加拿大,谭辛强说在这儿交女朋友了,不肯走。他妈妈报了旅行团,借着带家人回国旅游要见他女朋友。谭辛强想找我冒充,偏偏我的脸成了这个样子。"

谭辛强身边那么多女的,为什么找琴若?我略一思考便明白,假冒的女友需符合三个条件。第一,了解他。排除普通同事。第二,不能让对方想入非非,留下后遗症。排除玄璇、艾拉、萧紫芳。第三,关系融洽。排除我和米娜。

最后只剩琴若。

琴若皮肤过敏,谭辛强还能找谁?

离开父母独立生活的人,总是报喜不报忧。他妈妈见不到他的女朋友,是否会担心他的生活状况呢?

谭辛强没说酒店名字。离开琴若处,我假借琴若的身份打给酒店,凭借同行的消息,打听了一个多小时,问到常接待加拿大旅行团的几个酒店,拿着地址一家一家找。

找到第五家,远远看见休息厅中谭辛强母子表情凝重地谈话。我在周边徘徊,不敢靠近。

过了一会儿,谭辛强站起来走开,他妈妈扭头看酒店的壁画。不欢而散啦？她责怪他没将女友带来么？

他妈妈突然发声："你就是泰蒙的女朋友吧？我看你在周围转悠半天了，为什么不过来？"

她直视着我，话语的对象明确无误。我沉住气，说："阿姨好。对不起，我来迟了。"

她示意我坐下。"我听说过你，你是他的初中同学。"

"高中同学。"

她打量我，似曾相识的剖肝沥胆的眼神。"长得确实漂亮，穿得还算朴素。听说你是个演员，演过什么？电视剧，电影，还是没戏可演，只能靠脸拍拍广告，或者参加搞笑的综艺节目？"

初中同学，演员，谭辛强的女友设定是米娜！我一慌，此刻骑虎难下，只能硬撑到底。阿姨的讽刺倒让我镇定下来。我说："演员靠的是天赋和努力，不是不劳而获的职业。"

"无论你是什么职业，我不同意你们交往。他在这里过得很辛苦，应该回去。"

"目前他处于创业阶段，遇到的困难确实不少。我会尽力协助他，支持他。"

"哼。支持他当裁缝？干什么不好，非干服装设计。大学白上了，到最后，学的一点儿没用上，跑去给女明星做衣服，看人家脸色吃饭。"

阿姨对他诸多不满啊，如此鄙夷他的职业，质疑他的决定。

我说："他有他的梦想。您不知道他有多爱服装设计。他看到大街上的人，经常忍不住画起来，手边没有纸笔，他就用文字记录设计元素，光是在心里描绘，他已经很享受。他非常有天赋，简单几笔，就能勾勒出神采。"

她抱怨道："当裁缝也成，他本来有大好的前景，每一次都是因为回国而放弃。我真不明白，为什么一定要回来，在多伦多不是发展得很好嘛。"

我婉转地说："在这儿他也不错啊。他现在是设计界的翘楚，时尚杂志的宠儿。他的灵感既同国际接轨，又有中国风，在国内发展前景很好。您很关心他，请您听听他的意愿，给他充分的空间……"

她毫不客气打断我："我清楚你的心思。有他协助，你的事业进展得相当顺利，你当然愿意他继续下去。我的孩子我自己清楚，他内向，又敏感，但冷漠得过分，并不讨女孩儿喜欢。"

从一个做母亲的嘴里说出自己孩子冷漠，我一时无语，心里默默地顶了一句：发现孩子冷漠，你做了什么？他冷漠至今，你难道没有责任吗？

大概我的沉默让她以为印证了猜测，她说："这个世界，互相利用。我还不明白,他想利用你什么,大概想借你的明星身份提高知名度。你看上去倒是比较阳光,可他呢?他设计了些什么服装?'却有风霜苛刻''捻碎的回忆''你不再听我的沉默'!他在加拿大时,灰色情绪还没有这么明显。这孩子好像更冷淡了,万事不挂心上。你的形象和他的气质不符,不怕被他带成灰色吗?他个性阴沉,虽然有才华,但不适合交往。"

阿姨对他成见颇深,误会多多。

我小心翼翼地说:"您盼着谭辛强过得快乐,所以他有一点不如意,您都敏锐地发现了。我也习惯从他发表的作品中捕捉他的情绪,但那常常是某一个特定时点的情绪,并不是全部。前几天,他更新的微博上写着'少年热爱今仍在,琴心剑魄不曾改'。您看,他仍旧很乐观,很坚定。"

"你是不是在开玩笑?从没有人用乐观形容过他。这是你们给他设计的形象吗?一个裁缝还需要形象设计?如果这是你的真实想法,那你实在不了解他。你们在假装情侣之前,连最起码的调查工作都没做好。我告诉你真实的谭辛强是什么样子吧,以后你还能装得像一点儿。刚到加拿大的时候,他连续几个月没说一个字。周围人都以为他是哑巴。不仅不说话,他还面无表情,不看人的眼睛,不管别人做什么,他只活在他自己的世界里。无论家里气氛多好,他一出现,温度立刻降十度,哪怕他只是从旁边走过。后来,他总算开始说话,惜字如金,几个字几个字往外蹦,多一个字都不说,常常坐在屋前走廊的一角画画。家人和邻居都觉得他阴沉得可怕……"

我越听越觉得悲哀,此时按捺不住,激动地叫:"谭辛强才不阴沉!"

她眯着眼睛,非常不悦。

我的怯懦一扫而光,稳定情绪,说:"对不起,我太大声了。您说的,是刚到异国他乡的他。失去亲人,来到陌生的环境,他还没能从痛苦中恢复,淹没了本来的性格。他需要有人引导他走出那种状态。所有人都同情他,可怜他,带着有色的眼光看待他,那目光和态度,充满善意,同时也时刻提醒着他往事。他没有告诉过我们那段岁月,我们也不问。有些事,就是过不去,好不了。大家只要小心不碰触就好,待他像常人一样。你们都说他冷,可我一点都没觉得。就算是真的,如果不曾热情似火,就没有心如死灰后的冷。我眼里的他,活泼开朗,安静可靠,帮助了很多人,激励了很多人。我们有个同学,苦哈哈地给老板打工,听了谭辛强创业的故事,开始尝试创业,已经小有所成。朋友遇到困难,谭辛强总是尽力帮忙,要么指导,要么在资金上支持。比如我,我总是把简单的事情搞复杂,多亏有他开导,帮我理清思路。"

阿姨没听完已开始笑:"这段话,你练了多少次?"

我一怔。她竟以为我在背词。难道她从没有看清谭辛强？

我觉得有点儿冷，似笑非笑，应答："数不清，至少成百上千次。假想着面对不了解他的人，如何叙说他的优秀，他的才华，他的成功和骄傲，还有他的固执己见、一意孤行，他的愚笨，败笔，泛滥的同情、轻率的付出，他的刚直激烈、不懂回寰。当然，这些您都知道。"

我凭着一时意气，不卑不亢做出这番表达，做好了阿姨恼羞成怒的准备，但她没有。她专注聆听，倒教我有些后悔，语气温和下来，说："谭辛强是一个有精神家园的人，无论是您还是我，都只是从他的家园路过，管中窥豹。您看见花园中的黑色曼陀罗，我看到屋顶反射的阳光。每个人都是复杂的，就算他再单纯，他的情感依然丰富，他的思维依然不能被他人全部猜透。所幸谭辛强既睿智又坚定，能够把握人生方向，不需要过多担心。"

阿姨似乎有点儿困惑，还有些怀疑，研究着我和我的话。

此时，谭辛强回转，看到我，颇感意外，又看向他妈妈。

"你来了。"谭辛强说，心如明镜的三个字。

我仰脸，回以恬静面容。

他问："病好点了？"

"见阿姨更重要。"

谭辛强轻嗯一声，露出笑容，坐在我身侧。"妈，这是星嫣若。"

现在冒充都时兴用真名啦。

不过，他没点明女朋友这件事。

阿姨紧紧盯着谭辛强的脸。

欣悦闪耀在谭辛强的眼底眉梢。他高兴得是不是有点儿夸张？阿姨会怀疑的。

我却被谭辛强感染，继而有片刻失神。我只是过来帮他蒙混过关，一点点善意的表示，却让他如此快乐。这样快乐的表情已许久没出现在他脸上。这说明，许久以来，连这一点点善意，我都吝于表达。

阿姨自我介绍："我叫兰因。"

我问："休恋逝水、早悟兰因的兰因？"

兰因的注意力这才转向我，说："呵，我儿子到哪儿都能找到优秀女孩。"

"妈，您话里有话啊。"谭辛强反应奇快。

"星小姐，我要他回加拿大。"

我答："只要他同意，我没有意见。"

谭辛强抗议："喂，你能不能对我紧张一点？就这么轻易放我走？"

兰因说："你女朋友都发话了，你可以老老实实跟我回去了吧？"转而对我说，"泰蒙一向和女孩相处融洽，社区里几乎所有年轻女孩都喜欢他，觉得他非常酷。"

"妈！当着我女朋友，您注意言辞。"

兰因认真道："我说的是事实。"

谭辛强叹气。

我说："没关系呀，我不介意。"

谭辛强迅速回头，问："我和别的女孩好，你不管？"

"不管。那是你的自由。"

"我走后，你会像你梦里等那个少年似的等我吗？"

我不假思索地回答："不会。"

他认了真，神情变得沉重。我拉着他的衣袖，乖巧地说："当里个当，当里个当，闲言碎语不要讲，星媪给你剥块糖。大人大量莫生气，气坏身体得不偿。"

谭辛强无法维持沉重，说："你哪儿学的山东口音，还一套一套的。"

"你听我说，我最讨厌等人。喜欢一个人就跟他去，天涯海角，形影不离，干吗浪费时间等着。你周围肯定总有好女孩，你要是喜欢她们，就不会回国了。你说过，人生很短，时间有限，只够专心致志做一件事，全心全意爱一个人。你是专情的人，所以我不担心呀。"

谭辛强若有所思，继而笑了一下，随即笑容更深。

阿姨自言自语地说："他为一个女生打了三次架，次次挂彩。"

谭辛强立即发声："我与她素非相善，纯属路见不平。"

阿卡讲过这件事。想到阿卡，就想到俱乐部英雄救美。

见我不语，谭辛强解释："我不是一上来就暴力处理。我跟大块头约定比试。第一场他说比喝酒，他输。第二场比赛学西班牙语，他输。第三场比跑步，他还输。输了还不遵守规则，继续骚扰别人。我就找他打架。"

少年心性啊。学生时代的他，刚经历巨变的他，风霜满怀，热血仍在。

谭辛强说："你别担心。他虽然打伤我，但没占什么便宜。没把握的事我不会做。"

叫我别担心，他的表情却忐忑担忧呢，怕我这"女朋友"想歪了吗？

我说："我是在想：那女生说不定想，哪儿冒出个小子，我这儿正盼着有人追求，故作矜持，全被他破坏啦。"

谭辛强假装思考，说："怪不得她知道后，看我的眼神有点儿怪。"

"尤其是把大块头打跑后，你也没有取而代之，那女生想必更迷惑，不知你是何企图。"

"她心里可能想,这个凭空冒出来的家伙,比那大块头还可怕,闷声不响,居心叵测。既然没有追求的意思,不是情敌打架,干吗多管闲事。真是损人不利己——"

"白开心!"我们异口同声,相视微笑。

兰因批评我:"这样迎合他,对他没好处。"

我柔和地、由衷地说:"阿姨,我不是迎合他,换了我也这样做。'胸中小不平,可以酒消之。世间大不平,非剑不能消也'。剑有大小之分,大为法律之剑,用来对付一个霸道的男生,实在有点牛刀滥用,他毕竟还没干出格儿的事,倒是打架解决得快。"

谭辛强眼眸深深。"可以不恨。"他看似没头没脑地说了一句。我知道,他以《幽梦影》答我。

我温言:"以后能不能别拼酒,伤胃。"

"遵命。"

我想怪他戏谑,他的表情却十分真诚。

兰因强忍不满,说:"将来指望不上你劝诫他,你只会更加鼓动他。"

我坦白:"很有可能。"

兰因面有愠色。

谭辛强平和地说:"这种志同道合,或者说臭味相投,具有两面性。就像《京华烟云》中的木兰和孔立夫。孔立夫娶了莫愁,莫愁对他有温柔的约束力。如果孔立夫娶了木兰,结局不知道会怎么样。对此,林语堂先生没有给出答案。"

兰因啜茶,没有接口。

我忽然明白。阿姨一定喜欢木兰和孔立夫在一起,谭辛强特意讲这番话,因利乘便,化解了阿姨的反感。聪明啊。

阿姨说谭辛强只顾自己,从不理别人的感受,真是冤枉他。他多么了解他妈妈,一定深深爱她,关注她。

五十、弦月曾见

兰因问:"星,你穿过他做的衣服吗?"

终于有机会为他的才华发声,我一开口不由自主进入崇拜模式,手捂胸口,热情地说:"我哪儿配穿他的设计。他非常有才,设计的服装拿了很多奖。业界对他好评如潮,公认他是个奇才。好多人都说,他是最了解女性身体的设计师……"

"噗",两个人同时笑喷。兰因赶紧用餐巾擦嘴角。谭辛强笑弯了腰,摸摸我的头,无奈叹气。

被话语惊动的还不止他们两个。

兰因身后的沙发座上突然冒出三个毛茸茸的脑袋。

"哇,泰蒙在笑耶,真可怕。"笑嘻嘻的男孩。

"他不是面部神经僵化吗?"女孩皱眉。

"他说为了喜欢的女孩回来,是真的呀!"清秀的小男生。

"姐姐你好厉害。我头一次见泰蒙这么高兴。"

"哥哥运气不错。"

"人格分裂。"女孩下结论。

谭辛强说:"这是我继父的孩子。他和老朋友吃饭去了,把他们三个留在酒店。"

他们看起来都是很好的人。不过,当谭辛强思绪烦乱,想安静时,活泼的弟妹们是否懂得给他留出空间?在最艰难的日子里,他是什么样的心情?我只瞟他一眼,他已会意,给我一个安定眼神,似乎说"我很好。这不是过来了"。

挺过艰难的岁月,回国又碰见一个难缠的我。倒霉的谭辛强。长路漫漫,要转过多少道弯,才能到达幸福面前。

兰因呵斥他们,赶他们回房间。孩子们不肯走,笑嘻嘻地围过来。兰因拉着两个拽着一个,把他们押回去。我顺势告辞。

走出酒店大门,我和谭辛强不用再装情侣,可以敞开谈话,气氛却一度沉闷,仿佛把融洽遗落在座位上忘了带出来。

片刻,谭辛强说:"找到这儿,费了许多工夫吧?"他的眼睛洞察一切。"明明还生我的气,怕我不好交差,义无反顾跑来帮忙。你呀。"像是无奈,又像是欣慰。

我惭愧。谭辛强原本设定米娜为假女友,被我这个不请自来的冒牌货搅和了。"对不起,我搞砸了。你是以米娜为蓝本虚构女朋友的吧?我……做得不够好,给阿姨留下坏印象。在你回来前,我和她的谈话非常不愉快,后来又总违拗她。不过我可以补救。明天我去向她道歉,告诉她我是假冒的,你身边还有许多好女孩……"

他喝道:"不行!"停了几秒,他说,"不行。虽然是假的,请你继续保密,不要现在说破。"

刚出现个女朋友,转眼又说是假的,的确不妥。

我问:"阿姨是不是觉察了?我看她临走前拉着你说话。"

他说:"我妈只教训了我一句话,找这么漂亮的女朋友,跑了怎么办?"

"跑了再找一个呗。"

仿佛呼应我的话,谭辛强的手机响起。米娜问他在哪里,要他陪她吃饭。

我很希望他一口回绝,告诉米娜没空,有空也恕不奉陪,但又知道他肯定会答应,于是别转脸。

谭辛强答复:"您拨打的用户不在服务区。"语气生硬,随即挂断。

我掩饰唇角的笑意,直到它荡漾散去,才转回头。他说:"我送你回家。"语气延续着生硬,仿佛生了气。

我拒绝。

他突然抱起我,我惊呼出口,又连忙止住,怕引起他人注意。已经有人看向我们,我羞得只得装看不见。他抱着我走到停车场。我红着脸,在他放手的刹那迅速后退,靠紧另一辆车,仿佛那辆车能拉住我,软弱地抗议:"干什么?"

"上车。"他拉开副驾驶的门。

我不动。

他双眉微挑,问:"要我帮忙?"

我钻进车,忐忑拘谨羞窘紧张局促。

他上了车,忽然探身过来,我缩在座椅上不敢动,他拉出安全带给我扣上,将我的各种情绪都看在眼底,眸中生出暖意,回身坐正。

车平稳行驶,空气中弥漫着令人不安的气息。我想打破这沉默,又不知从何说起,于是假装看手机,发现早晨有一通与谭辛强的通话,吓得我给琴若发消息,问她为什么用我的手机给谭辛强打电话。

琴若:你看清楚点儿,是他打进来的。

我:他找我干什么?

琴若:不是找你,是找我。问我为什么让你代替我上班。

他们的通话时间大概是我与谭辛强在花园交谈之后,落花人独立之时。

我觉得几乎窒息,不敢回想。

路程短得听不完一曲《梁祝》。

初夏的晚风拂动长发,月出云端,草茉莉清香幽幽。

谭辛强为我打开车门。

我下车,缓缓问:"你早知道酒店里的是我?"

"我的嫣若,有着无可比拟的率真果敢,我怎么可能认不出?"

我震撼,心融化成一潭水。他的眼眸柔和如深蓝星空。我被他的目光烫了一下，匆匆转移视线，向他告别。

一天终于结束。一切复归平静。只有弦月知道，我的血液曾怎样沸腾过。

过了两日，我接到兰因的电话。

兰因即将随旅行团前往上海，游玩几天后由浦东机场回加拿大。她向我告别，说："我和那孩子谈过了，我可以不要求他回去，但是他得在这儿过得好。我离得太远，照顾不到他。"我深知令兰因改变主意的不是我，而是谭辛强的笑容。

"阿姨放心，我来照顾他。"

兰因说："那孩子对你实心实意，你要是还没考虑好，不要骗他。"

糟糕。还没容我坦白，阿姨就发现真相了？我不想说谎，只能含混地说："我没有骗过他。"

"你是个热心肠的孩子。他能认识你，我很高兴。"

"阿姨，谭辛强和我的关系，有点儿……复杂。我保证尽我所能让他快乐。"

她沉吟："该怎么说呢，我并不希望你为他做什么。我的意思是，不要纠缠他。"

我一怔，有受辱之感。"我没有纠缠他。"

"在他的生活中盘桓不去，频频出现在他面前，就是一种纠缠。"

我凛然。

兰因说："这是我唯一不放心的。他非常重视你，你对他的影响力，我看得清清楚楚。他一向我行我素，从不向人解释他的行为，但那天他再三向你解释。他在乎你，因此畏手畏脚，做事瞻前顾后。你已经成为他的负担。当然，这不是你的本意。"

我苦笑。阿姨是否知道，谭辛强还有更重视的人。

"阿姨，他的重视，如果善加利用，可以转化为动力。他重视我，我就能发挥激励作用。我会尽力保护他，做他的盾牌，替他挡住第一道伤害。如果我能力弱小，他无论如何都会受伤，我一定伤得比他重。"

兰因说："你的激励什么时候开始？我走后？那么以前呢，你做得怎么样？还有所谓的保护，虽然我们和他早就不住在一起了，但是去年他为什么到处旅游？他的设计出现了那么多的悲伤系列是怎么回事？他回到北京以后，这种情况改观了吗？"

我哑口无言。

"你说尽你所能让他高兴。要是没有你他更高兴，你怎么做？"

我心里冒出一股寒意。

"星，我要走了，你不能让我天天悬着心吧？"

我问："只要他过得好，您就让他留在北京，对吗？"

"他喜欢就好。"

答应兰因好了，反正她走后就管不着了。我本就是假的，让她安心又何妨？我应允。兰因舒口气。我的心尖锐地疼了一下。

挂断电话，我对着窗外发呆。兰因是否在试探我？我真笨，为什么不反驳，咬定我就是谭辛强的女友？我答应跟他"分手"。虽然恋人是假的，但分手两个字，无比刺心。等等，兰因要求我不要纠缠谭辛强，还说总在一个人面前出现就是纠缠，她不只要我们"分手"这么简单，她要的是我从谭辛强生活中消失！我到底应允了什么？

我跳起来，决定找她说清楚。

赶到酒店，门口已经有旅行车等着，大厅里坐满整装待发的旅客。兰因的房间敞着门，靠近门口的地方放着行李箱。

谭辛强也在，他来为妈妈送行。

兰因教育他："刚才的录音你听见了。这就是你找的女朋友？被别人说一句就轻易放弃你。你怎么选了这么个人！"

不出所料，我又一次成为别人攻击他的利器。

谭辛强没回应，低头帮母亲整理物品。

"明知道人家没那么喜欢你，你还一头栽进去。"兰因十分严厉，"还有那个成天在你身边打转，还假装对你呼来喝去让你围着她打转的米娜，是怎么回事？你不用惊讶，我都知道。米娜的眼神儿不对劲，星的表情不自然。你把自己的生活搞得一团糟，让我怎么放心？"

谭辛强默不作声。

"算了，星主动放弃也好，对你对她都好。"兰因的语气和缓了，语调变得奇怪，"有的人，心地善良，对其他人很好，但相处时，虽然没有恶意，却常让别人难受。你就是这样的人。每次看到你，我胃都揪紧了。即使你只是坐在那儿画画，我都担心你在画什么。有你在，其他人无法正常生活。星妈若性格爽朗，可是十分敏感，和她相处，不好拿捏。你容易让她受伤害，而你无法避免。分开很好。"

我心拔凉。谭辛强周围到底有没有支持他、认可他的人啊？！

谭辛强望着母亲，眼神深不可测。他落寞的神色刺痛了我，倔强的嘴角又令人心折。

我胸口热血一涌，敲敲门，跳到谭辛强身边，把手塞进他的手心里，轻快地对兰因说："还好赶上了。阿姨，对不起，我要反悔。刚才答应您的都不算。"我侧头望着谭辛强,"我听你的。等你讨厌我了,尽管赶我走。如果还能忍受,我就赖着你啦。"

谭辛强回握我的手。他的手有些凉。

我歉疚地说:"我想让阿姨安心上路,啊,不对,是安心回家,所以骗了她。后来又觉得骗人终究不对,不能这样敷衍阿姨。我一时糊涂,还请大人原谅则个。"

谭辛强摇摇头,表情是宽容的。

"我错了,再也不敢了。"我摇晃他的胳膊。

兰因的丈夫来催促,见到我,说:"呵,早听说过你,能让泰蒙笑的魔力女孩。"

我俏皮地屈膝行礼。

兰因寻求我的支援,"你说过不反对他走。"

"没错。谭辛强,你可以不喜欢我,可以走,随便去哪里都行。"我说,"但我不许你还喜欢着我却要离开。"

谭辛强凝视我,黯淡的眼眸注入星光,目光深沉如许。

我忽而怯懦,问:"我是不是太霸道了?"

我们离得本就近,他突然俯身,用鼻尖轻蹭我的鼻尖。我猝不及防,顿时满面发烧,连忙后退,手被他握紧,避无可避。

他继父欣慰地叹息:"天真无邪,收放自如,泰蒙惨啦。"

兰因说:"星媽若很厉害的。初次见面,她绵里藏针、夹枪带棒地把我贬损一顿。"我惴惴,她话锋一转,"我倒是欣赏她的坦白,藏不住心机。"

众人提着行李下楼。他的弟妹们好奇地围上来。

兰因最后问:"你真的不跟我回去?"

谭辛强始终没开口,这时,他说:"我想要的都在这里。"

继父规劝:"他自有分寸。"

兰因意味深长地说:"星媽若铆足了劲儿要帮你,当她发现无能为力,她会非常自责。"

兰因登车前看了我一眼,我报以笑容。

大巴车远去,我说:"谭辛强,阿姨知道我是冒充的。"

他说:"我太大意,以为能蒙混过关。她从第一天第一眼就发现了,只是一直不揭穿。"

我无比懊恼,深感自己无用。"对不起,我差点儿搞砸。我一直想做一个安静、可靠、让人放心的人,像你一样,但我今天很不可靠。我只有这一点用处,还没用好。"

谭辛强喝道:"谁说你只有这一点用处?"

我吐吐舌头。

归途,我沉浸思索中。谭辛强清清淡淡的神态瞒不过我。他的忧伤藏得那么深,藏在嘴角的欣慰里,藏在眉宇的释然中。我的轻率放弃已伤了他。倘若他生气,发脾气,我反倒不担心。可他一句责备都没有,用沉默将其一笔带过。兰因的评价更是杀人不见血,来自至亲直言不讳的拒之千里,他用若无其事将其掩盖。

"想什么呢?"冷不丁他问。

"拔罐!"

他瞟我。

我掰着手指数:"我是你伤口的毒,兰因是你心里的寒,米娜是你命中的刺,都需要解决。"

他轻笑一下,嘴角弯弯,刹那间心情似乎好转许多。"这些不用你考虑,我来办。"

"医者不自医。"

他的笑容更深了。"那,你要怎么解决自己?"

"呃,不知道。把毒吸出来,退出你的生活。"

他猛然刹车。要不是系着安全带,我一定飞出去。

他剑眉倒竖,探身逼视我,鼻翼翕动,气得不轻,沉声问:"把我从你的生活中踢走是这么轻易的决定吗?"

后车的喇叭声响成一片。我惊魂未定。

他一个字一个字说:"你才是我心里的寒、命中的刺、伤口的毒!没有别人,都是你!"他坐回去,加速,汽车轰鸣着蹿向前。

我该道歉的,但明明是他误解我。我该解释的,但祸从口出,言多必失。我缄默,心里却想:如果都是我,把我解决掉就万事大吉,同时悲哀,我曾自以为是他少年时的温暖记忆,重要的红颜知己。

车在我家门前停下。不管多么生气,他依然绅士地为我打开车门。他表情严肃,我忐忑地望着他,不敢言语,说什么都是错。

他低声道别,看也不看我,转身走。我不由自主追了一步,千言万语涌到嘴边,不知道该说什么。不能这样分别,这样陌生冷漠,教人如何承受,如何再见面,道歉都挽不回的生疏。

像是察觉到了我的祈求,他驻足回首,语调刻板生硬,说:"如果有一天我被你气走了……"我悚然,双手神经质地抓紧包,"……就好了。"说完,他静静抬眼看我。我心一动。他的眼眸清冽似潭水,倒映我的心旌摇曳。

五十一、别人的地老天荒

同学们的话题永远是没来的那个人。

老乔和赵抒私下嘀咕:"最近谭辛强和米娜走得很近,是不是恋爱了?"

"不可能,米娜特恨他。"

"她恨得其实没道理,估计她自己也知道。谭辛强处处忍让,变着法儿帮她,她就一点儿都不感动吗?"

"那顶多是不恨。"

"这你就外行了,人的感情很善变。谭辛强那么优秀,人又好又帅气,还有一股忧郁劲儿,一贯冷漠,所以对一个人好就特别令人惊喜。这样的人非常招女孩喜欢。米娜一旦不恨他,很容易走向另一个极端。"

"完了。谭辛强一直觉得对不起米娜。要是米娜说喜欢他,谭辛强恐怕不管乐意不乐意都没法拒绝。他背的包袱太重了。"

"说不定谭辛强也喜欢米娜呢。吸引是相互的。米娜漂亮又聪明,两个人又有特殊的关系,你说呢?小时候知道这个人,长大了还能碰见,挺有缘分的。"

"像不像罗密欧与朱丽叶?两家长辈为敌,晚辈相互吸引……"

我一阵烦躁。

米娜配不上谭辛强!她不够冰清玉洁,不够善良勇敢,跟别人无所谓,配谭辛强,我受不了。

转念又想,我凭什么看不起米娜,我同样用尽心机谋算,比她又好到哪儿去?

特德在贸易公司待的时间本就不多,在的时候压低声音打电话更让人怀疑。尤其听到米娜两个字,我上了心,决定偷听。无意中得知他们又要去俱乐部,这次参加的是米娜。

我先是鄙夷,继而沉静地思索对策。虽然不喜欢米娜,但鉴于她对谭辛强的重要性,经过一番思想斗争,我决定悄悄潜入,伺机相助。

特德一离开,我就溜出来。要潜入,必须抢在他们之前到达俱乐部。

想蒙混进去不是那么容易的事。我连保安的第一关都没过去,在大门口就被拦住了。保安狐疑地审视我,要联系经理。眼看事情要泡汤,刚好阿卡的调酒师出现。他说:"她是我的助手。"保安立刻放了我。

我跟随调酒师进入套间，盘算如何解释。他却什么都不问，指着吧台后面的一扇小门，说："那是储藏室，没人去。你可以待在那里。"

"谢谢。您为什么帮我？"

"你是为朋友来的，我佩服你的勇气，只能帮你到这里。如果被他们发现你，我可不知情，是你自己偷偷进来的。他们的做事方式你见识过。"

我再次致谢，躲进储藏室，门留了一道缝儿。

日西沉，人到齐了。除了上次的几个，还有两个新人。唯一的女子是米娜。她穿的白色长裙是速写本中少有的便装设计，纯洁飘逸，在这桃色交易的房间中尤其刺眼。她熟络地招呼："各位帅哥，久等啦。"

肖赐喷口烟，说："米娜，这次又为什么事？你有谭辛强帮你，还不够？"

我傻了，本以为米娜急于求成，误入圈套，原来她是常客。

米娜说："我和他的关系可不像你们想的那样，他根本不听我的。有一个电影剧本，我想演女主角，他认识导演，我让他帮我去说说。他说选角已经结束。我说废话，就是因为选角完了，我想演，才让你去说啊。他反倒教育我，说应该和人家公平竞争，不能走歪门邪道，他不能为了我损害别人正当利益什么的。哎哟喂，听得人脑袋都大了。跟他说不通，榆木脑袋一个。"

一个人说："你现在红得发紫，那个设计师什么来历，居然凭他一个人就把你捧红了，不简单。"

另一个打趣说："每一个成功女人的背后都有一个默默付出的男人。"

西奥说："我早就说要把他收到我的公司，你们总拦着我。"

阿卡说："打住吧你。那是匹脱缰野马，你降不住他。"

米娜娇媚地说："我要什么稍后再说。开始游戏吧。"这次他们玩的是桥牌。

门外突然传来一阵喧哗，一个保安倒退着从门外跌进来。众人都惊讶起身，阿卡先反应过来，说："啊哈，泰蒙。"

谭辛强一言不发，拽住米娜的手腕就往外走。众人都阻拦。阿卡笑嘻嘻地说："泰蒙，游戏规则告诉过你了。你不能就这么把她带走……"话未说完，谭辛强一拳把他打翻，怒喝："我警告过你们，不要碰她！"

西奥惊呼："你疯啦！"旁人扶起阿卡，他大叫："拦住他！"

四五个保安都围上来。谭辛强厉声对已吓傻了的米娜说："咱们说好的，你可以对付我，但绝不能伤别人。这个别人，包括你自己在内，你知不知道！"

阿卡大骂："谭辛强，你是个疯子！"

谭辛强眯起眼睛，轻蔑地一哼，环视保安，手仍紧握着米娜的胳膊。

肖赐还算镇定，挥动双手说："慢着。"他与身后几人递个眼色，说，"让他们走。"阿卡醒悟事情不能闹大，悻悻地挥手。

谭辛强带着米娜旋风般离去。

房间有片刻宁静，保安面面相觑，肖赐等人还在震惊中。接着，阿卡破口大骂，西奥轰走保安，余众愤愤不平，七嘴八舌地讨论着。阿卡大吼："我要让他吃不了兜着走！"他们发泄一番，败兴散去。

调酒师打开储藏室的门叫我出来。我呆呆地，脑海中反复重演着刚才那一幕。他的暴怒，他的慌张，他的怜惜，我都看在眼里。他这样的厉声厉色，我只见过一次，那是在三亚海边。

为了米娜，他得罪了这个圈子里最有权势的一些人。他对她的呵护远远超出了负疚的范畴。

调酒师递给我两杯酒。我茫然看他，他说："这是地老天荒系列，第八种叫誓与，最后一种叫深铭。喝了压压惊。"

我曾猜想过后两种是什么，永恒、相守、白头、来世……总觉得差点儿意思。誓与、深铭，果然天衣无缝，再贴切不过。

我推开酒杯，疲倦地摇头。

他说："喝吧，以后恐怕再没有机会在这里喝这两款酒了。我试过，真的好。"

我低声说："我不懂品酒，这也不是我的地老天荒。谢谢您。"

五十二、为一人弃天下

赵抒要做六月的新娘，请我当伴娘。我犹豫，最终拒绝。其实我倍感荣幸，替他们高兴。我的犹豫在于他们婚礼所有的服装都由谭辛强帮忙解决，伴娘服装也不例外。而且，我始终担心阿卡等人，他们都不是善茬儿，肯定会报复。我的精力都用在打听消息，做预防措施。于是我推荐紫芳。这是更好的选择，紫芳欣然同意，赵抒颇觉意外，皆大欢喜。

激怒施维维的效果开始显现，我布的网正在收。楚水三千的问题比预想的还严重。他们包装了染色研究室项目，计划购买新的实验仪器，申请补贴，实际上却把原来的仪器搬到一间空屋子里，伪造合同和发票，当作新建的研究室。这是实打实的骗取政府补贴行为。施维维毫不留情，一查到底。特德应付那边，暂时顾不上暗算谭辛强。

婚礼当天，赵抒美得像仙子，一袭白色拖尾婚纱高贵美丽，老乔的眼珠子都快掉下来，看呆了。紫芳的伴娘服是珠光粉小礼服裙，俏丽娇媚。高中同学安排两桌座位。我觉得憋闷，出去透口气。

碧蓝的天空晴朗无云。我站在满地的烟花碎屑里，仰望刺目的阳光，沿着酒店边的花坛缓缓踱步。

"嫣若！"谭辛强大喊，冲上来把我推到草地里。一辆汽车蓄势待发，发动机轰鸣着，驾驶者正是神情疯狂的米娜。我想大喊让谭辛强避开，千钧一发之际，我回眸看他，话语都停留在喉咙里——他站立着，坚毅而冷静，等待着那转瞬即来的车。下一秒，他已经被撞飞。

是谁把我扶起来，是谁扑上去看他，是谁叫了救护车，是谁把我推进一辆车风驰电掣地去了医院，我统统不记得。

急救室外，贺骁腾安慰大家："没事啊，我看了，车先剐上花坛，然后撞上他，劲儿已经泄了很多。刚才上救护车的时候谭辛强还跟我说话了呢。没事啊，都别着急。星嫣，你伤着了吗，啊，说话呀。"

七八只手都来拨拉我，我拨开他们，走向颤抖的米娜。在走过去的路上，我脑海中出现了千百次掌掴她的情景，但站在她面前，我听到自己麻木冷漠的声音说："你满意了？"

她咬着牙流泪不语。

手术结束，谭辛强被送往病房，双腿粉碎性骨折，多处挫伤。

我握紧拳头。他的腿，运动员的腿，跑得像风一样快的腿。

大家围在病床边，谭辛强已清醒，第一句就问："米娜呢，她受伤了吗？"

"在外面。"有人应道。

"她好得很。"有人把米娜叫进来。她扑在床边大哭。

我冷笑。

谭辛强说："她的车速不快，你们看，我就受了一点儿轻伤。她把油门当成刹车了，你们别怪她，她已经后悔了。"同学们面面相觑。我咬得嘴唇几乎出血。谭辛强望着我，说："她不是故意的，这是意外。"

我漠然说："你们的事与我无关。我们知道她对于你有多重要，你用不着特意嘱咐。"

他微怔。

交警来调查情况，大家走出屋子。谭辛强把这套说辞又说了一遍，咬定是意外。交警走后，同学们又围上去。他回应着关心，目光在搜寻。我站在门口，离得最远，无意中与他的视线相对，他对我招手，示意我走近，我转开头。

我走出很远，在一段安静的走廊停下来，咬着手压抑疼痛。

琴若看我神情不对追上来，推我一把，问："你干吗，谭辛强不是没事了吗？"

贺骁腾说："肯定是吓着了。嫣，别害怕。哎呀，都咬出血了！"

没想到，有一天，你会为了另一个人，置我于不顾。

明知道她要伤害你，你却不挣扎，像个靶子一样，任她为所欲为。你甚至可以为她死！

你本来有时间躲的。你那么镇定，毫不犹豫地准备着为她奉上生命。那一刻，你眼里只有她，没有别人。

你想没想过，我怎么办？

那一刻，我知道，我失去了你，你舍弃了我。

我扔下一句"我还有事"，匆匆离开。

我要走，立刻，马上，走得远远的，离开你在的城市。

开车一路向北。一直走，不转弯，不回头。

保持一个姿势开车四五个小时，浑身已僵硬。当我终于踩在草原上，踉跄得无法站稳。对着空旷的草原，我大喊，喊不尽心中的郁结和戾气。

一辆车停下，格林从车上下来。我瞪着他，凶巴巴地问："你来干什么？你跟着我干什么？"我抖得无法自制，他怜惜地想拉我，我警觉地躲开好几米，吼道："他派你来的吧？你走开，我不想看见你，不想看见任何跟他有关的人，你走开！我讨厌他，在这个世界上，我最讨厌的就是他！"我对着天空大喊，"谭辛强，我最讨厌的人就是你，最不想看见的就是你！你为什么要回来？我宁愿你从来没有回来过，我宁愿从来没有走进你的家门，我不想认识你！你也走，从我眼前消失！"

格林回首看向他的车，神情复杂。他在看什么，车里还有人？

我已无法思考，冲到我的车里。谭辛强送的吊坠被我挂在车上当护身符，我哆哆嗦嗦地扯下来，扔给格林。"还给他，我不要他的东西，一丁儿点儿都不留。我和他以后再也、再也、再也、再也没有关系！"

格林的脸色发白，说："你的话，我会让他听见。东西你还是自己交给他吧。"他把毛衣坠放在车前盖上，深深看我一眼，开车离开。

我伏在车上大哭，哭得肝肠寸断，喉咙沙哑。

吊坠意外滑落，在前保险杠上弹起来，掉在地上。镂花分开了，我吓一大跳，连忙捡起来，还以为摔成了两半，心疼得要死，仔细一看，原来吊坠有个暗扣可以打开。打开后，两壳上翘犹如翅膀，吊坠变成了一颗飞翔的心。

这颗瑰丽的、晶莹的、脆弱的心在忘情飞翔时没有保护，如果想要安全，就得放下翅膀，隐藏在坚硬的外壳里。

一个吊坠，蕴含着许多人生哲理。

镂花内部刻着字，一片背面蚀刻：花焉，另一片刻着：心也。

焉，心。

嫣，星。

花焉？心也。

那时我还觉得奇怪，橄榄石不是我的生辰石，现在明白了，那是他的生辰石，他的心。

我握紧吊坠，五内俱焚。

哭得眼泪流尽，我呆呆地看着远方，心麻木得像草原上的石头。从黄昏到星夜，从黎明又到黎明。手机不停地响，直到没电关机。

我累极，缩在后座睡觉。有人在敲车窗，我不理。那人大叫："星嫣，你再不回家，老妈跟你没完。"我激灵一下，给她开门。琴若扯着我喊："那天就看你不对劲，你跑到这干什么？"

"我不想见他。"

"谁？"

我疲倦地闭上眼睛。

贺骁腾说："让她睡吧。我把她的车开回去，你开着我的车。"

我用安全带把自己捆在后座，一心想睡觉。

"我把你手机充上电了啊。"贺骁腾说，"谭辛强从医院跑了，就在我们在走廊说话的时候，满医院找都找不到。给你打你也不接电话，我们都快急死了。不知道紫芳怎么找到了你的位置，她在北京等着骂你呢。"

他又说："我连你同事的电话都打遍了。"

他问："你渴吗？"

他说："你爸妈还不知道，琴若吓唬你呢。"

我呻吟："我想睡觉。"

不知怎么那么累。

他们把我送到父母家，我进门倒头接着睡。

按掉闹钟起床，匆忙收拾东西，忽然见速写本放在书桌上。谁翻了我的东西？来不及放回床下，我把它塞进包里，吃口老妈煮的馄饨，赶着去上班。妈妈在后面喊："拿上鸡蛋啊。""下回吧！"

躲在办公室，关上门，打开速写本，我一怔，这不是我那本，但依然是谭辛强的手笔。他又画了一册，不同的是所有人物的面目都是空白，每一页都有款式的名字。首页提纲挈领般写着：世间万物，所求唯你。

淡却似水流年、朝云暮雨、绿水迤逦、紫藤花下雨、你那淡淡的忧郁……

这些是女装。

做你的灯塔、伤疤只给你看、手中紧握誓言、坚毅背后的温柔、谁能听懂我的沉默……这些是男装。

他把爱画在每张图纸上，写在每个设计里。每个设计都饱含深情，赠送的时候就连同这份深情赠予对方。

穿他设计的服装，如同谈了一场恋爱。

最后是一页白纸，上面写着：掌声四起，回首却没有你，深情何用？

之后都是空白。

深情何用？深情何用？

他的忧伤如一团冰雾笼罩着我，寒意刺骨，我的每一寸肌肤都感觉到悲怆。写下这些文字的他，想必心中更冷。

我合上画册，离它远远的，犹自能感觉到那种悲哀，便用报纸裹了好几层，仿佛报纸能阻挡悲怆外溢。

下班后，我将速写本送回去。琴若正在到处找。我解释早上匆忙间拿走看，忘了和她说。她说："我倒不急着用，就是怕丢了。这是从紫芳那儿搜来的。"

"我还以为是米娜下一本写真集要用的素材。"

琴若惊讶："你看出来了，没署名都知道是谭辛强画的？厉害呀。"

我不作声。

紫芳责备我任性愚蠢，把我臭骂一顿，我还是不作声。她气得没辙，嚷嚷："你能不能说句话啊？"

谁说过，言语总是败给沉默。

政府补贴的事以楚水三千被重罚、生产部经理和张雪双双辞职为结束。事务所威名远播，特德栽了跟头，收敛了许多。

石榴褪去火红，槐花逐渐落尽，玉簪开了又败，之后，金桂飘香，蝉鸣渐悄，已到枯荷听雨时。

我再也没有参加聚会，没去过谭辛强的老房子，没见过米娜等人。我把自己封闭，性情愈加落寞，除了公司和家，不去任何地方，数度提出辞职，都被特德拒绝。

"我这种状态，你给我工资不觉得冤吗？"

他答："我乐意。"

我不好意思尸位素餐，打起精神好好工作，把找到的公司文件中关于仓库的部分标出来给他看。他板起脸叫我别管。我说："虚报财务数据，出具虚假财务报告，后果很严重。对内，欺骗股东，对外，偷税漏税……"

他打断我，说："你是我的秘书，不是财务经理，干好你的本职工作。"

我固执地说："这不对。"

"行啦，我知道。"

"知道错了为什么不改？"

他诧异地说："谁说我错了？"

我又给他讲事情的性质，他干脆跑了不听。

五十三、世外闻风讯

琴若提议带父母去旅游。我请了年假，报了旅行团，一行四人去俄罗斯游玩。八个小时的飞行旅程，老妈问个不停，提醒我周围的同龄人大多数都结婚了，没结婚的也都有异性朋友。我分辩，有几个人能像琴若这样幸运。酒店里，我们姐妹对床谈心。她问我和特德的关系到了何等地步。我说："他是老板，我是员工，仅此而已。我和他不是一类人。"

"你难道一点儿都不憧憬爱情？"

"暂时没有闲心想这事儿。"

她叹息："在咱们几个人中，你曾是最爱幻想，要求最高的。你没有男朋友就算了，怎么连找都不上心找呢？"

她的语气让我不忍。我说："未来长着呢，早晚会有那么一个人，心疼我的憨直我的笨，把我的愿望当成他的愿望，竭尽全力帮我实现。"

黑暗中，她静默一会儿，说："连于芒都有女朋友了，只有你还单着。"

"那才矜贵呀。"

"你不喜欢特德？"

"不喜欢。"

"那就好。特德不可能跟你在一起，听说他妈妈不喜欢你。"

我好奇："你都听谁说的呀？"

她说："这你别管。有人听到阮茹和赵修提到你，赵修对你大加赞赏，说特德眼光好，阮茹说特德有女朋友。不管那人听到的是真是假，总之，人家已经把你排斥在外。"

"你们放心吧，特德不喜欢我。他可能是把我当个稀罕物，毕竟，敢直接跟老板叫板还不打算辞职的员工不多。再说，他比我大十岁呢。"

她埋怨："这几个月你跑哪儿去了，很难见到你。"

我简短地说："工作，出差，总之很忙。睡吧，我累了。"

我们在芬兰湾拍照,琴若非要与我换外套,然后把合影发到微博上,让大家分辨照片上的我们。这怎么猜得出?恐怕连老妈都要认错。但她坏笑着说:"考验小贺同志的时候到了。"我叫:"妈,你闺女欺负她男朋友呢!"妈妈顿时来了精神:"你有男朋友?"琴若大笑。我哀叹:"琴若欺负小贺。"妈妈说:"她那不叫欺负。你也找一个来欺负给我看。"我哑口无言。过了一会儿,琴若惊叹:"开挂了嘿,小贺居然全猜对。"我好奇,两张一模一样的脸,他是怎么分出来的?这本领看来不稀奇。

我四点就醒了,睁大眼睛望着天花板,实在躺不下去,轻轻起床到酒店外的花园里坐着。莫斯科的清晨很冷,冷得我差点儿跑回屋子。花园里只有我一个人,随手翻起一本杂志,发现是时装类的,立即放弃。有纸笔,我信手划拉。

  何处扁舟杳杳
  济我江海漂泊
  风动一庭花落
  照我往事如梭
  前尘如许寂寞
  听谁小楼高歌
  若问身归何处
  云边海天一色

  渺渺云雾着墨
  澹澹碧水扬波
  最怕无情嫌我
  刺白兰花烟锁
  有心伤景观情
  无意听雨枯荷
  无奈荆棘遍地
  方寸灵台阻隔

  怎忍岁月蹉跎
  连累断肠诗歌
  感念痴情春暖
  却道霜冷长河

今朝挥别游去
心事知与谁说
他年何人曾记
萧然天涯孤客

我想了想，写上题目——《谁家漂泊知落花》。

琴若起床后找我，问："你不困啊？"

"我在俄罗斯找个工作怎么样？这边缺劳动力。"

"那怎么行？爸妈见不到你还不急？"

"你说爸妈能分清咱俩吗？要不你假装我，一周回去一个闺女，轮到我的时候你代替一下，让他们踏实不就行了。"

"胡说八道！说点儿正事，回去之后叫上于芒他们聚聚吧。你很久没见大家了吧？咱们都快断了联系了。上次聚会，散的时候我和老乔、紫芳一起离开，三个人走向三个方向，我有种天下没有不散的宴席的感慨，赶紧把他们两个叫回来，约下次见面时间。"

我给她看手机上的工作通知，我是真的去不了，回国之后紧接着要出差。

特德带我到三亚，他觉得我无趣得很，办完公事把我扔在酒店独自去玩儿。

我一个人到酒店的餐厅用餐，有人向我打招呼，是玄璇带着艾拉。我们同坐，我问她公司最近的发展。她说将与米娜谈合作，又说起米娜的工作室正在筹备做一个汉代服饰展。

服装设计师可能会对某个朝代的服饰产生兴趣，但一个以盈利为目的的工作室做汉代服饰展，这不得赔到姥姥家去。看不到商机，米娜怎么会干呢？

玄璇说："资金保障应该不是问题。听说米娜认识一些很有钱的朋友，他们承诺投资。"

我想到肖赐等人。难道当时米娜去俱乐部是想为服饰展争取投资？无论如何，后来发生了打架事件。阿卡是个有头有脸的人，虽然事情没闹大，但当着众人被揍，他肯定不能善罢甘休。我曾多方打探，想提前预防阿卡的报复，无奈消息闭塞。想一想也对，这些事岂能轻易被人探知。阿卡会毫无芥蒂地为米娜的工作室投资？难不成他豁达得出人意料，或者与米娜友情笃厚？

公司营业部经理给我打电话，说打给特德他没接。他让我询问特德，与米娜工作室的签约时间定在后天是否可行。身为秘书，签约之事我竟毫不知情，不禁起疑，假装熟知此事，问："先前总经理对合同的措辞有异议，改好了吗？"

"没听他说呀。哪一条？"

"好像是关于合同标的的描述吧，记不清了。现在合同上怎么写的？"他念给我听，这是一份简单的购销合同，但违约责任定得很苛刻，我表示满意，找到特德，转告此事。他只点点头，挥手示意我走，见我还站着，问："还有什么事？"

"我想到一件好玩儿的事儿，假设我们公司与某工作室签订面料销售合同，并约定了苛刻的违约条款。我们的仓库一向漏水严重，这次也毫不例外，贻误交货，甚至干脆导致合同无法履行，公司对此必须做出赔偿。工作室受到供货不足影响，耽搁业务，损失恐怕更加惨重。事情到此为止，这是一场双方皆损的意外。但是，假如，仅仅是假如，公司遭受的损失，对方私下以个人名义补偿给公司里的某个人。假如，仅仅是假如，工作室另有所图，受损正是它的目的，事情就变得很有趣了。"

特德呆住。一是被揭露真相，二是惊讶于我的直率，三是为我竟能想到这一层。他对我的认识大概还停留在以前。我曾一派天真，作为财务，知晓正确的会计实务，对账务处理错误感到不可思议，不懂怎会有人做不对，处处透着幼稚。

其实论专业知识，看穿他的小伎俩不算什么。从前的我只是不把人往坏处想，因此造成失察。现在的我，技能并未增，阅历却丰富，尤其花了大力气研究他的心理。

他回神，拍手说："你这想法不错，我要记下，将来或许能用上。"

"记倒不必，有些必要的情况应该告知有关方，否则存在商业欺诈的嫌疑。"

他的眼珠急促地转着。

"人在做，天在看，世上没有不透风的墙。经理，你不妨猜一下结局。"

"怎样？"

"公司可能会摊上比楚水三千更大的麻烦。"我说，"楚水三千的教训得吸取啊。"

他不耐烦地挥挥手，像赶苍蝇，说："这事你别管。"

"经理，你是不是喜欢米娜？你经常和她眉来眼去。"

他七斜着问："你吃醋？"

"我巴不得有人收了她，也收了你。"

他哈哈笑，说："我不喜欢她。"

"那最好。她心术不正，你和她搅在一起，没好儿。盈盈处的教训你忘了吗？"

他装傻，问："什么盈盈处？"

我中肯地说："以你的能力，如果把心思放在工作上，一定能做出一番成绩。为什么放着好好的事业不干，专走歪门邪道？"

他吹口哨，说："秘书发威，开始教训老板了。"我想要分辩，他说，"你不用再说，我知道你是为了谁。"

我无奈地说："我在帮你规避风险，你说我是为了谁？全公司除了我，还有谁敢提醒你？"

他眯起眼睛审视我。我坦然回望，他躲开目光。

在三亚又逗留一日。我心绪不宁，很早就醒来，自嘲地想：仿佛提前步入老年，觉很少，这可怎么办？

危崖陡峭，嶙峋如岁月。海浪拍打着沙滩，我听着歌，在晨曦中散步。恍惚间似乎有个人静静伫立，我几乎窒息，手指沿着他的轮廓描画，轻轻说："教我怎么追逐，你飘忽的身影……"惊而醒觉，终于找到不安的缘由，这两天的事让我隐隐觉得，一张无形的网正在悄悄逼近谭辛强，虽然看似与他无关，都是米娜工作室的事儿，实则件件指向他。

五十四、天目不识人

回到北京，我借用朋友闲置的幽静院落，将其布置得古色古香，青灯古琴，颇有些超凡仙逸，邀请阿卡和西奥两人。但愿阿卡的好奇心能令他接受我的品茗相约，但愿他有足够的涵养，不致中途离场，但愿他如我期盼的那样通情达理。

第一个但愿顺利实现。两人如约而至，一进门就赞叹："有意思，有情致。"

寒暄过后，阿卡说："星小姐请我们喝什么茶？"

我说："茶自然是好茶，不过，两位是见过大世面的人，我的茶再好，恐怕二位司空见惯，不觉得惊艳。今天邀请你们，名义是品茗，其实是个故事会。"

我先声夺人，扬长避短，两个人果然都有了点儿兴趣。西奥说："这倒新鲜。以往被请，招待我们的有时是好酒好菜，有时是美女，有时是珍奇物件。讲故事还是头一回。"

阿卡说："只要不是那种奇怪的酒就好。"

我微笑沏茶。给阿卡的是木叶天目盏，给西奥的是贴花天目盏。虽为现代所制，皆出自大师之手，精美古朴。

阿卡说："好茶好器。你的故事配得上你的茶吗？"

西奥环顾，好奇地问："讲故事需要在这么雅致的院子吗？一个故事而已。"

我说："故事与故事不同。故事讲好了，能救命。"

"救命？"

"比如一千零一夜，救了无数条命。"

阿卡眼睛亮了，说："那赶紧开始吧。"

"故事的名字叫《深蓝》。"我从少年家变开始，讲矛盾挣扎，绝望自杀，漂泊异乡，冰湖救人，自主创业，才气纵横，内蒙捐赠，筹资济友，米娜心计，旧宅夜话，鼎力相助，婚礼车祸，宽容回护，只隐去了特德盗图的事。阿卡起初厌烦地听，因已猜出故事主角的身份，继而嬉笑着听，后来安静地听。听到米娜的身世，他睁大了眼睛。听到婚礼车祸，他惊骇地吸口气。当我讲完，他们都沉默。盏中茶渐凉。

西奥率先说："好故事，挺精彩的。"

"生活一向精彩。"

"然后呢？"

"没有然后，故事会结束了。"

两个人都糊涂了，面面相觑。西奥捋着小辫儿，说："我不明白。"

我眨眨眼睛。"知己知彼，百战不殆。了解对手很有必要。"

西奥咳嗽一下，说："你说得好像他是我们的对手似的。他开始卖袜子了，还是开纺织厂了？"

我对阿卡说："他让你当众难堪，你想报复很正常，换成我也不能忍。"

阿卡绝没想到我知道他受辱的事，脸上顿时有些挂不住。我忙解释："抱歉，我不好打听别人的隐私。我是在一个很偶然的机会知道的。"他盯着我，我补一句，"不是特德告诉我的。"这是实话。此刻说出来，有此地无银三百两的误导，无形中埋下嫌隙，避免特德与阿卡等人联盟。

西奥说："我们也没怀疑是特德告诉你的。"哈，这句话是典型的"隔壁王二不曾偷"。

阿卡盯着我，诧异："你为什么要帮他？"

我摊开双手，无辜地说："我就是想告诉你们他是什么样的人，仅此而已。"

阿卡说："我看到的是，谭辛强为米娜创造机会，助她名利双收。一个人在意什么，眼睛就盯在哪儿，精力就花在哪儿。就像我，喜欢喝酒，就收藏很多酒，总琢磨怎么喝。谭辛强从米娜的事业着手，重视的是名利，而且这个名，不是品德啊、清誉啊那种，是和利益挂钩的名气。"

"接近一个人，需要突破口，要用别人能接受的方式入手。米娜把谭辛强当仇人，谭辛强不能一上来就说你该放下仇恨，该宽容，该放手，该原谅，该往前看。他只能以事业为突破口。米娜已经小有名气，也不缺钱，但她满腔怨恨，过得不快乐。谭辛强想医治她的怨怼，需要先让她心意舒畅，让她得到想要的，分辨真正能带来幸福的，最终得到心灵的平静。"

西奥哈哈笑："米娜有病，谭辛强是她的药，哈哈。"

阿卡已经从尴尬中恢复，说："西奥提醒得对。为了帮别人，能做到这种地步？他们两个的关系不只这样吧？"

"的确是让人难以置信，米娜就不信，她认为谭辛强要么是愧疚，要么喜欢她。可这偏偏就是真的。他不是别人，是谭辛强。放在别人身上不合理的事，在他身上就合理，就说得通。他是个单纯的人，自顾自地高尚着，执着地相信真理和光明，这么多年过去，一直没变。"

阿卡沉思着重复："高尚？这词过了吧？"

西奥问："这是你帮他的理由？"

"帮人的不是我，是他。看到别人受困，他有一种无可救药的使命感。故事讲完了，接下来怎么做，随你们。"我为他们倒茶。

西奥大咧咧往椅背上一靠，说："故事挺好听的，还有续集吧？说吧，故事要讲到结尾，别留着下回分解。"

"以后的故事里没有我，是否有你们，我不知道。"

西奥不依不饶。"听说你们关系很差。你却没说一句他的坏话，不容易。对他的事知道得这么清楚，你特意研究过他？"

我说："我们的关系不好……是多种原因造成的。他从来没有伤害我，只有我一而再、再而三地辜负他的信任。"

阿卡思量良久。他在揣度我是为他送上了敌人的弱点，还是从侧面劝他放弃报复。

我双手捧盏敬茶，嫣然道："要琢磨透一个人，哪有那么容易。好比天目瓷，温度细微变化，图案就千变万化。即使不是曜变、兔毫那样的稀世珍品，也有它的独一无二，不能轻易下定论。"

阿卡品味着我的话，说："谢谢你，介绍给我这么'特别'的一个人。我要重新认识他了。"

西奥迟疑地望着他，说："那……"

"西奥，我们退出吧。"阿卡转头对我说，"实话告诉你，那天米娜来俱乐部，是想叫我们对付谭辛强。"

"我猜到了。"

"你可以去提醒他。"

"用不着。"

他们疑惑。阿卡问："你为什么单单挑选我们两个听故事？"

"你们和其他人不同。阿卡，你不自觉地把谭辛强当作榜样效仿。西奥，你善良、直爽。拿掉富贵的铠甲，你们都是可爱的人。"

西奥笑嘻嘻："谢谢美女夸奖。我是最可爱的吧？"

"可不是嘛。"

阿卡将茶一饮而尽，对西奥说："走。"又对我说，"谭辛强是个幸运的人。"

幸运的是我。幸运的是他在这世上存在。

我紧盯仓库的事不放，坚持认为该把情况通报对方，特德置之不理。这日，他在电话里喝令我立即去他家。我已有准备，所以看见他表情阴沉并不惊讶。他气冲冲地问："仓库漏水的事是你泄露出去的？"

"对不起，我和朋友吃饭时闲聊，没想到旁边那桌是圈里人。不过，他们和这事没有直接的利益关系。"

他大喊："还要什么直接关系？信息时代消息传得有多快你不知道？"

"对不起。"

"道歉有用吗？现在对方推迟合同签订。你是故意的！这么点儿事都藏不住，你这秘书怎么当的？"

"哟，出什么事了，火气这么大？"阿卡的声音从庭院传来，说完，人已经走进客厅。

我低声，倔强地说："我没错。您是经理，但不能任性，为了个人原因置公司利益于不顾。"

当着阿卡，特德不好发作，从牙缝里挤出来几个字："你懂什么！"

"既然您对我不满意，我辞职。"

"不行！"他暴跳如雷。

阿卡劝道："哎呀，特德，你对女孩说话太严厉。我渴了，快把你的好酒端出来。算了，我自己动手。走，星嫣，跟我去他的酒窖。"

走进地下室，他挑选着红酒，说："你拖特德后腿了。"

"我是为他好！他老跟着米娜瞎干，栽了跟头都不知是为什么！"

阿卡夸张地长叹："还能为什么，红颜祸水啊。"

"他不喜欢米娜。"

"谁说米娜了。看看这瓶酒怎么样。"

"我不懂,看着还算顺眼。"

"就这个了!我已经见过谭辛强,告诉他我接受他的道歉。"

我一时沉默,然后说:"我不想听见这个人的消息,不想跟他扯上关系。请你和西奥替我保密,别把故事会的事说出去。"

阿卡疑惑地眨眨眼睛,继而爽朗道:"我和西奥已经退出了,别人我们也管不了。好,咱们等着看谭辛强倒霉吧,上楼!"

这是阿卡第二次用退出这个词。我醒觉,他们只是参与者。阿卡抛出钓饵等我来问。我置之不理,说:"谢谢你出面解围。咱们上去吧,他现在大概消气了。"

五十五、沉郁深悲不醉

电视播放着萧紫芳主演的电视剧。许多人见到她的古装扮相惊为天人。她在最美的年华遇见了谁?

想到她,她就出现,不请自来驾临我的住处,问我近来忙些什么。我答曰韬光养晦,给自己放假。萧紫芳说:"不见得吧,你干了几件大事。你动动嘴皮子,就说跑了两个米娜工作室的投资商,你还到处散播工作室前景黯淡的言论,破坏人家的生意。"

"你什么时候和米娜交了朋友?"

"这是我自己打听到的,你的动静太大。"

我打趣:"你不干商业间谍真是屈才。"

"跟你说正经的呢。你再看不上她,也不该用这么卑鄙的手段背后伤人。是特德让你干的?"

"不关特德的事。"

"瞅你这反应速度,踩你尾巴啦?为什么你每交一个男朋友……"

我大声说:"特德不是我男朋友!"

"为什么你每认识一个男的,就性情大变,越来越糟?"

"和性情无关,这种展览没前途。"

"又来了,这是人家的事儿,你满世界嚷嚷什么?即使亏本了,也是她的事儿。"

"喜欢古装,设计几款,穿着玩玩得了,展览真没必要办。"

她烦了,说:"怎么跟你就说不通呢!"

我白她一眼,"我和你也说不明白。你不是很忙吗,还有工夫给她当说客？"

"你别自作多情！还说客，人家不怵你，是我自己看不下去。你干吗老跟她过不去？"

"言论自由。我说我的，她干她的，投资商又不听我指挥，你们都在紧张什么？"

她气急，抢过我的手机，打开，喝道："看微博。"

我莫名其妙地接过来，目光一扫到谭辛强的名字，顿时扔下。

紫芳高声说："看微博！"

"干什么你？"我皱眉，"你今天哪儿是来看我的，是来找苤儿的！"

"星嫣，你闹够了没有！你当我傻吗？你针对米娜，是冲谭辛强去的。"

我瑟缩一下，冷风跌进衣领。"跟他有什么关系？"

她长吁一口气，语调慢下来，说："我知道你生气他失去原则，其实不是，我亲耳听到他斥责米娜不择手段。米娜撞伤他，大家很生气。但后来米娜对他很好，他们就像好朋友。米娜对其他同学也不错，大家都说他们……"

我打断她："我对他们的事没兴趣，拜托你说点儿别的。"

"那我说说你。你吃错药了？车祸之后，正是谭辛强需要照顾的时候，你却要和他绝交。你这脑子究竟怎么想的，嗯？"

我冷冷地说："自然有人照顾他，缺我吗？他为了米娜连命都豁出去，她要撞他，他就站住不动任她撞，旁人巴巴儿地跑上去凑什么热闹？"

萧紫芳一怔，说："你是不是搞错了？米娜要撞的人是你呀！"

我愣了。对呀，如果是撞他，他为什么要跑过来把我推开？我一直没意识到这个问题。我气得浑身发凉，米娜要撞死我，他们还处处维护她，还和她交上朋友了！"我不想听见他们两个的名字。你要是没话可说，就别说了。"

紫芳跺脚，"你到底是为什么呀？你可以宽容，却偏要计较。你可以好好相处，却非要较劲。你讨厌米娜咱们就不说了，谭辛强哪儿得罪了你，你要这么折磨他？"

米娜怎么折腾都能得到谅解，我隔这么远，倒落得这么个罪名。"你放心，我以后绝不沾他们，我巴不得离他们远远的。"我面沉似水。

她叫："星嫣，你变得我都不认识了。米娜是谭辛强现在留在北京唯一的理由。你对付米娜，就是逼他走！"

"我和他没关系！"我起身送客，"我看你再也说不出别的了。请回吧。"

紫芳久久地瞪着我，憋红了脸，说："星嫣，我不能让你再错下去。"

"请放过我，任我自生自灭。谢谢。"

紫芳走后，我久久难以平静。她的话层层叠叠，如浪包围，挥之不去，拂之又来。臭紫芳，好好的周末都被她毁了。我疲惫地倒在沙发上，碰到手机，屏幕亮了，谭辛强的微博蓦然闯入眼帘：沉郁深悲不醉。

心疼得缩成一团，我不禁弯腰，手抵住胸口，连吸冷气。还好空气够冷，镇定心痛。不关我事，不关我事，不关我事。默默念叨着，掠过它，匆匆看其他微博，却一个字都看不进去。

不对劲儿，他出事了。

因何沉郁，何以深悲？最无奈是不醉。他已有美在侧，事业如日中天，为什么却更寂寞，更难过？沉郁，深悲，求醉不得，只能活生生眼睁睁地疼。米娜在干什么？她在他身边，却任由他难过！我愤怒地咬着牙，冲动地想立刻去质问她，按捺许久，忽然觉得无助。那个影响他情绪的人就在他身边，他只在乎她，别人能怎么办？这一幕多么熟悉，正是那日海边，他对我纵容褚元的反应。悲愤，失望，焦急，心疼，对方却无动于衷。

萧紫芳为什么要给我看这个？我已与他们断了联系，为什么还要一再拉我回去？不关我事，不关我事，不关我事。我已跳出来，撇干净。手指却不由自主翻回来，查看谭辛强发微博的日期。那是他发的最后一条，时间是他生日那天。过了这么久，他的心情想必早已平复，无需他人担忧。

家里实在闷，我得出去透透气。天蓝得透明，深秋的阳光释放着最后的灼热。落叶如醉，在风中盘旋。北京的秋天多么美，我该把目光聚焦在美景上，而不是那条微博上。我的耳朵应该聆听动听的音乐，而不是回响他的话。深吸一口气，我伸长胳膊，去碰高挂枝头还没成熟的小青柿子，拉抻酸懒的腰肢，舒展郁结的心怀。

手机急促地响着。琴若焦急地说："你认不认识一个叫赵品佳的？"

"不认识。出什么事了？"

"他把我当成你，说被你骗了，还说最毒妇人心什么的。小贺和他打起来了。"

我一头雾水，问清楚地点赶过去。饭店包间里，战斗已结束。贺骁腾怒目圆睁，嘴角瘀青，琴若紧紧拉着他。阿卡头发凌乱，纽扣掉了两颗，被朋友挡在身后。赵修，赵品佳。阿卡叫赵品佳！

两拨人分坐两边。阿卡一见我，眼睛喷着火，扫视琴若，又看看我，转身就走。贺骁腾叫道："站住！"琴若拉拉他。我问："怎么回事？"琴若对着阿卡的背影努嘴，说："要进包间时碰见那个人，见我就没好气，说话很难听，小贺让他客气点，他们吵起来，然后就动手了。你认识？"

"我去看看，大概是误会。你陪小贺上点儿药。"我追出去，阿卡已不见踪影，给他打电话也不接，我直奔他家。

开门的是西奥。他眼神复杂，说："阿卡不在。"

主人不在，客人怎会逗留？"让我跟他谈谈。"

"你胆子够大，自己送上门了。"

他们充满敌意。我问："西奥，你们怎么了？"

屋里传来阿卡不耐烦的声音："你跟她废什么话？"

西奥要关门。我恳切地说："西奥，到底出什么事了？我做错了什么，阿卡是生我的气吗？"我大声说，为了让阿卡听见，"刚才那个是我姐姐，她不认识你们。"

阿卡愤怒得声音都变了，冲过来，吼："星媽，你把我们都当傻子吗？"我大感。"来来来，既然你装傻，你来看看这个。"我随他到客厅。他打开平板电脑，塞进我手里。我顿时石化。

深夜，森林，华丽的礼服，青春的容颜，月色勾勒清晰的轮廓，宛如童话。相对凝望，谭辛强的眼波光彩流动，承载如许深情。我微微侧头，眼神清澈而迷蒙。原来我们曾经离得那么近，逆着月光，银辉在唇边只剩狭窄的一条线。

紫芳偷拍的事我全然忘在脑后，早该让她删除。我缓缓放下平板电脑，心旌摇曳。

西奥讽刺道："星小姐和泰蒙关系不一般啊。这有什么大不了的，有必要瞒着我们吗？"

我从震撼中恢复神志，愤怒渐生，觉得受辱。世人常以他们庸俗的眼光看待问题。正如他们不信谭辛强帮助米娜是出于善良而非愧疚，他们也将我与米娜的嫌隙界定为恋爱吃醋。

阿卡横眉道："你设个局把我们俩都套了进去。说得那么冠冕堂皇，我居然还信了！你真有本事，从来只有我玩人，今天叫你给骗了。今儿我算栽了！"他双手竖起大拇指。

我的愤怒并不比他少，忍着气，说："我和他……"突然袭来的悲怆使我中断解释。不用问，这张图来自紫芳。特德疑我背叛，阿卡怪我欺骗，现在连最好的朋友都跳出来反对，授人以柄，我还得向一个外人澄清我和谭辛强的关系！委屈激发骄傲，我昂首，放弃解释，咽下突然而至的哽咽，再开口，已然从容。"眼见未必为实。况且，这并不影响我所讲故事的真实性。"

西奥说："这可不好说。你讲泰蒙的事，夸得他那么好，又让我们保密。把他的事打听得清清楚楚，却说不想和他有关联。表面上装作不在意，背地里打击他，给工作室捣乱。你说一套做一套，教人怎么信？你的话我们必须打折扣地听，没准儿一句真的都没有。"

阿卡自嘲地说："我有一阵还真信了，相信你单纯觉得这人不错，为他好，想让我们放过他。那些矛盾的地方，我们想不通，但都忽略不管。其实我早该发现你不对劲儿。你说起他时的表情，和你急着和他撇清关系的态度，本身就矛盾。在特德家，我想跟你聊聊谭辛强的事，你假装不想听、不想碰，可在背后，你没少搞小动作。"

西奥说："这是典型的女人妒忌，反复无常。有了这张照片，一切就说得通了。"

我无奈。"为什么你们非要把事情往他身上引？我反对公司和工作室签约，是为公司利益考虑，不看好汉代服装展，是基于对市场信息的个人判断。和他有什么关系？"

"你这才叫自欺欺人。他在工作室上班，汉代服装展是他的创意！"

"要是没有这张照片，你就蒙混过关了。我们真以为你为他好，还做好事不留名。"

我既不想承认为谭辛强好，又不能否认，想一想，竟无法分辩，叹道："你们认定我是骗子，我骗了什么？你们有什么损失？"

阿卡说："信任。"

西奥说："消息。"

阿卡点燃香烟。"许久不相信人，好不容易心软一回，立马上当。人真是一会儿都不能放松警惕。我差点儿把商业秘密都告诉你。"

"恋爱的女人是疯子，失恋的更是。你从我们这套消息，打压米娜，谭辛强就能回心转意吗？告诉你，那只会把他推向米娜。"

"你想利用我们对付米娜，直说就行。你清楚俱乐部的规则，想来随时来。想空手套白狼，没有任何付出就让我们帮忙，倒也不是不行。好玩儿的事，我们或许会答应。但是想骗我们，你连故事都没编圆！女人之间的争风吃醋，想想就觉得烦。"阿卡眼底眉梢儿，都是嫌恶。

果真躲不过吗？还是得解释啊。内心挣扎着，倔强占了上风，我抿紧嘴唇不语。

阿卡戏谑："你好像挺委屈？米娜不配做你的情敌，谭辛强践踏了你的感情？"

我猛然抬头，直视阿卡的眼睛，看得他一震。通体的不洁之感让我忍无可忍。"别把谭辛强扯进来，他是最干净的人，别把他跟什么三角恋扯在一起，那是对他的侮辱！"

西奥怪叫："呵，你觉得米娜配不上他？"

"没有人配得上他。"

西奥翻出那张照片，不怀好意地看我，又看照片，无声地嘲讽。

"我说过，眼见未必为实。那是特定情况下的产物。我们只是同学，是朋友，从来没有在一起。"

阿卡玩味地盯着我，说："西奥，我忽然挺想和泰蒙较量一下，看看星嫣的反应。"

"你又被骗了吧，觉得她跟泰蒙是一头的？她可是一直针对工作室，泰蒙也在工作室。"

阿卡拍拍脑门，说："对呀。我怎么不长记性啊。乱了套了。"

"女人心，海底针，你哪儿懂。"

阿卡问我："要是我和泰蒙真的成了对手，你希望他输还是赢？"

我字字清晰地说："与我无关。只要采用正当的竞争方式，公事公办，不必手下留情，赢也赢得光彩，输也输得明白。"

阿卡有些意外。西奥皱眉说："你好像有所指啊。"

我说："你想多了。竞争中用些计谋很正常，龌龊伎俩另当别论。输赢成败都是一时的，未来路还长，每个决定都产生影响。一生所做的事加起来，最终凑成一个'人'字。有的人的字是正的，有的是歪的，有的看不出是人。谢谢你们曾经的信任，我没有辜负你们的信任，可惜无法证明。你们觉得我隐瞒了很多事，因此觉得我别有用心，我不知道该怎么解释。怀疑我没关系，但关于谭辛强的事都是真的，不信你们可以问萧紫芳。"

我在他们的注目下告辞。走在路上，孤独的感觉笼罩天地。我终于沦落到了以孤独为依靠的境地。

五十六、闲愁言从何

星嫣，看看你幽怨的样子，难怪别人误会。你还要哀伤多久，你这样，是赖上别人了，让人不省心呢！自己振作，还是等人来救？不能就此消沉，还有很多事等着去做。

我打起精神，对着天空说："怕你啊？"孤独而已，又死不了人，何必悲悲切切。谭辛强是现成的榜样，他遇到比这更大的逆境都能挺过，我这些算得了什么。

做几个深呼吸，调动所有积极的情绪。好心情从一个焦糖布丁开始吧。

仿佛为了考验我的决心，跑了几家甜品店都买不到焦糖布丁。人要是不顺，喝凉水都塞牙。我较劲，非买到不可。到第十二家店，总算见到最后一个。正欢喜，店员说刚刚卖掉，收银处果然有个人正在付款。我沮丧极了。那人却走过来，说："送给你。"

"褚元！"

褚元本来打算买给女朋友。我不好意思拿，他说："你心情不好，需要它。"

我困惑。他说："照片。"

已经世人皆知了？

捧着布丁回家。这是一个好的开始，看，我不是得偿所愿了吗？刚吃一口，琴若打电话，问我是不是又闯祸了。她说："照片爸妈看到了，很生气，本来要直接给你打电话，我先来问问情况。"

我按捺不住，打电话质问萧紫芳："闹成这样，你满意了？"

萧紫芳毫无歉意。"米娜的明星效应比想象的大。背后好像还有人推波助澜。"

"谁？"

她反问："你得罪了谁？"

太多了。米娜、特德、阿卡、西奥、张雪、阮茹、施维维、武司德……我都惹过。

"收手吧，嫣。"

"萧紫芳，你少掺和，净帮倒忙。"

"冥顽不灵！"她生气。

多壮观，所有人都生我的气，包括我自己。

嘴里的布丁余味发苦。

以前独自奋战，前方总有希望——当我告知谭辛强疏远的真相，换来他了解的一笑，所有的委屈都得到了补偿，一切将恢复往常。但是现在，等事情结束，孤独的尽头依然是孤独，他已不会在意我的理由，我们再也回不到从前。我的秘密和苦衷都不再重要，说与不说都改变不了结局。

太多的话闷在心里，再也等不来一吐为快的那天，憋得我就要炸了。我急于诉说，却发现无处也无人可诉！和他有关的人，我都不想让他们知道。除此之外，还有谁？眼睛搜寻着家中的物品，谭辛强送的礼物我都托琴若还了，连对物抒怀都不可能。

悲凉徘徊不去，几乎满溢。对着焦糖布丁，我问："被怀疑、被孤立、被憎恶，我是有多招人恨啊？一盆污水泼过来，我可以忍，但溅脏了他，该怎么办？

"他们说他喜欢米娜，他的侠骨柔情，她懂吗？

"米娜当然有优点，但是，她自私、懦弱，把所有不幸都归咎于谭辛强的父亲，故意忽略她爸爸有严重心脏病还要开车导致车祸的责任，不肯正视亲人的过错。仅此一点，就注定她不可能理解谭辛强。

"我破坏工作室的生意，不是因为米娜，而是因为一个怀疑。没有证据，这个怀疑我没法跟其他人说，只能侧围迂回。现在，因为紫芳拍的照片，别人不再相信我的话了。讨厌的萧紫芳，老帮倒忙。我有许多离开谭辛强的理由，他们却非要往最不可能的一种上说。

"紫芳问我为什么不好好跟他相处，同样的问题我问过自己无数次。做个普通朋友，聚会时见一见，好像没什么难的。米娜不冒坏，我们也不用剑拔弩张。可我偏要别别扭扭，到底是为什么？

"他们不明白。船不必靠近灯塔，回眸一眼，灯塔屹立，足够。谭辛强回来半年，我总让他困扰难受，而不是带来快乐。我无法待在他身侧。那些说过的绝情话，做出的对立姿态，即使他不追究，我过不去心里那道坎，每当想起来，就抬不起头，噬咬每一个夜深人静的夜晚。

"他包庇米娜，明知道她冲我来，还继续对她好，叫我怎么忍？我和米娜无法相安无事，倘若对峙，谭辛强怎么办？他要烦恼的事已经够多了，我不能再让他分神。

"米娜是个定时炸弹。我不愿他喜欢米娜，还有一个理由，就是她能让他想到从前。如果可以，希望他忘了米娜，以及所有能让他想起他爸的人，包括我。

"远离后，日子反而平静。相濡以沫，不如相忘于江湖。"

焦糖布丁默默听着我的絮絮叨叨。

我强作欢颜。此时若有酒，当一樽还酹江月。

又怕，沉郁深悲不醉！

恍惚间都是月夜对望，他深蓝的眼睛。"你没骗他们，你骗了我。"

我惴惴地问："我骗了你什么？"

"你说过，出了那道门，我就进了你的势力范围，我不用再独自一人面对。"

我苦涩道："你不是一个人，赵修、莫清朗是你的良师，紫芳、格林是你的益友。"

他眼神悠悠不语。刹那间，我读懂了他没说出口的话，心疼地醒过来——

"早知今日，当初何必救我，就让我在深渊里待着吧。"

五十七、君自翩然

特德叫我进他办公室，递过来几份文件，让我去盖公章。

"合同？不是推迟了吗？"

他似笑非笑，说："你的绯闻排除了障碍。"

合同内容里依然规定了苛刻的违约责任。我询问地望着他。他说："我知道你反对，但我已经决定了。"

"经理，其实是否与工作室签约不是问题。我担心你跟着米娜瞎干会吃亏。她比你精明得多。"

"我有把握。"

"不再考虑了吗？"

特德烦躁地说："这到底是谁的公司，你比我还着急？"

我低头，"你是经理，都听你的。我觉得，做生意不能赌气，不能任性，更不能干卑鄙的勾当，早晚得出事。"

他漫不经心地说："我听见了。你说过很多次。赶紧去，还愣着干吗？"

我踌躇地把文件在桌上戳了戳，毅然转身。盖完章，给特德送去。他检查一遍，表示满意。

特德的案头文件较多，他一件件批阅，速度很快，根本没细看。其中有一个信封，装着两张门票。他翻了一下，交给我，说："你可以去。"我婉拒。他横我一眼，说："我可没有约会你的意思，你别多想。守着一大群美女模特，你我还真看不上。我要是想追你，告诉你不就行了。"

"说的也是。你直接开口，我直接拒绝，省得浪费时间猜来猜去。"

他哼一声，说："你气不死我不甘心是不是？"

我顶回去："您雇我当秘书时就该想到，江山易改，禀性难移。"

他笑嘻嘻："我偏要惯着你，等你的脾气越来越坏，所有的人都讨厌你，看谁还敢要你，让你恶有恶报。我可说清楚，票都给你，我不要也不去。这个演出我早就听肖赐提过，"他想了想说，"好像萧紫芳也去。"

圣诞老人的游戏又开始了，还换了地方？这个天杀的萧紫芳又跟这帮人搅在一起！我盯着票上的地点——青木香，根本没听说过。我掏出手机又放下。被萧紫芳训斥后，我们没再联系过，"根据地"我也没再去，怕同学们问缘由。如果紫芳执意要去青木香，根本不会听我的。

特德意味深长地说："这不是工作，去不去随你。"貌似他不参加这次的游戏。

我开车按照地址导航过去，要是他们再打萧紫芳的主意，我就跟他们翻脸，闹个天翻地覆，顺便把萧紫芳臭骂一通！

到达青木香，我有点儿错愕。这个地方我来过！

依旧是玻璃房，依旧是花海围绕，星空依然浩瀚，不同的是玻璃房外停了很多车，厚重的天鹅绒窗帘从上到下完全遮挡了玻璃，里面传来阵阵音乐声，不复往日幽静。原来这里叫青木香。

门卫礼貌地拦住我，说今天餐厅不对外开放。

"被人包场了？"

"老板有私人聚会。"

我掏出票。他立即鞠躬，说："原来是贵客。"

里面热闹非凡。屋子正中央是演出场地，一个小型摇滚乐队正在演唱，四周是一桌一桌的观众，布置像个酒吧，却又以演出为中心，黑暗中感觉屋子比以前看的时候大了很多似的，音乐震耳欲聋。我寻找熟悉的面孔，因为光线昏暗，扫视一圈没找到，只能挨桌找，从侧面看，小心地不打扰别人。一只手温柔地拉住我，是漂亮的齐依眉。她指着身边的空位邀我坐下，问："你也来玩啊。"

我说："有赠票，我闲着没事来看看。除了你，我还没见到什么熟人。"

"我倒是看见几个，他们坐在另一边，一会儿我们可以过去。"她随手向外一指，都是杂志社的人。

角落里有一桌在深深的黑暗中，隐约可见两三个年轻女子，正中坐着一个人，女孩子们跟着节奏拍手演唱，那个人手拿杯子，靠在沙发背上，似完全不受环境影响。他旁边还有一个男人，身材像茶壶。我盘算着稍后过去打探。

齐依眉问："你喝什么，香槟、威士忌、鸡尾酒？"

"果汁。"

她招手叫服务员。音乐声太大，我们交谈都费劲，服务员完全听不见。我说不急，她已站起来，再回来时，拿着两杯果汁。

"你也喝果汁啊。"

齐依眉挤挤眼睛，说："不用应酬的话，谁喝酒啊。"

摇滚歌曲唱完，下一个节目居然是古琴演奏。室内灯光明亮起来，还是没有萧紫芳的影子，我略微放心。这种场合私密性不好，阿卡他们总不能在这里玩桃色游戏吧。唯有那个角落依然昏暗，让人不放心。

接下来的节目分别是双人现代舞、萨克斯演奏、歌曲演唱等，演员们出人意料地优秀，表演很精彩。看起来这是个正常的演出。

演出结束，场地中央腾空变成舞池。

我的头忽然晕得厉害，心跳得像擂鼓，气息困难。舒缓的舞曲到了耳中变得刺耳难听，音量也大得出奇。齐依眉出去打电话。我在椅子上坐不住，总是找不到直立的感觉，感觉要倒。一个人坐在了我身边，我忍着难受，想礼貌地向其致意，看清是肖赐，不由暗惊。

"幸会，星小姐。"

"您好，肖总。"

肖赐又露出了那种让人脊背发凉的微笑，像一只盯着猎物的食肉动物发自内心地笑，说："星小姐是否愿意赏脸共舞？"

我实在不舒服，感觉有点儿恶心。"抱歉，我和朋友要走了。"

"星小姐对我很冷淡啊。"

"老实说，你们的行事和做派我不喜欢。不过肖总不必在意我的意见。"我站起来，身体撞到桌子，玻璃杯都被撞倒了，还好只是空杯。身体摇摇晃晃，失去平衡，肖赐抓住我的胳膊，就势搂住了我的腰，我恼怒地挣扎，却怎么都使不上力。

他压着声音说："星小姐对我很冷淡，我对你却有浓厚兴趣。你已经吊起了我的胃口，别指望逃出我的手心儿。"

眼皮有千斤重，抬起上眼皮，下眼皮却又找上去，无论如何就是睁不开。浑身软绵绵，使不上力，唯有大脑还在断断续续地运转，被关在身体的牢笼内，徒呼荷荷。齐依眉怎么还不回来？特德真的没来？萧紫芳呢，她在这里吗？该不会已经着了他的道吧？

肖赐架着我往前走，掐得我生疼，过一会停住脚步，似在与人交谈，接着又向前走。披垂的长发遮住我的脸，没人发觉我不对劲儿？

我隐约听见他对别人说我是他的女伴，喝醉了，需要送回家，不禁又怒又怕，浑身发冷，预感在劫难逃。

凉风袭面，唤回些许清醒。肖赐正和某人交涉，音量不高，但很激烈。有个人说着腔调奇怪的中文，又不像方言。到底有几个人，三个，四个？我被推向另一个男人。我的眼睛睁开一条缝，一身黑衣映入眼底，黑衬衫、黑长裤。难道才出虎穴，又入龙潭？

全身已瘫软，只有嘴能动。我逮着第一个碰到嘴的东西狠狠咬，咬住了就不松口。

旁边的男人惊呼，我牙齿更用力。来拽我啊，正好借力撕咬。但并没有人碰我。霎时间，许多警匪片从脑海中闪过。如果无论如何逃不出被凌辱的命运，至少要留下线索供警察查案，拼死一搏就在此刻！

周遭安静得出奇。黑衬衫一点儿反应都没有。我确定咬到他了，甚至尝到血腥味！在周围人眼中，现在的我是"依偎"在他怀里的吧？想到这儿，我就火冒三丈，突然松口开始挣扎，身体失去支撑，差点儿摔倒，头发被狠狠扯了一下，几乎把头皮掀了。我大怒，吼道："放开我！"出口却变成了低低的呻吟。疼痛刺激眼睛再次睁开，看见的却是卷发连同发卡缠在黑衬衫的袖扣上，越动缠得越紧，头发的拉扯源自于此。

一只手伸过来，解开袖扣，解放了我的头发。敞开的袖口赫然露出一道伤疤，延伸到衣袖中。"你是谁?"我惊问，想看清他，抬头过猛，整个人向后倒去。那只手臂及时扶住我，我靠在黑衬衫上，深蓝色的领带在面前晃动，闪烁优雅的微光。选深蓝色还是酒红色，这个问题曾困扰我许久。

我停止所有挣扎，闭上眼睛，紧绷的神经渐渐松弛，倦怠与依赖都交付给他的胸膛。他的手臂将我牢牢护住，支撑着我摇摇欲坠的身体。我被长长的伤疤包围，心里无比踏实。这是全世界最安全的所在，我最想停留的地方。

"我没……喝酒。"我孱弱地申辩，舌头打结。

"我知道。"他低沉的嗓音十分清晰，带着胸腔的共鸣，格外动听。

我如蒙大赦，又着急地问："紫芳呢?"

"她也在?"

"不知道，我以为她在。"

旁边的男人说："我去找找。"

头晕得更厉害。"我……不想……见你……"以这个样子!

他说："由不得你。"

是的，万事皆不由我，我连自己都控制不了，不管是思想还是身体。他将我横抱起来。我的手指还能动，抓着他的衣角不放。

茂密的丛林，闷热潮湿的空气，破烂的军装，汗湿衣背。谭辛强的脸色苍白，衣服血迹斑斑，撕裂的伤口已经溃烂。我将他的胳膊绕在肩上，搀扶着他，他的身体好重，我费尽力气勉强向前挪动。汗水流过他的伤口，这该死的潮湿的天气，不利于伤口愈合!脚下泥泞不堪，一路走，留下一路滴滴答答的血迹。不经意间，他又一处衣襟被血水浸透。他身上究竟还有多少伤口?怎么才能止住血和避免感染?

他的脸满是汗，虚弱地说："放下我，你快走。"

"绝不!"我咬着牙说，想要出去求救，又不放心把他独自留下。眼前忽然发黑，我的体力也不济。我停下稍歇，血从他的袖口流淌，滴滴烫烙我心。血就止不住吗?

拼了命我也要保护你!这是我暗自发过的誓。可现在拼命有什么用，找谁去拼命?死何其易，放弃何其简单，然而，于他何益?如果我的命能换给他该多好。我无助而焦急，深深认识到光有一腔热情没有用，我的力量太弱，拼尽自己也帮不上他。他需要清水、纱布和药，蛮荒之地，到哪里去找这些?

眼前忽然出现一个拿着猎枪骑着马的人，是特德。他说："我有药和水。"

我渴望地伸手。"给我。你要什么，你说!"

"你跟我走。"

我踌躇。谭辛强用力摇头，虚弱却坚决地说："别让他利用你，不许为我冒险。"

我对特德说："我看着你把东西给他，就跟你走。"

特德瞪视我，驱马跑远了。

我大急，声嘶力竭地喊："特德，特德，特德！"他跑得连影子都不见。

萧紫芳推我："星嫣，星嫣！"

我翻身，萧紫芳神情古怪，说："星嫣，你仗义得多余。谭辛强是我叫来救我的，故事的主角是我。你却突然冒出来，占据他的视线，让他感动，又让他失望。有你挡着，他完全看不见我。"

我哑然。萧紫芳站起身就走，我要抓她，一翻身落入黑暗。头痛欲裂，眼前的景象摇摇晃晃，像荡漾的湖面，谭辛强的面庞就这样荡漾着。

我说："我总梦见你。"声音软绵绵像一只小猫。

"梦见什么？"

"太多了，太多了。"

他目光忧郁且温柔，说："潭深似君心，说的应该是你。你忽冷忽热，若即若离，我看不懂。"

其实我一点儿都不深，一眼能看透。"我是为你的翩然而存在的。山川万里，风物非昨，霜寒秋月，君自翩然……"

山川在脚下，黑暗降临，路蜿蜒坎坷。"星小姐，你对我很冷淡。"身后有个声音追着。

我警告他："你要是敢动我，他饶不了你！"

肖赐狰狞地说："他自身难保，还顾得上你？"

四顾不见谭辛强，我害怕——倘若我被奸人侮辱，还怎么配和他做朋友？我奋力奔跑，腿如灌铅，举步维艰，跑进一间屋子，锁上门。屋子里，谭辛强手持一把刀，刀上全是血。倒在血泊中的正是特德。

我吓呆了，扑上去摇晃特德。他可千万不能有事，他要是死了，谭辛强就完了。我大喊："特德，快起来！特德！"

脚下一软，在柔密如毯的草地上跌倒。远处，少年骑马而来。我欣然眺望招手。他怀中还有一少女。少女吩咐：杀了她。

少年提剑，剑光如水，映深蓝双眸。寒芒一闪，向我胸口袭来。我惊叫，左右躲避，终被抓获，被逼与他眼眸相对，挣脱不得。分明不怕，那剑亦未沾身，我却已痛彻心扉，说："我不怕死。倘若要杀我，我不要你亲自动手，我不要你日后负疚难受，我不要你一生不快。只愿你忘了我，从今以后，你我再不相欠。"

"我的呼吸，我的心跳，我的神魂都被你夺走，你说你不欠我的？"他的泪滴落在我面颊，冰凉又炽热。

五十八、危枝难栖倦鸟

晨曦洒在床铺上，我被耀眼的光线唤醒。这是一间典雅安静的卧室，遮光窗帘合拢处有一道缝，阳光从那里射进来。房中只我一人，穿着昨天的衣服。床头柜上放着我的手包和谭辛强的手机。拉开窗帘，迎接阳光进来，窗外对着花园，成片的金菊、月季和白玫瑰在清晨的微风中静候欣赏的眼睛。此处是花海的另一端，与青木香遥遥相对。

洗手间用品齐全，护肤品是我常用的品牌。我洗漱完毕，走出房间。楼下传来陌生男人的声音，我下楼，看到格林。昨晚是他救了我，不是谭辛强？我不想让谭辛强看到我的狼狈，但被除谭辛强以外的人看见，更觉得别扭。

格林依旧高大英俊，自来熟地与我招呼，说："谭送医生出门，马上回来。"

"医生？"

"是谭的朋友。你喝的果汁被人下了药，谭担心你，叫朋友来看。医生说你喝的药量少，药效大概四五个小时。但是你一直做噩梦，说胡话，昏迷不醒，他又把医生请来。他们说你头受过伤，脑神经受损，所以药效显得强烈。"

怪不得头剧痛，眼珠子都要掉出来似的。"是谁算计我？"

"还在查。肯定不是我们。"他举起双手表示无辜。

这还用说。

我由衷庆幸："昨晚好险，得亏遇到你们。"

格林说："不是昨晚，而是前天晚上。肖赐不可能带走你。从你一进门，我们就看到你了。"

我疑惑，"你们坐在哪儿？我没看到呀。"

"最隐蔽的座位，贵宾区。"

啊，那个昏暗的角落。"我向那边走的时候被保安拦住，他说那是老板的专属座位。"

格林哈哈笑，说："我就是老板。谭辛强心情不好，我办了一场演出想让他高兴。"

我问："我咬他的那下，是不是流血了？"

格林反问："他是随便展示伤口的人吗？不过你还真够使劲的。"

"我还以为……那时我已经感觉这不是偶然，下了药，色狼就出现，这是算计好的，我逃不掉。如果能活着，齿痕为证，我反抗过，不是自愿的。如果我死了，希望法医通过牙齿间残留的 DNA 找到凶手。"

格林打量我，评判："你很冷静。"

不然呢？

格林问："私人聚会少有人知，你怎么在这儿？"

"自然有人为她铺路。"谭辛强沉着脸走进来，不怒自威。

该怎么面对他？若无其事地打招呼，还是延续决裂的状态，对一个帮我的人冷言冷语？可我明明那么想扑过去，叙述我的可怕经历，寻求他的安慰，哪怕他只是温柔地拍拍我的头，无奈地说一句"你呀"。这些我都不能做，只得低垂眼睛。

格林见气氛不对，借口离去，走之前偷偷说："别怪他。他都快被你吓死啦。我从来没见他那么着急过。"

格林一走，我更加手足无措。谭辛强为何如此安静？我没打算看他，但还是忍不住偷窥，见他怒气满面，暗暗心惊，定睛才发现他在盯着我的手臂，上面有明显的青紫色指痕，被肖赐捏的。我悄悄将手臂藏到背后。

"票是特德给你的？"他的语气生硬得像吞了石块。

我点一下头。

他哼一声，"离开特德，立刻，马上！"

我垂首。

"他总将你置于危险之中。俱乐部是，这次又是！"

提到俱乐部，我不禁想起他与阿卡打架的事，倏然冷淡，显出抗拒之色。

谭辛强嘴角的线条愈发冷峻，目光犀利。"星嫣若，"他说，我心一沉，连名带姓的称呼，太少见了。"你总是找不对让你死心塌地的人，一次又一次看错，一次又一次托付错。这次，我不能再任由你胡来。"他一字一字地说，"离开他！"

话涌到嗓子眼儿，我倔强地不解释。

风暴终于酿成。他提高声音："你知不知道你的处境有多危险？我不是每次都能刚好出现！真出了事怎么办？"他俯下身，盯紧我，逼得人无法正视。我步步退后，躲闪着不与他对视，背后已是墙壁，无路可退，我连呼吸都要停止。他咄咄逼人，语气沉痛："如果不是因为没人知道青木香的主人是谁，如果他们换了地方，如果我提前离开没有看见你，你想过后果吗？嫣若，看着我！如果特德真是你期待的人，我替你高兴，祝福你找到归宿。可他是吗？什么样的人值得你奋不顾身，飞蛾扑火似的明知道危险还要追上去，他值得吗？"

我紧闭嘴唇，一言不发。

"嫣若！"他的从容都消失，这样沉不住气，完全不像他。"你用沉默对抗我，至少让我知道错在哪儿！"

我开口："谢谢你救我，我该走了。"

他寸步不移，完全封堵道路，用毋庸置疑的口气说："你住在这里，哪儿也不能去。"

"软禁？"

"我只是提出要求，要你遵守约定。你欠我的，忘了吗？"

不，我怎么能待在有他的地方？他的目光有重量，看得人抬不起头，重重地落在心上。他的周边有无形的能量场，靠近就会被左右，不得自如。在他身边，连空气都稀薄。"放我走！"

"放你走，然后让你继续破坏工作室的合约？绯闻还不能让你罢手，你非要碰得头破血流才死心？"

我被戳到痛处，自尊碎了一地，说："我说我的想法，至于是否破坏了合约，我管不了。你知道新闻是假的，你知道照片是错的，你明知道我不喜欢你，我是被冤枉的，你为什么不澄清？"

他瞬间脸色苍白，映衬幽深双眸，胸膛剧烈起伏，强压着感情没有爆发，低沉地说："你不喜欢我，要我去澄清？"

我已后悔。我不仅伤害了他的感情，还伤害了他的骄傲。我掐着胳膊，掐得自己生疼。

相对静默。一会儿，他收敛怒气与急躁，说："大门在那边，只要你觉得你还完了，你就走。"

我无力地争取，"我之前还的该怎么算？"

他的眼眸无比深邃。"我对你的惩罚才刚刚开始。"

他知道！他知道对于去老房子的要求我并不委屈。我的不乐意源自看不惯他对米娜的纵容，而非对要求本身的反感。无论我还是他，都没把那个当成真正的惩罚。惩罚成为借口，让我在受罚的同时可以陪伴，他却因此被人误以为是冷酷无情。

我忽然好恨，恨他的明察秋毫，恨他的冰雪聪明，恨他轻易看穿我心意。

他转身要走。我绝望地对着他的背影喊："谭辛强，你到底要我怎样？"

他停住脚步。"一百一十二天，这是你第一次叫我的名字。"

原来他同样在数着日子。从老乔结婚到现在，一百一十二天。

他回过头，深深地看我，说："我要你留在这儿，等我回来。"语气平缓，不是要求，不是命令，更像是一个邀约，一种期许。我怔忡地，心抖成一团，无法拒绝。

我轻轻地说："危枝难栖倦鸟。"

他离去的背影不易察觉地迟滞一秒。

五十九、画地为牢

手机早已没电。插上电一开机，蹦出来几十条未接电话提醒，都来自特德。我给他回电。他的问题如连珠炮，为什么不接他电话，和谁在一起，发生了什么事，为什么不回答。

任他絮叨，我闭目不答，梳理纷乱的思绪。

谭辛强说得没错，特德的嫌疑很大，即使不是这次事件的主谋，至少也是帮凶。票是他给的，肖赐去的信息是他给的，萧紫芳"可能"去的信息也是他给的。他知道我可以为朋友两肋插刀，利用这一点，让我自己往圈套里钻。

是不是特德发现了我曾对付他，引我到青木香，作为反击？可他又一副担心的模样。倘若他真的关心我，肖赐对我的觊觎是个明眼人都看得见，他知道肖赐在，又知道我要去，却不阻止不提醒，什么都不做，说不过去呀。

特德还在追问。我冷冰冰地说："肖赐在果汁里下药，要欺负我，谭辛强帮了我，我昏迷了两天。"特德顿时安静。我心里冷哼：你要是像表现的那样关心我，去找肖赐算账啊？"现在是周末，我偶尔电话关机，你用不着这么生气吧？我头还很晕，想请两天假，可以吗？"不知何时能出去，姑且先请两天假再说。无故不上班，就算我不答应离开特德，公司也得把我开除。

"只准两天。"从他的声音听不出情绪。

我呆坐着。那些光怪陆离的梦，放大了隐秘的情绪。我空有拼命的劲头，无法阻止谭辛强受到伤害。数次交手，我们的处境被动，就算防守成功，对方没得逞但也没受损失。最可气的是，到现在我都搞不清敌人有多少。能确定的只有特德，又恨他，又怕失手杀了他。回想特德倒在血泊中的一幕，我不寒而栗。对着镜子，我狠狠抓扯头发。这皮囊中的还是我吗？是这世界由不得我单纯，还是我轻易放弃了抵抗？抑或，我本邪恶？

格林敲门，叫我吃饭。

我不是矫情的小女生，不会专门当着别人的面闹绝食，那是闹给人看的。我最怕给人添麻烦，这时也不愿让格林为难，大大方方坐下，捧起饭碗。格林松了口气。

午饭就我们两个人。餐桌上摆放一盆兰花。我不自觉地皱一下眉。

格林问:"花粉过敏?"

"不喜欢兰花,所有品种都不喜欢。"

四菜一汤,我绕过冬笋肉丝,只吃别的。

格林若无其事地说:"谭说,有个女孩在他最无助的时候送给他一份冬笋肉丝。从此每次想起这道菜,他都觉得愉快。他要把这道菜做得出神入化,有一天做给那个女孩吃。"

早在度假山庄第一次听格林提到时我就记起,当年去谭辛强家,我给他买的正是冬笋肉丝盖饭。但此刻格林说的,是谭辛强对这道菜的特殊感情,以及多年来执着的愿望,这是我不曾料到的。

感谢人的身体不是透明的,心灵震颤,外表还可以装作若无其事。我客气地说:"格林,你不用特意陪我。"

"还好,你说的是陪,不是监视。我不是陪你,我也要吃饭呀。"

"占了你一栋别墅,妨碍你做生意,真抱歉。"

"说什么妨碍,谭辛强是青木香的老板,他发话就够了。"

我诧异:"青木香的老板不是你吗?"

"是我建的。去年我投资城堡项目,资金周转出现问题,要把这里卖掉,谭阻止我,他说青木香一定要留住。他转让公司股份,又卖掉车,把钱都给我。我要把青木香转给他,他坚决不肯要。但在我心里,这里已经是他的,连名字都是他给的。"格林的语气钦佩诚挚。他以有谭辛强这样的朋友为荣。

青木香,谭辛强难过时给予他安宁的地方,受伤时让他歇息疗伤的地方。在这里,我们仰望星空,畅谈四季。在这里,我看见他深蓝的眼睛,深蓝的心。

每栋别墅都有一名管家。我住的别墅环境最幽静,很少有人走到这边来。格林告诉我有任何需要都可以跟管家说。我快快:"我连换洗衣服都没带。"管家带我走进房间,拉开衣柜,满满一柜子全新的女装,包括内衣、袜子。

看我面带忧色,格林说:"他不是真的软禁你。门不上锁,没人阻拦,你想走随时能走。"

走出青木香容易,难的是走出我的承诺。那是无形的枷锁,钥匙在我不在他。

六十、唯心可见

格林对我有很深的敌意,碍于谭辛强的嘱托,耐着性子照顾我,既希望我自行离开,又不想让谭辛强着急,十分矛盾。

"你的身体还没完全恢复,医生建议你静养几天。你安心在这里休息。你在这儿很安全,不受打扰。他把你留下,也是为你好。"

"他腹背受敌,让他先管好自己吧。"

格林若有所思地说:"你可能想错了谭辛强,他可不是任人宰割的。"

"卑鄙是卑鄙者的通行证,高尚是高尚者的墓志铭。这是北岛的诗句。谭辛强聪明,有才华,可他终究是凡人一个,也会笨,也犯傻,被人利用,尤其在他固执己见、一意孤行的时候,最容易犯错。"

格林震惊地说:"你以前挺崇拜他的,现在觉得他傻。"

是啊,傻得让人担心,憨直得让人着急。可恰恰是他不求回报的热情、义无反顾的付出令我深深感动。世事就是这么矛盾,他既动摇着我的信念,又坚定着我的信念。

"无聊的时候你可以到书房找书看,他有几十本书放在这里。"格林看出我的疑惑,解释,"他腿骨折,我怕他没人照顾,请他搬来住。他出院后一直住在这里,卧室原本在你隔壁,已经挪到楼下。"

格林这朋友真没话说!

走进书房,格林说:"他出院后一直住在这儿,生日都是在这儿过的。"

我想起那条微博,忍不住地问:"那天是不是发生了什么?"

"那天你的几个同学都来了,米娜也在。谭辛强喝了很多酒,大家走后他还喝,我陪着他,空酒瓶摆了一地,劝都劝不住。后来,他一直在摆弄这些图,不同季节不同风格的男装和女装都打乱了,我想帮他收拾他还不让。"格林拿起一个文件夹,抽出里面的图片,有设计图,有成衣照片,还有从素描本撕下来的残页,用曲别针别着,像是要固定顺序。

第一张是小利为之哭过的以孤独为依靠。第二张是运动装,海边的礁石。第三张是西装,星光照进孤独。第四张是他为紫芳设计的红色晚礼服,你的温暖融化冰川。

我的手颤抖起来,几乎拿不住薄薄的纸。

这是一封信。不着一字,唯心可见。

我曾**以孤独为依靠**,像**海边的礁石**。直到**星光照进孤独**,**你的温暖融化冰川**。**喜欢你沉思的方式**,**我的伤疤只给你看**。你说的深蓝色,却有风霜苛刻。如果时光能语,当知世间万物,所求唯你。可为什么,**你不再听我的沉默**?**嫣然惊华**,如今只剩**捻碎的回忆**。以为**你知道我为谁漂泊**,回首已惘然。思**幽人而轸念**,淡却似水流年。

"那天到底发生了什么?"我的声音都变了。

格林不明白我为何突然激动。他说:"等他回来问他吧。"

格林告辞回家。他不住这里。他说工作和家必须分开，要不多烦。他安慰我："谭陪米娜开工，常常黑白颠倒，晚上或许不回来。"

对此我毫不担心。我住进来，估计谭辛强就不回来了。

凝望阳光下的花园，繁花似锦，空气飘荡芬芳。宁静于外，澎湃于内。脑中都是那封无言的信。

信没有抬头。他是写给谁的？**星光照进孤独**，是指我吗？**你的温暖融化冰川**，好像是我。我的**伤疤只给你看**，的确是我们之间的故事。**你不再听我的沉默**，也是我做出的。但**世间万物，所求唯你**，这个"你"肯定不是我。难道这是两封信？可看前后转折承接，明明是一封信。

一阵心痛袭来，我按住胸口，冷汗都出来了。不知何时得了心痛的毛病，有事没事都要疼一疼，从来没有舒服的时候。这种疼要持续到什么时候？我刚二十四岁，这一生哪儿就到头了。

想探究他生日那天的事，又怕与他产生纠葛，忽然觉得自己可笑。总想不沾他，却住在他楼上，已经近在咫尺，无处可逃，还纠结于是否接受那些衣服。

换上那件名为"回首已惘然"的长裙，披上披肩。晚秋的寒意冻得人瑟瑟发抖。

虽然外人没有房卡进不来，虽然格林说这里很安全，但到了晚上，别墅区没有游人，我还是害怕。肖赐会善罢甘休吗？保安多久巡逻一次？胳膊上的瘀青十分明显，幸好已到穿长袖的季节。

几个月来，我一直避免想起谭辛强。如今待在他住过的地方，纵然不愿，他的身影不由自主地就浮现。清晨匆匆一别，印象如刻印在脑海中。他风采依旧，黑眸闪耀复杂的情绪，从愠怒、痛心，到焦躁、无奈，直到最后的苍白、坚决，我又让他着急了。他离去时步履急促，腿伤是否好利索了？转眼已经四个月，俗话说"伤筋动骨一百天"，骨折不碍事了吗？最让我担心的是米娜工作室，他到底参与多深？

谭辛强的书房和我的卧室在同一层。一个文件夹上写着"花开一瞬"，大概是他新的设计系列作品。我找不到与米娜工作室有关的东西。

胡思乱想难以成眠，无意中瞥见床头柜上的彩陶香薰灯，还有一瓶用薰衣草、佛手柑精油调制的舒缓安眠精油。如此体贴入微的人，不用想都能猜到是谁。

我还有许多事要做，许多问题需要搞清楚，却被困在这里，动弹不得。周一在我的忐忑中来临。我向公司行政部请假，告诉他们有紧急事件马上通知我，一天过去了，什么都没发生。我侧面迂回多方打探公司是否有麻烦，一切风平浪静。我查阅快递的状态，周五发送的快件对方已经签收。我沉住气等待。

谭辛强没再露面，我甚至不知道他是否回过别墅。

六十一、依眉的爱情观

周二在我的期待中开始，等来的却是房东通知我租的房子被偷的消息。

房东说楼里进了小偷，一晚上偷了四五家。我走向停车场。车开上甬道，格林拦住路。我说有事，需要马上回去。他问："谭辛强知道吗？"

谭辛强不会放行，但我必须回去。

格林沉闷地说："特德的事，你最好别插手。"

特德怎么了？我诧异。格林有点儿懊悔，仿佛泄露机密似的，问："你还回来吗？"

我没想过。走了已然违反约定，即使回来，也已食言。

"你要走，我拦不住你。其实我一直觉得奇怪，凭谭的一句话，为什么你真的留下来？"格林让开路。他马上就会通知谭辛强，但我顾不了那么多了。

秋风萧瑟，我却一头汗水。小偷果然光顾过，门锁被撬开，卧室上锁的抽屉也被撬了，家里被翻得很乱，财物损失大概几千块钱。我冲到卧室，看到装星星的大玻璃罐完好无损，踏实了。这是我最珍贵的宝贝，只要它在就好。我抱着玻璃罐，民警现场勘察，房东来问，我都抱着它不撒手。

齐依眉打电话非要见我，听上去焦急万分。她来时民警正要离开，她明显地脸色发白，呆住不动，直到民警走了，她还频频张望。我招呼她进门，她结结巴巴地说："你报警了？"带着哭音儿。

我还没来得及回答，她哭起来，说她错了，以后再也不敢了，都是别人挑唆的。她抽噎着说了半天我才听明白，在青木香是她往我的果汁里下药。我暗惊，稳住情绪听完，问："谁指使你？"

她飞快地说："米娜。"

"你跟她不是对头吗，怎么听她的话？"

"刚认识的时候我们关系还好，后来我们喜欢上同一个人，就闹翻了。这次她来找我，要把那个人让给我，但有个条件，就是要在你的饮料里放东西。我不敢。她说药很安全，没有副作用，只是朋友间开个玩笑。药是她给的，她让我躲着监控，不许告诉任何人，还让我自己也喝一点儿。对不起，我再也不敢了，别让警察抓我。"她又哭起来。

关于是否报警，格林问过我的意见。为了不给他和青木香添麻烦，我否掉了。

"除了米娜，还有谁？"

她惊愕："还有别人？"

当然有。整件事一环扣一环，她是其中之一。假寄赠票，提及紫芳和肖赐，齐依眉独占一桌，她帮我拿饮料，药力发作肖赐恰好出现……我暗暗把所有的事串了一遍，问："你说是米娜指使，谁能证明？她不认账怎么办？她是打电话给你还是发短信？如果是电话，你录音了吗？"

她茫然失措地大哭，说："她都是当面说的，没别人知道，我也没想到录音。我说的都是真的，你帮我跟谭辛强说说，让他千万别告我，也别跟媒体说，他让我写的说明我已经写了，让我当面跟米娜对质我也敢去，但是别让那个人知道，他要是知道，就完了……"

我倒吸口冷气。谭辛强知道米娜害我！

我还以为齐依眉良心发现，主动认错，原来是被逼的，不禁又气又无奈，说："别哭了。你声音再大点，邻居都听见了。我可以答应不告你，谭辛强怎么跟你说的，我不管，你自己跟他说去。"

"我不敢。他要吃人似的。他听你的，你帮我说说。"

我叹息："谁告诉你他听我的？"

"米娜说过。她说谭辛强只听你的。"她觑着我的脸色，"是不是米娜又把我骗了？"

我无奈挥挥手。"你走吧，该找谁找谁。"

她坐着不走。"还能找谁？我不敢告诉别人。谭辛强让我保密，连米娜都不能找。其实我不怕别的，就怕那个人知道。米娜已经答应把他让给我，要是我出了丑闻，他肯定躲开我。对不起，我错了，原谅我吧。你帮我求求谭辛强。"

齐依眉说的那个人是演艺界的明星，比她大十几岁，曾经红极一时。

我说："米娜说让给你，你就信？他不是她的私人财产，说送人就送人。米娜顶多不跟你争，她有了……有了谭辛强，哪儿还顾得上和你争？你为这么个无谓的理由任她摆布？"

齐依眉眼巴巴地，好像听不懂。

"他身边不缺女人。即使米娜和其他任何人都不跟你争，他就一定喜欢你吗？"

她辩驳："我又美又乖，对他可好了。"

"感情没有必然规律。一个人喜欢另一个人的理由，别人永远不会懂。"我都替她着急。

她看着我的脸色叫我别生气。我说："你做事不动脑子，错得离谱，叫我怎么原谅？"

她干脆撒娇。"人家是太爱他了嘛，要是能得到他，我做什么都行。我真是倒霉，真倒霉，没碰见好人，没人给我出好主意。爱一个人有错吗？没错吧？"

我气道："你给我打住！别打着爱的名义招摇撞骗、胡作非为！真正爱上一个人，能够让人找到人生的定位。他的喜好左右你的判断，他的期待激励你变得更好。你想想，你所说的爱，是否符合这些？如果不是，要么你爱错了人，要么，那不是爱。"

齐依眉望着天花板，满脸不耐烦又不敢发作。

我挥挥手，说："你走吧。求情的事免谈。"

她哀求半天，流泪走了。花容失色，显然吓得不清。

六十二、肖赐的桃花运

公司行政部主管问我特德的去向，说他失联了。

我问："有急事？"

"税务稽查的人来公司调查，经理和副经理都不在，通知不到他。"

"楚水三千那边问了吗？"

"问了，许秘书也在找他。"

我联系许秘书。因为曾替她解围，她对我亲热许多。她说昨天特德要和朋友庆祝，后来就找不到人了。

我胆颤，问："庆祝什么？"难道我已经迟了？

"有个新的服装公司成立，好像叫'花开一瞬'，特德去参加对方的开业仪式。同行是冤家，真不明白有什么可庆祝的。他好像特别高兴。"

花开一瞬！

"他和谁，去了哪里？"

"他没说。"

许秘书知道的肯定不止这些。我说："贸易公司有紧急的事找他，你能不能给我点儿提示？"

她犹豫地说："打电话时听见那边乱哄哄的，有人大声喊圣诞快乐。离圣诞还好几个月呢呀。"

我已了然。她忽然紧张兮兮地说："星嫣，特德该不会是畏罪潜逃了吧？公司是不是要完了？要是有消息你可得提前告诉我，我得早做准备。"

我失笑："畏什么罪，潜什么逃啊？"

"你不知道吗，他又被告了，又是设计抄袭，你的朋友萧紫芳鼓动的。今天一早公司刚接到通知，我急着找他，高层会议就差他。你要是找到他，告诉我一声。"

紫芳正在录制节目，电话由助理接听。问起诉讼，助理吞吞吐吐地承认有这事。

"究竟怎么回事？紫芳不让你告诉我？我现在已经知道了，不算是你说的，只需要你补充细节。"

她深知我和紫芳的关系，扛不住我的询问，只好坦承："紫芳有一件晚礼服的设计被抄了，特德用它参加设计比赛，还大量生产。"

我担忧地说："服装设计抄袭案的举证很麻烦，特德每次都修改一些细节，让衣服看起来不完全相同。"

"这次不一样，特德一点改动都没做。他大概在市面上没见过那件晚礼服，以为从没发布过，所以完全照搬。最有力的证据还是你提供的呢。"

我诧异："我？"

"是呀。有一张你穿着它出席酒会的照片，背景板上时间、地点都有，去年，在三亚。这张照片足以证明那件晚礼服的设计早于特德。"

"思幽人而轸念？"那件衣服只有我穿过一次，紫芳送给我后，被我珍藏，再也没出现在公众视野。

她兴奋。"对。我们有当年的合同，附件里有设计图，成衣照片，天姿兰得还提供了辅助资料。这次赢定了！"

这么有力的证据！特德很难逃脱了。只是，合同、图纸等资料早就存在，为什么现在才拿出来？

助理误解了我的沉默，讨好地说："紫芳怕你阻拦，暂时瞒着你，回头她肯定告诉你。为这件衣服她花了好几十万，让人抄必须追究，你能理解的，对吧？我有一个好消息，你要不要听？肖赐遭报应了，哼，谁让他老惦记欺负咱们紫芳，这回傻了吧。"

她发过来一篇新闻报道，标题是《房地产大亨性侵富家女被保安擒获》，照片上哭泣的美女被挡住脸。报道称此男好色成性，业内共知，搭讪美女后与其相谈甚欢，求欢被拒恼羞成怒，欲实施侵害，被害人呼喊，酒店保安破门而入及时搭救。女孩要告他，肖某辩称双方自愿，两边的律师正在接洽。

肖赐还真是精力充沛啊，周五晚上欺负我没能得逞，没两天又找到新猎物。他的好色圈内尽人皆知，以往都是一帆风顺，这次闹出这么大动静，收场容易，丢脸已不可避免。不管他背景如何，即便官司私了，丑闻已出，对他们这种自视为上流社会高人一等的人来说，好比一记响亮的耳光。声誉受损，社会地位和威望连带下降，最终将反映在经济利益上，肖赐这次栽的跟头不小。

那勇敢的女孩救了未来无数少女，替受害者出了恶气。我几乎想拍手。

我致电阿卡，询问特德下落。特德果然在阿卡家。阿卡说他喝得很醉，还在睡，根本叫不醒。

我到达时，阿卡说特德刚走。

"他知道我来找他吗？"

阿卡说："告诉他了，他非要走。"

我说："所有人都在找他。"

"他整晚都在喝酒，喝得不省人事。天亮就在这里睡了，刚才喝了醒酒药才清醒点儿。"阿卡的酒气浓郁，显然也没少喝。"米娜和谭辛强成立了花开一瞬服装有限公司，你听说了吗？谭辛强在新公司的股权比例超过米娜，米娜的工作室已经并入公司。他们的生意做大了，特德撺掇米娜请客，昨晚米娜邀请我们几个吃饭。你天天盯着米娜，这么重要的事都不知道？你的好朋友萧紫芳做代言。特德还打算和肖赐一起组织模特队呢。"阿卡一副等着看好戏的模样。

"你也参加庆祝了？"

他反问："不可以吗？"

"当然可以。"我有一丝失望，担忧更甚。事情的发展出乎预料，比预期的还要糟。

西奥一阵风似的从门口冲进来，眉飞色舞，见到我，微怔，点个头，激动地对阿卡说："打听出来了。半夜肖赐跟咱们分开后碰见那妞儿的。那妞儿真是个尤物，肖赐当时魂儿就飞了，哈喇子差点儿流出来，非说找人家聊天儿。女孩儿也大方，说那去酒店吧。两人在酒店的西餐厅烛光晚餐，又喝咖啡又喝红酒。肖赐把女孩灌醉后开了房，结果刚脱衣服那妞儿醒了，大声呼救，来了俩保安。肖赐甩给那俩人一万块钱，让他俩滚蛋，别多管闲事。人家没要，上去就把他摁了。你猜怎么着，敢情那酒店是那女的他们家开的。人家说去酒店，其实就是回家。肖赐还以为人家对他有意思，满拧。酒店报了警，肖赐被抓，这点儿事儿闹得这热闹。"他口沫横飞地说完这一番话，咕咚咕咚喝完满满一杯水，这才喘气歇息。

阿卡问："那女的是谁？"

西奥说："人家是千金小姐，网上图片都打着马赛克，更别说公布名字了。"

阿卡的表情很奇怪，混合惊讶、好奇、迷惑，还有一丝恐惧，忽然转头问我："高兴了？"语调平平，仿佛肖赐只是一个陌生的名字，他根本不认识。

这些人之间的关系微妙得很，外人看不出亲疏远近。我谨慎地选择了四个字:"大快人心!"

阿卡邀功似的要我答谢他,说不能白让我知道好消息。我白他一眼,"关你什么事?"暗地思索:难道肖赐的丑闻是他们炮制的?不可能吧。

有些人就是搞不清自己的身份,明明不是他请客,饭局最后他来一句大家觉得今天的菜怎么样,要不要再添点儿什么,弄得跟他结账似的。

六十三、特德的二重奏

许秘书通知我特德到楚水三千去了。

我请她转告特德,我在公司等他。

整理手头资料,列出交接清单,收拾个人物品,打出辞职信,我把自己弄得很忙碌。可我终是闲了下来,不可避免地去想:对米娜要不要兴师问罪?我曾经对格林说不报警,不好反悔。格林提醒我别插手特德的事,他早就知道对特德的诉讼。谭辛强在里面起了什么作用?谭辛强威胁齐依眉,却容忍米娜。

青木香如同烂柯山,我待了几日,归来时世界已大变样,突发事件让人应接不暇。

下班了,所有人都离开,正当我以为特德不回来时,他却黑着脸回到了公司。办公楼里安静极了。我将辞呈放到他桌上。他死死盯着它,仿佛跟它有深仇大恨,半晌,问:"除了辞职,你还有事要说吗?"

"有。税务稽查要来公司,针对仓库损失导致少计利润、少纳税的问题检查。希望你重视起来,及时整改。"

他嘴角抽搐,"还敢提?你以为我不知道,是你背后捣的鬼。"

"我没打算隐瞒,我是实名举报的。这是整改措施,亡羊补牢,还不算晚。"我把整改措施递给他。

他忍耐着翻了两页,鹰隼般地盯着我,说:"写得这么有针对性,你调查得很详细啊。"

"提醒过你,你根本不听。"

他大喊:"那你继续提醒啊!直接向税务局举报,你是什么意思?是因为那份合同吗?你为什么就是看不惯我跟米娜合作?"

"不是看不惯你们合作,而是看不惯你们的阴谋。"

"你老说阴谋阴谋的,阴谋在哪儿?仓库大部分时候是好的,只是偶尔出问题。你上次说什么明着赔付,私下里让对方补偿给个人,要是怀疑,你让税务局查我啊，我问心无愧，谁查都不怕，尽管来……"

我冷冷地打断他，问："漏水的问题能解决吗？"

"当然能。"

我毫不留情地反驳："撒谎！仓库根本不存在！它漏不漏水，全凭你一句话。以前你用这招牟取私利，现在憋着害人。你们一直在暗中布网，当合同签订的时候，我知道，你们要收网了。"

他的脸抽搐一下，明白我已看穿。"谭辛强把你安插在我身边，就为了监视我，暗算我！"

"你高估自己了。你还不够格做他的对手，更不值得他花心思对付。我举报你，是因为你犯了错。你做的这些，他并不知情。要是知道了，更看不起你。"

他大吼："我给了你工作，你背叛我！"

"这与忠诚或背叛无关，错就是错。你虚报仓库损失，少计应纳税额，涉嫌经济犯罪，损害公司利益，难道不是事实？趁现在赶紧改吧，以后别再干违法的事了。"我恳切地说。

特德把整改方案甩到我脸上，锋利的纸划伤我的面颊。"你真有耐心！我早料到你接近我不怀好意，我处处提防，千算万算，最后还是被你骗了。你假装关心公司，用提醒我改错的方式让我相信了你！"他站起来，逼视我，混杂着怒气，"你还有什么计划？！谭辛强知道多少？"

伤口火辣辣地疼，我昂首，一步不退。特德被我的镇静激怒，掩饰不住他的惊恐和心虚，一只手掐住我的脖子，咬牙切齿地说："你是他派来的奸细，潜伏在我身边，像条毒蛇，伺机咬人。你说的没错，我设下圈套，等着他伸长脖子往里钻。我就是要对付他，我就是看他不顺眼！你听着，我要掏空他，击败他，他要是不服，我有的是耐心和手段。我要一直和他斗下去，直到他认输。你能把我怎么样？"

我掰不开特德的手，喘不上来气，脸憋得通红，断断续续地说："在我的地盘，不许任何人伤害他。"

特德怒不可遏，加大手劲。"你的地盘？好大的口气！自不量力！我倒要看看，你能做什么。你终于承认了，你和他演的好戏啊。什么冷战，什么互相攻击，你这混蛋，竟敢这么骗我！！知不知道我是谁？你为什么总帮着他，我待你不薄，他给了你什么？你以为凭一个举报能让我收手？告诉你，他注定败在我手上！"

特德眼睛血红，指甲掐进我的肉里。我挣扎着，眼前一阵一阵发黑，几乎要窒息昏厥。他突然狠狠地把我甩在地上，我的膝盖磕在瓷砖上，发出"咚"

的一声。我大口喘息着，咳嗽着，脖子以上都发麻。

他嘶吼："滚得远远的，再让我看见你，我杀了你！"

我站起来，说："整改方案你看看吧。听说税务的人下周还要来。如果能在一周内改完最好。这是我最后能为公司做的事。"

他歇斯底里地喊："滚！"

我的使命至此终于结束了。长吁一口气，回到座位，抱起个人物品，刚要离开，听见经理办公室传来稀里哗啦物品落地的声音，是特德一气之下把东西都从桌上扫下去了吗？我不放心地过去看，见他脸色蜡黄，摁着腹部倒在地上。我连忙扶他，焦急地问："你怎么了？"

特德甩开我的手，豆大的汗珠往下掉，衬衫湿透了，有气无力地斥责："要你滚，你怎么还赖在这里！"

我试着把他扶起来。"你到底哪儿不舒服？我送你去医院。"他想拒绝，已经没有力气。

我搀着他下楼，他腿都打软，拧着眉，居然疼出了眼泪。把他扶进车里，我们向医院疾驰。他开始呕吐，我用手试了试他的额头，发烧症状不明显。过了一会儿，他开始昏沉，手湿凉。我大叫："特德，醒醒，别睡着了，和我说说话。特德，特德！"他激灵一下，费力地抬眼。到了医院，直奔急诊室。医生诊断是急性胰腺炎，挂瓶输液打消炎针，禁食禁水。

大夫问："喝酒了吧？这一身酒气。"

我说："没少喝呢。"

大夫说："你得管管他。"

我故意问："用做手术吗？"特德恐惧地睁大眼睛。

大夫说："不用。"特德松口气。大夫看看我，问："你呢？"我迷惑。他指指我的脖子，说："流血了，用不用处理一下？"我忙摆手。大夫打开抽屉，递给我药棉和半瓶云南白药，说："那你自己看着办，倒是不严重。"

格林打来电话，我心跳加速，到走廊接听。

格林问我的位置，要来接我。我身上全是伤，这副模样断不能叫他们看见。青木香是不能回了。我说："请你转告谭辛强，欠他的，我以后想办法还。迷药的事……有线索了吗？特德被告抄袭，你知道多少？"

"我去接你，当面告诉你。"

"我不回去。谢谢你这几天的帮助。"

"星嫣！"格林叫住我，"谭不喜欢米娜。"

我明白，否则谭辛强画中女子的脸不该是空白。这正是我担心的：他不喜欢她，还必须守在她身边。他自己的人生怎么办？

我走进病房。特德睁着眼睛，看我进来，又闭眼。我问："需要什么吗？"他没反应。我说："许秘书快到了。我走了。"他面无表情。"保重。"我说，轻手轻脚离开。

坐在驾驶座，闭上眼睛，脑袋一阵晕眩。行驶在路上，两侧的树都向后倒去，目光跳动，难以聚焦。一天水米未进，加上身体还没恢复，我已到极限。下车的刹那，我眼前一黑，连忙挥手抓住最近的东西，支撑住身体。过了几秒，眼前一点点亮起来。因为濒临崩溃，因为无依无靠，反而激发坚强，我咬紧牙关，重振精神。

爬上楼梯，到了家门前，谭辛强就那样安静地笔直地等候着，不知已等了多久。我的心瞬间揪紧，那一刻明白了自己的心意——我一直在等他找我，等他生气我的不辞而别，等他紧张我是否回去。他来了，我一天的心烦意乱都终结了，变成凄凉和幽怨。格林一定早就告诉他我的离开，一整天，他不闻不问。他已清楚迷药的真相，却选择对我隐瞒，继续帮米娜。我委屈，我悲哀，可我无话可说。

我曾说他是我最重要的朋友，尚且对他冷漠至此，而他从没说过我是第一位的，他将其他事凌驾于我之上，有何不可？我在失望什么？我是要与他相忘于江湖、老死不相往来的，还计较什么？

谭辛强端详我的脸，用目光检验我的累累伤痕。那目光依旧是有重量的，我不禁后退一步。"出了什么事？"他低柔的语气几乎让人沉沦。

我缄默。跟他说有用吗？且不论今天，青木香那夜，我出了什么事，他清楚，他又做了什么？还不是眼睁睁任凭米娜胡作非为。

米娜对我的恶意，我可以不管，但谭辛强对她的恶行视若无睹，是我心里过不去的坎儿。

谭辛强拂开我的长发，想看清脖颈的伤痕。我闪躲，轻声说："我哭我笑，我冷我疼，都是我的事。"

他眼中狂澜滔天，淹没星光，淹没所有感情。我故意不看。凭着一口怨气说出这句绝情话，心知话语的凌厉，我已有些后悔。本不想伤他的，我这是怎么了，像只刺猬，生人勿近。

静默片刻，他说："我们回去吧。"

"放了我。"我抱紧双臂，似无限冷，声音麻木，嘴唇哆嗦着，"我保证不再打扰你，不给任何人找麻烦。放了我！"

"离开特德，我放你走。"

提及特德，勾动多少隐忍的委屈、潜藏的苦楚。泪珠滚落，沾到脸颊伤口，沙沙地疼。我哽咽："好。"

谭辛强变得异常平静，不，不是平静，是淡漠。

我已经应允，他还要怎样？怀疑我言而无信？"好！"我又狠狠地说了一遍。

他头也不回地走了。

倒在床上，身体不停下陷，似乎要沉到地心深处。我不是睡着的，而是昏过去了。

有一艘船，航行在海上，没有灯塔，没有星光指引，快要触礁了。

六十四、赢，在失败以后

有人哐哐砸门，琴若站在门外，叫道："呦呵，又上哪儿逛能去了？"

她拿药棉擦我脸上的伤口，我一边吸溜着凉气喊"疼疼疼疼疼"，一边贪婪地吃着她买的煎饼。

"忍着点，有本事行侠仗义，就得做好挨刀的准备。"她忽然盯紧脖子上的伤痕，说，"这是……掐的？"我忙用头发遮盖，说："一边待着去，我擦点儿粉底。"她抓住我胳膊，正碰到肖赐留下的瘀痕，我叫疼，撸起袖子查看，她惊呼："你进渣滓洞了？这一身伤。"

我警告她："别跟爸妈说。咦，你不用上班吗？"

"我在附近开会，顺道看看你活着没。你还真快把自己整死了。"

我推她，"快去上班，要迟到了。你看看都几点了。"

她扒着门框，说："我和你一块儿走。"

"我还没换衣服呢，你先去。"

好说歹说刚把她劝走，阿卡打电话来约我。这种大少爷要么夜夜笙歌睡到日上三竿，要么奋力保住家业，怎么有空一大早约我这小人物？我正为难如何推脱，他压低声音，问："米娜的计划你了解多少？"

我睁大眼睛。什么米娜的计划？齐依眉不会把她干的蠢事到处说吧？

阿卡说："十分钟之后你家楼下见，蓝色的兰博基尼。"

"蓝色？"我重复。

"怎么？"他很敏感。

"我不喜欢蓝色。"

"那好吧。红色法拉利。"

我用粉底遮住面部伤痕，围上长丝巾，半小时后，我已坐在阿卡家客厅，西奥也在。

阿卡说:"上次我们听了一个精彩的故事,礼尚往来,我们今天也准备了一个。"

西奥说:"讲之前,我先问个问题。听说你举报了特德,是真的吗?"

"是真的。"

西奥好奇心大发,问:"你是不是要把所有你认识的男人都整治一遍才开心?先是破坏泰蒙的服装秀,又举报特德。下一次,你的矛头是不是该对准我俩了?"

我问:"米娜的计划是什么?"

阿卡呵呵笑,说:"别急,这个故事你肯定爱听。"

西奥说:"米娜的工作室,准确说是谭辛强,早已经准备好设计图。工作室负责设计和制作服装,然后联系文化传媒公司,做服装秀和专题文化巡展。这些不用我多说,估计你早查清楚了。这个项目从创意到预期成效都不错,实施方案也有了,只缺资金。米娜要我们投资,为项目提供资金保障,文化传媒公司看到资金充足,具有可行性,才能与工作室签巡展合同。米娜强力宣传,摊子铺得很大,说要做全国巡展,还要进博物馆展览。听到这里,除了后期有点儿夸张,看起来还不错吧?但是,注意这个'但是',我们只是做个姿态,并不真正往里投钱。等工作室与文化传媒公司成功签约,我们就立刻宣布不投资,反正前期都是口头承诺,没落在纸上。"

我问:"投资方突然撤资,服装展肯定夭折,工作室与文化传媒公司的合同怎么执行?"

西奥拍手说:"重点就在这儿,合同无法履行,工作室要面临违约责任。我们只是意向投资者,不签正式投资合同就不用担责。到时候,工作室不仅要承担原材料和人工损失,还要向文化传媒公司赔偿。"

阿卡说:"工作室将面临巨额的违约赔偿以及商誉损失。谭辛强虽然没在工作室入股,但不会见死不救。米娜看准了这点,为他量身定做这个圈套。从头到尾,都是做给他看的。"

策划者真是米娜!车祸时,谭辛强的坚定回护难道没有感动她,她依然抱恨,憋着害他?我咬牙。喂不饱的白眼狼!

西奥说:"我一开始还想谭辛强万一不上钩怎么办,花开一瞬公司成立后,延续工作室所有业务,他妥妥地钻进套里了,躲都躲不掉。"

谭辛强倾注心血的汉代服装展,只差与文化传媒公司签约这步了。

事成之日,便是他失败之时。

我说:"这么狠,米娜是破釜沉舟了呀。这样一来,她自己也要承受很大的损失。"

阿卡说："米娜已经疯了。为了能够拖垮谭辛强，她不择手段，不达目的誓不罢休。"

西奥说："这或许是米娜能够想到的最后一个方法。你不知道，近几个月，她已经，不对，应该说我们已经发动了数轮攻击，都失败了。米娜只有赔上自己，拉着谭辛强同归于尽。这个局我们已经做好，只等谭辛强上套。你讲完故事后，我俩决定退出，但是别人我们管不了。"

我问："别人是谁？"阿卡摇头，示意西奥保密。我猜测："特德，还是肖赐？"

"不只他们。你曾经设法拖延，散布仓库漏水的消息阻挠服装面料供应。后来，面料的合同还是签订了。紧接着，你的举报让特德的公司陷入调查，合同被再次搁置。你逼得米娜不得不另找面料供应商。她计划中的重头戏是对传媒公司赔偿，让花开一瞬破产，她必须让传媒公司相信服装展计划可行，确保事情发展到与传媒公司签约那一步。"

西奥道："不管受损失是不是米娜自愿的，反正最终结果是你看不顺眼的两个人都将倒霉，这不是很好吗？坐山观虎斗。"

事情和我预料的一样，米娜想来个双重保险，资金链阴谋和面料阴谋同时进行。

我心里默念：谭辛强能应付。米娜那点把戏，他早就洞悉了。

可如果事情真像我想的那样，我为什么还这么担心？

我突然闪过一个念头，盯着阿卡，他也正充满兴趣地望着我。"为什么今天告诉我这些？为什么？"

西奥笑嘻嘻："她很聪明啊。"

阿卡望着窗外，伸个懒腰，说："今天是个签约的好日子。"

我蹭地站起来要往外走，膝盖猛地撞到茶几角，疼得我不得不弯下腰揉揉。

西奥哎哟一声，说："听着都疼，你干什么去？"

"我有点儿事，先告辞了。"我匆匆答。围绕谭辛强的阴谋从未停止，叫我怎么相忘于江湖？我刚下定决心不再管他的事，转眼就把这决定抛到九霄云外。

阿卡说："别告诉我们你要去阻止他们，你想帮谭辛强。"

我抬起亮晶晶的眼睛，阿卡一凛。我一瘸一拐地走到门边，阿卡迟疑一下，说："我送你。"

"谢谢，不用。"

阿卡翻翻眼睛，"你知道去哪儿找他们吗？"我脚步停滞，还真是。阿卡拿捏起来，说："但是你必须告诉我去干什么，否则……"

我坦白："阻止签约。"

阿卡说："你不是不管他的事吗？"

"如果他们正当竞争，结局怎样都可以。但用卑鄙的手段陷害对方，我看不下去。"

"你急着保护他，是觉得他赢不了吗？"

"一个人被一只蚊子叮，虽然不致命，最后蚊子还可能被打死，但很烦。他的时间不该被这么浪费。"

西奥摊开手，对阿卡说："我彻底弄不懂了。"

阿卡说："你可以打电话提醒他。"

我摇头。"不管用。他大概早就知道，不会听别人劝。"

"早就知道？那他还上当！"西奥叫起来，"居然还有他这样的人。你说他图什么呀？真理解不了。"

阿卡用下巴指我："她理解。"

我虽然理解，却没支持过他。他孤独地守候着他的理想。

西奥仰天叹息："好好待在家里不好吗，非要跑去管闲事。算了，我跟去看看。"

三个人上了车，西奥又说："我看来不及，这会儿已经谈上了，说不定已经签约了。既然他不听人劝，你去了能干什么？劝米娜？米娜最讨厌你，你去了也是碰一鼻子灰。"

我望着窗外，碰得头破血流我也要去。

西奥问："干吗要帮他？"

"我不能让他在帮了无数人后，临到自己有难却无人援救，寒了他的心。"

西奥一脸怀疑。"不是因为喜欢他？"

我无奈地说："那都是谣传。"

"你可能需要向你朋友解释，她误会了。"

"紫芳是故意的，她就是要让人误会，让别人不再相信我的话。"

"这么说，从一开始，你就没打算对付谭辛强。那你为什么还要破坏服装展？"

我的下巴向阿卡扬了扬，说："因为他。当他决定不与谭辛强为敌，他就从服装展撤资了，由此我推断服装展是你们对付谭辛强的一种手段，所以我努力拆台，想让项目泡汤。"他们对视。

我忖道：特德和肖赐相继出事，面料和资金都发生危机，合约为什么还要继续签订？谭辛强是不是找到了别的投资商？米娜认识的富豪又岂止这几个人。

车停了，阿卡向接待人员解释来意，我和西奥直奔会议室。还好，会议室的门紧闭，貌似会议还未结束。我稍微松口气，心咚咚地跳。

走廊看起来好长，走到一半，会议室的门突然打开，里面传来掌声和笑声，合约签订成功了。人们都站立，谭辛强与对方紧紧握手，愉快地交谈，米娜站在他身后，巧笑倩兮。阿卡做越剧念白："梁兄，你来迟了。"我扶着墙壁，腿有点儿软。

谭辛强看到了我，没做任何反应，转回头附耳和对方说话，为对方送行，向门口走过来。

"走吧。"我说，低落地转身。身后传来夸张的慨叹："哟，这不是星嫣吗？你赶来为我们庆祝吗？"米娜扭动腰肢走来，笑盈盈。阿卡与西奥跟她打个招呼，识趣地退后两步。

米娜压低声音说："你来得正好，好好欣赏我的杰作吧。任你费尽心机也没用，没人救得了他。我才是最后的赢家。你看看，他不是很高兴吗。"

瞬间怒从心头起，再也按捺不住，我扬手甩了她一耳光。清脆的声音震惊了所有人。阿卡一个箭步走过来，我瞪圆眼睛，喝道："你敢拦我一试试！"他顿时高举双手，讪笑着后退，连声说："好的，好的。"米娜的助理及其他人正要走过来，见我彪悍，都迟疑着，西奥插到我与他们之间，成了一道隔离带。

我冷冷地说："这一巴掌为什么，你自己清楚。要是需要我当着大家说明原因，你就说话！"

米娜当然知道我指的是什么，闪过慌乱，眼睛骨碌骨碌，转头求助，娇嗔："谭辛强，她欺负我。"

谭辛强走近，阿卡迎上去，说："女人之间的事，咱们不便插手，让她们自己解决吧。"西奥附和着。谭辛强不答，绕过他们走到我面前。

阿卡的好意我岂不知。但我一腔热血沸腾，谭辛强不来找我，我都要找他。

"我不认识你！"我退后一步，冷峻地说。

米娜露出得意之色，她以为我怕了，以为找到了能制住我的人。

我拉开距离，只为更好地审视谭辛强。"你的善良还在，正直去哪儿了？丧失正直的善良不再公平。你把善良都给了一个人，却把残忍留给其他人。你默许她的恶行，就算受损的只有你自己，依然是错的！"我字字铿锵，严厉非常。

谭辛强的目光扫过我面庞，没看我的眼睛，而是在伤口上略做停留。他转向米娜,轻飘飘地说:"早告诉过你我惹不起她。你要么自己讨回来,要么就忍了吧。"

这个局面出乎所有人预料。

米娜张了张嘴,欲言又止。她是想讨回来,但看着眼前的三个男人,明白他们貌似不管,实则根本不容她动手。她换了柔弱表情,泪光点点,委屈至极的样子。

我转身离开。阿卡挪动胖胖的身体追在身后,西奥满脸钦佩。我问:"你们不是米娜的朋友吗,不去安慰她,反而跟着我?"他们两个忙不迭地摇头摆手予以否认。

上了车,我颓然说:"对不起,我失态了。"

西奥双手跷起大拇指,说:"赞!"

阿卡慨叹:"牛气!居然敢教训泰蒙。我看见他就肝颤。"

他们亢奋地讨论着方才那一幕,细数每个人的表情和反应。我把头抵在前座靠背上,双手捂着脸,头晕目眩。

与他为敌一点儿都不好。即使赢了,仍觉得难过。何况输赢难定。

我真希望我做错了,这样还有机会改。不像现在,找不到挽回点。

西奥谦恭地问:"星嫣大人,您去哪里?"

"家,谢谢。"

车停的位置是陌生的别墅。西奥说:"已经是中午了,哪能让女王大人饿肚子,在我家吃顿便饭吧。"

"我不饿。再说,你们通风报信,我该请你们才对。"随便就登堂入室,进到别人家里,与我们的关系不符,我们还没熟稔到那个程度。

阿卡似乎明白,说:"你刚才那一巴掌肯定会成为新闻热点,近期少在公共场合露面为好。西奥的厨子是从北京饭店挖过来的,做饭很好吃,来尝尝。"

他说的有道理,随遇而安吧。

西奥去洗手间。阿卡问我在想什么。"我在想资金链断了怎么办。"很久以前我已经把能凑到的钱算了无数遍,这时又在心中默数一遍。

"断了正好。"阿卡吐个烟圈,说,"资金链断了,我就能得到你了。你不会见死不救,肯定为他奔走。我能帮你。不是俱乐部那种,是我自己,一个人。你只需欠我一个人的。哈哈哈,我开玩笑的。看你吓的,脸色都变了。"

我吁口气:"别开这种玩笑,怪吓人的。"

他邪笑。"谭辛强为虎作伥,滥杀无辜,干脆别管他了。"

不不不,受伤的只有我和他。他并不是真的对米娜害人坐视不理。

阿卡说:"我可以把你挖到我的公司,你跟着我方便靠近他们,更方便掌握事情进展，打击米娜嚣张的气焰。米娜对你很顾忌呢。"他的眼神很是迫切。

我婉拒。

"不想见谭辛强？"

我不答。

"就算你这次能破坏米娜的计划，下次呢？米娜是铁了心的，你斗不过她。而且她就在谭辛强身边，你离得远，怎么防备？"

"总有办法的。"

"最好的办法是说服谭辛强，让他别再犯傻。你为什么不说，还是说了他听不进去？"

我说："米娜确实很可怜。谭辛强用他自己的方式帮她，他在做他认为正确的事，践行他的诺言，我理解并尊重，不忍劝阻，不愿破坏。"

阿卡沉默了一会儿，说："诺言？"

"他或许没亲口说出对她的许诺，他答应了他自己。"就像他曾经对我那样，我不曾要求，他不曾说出口，但他默默在做。

阳光洒在窗台上。秋色金黄，凋零许多希望。

敲门声轻轻的，我打开门，谭辛强出现在眼前。我问："你来给米娜讨公道？"他蹙眉不答，撩起我的长发。我试图逃避，他用力抓住我的手腕，态度之强横让我一怔。这不像平时的他。脖颈的伤痕显露无遗。他表情愈加阴沉。我提醒："你答应放了我！"他倏然松手，扭头离去。

我在后面追着叫："你别找特德麻烦，否则，我，我……"我和特德已经两清，再不想有过多牵扯。

他回眸，神情极其复杂，反手关上了门。

一切发生得太快，要不是艳阳高照，要不是手中多了一盒药膏，我还以为刚才做了个梦。

下班时间，我溜回公司去拿个人物品，意外地发现特德在办公室，我的纸箱摆在他办公桌上。

我敲敲门，说："我来送还钥匙，拿个人物品。你好些了吗？"

特德目光摇摆地望着我，良久，说："我拿你跟肖赐做了交易。"

"猜到了。我原谅你。"并非大度，恨一个人需要时间和精力，我不愿把这些花在他身上。

他惊叫："原谅？咱们互相算计，有来有往，谁也不欠谁。"

我瞪他一眼。"你是罪有应得，和我可不一样。你贪污、逃税，理应受到制裁。我好多好多次想帮你整改，你都不采纳，有没有谭辛强，我都要检举你。你出卖我的时候，却并不知道我在收集证据，你纯属伤害无辜，损人利己。"

"你整得我可以了。贸易公司逃税被你举报,楚水三千你也不放过,一个都不给我留。设计图的事,你早就发现了?"他惦记的始终是设计图,这是他的心结。

我坦言:"这次的设计图诉讼我一点儿都不知情。以前你抄袭的设计,玄璇答应不追究,她没食言。我做的,就是惹怒施维维,引导她查出你骗财政补贴的事!"

他惊讶,气恼,指着我:"你、你……"

我抢白:"你自作自受!"

"你是上帝派来专门整我的!"他挫败。

"最初我是打算报复,可谭辛强说,私刑是狭隘的表现,复仇不会给人带来快乐和平静,一时的痛快之后,只会更难受,还多了罪恶感。他说得对。我总是觉得不安,虽然讨厌你,但是又觉得自己心机深沉,面目可憎。所以我放弃报复了。后来的举报,与报复无关。"

"本来恨不得掐死你,可我病倒后你着急的样子,让我实在恨不起来。"他仰天长叹,"我知道,如果我对你出手,谭辛强一定不放过我。说实话,我还真有点儿怕他。他的道儿和我的完全不一样,我猜不透,所以我把你让给肖赐。没想到,谭辛强阴魂不散,追到那里救你。"

"你为什么老和他作对?"我纳闷。

"还不是因为你。最开始,我只是出于好奇。我在机场遇到他,他捧着一本画册,我偷瞄到画册上的内容。画中的你,平和纯真,一副与世无争的样子,看着就让人舒服。他的同伴催促他,画册落在座位上。我没有提示,因为我喜欢他笔下的你。我捡了那本画册,越看越喜欢。什么样的女孩,能让一个男人这样牵肠挂肚?我好奇得不得了,想着要是有一天能让我遇见就好了。后来在酒会上偶遇你,你干练又冷漠,和画中差别很大。是我看错了,还是他画错了?我想不明白。"

"抄袭不对。"

"他画中的衣服很别致,我以为他只是一个普通的素描爱好者,我就拿来用用,交给公司。结果,那几款衣服的名字是你取的。我当时就想,难道是天意?通过接触,我发现你具有多面性。他画得很准确,画出一部分的你。于是我更加好奇,你为什么变成现在这个性格?还没等我闹明白,你忽然间又变回来了。像春天冰雪融化,他笔下的你回来了。"

因为他回来了。

我遗憾地说:"那时你要是收手还来得及。可你做错了事还理直气壮,坚持错到底。"

他感慨:"天赋这种东西,真让人无可奈何,他的才华我根本追不上。他出现没多久,你就要辞职。我能不恨他吗?我怕被拆穿,最好的防守就是进攻,我向他全面开战,但总被他侥幸逃脱。"

我指出:"胜利是凭实力的,哪儿有人能一辈子靠运气。愿赌服输,好不好?"

他垂头丧气,说:"这次输得彻底,很难翻身。"

"特德先生,以后遵纪守法,自求多福吧。"

他切齿道:"星嫣,我认识的人里,最狠心的是你。我知道你是什么样的人,只要你发现我有一点失德之处,就会立刻抛弃我。"

"我不是道德法官,谁又能不犯错呢?我自己也曾误入歧途。可气的是你从不想改正。"

他不以为然。"又不是多大的错,有必要改吗?"

"无论大小,错就是错。更何况,你眼里有大错吗?所有的你都不改。"

他希冀地问:"现在还来得及吗?"

我坦诚地说:"将来,或许我们能做朋友,不过要等你把你妻子从德国接过来。"

他惊叫:"你知道。"

那是自然。身为秘书,我还是相当称职的。不了解老板,怎么当好秘书。

他冷不丁问:"谭辛强和米娜在加拿大购置房产,你知道吗?"

我答:"不知道,也不想知道。"抱起纸箱,向他告辞。

和特德的纠葛起源于设计,终止于设计,终于告一段落。

六十五、从未停止的守护

萧紫芳来电。我握紧话筒,说:"祖宗,你总算回电话了。"

"急什么,你不是前天才找的我吗?这才不到三天。"

三天?感觉已过了许久。

"人在哪儿?"

"横店。特别忙,刚下戏。我估摸着和你的话三五分钟说不完,今天刚好有差不多一个小时的空闲,想问什么赶紧问,我怕说着说着睡着了。"她打个哈欠。

"设计抄袭的事。你怎么想起来要打官司,跟人撞衫了,还是看见满大街的高仿了？"

"就算有高仿我也不会注意，我都多久没逛过街了。官司是谭辛强让打的，证据也是他提供的。"

我自语："这么充足的证据，为什么不早拿出来？"

"原因你应该清楚呀。证据一直有，因为你喜欢特德，投鼠忌器，不便动他。但特德的小算盘竟然打到你身上，就别怪我们不客气了。迷药的事，格林告诉我了。算你有良心，惦记从阿卡手里救我，虽然被骗了吧。你要拦我，打个电话不就行了？"

"烦你，不想跟你说话。你成天鬼迷心窍，谁知道这次你是不是自愿去的。"

"嘿！我有那么下三烂吗？"

"你别大嘴巴把这事到处瞎说啊，影响的人太多了。"

"哎呀，知道知道。说正经的，传说你举报了特德，是真的吗？我就说嘛，你再喜欢一个人，也不能丢了最起码的是非观。同学们要是知道了，肯定就放心了。大家都以为你变了呢……"

"我再说一遍，我不喜欢特德！谭……他对付特德，是因为迷药的事？"

紫芳来了精神，说："不只特德，所有参与的人谭辛强都没饶。齐依眉已宣布退出模特行业。唉，以她的智商，趁早离开娱乐圈，对她是好事。肖赐的艳遇你听说了吧，他已身败名裂，后来又有其他女孩出来指证他，肖赐想把事情压下去已经不可能了。"

"肖赐的事也与谭辛强有关？"

她深为我的愚钝气恼，说："你以为呢？肖赐早晚得出事，但偏偏在这个节骨眼上，你没想过原因吗？你知道那个女孩是谁？你见过的，珊妮。我一直觉得这是谭辛强联合珊妮设下的陷阱。还有那个提供迷药的，也是娱乐圈的，最近因为吸毒被抓，也见报了。啊，谭辛强终于反击了，痛快！他比我想象的厉害多了。"

短短几日，谭辛强竟做了这么多。不出手则已，一出手，摧枯拉朽般打得对手溃不成军。我目瞪口呆，心里又酸又暖，心跳得快速而强劲。

"还满意吗？他没有不管你，他做的你不知道而已。那些人可能到现在都不知道得罪了谁，一想到这儿我就开心，哈哈哈。"

"还剩米娜，她是主谋。"

紫芳啧啧道："知足吧你。你打的那巴掌多少解了点儿恨吧？你说说你，不是娱乐圈的人，博眼球的手段却比一帮明星都高。跑到人家公司去打人，不怕被保安围殴吗？"

"脾气一上来还顾得了那个！你是没看见米娜气焰嚣张的样子。我又上新闻了？当时没人拍照啊。如果挨打的不是她，就没这么多人关注了。"

她耐心劝导："米娜还是得区别对待的。"

我曼声道："当然，她是特别的。"

"你为什么老阴阳怪气的？对谭辛强的态度又冷又臭。"

我沉默一会儿，说："你知道道德绑架吗？"

她思索，"你指米娜。"

"一开始我这样想，后来看清谭辛强对米娜不是歉疚而是怜悯，就知道不是。真正对谭辛强实施道德绑架的，是我。我用一点温暖，换来了他无穷无尽的包容。要不是当初我让他感动，今天他就不会受我牵制。无论他愿不愿意，高不高兴，他都得忍受我。"

"你就为这种破理由对他坏？我的天哪。"她大叫。

"要是九年前我没走进他家就好了，要是走进他家的是你就好了！正好儿你喜欢他！"

"那个人不可能是我！在他孤单的时候，任何善意靠近的人都能走进他心里，但只有你会在那个时候靠近他。咱们这帮人里，只有你从一开始就坚定不移地支持他。你呀，容易被善良冲昏头，热情洋溢，虽然害羞，但想好了就勇敢向前，九头牛都拽不回来。除了你，我想不出第二个人。星嫣，你一直没摆正自己的位置。我下午回京，等我回去再聊。我要补觉了，你自己想想吧。"她哈欠连天。

我头抵着桌子，长发瀑布似的垂下来，遮住脸，给自己一个思考的密闭空间。

谭辛强早已掌握证据，能够自证清白，他却放弃，只因为他以为我喜欢特德？傻，真是傻呐。还以为他一怒之下把我扔在青木香软禁，是为了不让我阻挠合约签订，现在看来，他是不想让我知晓这些纷纷扰扰。

自从差点儿被肖赐侮辱，我心惊胆战，总觉得危险潜藏在身边，门窗要反复检查十几遍，睡之前要把所有的锁都锁上，包括厨房和卫生间，怕肖赐无孔不入，从缝隙中挤进来。即使他被抓，我都没有停止害怕，神经衰弱到草木皆兵。现在，我踏实了，放心了。

有个人始终在守护着我，他不容许任何人伤害我，否则，必降惩罚。

这个时间谭辛强应该在上班吧。我等不及，想马上见到他，电话也没打，直奔花开一瞬公司，路上反复打着腹稿找理由——去提醒他米娜的阴谋。可他大概比我还清楚。去询问他惩罚是否结束。这是多此一举，他说过离开特德就算还完了。去感谢他为我做的一切。那怎是一个谢字了得？不管了，反正我要见他。

"谭总不在。你是……啊,昨天那个捣乱的!"她大叫保安。两个保安迅速跑过来,职员开始向这边围拢,个个带着敌意。我想走已经不可能了。这时,一个人分开人群,叫着:"等一下,大家都别动。星小姐,我是谭总的秘书,请跟我来。"人们没有让步。他说:"散了吧,星小姐是谭总的朋友。"身侧的女孩敌意丝毫没减。那人无奈地说:"还看,认不出吗?她是城堡那张照片的女主角啊。"人们露出顿悟的表情,望着我的目光各式各样,分出一条通道。

我随他来到办公室。他热情地自我介绍:"菲利普。"

"你不怕我是来捣乱的?"

"怎么会呢。真不巧,谭总不在,估计他还没恢复吧。"

我盯着他。菲利普解释:"谭总昨天晕倒了。"

我腾地站起来。菲利普忙说:"医生说他最近太累了,公司刚成立,有好多事都需要他亲自督办。他现在应该在家休息。"

"哟呵,这是谁呀?"米娜的讥讽从身后砸过来。

菲利普刚要说话,米娜抬手制止他,指了指外面。菲利普看我一眼,走出去关上门。屋里只剩下我和米娜。

米娜围着我走了一圈,说:"你还真是不甘寂寞啊。要缠着他到什么时候?"

她怎么总带着浓浓的醋意?我说:"我很忙,请让开。"

"忙着去见谭辛强?"

"你打算拦我?"

"正相反,我非常期待你去探望他,最好带着礼物。上次你送的礼物可真是让人印象深刻。"她的眉毛诡异地挑了挑。

"你是说我送你的那巴掌?不用谢。"

她顿时被激怒。"你只不过是个小角色,掀不起什么大浪,但很烦人,像只苍蝇,阴魂不散。"

"你想怎么样,像在青木香那样算计我?你还没吸取教训?"

米娜的眼珠狡黠地转了转,"不明白你在说什么。"

"趁早醒悟吧,否则,下一个被惩罚的就是你!"

我想绕过她,她横步阻拦。

"这也是我要说的。星嫣,你滚远一点,别在这儿碍手碍脚。否则,别怪我不客气。下次你就没这么幸运了。"我从另一个方向绕,她又拦住路,压低声音说,"谭辛强的事跟你有什么关系,你非要插手不可?车祸之后,我以为摆脱你了,可以不被你干扰,可你又冒了出来。我们本来过得很平静,我甚至试过原谅他。没想到,你的一个生日礼物让他全面崩溃。你的影响还在……"

生日礼物？我茫然，哪有送过礼物。

"还装！虽然他打开一下就合上，但我们还是看见了，里面有个吊坠，还有纸鹤和小狮子头什么的。还是你狠，礼物打开的那一刻，他的表情连我都不忍心看。什么叫从天堂到地狱，我算见识了。"她笑，嘴唇血红。

我蓦然僵硬。我把要归还的东西密封进一个纸盒，让琴若代为转交谭辛强，琴若一定是误会了，以为是示好的物品，还特地替我包装成生日礼物的样子，阴错阳差，弄巧成拙。

谭辛强对我是不设防的，尽管我发狠斩断联系，尽管生日礼物来得蹊跷，他依然对我不设防。因为毫无防备，所以伤得最惨。

所以他"沉郁深悲不醉"，所以紫芳怪我狠毒，所以格林敌视我。我还问是什么让他伤心欲绝，原来就是我！

"你又燃起我的斗志。伤害他的比赛，我不会输给你。感谢你让他难过。这次，我依然看好你。他在家，不在青木香。"米娜闪身让出去路。

比赛？这人在想什么呀？

我走出公司大厅时，看见宣传海报上写着"横绝四海"汉代服装展巡展时间计划，还有倒计时牌。工作狂！

"横绝四海"，我心念电转，莫名地慌张。

六十六、手中的心跳

路过花店，我选了一束剑兰，用浅绿的包装纸扎成花束。

生日礼物的事让我心乱如麻，不经意地用力，包装纸都弄皱。残忍已渐渐变成我的专长。我已不是刺猬，而是豪猪，刺又尖又长，任他离多远都躲不过。虽非故意，但伤害依然来自于我。

凝望谭辛强的窗口，所有让我心生戾气的都还在，再见面，依然免不了说出伤人的话。这样的我，凑到他面前去做什么？如果没有我，就不会有沉郁深悲不醉；如果没有我，就不会有他的伤心困扰；如果我没有再出现，米娜可能真会放弃报复，她已经爱上谭辛强；如果没有我，谭辛强能够少一分担心，少一分劳累。

可是，我能给他的只剩伤心和失望吗？我不信，我不甘心。我是多么想他，虽然心结沉郁，负疚深重，仍然控制不住地向他走去。心中的风暴已遮天蔽日，除了灯塔，看不见其他。

琴若发来短信：妈，昨天我替你去跟谭辛强和好了。

我急了，拨过电话去。"什么意思？我可没让你去！"

"别嘴硬了，我还不知道你。从小到大，你连一句重话都不忍对人说，更何况对谭辛强。你把他看得比自己重要得多。每次伤害他，你只会比他更难受。你们的关系成了恶性循环，互相较劲，你都快把自己逼死了。既然你不肯主动修好，我帮你。你们曾是那么好的朋友，我实在不愿意见你们现在这样。"

我跺脚。"多事。我要是想见，不会自己去？你这样反而显得我们之间有很大问题似的。他没问你星嫣为什么不自己来？"

"我假扮成你去见他。"她吞吞吐吐。

我一怔。"你……什么？"

"假扮你去见他。他昨天状态不好，我劝他多休息，说希望还做朋友，请他别在意你的气话，你那时昏了头。"

谭辛强没认出她？

"他说什么？"

"感谢啊，诸如此类，但没什么重点，跟没说一样，我没记住。不过谈话气氛挺好。呼，你们终于能缓和一点，不那么剑拔弩张了。"琴若甚是得意。

我百感交集，说："知道了。以后别再打着我的旗号胡闹。"

"你要珍惜我的成果，千万别再找他。你们一见面，又得变成原来的样子。"她紧接着补了一句，"谭辛强要去加拿大了，这一走……"她顿了顿，似乎在等我的反应。

看见"横绝四海"四个字的时候我就预感他要走，此时从琴若这里得到证实，心又往下沉了一分。

琴若等不到我的反应，说："总不能让你们以那样的状态告别，将来你得后悔一辈子。昨天我试着留他，他没说话。"

一个人决心要走，谁都留不住。更何况，我凭什么留他？

电梯打开了，谭辛强的家近在眼前。见了面，该说些什么？昨天"我"已来过，今天又来，他怎么想？可我想见他啊，踯躅不肯离去。冒充琴若好不好？她能冒充我，我就能冒充她。拿着花，带着微笑，这副模样更像琴若，而不是对他一贯冷漠的我。

门内隐约传来声音，我仓皇逃进楼梯，刚隐身墙后，就听见客人的声音。"不用送我，快去休息吧。新公司的事顺利进行，你该歇歇了。老紧绷着弦，铁人也得垮了。"

"时间紧迫。米娜的愿望得赶紧帮她实现，不能耽搁。"

电梯门打开又关上，客人走了，我缩在楼梯。

以前想得天真，以为疏远一阵，报复完特德就能回去，却没考虑到时间长了感情会淡，拖得久了谭辛强会信以为真，那些逝去的时光再也追不回来。生活不是数学题，简单地加加减减就能得到想要的答案。人与人之间的感情走向是不确定因素，公式不变，计算到最后，答案却变了。罅隙一旦产生，便留下痕迹，无法修复得像没发生过。何况我从未解释清楚，一任他误解至今。我的疏远是假，带给他的伤害却是真。连我自己都觉得见面尴尬，他如何能放得下？

想到这儿，说不出的懊恼。

一抬头，谭辛强无声地站在面前，凝视着我。我慌乱，想闪躲，他坚定的眼神却深深吸引着我，让我无法移开目光。

他纯净清澈的双眸闪耀着阳光，像极了老房子里书桌上那张照片，他少年时的神采。年轻的脸庞瘦削憔悴，苍白得让人瞬间心软，却有异样的光芒，恍若当年他跑完一万米时，有着拼尽全部能量后释然的疲惫，还有逆境中永不服输的坚毅，肯定自我的自豪，无比强大，无比帅气。

我的脑海一片空白，忘了假装，忘了过往，忘了踌躇，眼中只有他。我不由自主地缓缓扬手，像当年一直想做的那样，抚着他苍白得像玉石的面容。他的脸光洁，温暖。我的手滑落，半空中却被他用力握紧。手中怎会有心跳？可我真的从手中感受到彼此的心跳。他的凝望直落我心底。

我轻轻问："你非要把自己累垮了才算完？"

他露出灿烂至极的笑容，点燃十万焰火一样明亮，顺手一带，把我拉进怀中，脸贴着我的长发，声音响在耳畔："我改。"

我屏住呼吸。

这场景似曾相识，那天他重回故居，我等他七个小时，他看到我的一刻，紧拥着我，说："上天毕竟待我不薄，我还有你！"

这场景似曾相识，那天大雪纷飞，他提着行李箱归来，敞开大衣把我裹在怀里，下巴抵在我头顶，说："嫣若，你总给我意想不到的惊喜和感动，让我从不后悔回来。"

自那以后，发生了多少事啊。他的语气和温暖都未变，而我的心境，随着世事变迁，我的心境啊——我握紧双手，心微微颤抖——我的心境啊，还和从前一样！

我眼眶湿润。无论他改正与否，我都无法验证了。

他喟叹，满足而欣慰。

我有些回过神来，另一方面却更加眩晕。温热的身体，安全可靠的臂弯，柔和的低语，甚至他的笑容，一样样都是催泪的利器，我必须在崩溃前逃离。

推拒他的胸膛，触手却是他强劲的心跳。我使不上力气，只能开口求饶："放开我吧。"

他的臂弯松开。包装纸几乎烂了，幸而花完好，我往他怀里递过去，说："花，送你的。"

他接过去，带我走进家门。

久违了，我曾经流连等待的地方。环视客厅，不由感慨，目光与他的相触，我说："好久不见……"一张嘴就说错。连续三天，天天见面，昨天因为琴若的假扮，我们见了"三次"。可这是我的切实感受。前两天的见面与今天完全不同，像是一真一假，一梦一实，也不知以前是真实的还是现在是真实的。

他说："好久不见。"

我注视他。他在奚落，还是也有同样感受？

空气忽然安静，我们相对沉默。有许多话要说，又无话可说。

他的身体不易察觉地晃了晃，我本能地扶他，他拄住沙发背，脸色比刚才苍白。扶他坐下，我问："头晕吗？现在吃什么药？"

"不用吃药。"

我在厨房找到白糖，冲了一杯白糖水，试试温度，端到他唇边，说："白糖水，不烫，正得喝。"

他要接过杯子，我说："你别动手，我来端着。"他就着我的手喝了一口。我用手背试探他额头的温度，问："看过医生了吗？"

"歇歇就好。"

我提出去医院，他不肯。我建议他在床上躺着休息，他迟疑，说："没那么娇气。"

我顿悟，他待在卧室，我留下不合适。他怕我走。

我说："在沙发上休息不好，去卧室躺会儿吧。我……陪着你。"

他犹豫了一下，支撑着站起来，额头冒出虚汗，我握着他的胳膊，他摆手示意不用，但我没放手。尽管虚弱，他却不肯把重量压到我身上，只是走得慢。

他不肯躺下。我拿过来几个靠垫，让他靠在床头，用纸巾给他擦额头的虚汗，动作极轻，仿佛他是玻璃做的，稍微一碰就会损坏。他的眼眸如亘古闪耀的星空，凡人难以触及的高远辽阔，温柔而怜悯。温柔我明白，怜悯是为了什么？啊，他发现了。看着他生病，我比他更难受，恨不得把那病转移到我身上。他怜悯的，是我这心怀啊。

"我没事，真的。"

我轻嗔："你也学着说谎了。"

"让我看看你的伤。"他语调虽然温和，却不容置疑。

我轻咬嘴唇。

"要我亲自动手？"

我望他一眼，默默撸起袖子，解开丝巾。胳膊上肖赐留下的指痕剩下淡淡黑紫，脖颈除了掐痕，特德的指甲划破了两道伤口，留下血印。这伤比较新，看上去触目惊心。我只露一下，迅速遮挡，算完成任务。

他的眼神疼惜、责备，还有说不出的无可奈何，伸手拉开床头柜的抽屉，拿出一盒药膏，和他昨日塞给我的一样。我眼尖，瞄见抽屉中露出丝巾的一角，失声说："啊，这是我的。"那是我的丝巾，在他抢我焦糖布丁那天落在饭店里，原来被他捡了。他飞快地抽走，丝巾从我的指尖滑过。

我胸口发热，"那是我的……"

"你不要了，我捡到归我。"

"老师说要拾金不昧，你拾巾应该归还。"

"小气。"他说。

我的丝巾被他放在卧室的床头柜里，想想就让人脸红。我想抢回来，既不敢在他面前造次，又顾忌他的身体不敢用力，伸手要抢不抢时，脚下被他的拖鞋绊住，整个人扑向前。他连忙接住我，免我拍在床上，我便扑在了他身上。

"对不起。"我面红耳赤，担心砸伤他，忙用手臂支撑，长发扫拂他的脸，我尴尬地腾出一只手束拢头发，身体又失衡栽下去，只好不管头发。乌黑的发丝从他脸庞拂过，他的眼睛璀璨如星。我有些失神。他的眼睛如果真的是星空，无论是高悬在繁华的城市上空，还是覆盖在岑寂的荒漠野渡，都是美丽的风景，点缀永恒的黑暗。

他打量丝巾，说："质地一般，图案过时，颜色也因为旧了所以失真，这样的丝巾你还戴吗？"语气嫌弃，却宝贝似的紧紧攥着怕人抢。我不禁湿了眼眶。

他连忙起身，说："我用一条新的和你换？两条换一条？好了，别生气，还你。"

"我不是生气。"我嗫嚅。

外面突然传来脚步声。菲利普的声音响起，十分担忧，"谭总，你的门怎么开着？没事吧？"

糟糕，一定是我进门时忘了关严。现在的我衣服凌乱，头发披散，脸红得自己都感觉到发烫。我冲谭辛强一个劲儿比画，让他假装我不在。

谭辛强扬声说:"没事,刚才送客人时忘了关门。"菲利普闻声往卧室走来。卧室的门一直开着,此刻要关已来不及。我站在门后,紧张得贴着墙壁,不知道该往哪儿躲。千钧一发之际,谭辛强挡在我身前,把已经踏进卧室的菲利普推出去,说:"我正在换衣服,你别进来。"说完掩上门,出于礼貌,留了一条缝隙。

"哦,哦。"菲利普站在门外,没进来但也没走。

我大气都不敢出,谭辛强安慰地拍拍我的头,问:"什么事?"

"三家银行的融资方案对比分析已经做完,我带来了。"

"放在客厅。"

"下午与银行的会面是否照常进行?你能出席吗?还是派饶经理替你去?"

"我参加。"

我皱眉。谭辛强摇摇头,表示没事。

菲利普说:"可你的身体……"

"刚才吃了一服药,很管事。"

所谓的药不就是一杯白糖水。我脸又红了。

菲利普说:"服装展西安站的策划书已经做好,电子版已发到你的邮箱中。"

谭辛强道:"我一会儿看。"

"米娜,哦,米副总今天又进了你的办公室。按你之前的吩咐,我们没阻拦。她好像拿了什么文件走了。"

"嗯,知道了。"

"还有,星嫣今天到公司来找你。我告诉她你晕倒的事,没经过你同意,不知道是否给你惹了麻烦。"

谭辛强望着我,说:"说就说了,她没来找我。"

菲利普似乎松了口气。

谭辛强问:"就这些?"

"呃,嗯,就这些。"菲利普的语气并不确定。

"还有别的事?"

菲利普吞吞吐吐地说:"今天星嫣和米副总单独谈了一段时间。星嫣离开的时候,情绪很糟。"

谭辛强询问地看着我。"知道了。"

"米副总昨天挨了打,她可不是肯吃亏的人。"

"我心里有数。"

"有些话在公司不方便讲,但我觉得有必要提醒你。你和米娜同居的事,在公司里传得沸沸扬扬。"

我瑟缩一下。

谭辛强说："我没和她同居。"

"我也是这么和其他人说的。没人信。你们几乎黏在一起，深夜你从她家出来，你陪着她出席各种活动，她有时住在你家，这些记者们报道过许多次，我都没法反驳，因为都是事实。"

谭辛强看着我，加重语气，说："我没和她同居！"

菲利普说："谭总，按说你的私事我不该过问，但你太迁就米娜了。我一直想，她是不是把照片的事告诉了星嫣，星嫣的情绪反差才那么大。"

"什么照片？"

"你和星嫣在城堡那张啊。为了不让星嫣妨碍服装展，萧紫芳公开那张照片后，咱们把它发给许多媒体。这事米娜一开始不知道，我猜她现在知道了。我怀疑她已经告诉星嫣了。你知道这件事给星嫣的生活带来多大麻烦吗？听说连她姐姐上班都受影响了。米娜的粉丝都闹到她酒店去了。"

鼻翼好痒。我伸手挠，手指沾上眼泪。

"除了阻止星嫣破坏合约，你还想借此打击赵品佳先生，不让他插手。米副总如果告诉了赵先生，公司恐怕又多一个敌人。"

我睁大眼睛。

谭辛强握着我的肩膀，说："菲利普，这件事我自己处理。你回公司吧！"

"你为了米娜牺牲星嫣，实在有点儿……残忍。星嫣听说你晕倒时十分着急，我都忍不住想告诉她你不喜欢她。男人都喜欢又美丽又危险的东西，米娜就符合。星嫣的事我听说过，她不就是在你家出事时看过你一次吗，凭这个怎么可能拴住一个人一辈子？她没戏。"

墙壁真凉，寒意从后背传到身体里。

谭辛强怒吼："你们成天没事可做吗？"

"世上没有不透风的墙。为米娜，你做了那么多，米副总真能明白你的用心吗？你为她拼命，她会感激你？"菲利普不肯罢休。

"菲利普，你回去！"

菲利普嘀咕了一句，显然还意犹未尽。

"回去！"

菲利普关上了门。

谭辛强用手给我擦眼泪，我微微躲闪。"我没和米娜同居。我没有为了她牺牲你。不要相信菲利普。他说的都是他的揣测，不是事实。"

我轻轻说："当然。"

"那你为什么伤心？菲利普并不清楚所有的事，不要让他影响你。"

我的声音空洞。"他不清楚，你清楚。我相信的是你，一直都是你。你的一举一动，一言一行，我都看着，相信着。我的判断基于你，不是他。"

谭辛强直视我的眼睛。"我没和米娜同居！我没有为了她牺牲你！我没有利用你打击他人！"他的话语清晰完整，语速适中，而且十分精简，以确定他的意思表达无误。

我点头，想向外走。他按住我的肩，说："我不能让你带着误解离开。"

"没有误解。你不喜欢米娜。你为了她可以牺牲一切，这个一切，限定范围是你自己。你没有放任她伤害别人。你看，我没有误解，从来都没有。"

谭辛强的目光炯炯，在我脸上逡巡，神情是我看不懂的。

探望变了味道。琴若知晓，定然骂死我。看来我真的是无法好好跟谭辛强相处呢。这次见面从一开始就不同寻常。

谭辛强说："米娜对你……是她一时糊涂，你当然不用原谅她。不过，你别跟她计较。我来解决。"

我苦笑。"一时糊涂？这么轻巧的一句话，就把她的错盖过去？谭辛强，谢谢你为我做的。但从今以后，我的事不用你管，你也管不了。你只要管她就够了。"

"放心，她以后决不再找你麻烦。"

呵，他已经能代表米娜发言了。"我很放心！只要我离得远远的，跟你们再也没有关系，她就不会针对我，你也犯不着为难。"

"嫣若！"他在我脸上寻找答案，不置信，不自信。"你这是气话，还是要跟我绝交？"

"你看我像生气吗？"从头至尾，我如一潭死水。"潭深似君心。谭辛强，你真的回来了吗？回来的真是你吗？我看不透你。你的韬略，你的才华，你无所不能，让人惊佩，可你让我觉得可怕，心里没底。米娜害我，你姑息；我打米娜，你也不管。你到底在想什么？想干什么？我可能从来就不认识你。"

他的身体晃了晃。寒星闪烁，结了霜，雾锁深蓝。

一口气走到小区外，我扶着墙，再也走不动了，胸膛像被掏空，撑不住直立的身体，不由得弯腰，内心孱弱地求救，却不知该向谁。我已经没救了。现在是晚秋还是初冬，已经这样冷了。我的灵魂蜷缩在躯壳最深处，瑟瑟发抖。

"嫣。"

我抬头。我站了多久，何时已华灯初上？摇曳的目光捕捉到熟悉的身影，萧紫芳和格林。我迅速站直了，若无其事地打招呼。

萧紫芳看看我，又向小区里望望，迅速明了，说："你能不能别闹了？干脆告诉你吧，谭辛强正帮米娜办移民，他们要去加拿大，以后未必回来。嫣，不要再做无谓的纠缠。无论以前发生什么，临走前，给彼此原谅，别带着遗憾和怨气告别。"

她笃定我是去找茬儿的，虽然没猜对初衷，结局却不幸言中。

我倦怠地说："谁纠缠他了？他跟谁在一起，要去哪里，与我无关。他们要远走高飞，那就去吧。"

紫芳惊异地问："星嫣，你一点儿都不惊讶、不在意吗？"

"在意什么？他就不该回来！要是他好好待在加拿大，就不会有后来的这么多事。"

紫芳生气。"你怎么变得这么刻薄？"

"你刚发现？我向来如此。"

"最讨厌你阴阳怪气的。不理你了。听说谭辛强昏倒，我得赶紧去看看有什么能帮忙的。你只管活在自己的小世界里怨天尤人吧。"她愤愤走了。

我这样的朋友有什么用，关键时刻，什么忙都帮不上，还总添烦恼。紫芳和格林才算得上是真正的朋友。

始终没开口的格林说："明天我派人把你青木香的物品送到你家。"

"我是不是被扫地出门了？"

"你多心了。青木香可能要易主，米娜对那儿有兴趣。"

连青木香他都要送给她？

我忽然想笑。好，好得很呐。米娜一路攻城略地，我们已一败涂地，输得彻彻底底。

"不必，我自己去取。"

格林欲言又止，过一会儿，还是忍不住，说："星嫣，你是我见过最狠的人。你昏迷的时候，不停地叫特德的名字，那么在乎他，你怎么狠得下心对付他？谭辛强怕你出事，拖着两条残腿追到内蒙古去，差点儿残废，你还要怎么折磨他？你真像从前的米娜，无情无义。我舍不得谭辛强走，但我真希望他离开你。"

我不语。

"有件事我一直想问，你为什么说要杀你，不要他亲自动手？"

我大震，那不是个梦吗？

格林沉痛地说："我从没见过谭辛强哭，那是唯一的一次。"

谭辛强的眼泪，落在我脸上，冰凉却滚烫，是真的？那样痛心的语气，绝望的询问，都是真的？坚毅孤傲的谭辛强，被我弄哭了？

六十七、胸有丘壑

街灯一盏盏亮了。商业街灯火辉煌,人群川流不息,橱窗琳琅满目,巨大的显示屏上滚动播放广告,"横绝四海"汉代服装展是其中之一。一袭纯白麻袍,一笔墨直落衣衫,名"一念生"。特德说,天赋这种东西,真让人无奈。我站在街角,脚底像生了根,看滚动广告重复播放。

一辆深蓝色的豪车停在路边,有个人大声招呼:"星嫣,这边儿,上车!"我怔怔地,打心底抵触深蓝色。他下来拉我,打开车门把我塞进去,大声斥责:"你干什么,在大街上发呆,好玩吗?我盯你半天了,进饭店之前你在这儿,出来你还在。没事儿干,回家!"

我把头抵在前排座椅上,闭上眼睛。

"阿卡,这是谁啊?"副驾驶的美女问。

阿卡迅速换了宠溺的语气,"一个朋友。宝贝,我送你回家。"

"不是去玩吗?"

"改天,改天。"他呵呵笑。

美女娇嗔,两个人说说笑笑。最后,车停下,阿卡要我下车。这是一栋写字楼,电梯直奔顶楼。顶层不是办公室,而是装修成居室。我打开露台的门,倚栏眺望,天地孤独,衣袂飘飞,乘风欲去,万家灯火都在脚下。遥望谭辛强的方向,像少年时常做的那样,想象着此时此刻他在做什么。

"喂,你!"阿卡大叫,冲过来拉住我。

我说:"不可高声语,恐惊天上人。"

他松口气,说:"你吓死我了。快进来,三十多层啊,出了事不是闹着玩的。"

我说:"鸿鹄高飞,一举千里。羽翮已就,横绝四海。"

他递给我加热的三明治和一杯茶。

"没胃口。"

"那也得吃。你瘦得脸上只剩一双眼了。说说吧,遇到什么事了?你昨天那么英勇,正义凛然,我们佩服得五体投地。今天怎么蔫了?为谭辛强担心吗?"

我警觉地问:"你听说了什么?"

"嗯嗯,斗志还在,还没垮。"

外面来了一个人,未进门先闻其声。"说好去喝酒你敢临时变卦!奇奇说你遇见个女人,我倒要看看是谁勾了你的魂!"说话间西奥大步踏入,看见我，他挠头，说，"早该猜到是你！"

阿卡一阵咳嗽。

西奥问："你为投资人从花开一瞬撤资的事来的吧？"

"他们真撤了？哎呀，糟了。"阿卡故作紧张大呼。

我一直都在筹钱，积蓄加上可以借到的款项，杯水车薪，离谭辛强需要的差得多。我甚至考虑过阿卡的玩笑话，但终究下不了狠心去俱乐部求援。

"是阿卡从街上把我捡回来的。你们能否帮我一个忙？我凑了一点儿钱，虽然不够，总好过没有。能不能以你们的名义给谭辛强？"

他们面面相觑，西奥问："为什么不找我们筹款？钱对我们来说，小菜一碟。"

如果他们想帮谭辛强，何需我开口，何必通过我？

我答："他还有一些朋友，渡过难关不成问题。咱们是君子之交，不该牵扯经济利益。有很多所谓的朋友一谈钱就崩。"

两个人异口同声："嘿！"

西奥问："给他钱，干吗要假借他人之手？"

"他没必要知道。我帮的不是他，而是他所代表的，我们不敢或不愿付出代价去追求的理想，以及对好人有好报的期待。当个好人，被伤得体无完肤，是不该发生的。"

西奥惋惜："你这么帮他，他却不知道。"

阿卡说："还有更糟的事：米娜不知怎么，认识了几位银行界的大人物，先是对花开一瞬慷慨放贷，随后突然收紧银根，花开一瞬现在被逼还款。"

西奥说："还有呢，面料供应商不仅毁约，无法供货，听说特德还私下垄断谭辛强要用的面料。现在市场上根本买不到他要的东西。谭辛强要么放弃，要么换材料。"

阿卡思索着说："更换面料，服装效果就变了。把面料买断货，特德够下本的呀。"

"特德根本不需要买断所有面料，只要关键的那种没了就OK。服装做不出来，展览展什么？花开一瞬面临的是巨额赔付啊。"西奥说。

"房子。"我轻轻说，抬起头，"爸妈本来打算给我姐姐买一套房结婚用。后来，姐姐和她男朋友自己贷款买了房。家里商量着把这套房子给我，房在我名下，我一直都在还贷款。"这是我最后的一招。

"你要卖房？"阿卡瞪大眼睛。

"多少能帮上一点儿忙。"

两个人对望好一会儿，阿卡问："卖了房，你怎么办？"

"还得拜托你们把钱转给他,别说是我的钱。"

西奥像看傻瓜似的看我。"你倒不怕我们拿了钱不承认。"

阿卡说:"我问的不是这个。你怎么跟家里交代?"

"这真叫倾家荡产。"西奥补充。

"慢慢解释呗。换做是谭辛强,他也会这样。他已经这样做了,把公司股份卖了,帮朋友完成梦想。"

西奥大声说:"疯子。"

阿卡沉吟:"除了这些,他的公司还有别的困难。"

我倾身向前准备听。

西奥轻蔑地问:"你觉得你能解决?"

"试试看。"

西奥耸肩,说:"米娜私自在外签订了许多合同,把公司上上下下逼得焦头烂额都完不成订单,马上面临被诉。服装展的主要几套设计都面临抄袭指责,据说与某大师的遗作相似度极高。"

一波未平一波又起。米娜早已布下天罗地网,谭辛强乖乖入套,欲抽身,其时已晚。

我站起来,说:"我得走了。"

阿卡大声说:"别忘了我们的俱乐部。我个人也能帮你。"

我摇摇头。

"你不帮忙,这次他死定了。"阿卡盯着我说,神情复杂。"不过,人都是自私的。关键时刻,能不能豁出去,得看感情有多深了。"

激我没有用。俱乐部的方式,我绝不采用。谭辛强说过,我是他的心灵守护者,尽管我不配,但也不能负他所托,把他最在乎的毁了。我淡淡地说:"所有的难题都能解决,只要他宣布公司破产。但他为了陪米娜玩下去,迟迟不肯退出。这是两个人的游戏,多一个就不好玩。我岂能破坏游戏的乐趣?"

"所以给他钱都要借别人之手。"西奥疑惑至极,"你和米娜到底怎么回事?如果我是女孩,谭辛强像对你们一样对我,我早就感动得痛哭流涕,抱着他大腿不撒手。你们可倒好,一个一心置之于死地,一个想把他从生活中清除。"

不是把他从我的生活中清除,而是把我从他的生活中清除。

我说:"我再去想想其他办法。"

阿卡拦住我,大感,问:"你到底是怎么想的?到底着急还是不着急?"

"尽力而为,不可强求。我可以去找文化传媒公司的人斡旋,可以去银行看看,可以找律师评估合同的有效性,或者找米娜的麻烦,让她后院起火。

还有很多方法没用上呢，哪儿就到要卖身的地步了。"

西奥问："你脑袋里都装了什么呀？"

阿卡对西奥说："看来我们都低估她了，更低估了谭辛强。"他对我说，"人们若知道真相，肯定说米娜是疯子，却不知道你比她还疯。你，谭辛强，都疯得不轻。"

西奥感慨地说："像这样全心全意、不给自己留后路的生活，也挺痛快。我有点儿羡慕他们。咱们看起来潇洒，其实顾虑很多。"

"好了，不逗她了。西奥，说吧。"

西奥清清嗓子，说："坐下吧，都坐下，听我道来。把刚才提到的问题都忘了吧，谭辛强已经把它们全部解决。明天，最迟后天，等消息传开，整个业界都会为之轰动。先说资金，投资商真的撤资了。但是，谭辛强借了'一带一路'的势，找到丝绸之路沿线城市文化委作为赞助单位，以服装展作为丝绸之路的文化名片，宣扬丝路文化、民族传统什么的。多家文化委为项目提供补贴资金，并且已经列入了政府预算。有政府主导，资金方面就没困难了。"

我沉思着说："列入预算？除非年度追加，否则项目应该在上一年度提出，并通过审核，才能列入今年预算。"

阿卡说："从提出项目计划到服装设计稿出来，不到两个月的时间，几十张设计图。我以前就奇怪他怎么这么快，现在看来，他最迟在去年就已经开始画设计图。那么去年就和文化部门接洽，就不奇怪了。照此推断，项目早已存在，文化委的补贴资金也早已谈妥，他是带着项目进了工作室，又进了花开一瞬公司。米娜被蒙在鼓里，还自作聪明地想借此设圈套。"

西奥击掌说："应该就是这样。展览全部结束，部分服装由当地博物馆收藏。谭辛强还找了话剧院，以汉代历史为背景写了一部话剧，剧本是为展示服装专门编写的，谭辛强包揽了剧组服装。有人提供服装，搁我我也愿意排戏。剧院在全国巡演，每一次演出都是一次服装展，演出收入与花开一瞬分成。这事由文化传媒公司运作。话剧的女主角你猜是谁？哈，萧紫芳。"

阿卡对我说："你以前觉得汉代服装展没有经济利益，必定赔钱，现在你看。"

"还不止这些。有游戏公司要和他合作，把他的服装设计用在游戏人物上。这买卖划算，都不需要真去做衣服，用设计图就能赚钱。"

商机无处不在。

"他把一个死项目做活了，高，实在是高。"

"倒不如说，在他的规划中，项目始终是活的，咱们看不出来而已。"

我问:"布料的采购问题解决了?"

阿卡说:"有我爸在,什么布料搞不到手?不过他没向我爸求助。他通过天姿兰得公司早就储备了布料。"

所有难题,到了谭辛强面前都不叫难题。米娜的撒手锏还没使出来便夭折了。

西奥感慨:"这人超级牛,我服了。幸亏我们没跟他作对。"

阿卡望着我,"你总算有点儿笑模样了。"

我已从相遇时的柔弱彷徨、决定迎战时的斗志昂扬,重回从容平静。

谭辛强看透真相,防卫成功,真令人欣慰,比米娜良心发现自动撤离,或者谭辛强借外力渡过难关都好。

都以为他身陷重围不自知,原来他早有安排,成竹在胸。

我问:"银行贷款呢?"

西奥说:"你还没认识到你这个朋友有多厉害?你什么都不用做。"

是的,谭辛强运筹帷幄,潇洒应对,根本不需要我保护。我一直为他担忧,有无可救药的使命感和紧迫感,非帮他不可,别人拦都拦不住,好像全世界只有我能救他,否则他就完了。我自嘲地说:"对哈,要是没我瞎掺和,他能进行得更顺利。"他那么累,帮米娜功成名就已经耗费心力,还得时刻防备陷害,既要化解危险,又要应付我这样的朋友,腹背受敌,应接不暇。

阿卡说:"他平安无事,你做的就是无用功,要是他中了计,你的努力就显得不可或缺了。不管结果怎样,你都是好意。"他补充,"要是有人这么维护我,不用做什么,有这份心已足够。"

西奥说:"星嫣你的作用大大的。要不是你拼命唱衰汉代服装展,米娜不会笃信她的计划能彻底打败谭辛强。你干扰,谭辛强制止你,一唱一和,解除米娜的警惕。米娜为了让谭辛强摔得更惨,有意捧着他往上爬,在宣传造势上花了大笔的钱。结果汉代服装展没有夭折,米娜的宣传放大了成功效应,米娜复仇失败,别人还得恭贺她。她哑巴吃黄连,有苦说不出。可以说,谭辛强利用了你们两个人。你的阻拦,甚至你的绯闻,都被他利用,你做的显得多余而且可笑,你不介意?"

不是谭辛强利用我,是我从没问过他的根由。他阻止我破坏是对的。

我忽然起疑:"这么详细的消息,你们是怎么知道的?"

西奥摊开手,说:"你看,她很聪明,我早料到她要问。"

"米娜说的。"阿卡坦承,"她得知真相,快气疯了,到俱乐部求助。"

"你们答应帮她?"

"有何不可?"阿卡扬眉看我。

"你们刚刚还说幸好不跟谭辛强作对。"

阿卡哈哈笑,说:"多好玩儿。我可以帮谭辛强,也可以偏向米娜。你希望我怎么办?"

"光希望有用吗?"

"帮忙当然带条件。我最喜欢的游戏,你懂的。"

我简洁地说:"我不玩。"

阿卡皱眉。"你不担心?看不起我?"

"我只是不愿被人牵着鼻子走。你下套,米娜下套,别人就得钻?"

"我出手可比米娜狠,谭辛强恐怕招架不住。"

"我相信你不像米娜手段下作。"

大事已了,我告辞。他们要送我,我婉拒。这两个意外认识的朋友,与我到底不是一个世界的人,交集不宜多。

走廊响起脚步声。这时候谁来这里?

走进来的是赵修。西奥低声说:"你老爸来查岗了。"

赵修头一句话是:"今天你倒没出去花天酒地鬼混。"

三个人起身向他问候。他进门时已看见有个女子,目光没做停留就转开,这时候认出我,叫:"星嫣!"语气熟稔喜悦,如遇老友。阿卡和西奥都讶异。

我说:"赵先生,我来找小赵先生求助。他帮我许多。"

"呵,他还有正经的时候。"赵修脸色转为晴朗。

阿卡仿佛故意气他爸,说:"正事谈完,星嫣,跟我去跳舞。"

老头脸黑了。

我说:"我要回家。"

阿卡说:"我不信你睡得着,不如玩一玩放松一下。"

我摇头,"不行。越是这种时候越要谨慎,以免行差踏错,日后后悔。"

老头瞪着阿卡说:"这女孩真正好,你还等什么?还不赶紧娶回家?"

阿卡回嘴:"您以为我不想?她是谭辛强的。"

赵修鄙夷,"你连试都不敢试?"

阿卡不答。

我抗议:"喂,我还在这里。"

阿卡说:"走,我去跳舞,顺路送你。"说完对西奥使个眼色,置他老子于不顾,拉起我的胳膊就走。我想拒绝,但不能当着他父亲的面让他难堪,只来得及对赵修歉然一笑做告别。

阿卡与他父亲的关系虽然火药味十足,但亲情浓郁。我联想到谭辛强无此福分,不禁悲从中来。想象着假如谭辛强的父亲还活着,现在他的生活状态该如何。

阿卡大叫:"那不是谭辛强?"

我立刻挺直脊背,四下搜寻,他坏笑。我斥责:"刺激我有意思吗?"

"跟你说话你都不理人。"

我把刚才所想告诉他。阿卡说:"什么事你都能想到他。"

有什么办法。他已融入我的血液,刻进我的骨头。

阿卡冷不丁说:"嫁给我吧。"

"啊?"

"加、加入我们吧。公司缺你这样的人。"

我说:"别喜欢我,我会伤害所有喜欢我的人。"

"为何谭辛强例外?"

我惊讶。我对谭辛强有多么坏,他们没看到?

阿卡目视前方。"那我也愿意。"

"受虐狂?"

他哼一声表示否认。

"愿得一心人,白首不相离。"

他答:"你以为我的心给过别人。"

我有小小的感动。但,褚元也曾令我深深感动。感动跟爱情绝不等同。

他识趣地问:"你是不是想说,即使这颗心里没装过别人,你也不想要?"

正是这话。我不忍他难过,但又不愿乱给希望。"我这人一点儿特色都没有。优柔寡断,和情不投意不合的人分手也磨磨唧唧分了好久。与米娜无所不用其极的复仇相比,我的行动既不彻底又不干脆。我既没有米娜的狠绝,又不如紫芳聪慧懂事。"

"狠绝有用吗?哪一次米娜没输给谭辛强?要说聪明懂事,你还凑合。你有你的优点,不用跟别人比。奇怪,也没见你用什么手段,我们却无法招架。"

"我长得不好看,脾气特别坏。"

"你要是长得难看,肖赐不会对你念念不忘。至于脾气,倒是对我的胃口。"

我只能说对不起。

"你该不会是嫌我胖吧?你喜欢高富帅?其实我符合呀,只不过是宽屏的。"

我笑弯了腰,说:"高富帅何其多也,我要找的人世间独一无二。"

阿卡转移话题。"工作的事,我是认真的。你是专业人才,徐天骄对你赞不绝口,特德憋着把你请回去。"

"特德的状况很糟吗?"我问,继而自嘲,"伤了人,还问人家好不好,我终究是个伪善的人。"

"勉强维持,还能补救。他家里根基深,不过需要缓一两年。"

我不会再跟着特德干。不是因为有余恨,而是因为不踏实。他视规则为无物,对于可为可不为不设界限,即使成功,也显得风雨飘摇,随时有倾覆可能。

"我这人出了名儿的克老板。"

阿卡笑:"老板是我爸。"

"抱歉。"

临别,阿卡叫住我,说:"你想过吗,就算当初谭辛强对米娜是出于同情,日久生情,他可能已经喜欢她,所以明知米娜不怀好意,也愿承受。"

我坦白地说:"如果是真的,我也……不是很惊讶。希望米娜能被谭辛强感动,做他的知音。"如果有一天谭辛强眼中的怜悯变成怜爱,我除了扼腕叹息,无可奈何。

经历坎坷,谭辛强已成长得让我无法想象,见招拆招,收放自如,再不必为他忧虑。我曾每日提心吊胆,为他可能遭受的伤害,现在,不需要了。

不再担忧,迷惘更甚。他曾是那么是非分明。

回到家,西奥的电话追过来。"阿卡喜欢你,所以当初见到你和谭辛强的合影才会那么生气。如果他没戏,就别给他一丁点儿希望。"

"我已拒绝他。"

西奥放下心,说:"星嫣,你这人实在奇怪。初看不起眼,似乎唾手可得;细看,却是长在悬崖绝壁上的花,除非会飞,否则摘不到。"

我不在悬崖,我在海上飘荡,兜兜转转,漂泊不定,他们如何抓得着。

灯塔光芒万丈,照耀不出我的路。

我迷航的那片海,原来是谭辛强深蓝的心。

六十八、一念生成诸事休

于芒通知要来我的小窝。他说:"你总不参加聚会,干脆我们来看你。"

自报复计划实施,我能感觉到大家对我有看法,不喜欢我,这令我心生胆怯,尽量不露面,以免破坏气氛,平添尴尬。

"不许来!我家很小,不便待客,来了也不开门……"

大家轮番上阵敲门,我投降,缩在门口看他们鱼贯而入,等着那挺拔身姿，但没有。

琴若说："别看了，他没来。"

于芒疑惑地问："谁？"

乔其洛说："知道你们关系尴尬，怎么会叫他。"

于芒说："哦，谭辛强啊。"众人都看向他。他缩头。

我放心之余又担忧。"别因为我的关系疏远他，他在本地朋友本来就不多。聚会什么的，还是带上他，可以不叫我。反正，我的脾气你们知道，最近正好想清静清静。"

老乔对琴若说："星星还是那个星星。"

我接口："月亮也还是那个月亮。"

"还懂得开玩笑，这人还有救。"老乔鉴定完毕。

我说："嘿！"

贺骁腾说："哈！"

"嘿！"琴若又来一句。

"哈！"这次是老乔。

于芒唱了起来："是谁送你来到我身边，是那圆圆的明月、明月……"

我揉着额头叹息："神经病大聚会！"

于芒拿起茶几上的一张纸。"这是什么，菜单？参鸡汤、红枣炖猪蹄、野生黄鱼羹，你要做月子啊，全是大补的。"

"瞎说什么呢。"我连忙抢过来。

琴若审视书桌上的书，说："还在看跟设计和经济管理有关的书？我以为你不想干这行了。"

我嗫嚅："随便看看。"

琴若又拿起一张纸，念道："冬季如何养胃。没听过你有胃病啊。你开始养生了？有点早吧？还没老呀。"

我抗议："你是宿管老师检查宿舍吗？赶紧开饭，饿死了。"

他们带着食物和酒，热热闹闹开始聚餐。既然他们老实不客气地闯进门来，我也就老实不客气地笑纳美食了。

琴若开口："今天是我召集的。我就是想来问问你，你和谭辛强以及米娜到底怎么了？"

我被水呛住了，拼命咳嗽。

琴若扫视其他人，说："米娜和大家相处得不错。我们一直不懂，你为什么死看不上她。你要不是我妹妹，我都不想理你了。你对她太不礼貌。不过，前几天，我有点儿明白了。我偶遇米娜，她对我的态度与平时完全不同。我想不出什么时候得罪了她,后来才明白,她把我错当成你。"

大家的态度是这样转变的啊。

"她的话我听不太懂,但我至少明白了一点,她不像我想的那么无辜。她说,我要走了,这下你满意了?看起来很不甘似的。"琴若说,"我装成你,想引她多说话,就对她说,你做得太过。她说,我对付你,是你自找的。要是你不插手,我一时半会儿不想动你。你拉拢阿卡和西奥,坏我的事,我实在不能容你。你不是嘲笑我身心不纯洁吗,等你和我一样,看你有什么资格说我!"

萧紫芳若无其事地瞟我。她还生我的气,不跟我说话。

"米娜恨谭辛强,你因此老防着她,对她有意见,是吗?"老乔问。

我点头,听到那个名字就心惊肉跳,鱼丸掉了两次,我叫:"把漏勺递过来。不是汤勺,要漏勺。不是汤勺,于芒,你右手边那个,漏勺。"

"就知道吃。"贺骁腾问,"米娜怎么你了?"

米娜害我的事知情人不超过七个。正因为鲜有人知,是个秘密,它才能作为有力的武器,喝止齐依眉、威慑肖赐和米娜。我打算继续保有这武器,说:"米娜喜欢谭辛强,又对他爸的事耿耿于怀。无论喜欢他还是算计他,都进行得不顺畅。她就迁怒他人,觉得我是个障碍,视我为眼中钉,恶语相向。除此以外,倒也没别的。"

琴若问:"你和谭辛强怎么回事?"

于芒插口:"你该不会知道他偷偷给米娜做婚纱的事了吧?哎哟,谁踩我?"

我说:"我讨厌米娜,他护着她,我们就闹僵了。"

"就因为这个?我不信。"于芒说,"是不是因为他抱米娜回家?那天米娜喝醉了嘛。"

萧紫芳实在听不下去,说:"于大迷糊,你记错了,那是我。"

贺骁腾叹息:"谭辛强鬼迷心窍了,他真要走。"

老乔扼腕。"事业做得蒸蒸日上,放弃了我都替他可惜。他是这方面的天才。"

琴若提议:"咱们得拦着。"

众人展开热烈讨论。所有人都曾劝说过他,他一概不回应。

琴若捅我,"轮到你出马了。"

我说:"为什么要留他?他妈妈在多伦多,他回去,离他妈妈近一点。"

于芒说:"他和米娜的房子在温哥华,不在多伦多。"

"于芒,走一个。"贺骁腾拉着他喝啤酒。

赵抒多愁善感地说:"他妈妈已经有了新家庭,还有了孩子。他是多余的人。"

我说:"他决定走,就有他的理由,何必以咱们的好恶干涉他的去留?"

"你说得倒轻松。他真走了怎么办?"

"走就走了。"

众人皆不以为然。

琴若说:"你还生他的气?他只是个普通人,很好很好的那种,但依然是普通人。你不能求全责备,按照你的标准去要求他,不公平。算了,跟你说纯粹是对牛弹琴。"

他们说我是个拿得起放不下的人,这次我放下了,他们又不满意,东猜西想。

走吧,走吧,在全新的环境,放下光环,放下仇恨,放下牵挂,开始新的人生吧。没有我的刺激,希望米娜好好待他。那个受伤少年曾经的庇护所,一定可以成为他们的乐土,至少,能容许他们平静地生活。

我因为已经拿定主意,做好他离去的心理准备,反而踏实下来,生活日趋平稳。书桌上的那摞书,是我近来学习的内容。万一他的公司有需要,我希望能帮上忙。不再找新工作,正是基于这个原因。茶几上的菜单,是我设想为谭辛强列出的。他工作劳累,又不注意补充营养,倘若有人悉心照顾他一日三餐该多好。只是,这张菜单何人何时能为他兑现?

我只敢在外围做一些帮助他的设想,不敢靠近。我是个愚蠢讨厌的人,羞于凑到他面前。

他给我的都是温暖和感动,默默守护我,激励着我。我给他的又是什么?自以为是地帮倒忙,任性地释放冷暴力,不容辩解地指责和怀疑他,甚至没有尝试问他理由。

倘若他问:天下弃我,你当如何?

我必浅浅一笑,答曰:天下与我何干?我心自有评判。

但,最先弃他而去的,就是我。

最初的转折点在哪儿?跟定褚元,还是报复特德,抑或防备米娜?

一念生,不归路。

最无情是我,把人捧到高空,又任他跌落。

我管不住自己,无法保证不再伤他。如果不能对他好一点,至少可以离他远一点。

话题终于转移到别处。朋友们聊得兴起,半夜才散。其他人走后,三个女生同床共枕,横着躺在加大单人床上,脚伸到床外,搭在椅子上。

萧紫芳说:"对谭辛强好一点,把他留下,就当是为我。"

琴若问:"格林呢?你俩到底什么情况?"

"格林喜欢我,但是没到非我莫属的地步。我不讨厌他,可我还是期待着谭辛强。就算谭辛强跟米娜在一起了,我也不看好他们。"萧紫芳转头盯着我,"除非他选择的是你,否则我不死心。我不死心,就无法全心全意接受格林。"

我尴尬。"干吗扯到我身上?"

"你对谭辛强有特殊意义。他对你另眼相看,我百分百服气,觉得理所当然,天经地义。我只肯输给你,除你以外,任何人我都不服。不是我自夸,他们不见得比我优秀。拿米娜来说,论相貌或头脑,我比她差吗?看着米娜劫走他,真让人不舒服。我咽不下这口气。"

我打趣道:"那你打算什么时候咽气?"

"讨厌。"

琴若说:"唯有你能留住他。你是他舍不得、放不下的。"

萧紫芳说:"你偏偏又不肯去。"

"知道他要跟米娜走,我真挺惊讶的。"琴若慨叹,"真没想到,有一天,在谭辛强的心里,有一个女孩的地位竟胜过了你。"

紫芳说:"谭辛强肯定料不到,唯一给他温暖的人,到最后跟他恩断义绝,形同陌路。早知如此,估计他宁愿待在加拿大一辈子不回来。"

我颤声道:"我几时要与他恩断义绝?"

琴若慨叹:"已经这么生分,还不算?"

紫芳长长出一口气,说:"有时觉得谭大侠很可怜,从某种意义上讲,星嫣心里就没他。"

琴若补充:"因为高攀不起,所以视而不见。"

我抗议:"你俩说相声呐,一唱一和的。"

紫芳说:"你是受他影响最深的,也是最不被他左右的。"

没错。我为他倾倒,醉心于他的一切,从口中念出他的名字都是享受。他的话如同圣旨,但我并不照单全收。我有原则,认同他,才肯听他的话。不认同时,明知可能与他反目,我还是会抗旨不遵,剩下自己偷偷难受。正如我曾告诉贺骁腾的,我不是因为同情谭辛强才和他站在一边,而是我早已经想好了我的立场,他刚好也在这一边。在是非上,我从未昏了头。我只是把他对我的影响扩大一百倍,快乐是一百倍,悲伤亦同。

骨子里,我自私且贪婪,紧抓住让我崇拜的他不放,发现一点儿不对,立即全部放弃,对他封锁一切消息。为他哭,为他奔波,甚至为他死,都不要他知道。曾经经过的地方都绕着走,绝不吃冬笋肉丝,也不让同行的人点这道菜，不喜欢深蓝色的东西，讨厌花，尤其是兰花和杜鹃。

对别人都宽容，只对他，眼里不揉沙子，苛刻到极致。

紫芳轻轻地说："好多次看见他在角落沉默，在烘托完快乐氛围后，就好像储备的快乐都用尽了，他不属于欢乐，只是个旁观者。"

琴若安慰紫芳："想开点儿，以后还能见到谭大侠。最起码他结婚得通知大家吧。米娜那么大的明星，娱乐新闻肯定报道。"

这安慰糟糕透顶。

六十九、爱，见血封喉

服装展和话剧演出大获成功，谭辛强成为业界的传奇人物。米娜获利良多，完美结局。

在小面馆吃面，都能听到有人谈论谭辛强。那样不接地气的工作，居然街知巷闻，是否这就算名满天下？

隔壁桌一人说："有真才实学，人品好，早晚有成名的一天。"

他的同伴问："你认识他？人品是怎么看出好的？"

"当年商战，我是董事长秘书，他是局外人。多亏他的一句话，对手才没有赶尽杀绝。他说，抢了肉吃，自己不喝汤，就把汤留下，不能自己成功，让别人饿死。"

同伴好奇，"对手是谁？"

那人轻声说了个名字，是另一个行业的翘楚。

商海风云变幻，不用等三十年河东河西，瞬息间天地更换。

米娜移民的消息已经沸沸扬扬，据说不日离京，万千影迷不舍。人们纷纷猜测她的同行人。

汉代服装展巡回展出到北京，在某美术馆举办，不是以服装秀的形式，而是庄重地采用展厅。我偷偷去看，裹得严严实实，做贼似的。

素知谭辛强的才华，看完后仍不免震惊。他用服装书写了恢宏的历史长卷。问天苍茫，问地无际，英雄无敌的寂寞，令人非常震撼。他的设计自成风骨，有种难以描述的美与气质，灵气逼人，任谁来看都会有一种感觉：明知是汉代服饰，却又独一无二。

难怪赵修夸赞他。

谭辛强为天姿兰得做的设计，清新隽永，平和恬淡；为紫芳量身定做的晚装，高贵典雅又婉约。但仅凭这些，虽出色，当赵修盛赞时，我仍觉得过誉。

看过《横绝四海》，我才心服口服，十二分赞同赵修的慧眼。

闪光灯和拍照声密集爆发。谭辛强与一行人由外步入。同行的除了米娜及其助理，还有一个人我曾在上海某国领事馆举办的珠宝展示会上见过，他是领事馆的人。谭辛强为众人讲解作品。我闪身躲在一个高大的展品后，唯恐他看见我。

众人交口称赞。领事馆的人邀请他到该国展出。话题开始聊到该国，聊到移民。随行一人振振有词："我的两个孩子都在国外。将来他们有了孩子，我还让他留在国外，别回来。我很爱国，但是人就短短几十年人生，跟自己较什么劲儿。我已经在国内干一辈子了，我希望我的孩子享受生活，一切都用好的。发达国家的教育医疗、基础设施、生活环境等，确实比国内高出一大截，一时半会儿咱们追不上。在国内，宽敞的地方荒凉，繁华的地方人爆满。将来你有孩子，为他好，就把他送到国外去，哪儿好去哪儿。"

谭辛强含笑不语。

那人追问："你说呢？"

"您说的是为我好，谢谢您。"

那人穷追不舍，"看来你还有自己的想法，说说看。说吧，说啊。"

谭辛强平和地说："都走了，谁来建设伟大祖国？"

我瞬间热血沸腾。

那人一怔，继而哈哈笑："明明在国外买房子置地，还唱高调，你这人不老实。"

一人说："谭辛强，你的设计中饱含传统文化精粹。贵国古代先贤说格物致知，追求修身齐家治国平天下。你呢？"

谭辛强说："修身齐家治国平天下，送与一人。"

人们都笑。"呵，没想到，严肃的谭大设计师是个多情种子。你要送与的那个人，我猜到了。"

人群继续向内部走来。我刚才一激动，差点儿忘了隐藏行迹，被米娜的助理发现。她暗扯米娜，示意我的位置，两个人耳语。我围着展品绕，用它遮挡视线，等众人转到里面，我连忙向外走。刚要出门，被米娜的助理一把拉住。

"这不是星妈吗？你曾经说汉代服装展没有前景，注定失败，今天倒有空来看展览。这是巡回展的第三站，接下来还要出国展出。不知你现在做何感想啊？"

我低声说："展览是公司举办的，也有米娜一份。你确定要在这个场合生事吗？"

米娜早就等着这一刻，伺机走过来，亲切地说："是星嫣啊，欢迎你来。"她凑近我，极轻微地说，"我不会在同一个地方栽两次跟头。"说完恢复正常距离，以宽和温柔的口吻对助理说，"小陈，来者是客，放开她。"

陈助理用高音喇叭似的嗓门喊："米娜，她差点儿害展览泡汤，你忘啦，她到处鼓动投资商撤资，说跑了好几个投资商，签约那天她还跑到公司来闹。"

米娜扫视周围，人群迅速聚集，已开始指指点点。米娜斥责："不要高声说话。"

"她今天跑到这儿，不知道又想干什么。"陈助理的声音只低了一下，又扬起来。"米娜，你不能老被她欺负。"

镜头对准这方，快门声此起彼伏。

米娜居然要在这个地方和我开战！我珍惜这次展览，它是谭辛强心血的结晶。但陈助理死死抓着我的风衣。既然脱身无望，我索性迎战。"一个唱黑脸一个唱红脸，演得真好。这是宣传手段，还是你的又一次破坏？在自己公司的重要场合搅局，你是怎么想的？"

米娜一时接不上来，转头对陈助理说："是呀，小陈，怎么好在这个地方。星嫣再怎么不对，咱们私下处理。"

一句话坐实了我的不是。

我笑道："是呀是呀。你不放开我，到底是希望我在这儿闹事，还是不希望呢？走呀，私下解决去呀。"

米娜和陈助理面面相觑。人越聚越多，扛着专业摄像机的，拿着手机的，人们纷纷记录着。陈助理一边叫着"放开你还得了"，一边把目光向人群搜索，忽然一亮。

人群中响起的声音，适时地弥补了她们的无言以对。

"那个就是和谭设计师闹绯闻的人？"

"什么绯闻？"

"你不知道吗，她拼了一张图，把自己和谭辛强拼在一起，跟情侣似的。"

"情侣？咱们米娜和谭设计师才是天生一对，她算老几？"

"喂，现代罗密欧与朱丽叶你没听说过？还敢跑出来横插一杠子！臭不要脸！"

"她还说自己和谭辛强青梅竹马，是高中同学耶。"

"青梅竹马的是我们米娜，和谭辛强是初中同学，比她早三年。"

"米娜，米迷永远支持你，加油！"

"你敢和米娜抢，回去照照镜子吧。"

"先别说长相，怕伤你自尊心，就说你那跋扈样儿，哪儿比得上米娜温柔可爱。"

他们搬来了粉丝,而且,用的是这招——争风吃醋!

我怜悯地望着米娜。爱上敌人,多么可悲可叹!

米娜的端淑险些被我的目光击溃。

粉丝们推搡着我,米娜假意制止,封堵我的退路。人群骚动着,保安赶过来维持秩序。我被七八只手抓着,扯着,拧着,完全动弹不得,忽然看见阿卡。阿卡踌躇着,先是上前半步,继而退后一步。形影不离的西奥参照他,同样退后。眨眼工夫儿,两个人干脆没影了。

堂堂赵氏集团的接班人,的确不适合搅进这种绯闻。

我还看到了小利。她是谭辛强的忠实拥趸,必看这场展览。面对混乱,她呆若木鸡。

突然一只大手从人群里伸过来,手腕上的伤疤惊鸿一现,把我从人群中"掏"出来,接着,一双星眸逼到我面前。我还来不及站稳,他的唇已落在我的唇上。

是脑中的轰鸣隔绝了声音,还是四周真的鸦雀无声?我不知道。我无法思考,谭辛强灼热的吻像飓风席卷我的意识,摧毁我的理智。此时就算天崩地裂,我也感觉不到。

好一会儿,他放开我,星光闪耀夺目,说:"你来啦。"三个字已足够。表示他不意外,表示他不排斥,表示这是再正常不过的事。

我的嘴唇颤抖,狂跳的心几乎蹦出胸腔。他用手指轻点我的唇,制止我说话,深情道:"你怎么知道我想你了?他们都说我把你宠坏了,其实是你宠坏了我。"

有人惊呼,有人慨叹,有人倒吸一口气。

我如一脚跌入乱流,再也爬不上岸。

谭辛强转头对身后的女人说:"素弦姐,麻烦你把她送回去。"

他轻抚我的头发,低语:"别担心,一切有我。在家等着,我很快回来。"声音清晰得不止我能听到。

我就这样晕晕地被送回家。

"你好,我叫饶素弦。"那女人举止温婉。

我深深鞠躬感谢,心头一片懵懂。

到底发生了什么?

铺天盖地的快播视频记录了我大脑罢工的那段时间——谭辛强直奔我来,他吻了我!!!

目瞪口呆的米娜,目瞪口呆的粉丝,目瞪口呆的观众,目瞪口呆的我。我的天！世界疯狂了！朋友圈炸了！

贺骁腾问："什么情况？"

琴若哀号："我的电话都快被打爆啦。明天怎么上班啊？！"

萧紫芳淡淡地说："你又火了。下次带带我。"

于芒期盼地问："谭辛强还走吗？"

老乔冷静地表示早料到了。他说，谭辛强早已用一颗吊坠昭告天下。

前同事们纷纷说，他们从没相信过谭辛强和米娜的绯闻。

"他是为了给我解围！他是为了给我解围！"我跟朋友说，跟自己说，说了一千遍，而那一幕在我脑海回放了岂止一万遍！他的每一次温柔触碰，我都记得，从发高烧时他在我额头试探温度，到他对我耳语时如春风般的气息，我都迷恋，我都稀罕，珍藏在心底，假装不在意，此时翻江倒海，全都浮现。

谭辛强要我在家等，我就在家等。久等不见，我坐立不安，开始琢磨"家"的定义。他家，我没钥匙。我家，爸妈都在。我租的房子，他始终没来。他的旧居？

我奔向谭辛强的旧居，看见一个长着"羽毛"的冰箱。冰箱上贴满了各种颜色的便笺纸，足有上百张，写的是同一句话：今天你来吗？今天你来吗？今天你来吗？今天你来吗？

我鼻酸。

我来了。相隔一百四十天，我来了。

趴在他的书桌上，凝望他的照片，手指沿他的身影描画，我的笑容在唇边无法抑制。

手所触及到的
心中百般萦绕
你说这会是永远

我所顾虑的
经过百般思考
你说有你在
一切都不用怕

选择
在狂喜与信任之间
而狂喜由你来

信任由你生

　　请握住我的手
　　你便知道我的颤抖
　　带我飞吧
　　纵然半空坠落
　　也要终所余生命
　　唯愿可以细看
　　你深蓝的眼睛
　　深蓝的心

　　我在想些什么？揉乱了头发，思绪比发丝更乱。相框的玻璃倒映我的容颜。那闪亮的双眸，因为凝视他而更加晶莹。双眉间，曾被他手指轻揉，要把微蹙的忧郁都舒展。水红色的唇拉扯着记忆，要把他的炽热牢牢记住。乌黑的发丝，曾拂过他的手臂，穿行在他的指间。姣好的面庞，曾依偎他的胸膛，将我的信赖都交付给他。我的一切，因为他变得更美好。
　　桌上放着一本书，书签是一张卡片，写着：最心爱的深蓝送给全世界最好的你。希望直到生命尽头，依然与你同行，常见你，常见这深蓝。——嫣
　　卡片背面是他的字：此生只为一人醉。
　　我心慌意乱地合上书。
　　谭辛强，快回来吧，我有话想问你。长久以来，我不知道该和你保持什么距离，远一点，还是近一点。我想不好。不如由你直接告诉我。请你快回来！

七十、最是人间留不住

　　晨光映照着谭辛强的照片，比不上他笑容和煦。我等了一夜，谭辛强没来。
　　于芒打来电话，说："琴若，你把手机落在沙发上了。你们走远了吗？让小贺调头。"
　　我失笑。这个于大迷糊啊。要是琴若把手机落在沙发上，他打给琴若，琴若怎么可能接听。
　　"琴若，你说谭大侠还走吗？刚才公司人事部接到好几份求职信，都是花开一瞬公司的人，而且是谭辛强推荐他们来的。他要解散公司了？为了陪米

娜移民？按照昨天的情形看，不应该啊。但是签字日期都是今天！新鲜出炉的推荐信啊。"

我一怔。

"琴若，你怎么不说话？啊，喂，这个电话怎么响了？琴若你等会儿。小贺，啊，是呀，琴若把手机落下了，我正给她打电话呢。什么？啊！"一阵窸窸窣窣，接着，于芒惨兮兮地问，"你是……谁？"

"星妈。"

于芒难堪地支吾。我告诉他我有急事要办，他如释重负。

我给谭辛强打电话，无法接通。

他的公司出了什么事？他现在正在紧急处理吧，所以没来找我。我思索着能做些什么，回家坐等只能添加焦虑，想起青木香的物品还未取回，决定去一趟。

走近别墅，听到有人弹吉他。循声上楼，找遍三层都不见。三楼的窗口敞开，琴音自外传来。原来别墅的另一侧还有一个小花园。探头出去，见谭辛强抱着吉他，坐在靠近墙根的长椅上，婉转清浅，撩动心弦。

琴声激昂，似抒壮志，继而，抑扬顿挫，仿佛负重蹉跎前行。华丽的指弹温柔轻快，是抒尽胸臆后的畅快松弛。用滑音表达婉转低回，缠绵未尽而遗憾顿生。

我从不知道吉他可以这样细腻地表达感情。

我忍住见他的冲动，倚窗聆听，心潮起伏，想起冒襄的"只觉低回伤旧事，我有万感付琵琶"。

弹奏忽停，谭辛强问："谁？"

我刚要答话，听到格林说："回来一句话不说，倒跟吉他谈起话来。头一次听你弹吉他。弹的是什么歌，从没听过，情绪跨度很大。"

"我弹琵琶本无方，上穷寥廓下苍茫。"谭辛强的语声中气不足，像回声，音量够，却难以听清。他怎么了，非常不对劲。

"琵琶？"

"这是清代冒襄写的《寒夜听白三弹琵琶歌》中的一句。"谭辛强把吉他放到一边。

"花开一瞬你打算怎么处理？"

"顺其自然，由它去吧。"

"确定不救了？"

"确定。"

格林慨叹："米娜到最后还是把公司折腾散啦，达到她的目的。她却不知道失去了什么。等走的时候,她是哭还是笑?"

谭辛强答:"得失谁能说得清。"

"听说星嫣留过你。"

"那不是她,是星琴若扮成她。"

格林惊诧地说:"啊,真的?你怎么认出来的?"

"嫣若……不会留我。"

我的胃拧紧了。

格林说:"嗯,她巴不得你早点儿走,不想看见你。"

谭辛强沉静地说:"不是。就算她不愿意我走,她也不会开口,她不想让我为难。"

格林不以为然。"如果她真像你说的那样懂事,就不该与米娜为敌,让你难做。其实你可以要求她转变对米娜的态度。"

"嫣若不可能对有损我的事妥协,我也不能对她提出这样的要求,否则,不仅辜负她,更是轻贱自己。"谭辛强停顿一下,说,"我该怎么让她明白,我跟随米娜,不是认可她的行为,而是为了防止她犯错。或许,嫣若早就明白,是我做得不够好,让她失望了。"

我胸口一热。

"仅仅用失望两个字,你太乐观了。"格林说,"星嫣另有想法。你保护她,她当成囚禁。她以前崇拜你,现在嫌你弱,又笨,总想离你远点儿,你何必这么为她费心?"

"她是对我最好的人。"

"一点儿看不出。她嫌弃你。"

"被人觉得笨,觉得弱,有时是好事。"

格林愤愤地说:"就是因为你这样,米娜才敢骑在你头上。"

"我太自负,以为改变米娜很容易,没想到花了这么久,还是事与愿违,米娜的恨有增无减。"

"恨的原因不同了。"格林清晰地说,"你和米娜的事,真的要瞒着星嫣吗?"

我心骤沉。

隔了一会儿,谭辛强说:"我没有刻意隐瞒,她想看都看得见。"

"你终于找到让你羁绊一生的人了。"

"你的语气像哀悼。"

"不应该吗?"格林发出一声咒骂。"真应了你的玩笑话,修身齐家治国平天下,送与一人!呕心沥血拼出一片天地,转眼什么都没了。"

谭辛强反倒劝慰他:"原本就一无所有,并没有额外损失。"

"你简直傻透了。你就一点儿不怨恨?"

"怎么可能不怨。我常想,命运不公。有的人不停犯错,却总得原谅。我只犯下一个,难道要用一生弥补?"谭辛强叹息,"人真的一步都不能走错。"

"费尽心思为一个人,那个人还不领情。承认吧,你已经败了!"格林像是忍无可忍。

"还有机会,我还想再试试。就算是冰山,拿心去焐,总有融化的那天。"

我轻手轻脚下楼,悄悄走出别墅,在花园中失魂落魄站了许久。

谭辛强犯了什么错,要用一生弥补?事业如日中天,公司真的要解散?既然决定走,昨天的一幕又算什么?他的声音中空,他病了?为什么一夜之间,所有的事都变了?

心中有太多疑惑不得解,太多委屈不得申。唯一能解我惑、平我怨的人,正在为他人颠倒。

古人云:防祸于先而不致于后伤情。知而慎行,君子不立于危墙之下。

我们都曾在危墙之下。我在特德身畔,谭辛强在米娜周围。我已离开我的危墙,他死守他的。

他的话如此通透明白,情绪平静,我相信他的决定经过深思熟虑,我也心安了。

深秋,园中花几乎谢尽,一地残红。

最是人间留不住,朱颜辞镜花辞树。

七十一、花开一瞬难再续

回家途中,菲利普请我救急。他说米娜大闹公司。"饶副总让我来请你,只有你降得住米娜。"

我不知道该不该去,但方向已调整。"米娜为什么要在自己公司闹啊?"

"她和谭总吵架了,为你。"他简短回答。

到达花开一瞬,菲利普正在前台等我。

接待员见到我,又是惊讶,又是疑虑,看向菲利普。

"饶副总在等你。"

一路所见,几乎所有员工都在收拾物品,废纸、碎屑满地都是,像要溃逃。有的哼着小曲注视天花板,有的烦躁地摔摔打打,有的走过来要和菲利普讲话,菲利普举手表示稍候。

路过写着总经理的办公室，里面被砸得一片狼藉。菲利普瞪一眼，又扫视我，仿佛发生的事与我密切相关。他领我走进饶素弦的办公室。

饶素弦很是平静，见到我，说："谢谢你来。米娜在展览后与谭辛强大吵，趁谭辛强不在，砸了他的办公室。她跟疯子一样，我只来得及抢出这件。"她递给菲利普一个相框。

我心怦然。月夜对望，天啊，这张照片怎么堂而皇之摆在办公室里！是不是每一个进过谭辛强办公室的人都看到过？菲利普为我解围时曾说我是城堡照片的女主角，好像只要这么说，大家就理所应当知道我的身份。

菲利普皱眉问："米娜呢？"

"带着一帮人在会议室。"

"谭总还是联系不上？"

饶素弦颔首，带路向楼道另一头走去。刚到会议室外，一个茶杯飞过来，撞碎在我们身边的墙上。米娜满手都是茶水，低声咒骂。会议室里坐了七八个人，其中有阿卡。

米娜和阿卡见到我大吃一惊。米娜叫道："哈，是你！到处都有你！保安，把她轰出去。保安！保安！"保安迟疑着走过来，饶素弦示意他们走开。

阿卡向身后看了看，似乎想躲，但无处可去，尴尬地不看我。菲利普紧张地站在我身边，怕米娜失控对付我，又担心我害怕。我内紧外松，菲利普渐渐镇定。

米娜挥着手臂喊："叫她走，把她弄走！我要开股东会，我要开董事会。她在这里干什么？"

我淡淡地问："你怕我？"

米娜被我激将，叫："怕你？你算什么东西？"

饶素弦向我点头致意，看都不看米娜一眼，平静地离开。

米娜拍桌子。"饶素弦，你去哪儿？谭辛强呢，叫他回来开会！"

菲利普冷冷地说："你摔烂了谭总的手机，现在谁都联系不上他。"

陈助理对米娜耳语几句。米娜稍微冷静，对我说："你想跟我谈，好啊。到我办公室来。"

菲利普寸步不离地跟着我，米娜瞪他一眼，他浑然不管。陈助理要求对我们搜身。菲利普生气地问："干什么？"

"你想听真话，就把手机交出来，让小陈搜身。否则，免谈。"

菲利普和我对视，知道米娜怕被录音。

搜身完毕，手机都被收走。米娜对菲利普说："谭辛强带的好兵，连吃里爬外都学到十分。"

菲利普答:"你和谭总,一个把公司往火坑里推,一个带领公司走出逆境。到底是谁吃里爬外,大家心里有数。"

"一个员工敢这样和老板说话!你料定谭辛强能护着你?公司负债累累,债主逼上门,你的谭总在哪儿呢?他自己都得卷铺盖滚蛋,你们这些人,他还顾得上?"

菲利普的表情证实了米娜关于公司境况的描述。"如果不是你处心积虑搞垮公司,在外面胡乱贷款,公司会变成今天的局面?你走了就好了。谭总一定能救活公司。"菲利普信心十足。

米娜桀桀地笑。"你们一个个都巴不得我走。好,我走!不走还能怎么样?谭辛强一步步架空我,我只是个空名儿,他才是真正的老板。所有人都听他的,看他的眼色行事,拍他的马屁。他煽动所有人对付我。你们可别忘了,这家公司最初是谁的!谭辛强从我手里偷走了它!你们崇拜的总经理,是个窃贼,小偷,骗子!"

菲利普义愤道:"你从来不管公司死活。自打公司成立,你来过几次?签约那天,你连路都走错,迟到一个小时,合同签订不得不推迟。公司的事儿,你要么不过问,要么横加干涉。你出的主意,总是让公司陷入困境。是你不能让大家信服,自己把自己架空了。"

米娜随意地挥挥手,当菲利普是只恼人的蚊虫,说:"算了,跟你说你也不懂,我的计划,你哪能明白。既然你还是他的秘书,这间快要垮了的公司的事,由你来转告他吧。公司资金周转不灵,要么倒闭,要么我注资控股,当董事长。听明白了吗?这两个选项,让谭辛强挑吧。"

菲利普气得跳脚。我安抚他。米娜故作惊讶地说:"哟,星嫣,你再不出声我都把你忘了。听特德说你很厉害,你有什么好办法能救公司,说来听听。"

菲利普希冀地望着我。我对菲利普说:"别生气,有什么要紧的?花开一瞬本就是谭辛强为米娜成立的,早已是她囊中物,说白了,要杀要剐,要去要留,都是她的。我到这儿来,不是为了挽救她的什么东西。"我望着米娜。"你砸烂它,烧成灰儿我都不管。你都要走了,这些身外之物对你有什么用?你不过是不想让别人得到,借此再要挟谭辛强一把,让他着着急。这游戏或许有人愿意陪你玩,但我们不参加,你自己一边玩儿去吧。"

阿卡轻咳。米娜柳眉倒竖,须臾,压制怒气,说:"没错。我是要走了,跟谭辛强一起走。"

我平静地说:"对你来说,不知是福是祸。"

她挑衅地问:"你妒忌?"

"你应该想清楚,今后怎么和他相处。"

米娜鄙夷道:"你也不掂量掂量自己的分量,就敢插手管我的事。"

"插手谈不上,我站在旁观者的角度,看到了你看不到的东西而已。谭辛强有一个愿望……"

米娜打断我说:"无非是成为顶尖设计师一类的。"

我摇摇头。"……虽然他对谁都没说,但我能感觉到,那就是尽其所能让周围的人幸福快乐。他爱吃冬笋肉丝,自己做的好吃,也想让其他人尝到。所以他做快餐,创业是目的之一,另一个目的是分享美食。朋友们都说,干吗做得那么辛苦,时间有的是,钱可以慢慢赚。他说,独乐乐不如众乐乐,好吃的东西,应该大家一起分享。

"他喜欢服装设计,很有天分,转做这行,除了兴趣,还因为他喜欢把别人装扮得很美丽。看到别人心满意足,他会非常高兴。周围的每一个人,他都惦记着,关心着。他就像一颗太阳,向外发散着光和热。你,也在他的愿望之中。

"当他看到那么不快乐的你,他义无反顾选择帮忙。面对你的敌意,他忍气吞声。你以为他怕你或者欠你的,其实他只是不忍放手不管。他要是真不理你这茬儿,你有什么辙?一人生存已是不易,他还背负着别人的幸福任务。虽然可能失败,但这份良苦用心,你真的无动于衷吗?"

米娜啧啧连声,说:"星媽,你这是替谭辛强说软话,想让我手下留情?你好可怜。你这么帮他他知道吗?可惜呀,在我的印象里,他从没提起过你。"

我沉吟:"谭辛强的优点,你真的看见了吗?英俊、才华,他有,别人也有。他的与众不同你清楚吗?你到底喜欢他什么?你的执着是否只是因为有人和你争,你不甘心落败?"

米娜像被烫了。"谁说我喜欢他?我恨他!"

"好吧好吧,你恨他。"我像哄小孩似的,"他为你做那么多,你还恨他。我就想啊,难道米娜是铁石心肠?后来我明白了。这是你找到的与他相处的唯一方式。你一直不肯放弃过去,是怕一旦释怀,他就没有理由再在你身边逗留,于是你只好自欺欺人。但是又能瞒过谁呢。"我扫视全屋的人,米娜不由自主跟着我环视,心虚地,恼怒地。众人心照不宣地躲避目光,以免她难堪。

我说:"你真的喜欢他,那就另说了。见到他的美好,想靠近,想占为己有,想问他是否喜欢你,却不问他喜欢什么样的人,你是不是那样的人。总是与他背道而驰,总和他拧着干,不停地伤害他,闯下祸让他收拾,这样的人他怎么会喜欢呢?"

米娜机警地反击:"你说的是你自己?"

"我有自知之明。"

她冷哼:"知道就好。别看谭辛强总护着你,你只是他的一个幻想,他很快就会明白,像你这种平安长大的人,怎么能真正理解我们?我和他才是同一类人。同样命运坎坷,同样不服输,拼了命在活,一切都靠自己。只有我才懂他!"

"你懂他?你们都曾经历黑暗,但他选择光明,始终如一。你却适应黑暗,享受黑暗。从本质上,你们已经走上不同的路。志同道合的人,早晚都会相遇,走散了依然会重逢,因为一直向着同一个方向,心意相通,无须多言,不曾约定,自有默契。志不同道不合的,捆在一起也没用,迟早分开。"

她尖叫:"凭什么你可以单纯地活,运气好到令人发指,父母双全,有朋友,有那么多人瞎了似的喜欢你?"

"要说被人盲目喜欢,你的粉丝可比我的多得多。要是比家庭和朋友,我的确幸运。更幸运的是,我没有被欲求和绝望控制。怎么,你以为只有你知道什么是失去所有,什么是绝望?"

她轻蔑地冷哼。

我说:"或许在你看来,别人的痛苦都比不上你的。但对我来说,我曾经历的,不亚于你失去双亲的悲痛。何况,我的悲剧是我一手造成的,那种后悔莫及……每天背负着沉重的枷锁,连呼吸都困难,感觉天塌地陷,死的心都有。但是,即使在最无望的时候,仍要保持自制,不能做傻事,否则,只要活着,总有后悔那天。"

米娜厉声说:"别拿你那种小女生心态爱来爱去的破事跟我说教。你懂什么叫痛苦?你懂什么叫举目无亲?你知道什么叫眼泪流干?你试过疼得睡不着觉,一秒一秒数到天亮?你生活中所谓的大风大浪,在我眼里连水坑儿都算不上。你还想给我上课,给一堆不痛不痒的建议!"

"你看不起别人的遭遇,所以从来不能理解别人。你以为你最惨,那谭辛强呢?他不比你更惨?除了失去亲人,他还承受巨大的舆论压力。他能站起来,你为什么不?甚至于,他越是搀扶,你越是赖在地上撒泼打滚,变本加厉。"

"闭嘴!"

"悬崖勒马,还来得及。你再这样下去,早晚失去他。"

这句话戳到她的痛处,她犹有余恨地说:"我唯一做错的就是对付你。这是我唯一犯的错。一招错,满盘皆输。他警告过我不要招惹你,我没当回事。没想到这一次他反击了。我们连还手都来不及。肖赐、特德、齐依眉、我,他一个都不放过!"

"你唯一错的是不肯放下过去，又恃宠而骄，纵容自己。你有事业，有前途，为什么不肯好好过日子呢？一定要针锋相对、剑拔弩张吗？你想成为他最特别的人，但是这样的特别，你快乐吗？"

"我想好好过日子，我希望回家吃妈妈做的饭，陪爸爸看电视，可能吗？"

"你又走极端。这一切是谁造成的？难道是谭辛强？米娜，你明明知道不是。事到如今，你怨恨他，还是当年的原因？"

她歇斯底里："为了他，我什么都可以做！我能不择手段去成就他，你呢？"

我微笑。"他并不需要啊。"谭辛强想要的，都在他能力范围之内，何须他人不择手段，大费周章？"人生很短，时间有限，只够专心致志做一件事，全心全意爱一个人。米娜，为了你自己，别再较劲。他既然已经同意和你走，好好待他吧。来日方长，不要活在过去里。"

我本不为教训米娜而来，只是提示和警醒，语气十二万分的中肯。米娜有火发不出，烦恼地用手撑头。爱恨交织，她方寸大乱。

我招呼菲利普离开。阿卡拦住我们，我有些惊讶地说："抱歉，赵先生，我没注意到你。"

阿卡讪讪地说："好眼神儿！"

我一指米娜，说："别怪我，连她都不入我的眼，何况她的陪衬。"

阿卡脸一沉，但迅速复原，含笑说："整件事中最有趣的是你的反应，百看不厌。"

"有趣的不只是我，还有你。没想到经营一个集团竟然这么容易，你的空闲很多嘛。我还以为在不久的将来，赵品佳的名字会响彻商界，如今看来，你可能先火爆娱乐圈。"

"你也一样。"阿卡反唇相讥，"还是朋友？"

我答得巧妙："你在十丈红尘中，我在万丈红尘里，我们不在同一层。"

"万丈红尘景色如何？"

"在这里，一寸光阴不可轻。迎合别人，终将迷失自己。"

阿卡听得懂。

我问："你和西奥是哼哈二将，今天怎么没见他？"

阿卡呵呵道："这件事多好玩儿，西奥居然没看出来。"

我于是明白，阿卡与米娜搅在一起，西奥一定持反对态度。幸好还有个人明白这是浑水。

米娜忽然出声："谭辛强有那么多机会打败我。要不是他的懦弱，我不可能伤得了他。他从来都不怕我。"她表情飘忽地笑起来，"可他有他的弱点，他的优点正是他的弱点。他想要的，注定得不到。"

我叹息地摇头，转身要走。阿卡说："米娜和谭辛强的事，你最好躲远点儿，我不想你被误伤。我是个怜香惜玉的人。"

"多谢提醒。"

阿卡再次拦住我。"星嫣，我说过，我出手没轻的，捻死他就像捻死一只蚂蚁。任何阻挠都是徒劳，只能多一个牺牲品。"他说得认真。

我淡淡地、同样认真地说："你们好像一直不明白，我守护他的决心。"

即使是螳臂当车，也要试一试。为自己，我有时可能懦弱，但为了值得守护的人，我的勇气大得出奇。得一亡十，我所不欲，但如果确有必要，在所不惜。粉身碎骨并不是什么伟大牺牲，而是失去谭辛强必经的痛苦。既然躲不过这痛，就该用它来做更有意义的事。守卫心灵的力量从未灭失，无论是他对我，还是我对他。

这些我懒得同阿卡讲，觉得没必要。他怎么想，我不在乎。

或许是我的安然刺痛了他，或许是我无形中流露的坚毅惹恼了他，阿卡悻悻地说："你这只狐狸精！"

我失笑："蒲松龄笔下的狐狸精，有情有义，睿智超脱，吾不及也。"

走到外面，菲利普一直看我。我自嘲："我这人刚硬得很，一点儿不温柔。"

菲利普摇头，说："你和谭辛强超级像。他对赵先生说过类似的话，说他被繁华围困。"

哈，五个字，道出全部玄机。

这种归纳总结的功夫，我不及。

菲利普感慨："真厉害。也没见你高声说话，他们都怕你。你看着柔弱，但非常有气势，有力量，稳当儿！我有点儿明白为什么饶副总让我请你来了。"

饶素弦真心请我帮忙。菲利普奉命行事，更多的是想让我看看，为了我，谭辛强陷入怎样的困境。

饶素弦坐在办公室里，并不问我们方才的对话内容。菲利普愁容满面，不知道接下来怎么办。我被他感动，说："多亏有你们与谭辛强同舟共济。"

饶素弦说："并非所有人都拥有高尚灵魂和善良心灵，遇到一个，跟着他干，踏实。"

菲利普则说："我和他不打不相识。他曾经一个人面对我们几十个人，不仅毫不胆怯，还义正辞严地教训我们一番，气得我真想揍他。他一个人肯定打不过几十个。可他说，妥协、放弃、屈服，统统不在我的字典里。让人又生气又佩服。"

我心中一动,"菲利普,你的中文名字是……"

"黎度。"

红头发!

"后来呢?"

"我看吓唬不住他,打也打不服他,只好对他说实话。我爸的工厂竞争不过其他人,再按照老的方式经营下去肯定死路一条,想转型,又没成功,眼看就要倒闭。谭辛强当时没搭茬儿。过了没多久,他给了我们两张设计图。两张图啊,救活了一个厂。他还给我们介绍了几位设计师,我爸的品牌立起来了,销路也打开了。"

"那你怎么没跟着你爸干?"

"我看谭辛强招儿多,想跟他学。他说不知道该教什么,让我当他的秘书,边看边学。"

设计师的才华是没法教的,谭辛强要教黎度的是经营管理。

"你的师父经营失败,公司要破产了。"

黎度清醒地说:"这是人祸,不是经营的问题。"

"太突然了。"

"实际上已经有一段时间了。"

我纳闷:"到底怎么回事?他应该早有防备吧?"

"老虎也有打盹的时候。"黎度郁闷地说,"百密一疏,让人钻了空子。详情谭总交代要保密。"

我识趣地不再问。

饶素弦浅笑,对我说:"我送你。"

黎度着急地问:"公司的事怎么办?谭总是不是找人帮忙去了?我们得做点儿什么,不能光等着吧?赵先生有可能改变主意吗?要不,咱们和债主协商一个折中的办法?"

我笑笑,说:"妥协、放弃、屈服,统统不在字典里。"

饶素弦非常耐看,属于第二眼美女,年龄大概已过三十,气质清雅。看到她,不由得让人想到兰花,清冷生姿。见过她两次,感觉她为人淡漠,她竟对我微笑,令我受宠若惊。

因为不熟,不知道该聊什么。好在她不是没话找话的人,倒不觉得尴尬。

黎度忧心忡忡,也不说话。

送至大门,我叮嘱:"别告诉谭辛强今天的事,别告诉他我来过,一个字都别说。那只会增加他的困扰。"

饶素弦说:"谭总快处理完了,不要着急。"

谭辛强当然能处理好，着急也轮不到我。

一辆跑车超过我，别我的车。我被迫停下，蓦然火起，见对方也停车，我撸袖子要跟他理论。从车上出来的是阿卡，他好像比我的火气还大。"你为什么不对我生气？"他叉着腰。

他指的是他与米娜为伍。

我反而冷静。

阿卡气冲冲的。"你打米娜耳光那天，多直率，多泼辣，简直英姿飒爽。你为什么不同样对我？你根本看不起我！"

我忍俊不禁，他像个争宠的孩子。笑容渐渐消失，我说："他要走了。"原本装得好好的，四个字招致表情惨然。

谭辛强要走了，我和阿卡过招，有什么意义？走之前，谭辛强舍弃了一切，阿卡的攻击竹篮打水，失去了目标。

阿卡大喊："你还知道啊。你能不能醒醒？谁需要你保护，谁稀罕你出头？他都不要你，他跟定了米娜。他们买了房子，马上要双宿双栖，再也不回来！"

我笑了笑。我知道啊，早就知道。

阿卡执着地说："我能让米娜走不了，谭辛强也就不走了。我能帮你扳回一局，或者胜过米娜。"

我摇头。这又何苦？我与米娜不是天敌，这不是我与米娜的战役。我要的是谭辛强幸福快乐。

阿卡盯着我，一边点头一边后退，怨愤而去。

西奥提醒我："阿卡决定加入游戏。"

我表示刚才已见过阿卡。

"别怪他。他不是坏人。"

"明白，他贪玩儿嘛。"

"已经不是贪玩儿这么简单。昨天在美术馆，阿卡看见你们……他气得七窍生烟，后悔极了。"

他不帮我，还不许别人帮我？他有什么可后悔的，即便时光倒流，他也还是不敢出手，不敢搅进来。"告诉他别白费力气啦，没有必要了。"我黯然。

"阿卡暗地里佩服谭辛强，但是后来一直跟他保持距离，不跟他做朋友，你知道是为什么吗？为了你。阿卡说朋友妻不可欺，他喜欢你，所以坚决不跟谭辛强做朋友，就为了争夺你。"

"何必？"我无奈又怜悯地感慨。阿卡总以为我是谭辛强的。

"我们在俱乐部什么女孩没见过，你情我愿，顺顺利利就能得手，两边都如意。偏偏出了一个你！你不融通，不转圜，明明逃不掉，就是不肯就范。你让阿卡第一次尝到了失败。越是这样，他越来劲。"

以阿卡的条件，什么样的女孩得不到，没必要因为在我身上的挫败影响他的情绪。

但西奥说："论美丽，你不输给我们见过的任何一个女孩；论心地，她们跟你根本没法比。"

"心地好的女孩多的是。那些去过俱乐部的女孩也可能心地很好，你们没发现。"

"可能吧。但是我们遇见的是你，唯独看见你的灵魂闪闪发光。"

我惊叫："你们还打算买灵魂不成？"

"以前没这个打算。肯出卖身体的灵魂，不值得买。但自从你出现，阿卡就变了，肖赐也变了。他们的口味因为你而提高，再也看不上那些轻而易举能到手的。俱乐部实际上已经散了，你知道吗，你让我们煞费苦心找到的一个乐趣忽然变得没意思了。"

"早该散。"我坦率地说。

"估计阿卡心里明白得不到你，他索性撒开了闹。谭辛强的厉害我见识过，"西奥深深叹息，担忧地说，"阿卡完全没有胜算，谭辛强比他强太多。虽然阿卡是我朋友，我还是得承认这一点。谭辛强让阿卡觉得很自卑，他没说，可我看得出来。他拥有的资源远远超过谭辛强，可就是比不过他。"

尽管满是伤心，听见他夸赞谭辛强，我还是忍不住高兴了一下。

七十二、独坐亦含颦

从得知谭辛强要走的那天起，我开始数秒过日子，计算着他还在身边的时间。难过到无法承受，就跑到他家，坐在楼道里，靠近他取暖，向隅饮泣，发泄完回家。

今天，我不知该到哪里去，潜意识中明白大势已去，分别就在眼前。心下茫茫，开着车在五环上兜圈子，一直到油灯报警，一直到夕阳低沉，一直到不得不回家。

天幕寒。窗外雨潺潺。风吹雨，打在窗上，击碎夜的寂静。

梦回故园，青鸟盘旋。羽翼沉垂，愀戚不乐。几番欲去，为情因禁。哀哀其鸣，欢态不复。深情动我何悠悠，冷语伤人何咄咄。旧日难回，魂梦不系。流萤扑盏，焚心谁管？深情无用，痴心可负。危枝难栖倦鸟，天涯相送迟暮。

何忍牵绊，不如放归。孑然自由，各安其生。

这是谭辛强中午更新的微博。我反复看了几十遍，百味杂陈，在屋里一圈一圈踱步，开着窗吹风，寒意扑不灭热火一般的烦闷。

无法再拖延或抵赖，这是谭辛强亲笔写下的话，他要走了。不，不是走，而是自我流放。

他写给自己的劝慰，句句拷问我。

旧日难回，魂梦不系。

放归后，各安其生。

焚心谁管？焚心谁管啊？

我宽慰自己：朋友们担心谭辛强走后我一无所有。其实我很富有，除了手机中保存的聊天记录和照片，还有谭辛强的随笔本、被特德抄袭的速写册、《守卫心灵》小说，以及收集的各种关于他的报道和专访。即使这些都遗失了，我的回忆谁也夺不走。

拆开一颗星星，手指轻触谭辛强的名字。指尖烧灼，感觉到他的温暖，如轻触他脸庞。

"没有你的明天，该用多大的勇气，才敢达到……"我低吟，一瞬间眼泪不受控制地簌簌而落。它不是来自眼睛，而是从心里流出来的，悲伤大得我已承受不住。

发发慈悲吧，发发慈悲吧，不管是谁，请发发慈悲，不要这样煎熬我，我的心就要碎了。我祷告，我哀求，我哭诉，却不知该向谁。

或许，我知道该向谁祈求。对他，我不必顾虑自尊。

联系他吧，说些什么吧，否则再也没有机会说了。

不，不能联系，不能听他说出告别，否则我会死的。

星嫣啊，你的愿望是什么？是一生常见这深蓝啊。对他说吧，他有一颗仁慈的心，必定不忍见你受苦。他或许肯为你留下。

可是，他快乐吗？强行用软弱博取同情，增加他的困扰，他的高尚怎可以被如此糟蹋。

你快要死了啊，你的心要碎了啊。破碎之后，谁会捡起来，拼凑它？

然而，跟他的幸福相比，我的愿望何足道！我的心碎何足道！

我在地狱边缘徘徊，在崩溃一线挣扎，痛苦的火舌舔舐我的皮肤，炙烤我的精神，碾碎我的骨头，熬成一碗苦药，我不得不喝下，从每个毛孔中散发着悲痛苦楚。唯一的拯救是他的幸福，那才是我的最终目标。

疼，从掌心到五脏六腑，疼得坐卧不安。

疼，疼得失去思考的力气，只剩发呆的份儿。

疼，灵魂瑟瑟发抖，等待致命一击的到来。

有几颗星星格外小，看着陌生，我打开其中一个，谭辛强俊秀的字体跃然纸上：

——倾心，神夺，动魄，惊艳，忘情。

他叠的星星，何时放在我的瓶子里？

我急忙拆开其他的。

——初见你，一双眼灵动非凡，站在美丽的萧紫芳身侧，丝毫不被她光芒遮掩，自顾自动人。

——我曾孑然一身，自以为逍遥无拘束，谁料前缘早定，至此一生，已受羁绊，再无自由飞翔之日。

只有三颗。我把瓶子里的星星都倒出来，只找到三颗。

"在深情悲欢两头，无怨无悔奔走，过尽千帆你心头……"这是我为谭辛强设置的专属来电铃声，已许久不曾响起。我犹豫地接听。

他的嗓音依旧低沉悦耳。"嫣若，我想跟你见个面。"

"有事吗？"人之将死，其言也善。我的语气软弱温和。

"可以见面再说吗？"

我踌躇。"还是……算了。每次见面都不欢而散，不必再见了吧。"

"如果是最后一面，也不见吗？"

我狠狠咬一下嘴唇。何必用如果？他还以为我不知道。

我已打定主意，说："没必要。上次是最后一面，还是这次是最后一面，有什么分别？"

他静默片刻，"嫣若，我一直都不善于与人交流，尤其是对你，不知道怎么做才合适。"

我仿佛能看见他孤独而落寞的神色，刀割一样心痛。"瞧你说的，好像我很特别似的。你都要走了，还琢磨这个干什么？以后，这也不算什么问题了。我早说过，你不该回来。你看，倒腾半天，还是要回去。"我故作轻快。

他沉默很久，说："再见。希望未来一切如你所愿。"

"再见。"轻松的语气，撕心裂肺的疼。眼泪哗哗流，声音强撑着平稳。

何忍牵绊，不如放归。

我的手指在挂断键上悬停，迟迟没有点下去。

他也没有挂。

屏幕渐渐变黑，当最后一点亮光消失，整个房间都笼罩在黑暗中。夜如此静，他的呼吸虽轻微却清晰。是不是他已经安睡，他以为电话已挂断，所以放置不管，手机靠近枕边，以致我能听到他的呼吸？还是，他像我一样，还在听着？

我小心翼翼，避免发出声音。但愿他误以为我忘了挂断，以免他洞悉我的彷徨。这是最后的陪伴，此后，重逢是何年？

时间一点点流逝，手机忽然发出电量低的警报音。不不不！我急忙翻找充电线。抽屉里，没有！书桌上，没有！茶几上，没有！包里，没有！

警报音声声如催命，屏幕最后一闪，关机了。

我傻了。通话就这么断掉。下一次，天知道下一次通话在什么时候！他不会主动联系我。我何德何能，他为什么要联系我，一个拼命远离他的人？

心在疼，胃在疼，掌心在疼，胸中空落落的，空得直不起腰。幸好还有固定电话。我冲到电话机前，不假思索，哆哆嗦嗦地拨打他的号码，几乎立刻就接通了。我按着胸口，五内俱焚，话未经大脑便冲口而出："谭辛强，你说过要惩罚我，难道就这么算了？我想你，特别特别想，我想见你！"话到最后已哽咽。他没有说话，呼吸却骤然急促。

二十九个字耗尽了我全身的力气，用尽了我全部的感情。说完，我便软软地靠在电话机上，痛悔不已。隔着半个北京城，什么叫我想见你？下着雨，难道让他冒雨过来？我到底在干什么？我虚弱地说："对不起，我……心里乱得很。我不是这个意思。"

"开门！"

"啊？"

"开门，我在你家门外。"

放下话筒，我愣了一秒，然后跌跌撞撞去开门，心几乎从胸腔蹦出来，门外站的正是他！

"谭辛强！"血液为这三个字沸腾。他墨蓝色的大衣上还带着雨珠，头发湿了，双眸亮若星辰。他的冷暖瞬间凌驾了一切，比我的惊讶、我的伤心、我的决定都重要。我帮他脱掉湿冷的大衣，摸摸他的毛衣，还好，毛衣是暖的。我把他拉进客厅，按坐在沙发上，蹲在他身旁，用双手紧紧握着他冰凉的手，哈着热气，恨不得把全身的热量都传递给他！

"冻坏了吧？我去给你倒热水。"我站起身要去拿杯子。

他飞快地握住我的手臂，从背后抱住了我，强有力的心跳敲击着我的后背，催动着我的心跳。"我不冷。当你说你想我，就在我心里燃起了一把火。"

火从他的胸膛蔓延到我的胸膛，带着一种无坚不摧的甜馨。四肢集体罢工，它们被催眠了，就像我，忘了思考，只想就这样倚靠在他怀里，任血液沸腾。

七十三、深情何悠悠

不知过了多久，我找到了自己的声音，想让谭辛强放开我，说出的却是"我想见你，又怕见，只能盼着梦见你，可又总是失眠，连梦都做不成"。

他转到我的面前，脸庞离得好近，一滴水珠从他的发梢滴落，打在我的肩上。他燃烧的双眸如此耀眼，我目眩地闭上眼睛，嘴唇忽然被柔软地一碰，心中如电流窜过。是我的错觉吗？

他的嘴唇再次触碰我的，温柔而坚定，不顾一切，不容怀疑，不容拒绝。

血液都往头上涌去，嘴唇瞬间酥麻，泛起醉人的清甜，呼吸全乱了。他的气息包裹着我，淹没了我。空气都去哪儿了？我无法呼吸。

许久，他说："谢谢你为我心乱，谢谢你为我失眠！谢天谢地，你终于有一点儿喜欢我了。而我，早已不可救药地爱上你！"

我喘息着，费力地睁开双眼，脑海一片空白，半响才反应过来他的话。他说他爱我！我的呼吸凝结。他的眼睛烫着我的心。我的心在他的凝视中颤抖着，狂跳着，快要炸裂了。

我这么平庸，伤他最多。他应该选择更好的人。他爱我，这不可能。

"傻丫头，从你第一次踏进我家门的时候，我就为你着了魔。我爱你，从十六岁一直爱到现在。"他粉碎我没出口的疑虑。

"你没告诉过我。"

"因为你不爱我。"他语调平静，"我知道我对你的影响力，我也知道，你从来没有考虑过和我在一起。我不愿你削足适履，为了让我高兴而勉强自己，更不愿见你因为拒绝我而负疚。"

谭辛强说的没错，我从来没有想过他做我的男朋友。他太优秀，太美好，我们从来都不是平等的。在他面前，我的举止言语全都不正常。我谦恭、激动、勤奋，努力做得更好以得到他的认可。我时时仰望他，以他为我的启明星。我忽略了他的名字，他的喜好，他的性别。他是我的神，而我是如此卑微，谁会亵渎自己的神呢？如果他早说爱我，我会和他在一起，像一个教徒侍奉他的神明，奉献所有，义无反顾。

可是，不知从何时开始，面对他，我心慌意乱，完全不像一个虔诚的教徒那样坦荡纯洁。他的注视让我紧张又欢欣。他简单的一句话让我津津回味，揣在怀里，枕在梦里，甘之如饴。他的怀抱，我只停留了短短一瞬，已经迷恋难舍。曾经的踏实早已抛却，牢不可破的关系岌岌可危。我彷徨惴惴，我试图逃离，我怎能亲手破坏我视若生命的一切！所以在白色情人节，我告诉自己，那是他善良的陪伴；所以在格林城堡，我说服自己那是故事的设定，只是梦一场。正如琴若说的，因为高攀不起，所以故意视而不见。

谭辛强说："我一直在等，等有一天，你自己爱上我，等有一天，你越过千人万人，看到我。刚才，你说你想我，我几乎以为我等到了。"

"我……不配。"爱我简直玷污他。

"胡说。"他轻斥。

"我……我又笨又迟钝。"我唯恐他没看清楚。

他侧头看我，"你对待褚元的态度确实很笨。至于迟钝，唉，是有一点儿。"

我弱弱地抗辩："你对每个人都很好，我怎么知道你对我另眼看待？我和褚元谈朋友时，你还祝福过我呢。"

"你喜欢他，我还能说什么。记得高中同学的婚礼吗？我知道褚元爱吃醋，怕你为难，所以没去，可又想你想得厉害，像快渴死的人，再见不到你，就会死。我开着车，在街上转了一圈儿又一圈儿，不知不觉开到你家楼下。你的窗口亮着灯，没拉窗帘，偶尔，你的身影在窗前闪过，我就高兴得不得了。接到你的电话，我激动得一时语塞。你说很可惜，本以为今天能见到我。我当时真想说，你想见我吗，我就在你身边！"

那天的人影真的是他。

"紫芳总是催我向你表白。我说要等你自己爱上我。她说除非你失忆了，否则，你并不把我当成人，而是一个标志，一个象征。你只是崇拜我，并不爱。如果我连追求都不追求，根本没机会。她不知道，我考虑的都是你。只要你高兴，我怎样都无所谓。如果褚元能让你更幸福，我可以走。你需要，我就出现。你为难，我就离开。"

"你去三亚，是为了和我告别？"

他摇头，说："我本来打算悄悄地走。紫芳告诉我褚元如何对你百般挑剔，如何隔绝你与朋友，远比我以前知道的多得多。你是我的宝贝！我宁愿伤害自己一千次，也不想你受一丁点儿委屈。他是谁，竟然无视你的意愿，肆意指挥你的生活，而你，竟然默许他的专断！我们爱你，因为你善良、热情，对朋友肝胆相照，重情重义。这一切，他都要改变。你的优点，他都不爱，他究竟看上你哪一点？他以你为载体，推翻重来，打造一个他喜欢的人。我把你交给他，是让他爱的！他倒好，把你弄丢了，改没了！我可以没有你的爱，至少还能有你这个朋友，可连你这个朋友都要消失了。我再也忍不住，飞到三亚找你。在车上，你小心翼翼，惶恐不安，我又愤怒又不甘，可除了提醒你，别无他法，而你毫不在意。你是那么为难，既不想伤害我，又不想违背褚元的意思。你哭了，还假装你很好。我忽然好恨自己。我居然让我最爱的人哭了！我再也没有留下的理由。于是，我走了，走得远远的，眼不见为净。"

"你没跟我告别。"提起来我就委屈。

"你已不再需要我。"

我嚷着："我需要，永远都需要！我哭，是因为你说我变了，不再像从前的我了。你说话的时候很失望，很嫌弃。我心里难受极了。"

他抚着我的长发，说："对不起。"

"不，是我的错。你说得对，我其实就是因为怕麻烦，想息事宁人，是我的软弱逼走了你。那些日子你是怎么过的？"

"离开的那一年，我成天捧着手机，每一个电话每一条信息都急着看，天天盼着你的消息。第一个月，我想，你正在甜蜜中，没发现我离开。第二个月，我猜，你已经听说我走了，你正忙于什么事，顾不上联系我。第三个月，我害怕了。难道三个月了，你还没发现我不在？第四个月，我的生日，生日祝福的人中没有你，我怕极了。你是否已经忘了我？或者偶尔想起，却没有联系的意愿？我对你来说真的无足轻重吗？难道我们就这样疏远，多年之后，看照片才想起有这么个人？第五个月，我没有睡过一个整宿觉，总是幻听，听到手机响。时间越久，我越不敢主动联系你，怕听到你茫然地问我是谁。人们都说时间能治愈伤痛，我的伤口却越来越糟，溃烂入骨。因为我对你的感情从未减少，反而日久弥深。

"第六个月，我苟延残喘，想念你，想得浑身疼痛。我把自己放逐天际，去欧洲，去非洲，最后到了西伯利亚，希望寒冷能够让感情降温。设计图的事出来后，总公司交给玄璇办理。有一天，艾拉告诉我对方的设计师是你，公司要起诉你。我知道你是无辜的。我回来撤销起诉，并且下定决心办完就走，决不见你，不让你知道。可下了飞机，我的脚根本不听话。机场有出租车，我应该去酒店，可我再也等不了了，必须再见你一面。紫芳总是告诉我你很好，那并不能解渴。我需要让你重新映入眼帘，耳朵再次听到你的声音！我想，就放肆这一次，应该不会对你和褚元的关系造成太大影响。越想越合理，兴冲冲地去了你家，完全没注意那天是什么日子。我只想见你，只要见你，除此，别无所求。

"你家锁着门，给你打电话无法接通。我想，或许是命运的安排，我只停留两天，因飞机已经延误半天，剩下的时间都要忙着撤诉，看来我见不到你了。我没想再打车，就让风雪吹散心头的火，还能好受点儿。我一路走，想回家看一眼漓江雪，忽然心血来潮，往家打电话。结果，奇迹出现了，你就在那里，在等我！我多想背生双翅，立刻飞到你身边。可你给我的快乐，远不止这些。漫天大雪中，夜色茫茫，你就在这茫茫夜色中向我跑来，穿得那么单薄，直接扑到我怀里。那个瞬间，我永远不会忘记！嫣若啊嫣若，你总给我最深切的温暖和感动，让我从不后悔回来。我爱你，我的每次心跳，都在呼喊你的名字，我的所有生命，都在为你燃烧。要是我能把心打开，让你知道我的爱有多深就好了！"他深呼吸，仿佛还有无尽的深沉诚挚的感情无法用言语表达出来，激荡他的心。

我听呆了，终于相信他爱我，怜惜满溢，哽咽道："我故意疏远你，把话说绝了，把事做绝了。这样的我，你还喜欢吗？"

"要是连你的真话和气话都分不清，枉谈认识你。你是关心则乱。你所有的愤怒都因为担心。"

啊，他都懂。尽管不能事事明了，但他信任我。

我感慨："从头到尾，我只做对一件事，就是在你最无助的时候走进你家。仅此一件，换来你长盛不衰的宽容善待。"

谭辛强轻触我脸庞，亦醉亦感亦陶然。"即使你没有来过，我也会爱上你。那个冒着大雨搬纸箱的热心的你，那个站在楼下等待七个小时的执着的你，那个扬言在她的地盘保护我的豪情的你，那个为我写诗的纯真的你，那个寒夜中为我点亮一盏灯的暖心的你，那个为朋友两肋插刀的勇敢的你，那个看透我构思的聪慧的你，那个临危不惧的倔强的你，都让我倾心。你给予我的，比你意识到的还要多。每一次，给我温暖的都是你，每一次，教我感动的都是你。"

我何其幸运，所有优点都被他发现，缺点都被他忽略，被他珍爱。

"给你伤害的也是我。沉郁深悲不醉。"我心疼地说，"格林说你为我哭了。"

他有些羞涩，自嘲地说："还以为筑成铜墙铁壁，再无人伤得了我。防得住千军万马，防不住你的一句话。车祸后，你对我的疏远已经到了不交一言、在所有可能相遇的地方都要绕着走的地步。我以为这就是我们最远的距离了，没想到你说要我别杀你。在你心里，我们已经兵戎相见了吗？"

"我做了一个梦，梦见米娜要你杀我，你一向听她的。就像你任她开车撞你，根本不躲一样。就是那次车祸，你任她肆虐，突破了我忍耐的底线。"

"所以你就走了，停在最远的天边，让我看不见、找不着。"

"我以为你不在乎了。"

"不在乎？我妈问我为什么选你。我有什么办法？我眼里心里只有你，别无选择。"谭辛强苦笑，对自己无可奈何。他的落寞重重地砸在我的胸口。我情不自禁地扶着他的胸膛，踮起脚尖，轻轻吹拂他嘴角的苦涩。

他一怔，强壮的手臂揽住我的腰。"你知不知道靠近我的后果？"

我摇头，迟疑，又红着脸点头。

他的眼睛璀璨耀眼，声音低沉，"现在制止我还来得及。"

"我……不想制止。"我呢喃。

他的吻落在我的唇瓣上，缠绵狂野，深沉炽烈，如飓风席卷落叶，落叶乘着风飞翔狂舞。

他的唇滑到我的耳边，温暖的气息吹动我的发鬓，渴求地说："告诉我你不是在施舍感情，告诉我你喜欢我，是我说的那种喜欢。别骗我，千万别骗我！"

我颤抖地说："我不是喜欢你，我早已爱上你。"他爱我，我还怕什么？我终于可以痛快淋漓地爱他了。

他抱着我，抱得那样紧，像要把我装进身体里，以免失去。

我们携手坐下。谭辛强用毛毯裹住我，我匀出一半，盖在他身上。我还不习惯靠他太近，拉开距离，随时可以望着他的脸，否则不踏实，总觉得不真实，梦会醒。我还在尝试着放下自卑，学习如何表达感情。多希望眼睛会说话，把无法用言语形容的深情告诉他。或许我进展缓慢，但他已感受到我的诚挚，握住我的手。只是握着手，我已经满足得叹息，感受到莫大的幸福。

"你还走吗？"别怪我问得多余。这是个必要的问题。

谭辛强不语，眼眸深深。

我情绪坠落，喃喃："我疏远你，是想惩戒特德，我后来知道他偷了你的设计。你不追究，我却咽不下这口气。"

他有点儿意外。

我继续说："破坏合约，是为了避免米娜拖累你。因为没有证据，只能暗地里阻挠。"

"签约那天看见你，我就明白了。"

"今年的生日礼物，是个误会。"

他温柔地说："不用挨个解释。你的为人，我再清楚不过。我从不相信你故意伤人。你曾说，如果有一天你伤了我，虽然出于真心，却并非你的本意。这句话我始终记得。所以我知道，你一定有自己的理由。"

"那，你还走吗？"这是困扰我一天的问题。

他目光闪动。"即使留下，你也不见我，连最后一面都狠心不见。"

我低下头，彷徨而凄楚。"我……害怕。总盼着，你见不到我，不能亲口说出告别，就走不了。怕到不敢回家，不敢让你找到我，不敢和你联系。可有时又想，不能给你增加困扰，干脆说些绝情的话，让你离开时了无牵挂。

想见你，又怕见你，怕一旦见了面，就再也、再也……不会放你走了。"我激动得声音发颤。

他用力拥抱我，热烈地说："永远别放我走！"

"永远永远都不想放，可你已经答应了米娜。"

他叹："谁告诉你的？"

"琴若。"

"她又是听谁说的？"

我茫然摇头。

"于芒。你忘了于芒的外号了？"

我恍然。于大迷糊啊。

出于礼貌，大家极少叫他的外号。但这的确是于芒的标签。于芒的话，大家总要斟酌着相信。倒不是因为于芒说谎，他从不说谎。他只是糊涂，对事情的判断有误，记性又糟，常常张冠李戴。所以听于芒讲一件事，必须从头听到尾，弄清基本事实，做出自己的判断，而不能直接用他的结论。

谭辛强不走，我深深感激且庆幸，忽然醒悟。"可你没澄清。"

他说："我想看你的反应。同学们信以为真，他们都劝过我，只有你，你什么都不说。"

似乎所有人都在等我留他，哪怕是出于客套，我偏偏没有。我歉疚地揪着毛毯。

他不忍见我为难，柔声说："你呀，像个安静的孩子，倚着门框，眼中都是沉默的诉求，却强忍着一声不吭，教人心疼。我怎么会不明白你不开口的原因。其实，你早已经留过我了。我妈回来的时候，你冒充我的女朋友，就是为了不让她带我走。你说，不许我还喜欢你却离开你。"

他记得那么清楚，当座右铭似的奉行。我鼻酸，说："感谢我自己，曾经说过那么聪明的话。"

"感谢你，出现在我生命里。"他轻声说。

他总让我眼眶湿润。

但还是不对。"你下午在微博上发的那些话，不是要走吗？"

他说："你的诀别书冷静得叫人害怕。我以为你再也不想见我，我决定不再缠着你，放你自由。"

"诀别书？"我诧异。

谭辛强打开手机，给我看一条短信，发送人显示是我。

——对你的无礼我不想再提，你是为了帮我。别来找我，只当没我这个人。你严重扰乱了我的生活。要是你没回来就好了。我想过回原来的日子。

还是不安，还是害怕，我需要平静的生活，一成不变的，普普通通的。当年的星嫣和当年的谭辛强，都不在了。你我终究不同路。

——嫣若，为什么不接我电话？我要见你。

——我不想见你。

——米娜的事已经解决。我去找你。

——不要跟我提她。看着你纵容她，我觉得你爸当年死得真冤。

我差点儿蹦起来。这语气像透了我。但我绝不会说这么狠毒的话，置谭辛强于死地！我猛地想起，手机曾被陈助理收走。我的手机不锁屏，一定是小陈用我的手机发短信给谭辛强，事后删除了短信，也删除了未接来电记录。米娜领我进她办公室前，小陈曾对她耳语，看来主意是小陈出的，米娜所谓的与我交谈是为了拖延时间并得到我的手机。

对手不是笨蛋，他们懂得随机应变，借刀杀人。

我简单说明情况，说："你还是来了。绝情的话拦不住你。"

"什么都拦不住我。你在这里，我的归宿就在这里。"

我的胸口被温暖和坚定的力量注满。"米娜知道你不走吗？"我担心她气疯了。

"当然知道。我没说过我要走，别人说的时候，我虽然没澄清但也没承认，没有故意误导她。机票只订一张，她很清楚。"

是米娜和阿卡在误导我。要不是我与谭辛强之间隔阂这么大，别人哪有机会离间，归根结底还是我的问题。

"好险，要是我不再给你打电话，我们就错过了。"

"不可能。"谭辛强肯定地说，"我会直接冲上来找你，质问你。"

"质问我什么？"我惊愕。

"问你夜夜入我梦来，想干什么；问你占据我的脑海，是何道理；问你偷走我的心，何时送还。"他逼近我。

我脸发烧，心跳得厉害，说："在格林城堡，你教我知取舍，找到真正想要的。那时候我就想好了，我想要的就是你，可我要不起。"

谭辛强高傲地说："我可不是随便就能得到的。"他亲昵地用额头抵着我的额头，"我是为你而作的高端定制，只属于你一个人。除了你，谁都要不起。"

我泪盈于睫。

"玻璃瓶中的星星，你什么时候放进去的？"

"给你修手机的那天。"

啊，那么早。那时的我，幼稚，青涩，傻里傻气。我仰头问："我有好多缺点，比如冲动啊，任性啊，你不嫌弃我吗？"

"冲动地跑到我家来支持我？冲动地闯到青木香去救萧紫芳？冲动地替琴若出头找让她过敏的人？我的嫣若就该是这样的，最仗义，最热心，有着近乎傻气的勇敢和善良。"

他又称呼我为"我的嫣若"。

我浑身酥麻，连说话都觉得舌头发麻，"你也觉得我傻啊？"

"傻，傻到还不了解我，就敢到我家里来；傻到明知道我情绪失控，还要留在我身边；傻得明知道特德难对付，还要与他周旋；"他说，"傻得让人心疼，让人放不下。"

我接口说："傻得赌气不见你，弄得自己半死不活；傻得想等你走后去你的公司，帮你守着它；傻得自我惩罚，不许快乐；傻得想靠记忆活下去。你真的走了，我就真傻了。"

"我一生最大的错误就是在十六岁那年离开你，否则，还有褚元什么事。这个错误让我悔恨到今天，绝不能再犯下第二个！"

他说的唯一犯下的错指的是这个啊。

他轻抚我娇嫩的脸庞，手指温柔地停留在曾经划伤的地方，说："我努力防止与特德他们争斗时波及到你。你昏迷不醒那次，把我吓坏了。那种药危害中枢神经，能造成大脑永久性损伤，严重的会导致终生残疾。幸好你没事。否则，我绝不轻饶他们！"他对每个人的惩罚力度不同，对肖赐和齐依眉格外严厉，正是基于此。

我乐呵呵地说："我不怕。你知道吗，我知道米娜和特德联合害我的时候，其实挺高兴的。因为在他们眼中，我和你是一伙儿的！"

"你呀。"他疼惜地说。

我轻声说："只要你安然无恙，我什么都愿意，什么都不怕。"

他敛容微笑。"我经历过许多尔虞我诈，见识过最阴暗的人心，但每一次看到你纯净的眼睛，我就觉得世界还是可爱的。你的期待是我的动力，让我与所有的困难斗争到底。"

他的脸贴着我的额头，我依恋他的触碰，闭上眼睛追随着他的温暖。好一会儿，我们不说话，享受着温馨的静谧。心中的澎湃，历经的曲折，都在寂静中无声诉说，细腻婉转，缠绵无尽。

我捧着他的手，抚着他的伤疤。"若有来生，你的伤疤还在吗？我怕认不出你。"

"我会找到你。"他的语气不容置疑。

我卷起他的袖子，长长的伤疤已经淡了，多了一个牙印。我想碰又怕他疼，歉疚地问："还疼吗？我又伤了你。"

他打趣:"习惯了,你伤我还少吗?"

"对不起。"我惴惴。

"我喜欢这伤痕,这是你留下的印记,标志着我归你所有。"

我依偎在他怀里,悬停许久的泪终是掉了下来。

和他的深情相比,我对他的爱微渺得不值一提。

我对着他的心无声地说:"既蒙不弃,誓死追随。"

七十四、命定之幸

电话铃声执着地响着。我迷迷糊糊地摸到话筒。琴若大叫:"为什么关机?谭辛强出事了!昨天飞加拿大的航班在公海失联,可能已经坠毁。"

我吓得一激灵,立刻清醒。

琴若担心地问:"嫣,你没事吧?"

"没事没事,"我得赶紧确认一下,"挂了吧。"

谭辛强昨晚睡在沙发上。我跑出去看,沙发整洁得很无辜。毯子呢?昨天我们一起盖的毯子,此刻叠得整齐放在床头,而不在沙发上。我脑子开始乱了。对了,手机上有和他的通话记录。偏偏找不到电源线,开不了机。我开始满屋子搜寻他出现过的痕迹,却一无所获。

我怔怔跌坐,依稀记得他侧靠在沙发上,头歪着,以一个最放松、最舒适的姿势微笑地望着我,似乎打算就这样看一辈子。

那只是一场梦?谭辛强被雨打湿的头发,瘦削苍白的面庞,深情的眼光,灿烂的笑容,都只是我的梦?我抱着头,使劲摇。不对,完全不对,我怎么敢梦到他爱我?!那绝对不是梦!

正要给他打电话,一转头,他依然穿着昨天的大衣,站在旁边。我冲过去抱紧他。他的身体冰冷,我的脸贴着他冰凉的脸,短短一瞬,心念电转,胳膊却没有丝毫放松。

"怎么了?我才离开一会儿。我一身寒气,别激着你。"他温柔地说。

我叫:"别离开我,如果一定要走,带我一起。无论哪里,我都随你去。"

他不语。

我仰头,急于从他表情中获得肯定,却只看见苦涩的笑。

我摇着他。良久,他说:"我是来告别的。"

"不,不!"我紧抱住他。

"答应我,你要好好的。"

"我好不了！"我的头像拨浪鼓，"没有你，我好不了！别走！求求你！"

谭辛强问："你不怕我吗？"

"你是谭辛强！我只怕你不出现。不管你是人是鬼，是梦是实，我都不放你走！"

"再见你，我心愿已了。来世再见。"他的身体渐渐透明，我肝胆俱裂，双臂间一片虚无。

"来世相约何处？我如何认出你？"我大叫。他已消失。

惊醒时，一头汗。我从床上蹦起来，跑到客厅。沙发整洁得很无辜。毯子叠得整齐放在床头。

我浑身发抖，转头忽见手机连接着充电线，床头柜上，摆放着橄榄石吊坠和小狮子头。我扑过去抓紧它们。冰凉的吊坠，温暖的小狮子。我狠狠咬自己一口，疼。一切都是真的！

我把它们按在胸口，暗叹：如果世上真的有鬼就好了，说明轮回转世是真的，我和你相守的时间就不止这一生。

啊，贪婪的我。

桌上有谭辛强的留言：我去处理一些事，等我。

等他。当然。我的余生都归他所有。行若燕甘做一只囚鸟，在他梦中故园盘旋。

黎度发来的短信：星妈，你能来一趟公司吗？今天开股东会，谭总可能需要你。

可爱的黎度，热情冲动，找到信任的人就忠心耿耿追随，全心全意保护。

车子没油，我打车去花开一瞬，所有员工齐刷刷的都在。

黎度脸色苍白，见到我，松了口气，说："会议时间延后了。谭总和米副总先谈了将近一个小时，之后开股东会。现在股东会正在开。过一会儿还要开新公司的会，全体员工参加。"他显得非常紧张，像是刚经历了不寻常的事。他看我一眼，犹豫了一下，决定和盘托出。"公司即将重组，花开一瞬并入赵先生的一家公司。谭总卸职，并且转让了所持股份。在新的公司，他没有职务。他……被扫地出门了。"黎度说这句话时十分难受，不敢看我，仿佛没能保住谭辛强是他的失职。

我自私地想：很好，在生意上，谭辛强与米娜等人再无瓜葛，一无所有，所以无懈可击。

黎度说："谭总非常优秀，公司破产重组不是他的过错。"他怕我因此看轻谭辛强吗？

"股东会谭总不让我参加。会已经开了两个半小时，按说早该结束了。"

他担心地说。正说着,会议室那边传来动静,会议散了。

对方大获全胜,但所有人中,怡然自安的好像是失去公司的谭辛强。

谭辛强正与人交谈,看见我,他眼眸一亮,露出灿烂的笑容,春风化雪一般。众人不解地随他目光看过来。

黎度担忧地叫:"谭总……"

米娜打断他,说:"花开一瞬已经没了,哪儿来的谭总?"

黎度的脸因愤怒而通红。

我走上前,拉住谭辛强的手,说:"无论盛世繁华还是灯火阑珊,我陪着你。"

谭辛强亲昵地用鼻尖蹭蹭我的鼻尖,说:"你是命运给我额外的恩惠,许给我的未来。"

饶素弦走过来,说:"谭辛强,你们去哪儿,我开车送你们。"

阿卡说:"饶经理,你忘了,新公司的大会马上就要开始。"

饶素弦说:"我昨天已经递交辞呈,谭总开会前批准了。新公司与我们无关。"

米娜咬着牙,说:"让她走好了。"

谭辛强说:"黎度,拿上相框,我们走。"

阿卡有些惊讶,问黎度:"菲利普也要走吗?"

黎度傲然说:"我不属于公司,我受雇于谭辛强个人。"

连日阴雨。灰蓝色的天空飘起雨尘。我和谭辛强手挽着手坐在后排。久久无人说话。饶素弦的车上单曲循环播放着一首歌《雁渡寒潭》,演唱者是多年以前很红的一个歌手,叫青杉。

谭辛强说:"黎度,相框给我。"对刚刚经历的惨败,他只字不提,似乎毫不在意,关心的居然是一张相片。

黎度看他一眼,闷闷不乐地递过来。

谭辛强和我一起看。他满意地说:"照得多好。我想让全世界看见,让所有人知道,你是我的。"

这才是他广发照片的目的。

月夜凝望的照片上,荧光笔写着很小的两行字:但愿你不闪躲,让我的爱有着落。

我动容。

他凑近,低语:"在翠绿迷宫,你对我下了咒,记忆停留在那一刻,再也过不去。你的美,你的香气,弥漫在记忆里。我陷在其中出不来,你要对我负责。"

我脸红得像喝醉了酒,期期艾艾地问:"怎么解开咒语?"

"你敢!"

饶素弦抗议:"要不要这么高调地秀恩爱啊。"

黎度闷闷地说:"我以为你不近女色。"

谭辛强正色道:"你们得学着习惯。"

饶素弦恭喜我:"你真幸运。"

我还未答,谭辛强说:"幸运的是我,能够遇见她。"

这才是我的梦:与子相悦,互为命定之幸,相依相守,再无分离之说。

七十五、请霸占我的心

车开进青木香,穿越花田。目光所及一片萧索。

谭辛强突然让停车,兴奋地说:"那儿还有朵花没谢,我去给你摘来。"他敏捷地下了车。

"雨,下雨呢!"我叫,跟随他跑出去,留下震惊的黎度和恬静的饶素弦。

烟雨蒙蒙,凝结成珠落布衣。

他在花田穿行,摘下那朵花,戴在我头发上,高兴地端详着。我转个圈儿展示给他看。我们傻傻地笑起来,笑得弯腰,笑得前仰后合,莫名地开心。他双手合拢在我头上遮雨,眼神宠溺。

多奇怪,我以为已经爱他爱到无以复加,但此刻心中的爱还在疯长。

我忽然湿了眼眶,对他说:"以后,不许你为我淋雨冒雪,不许你为我流泪,不许假装要走让我着急,不许独自一人面对困难,不许……"

他热情地吻我,我猝不及防,被夺走呼吸。过了好一会儿,他抬起头,命令:"我要你继续霸占我的心,限制我的自由,永远别放手!"

我用力点头。我不再是他心里的寒、命中的刺、伤口的毒,我是他的需要,他不可缺少的幸福!他爱我,这是我勇气的源泉,从此再没有什么力量能让我离开他!岁月嫣然,我们将携手共度。

于芒远远地大喊:"喂,那边的两个疯子,还不进来,等感冒呢吗?"

"谎报军情的家伙,我去收拾他。"我作势撸袖子。

谭辛强点点我的鼻子,说:"还怪人家。应该怪你居然相信我会走。"

"你要走不是不可能啊。你看,你高中出国,后来发展很好。去了加拿大,远离是非,你能快乐一点儿。"听起来像狡辩,但我曾经真的这么认为。

"这次不一样,这次有米娜。"

"不好吗?"我淘气地问。

"不好，她打扰我想你。"

我羞涩地笑。我以前纳闷，为什么他总能把我们之间的距离瞬间拉近。那是因为在他心里根本不存在什么远离，他始终在我左右，没有所谓的走开，也就无所谓回来。

"告诉你一个小秘密，下雪那天，你回来，我看清你后，第一个念头是，"我吸口气，捏着毛衣坠，说，"有这么帅的人在身边，我为什么要找别人当男朋友。"

他开心地大笑，又贪婪地问："类似这样的小秘密还有多少？"

"很多。"

"啊，我都想听！"他拥抱我，满足地叹口气，继而懊恼地说，"为什么我们要到这儿来？我想和你单独在一起，不受打扰，我有好多好多话要对你说，要把以前失掉的时光都补回来。不如我们溜走吧。"

我哈哈笑，喜欢他的孩子气。其实我何尝不想。

我们手拉手，轻快地跑进屋子。

朋友们都在。

琴若嗔怪："下点儿雨欢了你们俩了。"

黎度端来茶，赵抒递上毛巾。谭辛强接过毛巾，先帮我擦头发。于芒迷惑地问："什么情况？"

"傻呀你。"萧紫芳推他一把。

说话间，玄璇和艾拉到访。谭辛强为众人引荐。玄璇对饶素弦说："早就听说你。"

饶素弦说："以后靠你照应了，新老板。"

艾拉走过来同我寒暄，望着我胸前的吊坠，打趣说："以后可千万别再弄掉。"

我想起赌气归还吊坠，很不好意思。这是谭辛强的生辰石，他的心，我最宝贝的东西。我不会再犯同样错误。"是，无比珍贵，一辈子都要捧着不放。"

"谭先生最喜欢杜鹃花，说杜鹃比玫瑰更长情。杜鹃的花语是，"她轻声说，"永远属于你。"

我一震。

——我的心，永远属于你。

原来谭辛强早就表白过了。

难怪老乔说，他早已经用一颗吊坠昭告天下。

格林拍手说："人齐了。庆功会开始！"

"庆功？"黎度不解。

饶素弦说:"菲利普还蒙在鼓里,为你鸣不平。"

"结果早在预料之中。"谭辛强说,"坐下聊。"

"大家都知道,当年我爸的事给米娜造成了伤害,我想补救。为此,我做了很多,包括打造她的偶像形象,为她做高定,成立花开一瞬公司。但我失败了。我不仅没消除米娜的恨,反而让她觉得恨有理,恨无错。如果心病可以分等级,米娜无疑是重症患者。但不能因为她可怜,她就什么都能做,做什么都对。"

他注视我,"她犯的错,我都看见了。你曾经对我失望,以为我坐视米娜伤害你却不管,以为我已经丧失立场。怎么可能?她联合特德一直找我麻烦。看在他们没有违反法律和公德的份上,反正他们伤不了我,我懒得搭理。但是当他们蓄意害你,严重触犯法律时,我必须采取行动。"他可以忍受自己受委屈,但绝不能容忍别人伤害我。

"可惜我没有证据。我曾经咨询司法界的朋友,他们认为很难取得完整的证据链,即使起诉,最后的结果也不乐观。于是我依托法律,以适当的方法让他们自食恶果,受到应有的惩罚,只跑了米娜。米娜总是指使助理做这些,并不亲自出面,齐依眉的证词可用度很低。我决定帮米娜最后一次,就是成立花开一瞬公司。这是我的试探,也是最后的耐心。米娜同样不耐烦,她把搞垮公司当作打击我的最终目标。"

大家听明白了。

米娜以为这是她的收官之战,其实是谭辛强的。

"在花开一瞬,我依然给她三次机会。第一次,她与特德勾结,断绝原料来源。"

玄璇说:"她不知道,你年初就开始筹备,通过天姿兰得购买了所需面料。"

"第二次,她与投资商串通,突然斩断资金链。"

饶素弦说:"但你早就与相关部门对接合作的事,资金来源已经确定。"

"第三次,她非法集资,让公司深陷债务危机。这一次,我以她违反公司法和相关金融条例为威胁,把她逼走,并让她对受损的股东做出补偿。"

黎度咋舌,悄悄对我说:"别看谭总说得轻巧,米娜害得股东血本无归,谭总雷霆大怒。我在旁边看着都不敢靠近。他真发起脾气来,相当可怕。阿卡当时也在,被他吓得脸都白了。"

格林恍然道:"所以你不救公司。只有公司倒了,米娜违法才成为既成事实。"

"花开一瞬的使命已经完成,没必要救。"谭辛强早已预见到公司的倾颓,花开一瞬的名字由此而来。

"自作孽，不可活。"老乔点头。

于芒惊问："你逼走了米娜？！"

"她需要换个环境，冷静一段时间，否则会在歧途越走越远。她的错必须得到教训，否则她肆无忌惮，总有一天无法挽回。"谭辛强眨眨眼睛，"但她不是一无所获。我卸任，花开一瞬被重组，她打击我的目的已经达到。她想要胜利，我就送给她一场胜利，让她心情舒畅地离开。"

以退为进，反而遂愿，真高明。

格林松了口气，又不解，问："你早就想出对策，那天为什么还要躲到青木香去？"

谭辛强从容地说："做事讲究时机。有时押一押，效果更好。"

没错。米娜以为稳操胜券，但对手消失，她就沉不住气了。

饶素弦说："你也够绝的，才华随身，荣誉夺不走不说，你还把所有关键岗位的人都带走。一部分归了玄总，一部分跟了于芒，还有的干脆挖到青木香。"

谭辛强说："这些人的去留对米娜没有影响，只影响阿卡。阿卡趁火打劫，对他，不必客气，一切照正常的商战来。"

"留下的是个空壳公司！"黎度现在的心情好极了。

饶素弦尊敬地说："你所有的招数只对心术不正的人有效。"

不谋万世者，不足谋一时；不谋全局者，不足谋一域。谭辛强谋的就是全局，以守为攻和以攻为守交替使用，炉火纯青。江湖风大浪急，他似闲庭信步。看似漏洞百出，实则无懈可击。

贺骁腾说："你的保密工作做得挺好啊，害我们白担心半天。我还以为你昏了头，为米娜什么都肯舍，不惜混淆黑白、同流合污。"

谭辛强静静地说："少立凌云志，不肯随波流。琴心凝剑胆，劲草自悠悠。"

多么幸运，他从没让我的仰慕落空，始终用他的智慧和正直守卫我的心。

七十六、侠骨柔情

餐毕，琴若给大伙讲酒店的客房部副经理专偷入住套房的贵宾，为避免被她发现，偷换她的食物造成她过敏。玄璇带着饶素弦游说谭辛强回天姿兰得，即使谭辛强不回去，也要他每年提供一些设计稿。于芒拉着乔其洛两口子诉苦，细说与前任女友分手的经过。

我寻到紫芳，尴尬地不知如何开口。紫芳笑盈盈，说："你干什么？这不是很好吗？结局就该这样。"

我如释重负，拉着她的手亲热地摇。

贺骁腾展示他和琴若的婚纱照，大家都挤过去看小小的手机屏幕。琴若着红色晚礼服，皱褶飘逸烂漫如火焰。小贺着纯白西服，胸前扎彩羽。

我问："谁提供的服装？"

"摄影工作室。"

我笑不可抑。琴若觉得我不怀好意。

贺骁腾得意地说："她是羡慕嫉妒恨。"

我笑得喘不上气，说："焚，焚……"

"粉什么？"

"焚琴煮鹤。"我好不容易捋顺了气。

琴若差点吃了我。我躲到一边。格林和萧紫芳站在那儿。

紫芳说："我老说谭辛强懦弱，再不表白，你早晚跑掉。喜欢一个人就告诉他啊，磨磨唧唧。"

真正爱过的人才会明白，有时爱得越多，反而退缩不前，只因为怕自己与他的幸福相悖。为了对方的幸福，宁愿面对失去，这隐忍的坚强，在我看来是最大的勇敢。

我反驳："他才不懦弱呢，他怕给我增加心理负担。凡事都讲究时机，他在寻找最佳时机。就像你们两个，窗户纸捅破了没？"

俩人都转头装听不见。紫芳对格林说："说不得谭辛强了，星嫣第一个不干。"

格林看我的眼神依然有些戒备。我明白，他怀疑我的真心。

其实大可不必。最不能忍受谎言的就是我。我不能让一个不爱谭辛强的人占据本应爱他的人的位置。

谭辛强是个极度自尊的人。他的自尊在于不接受半点勉强的感情，无论多么煎熬，也要等我真正爱上他。我唯有真诚以对才算尊重，爱与不爱都不说谎。否则，就是对他感情的侮辱。

格林说："谭辛强处心积虑，历经波折，只为吸引一人目光。啧啧啧。征战平天下，送与一人。"

他对着我说，难道他说的人是我？

"你对谭的影响多大，你还没意识到？他为你神魂颠倒，以你为世界中心，只有你看不出。他说自己没什么优点，不值得人爱，你和他做朋友，是被他的正直感动。他为米娜做的，一半是为米娜，一半是为你。他希望通过帮米娜解开心结感动你，让你对他刮目相看，让你喜欢他。"格林摇头，"为讨一人欢心，傻透了。他怕你被噪声吵，就把你家楼上租下来一直空着。他把你画在纸上，画在每一个设计里。腿打着石膏，他都要每天跑回旧房子，看一眼你去没去，门锁是不是坏了。他说他在你心里埋下一颗种子，或许永远不会发芽，如果有一天你发现了它，那一刻就是花开的瞬间。他宠坏了你。"

"可我觉得还远远不够。"谭辛强说着走过来。

格林哼一声。

我仍在震惊中，消化着格林的话，问谭辛强："格林说的是真的？"

谭辛强点头。"我说过，人生很短，只够做一件事。我要做的，就是得到你的爱。只有做更好的自己，才能配得上你的崇拜。因为有这样的你，才成就这样的我。"

我的心颤抖着。

他说："当你说你从未误会，你觉得我陌生可怕时，我才察觉自己偏离了路线，我花费了太多时间在米娜身上，得尽快解决。"

他用设计图拼的信、他的诗和画，我都看见了，醉心的同时，抗拒相信，怕有一天失去，所有让我快乐的都将成为致命的伤。所以我告诉自己，牵动他的不是我，他画的是一个理想，不可能是我。可我记得那么深，那些动人的词句和画面，即使不是给我的，我也点滴不放地烙印在心上，就算伤心也不管。

我说："每次赌气离开你，我看似坚决，其实只要你一句话，我立刻就放弃抵抗，可是你从来没叫住我。"

"我们之间的障碍没有消失，让你难受的根源仍然在，哄你留下，第二天你还是难受。障碍是我设置的，该由我来清除。等我把事情办利索，才有资格追求你，不能让你跟着受煎熬。"他莞尔，"不过这样一来苦了我啦。想见你见不到，只好把你画下来，每天对着那些画想你。"

"倘若我不爱你，你该怎么办？你为我做了那么多。"我替他担忧。

"无怨无悔。"他说得平淡。

只一句无怨无悔，我已败了。我的怨言太多。

他处处以我为主，宁可自己委屈。

以前我总担心回不去，却不知道，他的身边，永远给我留着位置。

灯塔始终屹立，光芒分毫未减，是我一度蒙蔽双眼看不清。

我说："我不开口留你，除了不想让你为难，还有一点，是怕留不住你。我怕争不过米娜，争不过往事。"

他握着我的手，贴在他胸膛。"唯不争，天下莫能与之争。没人能和你相比。我着急帮米娜实现愿望，想让她早日得到幸福，这样我才能放下她，忘了她。我不想牵挂别人，男的女的都不行。这颗心再大，除了你，没有别人的位置。"

我深深震撼。

于芒挑事地对谭辛强讲："星嫣这么笨，真不明白，你怎么看上她的！"

他还好意思说我！我说："就不许他被美色迷惑嘛。"

"切。"众人异口同声地嫌弃。

我叫："喂，你们还想不想结婚的时候穿漂亮衣服了？琴若，咱俩长得一样，怎么连你也'切'？还有你，小贺，你看不上我姐的长相是不是？"

贺骁腾还我一个大大的白眼，说："满血复活了你！"琴若拍他。

众人哄笑。

小贺却不似平时，有些忧愁。究其原因，他说买钻戒时碰见一个男孩，女朋友患了白血病，做化疗掉光了头发。他想在病房求婚，给女孩看病已花掉所有积蓄，两家都一贫如洗，连买戒指的钱都是借来的。男孩最大的心愿是给女孩一场最美的婚礼，就算女孩最后不治，能陪伴一天就陪一天。

大家都被感动了。

谭辛强沉思道："这有何难？婚纱礼服我可以提供，场地也没问题。"

格林环顾屋子。"当然，场地是现成的。你已经买下青木香。"

老乔沉吟："决定干了？"

"别让我知道，知道了就不能不管。"谭辛强说。

众人热血沸腾。"那就干！"

"我们两个围城中人，做顾问当仁不让。"老乔和赵抒说。

格林说："我负责从云南运花来。"

紫芳举手。"化妆师我来。如果需要，我还可以找来一支乐队。"

"其余人的礼服我全包了。"玄璇说。艾拉表示记下来了。

于芒生怕被落下，抢着说："我有全套的舞台设备和专业人员，还有主持人。"

我说："我帮你一起搭舞台。"

饶素弦谦和地站起身，说："我毛遂自荐，为婚礼做策划，行吗？"

黎度亢奋地叫："我什么都能干，谁都可以使唤我，随叫随到！"

"万事俱备，"谭辛强问，"怎么联系他？"

贺骁腾脸放光芒，拉着琴若跳起来，说："交给我们。金店的人给那个小伙子办了会员，打了最大折扣，登记了他的电话号码。"

十几只手搭在一起，大家一起喊："加油！"

我眼眶湿润了。不是一家人，不进一家门。我们这一群人啊。

七十七、深蓝

　　我与谭辛强十指紧扣，出席在广州举办的设计师颁奖礼。谭辛强神采飞扬，荣辱不惊，举手投足潇洒倜傥。我看着他，幸福骄傲到极点。
　　许多人上前来同他打招呼。他的名气比我想象的还要大。
　　谭辛强步伐的方向是西奥和阿卡。我诧异。谭辛强说："走，到那边炫耀去，让贼心不死的人别惦记了。"他要炫耀的可不是奖杯，而是我。我瞄他，让贼心不死的人别惦记了是什么意思？他说："阿卡喜欢你。"
　　这阿卡也是瞎了眼，身边美女如云，偏看我顺眼。大概是山珍海味吃多了，遇见一盘春笋清了口。
　　谭辛强俯身轻声说："你的美你自己觉不出。你像荷叶凝露一样清澈干净。你说得对，其实我就是被你的美色迷惑的。"
　　我看他一眼。他立即声明："我的审美没毛病。我可是年度最受欢迎的设计师。"
　　我说："以后我可以当哑巴啦。我想什么都瞒不过你，话都不用说。"
　　他哈哈笑。
　　谈笑间已走近阿卡和西奥。人们从没见过谭辛强大笑，盯紧他看。
　　西奥转头问同伴："这是我们认识的谭辛强吗？"
　　阿卡说："这是有星嫣在侧的谭辛强。"
　　我俏皮地行个宫廷礼。
　　西奥哀叹："这也不是我们认识的星嫣。"
　　我说："这是曾经的星嫣，也是未来的。"
　　玄璇从老远就指着我，走到近前胳膊都没放下，惊讶地说："这件晚装是谭辛强好几年前画的，名字好像叫'坠落心海的流星'。他一直藏着不发表，原来是为你预备的。我终于看见它被穿上了，这是我最最喜欢的一件，和你的气质超级符合。"
　　流星……坠落心海。我动容，望向谭辛强。他沉静微笑。他眸中星光落入我心海，而我亦落入他的心海。
　　旁边一人说："依我看，这件跟今天获奖的作品比毫不逊色，应该也去参赛。"
　　我低头看，说："我也觉得衣服超美。"

"你喜欢,这就够了。"谭辛强附在我耳边说,"来自心爱女人的赞美胜过一万座奖杯。"

大家的目光齐刷刷看向我们背后。米娜正走过来,冷淡地对谭辛强表示祝贺。她明日即将走。

米娜斜睨阿卡,"你也有得不到的东西。"

阿卡呵呵笑,说:"她浑身上下都刻着谭辛强的名字,即使我得到,也抹不掉,我不要。"

米娜故意叹气,对玄璇说:"谭辛强选的既不是萧紫芳,也不是你,是她。"

玄璇自若地说:"结局早已注定,是你拒绝相信。"

米娜煽风点火不成,悻悻然。

谭辛强叫住她:"米娜,我有礼物送给你。"说罢一扬手。黎度已着人将一个巨大的箱子推上来。

西奥叹为观止,问:"泰蒙,你要大变活人?!"阿卡扑哧一乐。我同样意外,不知道谭辛强要干什么。

箱子打开后,里面是一件异常华美的婚纱,水晶闪耀,羽毛轻柔,大拖尾浪漫高贵。

米娜惊讶地捂着嘴,困惑地望着谭辛强。

谭辛强轻声说:"那个人已息影,他在加拿大等你。"

米娜潸然泪下,快步退场。黎度连忙带着婚纱追过去。

我亦感动得一塌糊涂。谭辛强为我擦泪,温柔地问:"你哭什么?"我说:"希望她一生幸福。"

"漂亮!"阿卡突然鼓掌,"谭辛强不愧是谭辛强,所有你做的事里,这件我最佩服!"

我仰望谭辛强,实在爱他这有温度的是非分明。

最终米娜并没有与那个人结合,而是在多年后,嫁给了一位英国绅士,生活美满。我猜,她早已变心。口味一旦抬高,就降不下来。私以为,谭辛强的不懈努力对消除米娜的怨恨、平复她的情绪起到了至关重要的作用。

阿卡说:"我得到了你的地老天荒的酒谱,抽空一起切磋啊。"

谭辛强望向我,"不用饮酒,我已经醉了。"

我与他相视微笑,心照不宣。他曾说,地老天荒是为我而作,记录着每一次我令他心折。倾心,是我第一次走进他家,带给他阳光和温暖。神夺,是"根据地"的热烈拥抱。动魄,因我冒着大雨抢救他公司的展品。惊艳,漓江雪畔的诗句。沉醉,翠绿迷宫的咒语。忘情,早在发现我等他七个小时那一瞬。孤独，是情至深处，万物皆空。誓与，因已认定情归何处。深铭，此心再无他顾，以爱之名镂刻入骨。

谭辛强对阿卡说："我这个人，凡事不求多，只求极致。喝最烈的酒，玩最快的刀，骑最快的马，爱最美的人。做事不问难易，只问对不对。付出不论回报，只看高不高兴。心向光明，毕生求索。脾气倔，不妥协。不爱则已，爱就倾尽所有，毫无保留。"他伸出手，爽朗地说，"以往有做得不到的地方，你多包涵。不知道我这样的人是否可交？"

这番情深致婉又大气磅礴的话让阿卡听得发愣。他伸出一只手，进而伸出双手紧紧与谭辛强相握。西奥仰首干了杯中酒，叫道："痛快！"

"你把我的豪情壮志都抢走了。"阿卡不甘地叫，"西奥，他说的这些应该是我说的呀。我总是差半步！"

谭辛强又将手伸向西奥。

西奥说："你的脾气像北京的四季，清楚明白，看着就过瘾。你这朋友我交定了！"

周围忽然安静，我转头，看见赵修走来。他打量我们，我肤如冰雪，笑靥如花，站在丰神俊逸的谭辛强身侧，任谁见了都要赞叹仙露明珠，一对璧人。赵修点点头，极快地扫了一眼阿卡，又转向我和谭辛强，嘀咕："还是你俩比较相配。"这可爱的老头。

人初静，风微凉。漫步安静的街头，谭辛强握着我的手，揣在他的口袋中。

苍旻辽远，落叶缤纷，路边依然有花盛开，娇艳明丽，如这鲜活的青春。时光柔静，缓缓流淌，诉说无尽的生命。

我说："你上次离开后，漓江雪枯死了。这次以为你要走时，我想，会不会有朝一日他乡偶遇，你问我，来日绮窗前，寒梅著花未。"

"我已经找到共度一生的人，再也不用江海漂泊。每一个晨昏，每一次花开花落，我都陪你看。只要你不闪躲，让我的爱有着落。"辉映星空，他的眼睛深蓝色地闪耀。

闪躲？他在我心里埋下一颗种子，它已经长成参天大树，要想连根拔除，那我的心就跟着一起死了！

他笑容灿烂，问："你为我写的诗写完了吗，是不是可以给我了？"

"我已经给你了。"我讪讪地说，"放在老房子的书桌上。"

"那么远，我等不及。"他殷切地，"念给我听。"

《深蓝》

教我怎么追逐
你飘忽的身影
我脆弱的翅膀
不怕折断
只怕力不从心

教我怎么忘记
你炙热的灵魂
我迷失的心情
不怕受伤
只怕不合你意

没有你的明天
该用多大的勇气
才敢达到
面对一如的黑暗
胜于看你的背影带给我的
煎熬

不用问
我情之深沉
亦不要怀疑
明日的真心
你之美好
让我永远不失
爱你的理由

多想紧紧抓住你
只为
多看你一眼
多听你的声音
守在你目光的边缘
绝不给你任何打扰
只要默默看你就好

多想以我的青春
向魔鬼承诺
只为
与你相守一秒
然而我又深知
我做不到
因我对你的贪心
永不言老
一瞬的狂喜
足以让我出卖一切
换取下一个一秒

可又是怎么回事啊
当我带着迷茫和绝望
苦寻不见
蓦然转眸
你奇迹般出现在我面前
带着
飘忽的身影
炙热的灵魂
诚挚的目光
不变的温暖

你是这样到来
脚步轻盈
踏碎一天虹霓
坠落成雨
而你
而风中的你
纵然身后映漫天的彩虹雨
也掩不住翩翩风采和美丽

我的欢欣

随落花飞舞在你的足尖
你的声音
穿过茫茫天地直拨我心弦

这是你
再望你
你那珍贵的眼睛
竟将凝视赐我
告诉我你从不曾远离
告诉我你一直关注着我
告诉我再不要分离的明天到来
告诉我真的有永恒的心

只有一件事
你忘了告诉我
这是梦吗

手所触及到的
心中百般萦绕
你说这会是永远

我所顾虑的
经过百般思考
你说有你在
一切都不用怕

选择
在狂喜与信任之间
而狂喜由你来
信任由你生

请握住我的手
你便知道我的颤抖
带我飞吧

纵然半空坠落
也要终所余生命
唯愿可以细看
你深蓝的眼睛
深蓝的心

轻抚你的脸
滑落的
是谁的眼泪
晶莹是我思念的颜色
透明是我爱你的方式
而你
什么也不必说

时间也为我沉默
愧疚于它的吝啬
只给了我一生一世
结识你
只给了我半生
表示我心
然而它无法阻隔
千世万世的眷恋不舍

岁月
跋涉千条银河
将一切繁杂全部过滤
我的生命
在涤荡后所剩无几
终生相伴的
只有两个你
长在我心永志不忘的你
长在左右奉送关注的你
漫天悠游的云也不懂
我拥有你时

心之飞扬

以玫瑰的心情
及
一生的光阴
追逐你给的阳光
用真心做成酒杯
汲一汪盈爱之泪
永不言悔
因再回首
总可见到
你在那里

你深蓝的眼睛
深蓝的心

当我念完最后一句,谭辛强把一枚指环戴在我的手指上。
地老天荒序还有第十杯,名为得偿。

七十八、永夜

世界忽然翻了个个儿。

曾经的甜蜜,都成为今后的伤。

站在内蒙古的草原,仰望星空,幻想满天星斗是谭辛强凝望我的眼睛,幻想他还在我身边。

命运开了多么大的一个玩笑。当肖赐带着一群人冲出来,我还来不及反应,谭辛强已将我紧紧护在怀中。我的视线都被遮蔽,只记得他的心跳,坚强,激昂,震耳欲聋。

毕竟是深秋,即使是广州也避免不了冷,所以谭辛强的身体寒冷,是正常的,对吗?

莫清朗带着救援的朋友们出现,他想把我从谭辛强的怀里拉出来,我不放手。谭辛强爱我,从此再也没有人能让我离开他,再也不能!

除非我昏过去。

当我醒来,第一眼还是找谭辛强。满目只看到叹息和眼泪,遗憾和惋惜。

这是梦。我总是做梦。这是梦!

琴若和萧紫芳一左一右拉着我的手。谁要她们牵手!我要牵手的人在那里静静躺着。他需要我。他以我为世界中心,未来的希望,他以我为心灵的港湾,再也不用江海漂泊。他不会离我而去,他不会任我呼唤却不回应。以前的疏远是我主动的,故意的,现在我改了。他总在那里,他会等着我,不会不理我。

"这是梦?"我环顾,问。大家都别过头去。

橄榄石吊坠始终在我胸前闪着微光,被我焐得滚烫。如果这是他的心,能不能替换他胸膛那颗冰冷的心,然后重新跳起来?我试着把橄榄石放在他心脏的位置,琴若哭着把我拉开。拜托,起码让我试一试啊。

这是个梦。下一秒我就醒。或者梦境马上就要改变,变成荒园中他突然出现,月华皎皎,他伸手相邀共舞。

我目不交睫等了五个昼夜,噩梦没有醒。

如果这是他对我的惩罚,这惩罚太重了,我承受不起。我要反悔,不要他罚我了。

我有许多和他有关的东西,多得数不清。他书房的柜子里有几十本速写,画的都是我。我攒的他的报道、照片,足足有好几箱。有没有一个咒语,能把这些幻化,组成一个他,带着今世的记忆,重现在我面前?

他们说没有。

我还保留着那件血衣。原来鲜红的血干涸后会发黑,如枯萎的红玫瑰。

他骗了我。

他说他觉得宠我宠得还不够,可我需要他陪伴时,他却走了。

他骗了我。

他说每一次花开花落都陪我看,只要我不闪躲。我不闪躲,他却闭上了眼睛。

他骗了我。

这是他唯一一次,也是最后一次骗我。

我们已喝下名为得偿的那杯酒,应该会幸福终老呀,为什么结局还是失去?

他什么都来不及对我说,但我知道如果有机会他会说些什么。他的心跳告诉了我。

于是我带他来到这极寒之地,看漫天繁星。三年前我答应过,带他一起来看星空,这像极了他眼睛的浩瀚。

我大喊谭辛强的名字,声音被狂风吹散。我向天空伸出双臂——倘若星星是他的眼睛,天空就是他的脸庞,我想离他近一些,再近一些。我不能哭,以免哭坏眼睛。我还要与十二重高天之上他的目光对视呢。

深雪齐膝,茫茫一片净土。虽然戴着手套,双手还是冻到麻木,从此再没人将它们揣在口袋中焐暖。星光照进他的孤独,如今,我的孤独谁来照管?沉郁深悲,椎心泣血,谁人知?无数次,无数次我问天问地,为什么不让我代替他,世间难得一个他。天地用野风呼号做回应。

星光温柔。星光是夜晚他对我的陪伴,而白天,我在幻想中把他留在身边。这样,无论昼夜,直到生命尽头,我都与他相守,永铭在心。

从此我所到之处都有他。每一寸我走过的土地,都知道我对他的深情;每一缕我呼吸过的空气,都认识他的名字;每一次我展开微笑,都为告慰他的惦念。我习惯仰头看向一侧,仰头的角度依然是根据他的身高,等待他温柔回看。

他说,他的嫣若,有着近乎傻气的善良和勇敢。现在,是考验我的勇敢的时候了。

命运总给人无尽的折磨,碾碎他,踩躏我。

但我始终记得他的话:妥协、放弃、屈服,统统不在字典里。

我多么坚强,如你所愿,你要不要来看看我,我保证不让你失望。

你点亮的灯塔,我坚定守卫,时时擦拭,让它保持光明。

你手臂上伤疤的位置,我牢牢记住。来生,我一定能认出你!你不许位列仙班,不许在天堂永生,必须轮回转世,必须让我再见你!否则,否则,我何必受这余下几十年的苦呢?

咱们比赛吧,来生看谁先找到谁。我一定要先找到你,望着你深蓝的眼睛,问你:"你对我的惩罚结束了吗?"

然后你会亲昵地用鼻尖蹭蹭我的鼻尖,宠爱地说:"你这个傻孩子呵。"

尾声

白色的天花板,身边伏床安睡的谭辛强。这样会着凉的。我想触碰他的头发,温柔地提醒,却动弹不了。我想看看自己怎么了,却起不来身。我再次尝试动,得到的是一阵疼痛。喜悦在慢慢滋长。沉重的身体才是现实,梦中我可是为所欲为的。上天终于听到我的呼唤,允许我代替他受苦了!他还活着,在我身边,我还拥有他!我的噩梦啊,终于醒了!

我深深感激，一千次，一万次。

仿佛心有灵犀，谭辛强睁开眼睛，接着，他睁大眼睛，狂喜地望着我。"嫣若。"他轻声呼唤，怕声音大了惊散我的魂魄。

我怎么了？我用眼神询问。

"你的头被击中，昏迷将近一个月。"

我的声音微弱。他附耳。我又说一遍："太好了，我认得你。"又是头受伤，万幸没失忆。

他会意，心疼地微笑。

我说："终于能和你有福同享，有难同当。"

"谁稀罕和你有难同当。"他用鼻尖蹭蹭我的鼻尖，温柔地凝望我。我笑了。

生生世世
趁生命气息逗留
唯愿可以细看
你深蓝的眼睛
深蓝的心

初稿完于 2018 年 4 月 7 日　北京
终稿于 2018 年 5 月 2 日　北京

诗成人未老，书罢人影杳

——《谁家漂泊知落花》后记

《谁家漂泊知落花》原名《守卫心灵》，因与他人作品或章节重名，改为现在的名字。星光照进孤独也不是原来的笔名，涵澜这个笔名因为有重名的，我才改为星光照进孤独。

这篇小说并不是单纯的言情小说，它是我人生观、价值观的集中表达。谭辛强是我价值观的体现，星嫣是对我价值观的尊奉。踽踽独行，孤军奋战，总希望有人可以守卫自己的心灵，捍卫理想，举着火把在前面领路，谭辛强由此诞生。小说酝酿如此之久，连《雁渡寒潭》都在它之后。我心中先有了谭辛强这个人物，才有了《守卫心灵》的初稿。年幼无知，写着写着不敢再下笔，怕耽误了书中人物，于是搁置，写了《深蓝》这首诗。《深蓝》描述的是离合相守，它就是故事的脉络。时至今日，我终于觉得有了些人生心得，可以把故事完成，因成此书。

高中那年，做了一个梦。梦中，深夜，我到了一处荒废的院子，满目枯树荒草，看不到出路。大屋黑漆漆，我不敢进。草丛中似有动静。我站在门廊。月隐于云后，不给人间光亮。忽然，有人轻触我左肩，蓦然回头，看不清那人的长相，只感觉到他的温柔笑意。彼时，云开雾散，月华灿烂，如水银泻地，照出园中繁花。音乐响起，那人双眸似星，向我伸出手，无语相邀。我把手放在他的手心，温暖踏实。醒来时，肩似还留着他手的力度。而那一侧，明明是墙。

这就是谭辛强给我的感觉，静悄悄守护，在黑暗困境出现，带来光明，安静而可靠。

本书曾做过三次重大调整：

第一次调整，是因为我原本打算十万字结束这个故事。星嫣发现谭辛强离去，孤独等待，雪夜伊人归，故事结束。但我不甘。如果故事就此结束，它就成了一本纯粹的爱情小说——女主角爱错了人，发现真爱后圆满结局。谭辛强这个人物便与其他的男主角没什么区别，不过是年少吃苦比别人惨点儿。我的理想，我的坚守，何以表达？谭辛强的智慧、才华，何以体现？星嫣的单纯、坚毅，谁又知道？主角变得如此普通，毫无特色，让人记不住，不写也罢。于是有了特德的商斗，米娜的情仇，星嫣的守护，谭辛强的谋略。

第二次调整，是在星嫣代替琴若去酒店上班时。原稿中，星嫣代琴若卷入刑事案件，谭辛强英雄救美。但篇幅增加超过两万字，影响了故事主线，让人分神。我狠狠心，删掉了。

第三次调整，是结局。原设计是悲剧结局。肖赐吃了亏，怎肯善罢甘休。谭辛强为护星嫣，不幸身亡。星嫣头部重伤，昏迷不醒。小说开头的时间，并不是谭辛强负气离开时，而是设计颁奖礼后。星嫣醒来时其实已失去谭辛强，且永不可能复得。这个设计，一是缘于肖赐从此销声匿迹，不合理；二是因为我舍不得让谭辛强在这浊世呼吸。他那样的天纵英才，纯善心地，爱憎分明，这世界不配得。但，我终是不忍。就让他在我笔下的世界幸福终老吧。

书中加入了《两个天涯》中的莫清朗。——海结冰的一刻，铺就天涯路。我踯躅而行，向你靠近，悠悠万世，难有进展。蓦然回首，才发现我已在天涯。另一个天涯。

书中加入了《雁渡寒潭》中的饶素弦。——我是幽幽寒潭底，不老的岩石。你是遨游天地间，自由的孤雁。惊闻我的叹息，却从未谋面。

惊鸿一瞥，了却我心愿。

岁月倥偬。算一算，这两部书写了至少有十年了。哈，假如这次没有改书名，算上《守卫心灵》，我写的长篇小说的名字都是四个字的。

直到最后一刻，我还在修改，对语言精雕细琢，有些部分还是觉得描述不准确，词不达意。

有太多太多的话要说，谭辛强对星嫣，星嫣对谭辛强，在彼此相离的日子里，那么多的思念和关切，都还没来得及写，写了又怕啰嗦。书到此为止吧。

星光照进孤独

2018年4月16日　北京　夜